诗词盛典(三)

吕长春诗词盛典系列丛书

吕长春读写全宋词一万七千首（全四册）

第十二函～第二十五函

吕长春 著

中国书籍出版社
China Book Press

图书在版编目（CIP）数据

吕长春读写全宋词一万七千首. 二 / 吕长春著. -- 北京：中国书籍出版社, 2020.7
（诗词盛典. Ⅲ）
ISBN 978-7-5068-7892-0

Ⅰ. ①吕… Ⅱ. ①吕… Ⅲ. ①词（文学）—作品集—中国—当代 Ⅳ. ①I227.8

中国版本图书馆CIP数据核字(2020)第111842号

吕长春读写全宋词一万七千首. 二

吕长春 著

责任编辑	刘 畅 吴化强
责任印制	孙马飞 马 芝
封面设计	东方美迪
出版发行	中国书籍出版社
地 址	北京市丰台区三路居路 97 号（邮编：100073）
电 话	（010）52257143（总编室） （010）52257140（发行部）
电子邮箱	eo@chinabp.com.cn
经 销	全国新华书店
印 厂	三河市顺兴印务有限公司
开 本	787毫米×1092毫米 1/16
字 数	2600千字
印 张	82.5
版 次	2020 年 7 月第 1 版 2020 年 7 月第 1 次印刷
书 号	ISBN 978-7-5068-7892-0
定 价	1286.00元（全四册）

版权所有 翻印必究

目　录

第十二函

1. 青玉案 ……………………3
2. 一剪梅 ……………………3
3. 鹊桥仙令　歇指 …………3
4. 花心动　双词　十三体 …3
5. 双头莲 ……………………3
6. 大有　小石柳 ……………3
7. 丑奴儿 ……………………3
8. 又　芳 ……………………3
9. 蝶恋花 ……………………3
10. 又 ………………………3
11. 浣溪沙 …………………3
12. 浣溪沙　吕长春格律诗词 ……3
13. 减字木兰花 ……………4
14. 木兰花令 ………………4
15. 蓦山溪 …………………4
16. 又 ………………………4
17. 南柯子　忆万通 ………4
18. 又 ………………………4
19. 关河令 …………………4
20. 长相思　晓行 …………4
21. 又　闺怨 ………………4
22. 又　舟中作 ……………4
23. 又 ………………………4
24. 万里春 …………………4
25. 鹤冲天　溧水长寿乡作 …4
26. 又 ………………………4

27. 西河 ……………………4
28. 瑞鹤仙 …………………4
29. 浪淘沙 …………………5
30. 南乡子 …………………5
31. 又　作苏州中国财团领导人 …5
32. 又　咏秋夜 ……………5
33. 又　拨燕巢 ……………5
34. 浣溪沙慢 ………………5
35. 夜游宫 …………………5
36. 诉衷情 …………………5
37. 虞美人 …………………5
38. 烛影摇红 ………………5
39. 十六字令 ………………5
40. 南乡子　自述 …………5
41. 陈瑾
　　减字木兰花 ……………5
42. 又 ………………………5
43. 满庭芳　自述 …………5
44. 卜算子 …………………6
45. 一落索 …………………6
46. 减字木兰花 ……………6
47. 又 ………………………6
48. 卜算子 …………………6
49. 又　自述 ………………6
50. 又 ………………………6
51. 青玉案 …………………6
52. 蓦山溪 …………………6
53. 海洋污染　自在 ………6

54. 减字木兰花 ……………6
55. 满庭芳 …………………6
56. 又 ………………………6
57. 醉蓬莱 …………………6
58. 临江仙 …………………6
59. 浣溪沙　严嵩 …………6
60. 蝶恋花 …………………7
61. 卜算子 …………………7
62. 减字木兰花 ……………7
63. 阮郎归 …………………7
64. 刘山老　人传一百四十五岁，有道术 …………7
65. 邵伯温
　　望江南　金泉山 ………7
66. 调笑　宋人调笑前有口号八句此为口号 …………………7
67. 净端
　　渔家傲 …………………7
68. 又 ………………………7
69. 又 ………………………7
70. 又 ………………………7
71. 李廌
　　菩萨蛮　不第 …………7
72. 虞美人令 ………………7
73. 品令 ……………………7
74. 清平乐 …………………7
75. 孔夷
　　水龙吟 …………………7

1

76. 南浦　旅怀 ⋯⋯⋯⋯⋯8	103. 又　自述 ⋯⋯⋯⋯⋯9	137. 千秋岁 ⋯⋯⋯⋯⋯⋯11
77. 惜余春慢　情景 ⋯⋯⋯8	104. 又　陈倅席上 ⋯⋯⋯10	138. 南乡子 ⋯⋯⋯⋯⋯⋯11
78. 孔架 ⋯⋯⋯⋯⋯⋯⋯⋯8	105. 又 ⋯⋯⋯⋯⋯⋯⋯⋯10	139. 醉落魄 ⋯⋯⋯⋯⋯⋯12
鼓笛慢　水龙吟别体 ⋯⋯8	106. 又　代人上徐守生日 ⋯10	140. 鹊桥仙　自度 ⋯⋯⋯12
79. 鹧鸪天 ⋯⋯⋯⋯⋯⋯⋯8	107. 又　送朱泮英 ⋯⋯⋯10	141. 江神子 ⋯⋯⋯⋯⋯⋯12
80. 邹浩 ⋯⋯⋯⋯⋯⋯⋯⋯8	108. 又　木芙蓉 ⋯⋯⋯⋯10	142. 又 ⋯⋯⋯⋯⋯⋯⋯⋯12
渔家傲 ⋯⋯⋯⋯⋯⋯⋯⋯8	109. 又 ⋯⋯⋯⋯⋯⋯⋯⋯10	143. 点绛唇 ⋯⋯⋯⋯⋯⋯12
81. 临江仙 ⋯⋯⋯⋯⋯⋯⋯8	110. 又 ⋯⋯⋯⋯⋯⋯⋯⋯10	144. 浣溪沙　雁南飞 ⋯⋯12
82. 曾诞 ⋯⋯⋯⋯⋯⋯⋯⋯8	111. 南歌子 ⋯⋯⋯⋯⋯⋯10	145. 浣溪沙　北京市东城区汪魏巷
失调名 ⋯⋯⋯⋯⋯⋯⋯⋯8	112. 虞美人 ⋯⋯⋯⋯⋯⋯10	九号 ⋯⋯⋯⋯⋯⋯⋯⋯12
83. 李坦然 ⋯⋯⋯⋯⋯⋯⋯8	113. 又 ⋯⋯⋯⋯⋯⋯⋯⋯10	146. 七娘子 ⋯⋯⋯⋯⋯⋯12
风流子 ⋯⋯⋯⋯⋯⋯⋯⋯8	114. 又 ⋯⋯⋯⋯⋯⋯⋯⋯10	147. 卜算子 ⋯⋯⋯⋯⋯⋯12
84. 调笑 ⋯⋯⋯⋯⋯⋯⋯⋯8	115. 谒金门 ⋯⋯⋯⋯⋯⋯10	148. 醉桃源 ⋯⋯⋯⋯⋯⋯12
85. 阮阅 ⋯⋯⋯⋯⋯⋯⋯⋯8	116. 如梦令 ⋯⋯⋯⋯⋯⋯10	149. 又 ⋯⋯⋯⋯⋯⋯⋯⋯12
感皇恩　闰上元 ⋯⋯⋯⋯8	117. 又 ⋯⋯⋯⋯⋯⋯⋯⋯10	150. 又　雪 ⋯⋯⋯⋯⋯⋯12
86. 踏莎行　和田守 ⋯⋯⋯8	118. 青玉案 ⋯⋯⋯⋯⋯⋯10	151. 望江南 ⋯⋯⋯⋯⋯⋯12
87. 减字木兰花　冬至 ⋯⋯8	119. 好事近 ⋯⋯⋯⋯⋯⋯10	152. 又 ⋯⋯⋯⋯⋯⋯⋯⋯12
88. 锦堂春　留合肥林倅 ⋯9	120. 临江仙　重九 ⋯⋯⋯10	153. 柳梢青　离别 ⋯⋯⋯12
89. 洞仙歌 ⋯⋯⋯⋯⋯⋯⋯9	121. 又 ⋯⋯⋯⋯⋯⋯⋯⋯10	154. 花心动　闺情 ⋯⋯⋯12
90. 浣溪沙　家乡忆 ⋯⋯⋯9	122. 减字木兰花　七夕 ⋯⋯11	155. 夏倪 ⋯⋯⋯⋯⋯⋯⋯13
91. 眼儿媚 ⋯⋯⋯⋯⋯⋯⋯9	123. 又 ⋯⋯⋯⋯⋯⋯⋯⋯11	减字木兰花 ⋯⋯⋯⋯⋯⋯13
92. 赵企 ⋯⋯⋯⋯⋯⋯⋯⋯9	124. 渔家傲 ⋯⋯⋯⋯⋯⋯11	156. 晁冲之 ⋯⋯⋯⋯⋯⋯13
失调名巴布亚新几内亚 ⋯⋯9	125. 清平乐 ⋯⋯⋯⋯⋯⋯11	汉宫春 ⋯⋯⋯⋯⋯⋯⋯⋯13
93. 感皇恩 ⋯⋯⋯⋯⋯⋯⋯9	126. 浣溪沙　儿女 ⋯⋯⋯11	157. 玉蝴蝶 ⋯⋯⋯⋯⋯⋯13
94. 汪存　四友先生 ⋯⋯⋯9	127. 蓦山溪　月夜 ⋯⋯⋯11	158. 感皇恩 ⋯⋯⋯⋯⋯⋯13
步蟾宫 ⋯⋯⋯⋯⋯⋯⋯⋯9	128. 玉楼春 ⋯⋯⋯⋯⋯⋯11	159. 又 ⋯⋯⋯⋯⋯⋯⋯⋯13
95. 谢逸 ⋯⋯⋯⋯⋯⋯⋯⋯9	129. 又 ⋯⋯⋯⋯⋯⋯⋯⋯11	160. 又　自述 ⋯⋯⋯⋯⋯13
蝶恋花 ⋯⋯⋯⋯⋯⋯⋯⋯9	130. 又 ⋯⋯⋯⋯⋯⋯⋯⋯11	161. 临江仙 ⋯⋯⋯⋯⋯⋯13
96. 踏莎行 ⋯⋯⋯⋯⋯⋯⋯9	131. 武陵春　茶 ⋯⋯⋯⋯11	162. 又 ⋯⋯⋯⋯⋯⋯⋯⋯13
97. 菩萨蛮 ⋯⋯⋯⋯⋯⋯⋯9	132. 又 ⋯⋯⋯⋯⋯⋯⋯⋯11	163. 又 ⋯⋯⋯⋯⋯⋯⋯⋯13
98. 又 ⋯⋯⋯⋯⋯⋯⋯⋯⋯9	133. 浪淘沙　上元 ⋯⋯⋯11	164. 渔家傲 ⋯⋯⋯⋯⋯⋯13
99. 采桑子 ⋯⋯⋯⋯⋯⋯⋯9	134. 鹧鸪天　汪魏新巷九号，寄琳	165. 传言玉女 ⋯⋯⋯⋯⋯13
100. 又 ⋯⋯⋯⋯⋯⋯⋯⋯⋯9	美美庭照片。⋯⋯⋯⋯⋯⋯11	166. 如梦令 ⋯⋯⋯⋯⋯⋯13
101. 又 ⋯⋯⋯⋯⋯⋯⋯⋯⋯9	135. 又 ⋯⋯⋯⋯⋯⋯⋯⋯11	167. 又 ⋯⋯⋯⋯⋯⋯⋯⋯13
102. 西江月 ⋯⋯⋯⋯⋯⋯⋯9	136. 燕归梁 ⋯⋯⋯⋯⋯⋯11	168. 又 ⋯⋯⋯⋯⋯⋯⋯⋯13

目 录

169. 上林春慢 ……… 13	声声慢 ……… 15	235. 又 定空寺观梅 ……… 17
170. 汉宫春 梅 ……… 14	202. 毛滂 ……… 15	236. 又 往事 ……… 17
171. 小重山 ……… 14	水调歌头 ……… 15	237. 玉楼春 重阳菊花，终生不烟不酒 ……… 18
172. 临江仙 ……… 14	203. 绛都春 ……… 16	238. 又 ……… 18
173. 苏庠 ……… 14	204. 清平乐 千叶芝 ……… 16	239. 又 ……… 18
临江仙 ……… 14	205. 又 ……… 16	240. 南歌子 定空寺赏梅 ……… 18
174. 又 ……… 14	206. 又 ……… 16	241. 又 秋月 ……… 18
175. 如梦令 ……… 14	207. 又 ……… 16	242. 又 ……… 18
176. 虞美人 ……… 14	208. 又 绛河清 ……… 16	243. 八节长欢 ……… 18
177. 浣溪沙 ……… 14	209. 又 ……… 16	244. 又 登高词 ……… 18
178. 谒金门 怀故居 ……… 14	210. 又 ……… 16	245. 蓦山溪 杨花 ……… 18
179. 又 ……… 14	211. 又 己卯长至作 ……… 16	246. 又 ……… 18
180. 鹧鸪天 ……… 14	212. 又 ……… 16	247. 临江仙 宿僧舍 ……… 18
181. 又 ……… 14	213. 又 ……… 16	248. 又 ……… 18
182. 诉衷情 ……… 14	214. 浣溪沙 自述 ……… 16	249. 剔银灯 ……… 18
183. 又 ……… 14	215. 又 观梅 ……… 16	250. 水调歌头 ……… 18
184. 阮郎归 ……… 14	216. 又 ……… 16	251. 又 ……… 19
185. 点绛唇 ……… 14	217. 又 ……… 16	252. 浣溪沙 ……… 19
186. 菩萨蛮 宜兴作 ……… 15	218. 又 上元静林寺 ……… 16	253. 武陵春 此词系正调 ……… 19
187. 又 ……… 15	219. 又 咏梅 ……… 16	254. 又 ……… 19
188. 又 ……… 15	220. 又 寒食 ……… 16	255. 又 ……… 19
189. 又 ……… 15	221. 又 ……… 16	256. 玉楼春 ……… 19
190. 又 自述 ……… 15	222. 又 ……… 17	257. 秦楼月 ……… 19
191. 木兰花 ……… 15	223. 又 ……… 17	258. 遍地花 ……… 19
192. 清平乐 ……… 15	224. 又 ……… 17	259. 夜游宫 ……… 19
193. 清江曲 ……… 15	225. 天香 晏钱塘太守内翰张公 17	260. 许衷情 ……… 19
194. 后清江曲 ……… 15	226. 小重山 宴太守内翰张公作 17	261. 又 七夕 ……… 19
195. 祖可 ……… 15	227. 又 立春日欲雪 ……… 17	262. 醉花阴 ……… 19
196. 小重山 ……… 15	228. 又 春雪 ……… 17	263. 又 ……… 19
197. 浣溪沙 ……… 15	229. 满庭芳 夏曲 ……… 17	264. 减字木兰花 ……… 19
198. 菩萨蛮 ……… 15	230. 又 ……… 17	265. 又 ……… 19
199. 又 ……… 15	231. 摊声浣溪沙 天雨新晴 … 17	266. 上林春令 ……… 19
200. 蔡藿 ……… 15	232. 又 吴兴僧舍 ……… 17	267. 姊人娇 ……… 19
失调名 ……… 15	233. 踏莎行 吕长春格律诗词 17	268. 又 ……… 20
201. 张阁 ……… 15	234. 又 ……… 17	

269. 惜分飞　富阳水寺秋秋望月 20
270. 又 …………………………… 20
271. 又 …………………………… 20
272. 又 …………………………… 20
273. 蝶恋花 ……………………… 20
274. 又 …………………………… 20
275. 寒食 ………………………… 20
276. 又　牡丹清明后见花 …… 20
277. 又 …………………………… 20
278. 又 …………………………… 20
279. 更漏子 ……………………… 20
280. 又 …………………………… 20
281. 又 …………………………… 20
282. 西江月 ……………………… 20
283. 又 …………………………… 20
284. 又 …………………………… 20
285. 又　侑茶词 ………………… 21
286. 青玉案　新凉 ……………… 21
287. 又　竹 ……………………… 21
288. 又 …………………………… 21
289. 河满子　夏曲 ……………… 21
290. 谒金门 ……………………… 21
291. 浣溪沙　忆 ………………… 21
292. 七娘子　舟中早秋 ………… 21
293. 又 …………………………… 21
294. 雨中花　下汴月夜 ………… 21
295. 又 …………………………… 21
296. 夜行船　雨夜泊吴江 ……… 21
297. 又　余英溪汎舟 …………… 21
298. 鹊桥仙　春院 ……………… 21
299. 又 …………………………… 21
300. 烛影摇红　何满子 ………… 21
301. 又　西子 …………………… 22
302. 又　归去曲　自度 ………… 22
303. 忆秦娥 ……………………… 22

304. 又 …………………………… 22
305. 武陵春　故乡 ……………… 22
306. 又 …………………………… 22
307. 又 …………………………… 22
308. 点绛唇　月波楼中秋作 …… 22
309. 又　乡故述 ………………… 22
310. 又　月波楼重九作 ………… 22
311. 又 …………………………… 22
312. 又　武都静林寺 …………… 22
313. 又　惠州夜月赠鼓琴者，时作流水弄 ……………………… 22
314. 如梦令 ……………………… 22
315. 玉楼春 ……………………… 22
316. 生查子　登高词 …………… 22
317. 又　自述 …………………… 22
318. 又　襄阳道中 ……………… 22
319. 又　富阳道中 ……………… 23
320. 又 …………………………… 23
321. 浪淘沙　生日 ……………… 23
322. 菩萨蛮 ……………………… 23
323. 又　代言 …………………… 23
324. 又　重阳 …………………… 23
325. 又 …………………………… 23
326. 渔家傲　病中吟 …………… 23
327. 又 …………………………… 23
328. 又 …………………………… 23
329. 于飞乐 ……………………… 23
330. 又 …………………………… 23
331. 阮郎归　惜春 ……………… 23
332. 又 …………………………… 23
333. 斜日照杏花 ………………… 23
334. 虞美人　杏花夕阳 ………… 23
335. 又 …………………………… 23
336. 一落索　同舟寄归 ………… 24
337. 散余霞 ……………………… 24

338. 最高楼 ……………………… 24
339. 又 …………………………… 24

第十三函

1. 少年游　开江 ……………… 27
2. 粉蝶儿 ……………………… 27
3. 调笑 ………………………… 27
4. 感皇恩　寄中国财团秘书孙阳澄中国新加坡工业园区 ……… 27
5. 又　秘书三载，不认秘书 … 27
6. 又 …………………………… 27
7. 临江仙　又 ………………… 28
8. 想见欢　又 ………………… 28
9. 又 …………………………… 28
10. 刘焘 ………………………… 28
花心动 ………………………… 28
11. 八宝妆 ……………………… 28
12. 转调满庭芳 ………………… 28
13. 菩萨蛮　春　回文诗 ……… 28
14. 又　夏 ……………………… 28
15. 又　秋 ……………………… 28
16. 又　冬 ……………………… 28
17. 宇文元质 …………………… 28
于飞乐 ………………………… 28
18. 范致虚 ……………………… 28
满庭芳慢 ……………………… 28
19. 郑少微 ……………………… 28
鹧鸪天 ………………………… 28
20. 思越人 ……………………… 29
21. 李新 ………………………… 29
临江仙 ………………………… 29
22. 浣溪沙　秋 ………………… 29
23. 前调 ………………………… 29
24. 摊破浣溪沙 ………………… 29

目 录

25. 欧阳阐 临江仙 九日登碧莲峰 …… 29
26. 司马樾 …… 29
黄金缕 …… 29
27. 河传 …… 29
28. 王寀 …… 29
蝶恋花 …… 29
29. 烛影摇红 …… 29
30. 某两地 失调名 题金陵赏心亭 …… 29
31. 王宷 …… 29
浣溪沙 …… 29
32. 渔家傲 …… 29
33. 浣溪沙 …… 29
34. 又 …… 29
35. 玉楼春 …… 29
36. 又 …… 29
37. 蝶恋花 …… 30
38. 又 …… 30
39. 又 寄王宷 …… 30
40. 又 …… 30
41. 周纯 …… 30
蓦山溪 墨梅 荆楚间驾鸯梅，赋此 …… 30
42. 满庭芳 墨梅 亦满庭芳，满庭花，江南好 …… 30
43. 菩萨蛮 题梅扇 …… 30
44. 瑞鹧鸪 …… 30
45. 曹希蕴 …… 30
西江月 灯花 …… 30
46. 踏莎行 灯花 …… 30
47. 廖刚 …… 30
望江南二首 寄闽守 …… 30
48. 又 …… 30
49. 满路花 …… 30

50. 阮郎归 …… 30
51. 蓦山溪 …… 31
52. 赵鼎臣 …… 31
念奴娇 …… 31
53. 韩嘉彦 …… 31
玉漏迟 …… 31
54. 谢迈 …… 31
鹊桥仙 …… 31
55. 菩萨蛮 …… 31
56. 又 …… 31
57. 生查子 …… 31
58. 如梦令 …… 31
59. 浣溪沙 …… 31
60. 偷声木兰花 …… 31
61. 醉蓬莱 中秋有怀 …… 31
62. 减字木兰花 …… 31
63. 又 中秋 …… 31
64. 又 赠祺伎 …… 31
65. 虞美人 九日 …… 31
66. 又 …… 32
67. 蝶恋花 …… 32
68. 定风波 七夕 …… 32
69. 江神子 江城子 …… 32
70. 念奴娇 海棠 …… 32
71. 沈蔚 …… 32
满庭芳 …… 32
72. 又 …… 32
73. 又 …… 32
74. 临江仙 …… 32
75. 梦玉人引 …… 32
76. 蓦山溪 …… 32
77. 汉宫春 …… 32
78. 寻梅 …… 33
79. 不见 …… 33
80. 又 …… 33

81. 诉衷情 …… 33
82. 菩萨蛮 …… 33
83. 又 …… 33
84. 小重山 …… 33
85. 转调蝶恋花 …… 33
86. 又 自述 …… 33
87. 天仙子 …… 33
88. 倾杯 …… 33
89. 清商怨 …… 33
90. 醉花荫 和江宣德"醉红妆"词 …… 33
91. 柳摇金 …… 33
92. 柳初新 …… 33
93. 唐庚 …… 33
诉衷情 旅愁 …… 33
94. 又 …… 34
95. 惠洪 …… 34
浣溪沙 …… 34
96. 又 妙高墨梅 …… 34
97. 渔父词八首 实为渔家傲 …… 34
98. 丹霞 …… 34
99. 宝公 …… 34
100. 香严 …… 34
101. 药山 …… 34
102. 亮公 …… 34
103. 灵公 …… 34
104. 船子 …… 34
105. 凤栖梧 …… 34
106. 千秋岁 …… 34
107. 青玉案 …… 34
108. 西江月 …… 34
109. 又 …… 34
110. 鹧鸪天 …… 35
111. 清商怨 …… 35
112. 西江月 …… 35

5

113. 浪淘沙 …… 35	140. 浣溪沙 木芍药词 …… 37	170. 减字木兰花 …… 38
114. 又 自述 …… 35	141. 又 …… 37	171. 临江仙 …… 39
115. 吕颐浩 …… 35	142. 又 …… 37	172. 又 …… 39
水调歌头 紫微观石牛 …… 35	143. 西江月 次韵林茂南博士杞泛溪 …… 37	173. 减字木兰花 劝酒 …… 39
116. 苏过 …… 35	144. 又 …… 37	174. 又 …… 39
点绛唇 …… 35	145. 蝶恋花 和王廉访 …… 37	175. 又 …… 39
117. 陆蕴 …… 35	146. 临江仙 燕诸部使者 …… 37	176. 又 …… 39
感皇恩 旅思 …… 35	147. 又 …… 37	177. 虞美人 …… 39
118. 谢克家 …… 35	148. 又 与叶少蕴梦得上巳游清华山九曲池 …… 37	178. 鹧鸪天 新春 …… 39
忆君王 …… 35	149. 定风波 骆驼桥次韵 二首 37	179. 西江月 寄弟 …… 39
119. 葛胜仲 …… 35	150. 又 …… 37	180. 浪淘沙 菊花 …… 39
江神子 …… 35	151. 浣溪沙 吕今、六六、刘岩四牌楼 …… 37	181. 鹧鸪天 菊花 …… 39
120. 蝶恋花 …… 35	152. 又 …… 37	182. 木兰花 …… 39
121. 又 …… 35	153. 瑞鹧鸪 和通判送别 寄费世城、翁达器 …… 37	183. 醉花荫 …… 39
122. 临江仙 病理 …… 35	154. 浪淘沙 …… 37	184. 浣溪沙 赏梅 …… 39
123. 渔家傲 …… 35	155. 蓦山溪 …… 37	185. 临江仙 …… 39
124. 又 …… 35	156. 又 …… 38	186. 鹊桥仙 七夕 …… 39
125. 鹧鸪天 九月十三携家游夏氏林亭燕巢,吕嬴生日 …… 36	157. 又 送李彦时 …… 38	187. 蝶恋花 …… 39
126. 又 自述 …… 36	158. 西江月 …… 38	188. 浪淘沙 …… 39
127. 点绛唇 …… 36	159. 又 …… 38	189. 南乡子 …… 40
128. 行香子 …… 36	160. 浣溪沙 赏芍药 …… 38	190. 虞美人 …… 40
129. 诉衷情 祝君生日 …… 36	161. 虞美人 酬卫卿兄弟兼寄我兄弟 …… 38	191. 米友仁 …… 40
130. 又 …… 36	162. 又 …… 38	临江仙 …… 40
131. 水调歌头 别赋一阕泛舟之会 …… 36	163. 瑞鹧鸪 …… 38	192. 小重山 …… 40
132. 又 …… 36	164. 鹊桥仙 七夕 …… 38	193. 减字木兰花 …… 40
133. 又 …… 36	165. 江城子 …… 38	194. 点绛唇 …… 40
134. 木兰花 …… 36	166. 又 …… 38	195. 渔家傲 …… 40
135. 满庭霜 …… 36	167. 蝶恋花 …… 38	196. 阮郎归 …… 40
136. 醉蓬莱 自述 …… 36	168. 南乡子 …… 38	197. 临江仙 …… 40
137. 西江月 …… 36	169. 又 …… 38	198. 宴桃源 …… 40
138. 又 …… 36		199. 南歌子 …… 40
139. 南乡子 三月望日,与友泛舟南溪 …… 37		200. 渔家傲 …… 40
		201. 念奴娇 村居九日 …… 40
		202. 临江仙 …… 40
		203. 阮郎归 …… 40

204. 临江仙 …… 40	235. 又 …… 43	266. 徐俯 …… 45
205. 念奴娇 陶渊明归去来辞 41	236. 满庭芳 立春 …… 43	念奴娇 …… 45
206. 醉春风 …… 41	237. 又 九日 …… 43	267. 浣溪沙 …… 45
207. 小重山 …… 41	238. 木兰花慢 雷峡道中作 … 43	268. 虞美人 …… 45
208. 诉衷情 …… 41	239. 醉落魄 残梅 …… 43	269. 卜算子 …… 45
209. 念奴娇 …… 41	240. 踏莎行 晚春 …… 43	270. 又 …… 45
210. 曾纡 …… 41	241. 鹧鸪天 …… 43	271. 又 …… 45
念奴娇 …… 41	242. 又 …… 43	272. 鹧鸪天 …… 45
211. 上林春 …… 41	243. 红楼慢 自述 …… 43	273. 又 …… 45
212. 秋霁 …… 41	244. 声声慢 …… 43	274. 踏莎行 …… 45
213. 念奴娇 …… 41	245. 水龙吟 秋兴 …… 43	275. 又 …… 45
214. 洞仙歌 …… 41	246. 李德载 …… 44	276. 又 …… 45
215. 临江仙 …… 41	眼儿媚 与高岩登景山 …… 44	277. 南歌子 …… 45
216. 菩萨蛮 …… 41	247. 早梅芳近 词谱，吕渭老八十字体十仄韵。独一体。 44	278. 鹧鸪天 …… 45
217. 谒金门 …… 41	248. 又 原词平韵，视为无体 44	279. 浣溪沙 …… 46
218. 品令 …… 42	249. 赵子发 …… 44	280. 鹧鸪天 …… 46
219. 秦湛 …… 42	鹧鸪天 寄刘岩 …… 44	281. 王安中 …… 46
卜算子 春情 …… 42	250. 浣溪沙 与刘岸登北京景山知春亭 …… 44	虞美人 雁门作 …… 46
220. 范周 …… 42	251. 洞仙歌 天水李广 …… 44	282. 浣溪沙 …… 46
木兰花慢 …… 42	252. 桃源忆故人 …… 44	283. 绿头鸭 应多丽 …… 46
221. 宝鼎现 …… 42	253. 南歌子 …… 44	284. 北山移文哨遍 …… 46
222. 吴则礼 …… 42	254. 又 寄苏州何小春 …… 44	285. 菩萨蛮 大军阅罢将官兵 46
秦楼月 送别 …… 42	255. 点绛唇 …… 44	286. 御街行 …… 46
223. 江楼令 …… 42	256. 虞美人 …… 44	287. 鹧鸪天 百官传宣 …… 46
224. 虞美人 对菊 …… 42	257. 惜纷飞 …… 44	288. 蝶恋花 六花词 …… 46
225. 又 送晁适道 …… 42	258. 阮郎归 …… 44	长春花口号 …… 46
226. 又 泛舟东下 …… 42	259. 忆王孙 …… 44	289. 山茶口号 …… 46
227. 又 寄济川 …… 42	260. 杨柳枝 …… 44	290. 腊梅口号 …… 46
228. 减字木兰花 …… 42	261. 望江南 …… 44	291. 红梅口号 …… 47
229. 又 …… 42	262. 菩萨蛮 …… 45	292. 迎春口号 …… 47
230. 又 …… 42	263. 少年游 …… 45	293. 小桃口号 …… 47
231. 又 寄真宁 …… 42	264. 采桑子 …… 45	294. 又 …… 47
232. 又 …… 42	265. 浪淘沙 …… 45	295. 一落索 …… 47
233. 又 …… 43		296. 又 …… 47
234. 又 …… 43		297. 木兰花 送耿太尉赴阙 … 47

7

第十四函

1. 玉蝴蝶　和梁才甫游园作 … 51
2. 水龙吟　游御河并过压沙寺 51
3. 临江仙　茶词 …………… 51
4. 小重山 ………………… 51
5. 又 ……………………… 51
6. 江神子　韦城道中寄 …… 51
7. 征招调中腔　天宁节 …… 51
8. 清平乐 ………………… 51
9. 又 ……………………… 51
10. 安阳好　九首并口号破子 … 51
11. 破子清平乐 …………… 52
12. 小重山　相州荣归池上作 … 52
13. 虞美人 ………………… 52
14. 又　赠李士美 ………… 52
15. 一落索 ………………… 52
16. 临江仙　听琵琶 ……… 52
17. 浣溪沙　柳州作 ……… 52
18. 卜算子　柳州 ………… 52
19. 洞仙歌 ………………… 52
20. 点绛唇 ………………… 52
21. 菩萨蛮　寄赵伯山四首 … 52
22. 又 ……………………… 52
23. 又 ……………………… 53
24. 又 ……………………… 53
25. 菩萨蛮　回文寄 ……… 53
26. 张继先 点绛唇 ………………… 53
27. 忆桃源 ………………… 53
28. 又 ……………………… 53
29. 临江仙　六鹤 ………… 53
30. 又　和元规 …………… 53
31. 又 ……………………… 53
32. 沁园春　降魔立治 …… 53
33. 又 ……………………… 53
34. 满庭芳 ………………… 53
35. 又 ……………………… 53
36. 洞仙歌 ………………… 53
37. 渔家傲　对酒呈介甫 … 54
38. 更漏子　和元规天和堂 … 54
39. 又 ……………………… 54
40. 更漏子 ………………… 54
41. 瑶台月　元宵庆赏 …… 54
42. 浣溪沙　寄喻大跃篆刻家共黄骅 …………………… 54
43. 喜迁莺 ………………… 54
44. 又 ……………………… 54
45. 雪夜渔舟 ……………… 54
46. 春以天上来　鹤鸣 …… 54
47. 风入松 ………………… 54
48. 摸渔儿 ………………… 54
49. 惜时芳　对竹赋《辞赋辞典》 …………………… 55
50. 清平乐 ………………… 55
51. 苏幕遮 ………………… 55
52. 又 ……………………… 55
53. 西江月 ………………… 55
54. 南乡子　和元规 ……… 55
55. 又 ……………………… 55
56. 望江南　望棋 ………… 55
57. 望江南　西源好 ……… 55
58. 又 ……………………… 55
59. 又 ……………………… 55
60. 又 ……………………… 55
61. 又 ……………………… 55
62. 又 ……………………… 55
63. 又 ……………………… 55
64. 减字木兰花 …………… 55
65. 江神子 ………………… 55
66. 鹊桥仙　寄朋权 ……… 56
67. 浣溪沙　喻大跃、滕玉平、刘书琴、黄华行 ……… 56
68. 又 ……………………… 56
69. 水调歌头　访黄花港 … 56
70. 度青霄　五首 ………… 56
71. 其二 …………………… 56
72. 其三 …………………… 56
73. 其四 …………………… 56
74. 其五 …………………… 56
75. 结语 …………………… 56
76. 望江南 ………………… 56
77. 叶梦得 ………………… 56
贺新郎　自述 …………… 56
78. 水调歌头　济州观鱼台 … 56
79. 又　九月望日 ………… 56
80. 又　自述 ……………… 56
81. 又　湖光亭 …………… 57
82. 又 ……………………… 57
83. 又　中秋 ……………… 57
84. 八声甘州　八公山作 … 57
85. 又 ……………………… 57
86. 又 ……………………… 57
87. 又　知止堂 …………… 57
88. 念奴娇　南归渡杨子用渊明语，常以入声韵 ………… 57
89. 又　中秋，怀吴江长桥　念奴娇十三体，平声体，一百字，上阙四十九字，下阙五十一字，各十句千平韵 ……………… 57
90. 又 ……………………… 57
91. 满庭芳　雨后极目亭 … 57
92. 又 ……………………… 58
93. 又 ……………………… 58
94. 满江红　重阳菊 ……… 58

目 录

95. 又 …… 58	130. 又 吕氏家祖伯夷 …… 60	163. 卜算子 凤凰亭纳凉 …… 62
96. 应天长 …… 58	131. 又 …… 60	164. 又 种木芙蓉 九月开 … 62
97. 定风波 …… 58	132. 虞美人 …… 60	165. 菩萨蛮 湖光亭 …… 62
98. 又 …… 58	133. 又 极目亭 …… 60	166. 蝶恋花 …… 62
99. 又 …… 58	134. 又 …… 60	167. 醉蓬莱 楚州 …… 63
100. 又 …… 58	135. 又 …… 61	168. 南歌子 …… 63
101. 江城子 …… 58	136. 又 …… 61	169. 采桑子 …… 63
102. 又 …… 58	137. 又 寒食 …… 61	170. 南歌子 …… 63
103. 又 …… 58	138. 又 …… 61	171. 菩萨蛮 无往道人 …… 63
104. 又 …… 59	139. 减字木兰花 …… 61	172. 赵士㬢 …… 63
105. 又 …… 59	140. 又 雪中赏牡丹 …… 61	好事近 腊梅 …… 63
106. 又 …… 59	141. 又 王幼安见和 …… 61	173. 又 …… 63
107. 竹马儿 …… 59	142. 木兰花 船上晚雨 …… 61	174. 又 …… 63
108. 浣溪沙 极目亭 …… 59	143. 点绛唇 …… 61	175. 又 …… 63
109. 又 …… 59	144. 又 梦中山顶佛殿缸鱼而入京 …… 61	176. 江衍 …… 63
110. 又 …… 59	145. 又 …… 61	锦缠绊 黄钟宫 …… 63
111. 又 意在亭 …… 59	146. 鹧鸪天 …… 61	177. 周铢 …… 63
112. 又 退进 …… 59	147. 又 雨后湖上落花 …… 61	蓦山溪 …… 63
113. 又 …… 59	148. 又 采莲曲 …… 61	178. 王赏 …… 63
114. 永遇乐 …… 59	149. 又 观太湖 …… 61	眼儿媚 …… 63
115. 又 …… 59	150. 又 …… 61	179. 李光 …… 63
116. 临江仙 …… 59	151. 又 …… 61	180. 又 过桐江, 经严濑 慨然有感 …… 63
117. 又 …… 59	152. 水龙吟 西湖客作 …… 61	181. 又 清明俯近寄玉贱舍人 64
118. 又 …… 59	153. 又 舟 …… 62	182. 又 昌化郡长桥词 …… 64
119. 又 …… 59	154. 千秋岁 …… 62	183. 南歌子 重九宴琼台 …… 64
120. 又 …… 60	155. 又 小雨达旦 …… 62	184. 又 民先兄寄野花数枝, 状蓼而丛生, 夜置案奇竽袭人 …… 64
121. 又 …… 60	156. 浣溪沙 仲秋 …… 62	185. 临江仙 中秋微雨施君家宴戏之 …… 64
122. 又 …… 60	157. 蓦山溪 百花洲 …… 62	
123. 又 …… 60	158. 清平乐 …… 62	186. 减字木兰花 客寄一枝 梅香 …… 64
124. 又 …… 60	159. 雨中花慢 寒食前日小雨牡丹将开 二十一体 …… 62	
125. 又 …… 60		187. 念奴娇 松风亭见东城梅诗 64
126. 又 …… 60	160. 南乡子 池亭晚步 …… 62	188. 汉宫春 琼台元夕 …… 64
127. 又 …… 60	161. 又 后圃晚步 …… 62	189. 鹧鸪天 …… 64
128. 又 …… 60	162. 又 西苑种梅 隔岁见花 62	
129. 又 …… 60		

9

190. 武陵春 …… 64	踏莎行 …… 66	249. 鹊桥仙 …… 69
191. 渔家傲 自述二月三日生日。	216. 刘一止 …… 66	250. 浣溪沙 …… 69
琼山腊月桃尽，今昌江二月三日折	洞仙歌 …… 66	251. 点绛唇 …… 69
桃，十日犹荣。…… 64	217. 夜行船 …… 66	252. 又 …… 69
192. 水调歌头 罢政东归，自述 64	218. 念奴娇 九日 …… 66	253. 望海潮 …… 69
193. 张生 …… 65	219. 又 …… 66	254. 青玉案 …… 69
雨中花慢 …… 65	220. 又 中秋 …… 66	255. 喜迁莺 晓行 …… 69
194. 江纬 …… 65	221. 又 一夕泊舟 …… 66	256. 踏莎行 …… 69
向湖边 江纬读书堂 …… 65	222. 踏莎行 游凤凰台 …… 67	257. 浣溪沙 …… 69
195. 美奴 …… 65	223. 223 虞美人 …… 67	258. 汪藻 …… 69
卜算子 …… 65	224. 江城子 …… 67	点绛唇 …… 69
196. 如梦令 …… 65	225. 临江仙 …… 67	259. 又 …… 69
197. 张扩 …… 65	226. 又 …… 67	260. 小重山 …… 69
㛵人娇 …… 65	227. 雪月交光 …… 67	261. 醉落魄 …… 69
198. 又 …… 65	228. 望海潮 …… 67	262. 曹组 …… 69
199. 赵子崧 伯山四时四首 … 65	229. 醉蓬莱 …… 67	蓦山溪 …… 69
菩萨蛮 春 …… 65	230. 望明河 赠路侍郎使高丽 67	263. 点绛唇 …… 69
200. 又 夏 …… 65	231. 蓦山溪 …… 67	264. 又 …… 70
201. 又 秋 …… 65	232. 生查子 …… 67	265. 又 …… 70
202. 又 冬 …… 65	233. 清平乐 …… 67	266. 如梦令 …… 70
203. 鉴堂 答伯山四时四首 … 65	234. 青玉案 …… 67	267. 扑蝴蝶 …… 70
菩萨蛮 春 …… 65	235. 梦横塘 …… 68	268. 忆少年 …… 70
204. 又 夏 …… 65	236. 西河 …… 68	269. 蓦山溪 …… 70
205. 又 秋 …… 65	237. 眠儿媚 …… 68	270. 相思会 …… 70
206. 又 冬 …… 65	238. 水调歌头 泊舟严陵 …… 68	271. 品令 …… 70
207. 梅窗 …… 65	239. 又 …… 68	272. 小重山 寄曹勋 …… 70
菩萨蛮 春闺 …… 65	240. 鹧鸪天 …… 68	273. 又 …… 70
208. 又 咏梅 …… 66	241. 木兰花 …… 68	274. 又 …… 70
209. 又 题锦机小轴 …… 66	242. 浣溪沙 …… 68	275. 青玉案 …… 70
210. 又 春晚二首 …… 66	243. 点绛唇 …… 68	276. 鹧鸪天 …… 70
211. 又 …… 66	244. 又 …… 68	277. 渔家傲 …… 70
212. 又 端午 …… 66	245. 临江仙 …… 68	278. 阮郎归 …… 70
213. 西江月 …… 66	246. 蓦山溪 又 …… 68	279. 临江仙 …… 70
214. 阮郎归 …… 66	247. 念奴娇 …… 68	280. 鹧鸪天 …… 71
215. 欧阳珣 …… 66	248. 柳梢青 …… 68	281. 青门饮 …… 71

282. 青玉案 …… 71	20. 卓牌儿 春晚 …… 76	48. 王庭珪 …… 78
283. 好事近 …… 71	21. 昭君怨 …… 76	谒金门 梅 …… 78
284. 醉花阴 …… 71	22. 又 …… 76	49. 凤栖梧 生日 …… 79
285. 点绛唇 …… 71	23. 诉衷情 送春 …… 76	50. 醉桃源 …… 79
286. 又 …… 71	24. 梅花引 …… 77	51. 临江仙 …… 79
287. 又 …… 71	25. 忆秦娥 别情 …… 77	52. 又 梅 …… 79
288. 鹧鸪天 六典 …… 71	26. 忆少年 …… 77	53. 又 …… 79
289. 水龙吟 牡丹 …… 71	27. 长相思 雨 …… 77	54. 又 …… 79
290. 声声慢 寄曹组 …… 71	28. 又 山驿 …… 77	55. 㣼人娇 寄轻轻 …… 79
291. 蝶恋花 …… 71	29. 木兰花慢 …… 77	56. 忆秦娥 …… 79
292. 浣溪沙 …… 71	30. 武陵春 …… 77	57. 念奴娇 上元 …… 79
293. 点绛唇 …… 71	31. 快活年近拍 …… 77	58. 点绛唇 …… 79
	32. 醉蓬莱 自述 …… 77	59. 又 上元 …… 79
第十五函	33. 芰荷香 …… 77	60. 又 …… 79
	34. 别瑶姬慢 寄潘慎《词律辞典》	61. 西江月 …… 79
1. 点绛唇 …… 75	"沈腰潘鬓" …… 77	62. 江城子 班师 …… 79
2. 婆罗门引 望月 …… 75	35. 忆秦娥 …… 77	63. 又 步月新桥 …… 79
3. 卜算子 兰 …… 75	36. 田为 …… 77	64. 又 辰川上元 …… 79
4. 小重山 寄曹组 …… 75	南柯子 春景 …… 77	65. 又 …… 80
5. 脱银袍 …… 75	37. 又 春思 …… 77	66. 蝶恋花 …… 80
6. 忆瑶姬 五体，尹声韵，一〇五字体 …… 75	38. 念奴娇 …… 77	67. 又 …… 80
7. 万俟咏 …… 75	39. 探春 十九体 …… 78	68. 又 赠丁爽、丁旦及第 …… 80
蓦山溪 桂花 …… 75	40. 惜黄花慢 …… 78	69. 满庭芳 …… 80
8. 临江仙 …… 75	41. 江神子慢 …… 78	70. 又 上元缺月 …… 80
9. 雪明鳷鹊夜 宋徽宗一体 …… 75	42. 徐伸 …… 78	71. 又 梅 …… 80
10. 凤凰枝令 …… 75	转调二郎神 …… 78	72. 柳梢青 和清明 …… 80
11. 南歌子 …… 76	43. 江汉 …… 78	73. 菩萨蛮 贬夜郎 …… 80
12. 明月照高楼慢 中秋应制 …… 76	喜迁莺 烘春桃李 一〇三字又体 …… 78	74. 浣溪沙 …… 80
13. 尉迟杯慢 …… 76	44. 田中行 …… 78	75. 又 …… 80
14. 卜算子 汪魏巷九号书斋 …… 76	风入松 …… 78	76. 虞美人 辰州上元 …… 80
15. 钿带长中腔 …… 76	45. 赵温之 …… 78	77. 桃源忆故人 一名虞美人影 80
16. 春草碧 春草 …… 76	喜迁莺 …… 78	78. 醉花间 …… 80
17. 三台 清明应制 …… 76	46. 踏青游 …… 78	79. 醉花阴 梅 并鼓子词 …… 80
18. 恋芳春慢 寒食前进 …… 76	47. 踏莎行 …… 78	80. 又 四昌郎中，上三品下五品 …… 81
19. 安平乐慢 …… 76		

81. 雨霖铃 …… 81	114. 又 …… 83	148. 朱敦复 …… 85
82. 鹊桥仙 雪 …… 81	115. 虞美人 祈雨有感 …… 83	双雁儿 …… 85
83. 感皇恩 …… 81	116. 又 …… 83	149. 朱敦儒 …… 85
84. 又 …… 81	117. 又 …… 83	聒龙谣 …… 85
85. 又 …… 81	118. 菩萨蛮 …… 83	150. 又 …… 85
86. 寰海清 上元 …… 81	119. 又 …… 83	151. 雨中花 岭南作自述 …… 85
87. 浪淘沙 …… 81	120. 又 …… 83	152. 水调歌头 …… 85
88. 好事近 茶 …… 81	121. 又 …… 83	153. 又 …… 85
89. 解佩令 …… 81	122. 又 …… 83	154. 又 …… 85
90. 薛式 …… 81	123. 又 …… 83	155. 又 …… 85
西江月 …… 81	124. 点绛唇 …… 83	156. 又 对月有感 …… 85
91. 又 …… 81	125. 好事近 …… 83	157. 又 中 …… 85
92. 又 …… 81	126. 千秋岁 …… 83	158. 风人松 …… 85
93. 又 …… 81	127. 鹧鸪天 …… 83	又 …… 85
94. 又 …… 81	128. 又 …… 83	159. 桂枝香 …… 86
95. 又 …… 82	129. 又 面向海洋 …… 83	160. 水龙吟 三十一体 …… 86
96. 又 …… 82	130. 豆叶黄 一体 仄韵 …… 84	161. 又 …… 86
97. 陈克 …… 82	131. 豆叶黄《词律辞典》载忆王孙，陈克此也。忆王孙四体 …… 84	162. 念奴娇 十三体 …… 86
临江仙 …… 82	132. 又 …… 84	163. 又 …… 86
98. 又 …… 82	133. 鹧鸪天 阳羡竞渡 …… 84	164. 证婚 …… 86
99. 渔家傲 …… 82	134. 浣溪沙 …… 84	165. 鹧鸪天 国家决定1989—1991"中法地铁外交"，中国特使吕长春驻法大使周觉。法国特使戈玛蒂·白郎，驻华大使马洛寄王荣炳市长 …… 86
100. 浣溪沙 …… 82	135. 又 阳羡上元 …… 84	
101. 又 …… 82	136. 减字木兰花 …… 84	
102. 又 …… 82	137. 临江仙秋夜怀人 …… 84	
103. 又 …… 82	138. 清平乐 怀人 …… 84	
104. 又 …… 82	139. 鹧鸪天 寄友人 …… 84	166. 又 …… 86
105. 摊破浣溪沙 …… 82	140. 南歌子 毛翰林席上 …… 84	167. 又 …… 86
106. 谒金门 …… 82	141. 又 …… 84	168. 又 …… 86
107. 又 …… 82	142. 又 崔颢黄鹤楼 …… 84	169. 又 …… 86
108. 又 …… 82	143. 又 …… 84	170. 又 垂虹亭 …… 87
109. 又 …… 82	144. 又 …… 84	171. 苏武慢《词律辞典》无此体，以苏武令之 …… 87
110. 又 …… 82	145. 又 …… 84	
111. 又 …… 82	146. 又 …… 84	172. 木兰花慢 …… 87
112. 又 …… 82	147. 虞美人 …… 84	173. 又 和师厚和司马文季房中作 …… 87
113. 又 …… 83		

目 录

174. 洞仙歌 四十一体 ········ 87
175. 又 ·························· 87
176. 又 ·························· 87
177. 满庭芳 ····················· 87
178. 又 ·························· 87
179. 满江红 ····················· 87
180. 风流子 ····················· 87
181. 望海潮 ····················· 88
182. 胜胜慢 兼沈阳付市长 与武迪生市长，戈玛蒂特使宴 ······ 88
183. 芰荷香 金陵 ·············· 88
184. 沁园春 ····················· 88
185. 卜算子 ····················· 88
186. 醉春风 ····················· 88
187. 踏歌 ························ 88
188. 鹊桥仙 ····················· 88
189. 又 十月黄菊 ············ 88
190. 又 ·························· 88
191. 又 ·························· 88
192. 又 饮酒梅花下 自述 ··· 88
193. 又 和李易安金鱼池莲 ··· 88
194. 临江仙 ····················· 89
195. 又 ·························· 89
196. 又 ·························· 89
197. 又 ·························· 89
198. 又 自述 ·················· 89
199. 又 ·························· 89
200. 又 ·························· 89
201. 又 ·························· 89
202. 鹧鸪天 ····················· 89
203. 又 ·························· 89
204. 又 西都作 自述 ········ 89
205. 又 ·························· 89
206. 又 ·························· 89
207. 又 ·························· 89

208. 又 ·························· 89
209. 又 许总管席上 ········· 89
210. 又 ·························· 90
211. 又 ·························· 90
212. 又 劝酒 ·················· 90
213. 又 ·························· 90
214. 又 ·························· 90
215. 又 康熙御制全唐诗五万首，全宋词一万六千首 ············ 90
216. 木兰花 自述 ············· 90
217. 又 ·························· 90
218. 蓦山溪 ····················· 90
219. 又 ·························· 90
220. 又 ·························· 90
221. 又 ·························· 90
222. 又 ·························· 90
223. 又 ·························· 90
224. 又 冬至 ·················· 90
225. 朝中措 ····················· 91
226. 又 ·························· 91
227. 又 ·························· 91
228. 又 小雨 ·················· 91
229. 又 ·························· 91
230. 又 ·························· 91
231. 又 ·························· 91
232. 又 ·························· 91
233. 又 ·························· 91
234. 又 ·························· 91
235. 又 ·························· 91
236. 促拍丑奴儿 水仙 即促拍采桑子，促拍者即促节繁 ······ 91
237. 醉落魄 ····················· 91
238. 醉思仙 淮阴 ············· 91
239. 感皇恩 ····················· 91
240. 又 ·························· 91

241. 又 ·························· 92
242. 杏花天 ····················· 92
243. 又 ·························· 92
244. 又 ·························· 92
245. 恋绣衾 ····················· 92
246. 青玉案 ····················· 92
247. 南歌子 ····················· 92
248. 苏幕遮 独体等 ·········· 92
249. 苏幕遮 ····················· 92
250. 浪淘沙 中秋阴雨 ······· 92
251. 又 康州泊船 ············· 92
252. 又 ·························· 92
253. 千秋岁 ····················· 92
254. 定风波 ····················· 92
255. 踏莎行 ····················· 92
256. 又 ·························· 92
257. 梦玉人引 ·················· 93
258. 一落索 ····················· 93
259. 又 ·························· 93
260. 渔家傲 ····················· 93
261. 又 ·························· 93
262. 又 寄燕燕、岩岩、暖暖 93
263. 望江南 ····················· 93
264. 十二时 ····················· 93
265. 南乡子 ····················· 93
266. 又 ·························· 93
267. 行香子 ····················· 93
268. 忆帝京 ····················· 93
269. 桃源忆故人 ··············· 93
270. 又 ·························· 93
271. 又 ·························· 93
272. 又 ·························· 93
273. 又 ·························· 94
274. 又 ·························· 94
275. 好事近 ····················· 94

13

276. 又 …………………… 94
277. 又 …………………… 94
278. 又 清明 ………… 94
279. 又 渔父词 ……… 94
280. 又 …………………… 94
281. 又 …………………… 94
282. 又 …………………… 94
283. 又 …………………… 94
284. 又 …………………… 94
285. 又 …………………… 94
286. 长相思 …………… 94
287. 又 …………………… 94
288. 乌衣怨 王昕若《诗词格律手册》体 …………… 94
289. 又 《词律辞典》四十八字体。无王昕若体 …………… 94
290. 沙塞子 四体 …… 94
291. 又 …………………… 95
292. 西江月 自述 …… 95
293. 又 …………………… 95
294. 又 …………………… 95
295. 又 …………………… 95
296. 又 …………………… 95
297. 又 …………………… 95
298. 又 …………………… 95
299. 又 …………………… 95
300. 减字木兰花 …… 95
301. 又 …………………… 95
302. 又 …………………… 95
303. 又 …………………… 95
304. 又 …………………… 95
305. 又 …………………… 95
306. 又 …………………… 95
307. 又 …………………… 95
308. 又 …………………… 95

309. 又 …………………… 96
310. 又 …………………… 96
311. 又 …………………… 96
312. 又 …………………… 96
313. 点绛唇 …………… 96
314. 又 …………………… 96
315. 又 …………………… 96

第十六函

1. 点绛唇 …………… 99
2. 又 …………………… 99
3. 又 …………………… 99
4. 柳梢青 "此调整两体，或平或仄"《词谱》卷七，《词律辞典》十二体 ……… 99
5. 又 …………………… 99
6. 又 …………………… 99
7. 又 …………………… 99
8. 采桑子 彭浪矶 … 99
9. 又 重阳 …………… 99
10. 又 …………………… 99
11. 忆秦娥 …………… 99
12. 又 …………………… 99
13. 又 …………………… 99
14. 又 郡会 …………… 99
15. 卜算子 除夕 …… 99
16. 又 …………………… 100
17. 又 …………………… 100
18. 又 …………………… 100
19. 又 …………………… 100
20. 又 …………………… 100
21. 又 …………………… 100
22. 清平乐 …………… 100
23. 又 木樨 …………… 100
24. 又 …………………… 100

25. 又 …………………… 100
26. 又 …………………… 100
27. 又 …………………… 100
28. 昭君怨 …………… 100
29. 浣溪沙 自述 …… 100
30. 又 玄真子有渔父词 … 100
31. 又 …………………… 100
32. 又 …………………… 100
33. 又 …………………… 100
34. 又 …………………… 100
35. 又 …………………… 100
36. 又 歌者 …………… 101
37. 阮郎归 …………… 101
38. 生查子 …………… 101
39. 眼儿媚 …………… 101
40. 又 …………………… 101
41. 又 …………………… 101
42. 诉衷情 …………… 101
43. 又 …………………… 101
44. 又 …………………… 101
45. 又 …………………… 101
46. 菩萨蛮 …………… 101
47. 又 …………………… 101
48. 又 …………………… 101
49. 又 …………………… 101
50. 又 …………………… 101
51. 双鸂鶒 …………… 101
52. 鼓笛令 …………… 101
53. 西湖曲 …………… 101
54. 风蝶令 …………… 102
55. 谒金门 …………… 102
56. 洛妃怨 …………… 102
57. 燕归梁 …………… 102
58. 相见欢 …………… 102
59. 又 …………………… 102

目 录

60. 又 …………………102	93. 木兰花 …………………104	127. 小重山 …………………106
61. 又 …………………102	94. 又 …………………104	128. 又 …………………106
62. 又 …………………102	95. 减字木兰花 …………………104	129. 汉宫春 己未中秋 ……106
63. 又 …………………102	96. 又 …………………104	130. 又 …………………106
64. 又 …………………102	97. 又 …………………104	131. 醉落魄 …………………106
65. 又 …………………102	98. 又 …………………104	132. 又 …………………106
66. 如梦令 …………………102	99. 摊破浣溪沙 茶词 ………104	133. 又 重午日 …………………106
67. 又 …………………102	100. 又 汤词 …………………104	134. 又 …………………106
68. 又 自述 …………………102	101. 水调歌头 老人词 ………104	135. 阮郎归 …………………106
69. 又 …………………102	102. 又 中秋步月彭门 ……104	136. 又 …………………106
70. 又 …………………102	103. 又 …………………104	137. 又 …………………106
71. 又 …………………102	104. 又 月出西湖 …………104	138. 青玉案 凌敲嚣怀姑溪老人
72. 又 …………………102	105. 沙塞子 中秋无月 ……104	…………………106
73. 又 …………………102	106. 又 中秋无月 …………104	139. 又 …………………106
74. 春晓曲 …………………102	107. 鹧鸪天 …………………104	140. 菩萨蛮 …………………106
75. 柳枝 …………………102	108. 又 …………………105	141. 又 …………………107
76. 念奴娇 …………………103	109. 又 …………………105	142. 又 …………………107
77. 孙觌 …………………103	110. 又 …………………105	143. 西地锦 …………………107
浣溪沙 …………………103	111. 又 …………………105	144. 谒金门 …………………107
78. 慕容嵓卿妻 …………………103	112. 又 菊花辞 自述娘六十而	145. 生查子 …………………107
浣溪沙 …………………103	终,子无孝道也 ………105	146. 又 …………………107
79. 周紫芝 …………………103	113. 又 …………………105	147. 又 …………………107
80. 水龙吟 …………………103	114. 又 重九登醉山堂 ……105	148. 又 …………………107
81. 又 题梦云轩 …………103	115. 又 …………………105	149. 又 …………………107
82. 又 须江望九华作 ……103	116. 又 荆州 …………………105	150. 又 …………………107
83. 浣溪沙 …………………103	117. 又 吕氏春秋 …………105	151. 昭君怨 …………………107
84. 又 …………………103	118. 又 寄黄骅滕义平先生 …105	152. 秦楼月 …………………107
85. 又 …………………103	119. 采桑子 玉壶轩 ………105	153. 天仙子 …………………107
86. 又 烟波图 …………103	120. 西江月 …………………105	154. 渔家傲 自述 …………107
87. 又 …………………103	121. 又 …………………105	155. 又 …………………107
88. 又 …………………103	122. 又 …………………105	156. 又 …………………107
89. 又 …………………103	123. 又 …………………105	157. 又 …………………107
90. 卜算子 …………………103	124. 又 …………………105	158. 又 …………………108
91. 又 …………………103	125. 又 …………………105	159. 南柯子 钱塘守侍儿 ……108
92. 又 …………………104	126. 又 …………………106	160. 又 …………………108

161. 又 ……………………108
162. 朝中措 登西湖北高峰 …108
163. 又 二妙堂 ……………108
164. 又 ……………………108
165. 又 ……………………108
166. 虞美人 西池梅花 ……108
167. 又 ……………………108
168. 又 ……………………108
169. 江城子 ………………108
170. 又 ……………………108
171. 潇湘夜雨《词律辞典》载独纳兰性德一体，与本体异，采一首，余日首采周紫芝体，两体俱平声韵濡须对雪 ………………108
172. 又 周紫芝体 ………108
173. 宴桃源 ………………109
174. 又 ……………………109
175. 又 ……………………109
176. 满江红 大雪 …………109
177. 定风波令 ……………109
178. 蝶恋花 ………………109
179. 永遇乐 五日 …………109
180. 蓦山溪 自述 …………109
181. 品令 重九前飞卿携酒过，赋军退舍，二十三体…………109
182. 又 ……………………109
183. 清平乐 ………………109
184. 又 ……………………109
185. 又 ……………………109
186. 又 ……………………109
187. 又 ……………………109
188. 又 ……………………109
189. 浪淘沙 乙未除夜 ……110
190. 又 ……………………110
191. 踏莎行 ………………110

192. 又 ……………………110
193. 又 谢人寄梅花 ………110
194. 又 ……………………110
195. 雨中花令 吴兴道中 …110
196. 点绛唇 西池桃花 ……110
197. 又 ……………………110
198. 临江仙 ………………110
199. 又 自述 ………………110
200. 好事近 青阳道中见梅花 110
201. 又 ……………………110
202. 又 ……………………110
203. 又 ……………………110
204. 又 ……………………110
205. 又 ……………………110
206. 酹江月 ………………111
207. 又 ……………………111
208. 感皇恩 ………………111
209. 又 除夜作 ……………111
210. 又 孤峰绝顶 …………111
211. 又 送别驾赴朝 ………111
212. 又 送侯彦嘉归彭泽 …111
213. 洞仙歌 ………………111
214. 贺新郎 自述 …………111
215. 苏幕遮 ………………111
216. 又 ……………………111
217. 一剪梅 送客 …………111
218. 千秋岁 生日 …………111
219. 又 ……………………112
220. 又 ……………………112
221. 风入松 ………………112
222. 忆王孙 ………………112
223. 减字木兰花 …………112
224. 采桑子 ………………112
225. 渔父词 六首《词律辞典》采为渔歌子 ………………112

226. 又 ……………………112
227. 又 ……………………112
228. 又 ……………………112
229. 又 ……………………112
230. 又 ……………………112
231. 莫将 木兰花 未开 ……112
232. 又 晨景 ………………112
233. 又 雪里 ………………112
234. 又 晴天 ………………112
235. 又 风前 ………………112
236. 又 月下 ………………112
237. 又 雨中 ………………112
238. 又 欲谢 ………………113
239. 又 吟咏 ………………113
240. 又 望梅 ………………113
241. 独脚令 ………………113
242. 浣溪沙 ………………113
243. 又 ……………………113
244. 邵博 念奴娇 …………113
245. 赵佶 声声慢 春 ………………113
246. 又 ……………………113
247. 念奴娇 ………………113
248. 醉落魄 悼明节皇后 …113
249. 探春令 ………………113
250. 聒龙谣 ………………113
251. 临江仙 幸亳州途次 …113
252. 满庭芳 ………………113
253. 眼儿媚 ………………114
254. 燕山亭 ………………114
255. 金莲绕凤楼 …………114
256. 小重山 ………………114
257. 侯彭老 踏莎行 自述 …………114

258. 李冈 ……………………114	292. 又 上巳日出郊 ………116	320. 南歌子 ……………………118
259. 水龙吟 ……………………114	293. 水调歌头 前题 ………117	321. 醉桃源 ……………………118
260. 念奴娇 ……………………114	294. 江城子 二〇一八戊戌重阳	322. 朝中措 ……………………119
261. 喜迁莺 ……………………114	……………………………117	323. 西江月 ……………………119
262. 寄独那 ……………………114	295. 又 …………………………117	324. 又 …………………………119
263. 水龙吟 太宗临渭上 …114	296. 又 …………………………117	325. 如梦令 ……………………119
264. 念奴娇 宪宗平淮西 …114	297. 望江南 过分水岭 ……117	326. 又 …………………………119
265. 雨霖铃 明皇幸西蜀 …114	298. 又 …………………………117	327. 水龙吟 郎官湖 ………119
266. 喜迁莺 ……………………115	299. 又 …………………………117	328. 浪淘沙 ……………………119
267. 减字木兰花 读神仙传…115	300. 又 …………………………117	329. 叶祖义 ……………………119
268. 又 …………………………115	301. 又 …………………………117	如梦令 …………………………119
269. 永遇乐 秋夜有感 ……115	302. 又 …………………………117	330. 又 …………………………119
270. 望江南 ……………………115	303. 六幺令 取《词律辞典》六幺	331. 左誉 ………………………119
271. 水调歌头 ………………115	令体。独一体 ………………117	失调名 …………………………119
272. 又 次前韵 ………………115	304. 六幺令 金陵怀古 ……117	332. 吕直夫 ……………………119
273. 念奴娇 中秋独作 ……115	305. 喜迁莺 泛舟 ……………117	洞仙歌 四十一体 …………119
274. 感皇恩 ……………………115	306. 又 塞上作 ………………117	333. 杨景 ………………………119
275. 渔家傲 ……………………115	307. 一剪梅 少年时 …………118	婆罗门引，几首与《词律辞典》曹
276. 水调歌头 横山对月 …115	308. 玉蝴蝶 十一体，小令始手温	组"望月"同 …………………119
277. 江城子 酒 ………………115	庭筠，长调始于柳永。秣陵……118	334. 范智闻 ……………………119
278. 又 …………………………115	309. 水龙吟 又 ………………118	西江月 …………………………119
279. 感皇恩 ……………………116	310. 西江月 李纲赠友人侍儿莺莺	335. 蒋元龙 ……………………119
280. 望江南 ……………………116	……………………………118	好事近 …………………………119
281. 又 …………………………116	311. 浣溪沙 戊戌重阳访大成李杰	336. 阮郎归 ……………………119
282. 又 …………………………116	先生寄异形柿子 ……………118	337. 乌夜啼 ……………………119
283. 又 …………………………116	312. 苏武令 ……………………118	338. 周格非 ……………………120
284. 江城子 瀑布 ……………116	313. 胡舜陟 ……………………118	绿头鸭 …………………………120
285. 减字木兰花 荔枝二首 …116	感皇恩 …………………………118	
286. 又 …………………………116	314. 渔家傲 江行阻风 ……118	**第十七函**
287. 丑奴儿 木犀 实为采桑子体	315. 李祁 ………………………118	
非丑奴儿。 ……………………116	减字木兰花 …………………118	1. 程邻 …………………………123
288. 又 …………………………116	316. 点绛唇 ……………………118	西江月 …………………………123
289. 江城子 ……………………116	317. 青玉案 ……………………118	2. 何籀 …………………………123
290. 水调歌头 李太白画像 …116	318. 鹊桥仙 ……………………118	宴清都 …………………………123
291. 水龙吟 ……………………116	319. 阮郎归 ……………………118	3. 菩萨蛮 春闺 ………………123
		4. 廖世美 ………………………123

17

烛影摇红 题浮云楼⋯⋯⋯123
5. 好事近 夕景⋯⋯⋯123
6. 李元卓⋯⋯⋯123
菩萨蛮⋯⋯⋯123
7. 张方仲⋯⋯⋯123
赠人娇 《词律辞典》载为张宗智词⋯⋯⋯123
8. 查荎⋯⋯⋯123
透碧霄⋯⋯⋯123
9. 李敦诗⋯⋯⋯123
卜算子⋯⋯⋯123
10. 康仲伯⋯⋯⋯124
忆真妃⋯⋯⋯124
11. 程过⋯⋯⋯124
昭君怨⋯⋯⋯124
12. 满江红 梅⋯⋯⋯124
13. 曾慥⋯⋯⋯124
浣溪沙⋯⋯⋯124
14. 调笑令 并口号⋯⋯⋯124
15. 又⋯⋯⋯124
16. 又⋯⋯⋯124
17. 又⋯⋯⋯124
又⋯⋯⋯124
18. 临江仙⋯⋯⋯124
19. 张纲⋯⋯⋯124
念奴娇⋯⋯⋯124
20. 又⋯⋯⋯124
21. 青门饮 京师送王敏归乡⋯⋯⋯124
22. 蓦山溪 甲辰生日 自述⋯⋯⋯124
23. 临江仙 重九⋯⋯⋯124
24. 又 坚生日⋯⋯⋯125
25. 满庭芳 生日 自述⋯⋯⋯125
26. 又 荣国生日⋯⋯⋯125
27. 万年欢 荣国生日⋯⋯⋯125
28. 浣溪沙 茶国生日四首⋯⋯⋯125

29. 又⋯⋯⋯125
30. 又⋯⋯⋯125
31. 又⋯⋯⋯125
32. 点绛唇⋯⋯⋯125
33. 又⋯⋯⋯125
34. 江城子⋯⋯⋯125
35. 绿头鸭⋯⋯⋯125
36. 又⋯⋯⋯125
37. 感皇恩 休官 自述⋯⋯⋯125
38. 朝中措 安人生日⋯⋯⋯126
39. 浣溪沙 天水岐山⋯⋯⋯126
40. 朝中措⋯⋯⋯126
41. 又⋯⋯⋯126
42. 凤栖梧⋯⋯⋯126
43. 又⋯⋯⋯126
44. 好事近⋯⋯⋯126
45. 菩萨蛮 上元⋯⋯⋯126
46. 又⋯⋯⋯126
47. 清平乐 上元⋯⋯⋯126
48. 人月圆⋯⋯⋯126
49. 西江月 生日⋯⋯⋯126
50. 惜分飞⋯⋯⋯126
51. 减字木兰花⋯⋯⋯126
52. 李清照⋯⋯⋯126
孤雁儿⋯⋯⋯126
53. 满庭霜 又名满庭芳 七体 126
54. 玉楼春⋯⋯⋯127
55. 渔家傲⋯⋯⋯127
56. 清平乐⋯⋯⋯127
57. 南歌子⋯⋯⋯127
58. 转调满庭芳⋯⋯⋯127
59. 渔家傲 自述⋯⋯⋯127
60. 如梦令⋯⋯⋯127
61. 又⋯⋯⋯127

62. 多丽 咏白菊 寄巩汉林先生⋯⋯⋯127
63. 菩萨蛮⋯⋯⋯127
64. 又⋯⋯⋯127
65. 浣溪沙⋯⋯⋯127
66. 又⋯⋯⋯127
67. 又⋯⋯⋯127
68. 凤凰台上忆吹箫 别情⋯⋯⋯127
69. 一剪梅⋯⋯⋯127
70. 蝶恋花⋯⋯⋯128
71. 又⋯⋯⋯128
72. 鹧鸪天⋯⋯⋯128
73. 小重山⋯⋯⋯128
74. 怨王孙 二体 无本体 依《词律辞典》体⋯⋯⋯128
75. 临江仙⋯⋯⋯128
76. 醉花荫⋯⋯⋯128
77. 好事近⋯⋯⋯128
78. 诉衷情 寄李清照⋯⋯⋯128
79. 行香子⋯⋯⋯128
80. 失调名⋯⋯⋯128
浣溪沙 寄李清照⋯⋯⋯128
81. 鹧鸪天⋯⋯⋯128
82. 添字丑奴儿⋯⋯⋯128
83. 忆秦娥⋯⋯⋯128
84. 念奴娇 春情 寄李清照⋯⋯⋯128
85. 永同乐⋯⋯⋯129
86. 武陵春⋯⋯⋯129
87. 怨王孙⋯⋯⋯129
88. 长寿乐 南昌生日《词律辞典》载二体，无此体，作柳永体⋯⋯⋯129
89. 蝶恋花 寄姚莲瑞⋯⋯⋯129
90. 声声慢 叶不归根⋯⋯⋯129
91. 点绛唇 闺思⋯⋯⋯129
92. 减字木兰花⋯⋯⋯129

93. 摊破浣溪沙 …………129	126. 蝶恋花　春词 …………131	155. 浣溪沙　送子友 ………133
94. 又 …………………………129	127. 如梦令　忆旧 …………131	156. 如梦令　建康作 ………133
95. 瑞鹧鸪 …………………129	128. 宣州竹　墨梅 …………131	157. 好事近　杭州作 ………133
96. 临江仙　梅 ……………129	129. 毕良史 ………………………131	158. 点绛唇　惜别 …………133
97. 庆清明 …………………129	临江仙 …………………………131	159. 琴调相思令　思归词 …133
98. 浣溪沙 …………………129	130. 好事近 …………………131	160. 望海潮 …………………133
99. 又　闺情 ………………129	131. 沈晦 ……………………131	161. 花心动　杭州七宝山国清寺冬
100. 菩萨蛮　又 ……………130	小重山 …………………………131	……………………………………133
101. 吕本中 …………………130	132. 郭章 ……………………131	162. 洞仙歌　四十一体 ……133
采桑子 …………………………130	点绛唇　天圣宫 ………………131	163. 乌夜啼　中秋 …………133
102. 又 ………………………130	133. 胡世将 …………………131	164. 满庭芳　九日渊明诗 …133
103. 浣溪沙　御制全唐诗，求全	酹江月 …………………………131	165. 好事近 …………………134
唐圭璋取全宋词，求名 ………130	134. 赵鼎 ……………………132	166. 又 ………………………134
104. 西江月 …………………130	蝶恋花 …………………………132	167. 又 ………………………134
105. 又 ………………………130	135. 又　河中作 ……………132	168. 又 ………………………134
106. 朝中措 …………………130	136. 虞美人 …………………132	169. 少年游 …………………134
107. 南歌子 …………………130	137. 怨春风　闺怨 …………132	170. 贺圣朝　生日戊戌　自述　九
108. 虞美人 …………………130	138. 点绛唇　春愁 …………132	体 ………………………………134
109. 又 ………………………130	139. 人月圆　中秋 …………132	171. 又体　道中闻子规 ……134
110. 浣溪沙 …………………130	140. 河传 ……………………132	172. 又体 ……………………134
111. 又 ………………………130	141. 燕归梁　自述 …………132	173. 醉蓬莱　又 ……………134
112. 长相思 …………………130	142. 减字木兰花　又 ………132	174. 小重山　重阳 …………134
113. 减字木兰花 ……………130	143. 好事近　茶 ……………132	175. 惜双双　梅 ……………134
114. 菩萨蛮 …………………130	144. 贺朝圣　锁试府学夜坐 …132	176. 西江月　留别故人 ……134
115. 又 ………………………130	145. 乌夜啼 …………………132	177. 行香子　过戊戌重阳，七十马
116. 又 ………………………130	146. 浣溪沙　美人 …………132	来西亚，八十巴布亚新几内亚 …134
117. 踏莎行 …………………130	147. 画堂春　春日 …………132	178. 醉桃源 …………………134
118. 清平乐 …………………131	148. 浪淘沙 …………………132	179. 浪淘沙　九日会饮分得雁字
119. 渔家傲 …………………131	149. 水调歌头 ………………132	……………………………………134
120. 生查子 …………………131	150. 画堂春 …………………133	180. 又 ………………………135
121. 满江红　自述 …………131	151. 双翠羽　旧名念奴娇 …133	181. 蒋璨 ……………………135
122. 浪淘沙 …………………131	152. 河传　秋夜旅怀 ………133	青玉案 …………………………135
123. 又 ………………………131	153. 满江红　南流，泊舟仪真江口	182. 李邴　浣溪沙 …………135
124. 生查子 …………………131	作 ………………………………133	183. 汉宫春 …………………135
125. 又 ………………………131	154. 鹧鸪天 …………………133	184. 洞仙歌 …………………135

19

185. 玉蝴蝶 …………………135
186. 念奴娇 东坡不守韵，今以九屑韵正之。…………135
187. 小冲山 小重山体 ……135
188. 木兰花 美人书画 ……135
189. 清平乐 闺情 …………135
190. 女冠子 上元 …………135
191. 调笑令 ………………135
192. 向子諲
满庭芳 岩桂 ……………135
193. 又 岩桂 ………………136
194. 风入松
夜忆祖父梦……………136
195. 蓦山溪 ………………136
196. 又 ……………………136
197. 又 老妻生日 自述 ……136
198. 水龙吟 甲子上元怀京师 芗林堂……………………136
199. 浣溪沙 致中国包装公司专利 ……………………136
200. 八声甘州 九体 又名萧萧雨，宴瑶池，甘州。寄中国文联出版社姚总编……………136
201. 又 ……………………136
202. 水调歌头 ……………136
203. 又 自述 ………………136
204. 又 ……………………137
205. 洞仙歌 中秋 …………137
206. 满江红 ………………137
207. 虞美人 别逢之词 ………137
208. 又 ……………………137
209. 又 中秋 ………………137
210. 又 ……………………137
211. 蝶恋花 ………………137
212. 又 ……………………137

213. 鹧鸪天 母寿 …………137
214. 又 ……………………137
215. 又 ……………………137
216. 又 ……………………137
217. 又 白乐天得杨常侍第，向子諲得文安之所……………137
218. 又 上元怀京师 寄湛祖瑛 ……………………137
219. 又 寄叔夏 ……………137
220. 又 夫妻 ……………138
221. 又 咏红梅 ……………138
222. 又 ……………………138
223. 又 闺中秋 ……………138
224. 又 戏君 ………………138
225. 减字木兰花 暖冬，腊梅已谢，今日大雪，明日立春……138
226. 又 子諲绝笔词 ………138
227. 阮郎归 ………………138
228. 秦楼月 ………………138
229. 少年游 别叔夏 ………138
230. 西江月 番禺 …………138
231. 又 禅悦 ……………138
232. 又 ……………………138
233. 又 ……………………138
234. 又 ……………………138
235. 南乡子 大雪 …………138
236. 浣溪沙 宝林山间兰 ……138
237. 又 渔父张志和之兄松龄所作 ……………………138
238. 又 牧庵 ………………139
239. 又 王安石 苏东坡 ……139
240. 又 ……………………139
241. 又 兄弟居三 …………139
242. 又 ……………………139

243. 又 宋景晋侍御小桃小兰二小姬……………………139
244. 又 ……………………139
245. 又 寄友 ………………139
246. 又 赠行 ………………139
247. 生查子 ………………139
248. 又 ……………………139
249. 临江仙 吕赢，吕今 …139
250. 七娘子 ………………139
251. 减字木兰花 …………139
252. 又 ……………………139
253. 清平乐 ………………139
254. 又 岩桂盛开 …………139
255. 又 ……………………139
256. 又 寄韩叔夏 …………139
257. 又 ……………………140
258. 更漏子 ………………140
259. 点绛唇 ………………140
260. 又 ……………………140
261. 又 ……………………140
262. 又 ……………………140
263. 又 ……………………140
264. 点绛唇 ………………140
265. 又 ……………………140
266. 采桑子 ………………140
267. 一落索 自述 …………140
268. 如梦令 ………………140
269. 又 ……………………140
270. 卜算子 ………………140
271. 又 ……………………140
272. 又 ……………………140
273. 又寄谌祖瑛 卜算子 …140
274. 又 ……………………140
275. 又 ……………………140
276. 又 ……………………141

277. 又 ……………………141	310. 踏莎行　九江道中 ………142	344. 采桑子 ……………………144
278. 又 ……………………141	311. 鹊桥仙 ……………………143	345. 清平乐 ……………………144
279. 三字令 ……………………141	312. 虞美人 ……………………143	
280. 长相思 ……………………141	313. 又 ……………………143	**第十八函**
281. 南歌子　吕嬴寄池州见风光	314. 又 ……………………143	
……………………141	315. 又 ……………………143	1. 浣溪沙 ……………………147
282. 减字木兰花　池州塔 ……141	316. 更漏子　青白轩 ……143	2. 又　谢谌祖曹，重阳日赠异形柿
283. 南歌子 ……………………141	317. 又 ……………………143	子 ……………………147
284. 又 ……………………141	318. 鹊桥仙　七夕 ……………143	3. 又　白茶 ……………………147
285. 又 ……………………141	319. 南歌子 ……………………143	4. 又　竹编 ……………………147
286. 桂殿秋 ……………………141	320. 鹊桥仙 ……………………143	5. 又　椅乡 ……………………147
287. 朝中措 ……………………141	321. 南歌子　郭小娘道装 ……143	6. 又 ……………………147
288. 菩萨蛮 ……………………141	322. 又 ……………………143	7. 又　茶 ……………………147
289. 好事近　见梅 ……………141	323. 卜算子 ……………………143	8. 又　寄谌祖瑛 ……………147
290. 又 ……………………141	324. 菩萨蛮 ……………………143	9. 又 ……………………147
291. 减字木兰花　登望韶亭 …141	325. 又 ……………………143	10. 又 ……………………147
292. 浣溪沙　自勉 ……………141	326. 又 ……………………143	11. 又 ……………………147
293. 减字木兰花 ………………141	327. 南歌子 ……………………143	12. 又 ……………………147
294. 又　梅 ……………………141	328. 减字木兰花 ………………144	13. 又 ……………………147
295. 又 ……………………142	329. 秦楼月　亚洲发展投资银行	14. 又 ……………………147
296. 又 ……………………142	……………………144	15. 又 ……………………147
297. 又 ……………………142	330. 生查子　又 ……………144	16. 相见欢 ……………………147
298. 江北旧词　满庭芳 ………142	331. 又 ……………………144	17. 又 ……………………147
299. 水调歌头 …………………142	332. 又 ……………………144	18. 最高楼 ……………………147
300. 梅花引 ……………………142	333. 又 ……………………144	19. 吴穆仲 ……………………148
301. 又 ……………………142	334. 又 ……………………144	醉蓬莱 ……………………148
302. 踏人娇　赠侍人轻轻 ……142	335. 又 ……………………144	20. 杨适 ……………………148
303. 玉楼春 ……………………142	336. 望江南 ……………………144	南柯子 ……………………148
304. 又　晏侍儿贺全真妙绝一时	337. 浣溪沙　寄谌江南女祖瑛 144	21. 莫蒙 ……………………148
……………………142	338. 西江月 ……………………144	江城子 ……………………148
305. 鹧鸪天　汪魏新巷九号院 142	339. 点绛唇　南昌送范帅 ……144	22. 李璆 ……………………148
306. 又 ……………………142	340. 丑奴儿 ……………………144	满庭霜 ……………………148
307. 又 ……………………142	341. 如梦令 ……………………144	23. 韩驹 ……………………148
308. 又 ……………………142	342. 好事近 ……………………144	念奴娇　月 ……………………148
309. 又 ……………………142	343. 又 ……………………144	24. 昭君怨 ……………………148
		25. 颜博文 ……………………148

21

西江月……148	撒金钱 《词律辞典》独此词…150	70. 鹊踏枝 二体，本词以正体后半阕重复而成，且和之意……151
26. 品讼 舟次五羊 二十三体，秦观体……148	48. 传言玉女 七夕……150	71. 点绛唇……151
27. 沈与求……148	49. 清平乐……150	72. 柳梢青……151
浣溪沙 雪中作……148	50. 连仲宣……150	73. 惜双双 又名惜分飞……151
28. 又……148	念奴娇……150	74. 洞仙歌 四十一体……151
29. 江城子 孤坐……148	51. 邢俊臣……150	75. 苏仲及……152
30. 又 和叶左丞石林……148	临江仙 《词律辞典》十五体无此体。……150	念奴娇……152
31. 陈东……148	神运石……150	76. 赵耆孙……152
秦刷子……148	52. 又 陈朝桎……150	远朝归……152
32. 西江月……148	53. 又 咏梁师生诗……150	77. 费时举……152
33. 蓦山溪 元夕……149	54. 又 自叙寥落……150	蓦山溪 腊梅……152
34. 西江月 七夕……149	55. 又……150	78. 刘均国……152
35. 姚孝宁……149	56. 又 肢体肥……150	梅花引……152
念奴娇 月……149	57. 正体后三句 七五五，平仄平。……150	79. 权无染……152
36. 胡松年……149	58. 幼卿……150	80. 鸟夜啼……152
石州词……149	浪淘沙……150	81. 南歌子……152
37. 又……149	59. 蒋氏女……150	82. 又……152
38. 李持正……149	减字木兰花……150	83. 孤馆深沉……152
明月逐人来 李持正自传谱……149	60. 浣溪沙……150	84. 南山居士……152
39. 人月圆令……149	凌夜三时……150	永遇乐 姑苏古梅 赠客……152
40. 王道亨……149	61. 卜蔡枏……151	85. 又 姑苏古梅 答客……152
桃源忆故人……149	鹧鸪天……151	86. 郭仲宣……153
41. 江致和……149	62. 念奴娇……151	江神子……153
五福降中天……149	63. 浣溪沙……151	87. 邵叔齐……153
42. 韩璜……149	戍戊子夜寄吕赢、吕今……151	连理枝……153
清平乐……149	64. 满庭芳……151	88. 扑蝴蝶……153
43. 李邦献……149	65. 摊破诉衷情 寄友……151	89. 鹧鸪天……153
菩萨蛮 腊梅……149	66. 又 和……151	90. 李子正……153
44. 宋齐愈……149	67. 凤栖梧 寄友……151	减兰十梅……153
眼儿媚……149	68. 李久善……151	91. 风……153
45. 宋江……150	念奴娇……151	92. 雨……153
念奴娇……150	69. 宝月……151	93. 雪……153
46. 西江月……150	蓦山溪……151	94. 月……153
47. 袁绹……150		95. 日……153

96. 晓 …………………153	121. 怜落梅 …………………155	153. 青玉案 …………………158
97. 晚 …………………153	122. 又 …………………155	154. 又 …………………158
98. 早 …………………153	123. 渔有傲 重九 …………155	155. 浣溪沙 五月西湖 ………158
99. 残 …………………153	124. 又 …………………155	156. 又 …………………158
100. 房舜卿	125. 忆仙姿 …………………155	157. 又 仙潭 …………………158
忆秦娥 …………………153	126. 又 …………………155	158. 又 …………………158
101. 玉交枝 …………………153	127. 又 …………………155	159. 又 昆山月华阁 …………158
102. 石耆翁	128. 又 …………………155	160. 又 …………………158
鹧鸪天 …………………154	129. 蔡伸	161. 又 木犀 …………………158
103. 蝶恋花 …………………154	水调歌头 …………………155	162. 又 …………………158
104. 杜安道	130. 又 …………………155	163. 虞美人 …………………158
西江月 …………………154	131. 满庭芳 盼盼 白居易 …156	164. 又 …………………158
105. 史远道	132. 又 白堤 …………………156	165. 又 …………………158
独脚令 …………………154	133. 又 云英 …………………156	166. 又 入燕 …………………158
106. 郭仲循	134. 又 桃叶渡 ………………156	167. 又 …………………158
玉楼春 …………………154	135. 苏武慢 《词律辞典》体为"选	168. 生查子 …………………158
107. 范梦龙	冠子"。	169. 又 …………………158
临江仙 成都西园 ……154	136. 飞雪满群山 又名扁舟寻旧约	170. 又 …………………159
108. 薛几圣	…………………156	171. 又 …………………159
渔家傲 …………………154	137. 又 …………………156	172. 又 …………………159
109. 马咸	138. 水龙吟 重过旧隐 …………156	173. 南歌子 …………………159
遂宁好 …………………154	139. 蓦山溪 登历阳易城楼 …156	174. 又 …………………159
110. 洪皓	140. 又 自述 …………………156	175. 又 …………………159
点绛唇 …………………154	141. 又 自述 …………………157	176. 南乡子 …………………159
111. 又 腊梅 …………………154	142. 又 …………………157	177. 又 …………………159
112. 减字木兰花 和腊梅 ……154	143. 念奴娇 …………………157	178. 菩萨蛮 …………………159
113. 蓦山溪 …………………154	144. 又 …………………157	179. 又 …………………159
114. 木兰花慢 中秋 …………154	145. 又 …………………157	180. 又 …………………159
115. 又 重阳 …………………154	146. 又 …………………157	181. 又 …………………159
116. 浣溪沙 …………………155	147. 雨中花慢 …………………157	182. 又 …………………159
117. 又 复命 …………………155	148. 喜迁莺 …………………157	183. 又 …………………159
118. 临江仙 怀归 ……………155	149. 忆瑶姬 …………………157	184. 又 …………………159
119. 江梅引 …………………155	150. 丑奴儿慢 …………………157	185. 又 …………………159
忆江梅 …………………155	151. 满江红 …………………157	186. 又 …………………159
120. 访寒梅 …………………155	152. 婆罗门引 …………………158	187. 又 …………………159

23

188. 又 ……………160	223. 又 ……………162	257. 上阳春·柳 ……………163
189. 忆秦娥 ……………160	224. 又 ……………162	258. 临江仙 ……………164
190. 又 西湖 ……………160	225. 又 ……………162	259. 又 ……………164
191. 清平乐 ……………160	226. 又 ……………162	260. 又 ……………164
192. 又 ……………160	227. 又 ……………162	261. 又 ……………164
193. 又 ……………160	228. 又 ……………162	262. 又 ……………164
194. 谒金门 ……………160	229. 又 ……………162	263. 又 中秋 ……………164
195. 又 ……………160	230. 又 ……………162	264. 以 藏春石 ……………164
196. 忆王孙 ……………160	231. 昭君怨 ……………162	265. 鹧鸪天，见北里选胜图 …164
197. 阮郎归 ……………160	232. 醉落魄 ……………162	266. 惜奴娇 ……………164
198. 柳梢青 ……………160	233. 又 ……………162	267. 行香子 ……………164
199. 又 ……………160	234. 又 ……………162	268. 一剪梅 ……………164
200. 又 ……………160	235. 又 ……………162	269. 又 ……………164
201. 好事近 ……………160	236. 极相思 ……………162	270. 又 ……………164
202. 又 ……………160	237. 又 ……………162	271. 六幺令 一体，取自《词律辞典》……………164
203. 卜算子 ……………160	238. 玉楼春 八体 ……………162	
204. 又 ……………160	239. 又 ……………162	272. 镇西 一体,取自《词律辞典》，万首唐人绝句……………164
205. 又 ……………160	240. 长相思 ……………163	
206. 又 ……………161	241. 又 ……………163	273. 看花回 ……………164
207. 又 ……………161	242. 又 ……………163	274. 诉衷情 ……………165
208. 小重山 吴松浮天阁送别 161	243. 两地锦 ……………163	275. 浪淘沙 ……………165
209. 又 ……………161	244. 归田乐 ……………163	276. 如梦令 ……………165
210. 又 ……………161	245. 七娘子 巴新，巴布亚新几内亚国；大马，马来西亚 ……………163	277. 又 自述 ……………165
211. 又 ……………161		278. 愁倚栏 ……………165
212. 踏莎行 ……………161	246. 感皇恩 ……………163	279. 又 ……………165
213. 又 秦姬胡岩入寺 ………161	247. 又 ……………163	280. 又 ……………165
214. 又 ……………161	248. 减字木兰花 ……………163	281. 望江南·感事 ……………165
215. 又 ……………161	249. 又 ……………163	282. 春光好 ……………165
216. 又 ……………161	250. 又 ……………163	283. 风流子 ……………165
217. 又 ……………161	251. 又 七夕 ……………163	284. 朝中措 ……………165
218. 定风波 ……………161	252. 又 ……………163	285. 又 ……………165
219. 又 ……………161	253. 渔家傲 自述 ……………163	286. 侍香金童 ……………165
220. 点绛唇 ……………161	254. 西楼子 ……………163	287. 江城子秋夜望牛女星·七夕 ……………165
221. 又 ……………161	255. 又 ……………163	
222. 又 ……………162	256. 御街行 ……………163	288. 西江月 ……………165

289. 苍梧谣 ……………165	320. 减字木兰花 …………167	9. 李玉 …………………171
290. 采桑子 自述祖父 …165	321. 一落索 ………………167	贺新郎 春情 …………171
291. 又 ……………………166	322. 丑奴儿 《词律辞典》无此体	10. 吴淑姬 ………………171
292. 洞仙歌 ………………166	…………………………168	小重山 …………………171
293. 瑞鹤仙 ………………166	323. 陈袭善 ……………168	11. 惜分飞 送别 ………171
294. 何桌 ………………166	减字木兰花 ……………168	12. 祝英台近 ……………171
295. 虞美人 ………………166	324. 渔家傲 忆营伎周子文 …168	13. 柳富 …………………172
296. 郑刚中 ………………166	325. 曾干曜 ……………168	最高楼·别王幼玉 ……172
一剪梅 …………………166	丑奴儿 《词律辞典》正体……168	14. 王幼玉 ………………172
297. 韩世忠 ………………166	326. 孙惔 ………………168	采桑子 …………………172
298. 临江仙 ………………166	点绛唇 …………………168	15. 李生 …………………172
299. 南乡子 ………………166	327. 采桑子 ……………168	渔家傲 …………………172
300. 满江红 ………………166	洪洞大槐树移民，中原一半洪洞付	16. 谭意哥 ………………172
301. 黄大舆 ………………166	…………………………168	极相思令 ………………172
虞美人 …………………166	328. 采桑子 苏三 ………168	17. 长相思令 ……………172
302. 王灼 ………………166	329. 长相思 ……………168	18. 李氏西洛女适张浩 …172
水调歌头妙高台绝顶望明月山…166	330. 如晦 ………………168	极相思赠张浩 …………172
303. 渔家傲 ………………166	卜算子·送春 …………168	19. 花仲胤·官相州录事 …172
304. 醉花阴送夏立夫 ……167	331. 孙舣 ………………168	南乡子 …………………172
305. 清平乐填太白应制词 …167	菩萨蛮落梅 ……………168	20. 花仲胤妻 ……………172
306. 又 ……………………167	332. 潘汾 ………………168	伊川令·寄外 …………172
307. 点绛唇 登楼 ………167	倦寻芳·闺思《词律辞典》载为倦	21. 刘潜 …………………172
308. 浣溪沙 ………………167	寻芳慢 …………………168	期夜月 …………………172
309. 虞美人 ………………167	333. 贺新郎 ……………168	22. 施酒监 ………………172
310. 又 ……………………167		卜算子赠乐婉 …………172
311. 菩萨蛮 和令孤公子 自述寄	**第十九函**	23. 乐婉 …………………172
费孝通共乡步……………167		卜算子答施 ……………172
312. 好事近 ………………167	1. 孟家蝉·蝶 ……………171	24. 虞某 …………………172
313. 长相思 ………………167	2. 花心动 …………………171	江神子 …………………172
314. 酒泉子 重九重阳成者 …167	3. 玉蝴蝶 …………………171	25. 巴谈 失调名 ………173
315. 恨来迟 ………………167	4. 丑奴儿 …………………171	26. 杨师纯 ………………173
316. 春光好 ………………167	5. 李重元 …………………171	清平乐 …………………173
317. 南歌子 ………………167	忆王孙·春词 …………171	27. 又 ……………………173
318. 画堂春 ………………167	6. 又 ……………………171	28. 杨端臣 ………………173
319. 七娘子 ………………167	7. 又，秋词 ……………171	渔家傲 吊李白…………173
	8. 又 ……………………171	

25

29. 又 …… 173	59. 洞仙歌　春 …… 175	92. 浪淘沙 …… 178
30. 阮郎归 …… 173	60. 又 …… 176	93. 浣溪沙 …… 178
31. 聂胜琼・都下伎・归李之问 173	61. 江神子・临安道中 …… 176	94. 又一 …… 178
失调名 …… 173	62. 感皇恩 …… 176	浣溪沙　清明乡忆 …… 178
32. 鹧鸪天　寄李之问 …… 173	63. 花心动・七夕 …… 176	95. 又二 …… 178
33. 赵才卿 …… 173	64. 一寸金　六体，以周邦彦为正体，忆同里江村一号。 …… 176	浣溪沙 …… 178
燕归梁 …… 173		96. 浪淘沙 …… 178
34. 任昉 …… 173	65. 蝶恋花　拟古 …… 176	97. 谒金门　寄远 …… 178
雨中花慢 …… 173	66. 又　南山 …… 176	98. 滴滴金 …… 178
35. 都下伎 …… 173	67. 又　新晴 …… 176	99. 诉衷情 …… 178
朝中措改欧阳修词 …… 173	68. 又　福州横山阁 …… 176	100. 好事近 …… 178
36. 李迩逊 …… 173	69. 又　西山小湖　四月　独莲一花 …… 176	101. 鹤冲天 …… 178
37. 沁园春 …… 173		102. 天仙子 …… 178
38. 永遇乐 …… 173	70. 虞美人　咏古 …… 176	103. 清平乐 …… 178
39. 又 …… 173	71. 又　东山海棠 …… 176	104. 又 …… 178
40. 念奴娇 …… 174	72. 又 …… 176	105. 又 …… 178
41. 又 …… 174	73. 又 …… 176	106. 点绛唇 …… 178
42. 又　寄楚　南三楼 …… 174	74. 又　叶少蕴怀隐 …… 177	107. 虞美人　宜人生日 …… 178
43. 三段子　又寄楚 …… 174	75. 青玉案 …… 177	108. 醉花阴　学士生日 …… 179
44. 水调歌头　横山阁对月 …… 174	76. 菩萨蛮　惠家小环善讴 …… 177	109. 又　硕人生日 …… 179
45. 又 …… 174	77. 又　新秋 …… 177	110. 感皇恩　学士生日 …… 179
46. 又 …… 174	78. 又 …… 177	111. 又 …… 179
47. 又 …… 174	79. 又 …… 177	112. 小重山　学士生日 …… 179
48. 又 …… 174	80. 浣溪沙 …… 177	113. 又　同前 …… 179
49. 又　八月十五长乐堂 …… 174	81. 又　端午 …… 177	114. 花心动　夫人生日 …… 179
50. 蓦山溪 …… 175	82. 又 …… 177	115. 渔家傲　博士生日 …… 179
51. 又 …… 175	83. 临江山　辛夷　紫木兰 …… 177	116. 阮郎归　硕人生日 …… 179
52. 昆明池 …… 175	84. 又　九月菊未开 …… 177	117. 醉落托　同前 …… 179
53. 十月桃　二首赋梅 …… 175	85. 又 …… 177	118. 柳梢青　赵端礼生日 …… 179
54. 又 …… 175	86. 又　杏花 …… 177	119. 点绛唇　富季申生日 …… 179
55. 声声慢　木犀 …… 175	87. 又 …… 177	120. 十样花 …… 179
56. 永遇乐　学士兄筑室南山拒梗峰下 …… 175	88. 醉花阴 …… 177	121. 菩萨蛮 …… 180
	89. 又　木犀　科名桂花 …… 177	122. 王以宁 …… 180
57. 满庭芳　中秋 …… 175	90. 清平乐　登第 …… 177	水调歌头　裴公亭怀古 …… 180
58. 水龙吟　上巳 …… 175	91. 又　春晓 …… 178	123. 又　呈汉阳使君 …… 180

目　录

124. 满庭芳 …………………180
125. 又　吕氏姓姜祖伯夷籍南阳，助禹治水留芳。…………180
126. 又　七十八岁记事 ……180
127. 蓦山溪 …………………180
128. 又　南山 ………………180
129. 念奴娇　淮上雪 ………180
130. 又 ………………………181
131. 又 ………………………181
132. 浣溪沙　洞庭湖与洞庭山 181
133. 鹧鸪天　寿刘方明 ……181
134. 又　寿杜士美 …………181
135. 又　寿张徽猷 …………181
136. 临江仙　和子安 ………181
137. 又　寄吕长春先生 ……181
138. 又　寄刘力南兄 ………181
139. 又　寄萧红兄 …………181
140. 浣溪沙　寄杨德智兄 …181
141. 又　寄吕长春先生 ……181
142. 又 ………………………181
143. 鹧鸪天　寄王羲之五十四代世子王永生夫妇郑敏先生 …………181
144. 浣溪沙　力南嘱寄小筚哥母子毕业典礼 …………………181
145. 踏莎行 …………………181
146. 又 ………………………181
147. 又 ………………………182
148. 感皇恩　西山子 ………182
149. 庆双椿 …………………182
150. 渔家傲　自述 …………182
151. 好事近　又 ……………182
152. 又　第四次浪潮 ………182
153. 虞美人　宿龟山夜登秋汉亭又 …………………………182
154. 浣溪沙　又 ……………182

155. 南歌子 …………………182
156. 鹧鸪天　又 ……………182
157. 陈与义 …………………182
法驾导引，二体 ……………182
158. 又 ………………………182
159. 又，五十四字体，和蔡真人 …………………………182
160. 虞美人，桃花 …………182
161. 忆秦娥，端午 …………182
162. 虞美人，又 ……………182
163. 点绛唇　紫阳寒食 ……182
164. 虞美人　子友会上 ……183
165. 渔家傲　道中 …………183
166. 虞美人　守湖州 ………183
167. 浣溪沙　小阁 …………183
168. 玉楼春　青镇僧社，八体，今取顾敻正体，起句厌厌 …183
169. 清平乐　木犀 …………183
170. 定风波　重阳 …………183
171. 菩萨蛮　荷花 …………183
172. 南柯子　塔院僧阁 ……183
173. 临江仙　忆洛中，自述 …183
174. 木兰花慢 ………………183
175. 杜大中妾 ………………183
临江仙存一句 ………………183
176. 刘彤 ……………………183
临江仙 ………………………183
177. 僧儿　满庭芳 …………183
178. 胡仔 ……………………183
满江红 ………………………183
179. 王昂 ……………………184
好事近催妆词 ………………184
180. 张元干 …………………184
贺新郎　寄李伯纪丞相 ……184
181. 又　送胡邦衡待制 ……184

182. 满江红　自豫章阻风吴城山作 …………………………184
183. 兰陵王 …………………184
184. 又 ………………………184
185. 念奴娇　自述 …………184
186. 又　论康熙《全唐诗》及唐圭璋《全宋词》………………184
187. 又　论康熙《全唐诗》、唐圭璋《全宋词》…………………184
188. 又 ………………………185
189. 又 ………………………185
190. 又　别体 ………………185
191. 又 ………………………185
192. 石州慢　九体 …………185
193. 又 ………………………185
194. 永遇乐　宿鸥盟轩 ……185
195. 又　洛滨横山作 ………185
196. 八声甘州 ………………185
197. 又　西湖 ………………185
198. 水调歌头　游西湖作 …185
199. 又　中秋 ………………186
200. 又　官奴 ………………186
201. 又 ………………………186
202. 又　故居 ………………186
203. 又 ………………………186
204. 又　寄吕赢小住卢明月家月余 …………………………186
205. 浣溪沙 …………………186
206. 浣溪沙　寄昆仑叶科兄 …………………………186
207. 水调歌头　虎丘 ………186
208. 又 ………………………186
209. 又 ………………………186
210. 又 ………………………187
211. 又 ………………………187

27

212. 风流子　双溪阁落成 ……187	247. 又 ………………189	280. 又 ………………191
213. 鱼游春水 ……………187	248. 又 ………………189	281. 渔家傲　题玄真子图 ……191
214. 宝鼎现，又名三段子 …187	249. 柳梢青　两体，或平或仄　189	282. 又 ………………191
215. 祝英台近 ……………187	250. 又 ………………189	283. 又 ………………191
216. 朝中措 ………………187	251. 醉花阴 ………………189	284. 谒金门 ………………191
217. 蝶恋花 ………………187	252. 又 ………………189	285. 又 ………………191
218. 又 ………………187	253. 长相思令 ……………189	286. 又　送康伯桧 ………191
219. 沁园春，梦与道人游 …187	254. 又 ………………189	287. 瑞鹧鸪 ………………191
220. 又 ………………187	255. 如梦令　七夕 ………189	288. 又 ………………191
221. 临江仙，同前 ………187	256. 又 ………………189	289. 好事近 ………………191
222. 又 ………………188	257. 鹧鸪天 ………………189	290. 又 ………………191
223. 又 ………………188	寄黄晔李芳先生"落叶"…189	291. 又 ………………191
224. 又 ………………188	258. 鹧鸪天 ………………189	292. 又 ………………191
225. 醉落魄 ………………188	寄人民大学苗条………189	293. 怨王孙 ………………191
226. 又 ………………188	259. 春光好 ………………190	294. 又 ………………192
227. 又 ………………188	260. 又 ………………190	295. 喜迁莺令 ……………192
228. 又 ………………188	261. 虞美人 ………………190	296. 又 ………………192
229. 南歌子，中秋寄思 ……188	262. 青玉案 ………………190	297. 喜迁莺慢 ……………192
230. 又 ………………188	263. 又 ………………190	298. 鹧鸪天 ………………192
231. 又　寄何小春 ………188	264. 又 ………………190	299. 忆秦娥 ………………192
232. 又 ………………188	265. 又 ………………190	300. 明月逐人来 …………192
233. 卜算子　梅 …………188	266. 又 ………………190	301. 小重山 ………………192
234. 又 ………………188	267. 又 ………………190	302. 上西平 ………………192
235. 又 ………………188	268. 又 ………………190	303. 春光好 ………………192
236. 又 ………………188	269. 点绛唇　秋社 ………190	304. 又 ………………192
237. 浣溪沙 ………………188	270. 又 ………………190	305. 清平乐 ………………192
238. 又 ………………188	271. 又 ………………190	306. 又 ………………192
239. 又 ………………189	272. 又 ………………190	307. 菩萨蛮 ………………192
240. 又　赋木犀 …………189	273. 又 ………………190	308. 又 ………………192
241. 又　武林李似表 ……189	274. 又 ………………190	309. 又　三月晦日 ………192
242. 又 ………………189	275. 又 ………………190	
243. 又 ………………189	276. 又 ………………191	**第二十函**
244. 又 ………………189	277. 又 ………………191	
245. 又 ………………189	278. 虞美人 ………………191	1. 楼上曲 …………………195
246. 又 ………………189	279. 又 ………………191	2. 又 …………………195
		3. 豆叶黄　唐腔也 ………195

4. 豆叶黄《词律辞典》独体 …195	38. 诉衷情 …………………197	72. 南歌子 …………………200
5. 满庭芳 …………………195	39. 采桑子 …………………198	73. 又 …………………200
6. 又 …………………195	40. 菩萨蛮 …………………198	74. 又 …………………200
7. 又 …………………195	41. 又 …………………198	75. 又 …………………200
8. 又 …………………195	42. 浣溪沙 …………………198	76. 诉衷情 送李状元三首……200
9. 瑞鹤仙 …………………195	43. 好事近 …………………198	77. 又 …………………200
10. 又 …………………195	44. 南歌子 …………………198	78. 又 …………………200
11. 瑶台第一层 ……………195	45. 醉花阴 咏木犀………198	79. 长相思令 三首………200
12. 又 …………………196	46. 点绛唇 …………………198	80. 又 …………………200
13. 望海潮碧云楼 …………196	47. 花心动 …………………198	81. 又 …………………200
14. 又 …………………196	48. 蓦山溪 …………………198	82. 西江月 二首…………200
15. 十月桃 …………………196	49. 西楼月 …………………198	83. 又 …………………200
16. 又枢密，别体，十月梅，咏桃则桃，咏梅则梅……196	50. 踏莎行 …………………198	84. 生查子 …………………200
17. 感皇恩，足迹 ……………196	51. 邓肃 …………………198	85. 感皇恩 …………………200
18. 浣溪沙绿 ……………196	瑞鹧鸪 …………………198	86. 一剪梅 题泛碧斋 十体之中无此体，且和之。……200
19. 夏云峰 …………………196	52. 临江仙 登泗州岭九首……198	87. 蝶恋花 代送李状元……200
20. 千秋岁 …………………196	53. 又 …………………198	88. 江城子 …………………200
21. 水龙吟 …………………196	54. 又 …………………198	89. 谢明远 …………………200
22. 南乡子 …………………196	55. 又 …………………199	菩萨蛮 …………………200
23. 卷珠帘 …………………196	56. 又 …………………199	90. 踏莎行 …………………201
24. 醉蓬莱 …………………197	57. 又 …………………199	91. 张焘 …………………201
25. 陇头泉 …………………197	58. 又 …………………199	踏莎行 …………………201
26. 天仙子 又……………197	59. 又 …………………199	92. 恨欢迟 …………………201
27. 鹊桥仙 又……………197	60. 又 …………………199	93. 姚述尧 …………………201
28. 渔父家风 又…………197	61. 浣溪沙 …………………199	青玉案 …………………201
29. 生查子 …………………197	62. 又 …………………199	94. 吕渭老 …………………201
30. 减字木兰花 ……………197	63. 又 …………………199	薄幸 …………………201
31. 眼儿媚 …………………197	64. 又 …………………199	95. 望海潮 …………………201
32. 昭君怨 …………………197	65. 又 …………………199	96. 选冠子 …………………201
33. 夜游宫 …………………197	66. 菩萨蛮 …………………199	97. 又 …………………201
34. 杨柳枝 …………………197	67. 又 …………………199	98. 念奴娇 …………………201
35. 彩鸾归令 为张子安舞姬作 197	68. 又 …………………199	99. 情长久 …………………201
36. 江神子 …………………197	69. 又 …………………199	100. 又 …………………201
37. 西江月 …………………197	70. 又 …………………199	
	71. 又 和李状元…………199	

101. 满江红，寄陈公立夫"成败之鉴"……202
102. 又……202
103. 浣溪沙，又寄孙越琦……202
104. 浣溪沙 寄箫丽云兄……202
105. 浣溪沙 人生……202
106. 浣溪沙 人生……202
107. 又 寄箫丽云……202
108. 醉蓬莱 又……202
109. 浣溪沙 又，重建金陵城 202
110. 又……202
111. 又……202
112. 又……202
113. 又……202
114. 齐天乐 又……202
115. 沁园春 又……202
116. 满路花 又……203
117. 暮山溪 又……203
118. 千秋岁……203
119. 早梅芳近 又……203
120. 醉落魄……203
121. 惜分飞 又……203
122. 渔家傲、上庐山……203
123. 思佳客 又……203
124. 好事近……203
125. 又……203
126. 天仙子……203
127. 燕归梁……203
128. 小重山 又……203
129. 河传 又……203
130. 清平乐 又，寄郑逢时 …203

131. 握金钗 又……204
132. 南歌子 又……204
133. 蝶恋花 又……204
134. 品令 又……204
135. 浣溪沙 与陈立夫面向中山陵……204
136. 祝英台 无此体，应为祝英台近。又……204
137. 水调歌头 又……204
138. 又……204
139. 又……204
140. 江城子 又……204
141. 又……204
142. 水龙吟 又……204
143. 减字木兰花 又……204
144. 又……205
145. 江城子慢，又……205
146. 如梦令，又……205
147. 极相思，又……205
148. 又……205
149. 贺新郎……205
150. 浪淘沙……205
151. 思佳客……205
152. 二郎神……205
153. 百宜娇……205
154. 醉思仙……205
155. 眼儿媚 又……205
156. 又……205
157. 梦玉人引……205
158. 倾杯令……206
159. 又……206
160. 生查子 第一浪潮为农，第二浪潮为工，第三浪潮为信息。…206
161. 又……206
风八松……206

162. 扑蝴蝶近 人类活动的载体是文化。人文光明……206
163. 又……206
164. 一落索……206
165. 又……206
166. 又……206
167. 谒金门 又……206
168. 鼓笛慢……206
169. 西江月慢……206
170. 思佳客……206
171. 又……206
172. 夜游宫……207
173. 浣溪沙……207
174. 南歌子……207
175. 如梦令……207
176. 浪淘沙……207
177. 醉桃源……207
178. 思佳客……207
179. 小重山……207
180. 柳梢青……207
181. 卜算子……207
182. 又……207
183. 又……207
184. 又……207
185. 如梦令 又……207
186. 又……207
187. 木兰花慢 又……207
188. 又……207
189. 又……208
190. 恋香衾 又……208
191. 荁叶黄 《词律辞典》仅仄声体，取吕渭老平声体……208
192. 又……208
193. 又……208
194. 又……208

195. 又 …………………208	227. 玉连环　僧舍　实为一落索。取秦观体。…………210	261. 又 …………………213
196. 千秋岁 ………………208	228. 江城子 ………………210	262. 又 …………………213
197. 好事近 ………………208	229. 又 …………………210	263. 又　别 ……………213
198. 南乡子 ………………208	230. 水调歌头 …………210	264. 又 …………………213
199. 又 …………………208	231. 又　追和东坡 ……210	265. 阮郎归 ……………213
200. 浪淘沙 ……………208	232. 又　王鳌状元 ……211	266. 又 …………………213
201. 卜算子 ……………208	233. 又 …………………211	267. 长相思 ……………213
202. 小重山 ……………208	234. 又　僧 ……………211	268. 又 …………………213
203. 惜分钗 ……………208	235. 青玉案　对雪 ……211	269. 又 …………………213
204. 又 …………………208	236. 又　送无为宁还朝 …211	270. 又 …………………213
205. 如梦令 ……………208	237. 又　旧隐 …………211	271. 又 …………………213
206. 水龙吟 ……………209	238. 凤箫吟　重九 ……211	272. 又 …………………213
207. 鹊桥仙 ……………209	239. 卜算子　别万山堂 …211	273. 满庭芳 ……………213
208. 点绛唇 ……………209	240. 又 …………………211	274. 又　太学 …………213
209. 又 …………………209	241. 又 …………………211	275. 又 …………………213
210. 水调歌头 …………209	242. 丑奴儿 ……………211	276. 又　双莲堂 ………213
211. 好事近 ……………209	243. 桃源忆故人 ………211	277. 又　立春日 ………213
212. 又　自述 …………209	244. 又 …………………211	278. 又 …………………214
213. 青玉案　又 ………209	245. 又 …………………211	279. 又　秋 ……………214
214. 东风第一枝　又 …209	246. 又 …………………212	280. 又 …………………214
215. 林季仲 ……………209	247. 沁园春 ……………212	281. 醉蓬莱　和东坡重九上君猷 …………………214
倾杯乐　别 …………209	248. 惜奴娇 ……………212	
216. 王之道 ……………209	249. 又 …………………212	282. 又　文化 …………214
庆清朝　及第 ………209	250. 南乡子　自述 ……212	283. 浣溪沙 ……………214
217. 谒金门 ……………209	251. 又 …………………212	284. 又 …………………214
218. 蝶恋花 ……………209	252. 又 …………………212	285. 又 …………………214
219. 又 …………………210	253. 又 …………………212	286. 又　梨花 …………214
220. 又 …………………210	254. 又 …………………212	287. 又 …………………214
221. 又 …………………210	255. 又 …………………212	288. 又 …………………214
222. 又 …………………210	256. 又 …………………212	289. 又 …………………214
223. 又　围棋 …………210	257. 减字木兰花　立春 …212	290. 又 …………………214
224. 又　木犀 …………210	258. 又 …………………212	291. 又 …………………215
225. 宴山亭　海棠，燕山亭 …210	259. 又 …………………212	292. 又　代人作 ………215
226. 风流子 ……………210	260. 又 …………………212	293. 又 …………………215
		294. 又　春 ……………215

295. 东风第一枝　梅 ……………215
296. 西江月 ……………………215
297. 又 …………………………215
298. 又 …………………………215
299. 又　赏梅 …………………215
300. 又　春归 …………………215
301. 又　别思 …………………215
302. 又 …………………………215
303. 归朝欢　和东坡词 ………215
304. 宴春台 ……………………215
305. 朝中措 ……………………215
306. 又 …………………………215
307. 又，清明 …………………216
308. 又 …………………………216
309. 又 …………………………216

第二十一函

1. 卜算子人生 …………………219
2. 鹧鸪天别蔡国君图门口岸雨　219
3. 朝中措 ………………………219
4. 又 ……………………………219
5. 又 ……………………………219
6. 又 ……………………………219
7. 又，远亭 ……………………219
8. 玉楼春 ………………………219
9. 又 ……………………………219
10. 石州慢　岁除 ……………219
11. 鹊桥仙 ……………………219
12. 又　七夕 …………………219
13. 菩萨蛮 ……………………219
14. 又 …………………………219
15. 又 …………………………220
16. 又 …………………………220
17. 千秋岁 ……………………220
18. 又　舟次吴江 ……………220

19. 又 …………………………220
20. 又　和秦少游 ……………220
21. 又 …………………………220
22. 又 …………………………220
23. 胜胜慢　声声慢 …………220
24. 又 …………………………220
25. 又　木犀 …………………220
26. 宴桃源　雪 ………………220
27. 又 …………………………220
28. 又 …………………………220
29. 又 …………………………220
30. 又　海棠 …………………221
31. 折丹桂　省试 ……………221
32. 又 …………………………221
33. 又 …………………………221
34. 八声甘州 …………………221
35. 渔家傲 ……………………221
36. 又 …………………………221
37. 又 …………………………221
38. 又 …………………………221
39. 又　和董舍人 ……………221
40. 又 …………………………221
41. 又 …………………………221
42. 又 …………………………221
43. 又　祝寿 …………………221
44. 浪淘沙 ……………………221
45. 忆东坡　追和黄鲁直 ……221
46. 又 …………………………222
47. 六州歌头 …………………222
48. 好事近，希渊生日 ………222
49. 又，继成生日 ……………222
50. 又，弟生日 ………………222
51. 又，昭美生日 ……………222
52. 又，令升生日 ……………222
53. 木兰花慢 …………………222

54. 感皇恩，弟生日 …………222
55. 石州慢 ……………………222
56. 江城子 ……………………222
云雨 …………………………222
57. 一剪梅董令升赠魏定甫侍儿 222
58. 汉宫春雪 …………………222
59. 点绛唇酴醾 ………………223
60. 又 …………………………223
61. 又　和张文伯 ……………223
62. 又　和朱希真 ……………223
63. 又　除夜雪 ………………223
64. 又 …………………………223
65. 又　社日 …………………223
66. 又 …………………………223
67. 虞美人　郡斋莲花 ………223
68. 又 …………………………223
69. 小重山　德秀生日 ………223
70. 又　逢弟生日 ……………223
71. 秦楼月　雪 ………………223
72. 满江红　谁守历阳 ………223
73. 望海潮　重九 ……………223
74. 如梦令　芍药 ……………223
75. 又　和平犀 ………………224
76. 又　江上对雨 ……………224
77. 又 …………………………224
78. 临江仙 ……………………224
79. 又　和东坡 ………………224
80. 又 …………………………224
81. 南歌子 ……………………224
82. 又 …………………………224
83. 又 …………………………224
84. 又 …………………………224
85. 端午　二首 ………………224
86. 又 …………………………224
87. 又 …………………………224

88. 念奴娇 中秋 ……224	118. 蓦山溪 是,不是,是。 227	146. 李廌 ……228
89. 又 重阳 ……224	119. 醉落魄 ……227	清平乐 ……228
90. 贺新郎 送郑宗承……224	120. 朱松 ……227	147. 杨无咎 ……229
91. 菩萨蛮 采莲女 ……225	蝶恋花,宿郑氏阁……227	水龙吟 ……229
92. 董颖 ……225	121. 朱翌 ……227	148. 又 ……229
薄媚 西子词……225	点绛唇,梅 ……227	149. 又 ……229
93. 排遍第九 ……225	122. 朝中措,五月菊 ……227	150. 又 ……229
94. 第十攧 ……225	123. 生查子,叠扇 ……227	151. 又 ……229
95. 入破第一 ……225	124. 陈康伯 ……227	152. 又,木樨 ……229
96. 第二虚催 ……225	125. 阮郎归 西施之死 ……227	153. 念奴娇 ……229
97. 采桑子 禹吴 ……225	126. 浪淘沙 鹅湖山 ……227	154. 扫花游 ……229
98. 第三衮遍 ……225	127. 欧阳澈 ……227	155. 隔浦莲,应为近拍 ……229
99. 第四催拍 ……225	踏莎行 ……227	156. 品令 ……229
100. 第五衮遍 ……225	128. 蝶恋花 拉朝宗小饮 ……227	157. 阳春 ……229
101. 第六歇拍 ……225	129. 玉楼春 ……227	158. 白雪 ……230
102. 第七煞衮 ……226	130. 又 ……227	159. 垂钓丝 ……230
103. 卜算子 ……226	131. 踏莎行 ……227	160. 又 赠吕倩倩 ……230
104. 满庭芳,用小游韵 ……226	132. 小重山 ……227	161. 解蝶蹀 吕倩倩吹笛 ……230
105. 潘良贵 ……226	133. 虞美人 ……228	162. 醉落魄 龙涎香 ……230
满庭芳 ……226	134. 曾惇 ……228	163. 青玉案 祝寿 ……230
106. 董德元 ……226	朝中措 ……228	164. 又 ……230
柳梢青 ……226	135. 又 ……228	165. 又 次韵 ……230
107. 冯时行 ……226	136. 又 ……228	166. 望江南 ……230
青玉案 ……226	137. 念奴娇 ……228	167. 又 ……230
108. 虞美人 ……226	138. 诉衷情 别意 ……228	168. 又 ……230
109. 又 ……226	139. 浣溪沙 ……228	169. 又 ……230
110. 又,重阳词 ……226	140. 点绛唇 重九饮栖霞 ……228	170. 选冠子 一名选官子,十五体 ……230
111. 渔家傲 冬至 ……226	141. 张表臣 ……228	
112. 天仙子,荼蘼已雕落赋 …226	菩萨蛮 过吴江 ……228	171. 满庭芳 ……231
113. 点绛唇,十七年赋闲,二月到官,三月罢,同官作别……226	142. 蓦山溪 ……228	172. 二郎神,实为转调二郎神 231
	143. 吴亿 ……228	173. 水调歌头 ……231
114. 玉楼春 ……226	南乡子 ……228	174. 又 ……231
115. 点绛唇 ……226	144. 烛影摇红 ……228	175. 又 ……231
116. 又 ……227	145. 刘麦 ……228	176. 又,一带一路一国一园一银行 ……231
117. 梦兰堂 ……227	临江仙 补李后主词……228	

33

177. 传言玉女，水仙瑞香黄香梅幽兰四品同坐 ··············231
178. 又 ···············231
179. 于中好 ···············231
180. 又 ···············231
181. 又 ···············231
182. 瑞云浓 ···············231
183. 一丛花 ···············232
184. 好事近 黄琼 ···············232
185. 鹊人娇 李莹 ···············232
186. 又 ···············232
187. 蝶恋花 ···············232
188. 浣溪沙 ···············232
189. 蝶恋花 ···············232
190. 又 ···············232
191. 又 ···············232
192. 锯解令 ···············232
193. 忆秦娥 ···············232
194. 倾杯 上元词 ···············232
195. 望海潮 ···············232
196. 齐天乐 ···············232
197. 又 端午 ···············233
198. 蓦山溪 端午 ···············233
199. 又 酴醿 ···············233
200. 又 同前 ···············233
201. 又 木犀 ···············233
202. 浣溪沙 长洲 ···············233
203. 醉蓬莱 ···············233
204. 又 ···············233
205. 又 ···············233
206. 朝中措 ···············233
207. 又 ···············233
208. 点绛唇 ···············233
209. 又 ···············233
210. 又 ···············234

211. 又 ···············234
212. 卜算子 ···············234
213. 又 改体 ···············234
214. 又 ···············234
215. 滴滴金 ···············234
216. 又 ···············234
217. 上林春令 ···············234
218. 瑞鹤仙 ···············234
219. 又 ···············234
220. 又 ···············234
221. 又 ···············234
222. 雨中花 应为雨中花慢，二十一体 ···············234
223. 又 ···············234
224. 又 中秋 ···············235
225. 鹊桥仙 ···············235
226. 洞仙歌 ···············235
227. 多丽 中秋 ···············235
228. 卓牌子慢 ···············235
229. 倒垂柳 重九 ···············235
230. 惜黄花慢 ···············235
231. 醉花阴 ···············235
232. 又 ···············235
233. 又 ···············235
234. 又 ···············235
235. 又 ···············235
236. 解蝶蹙 ···············235
237. 锁窗寒 ···············236
238. 玉楼春 ···············236
239. 又 黄花 ···············236
240. 又 茶 ···············236
241. 清平乐 ···············236
242. 又 ···············236
243. 渔家傲 老妻 寄郭雅卿 236
244. 又 ···············236

245. 又 ···············236
246. 又 ···············236
247. 双雁儿 除夕 ···············236
248. 又 ···············236
249. 迎春乐 ···············236
250. 永遇乐 ···············236
251. 又 ···············236
252. 又 ···············236
253. 玉烛新 ···············237
254. 御街行 ···············237
255. 柳梢青 十二体 ···············237
256. 又 ···············237
257. 又 ···············237
258. 又 ···············237
259. 又 ···············237
260. 又 ···············237
261. 又 ···············237
262. 又 ···············237
263. 又 ···············237
264. 又 ···············237
265. 又 ···············237
266. 又 ···············237
267. 又 ···············237
268. 又 ···············237
269. 又 ···············238
270. 又 颐和园 ···············238
271. 又 ···············238
272. 解连环 自度 ···············238
273. 踏莎行 ···············238
274. 探春令 ···············238
275. 又 ···············238
276. 又 ···············238
277. 又 ···············238
278. 人月园 ···············238
279. 又 ···············238

280. 眼儿媚 ……238	11. 朝天子 小阁 ……243	44. 玉连环 又，中兴 ……246
281. 倒垂柳 ……238	12. 步蟾宫 木犀 ……243	45. 夏云峰 ……246
282. 南歌子 ……238	13. 又 ……243	46. 凤凰台上忆吹箫 又 ……246
283. 又，次东坡端午韵 ……238	14. 长相思 九体 应为长相思慢 …244	47. 安平乐 又 ……247
284. 又 ……238	15. 曲江秋 自述 早 ……244	48. 夜合花 又 ……247
285. 又 ……239	16. 又 中 ……244	49. 绿头鸭 同前，词名《多丽》 ……247
286. 又 ……239	17. 又 晚 ……244	50. 赏松菊 同前 ……247
287. 又 ……239	18. 点绛唇 东坡韵 ……244	51. 浣溪沙 ……247
288. 西江月 ……239	19. 柳梢青 ……244	吕长义词 忆丛润花娘 二〇一八冬至 ……247
289. 又 ……239	20. 又 ……244	52. 瑞鹤仙 又中兴 ……247
290. 生查子 ……239	21. 又 ……244	53. 水龙吟 又 ……247
291. 又 ……239	22. 又 ……244	54. 浣溪沙 ……247
292. 又 ……239	23. 曹勋 ……244	吕长义词忆爹娘 ……247
293. 甘草子 ……239	法曲 道情 ……244	55. 水龙吟 ……247
294. 鹧鸪天 ……239	24. 歌头 ……244	56. 又 ……247
295. 又 ……239	25. 徧第一 ……244	57. 月上海棠慢 ……247
296. 又 ……239	26. 徧第二 ……245	58. 夏云峰 端午 ……248
297. 又 ……239	27. 徧第三 ……245	59. 松梢月 自述 ……248
298. 天下乐 ……239	28. 第四 ……245	60. 隔帘花 咏题 别体 ……248
299. 玉抱肚，寄雅卿 ……239	29. 入破第一 ……245	61. 东风第一枝。元夕 ……248
300. 雨中花令，又 ……239	30. 入破第二 ……245	62. 水龙吟 初夏 ……248
301. 又 ……239	31. 入破第三 ……245	63. 忆吹箫 七夕 ……248
302. 又 ……240	32. 入破第四 ……245	64. 尾犯 中秋 ……248
	33. 第五煞 ……245	65. 秋蕊香 重阳 本秋蕊香实为"教池回"双调九十七字，上阕四十九字十句五平韵，下阕四十八字九句五平韵。寄兄弟。 ……248
第二十二函	34. 大桩 太母七十，寄雅卿 …245	
	35. 花心动 又 ……245	
1. 夜行船 ……243	36. 保寿乐 又 ……245	
2. 又 吕倩 ……243	37. 宴清都 又 ……246	
3. 又 周三五 ……243	38. 又 又一体 ……246	66. 十六贤 ……248
4. 又 ……243	39. 一寸金 ……246	67. 金盏倒垂莲 牡丹 又名金盏子 ……248
5. 又 ……243	40. 国香 同前 ……246	
6. 两同心 ……243	41. 齐天乐 又 ……246	68. 庆清朝 牡丹 ……249
7. 又 ……243	42. 透碧霄 又中兴 ……246	69. 花心动 芍药 ……249
8. 又 吕倩 ……243	43. 芰荷香 同前 ……246	70. 又 瑞香 ……249
9. 又 牛楚 ……243		
10. 乌夜啼 ……243		

35

71. 杏花天慢 杏花 …………249	104. 江神子 …………………252	135. 又 …………………………254
72. 念奴娇 林禽 …………249	105. 满庭芳 忆"老苏州"陆文夫	136. 又 …………………………254
73. 风流子 海棠 …………249	…………………………………252	137. 又 …………………………254
74. 蜀溪春 黄花海棠 ……249	106. 又 苏州工业园,我组中国财	138. 浣溪沙 ……………………254
75. 倚楼人 荼蘼 倚阑人 曹勋	团。………………………………252	139. 又 …………………………254
自度曲 ………………………249	107. 又 ……………………………252	140. 酒泉子 ……………………254
76. 夹竹桃花 咏题 ………249	108. 选冠子 ……………………252	141. 又 …………………………254
77. 峭寒轻 残梅 …………249	109. 选冠子 ……………………252	142. 又 …………………………254
78. 竹马子 杨柳 …………250	110. 定风波 ……………………252	143. 又 …………………………254
79. 二色莲 咏题 …………250	111. 祝英台,实为祝英台慢 …252	144. 朝中措 法国特使,地铁主任
80. 八音谐 赏荷花 以八曲声合	112. 二郎神 ……………………252	…………………………………255
成。……………………………250	113. 满路花 ……………………252	145. 又 …………………………255
81. 清风满桂楼 丹桂 ……250	114. 木兰花慢 …………………252	146. 又 …………………………255
82. 雁侵云慢 咏题 ………250	115. 念奴娇 送李士举 ………253	147. 西江月 又 ………………255
83. 锦标归 待雪 …………250	116. 又 …………………………253	148. 又 …………………………255
84. 索酒 ………………………250	117. 又 宋之中兴 ……………253	149. 谒金门 又 ………………255
85. 凤箫吟 ……………………250	118. 沁园春 ……………………253	150. 玉楼春 ……………………255
86. 六花飞 ……………………250	119. 又 清庐道人 ……………253	151. 饮马歌 ……………………255
87. 浣溪沙 赏帐 …………250	120. 浣溪沙 ……………………253	152. 长寿仙促拍 ………………255
88. 又 赏灯 ………………250	第四次浪潮 …………………253	153. 又 …………………………255
89. 又 赏丹桂 ……………251	121. 浣溪沙 ……………………253	154. 浣溪沙 ……………………255
90. 又 牡丹 ………………251	长江 …………………………253	155. 酒泉子 ……………………255
91. 临江仙 中秋禁中待月 …251	122. 青玉案 ……………………253	156. 诉衷情 ……………………255
92. 又 芍药 ………………251	123. 又 …………………………253	157. 又 …………………………255
93. 西江月 丹桂 …………251	124. 虞美人 ……………………253	158. 朝中措 ……………………255
94. 又 西园雪 ……………251	125. 又 …………………………253	159. 又 …………………………255
95. 诉衷情 宫中牡丹 ……251	126. 阮郎归 ……………………254	160. 谒金门 咏木樨 …………255
96. 武陵春 禁中元夕 ……251	127. 又 …………………………254	161. 又 …………………………256
97. 四槛花 自度曲 ………251	128. 菩萨蛮 ……………………254	162. 玉蝴蝶 酒 ………………256
98. 花心动 ……………………251	129. 又 …………………………254	163. 水调歌头 一带一路 ……256
99. 胜胜令 ……………………251	130. 又 …………………………254	164. 醉思仙 自度 ……………256
100. 玉蝴蝶 从军过庐州 …251	131. 清平乐 又 ………………254	165. 江神子 寄吕四郎长义 …256
101. 水龙吟 …………………251	132. 又 …………………………254	166. 满庭芳 ……………………256
102. 又,中华 ………………251	133. 又 …………………………254	167. 又 …………………………256
103. 宴清都 …………………252	134. 点绛唇 又 ………………254	168. 武陵春 重阳 ……………256

169. 又 ……………………256	203. 蝶恋花 奉旨西湖探梅 …258	231. 玉楼春 ……………………260
170. 又 ……………………256	204. 点绛唇 ……………………258	232. 清平乐 ……………………260
171. 又 三郎寄 ……………256	205. 又 ……………………258	233. 青玉案 重九 ……………260
172. 五楼春 雁 ………………256	206. 玉楼春 ……………………258	234. 好事近 ……………………260
173. 又 ……………………256	207. 清平乐 ……………………259	235. 俞处俊 ……………………260
174. 浪淘沙 ……………………256	208. 胡寅 ……………………259	百字令 ……………………260
175. 又 木樨开时雨 …………256	水调歌头 金陵八艳复国，男儿不出头。……………………259	236. 岳飞 ……………………260
176. 鹧鸪天 ……………………257		237. 小重山 ……………………261
177. 又 ……………………257	209. 吴舜选 ……………………259	238. 满江红 写怀 ……………261
178. 又 ……………………257	蓦山溪 ……………………259	239. 又 登黄鹤楼 ……………261
179. 又 ……………………257	210. 赵桓 ……………………259	240. 邵缉 ……………………261
180. 好事近 ……………………257	西江月 寄康王 ………………259	满庭芳 ……………………261
181. 又 ……………………257	211. 又 ……………………259	241. 吴芾 ……………………261
182. 又 ……………………257	212. 眼儿媚 又 ………………259	水调歌头 ……………………261
183. 胜胜慢 ……………………257	213. 刘子翚 ……………………259	242. 孙道绚 ……………………261
184. 一剪梅 ……………………257	蓦山溪 酒 ……………………259	滴滴金 梅 ……………………261
185. 御街行 ……………………257	214. 满庭芳 ……………………259	243. 醉蓬莱 ……………………261
186. 行香子 ……………………257	215. 南歌子 ……………………259	244. 菩萨蛮 ……………………261
187. 蓦山溪 改调 ……………257	216. 又 ……………………259	245. 少年游 ……………………261
188. 千秋岁 ……………………257	217. 何大圭 ……………………259	246. 忆秦娥 ……………………261
189. 水龙吟 《三国志》与《三国演义》………………………257	小重山 惜别 …………………259	247. 醉思仙 解放 ……………261
	218. 水调歌头 诗论 …………259	248. 如梦令 ……………………261
190. 念奴娇 ……………………257	219. 浣溪沙 又 ………………259	249. 清平乐 雪 ………………261
191. 又 ……………………258	220. 蝶恋花 又 诗与词 ………260	250. 何簑衣道人 ………………262
192. 沁园春 又 ………………258	221. 胡铨 ……………………260	临江仙 ……………………262
193. 菩萨蛮 李白《静夜思》 258	浣溪沙 ……………………260	251. 陆凝之 ……………………262
194. 又 ……………………258	222. 菩萨蛮 ……………………260	252. 念奴娇 ……………………262
195. 又 ……………………258	223. 减字木兰花 ………………260	253. 史浩 ……………………262
196. 又 回文 ………………258	224. 醉落魄 ……………………260	采莲 大曲八首 寿乡词………262
197. 又 ……………………258	225. 又 ……………………260	254. 撷遍 ……………………262
198. 又 ……………………258	226. 鹧鸪天 ……………………260	255. 入破 ……………………262
199. 清平乐 ……………………258	227. 朝中措 ……………………260	256. 衮遍 ……………………262
200. 又 ……………………258	228. 采桑子 ……………………260	257. 实催 ……………………262
201. 又 ……………………258	229. 临江仙 ……………………260	258. 衮 ……………………262
202. 点绛唇 ……………………258	230. 如梦令 ……………………260	259. 歇拍 ……………………262

260. 煞衮 …………………262
261. 采莲舞　大曲八首 ………262

第二十三函

1. 太清舞 …………………267
2. 柘枝舞 …………………268
3. 花舞 ……………………268
4. 剑舞 ……………………270
5. 渔父舞 …………………270
6. 望海潮 …………………271
7. 又 ………………………271
8. 又 ………………………271
9. 感皇恩　自述 …………271
10. 又 ……………………271
11. 满庭芳 ………………271
12. 又　立春日 …………271
13. 又　雪消 ……………272
14. 又　劝酒 ……………272
15. 又 ……………………272
16. 又 ……………………272
17. 又　梅 ………………272
18. 又　雪 ………………272
19. 庆清朝　梅花 ………272
20. 蓦山溪　又　幽居 …272
21. 青玉案 ………………272
22. 又　生日用去声七遇韵 …272
23. 又　为戴昌言歌姬作 …272
24. 西江月　答官伎得我字 …273
25. 喜迁莺　第四次浪潮　二十四体，正体无五字起，疑误，从正体康与之 ………………273
26. 又　第四浪潮 ………273
27. 又 ……………………273
28. 又 ……………………273
29. 又 ……………………273
30. 又 ……………………273
31. 点绛唇 ………………273
32. 又 ……………………273
33. 又 ……………………273
34. 又 ……………………273
35. 木兰花慢 ……………273
36. 临江仙 ………………274
37. 又　夫人写字 ………274
38. 鹧鸪天 ………………274
39. 又 ……………………274
40. 又　作寿 ……………274
41. 又　送试 ……………274
42. 蝶恋花 ………………274
43. 宝鼎现 ………………274
44. 最高楼　村有十人八十岁 …274
45. 明月逐人来　十人八十岁 …274
46. 踏莎行 ………………274
47. 生查子　又 …………274
48. 江城子　人向南北，足在西东 …………………274
49. 浪淘沙令　祝寿 ……274
50. 瑞鹤仙 ………………275
51. 水龙吟　洞天 ………275
52. 又　太湖 ……………275
53. 永遇乐　洞天 ………275
54. 迎仙客　洞天 ………275
55. 南浦　洞天 …………275
56. 夜合花洞天 …………275
57. 人月圆　元宵 ………275
58. 又　圆子 ……………275
59. 粉蝶儿 ………………275
60. 又　咏圆子 …………275
61. 教池回　竞渡 ………275
62. 如梦令　汪魏巷九号 …276
63. 洞仙歌　茉莉花 ……276
64. 醉蓬莱 ………………276
65. 声声慢　沈阳市长宴法国特使戈蒂于北陵遇巨雪…………276
66. 秋蕊香　又　取《词律辞典》周邦彦正体　生日 ……276
67. 渔家傲　又 …………276
68. 花心功　竞渡 ………276
69. 水龙吟　大梅词 ……276
70. 瑞鹤仙 ………………276
71. 喜迁莺　二十四体　取晏殊体 ………………………276
72. 菩萨蛮　清明 ………276
73. 南浦　四月八日 ……276
74. 青玉案 ………………276
75. 卜算子　端午 ………277
76. 永遇乐　夏至 ………277
77. 鹊桥仙　七夕 ………277
78. 瑞鹤仙　七夕 ………277
79. 念奴娇　中秋 ………277
80. 菱荷香　中秋 ………277
81. 清平乐　中秋 ………277
82. 又　酒 ………………277
83. 又　石头城 …………277
84. 又 ……………………277
85. 又　除夕 ……………277
86. 又　劝王枢使 ………277
87. 又　劝陈参政 ………277
88. 又　劝酒 ……………277
89. 朝中措　雪 …………277
90. 七娘子　重阳 ………278
91. 惜黄花　重阳 ………278
92. 浣溪沙 ………………278
93. 临江仙　除夜问史浩 …278
94. 感皇恩　除夕 ………278
95. 满庭芳　立春 ………278

38

目 录

96. 扑蝴蝶　四体取曹祖正体 …278
97. 蝶恋花　劝酒 …………278
98. 临江仙　劝酒 …………278
99. 粉蝶儿　劝酒 …………278
100. 瑞鹤仙　十九体劝酒 …278
101. 永遇乐　劝酒 …………278
102. 青玉案　劝酒 …………278
103. 满庭芳　太湖 …………278
104. 又 ……………………279
105. 临江仙　瑞雪石 ………279
106. 好事近　梅花 …………279
107. 又 ……………………279
108. 念奴娇　秋香 …………279
109. 又　亲情拾得一婢，名念奴，雪中来归 ………………279
110. 又 ……………………279
111. 白苎　梅 ………………279
112. 浣溪沙 …………………279
113. 又 ……………………279
114. 又 ……………………279
115. 又 ……………………279
116. 又 ……………………279
117. 又 ……………………279
118. 又 ……………………280
119. 武陵春 …………………280
120. 千秋岁 …………………280
121. 新荷叶 …………………280
122. 醉蓬莱　劝酒 …………280
123. 瑶台第一层 ……………280
124. 如梦令 …………………280
125. 又 ……………………280
126. 已　饮夫人酒 …………280
127. 又 ……………………280
128. 又 ……………………280
129. 又 ……………………280

130. 南歌子 …………………280
131. 画堂春　以正体为七六七四，六六七四句。八句七平韵 ……………………280
132. 杏花天 …………………280
133. 临江仙 …………………280
134. 又　题道隆观 …………280
135. 仲井　忆王孙 …………281
136. 点绛唇　赠外孙六六 …281
137. 浣溪沙　示孟氏女 ……281
138. 又 ……………………281
139. 又 ……………………281
140. 菩萨蛮 …………………281
141. 好事近　平江宴客七首 …281
142. 又 ……………………281
143. 又 ……………………281
144. 又 ……………………281
145. 又 ……………………281
146. 又 ……………………281
147. 又 ……………………281
148. 忆秦娥　木樨 …………281
149. 画堂春　和秦少游韵 …281
150. 浣溪沙　戊戌2018.12.30北京南京 ……………………281
改中国铁路一等座赠品 …281
151. 大圣乐令　赠枝 ………281
152. 浪淘沙　又 ……………281
153. 又 ……………………282
154. 又　即事 ………………282
155. 鹧鸪天 …………………282
156. 又 ……………………282
157. 蓦山溪　过江宁 ………282
158. 水调歌头 ………………282
159. 芰荷香 …………………282
160. 浣溪沙　江宁寄王昌龄 …282

161. 浣溪沙 …………………282
162. 八声甘州　木樨和韵 …282
163. 念奴娇 …………………282
164. 又　雪 …………………282
165. 浣溪沙 …………………282
寄贺佳丝朱曦宁江宁因雪有感282
166. 瑞鹤仙 …………………282
167. 水调歌头　浮远堂 ……283
168. 念奴娇　同上 …………283
169. 画堂春 …………………283
170. 浣溪沙 …………………283
171. 眼儿媚 …………………283
172. 武陵春 …………………283
173. 赵构 ……………………283
渔父词　实为渔歌子 ……283
174. 风入松 …………………283
175. 崔若砺 …………………283
失调名 ……………………283
176. 高登 ……………………284
多朋 ………………………284
177. 阮郎归　访不遇 ………284
178. 蓦山溪　老人行 ………284
179. 行香子 …………………284
180. 渔家傲　潮州考官 ……284
181. 好事尽　画霜竹 ………284
182. 又 ……………………284
183. 又 ……………………284
184. 又 ……………………284
185. 西江月 …………………284
186. 南歌子 …………………284
187. 好事近 …………………284
188. 闻人武子 ………………284
菩萨蛮 ……………………284
189. 关注 ……………………284
桂华明 ……………………284

39

190. 水调歌头 世外 ……284
191. 剔银灯 忆家父"窦燕山，有一方，教五子，名俱扬" ……285
192. 太平乐 又 ……285
193. 李石 ……285
如梦令
194. 又 忆别 ……285
195. 生查子 春情 2019.1.1 人民大会堂京戏晚会 ……285
196. 又 ……285
197. 又 ……285
198. 又 ……285
199. 捣练子 送别 ……285
200. 又 ……285
201. 长相思 暮春 ……285
202. 又 佳人 ……285
203. 又 重午 ……285
204. 乌夜啼 ……285
205. 又 ……285
206. 又 ……285
207. 又 ……285
208. 朝中措 闻莺 ……285
209. 又 歌姬 ……285
210. 又 赠别 ……286
211. 一剪梅 忆别 ……286
212. 又 ……286

第二十四函

1. 醉落魄 春云 ……289
2. 临江仙 佳人 ……289
3. 又 醉饮 ……289
4. 又 空城计 ……289
5. 又 忆父五代同堂八十寿 ……289
6. 满庭芳 送别 ……289
7. 木兰花 ……289

8. 又 ……289
9. 南乡子 ……289
10. 又 ……289
11. 西江月 ……289
12. 八声甘州 怀归 ……289
13. 雨中花慢 ……290
14. 醉蓬莱 又 ……290
15. 渔家傲 ……290
16. 卜算子 ……290
17. 捣练子 ……290
18. 又 ……290
19. 谢池春 ……290
20. 出塞 ……290
21. 康与之 ……290
望江南 ……290
22. 忆秦娥 ……290
23. 洞仙歌令 ……290
24. 西江月 ……290
25. 曲游春 ……290
26. 舞杨花 应制上赐此调名 …290
27. 瑞鹤仙 上元应制 ……291
28. 又 ……291
29. 汉宫春 慈宁殿元夕被旨作 291
30. 喜迁莺 丞相生日 二十四体 ……291
31. 又 秋夜闻雁 ……291
32. 丑奴儿令 自岭表还临安作 291
33. 又 促养直赴雪夜溪堂之约 291
34. 诉衷情令 登郁孤台 ……291
35. 又 长安怀古 ……291
36. 菩萨蛮令 ……291
37. 又 金陵怀古 ……291
38. 感皇恩 幽居 ……291
39. 卖花声 闺思 ……291
40. 又 ……291

41. 江城子 ……292
42. 风入松 春晚 ……292
43. 又 ……292
44. 谒金门 暮春 ……292
45. 长相思 西湖 ……292
46. 应天长 闺思 ……292
47. 玉楼春令 ……292
48. 风入松 ……292
49. 忆少年令 元夕应制 ……292
50. 风流子 ……292
51. 瑞鹤仙令 ……292
52. 杏花天 ……292
53. 卜算子 ……292
54. 金菊对芙蓉 ……292
55. 满江红 杜鹃 ……292
56. 满庭芳 冬 ……293
57. 减字木兰花 ……293
58. 采桑子 ……293
59. 荷叶铺水面 春游 同叶韵 293
60. 曾觌 ……293
水龙吟 ……293
61. 念奴娇 ……293
62. 又 ……293
63. 又 ……293
64. 又 ……293
65. 瑞鹤仙 ……293
66. 倾杯乐 仙吕，席上咏史 …293
67. 木兰花慢 长乐台晚望 ……294
68. 水调歌头 书怀 ……294
69. 又 ……294
70. 又 ……294
71. 醉蓬莱 又 ……294
72. 满庭芳 ……294
73. 燕山亭 中秋 ……294
74. 又 ……294

40

75. 沁园春 雪 …………294	108. 又 梨花 …………296	140. 南柯子 主人姬待出行 ……298
76. 喜迁莺 荡海寇稿将士宴 …294	109. 感皇恩 重别临安 …296	141. 又 浩然与已同年同月同日生
77. 金人捧露盘 自述 …………294	110. 阮郎归 上苑夏池上双飞燕掠	…………298
78. 传言玉女 …………295	水得旨赋赋 …………296	142. 玉楼春 …………298
79. 好事近 …………295	111. 鹧鸪天 选德殿赏灯过梅堂	143. 江神子 …………298
80. 又 …………295	…………297	144. 踏莎行 …………298
81. 又 …………295	112. 又 奉和伯可郎中 …297	145. 生查子 …………298
82. 柳梢青 应梨 …………295	113. 又 净惠师了堂 …297	146. 青玉案 读史 …………299
83. 又 临安春会，胡帅索词 …295	114. 又 …………297	147. 又 …………299
84. 又 山林堂解嘲 …………295	115. 定风波 应制听琵琶作 …297	148. 菩萨蛮 春日 …………299
85. 春光好 …………295	116. 又 旨牡丹 …………297	149. 又 …………299
86. 又 感旧 …………295	117. 又 江楼 …………297	150. 西江月 元夕 …………299
87. 又 …………295	118. 又 …………297	151. 又 …………299
88. 减字木兰花 谢上牡丹 …295	119. 南乡子 文叔宴 …………297	152. 又 …………299
89. 点绛唇 …………295	120. 忆秦娥 …………297	153. 绣带儿 客路见梅 …………299
90. 又 …………295	121. 又 …………297	154. 卜算子 湖州吴氏女失身于土
91. 浣溪沙 制赏杏厅琵琶 …295	122. 又 赏雪 …………297	山作妾
92. 又 相府舞者 …………295	123. 又 邯郸道上望丛台 …297	155. 柳梢青 咏海棠 …………299
93. 又 …………295	124. 鹊桥仙 …………297	156. 又 咏小杏 …………299
94. 又 …………295	125. 清平乐 …………297	157. 又 咏田瓜 …………299
95. 清商怨 …………296	126. 长相思 …………297	158. 醉落魄 …………299
96. 诉衷情 …………296	127. 虞美人 中秋 …………297	159. 鹊桥仙 …………299
97. 又 旧游 …………296	128. 采桑子 清明 …………298	160. 清平乐 …………299
98. 又 …………296	129. 朝中措 月 …………298	161. 诉衷情 …………299
99. 又 曲水席 …………296	130. 又 …………298	162. 浣溪沙 樱桃 …………299
100. 踏莎行 …………296	131. 又 …………298	163. 壶中天慢 …………300
101. 眼儿媚 闺思 …………296	132. 又 五品，三品，四品居中，	164. 黄公度 点绛唇 …………300
102. 又 …………296	一郎中。自述书生 …………298	165. 千秋岁 寄黄公度 …………300
103. 蝶恋花 …………296	133. 又 …………298	166. 菩萨蛮 又 …………300
104. 又 三月上已应制 …………296	134. 又 …………298	167. 青玉案 寄黄公度 …………300
105. 隔浦莲 应为隔浦莲近拍五体	135. 又 维扬感怀 …………298	168. 卜算子 又 …………300
咏白莲 …………296	136. 又 …………298	169. 好事近 又 …………300
106. 浪淘沙 观潮作 …………296	137. 南柯子 元夜书事自述 …298	170. 菩萨蛮 …………300
107. 暮山溪 坤宁殿旨照水梅花	138. 又 …………298	171. 卜算子 别士季弟 …………300
…………296	139. 戊戌腊月初一重孙生 ……298	172. 眼儿媚 梅词 …………300

41

173. 朝中措　五体　又 ………300	206. 西江月 ……………302	238. 又　赏梅 …………305
174. 又 …………………………300	207. 鹧鸪天 ……………302	239. 又　泛梅 …………305
175. 一剪梅　寄黄度 …………300	208. 又 …………………302	240. 又　问梅 …………305
176. 满庭芳　寄黄公度 ………300	209. 又 …………………302	241. 又 …………………305
177. 浣溪沙　西园偶成 ………300	210. 又　九日 …………303	242. 锦堂春 ……………305
178. 满庭芳　问黄公度 ………300	211. 王之望 ……………303	243. 水龙吟 ……………305
179. 黄童 ……………………301	菩萨蛮　上元……………303	244. 菩萨蛮 ……………305
卜算子和公度兄韵……………301	212. 好事近 ……………303	245. 风流子 ……………305
180. 倪偁 ……………………301	213. 又 …………………303	246. 多丽　平韵者为绿头鸭，应仄
临江仙……………………301	214. 又 …………………303	韵者为多丽，本词采平韵。……305
181. 又 …………………………301	215. 又 …………………303	247. 沙塞子　咏梅 ……305
182. 又 …………………………301	216. 又 …………………303	248. 多丽　莲荡 ………305
183. 又 …………………………301	217. 减字木兰花　戏言 …303	249. 浣溪沙 ……………306
184. 又 …………………………301	218. 丑奴儿　又 ………303	250. 满庭芳 ……………306
185. 又 …………………………301	219. 又 …………………303	251. 春光好 ……………306
186. 又 …………………………301	220. 惜分飞 ……………303	252. 西江月　开炉 ……306
187. 南歌子 …………………301	221. 醉花阴　寄李清照 …303	253. 蝶恋花　冬至长 …306
188. 又 …………………………301	222. 鹧鸪天　台州倚江亭…303	254. 清平乐　殿试　子直过省 306
189. 又 …………………………301	223. 虞美人 ……………303	255. 减字木兰花，四侄庭试 306
190. 又 …………………………301	224. 小重山 ……………303	256. 满庭芳　五侄赴当涂 ……306
191. 水调歌头 ………………301	225. 临江仙 ……………303	257. 水调歌头 …………306
192. 又 …………………………301	226. 又 …………………303	258. 风流子 ……………306
193. 念奴娇　光远庵赏桂 ……301	227. 洞仙歌 ……………303	259. 满庭芳　胡汝明罢帅 …306
194. 减字木兰花　咏新亭 ……302	228. 满庭芳　范丞相夫人生日 304	260. 玉漏迟 ……………306
195. 又 …………………………302	229. 又　茶 ……………304	261. 行香子　自述 ……306
196. 又 …………………………302	230. 念奴娇 ……………304	262. 玉楼春　雪中抱炉听琵琶 307
197. 又 …………………………302	231. 又 …………………304	263. 瑞鹧鸪 ……………307
198. 又 …………………………302	232. 又 …………………304	264. 卜算子 ……………307
199. 又 …………………………302	233. 永遇乐　上元 ……304	265. 又 …………………307
200. 蝶恋花，和东坡韵 ………302	234. 风流子　同里江村一号别墅	266. 减字木兰花 ………307
201. 又 …………………………302	……………………………304	267. 夜行船 ……………307
202. 又 …………………………302	235. 葛立方 ……………304	268. 雨中花　取晏殊体 ……307
203. 又 …………………………302	满庭芳　催梅……………304	269. 又 …………………307
204. 又 …………………………302	236. 又 …………………304	270. 好事近 ……………307
205. 朝中措 …………………302	237. 又 …………………304	271. 又 …………………307

272. 朝中措　回汴京 ……………307
273. 春光好　寒食过淮 …………307
274. 魏杞　虞美人 ………………307
275. 卜算子　夜泛镜湖 …………307
276. 陈知柔 …………………………307
　　 人月圆 …………………………307
277. 王识 ……………………………307
　　 水调歌头　观星　制浑天仪 …307
278. 许庭 ……………………………308
　　 临江仙　柳 …………………308
279. 又 ………………………………308
280. 又 ………………………………308
281. 又 ………………………………308
282. 邵某 ……………………………308
　　 清平乐　自述 ………………308
283. 又 ………………………………308
284. 陈祖安 …………………………308
　　 如梦令　湖光亭 ……………308
285. 王十朋 …………………………308
　　 二郎神 …………………………308
286. 点绛唇　酴醾 ………………308
287. 又　咏十八香　异香牡丹 308
288. 又　温香芍药 ………………308
289. 又　国香兰 …………………308
290. 又　天香桂 …………………308
291. 又　暗香梅 …………………308
292. 又　冷香菊 …………………308
293. 又　香荼蘼 …………………308
294. 又　妙香檐卜 ………………309
295. 又　雪香梨 …………………309
296. 又　细香竹 …………………309
297. 又　嘉香海棠 ………………309
298. 又　清香莲 …………………309
299. 又　艳香茉莉 ………………309
300. 又　南香含笑 ………………309

301. 又　奇香腊梅 ………………309
302. 又　含香水仙 ………………309
303. 又　素丁香 …………………309
304. 又　瑞香 ……………………309
305. 南州春色 ……………………309
306. 刘大辨 …………………………309
　　 失调名 …………………………309
307. 吴淑姬　湖州人　王十朋守湖
　　 州时犯科 ……………………309
　　 长相思令 ……………………309
308. 程先 ……………………………309
　　 锁寒窗 …………………………309
309. 朱耆寿 …………………………309
　　 瑞鹤仙　寿秦伯和侍郎 ……309
310. 石安民 …………………………310
　　 西江月 …………………………310
311. 刘镇 ……………………………310
　　 贺新郎 …………………………310
312. 天香　对梅花怀王侍御 …310

第二十五函

1. 魏掞之 …………………………313
　 失调名 …………………………313
2. 曾协 ……………………………313
　 点绛唇　送李粹伯赴春闱 …313
3. 又　芍药 ……………………313
4. 浣溪沙　芍药 ………………313
5. 秦楼月　久别海陵诸公 ……313
6. 桃源忆故人 ……………………313
7. 踏莎行 …………………………313
8. 凤栖梧　西溪道中作 ………313
9. 祝英台　和牡丹四真韵 ……313
10. 水调歌头　送史侍郎 ………313
11. 又 ………………………………313
12. 醉江月　扬州菊坡席上 ……313

13. 又 ………………………………314
14. 水龙吟　别故人 ……………314
15. 郑庶 ……………………………314
　　 水调歌头 ………………………314
16. 曾逮 ……………………………314
　　 好事近　自述 ………………314
17. 王炎 ……………………………314
　　 菩萨蛮　江干 ………………314
18. 梅花引　七体 ………………314
19. 毛滂 ……………………………314
　　 水调歌头 ………………………314
20. 又 ………………………………314
21. 又　送周元特 ………………314
22. 又　次刘若讷韵 ……………314
23. 秋蕊香 …………………………314
24. 满庭芳　自宛陵易倅至东阳
　　 留别诸国寮　PaPua New Guinea
　　 16/1-2019 ……………………315
25. 又 ………………………………315
26. 又　行次四安　前韵 ………315
27. 渔家傲 …………………………315
28. 好事近　南园梅 ……………315
29. 贺新郎 …………………………315
30. 念奴娇 …………………………315
31. 又 ………………………………315
32. 又 ………………………………315
33. 又 ………………………………315
34. 又　溪堂 ……………………315
35. 又　记梦 ……………………315
36. 满堂红　巴新别韵 …………316
37. 又 ………………………………316
38. 水龙吟　基科里 ……………316
39. 渔家傲　又 …………………316
40. 江城子　基科里　PAPVA NEW
　　 GUINEA ………………………316

43

41. 又　小吴　吴阿明 Oirek 子轩同访基科里河·················316
42. 又·················316
43. 画堂春　又·················316
44. 风流子　又·················316
45. 浪淘沙·················316
46. 醉落魄　又·················316
47. 眼儿媚·················316
48. 谒金门　又·················317
49. 又·················317
50. 玉楼春　又·················317
51. 又·················317
52. 蝶恋花　又·················317
53. 薄幸·················317
54. 应天长令　又·················317
55. 点绛唇·················317
56. 瑞鹤仙　又·················317
57. 满江红　又 PAPVA NEW GVINEA·················317
58. 燕山亭　又·················317
59. 番禺调笑　句队·················317
　羊仙·················317
60. 药洲·················317
61. 海山楼·················318
62. 素馨巷·················318
63. 朝汉台·················318
64. 浴日亭·················318
65. 蒲涧·················318
66. 贪泉·················318
67. 沈香浦·················318
68. 清远峡·················318
69. 破子·················318
70. 遣队·················318
71. 句降黄龙舞·················318
72. 答·················318

73. 遣·················318
74. 句南吕薄媚舞·················318
75. 答·················319
76. 遣·················319
77. 渔家傲引·················319
89. 破子·················319
93. 遣队·················320
94. 鹧鸪天·················320
95. 生查子·················320
96. 蝶恋花　巴新高尔大省　西高地省·················320
97. 减字木兰花　又　阳光海岸，人类第四潮·················320
98. 好事近·················320
99. 虞美人　莫斯比港·················320
100. 卜算子　巴布亚新几内亚 320
101. 江城子　又·················320
102. 减字木兰花　又·················320
103. 浣溪沙　又·················320
104. 望海潮·················320
105. 好事近·················320
106. 清平乐·················320
107. 选冠子·················321
108. 好事近·················321
109. 鹧鸪天·················321
110. 浣溪沙　又·················321
111. 又·················321
112. 又　INDONESIA 意为印度西边的岛屿·················321
113. 又·················321
114. 清平乐　又·················321
115. 生查子　又·················321
116. 思佳客　浣溪沙　又·················321
117. 朝中措　又·················321
118. 又·················321

119. 又·················321
120. 又·················321
121. 又·················321
122. 又·················321
123. 浣溪沙　又·················321
124. 临江仙　又·················322
125. 又·················322
126. 又·················322
127. 又·················322
128. 江城子　又·················322
129. 又·················322
130. 醉蓬莱　又·················322
131. 满庭芳·················322
132. 千秋岁·················322
133. 眼儿媚·················322
134. 鹧鸪天·················322
135. 长相思·················322
136. 又·················322
137. 好事近·················322
138. 点绛唇·················322
139. 南歌子·················322
140. 好事近　又·················323
141. 生查子　姑苏·················323
142. 又·················323
155. 阮郎归·················323
156. 浣溪沙·················323
157. 满江红·················323
158. 又·················324
159. 临江仙　盘洲钱汉章·················324
160. 浣溪沙·················324
161. 又·················324
162. 生查子·················324
163. 又·················324
164. 鹧鸪天·················324
165. 又·················324

166. 好事近 …………324	199. 十二时慢 …………327	233. 又 九日登赤松绝顶 ……329
167. 满江红 自述 …………324	200. 奉禋歌 …………327	234. 虞美人 送子师 …………329
168. 满庭芳 又 …………324	201. 降仙台 …………327	235. 又 金华九日 …………329
169. 满江红 又 …………324	202. 正宫导引 …………327	236. 又 七夕 …………329
170. 浣溪沙 …………324	203. 韩元吉 …………327	237. 又 十月海棠开 …………329
171. 满庭芳 …………324	204. 浣溪沙 印度尼西亚（Indunisia）…………327	238. 夜行船 …………329
172. 满江红 …………325		239. 南乡子 …………329
173. 南歌子 …………325	205. 霜天晓角 峨眉亭 …………327	240. 又 …………329
174. 又 自巴州新赴香港机上 325	206. 又 …………327	241. 醉落魄 …………329
175. 又 …………325	207. 菩萨蛮 …………327	242. 又 …………329
176. 又 …………325	208. 又 道上梅花 …………327	243. 一剪梅 …………329
177. 又 …………325	209. 又 夜闻笛 …………327	244. 临江仙 …………329
178. 又 访古 …………325	210. 又 路梅 …………327	245. 又 寄张安国 …………329
179. 好事近 …………325	211. 又 春归 …………327	246. 江神子 自述 …………330
180. 卜算子 …………325	212. 又 木犀 …………328	247. 又 …………330
181. 满庭芳 …………325	213. 减字木兰花 …………328	248. 满江红 …………330
182. 又 …………325	214. 又 …………328	249. 又 鹿田山桥 …………330
183. 又 …………325	215. 诉衷情 木犀 …………328	250. 又 再至丹阳 …………330
184. 又 …………325	216. 谒金门 春雪 …………328	251. 水调歌头 …………330
185. 又 …………325	217. 又 重午 …………328	252. 又 …………330
186. 又 …………326	218. 好事近 …………328	253. 又 怀陆务观 …………330
187. 又 …………326	219. 又 …………328	254. 又 惠山见寄 …………330
188. 又 …………326	220. 秦楼月 …………328	255. 又 水洞 …………330
189. 又 …………326	221. 朝中措 …………328	256. 又 雨花台 …………330
190. 又 …………326	222. 贺朝圣 …………328	257. 又 …………330
191. 又 …………326	223. 西江月 …………328	258. 醉蓬莱 …………331
192. 又 …………326	224. 又 …………328	259. 念奴娇 …………331
193. 望江南 …………326	225. 燕归梁 木犀 …………328	260. 又 答韩子师 …………331
194. 又 …………326	226. 南柯子 …………328	261. 又 寄陆务观 …………331
195. 西江月 雪 …………326	227. 又 重五 …………328	262. 又 次韵 …………331
196. 又 …………326	228. 浪淘沙 觉度寺 …………328	263. 水龙吟 溪中有浣衣石 …331
197. 眼儿媚 …………326	229. 又 …………328	264. 又 …………331
198. 隆兴二年南郊鼓吹曲，十二时导引，降仙台并六州为本朝，歌吹四曲，六州歌头 …………326	230. 又 芍药 …………329	265. 薄幸 …………331
	231. 鹧鸪天 雪 …………329	266. 临江仙 …………331
	232. 又 九日双溪楼 …………329	267. 南柯子 …………331

268. 醉落魄 …………………331
269. 水龙吟 三峰阁英华女子 332
270. 好事近 …………………332
271. 永遇乐 …………………332
272. 六州歌头 桃花 …………332
273. 水龙吟 …………………332
274. 蓦山溪 叶尚书生朝避客三洞
　…………………………………332
275. 鹊桥仙 …………………332
276. 朝中措 又 ………………332
277. 南乡子 …………………332
278. 鹧鸪天 …………………332
279. 瑞鹤仙 …………………332
280. 醉落魄 …………………332
281. 醉落魄 …………………332
282. 黄宰 醉江月
寿韩元吉 ……………………333

283. 朱淑真 …………………333
　忆秦娥 正月初六月 ………333
284. 简句 浣溪沙 己亥年春节春
　联 ……………………………333
285. 又 家家国国 ……………333
286. 又 ………………………333
287. 又 年年岁岁 ……………333
288. 生查子 …………………333
289. 又 ………………………333
290. 谒金门 …………………333
291. 江城子 赏春 ……………333
292. 减字木兰花 ……………333
293. 眼儿媚 …………………333
294. 浣溪沙 …………………333
295. 鹧鸪天 …………………333
296. 清平乐 …………………333
297. 点绛唇 …………………333

298. 蝶恋花 …………………333
299. 清平乐 …………………334
300. 菩萨蛮 秋 ………………334
301. 又 ………………………334
302. 鹊桥仙 …………………334
303. 菩萨蛮 木犀 ……………334
304. 点绛唇 冬 ………………334
305. 念奴娇 催雪 ……………334
306. 又 ………………………334
307. 卜算子 咏梅 ……………334
308. 菩萨蛮 又 ………………334
309. 失调名 …………………334
310. 西江月 春半 ……………334
311. 月华清 梨花 ……………334
312. 阿邦曲 仄韵七言绝句 …334

南宋·李嵩
西湖图

读写全宋词一万七千首
第十二函

1. 青玉案

西厢过了黄昏久，小树下，莺莺手，但请红娘先别走。旁门无路，请开君口，只作垂杨柳。草草灭烛来相就，过了三更五更后，雨雨云云都似酒。晓光初起，若来时候，处处常回首。

2. 一剪梅

一树梅花十里香，半箸红妆，恰似红娘。莺莺已自待张郎，意重情长，意重情长，二丈高门五尺墙。待月西厢，入得闺房，佳人才子已张狂，问了暖凉，有了暖凉。

3. 鹊桥仙令　歇指

朝朝暮暮，云云雨雨，何以来来去去。一江流水自西东，只见得、时时处处。家家户户，儿儿女女，灯火情情语语。细思量，古古今今，夜夜月、缺圆无数。

4. 花心动　双词　十三体

十丈青楼，望黄昏，杨柳舞时清瘦。越女西施，蜀女昭君，处处饮人间酒。一波三折谁知否？家国问，人情回首。一人口，三朝旧事，有无无有。野史径径久久，相追念，长亭左长亭右。正史王朝，先后重修，一笔再书重九。年年见得相依就，今年在，何年经手，从此后，何言美善丑。

5. 双头莲

一抹残霞，两行飞鹜。人字上空。形形影影，一一作声。日日是，分朝暮。是何故，去去来来，生生息息。寒寒暖暖，南南北北，水草相依，青海衡阳去。岁年路，乡在知己处，同云雨，止止飞飞，以双成对，直教死生相许。人间儿女，觅觅寻寻，已千百度。怎知道，这夫妻，隔夜几分付。

6. 大有　小石柳

杨柳杨柳，人间天下，运河旁，田屋村首，自无言，何姿楚女消瘦。山山水水几多色，伴长亭，自成朋友。幸自也，舞歌姿，纤纤负这人口。向荒漠，重九九，已地北天南，文章太守。前日相逢，昨日别离上手。却被笛声依旧。根枝叶，年年知否？半门外，一百沧桑，无无有有。

7. 丑奴儿

寒枝带雪东君见，无叶当轩。一树开源，自是人间自简繁。江南江北芳香色，玉貌韶蕃，春已宣言，不似田头草木萱。

8. 又　芳

寒心已动疏芳散，傲骨当先，一半孤身，一半清风别有天。东西山上香雪海，探访由天。何以娇妍，弱弱云中唤杜鹃。

9. 蝶恋花

一半天光天下去，一半黄昏，一半人间路。莫以平生朝又暮，何言日月常常误，谢了梅花杨柳树，谢了桃梨，谢了春秋去，见了红莲云是雨，当然白雪冬春顾。

10. 又

一叶兰茶春已暮，百草群芳，岁岁年年主。简简繁繁应不误，杜鹃红了山山处。九夏莲花应百度。出水芙蓉，色色何分付。到了残荷听雨去，不知宋玉心中故。

11. 浣溪沙

访问寻常百姓家，人民土地话桑麻。天涯日月满天涯。格律诗词成格律，梅花白雪颂梅花。汪汪魏魏苍彩霞。

12. 浣溪沙　吕长春格律诗词

四万九千全唐诗，一万六千全宋词。今我六万八千辞，格律佩，文音韵正，康熙御制治朝师。平生农子岁年司。

13. 减字木兰花

人生百逐,十里长亭千里目。一半东吴,一半江南一半儒。江山如故,岁月年华应有数。过了姑苏,见得英雄大丈夫。

14. 木兰花令

长亭不尽长亭路,朝朝暮暮朝朝暮。行行止止止止行,来来去去来来去。相思不在相思处,独独孤孤徇语。情情切切切情情,多少平生多少误。

15. 蓦山溪

云云雨雨,曲曲歌歌舞。寺寺僧僧,始终是,辰钟暮鼓。空空色色,日月一心径。何今古,平阳府,不尽黄金缕。家家户户,不是人人主。处处以香凝,大小乘,禅音六祖。一言顿悟,立地作鬼。天下羽,烟中树,海角天涯柱。

16. 又

江山无数,合合分分路。一步一平生,回首处,何曾如故。今辰临摹昨暮,不隔绪明天。风云度,人间度,宋王襄王赋。红尘处处,处处红尘付。处处有芳菲,百草地,风风雨雨。年年岁岁,自得自枯荣。如是主,如非主,历历生生步。

17. 南柯子　忆万通

草色含明月,怀柔水库平。张青有意数流萤。误了四通天下万通名。赵玉和县令,冯仑半庙城,王功权外一诗成,潘石屹商易小迪,何情。

18. 又

白雪红梅曲,杨杨柳柳声,阳关三叠一沙鸣,下里巴人情意已相倾。自以梨园社,霓裳羯鼓盟。方圆十丈古今行,才子佳人自枯荣。

19. 关河令

阴阴晴晴已定,大漠常寒冷。应听声声,沙丘无雁影。向楼兰,不自省。一万里,千年沉静,唯有天上,沙鸣留忡憬。

20. 长相思　晓行

长相思,短相思。不尽相思远近思,相思自己思。长相思,短相思。一半相思一半思,相思自己思。

21. 又　闺怨

人也离,情也离。一半人情一半离,相思可不离。昼也离,夜也离,不尽风流不尽离。相思可不离。

22. 又　舟中作

水行舟,水止舟,一半沉时一半浮,相思不尽头。一江流,一江楼,不断寒喧不断流,相思不尽头。

23. 又

形如钩,影如钩,越越吴吴月似钩。相思四十州。一春秋,又春秋。不尽儿女女羞,相思四十州。

24. 万里春

杨杨柳柳,一杯清明酒。半云雨,一半薛利,欲携君子手。我口深如口,到心里,以情相守。便应知,老却春风,只相依相就。

25. 鹤冲天　溧水长寿乡作

梅雨乡,水晴和,杨柳运河波。小园香径见池鹅,风问一新荷。一春秋,冬夏半,寿记轻歌不断,此时情绪彼时怜,无事作神仙。

26. 又

一步虚,关天书,梅雨入河居,豆瓜田里自荷锄。应采嫩鞭蕖。璃当炉,石从炉,三弄梅花歌舞,老来多唱杨柳,江东大丈夫。

27. 西河

长安道,秦汉隋唐相遣。兴亡成改转头空,几何经典,只当留下红,参差杨柳车辇。自作茧,丝丝卷。冷落春蚕敷衍。唐诗长短句文华,宋词章显。未央宫阙渭泾流,终南依旧怀缅。八水绕,无限勤勉,入黄河,潼关西眄。九曲九弯如展。向中原,故国轩辕。早去客,后来人,谁高冕。

28. 瑞鹤仙

这杨杨柳柳,已万缕千丝,年年阡陌,垂垂拂拂还荡,江南岸,当以隋炀如帛。商船去处,运河边,芳草蕙泽。见盘门半锁,钱塘一月,玉宇三客。红白。梅花颜色,一元春国,大雪当碧。寻芳探访,金谷落,铜驼荻。鱼在禾边周太伯。姑苏无远一百。玉门关,关内关外,玉门正隔。

29. 浪淘沙

万里浪淘沙，误了人家。五千年里一中华。海角天涯非海角，不是天涯。

自古一桑麻，豆豆瓜瓜。撑天一柱石无斜，海口椰林椰海口，水浇云遮。

30. 南乡子

一半旧衣裙，一半江风一半云。记忆佳人佳记忆，芳芬。一半人间一半君。自是故时分，自是江南第一闻，耕耘。子子孙孙子孙勋。

31. 又 作苏州中国财团领导人

云里月初明，步尽姑苏十里城。细雨桥边听碧玉，烟平，这里人心那里情。七月小荷荣，九夏莲蓬十子成。雪月风花风雪月，阴晴。一见江南一见萌。

32. 又 咏秋夜

月落夜兰香，百草丛中纺织娘。已见流萤流已见，秋凉。短短声声短短长。碧玉小桥乡，细细腰肢细细量。楚越瑶越，潇湘，鼓瑟心灵鼓瑟篁。

33. 又 拨燕巢

一舞一招摇，拨燕呼飞拨燕巢。不可惊飞惊不可，茅茅。去去来来是自教。一世一同胞，百岁人生百岁交。露水夫妻何露水，姣姣。以念终生以念交。

34. 浣溪沙慢

水竹旧院落，兰蕙香高阁。一英一曲，情重深求索。红杏小小，一树梨花若。心上应相托。云雨各纷纷，一灯明，三更又约。问汉洛，两岸有飞鹊。今日非七夕，情在渭河好梦常多作。上下就依，无语自相诺。宋玉高唐错，果若是瑶姬，不因何，巫山楚鄂。

35. 夜游宫

记取长亭望远，五千里，平生一万。西西云云自不怨，古道边，有前人，作宿愿。跬步凌霄汉，一处处，运河南岸。塞北胡姬舞见。是红尘，话阳关，情一半。

36. 诉衷情

琴声不断问周郎，入了七弦乡。陶公五柳相弃，只作一文章。情里拨，意中张，作衷肠。半波三折，慢慢思量，细细思量。

37. 虞美人

朝朝暮暮何来去，雨雨云云故。高唐宋玉问襄王，三峡江流日月作瞿塘。江流别了江楼去，一水知神女。明修栈道度陈仓。魏蜀吴争三国兴亡。

38. 烛影摇红

未问东君，梅花迎了春风面，红妆白雪向群芳，先在江南岸，随着运河传遍，杨柳色，村前后院。几回思念，情心合懒，不如不见。烛影摇红，佳人暂折长生殿，何人一曲唱阳关，又以沙鸣叹。海市蜃楼日暮，月芽湾，交河海淀。西风伊始，落叶不尽，黄昏夕恋。

39. 十六字令

眠。一夜寒宫一夜船。嫦娥在，莫以问婵娟。

40. 南乡子 自述

一岁一春秋，半世半生日月留。字字诗词唐宋继，悠悠，古古今今不到头。水水客沉浮，自在西东自在流。十万应加三万首，无休。去去来来竟自由。

41. 陈瑾

减字木兰花

寻寻问问，不以书生知远近。世世人人，古古今今已是尘。师师训训，格律诗词音正韵，自是经纶，有得方圆有得真。

42. 又

风归云散减字，木兰花已半。见得神仙，不见丹炉玉石缘。望洋兴汉，杨柳运河南北岸。过了商船，已是吴钩上下弦。

43. 满庭芳 自述

半了乌纱，乌纱半了，似常百姓人家。未归乡巷，万里浪淘沙。十载南洋故步，君子路，过了天涯。巴新国，丛林赤道，老树有新花。马来西亚忆，银行建树，未了中华。自以英雄论，品外官衔，部长无言省长，关丹水，豆豆瓜瓜。鼓亨省，东南亚洲，步步箸丝麻。

44. 卜算子

一水半行舟，十载三杯酒。处处波涛处处流，日月知杨柳。有汐有潮头，无状无常守。满了人间共九州，事事谁知否。

45. 一落索

不尽风风雨雨，落花飞舞。姑苏月下五湖舟，一寺听，一龙虎。自是寒山钟。月明南浦。机桥十步一孤舟，独可去，当然主。

46. 减字木兰花

英英杰杰，一过红梅三寸雪。已是风华，远远天兴近近霞。千秋不绝，百岁人生何自说，正正斜斜，处处春风处处花。

47. 又

阡阡陌陌，纵纵横横如去客。见了苏秦，见了张仪谁不一真。周公太伯，海纳百川曾汇泽。鬼谷经纶，一半春秋一半人。

48. 卜算子

只道劝人归，不道留人住。一半书生一半庸，岁月谁何主。一了见鸿飞，青海衡阳去，此处行身彼处闲，是是非非误。

49. 又　自述

三载一姑苏，未了人生路，读得春秋读得吴，退退休休故。半语问江都，六十江山暮，下了东山上五湖，格律诗词主。

50. 又

六十别姑苏，未了三生路，一入三千一丈夫，世界当然去。大势在东吴，拾得寒山处，作得人间一念奴，只以声鸣故。

51. 青玉案

东君已在春风早，缘了四方花草。一岁桑田农事晓，细耕深作，雨云飘缈，子粒应多少。半亩玉黍二千了，一亩高粱六千老，处处丰收争小鸟，稻人孤立，以驱机巧，岁岁丰收好。

52. 蓦山溪

先先后后，去去来来走。一步半春秋，日月里，文章太守，诗词格律，今古一方圆，知白首，作勤手，未了平生友。杨杨柳柳，处处江山守。水水亦山山，地主就，天公依旧。人间自在，自在是枯荣，今知否？古知否，世人人知否

53. 海洋污染　自在

父父母母已送终，爷爷奶奶隔相逢。音翁八十白头翁。格律诗词诗已主，灌注不住不流空。高低自在自西东。

54. 减字木兰花

冬虫夏草，川贝藏红花色好，云水生生，白药云南见外情。谁谁晓晓，东北山参田七少，五味和平，自得中中正正情。

55. 满庭芳

未了平生，平生未了，作诗翁，问斯年。寒宫圆缺，月影向蝉娟。一半江山国，天下路，处处方圆，人间事，朝朝暮暮，今古共先贤。向周秦汉晋，隋唐宋史，万里桑田。以长城壁垒，内外分川。复见运河南北，杨柳岸，来往商船。人间客，耕耘日月，不作等闲宣。

56. 又

一事人间，人间一世，千年万里河山。六朝天下，不问玉门关。只有书生今古，来去问，日月天颜。胡姬颂，昭君塞外，了了不归还。琵琶声已尽，画师兴叹，不得云闲。刺敕川前草，了阴山，有了单于儿女，黄河水，曲曲湾湾，东流去，东营大海，过了一潼关。

57. 醉蓬莱

边蓬莱盏里，寻叶金蕉，适适重九。华胥萧萧，对轩辕回首，赖有多情，问得今古，自以文章守。岁岁登高，年年落发，物华物旧。照会东州一处，兄弟采得茱萸。只唱杨柳，霜叶经红，饮了千杯酒。飞雁阳，不再西顾，脍了张翰口。直道湘灵，二妃珍断，寄情如首。

58. 临江仙

八水长安春已到，牡丹红了云霄。洛阳花开洛阳潮。丁香桃李色，已过渭河桥。香雪海中生百草，扬州城里听箫。梨花一片凤凰摇。风华琼树叶，向背柳杨条。

59. 浣溪沙　严嵩

只见衣衫不见人，狐群狗党自相新。

经纶不在是天伦。古古今今天下事，兴兴废废作红尘。成成败败也春秋。

60. 蝶恋花

自主人间应自主，步步平生，处处谁分付。一半长亭天下路，杨杨柳柳随风去。白雪梅花何不顾。见了东君，雨雨云云住。桃李成蹊春已暮，芙蓉作了红莲故。

61. 卜算子

不见是何邻，但在黄昏后。月老红娘一线亲，入了西厢久。这里是红尘，那里人生酒。自是私情自是身，莫以垂杨柳。

62. 减字木兰花

阳春白雪，下里巴人天下绝。唱断阳关，不见黄河不问湾。圆圆缺缺，水调歌头杨柳折，不过阴山，一曲琵琶不等闲。

63. 阮郎归

人间阮肇一郎归，千年半是非。去来来去是心扉，神仙不可违。山上路，月中晖。人情应自微。湘灵鼓瑟草菲菲，洞庭问二妃。

64. 刘山老　人传一百四十五岁，有道术

父父母母，儿儿女女，老老少少人间。长亭来去，朝暮见归还。草草花花世界，黄河水，曲曲弯弯。中原路，泾泾渭渭还小小，色色颜颜。独木成林独木，湘竹在，泪泪斑斑。春秋继，胡胡汉汉，等等自闲闲。

65. 邵伯温

望江南　金泉山

玉树千花分远木，金泉一水满青山。胜似月芽湾。

66. 调笑　宋人调笑前有口号八句　此为口号

纤纤细细楚腰，摆摆摇摇越苗条。坐下倾身依靠近，三杯蚁酒作兰桥。

67. 净端

渔家傲

斗转星移天下晓，昆仑一片灵芝草，为了许仙情未了，情未了，白蛇好在青蛇好。过了断桥桥不断，金山法海金山道。留下雷峰闻塔倒，闻塔倒，情为何物知多少。

68. 又

水调歌头杨柳岸，风流不断隋炀断。好好头颅天下散。天下散，绿林好汉杨林叹。有了天堂天水半，秦举证泗渎苏杭畔。碧玉桥边轻自唤，轻自唤，声声不乱声声乱。

69. 又

水水波波天下晓，鱼鱼草草终难了。鸟鸟飞飞官道小，官道小，人人步步人人早。国语诗经秦汉赋，春秋左传周秦早。司马迁书今古表，今古表，江山易改人先老。

70. 又

一只孤舟巡水岸，三千鸣鸟飞飞断。月色绵鳞三两见，三两见，渔翁胜似南北雁。南北雁，声声不止声声唤。

71. 李廌

菩萨蛮　不第

龙门不开松间雪，华州不第第安月。独傲一枝梅，孤情三界来，人间多少别，玉影何圆缺。不记是瑶台，何言非我才。

72. 虞美人令

江南处处梅花雨，碧玉桥边女。唯亭同里是姑苏，杨柳运河南北一江湖。商船来往谁朝暮，错怪隋炀主。天堂一半在东吴，比作长城几分对书儒。

73. 品令

去来来去，暮朝朝暮。止止行行。一波三折，万千千万，暗暗明明。短亭长了短亭，名声未了名声。大家品令，木君枯荣，古今一鸣。

74. 清平乐

风花雪月，也向人间别。自以弦弦圆又缺，古古今今不绝。春秋又是春秋，江流自在江流。证江楼见问，明年再见春秋。

75. 孔夷

水龙吟

风风雪雪飘零，林林总总冰冰。霜霜叶叶，红红白白，云云梦梦。下里巴人，阳关三叠，梅花三弄。这隆冬时节，江南塞北，天下冷，凰

求凤。不尽人生如瓮,几由衷,以才何用。人间历练,江湖进退,人情孰重,以诺荆轲,黄石公问,以声行众。剑剑书书志,何须天下一名唐宋。

76. 南浦　旅怀

天涯海角,一江山,云落半黄昏。千里红霞飞鹜,留意地江门。岛上万舟齐发,正杨帆,鼓噪动渔村,问数声惊地,以潮烟水,重见半乾坤。已有上弦挂月,向波涛,无处不销魂。古今回回如此,方念小儿孙。不但见,蓬莱处,有王母,汉武得慈恩。抑抑扬是,海洋洋海自无痕。

77. 惜余春慢　情景

已见东君,东风含雨,露湿江南花早。莺莺树上,名名声声,昏昏睡残方好。黄粱梦里见时,儿女心中,诸相思老。向长堤长步,梨花桃李,又丁香老。多结子,繁简风流,终非非是,不论多多少少。罗衣渐瘦,处处余香,扫了红尘还扫。门外无须路上,天若有情,知音同老。念巫山神女,瞿塘三峡,误知飞鸟。

78. 孔榘

鼓笛慢　水龙吟别体

东风自以方便,桃桃李李梨花见。云云雨雨,儿儿女女,香香院院。叶叶根根,繁繁简简,问长生殿。是玄宗皇帝,兄兄弟弟,歌舞扇,梨园传。作了王家家眷,有三宫,一朝调谴,君臣父子,将相佳人,英雄群晏。社稷江山,古今今古,似流如练。致天天地地,年年岁岁似飞燕。

79. 鹧鸪天

月在窗前梦不成,嫦娥带了杜鹃声。春风一夜三更起,见了婵娟见了情。花已静,草争荣。梨花一树一身明。桃桃李李成蹊去,蕙蕙兰兰水岸萌。

80. 邹浩

渔家傲

进士地丰何有约,徽宗坐党龙图阁。自古君臣文学索。天下若,人间上下何飞雀。半在红法红一半,三千世界三千绰。鼓鼓钟钟应不略。花有萼,江山社稷心径拓。

81. 临江仙

有个头陀修自度,辛辛苦苦辛辛。僧僧寺寺独人人。心径心已在,石磬石相邻。产地成禅天竺近,天涯咫尺秋春。空空色色作经纶。三三三结子,一一一知尘。

82. 曾诞

失调名

木木林林职事,花花草草情怀。

83. 李坦然

风流子

金谷半红尘,东君主,国色已呈春。石崇几晋秦,百花千草,有云有雨,绿影相邻。上下运河香雪海,红碧不难匀。梅谢牡丹,杜鹃山野,以丁香见,曛了人人。溪边江青水,江湖渡。杨柳岸上新。二十四桥明月,箫笛相姻。处处一芳心,千丝万缕,一波三折,何以天伦。乘以凤凰飞去,挂了梅巾。

84. 调笑

吕赢来电话　二三年归来辞
10/8 — 2018

还须三十月,写完宋全词。一一何具去,生生已不知。来去,来去。止止行行步步。乡乡学学儒儒。人人事事念奴。朝暮,朝暮。日月如故故。儿儿女女如故。父父母母分付。

85. 阮阅

感皇恩　闰上元

一路半红尘,长安已到。人面桃花照样好,山河依旧,草木阴晴分晓。有无人事梦,年年老。日日已归,关山故道,大大回头似小小,一生圆缺,付于落花飞鸟。故人何处也,情多少。

86. 踏莎行　和田守

小叶荷荷,丁香已老。红英未尽青梅小。枇杷半绿半黄时,香甜味道酸酸好。结子沉沉,传情杳杳。人是一半春秋早,蝉声起了自高低,沙鸣只在阳关道。

87. 减字木兰花　冬至

四时草草,冬至长时冬至早。夏至

何遥，短短长长在玉霄。春秋未晓，处处飞飞南北鸟。一叶如潮，碧玉相思上小桥。

88. 锦堂春　留合肥林倅

一半春秋，关山一半，西风问雁闻蝉。合肥谁故里，岁岁年年。出水芙蓉未了，排空玉马行天，已南昌不远，文化群芳父老人前。

89. 洞仙歌

玄宗去后，只问长生殿。金屋藏娇赵飞燕，不知何时见？离了昭阳，争得是自舞深宫团扇。孤身终不断，独爱幽芳，还比醅醿对歌晏。已是一桃花，又丁香，细腰曲、姿情百恋。弄玉箫、分付这琴声，更唤起红云，雨间相倦。

90. 浣溪沙　家乡忆

天后宫前幸福多，家乡十里满莲荷。桓仁八卦映清波。五女山城章越问，浑江不尽一流歌。青萝处处半红萝。

91. 眼儿媚

玉楼黄昏半楼红，尽在夕阳中。一双燕子，两行飞鹭，色色空空。不分桃李相思久，处处可由衷。今宵明月，盈盈春水，淡淡和风。

92. 赵企

失调名巴布亚新几内亚

何以南洋风月美，天下泛泛五洲水。原原始始一丛林，衣冠不在花草里。笙歌响、弟兄妹妹。一曲人间咫。万里万年瀚，如今自古无天子。

93. 感皇恩

一半是红尘，长安花草。人面依然似情好，心心意意，总是无休无了。已成云雨梦，巫山晓。宋玉劝君，姬问道，回首襄王相思老。满江流注，共与高唐啼鸟。故人知所以，知多少。

94. 汪存　四友先生

步蟾宫

运河四友先生岸，天下水，作扬州畔。杨杨柳柳一江南，雨云里、烟烟涣涣。年年二月风云散，南北是，桃花乱。丛中小杏出墙头，尽意展、偷情过半。

95. 谢逸

蝶恋花

豆蔻年华桃李乱，柳柳杨杨，水色江南岸。雪月风花，情不断，儿儿女女心一半。蕊在枝头天下看，不得私窥，雨雨云云散。二十四桥箫不见，人间多了双飞燕。

96. 踏莎行

一半阴晴，阴晴一半，云云雨雨都无散。年年如此自枯荣，风花雪月江南岸。一半春秋，春秋一半，江流只向江楼叹。无休无止不回头，东西不尽高低由。

97. 菩萨蛮

当年水月当年草，人情不见人情老，一水逐江潮，三生驱日早。行行无了了，止止当时好，世界有逍遥，人间无路迢。

98. 又

春风处处闻啼鸟，姑苏一半梅花好，香雪海中潮，洞庭山上消。江花江水草，天水天云老。十里满桑苗，三吴弦小桥。

99. 采桑子

女英同了娥皇去，鼓瑟湘灵。鼓瑟湘灵，竹泪斑斑一水汀。唐尧禹舜苍梧在，箸就丹青，箸就丹青，留待人间作渭泾。

100. 又

寒宫一半冰霜雪，月色清华。月色清华，莫问嫦娥不是花。云烟万里枫林影，玉树无遮。玉树无遮，白兔傍边林逋家。

101. 又

金陵已近淮阴远，十里扬州，一半春秋。柳柳杨杨处处舟。成功败败隋炀去，何是王侯，不是王侯，故国农夫故国修。

102. 西江月

一水沧沧浪浪，三吴子子孙孙。夕阳不尽作黄昏，处处江山不禁。柳柳杨杨河岸，僧僧寺寺慈恩。运河过了锁盘门，太守文章此任。

103. 又　自述

玉简朝衣绯紫，郎中四晶诗词。当然世上一人知，古古今今日志。十万加三万首，平生一世千思，年年岁岁始终时，弄玉秦楼所次。

104. 又　陈倅席上

步步莲花玉锦，身身白雪纷纷，姿姿态态半衣裙，目目波波品品。曲曲歌歌舞舞，声声理理曛曛。难分远近就难分，一枕依依一枕。

105. 又

雨落云浮雁影，身孤曲独姿身，琴纺不尽是红尘，不能回头重省。净净清清脱颖，莺声未了怀春。曲终未了一情真，浅浅深深皆领。

106. 又　代人上徐守生日

滴滴银盘玉影，潇潇雨细云轻。人生处处一清平，月月宫宫耿耿。谷谷峰峰岭岭，琴琴瑟瑟声声。春秋上下半纵横，天下英雄共幸。

107. 又　送朱泮英

六郡江山九省，三生一胜千雄。云云梦梦自由衷，而出人间脱颖。杏杏坛坛今古，桃桃李李蹊风。南南北北任西东，日月诗词重整。

108. 又　木芙蓉

不就斜斜正正，包公坐了开封。旁门佐道木芙蓉，治得人间百病。未了何科何怀，冬虫夏草形踪，沙鸣大柳杨龙，纵纵横横如徹。

109. 又

草木人间一半，书生世上三千。大河上下去来船，有了江流有岸。古古今今不断，今今古古相传，文文化化自方圆，雨尽风消云散。

110. 又

一树梨花雪白，五更枕上清香，孙娘不住问周郎，三国谁家第一。自是阡阡陌陌，人文短短长长。空城不战是兵强，归晋方成唯一。

111. 南歌子

雨细池塘静，云中柳叶垂。青楼一曲半私窥，见了周郎心上已思思。曲曲难平抑，声声俱一眉，琴弦几弄似身姿，玉手知音不可不相持。

112. 虞美人

吴江碧玉桥边柳，白班红酥手。江流不住问江楼，昨日今天明日自无休。人生已假千杯酒，醒醉童翁首。江山岁月继春秋，谁忆隋炀水调一歌头。

113. 又

宫商羽征音落，地地天天约。七弦不尽半江河，玉树寒天霜叶一嫦娥。浔阳有了滕王阁，九派从天诺。鄱阳唱尽洞庭歌，楚客声声不去问泪罗。

114. 又

盘门未锁红楼锁，不得寻江左。婵娟月月作嫦娥，后羿无心天下唱离歌。唐尧九日骄阳火，不得人间可。情情意意似江河，暮暮朝朝无尽自蹉跎。

115. 谒金门

云烟雨，不尽姑苏朝暮。有了运河天下女，船家来去误。过了扬州如故，见得金陵新主。北国瓜州山水路，杭州由越数。

116. 如梦令

花落无声春暮，杜宇有啼何住。上了五湖有舟，已去洞庭深处。云雨、云雨，见得东西山雾。

117. 又

只见落花流水，色色颜颜如轨。这是是非非，两岸残红残蕊。原委，原委，上巳沉觞浮篦。

118. 青玉案

连天暮色连天雨，有独木成林树，万万千千根自主，大榕枝叶，对空垂地，只作人生路。柳岸不以风云误，塞北江南只应处，大漠长洲都不语，以春秋度，以心分付，也以情分付。

119. 好事近

八水一长安，六漠运河南岸，见得头颅好坏，古今风云散。长城一战百家残，留下古今叹。六国三千宫女，任秦皇芜断。

120. 临江仙　重九

木落临江仙子问，重阳不是残明。黄花一半正殊荣。茱萸兄弟采，各自寄心情。已是枫舟白露近，无言处处霜城。红英尽了是银英，梅花含白雪，腊月纳春萌。

121. 又

九月重阳重九日，茱萸见了黄花。茱萸不见不黄花，何须寻木叶，只到弟兄家。五斗三星天下路，书生不话桑麻。父母兄弟各天涯。人，行行止止，我，你你他他。

122. 减字木兰花　七夕

莲蓬成子，少了芙蓉花里，不见牛郎，织女塘边挂内妆。天河有水，喜鹊接桥，天下氏。乞巧人娘，足了相思足了香。

123. 又

牛郎织女，一半天河天下雨。已是三吴，不向杭州向五湖。西施小小，俱在苏杭何了了。水水桥桥，八月钱塘八月潮。

124. 渔家傲

不是渔家傲不止，酒旗只在浔阳市。水水波波清镜里，秋已矣，直钩不钓江流沱。自作吴江吴越客，琴声已断人声起，五霸春秋春只是，秋已矣，芝兰也在黄花芷。

125. 清平乐

开开落落，白雪红梅约。不尽人间多少索，唤起群芳如若。山川一半江河，红楼一半情歌。莫以来来去去，多多少少蹉跎。

126. 浣溪沙　儿女

皮特秋田日本名，相生十载已声声。同檐作伴老人情，自以书生书剑路。无思父母膝前铭，召集老泪自纵横。

127. 蓦山溪　月夜

千花百草，岁岁年年晓。汐汐亦潮潮，天下水，多多少。耕耘日月，一志在云霄。春难了，秋难了，事人人了。儒儒道道，佛佛心心好。近近亦遥遥，地上路，情情老老。行行止止，步步见白桥。晴当好，阴当好，自在飞翔鸟。

128. 玉楼春

微风弄得梨花雨，乞火清明蓟草路。杜宇啼声啼不住，小蛮樊素乐天暮。腰如柳柳曾居易，口似樱桃独自付。情知不离去，莫以诗翁莫以妒。

129. 又

十里长亭天下路，一春花草谁知妒。问君前去又长亭，行止何须何不顾。夏夏荷花红不误，冬冬白雪梅香树。秋秋颜色似春春，如此假话皮分不付。

130. 又

青钱点点池塘绿，春夏园园千百玉。凤凰卓氏白头吟，重剪灯花红未足。香风彼此相依曲，一笑千金情自触。阴晴梅子熟姑苏，解了锦衫无拘束。

131. 武陵春　茶

已在淞江湖水岸，洞庭碧螺春。小女山边怀绿茵，早旱渑清尘。初初芽旗枪小，首采万枚新。细手临炉妙不匀，一嫩五湖人。

132. 又

半在五湖天下水，姑苏洞庭山。不尽瑶花碧玉颜，一叶一芽斑。小女心怀抱玉还，过了胥门关。凉凉无须晒晒蛮，淡淡炒青菅。

133. 浪淘沙　上元

自古自桑麻，自古人家。江山社稷浪淘沙，去去来来都去去，你我她他。一步一天涯，一步琵琶。书生不尽问乌纱。一半生平天下路，收豆收瓜。

134. 鹧鸪天　汪魏新巷九号，寄琳美美庭照片。

七月如今枣已红，赢秋夏末问荷风，莲蓬结子芙蓉少，半在皇城半作工。经南北，任西东，诗词十二万成翁。儿女女赢今寄，日日相思日日逢。

135. 又

不唱阳关第二声，天低水阔自三明，姑苏已有三千载。五霸春秋一半情。杨柳岸，运河平。隋炀未已问长城。和和战战何南北，岁岁桑田岁岁荣。

136. 燕归梁

两燕归飞绕画堂，一语在虹梁。黄昏半在上西厢，半莺莺，半红娘。若非不及人情处，墙外一张郎。谁假充消渴女儿香，有相思，作衷肠。

137. 千秋岁

清风玉宇，情意成云雨。芳菲不歇双飞羽。梅花三弄曲，杨柳声声浦。竹枝辞，阳春白雪花莺舞。不可多成府，密密疏疏主。天不老，人情数，心自孤结网，自有千千缕。来去月，相思不尽相思谱。

138. 南乡子

燕燕有高低，一半飞飞一半啼，自在自由天下去，东西，两两花花作水泥。柳岸草萋萋，筑了巢巢各不齐。有叶有枝还有石，依依，任意离梁任意栖。

139. 醉落魄

臭烟味声里，飞飞落落黄昏止。归根不得作游子。随了西风，一阵何由已。原原委委无沦比，玉人临声琴弦指。词词曲曲音音几。一段前情，不忍从头始。

140. 鹊桥仙　自度

朝朝暮暮，朝朝暮暮，去去来来去去。人生六十半人生，七八十，公余独树。公公赋赋，公公赋赋，止止行行步步。诗词十二万千首，二万日，佩文韵度。

141. 江神子

清鸣十里月芽湾，响沙山，玉门关。不上楼兰，一箭到云间。反背琵琶朝日月，何大漠，几人闲。飞将已到酒泉还。意珊珊，月潜潜。射虎幽并，霍卫帝王攀。李广生平天水客，三界路，半天颜。

142. 又

幽州射虎到阴山，酒泉湾，酒泉湾，一见英雄，霍卫玉门关。百战李陵兵已尽，来不见，去无还。江山社稷一朝班，是天颜，是天颜，汉汉胡胡，共以一斑烂。剑剑书书司马客，天下问，向民间。

143. 点绛唇

七夕秋分，蝉声一半秋声半。问江南岸，柳柳杨杨叹。爽爽凉凉，且以长城断。蓬莱见，已成皇冠，日日朝天赞。

144. 浣溪沙　雁南飞

七夕银河已渐凉，秋风起后雁成行。人形一字到衡阳，八面书生书不止，诗词十万十衷肠，平生几处几思乡。

145. 浣溪沙　北京市东城区汪魏巷九号

一树庭中小枣红，蝉声四起向秋风。长鸣不止问西东，岁岁年年主客异。因因果果自相同，根根本本共飞鸿。

146. 七娘子

年年靠得举证杨岸，年年别了心思乱。岁岁东君，春来春唤，莺莺不断红娘断。梅花自以疏香散，钱塘楼外楼中看。绿水红桥，运河湖畔，西施总是游人叹。

147. 卜算子

八月一钱塘，半唱渔家傲，两把杭州快剪刀，不断江湖盗。人间一天堂，百度风云造。不见天光但见涛，社稷江山书。

148. 醉桃源

花枝一树叶初青，潇湘半竹灵。二妃鼓瑟泪千汀，苍梧自宁丁。流已顺，山云屏，扬扬九派听。万千溪涧作雷霆，向江飞逝形。

149. 又

桃桃李李落花飞，残红初子归。秋千上下不相依，独弄飘摆衣。风细细，日微微。心心不在扉。多情多意多是非，有云无雨违。

150. 又　雪

梅花一半色经霜，和衣成素妆。扬扬落落自方长，处处自带香。晶粒粒，玉凉凉，棱棱角角光。无寒无暖有春肠，知情知七娘。

151. 望江南

临川好，一半抚河沙。亭外浔阳飘酒旗，鄱阳湖上问仙家，春始满城花。书剑问，不必见乌纱。未到滕王阁上见，青梅煮酒品新茶，明月在他家。

152. 又

临川好，赣水玉波摇，人在山河多少路，云横渡口始知桥。云雨七娘消。香径竹，寒食莫逍遥。书剑人生辛苦去，阡陌柱层析自桑苗，心上解金貂。

153. 柳梢青　离别

一半梨花，三千杏叶，直直斜斜，白白红红，依依就就，处处光华。行人咫尺天涯，难分舍，温情似家。去得如何，无穷山水，我是谁他。

154. 花心动　闺情

风里扬花身故故，莫必寻根朝暮。来去匆匆，飞落轻轻，何如是何分付。年年岁岁经如此，无远近，有长亭路。前程见，依然前步。不须相顾。也有云云雨雨，也有朝朝暮暮，有生无主。岁岁年年，大漠野村，处处柳杨处处。九州日月已江山，谁知是，初生初长，似翼鸟，海角天涯如数。

155. 夏倪

减字木兰花

朝朝暮暮，步步山河天下路，三载姑苏，木渎问五湖。来来去去，处处江南云雨顾。一半书儒，见得明皇见念奴。

156. 晁冲之

汉宫春

梅领群芳，一春千消息，桃李红妆，妖妖艳艳，有姿无态青黄。何人不见，杏过墙。近秀闺房。谁道是，姑娘本色，东君别与清香。玄宗羯鼓霓裳，留开元天宝，作得明皇。梨园野史，念好寄了罗裳。长生殿上，问太真，几曲幽肠。都去矣，纤纤在手，何求帝帝王王。

157. 玉蝴蝶

目尽江南塞北，天涯海角，北国南洋。问得巴（布亚）新（几内亚），赤道处处风光。有丛林，原生部落，两旱季，日日青黄。一情长，故人何在，古今茫茫。荒塘金枪鱼蟹，水泊金乡。独木成林，不分老树箸花香。八百岛，相观互望，酋长国，几度圆方？隔相逢，无形无影，直立骄阳。

158. 感皇恩

三峡一瞿塘，人间俯仰。云雨高唐不思量，媱姬宋玉，已在楚辞相望。有情知我意，江花样。官渡巫山，神女无恙。蜀楚鄱阳半开放。一流不止，此去江东方向。风云今古易，何将相。

159. 又

二月满春光，红花绿木。一半江南路，低处，塘塘水水，两只鸳鸯相渡。见杨杨柳柳，谁分付。一阵轻风，三杯旧酒，小小嚎莺问，时候。牡丹初放，未了得丁香后，南未燕子见，已白首。

160. 又　自述

十里一长亭，杨杨柳柳。日月阴晴去来走，人生处处不饮，岁年情酒。唯卿卿我我，红酥手。记取陆游，绍兴老母。过了沈国放翁首。一情多少，留下是人消瘦。行行止止问，何知否。

161. 临江仙

十里斜塘三两户，粼粼处处清波，寒宫不见一嫦娥，婵娟同嬉水，玉影共沈。色色空空寻桂子，浮浮荡荡红荷。娇娘不忍唱离歌。明辰弦已下，入水见愁多。

162. 又

六渎秦淮天下水，江南一半河湖。楼船自古问江都。相思留不住，曲舞有何无。处处隋炀杨柳岸，杭州百里姑苏，文文化化有书儒。春秋应五霸，草木满三吴。

163. 又

一叶轻舟天外去，运河南北通商。丝绸之路下西洋。长安千百里，西域舞胡娘。自古人间多少客，江山社稷兴亡。唐唐宋宋故家乡。诗词同日月，格律共传扬。

164. 渔家傲

汐落沙平潮已涨，波涛滚动狂游漾。水调歌头杨柳唱，黄天荡，江湖满了淘天浪。一片清澈成白雪，五湖四海翻倾放。万里风云何下上，谁不让，天天地地多思量。

165. 传言玉女

武帝闲居，玉女子，承华殿，七夕王母，已应来想见。传言已此，自是欢情如面。埔宫不远，以相思倦。紫陌红阡，处处有双飞燕，山河万里，只人情无变。幽期密约，遇遇是桃花甸，良时莫负，一心千牵。

166. 如梦令

小院飞来双燕，树上庭中如面，自语语言言，隔界何曾难见。难见，难见，去去来来寻遍。

167. 又

独木如形如影，孤石如山如岭。自是一人间，读读书书清静。清静，清静，出类拨萃脱颖。

168. 又

两岸运河杨柳，六渎秦淮黄酒，一水过金陵，作了天堂知否？知否，知否，白叟已成红叟。

169. 上林春慢

一半中原，三国故地，司马向空城计。老兵三五，城头独戏，琴声是非无势。晋军如此,有强弱,有谁行世。这王侯,应英雄层出,不须门第。孔明人,以分为契,周郎火,魏蜀吴中所制。诸葛司马,分分合合,奏汉已成一帝。合则所立,但赢得,有无奴奈。这江山,大智慧,雨消云逝。

170. 汉宫春 梅

白雪阳春,下里巴人曲,三弄梅花。隆冬冰霜未了,寒了天涯。心中独暖,不及得,未叶枝斜。只道是,身孤独傲,香香郁郁人家。唤起群芳百草,且发枝叶色,拾翠清华。乐君忘了分付,豆豆瓜瓜,人间不老,春秋继,桃李桑麻。还又是,当然如故,年年岁岁奇葩。

171. 小重山

柳上塘外数声蝉,芙蓉多少作残莲。蓬房当是十三天。成子粒,束束待明年。秋叶逐风悬。几何黄花,独立相连。一霜肃肃半经田。谁向梦,不知在谁边。

172. 临江仙

一半南洋风雨骤,天空易变倾流,足前一步见去留。阴晴分界线,草木合丛洲。一半马来西亚见,吉隆城上春秋,叶亚箂处十三州,清庭清日月,列土列王侯。

173. 苏庠

临江仙

不尽人间天下路,风雨海上蛟龙。生生活活一行踪,鸥盟鸥已去,鹭与鹭骄容。虎符南洋南海锁,马来西亚何从。叶亚莱去向清恭,基隆坡上塞,土箸土人逢。

174. 又

马六甲咽喉细细,南中国海重重,吉隆坡上一舟封,巴生巴一港,以叶亚莱踪。自古华人华世界,如今世华容。千年留下后人踪,南洋南北见。北国北秋冬。

175. 如梦令

一半朝暮如梦,一半去来如梦。一半是生平,一半是人间凤。凰凤,凰凤,尽是普通群众。

176. 虞美人

人情未尽梅先破,已是风流过。东君待雨半天河,杜宇声中见得杜鹃多。花花草草塘前箇,笛向青牛卧。江南早得影婆娑,一半群芳一半对天梭。

177. 浣溪沙

一步姑苏半不回,三吴草木五湖催,香梅处处是香梅,望尽东西山上路,洞庭日月洞庭鬼。运河已过运河隈。

178. 谒金门 怀故居

如何故,最忆是家乡暮。五女山前天下路,幽州南北付。过了榆关回顾,入了北京来去。读学邯郸千百度,平生前步步。

179. 又

如何故,白首诗词暮。十万再加三万赋,平生千万路。八十年中风雨,六十公余今古,七十人间重起步,诗翁辛苦付。

180. 鹧鸪天

一到金陵半石头,三吴同里两吴秋。留下青楼送莫愁。秦已尽,渭还流,潼关已入大河流,龙盘虎踞金山气,见得孙权建康休。

181. 又

一曲阳关一曲休,三秋未了两秋收。沙鸣不尽楼兰赋,月亮湾中草木留。南北望,去来酬。人间历史帝王侯,成成败败成今古,漠漠荒荒是小丘。

182. 诉衷情

真真假假一声名,世世半枯荣。成成败败荣辱,胜者可书赢。天下路,雨云平。几纵横。野傅荒史,正记朝声,无以言情。

183. 又

一生不尽半生明,路路总难平,书书剑剑分别,进退两相倾。三界问,两枯荣,一输赢。不分先后,见得先人,见得纵横。

184. 阮郎归

群芳百草已菲菲,燕归人不归。去来朝暮事微微。空闻日月晖。行万里,问千飞,人间几是非。湘灵鼓瑟向依依,苍梧有二妃。

185. 点绛唇

一关江湖,三吴一半烟和雨。不分朝暮,百百千千度。一半姑苏,一半江都顾。长江去，去来谁主，只是人情误。

186. 菩萨蛮　宜兴作

山山水水江南主，杨杨柳柳池塘路。一把紫砂壶，三吴天下儒。宜兴云石雨，都与书生付，一字一江都，千人千百度。

187. 又

春风一夜春风雨，群芳百草群芳妒。未了半东吴，何言天下奴。江南河岸去，只见花开处。自有自扶苏，珍珠都可驱。

188. 又

阴晴一半阴晴主，花明草暗花开处，细雨作珍珠，烟云成玉奴。江南江北雾，明月明分付。日色半东吴，诗翁空玉壶。

189. 又

人间万万千千路，千千万万都难度。作了一书儒，无闻三界奴。朝前天下去，不必何分付。望尽是非鬼，相知非所图。

190. 又　自述

时时处处人人酒，空空荡荡垂垂首，柸醉帝王侯，阴晴随九州。无知无一手，不是三杨柳。立志箸春秋，平生空自口。

191. 木兰花

长江云落长江雾，古树盘根成古树。五湖过了一姑苏，碧玉小桥千百度。天堂一半钱塘雨，杨柳三吴朝又暮，三三两两有阴晴，吴越人间相互顾。

192. 清平乐

山山水水，一秩何如此。妹妹呼来从姊姊，处处桃桃李李。花花草草奇奇，红红绿绿滋滋。独独丛丛处处，年年岁岁姿姿。

193. 清江曲

玉影双飞入外塘，芙蓉独立色荷光。绕道不尽含羞望，织女衣裳半不藏。波摇两岸晴先漾，鹣鹣闪闪无方向。纵纵横横平流荡，一路烟涛作思量。

194. 后清江曲

天堂两越自三吴，长洲碧玉小桥姑。儿儿女女下等箸，浦口社瓮传念奴。淅淅沥沥运河雨，暮暮船船　自相语。一笛清音万事休，叶鹭翻飞入烟渚。

195. 祖可

三办谁继世，一路自为僧。祖可苏跫子，匡庐大小乘。

196. 小重山

四海天下十三州，江南江北一春秋。舟帆来西逐东流，吴越客，楚蜀已尽头。官宦数风流。古今相思不尽无休，柳杨处处任其由。南北见，不问侯。

197. 浣溪沙

首辅春临百姓家，王城腊月一梅花。幽燕昔日半萌芽，六出歧山应尽萃，廉明公正向天涯。江流万里浪淘沙。

198. 菩萨蛮

朝朝暮暮天天路，行行止止来来去。一半自春秋，三千桃李由。霜轻枫叶落，跬步选种约。不尽大江河，汨罗流九歌。

199. 又

淅淅沥沥沙沙边雨，斜斜自自谁人数。白鹭已惊飞，采莲人不归。一塘荷叶暮，半浴平身许。已见已相依，谁知谁不衣。

200. 蔡蕤

失调名

仪仪象象，易易繁繁。

201. 张阁

声声慢

江南江北，人世人间，天涯海角声声。蜀尾吴头，日月草木声声。乾坤一花一草，自繁荣，窃窃声声。有萌处，风流自在，儿女声声。只道桑田社舍，以朝朝暮暮，语语声声。十丈高楼，百步歌舞声声。时时和风细雨，经红尘，曲曲声声。楚辞赋，宋诗词，今古声声。

202. 毛滂

水调歌头

一半隋炀帝，一半问秦皇。人间一半今古，一半战各扬。一半长城内外，一半运河南北，一半作天堂。一半苏杭水，一半柳荷杨。分胡汉，离合策，几朝梁。江都水调歌头，日月去来长。八月钱塘风浪,六合江皋草木,一目九州王。一半隋炀帝,一半问秦皇。

203. 绛都春

余寒未了,小草独一枝,东君先到。去岁旧棵,心里重生有微妙。元功以此上新梢。付与人间春晓。皓天和气,点风雨露,已闻飞。渺渺。五云处处,尽空空色色,此情多少?叶叶露珠,光闪光闪光闪好。两天已是开满道,生得自然难,看潼头,问黄河,秩序大小?

204. 清平乐　千叶芝

花花草草,俱在人间好。只有人不老,千叶九芝多少。难言自在逍遥。仙翁南极云霄。只有王母灵殿,蓬莱金井天骄。

205. 又

一芝百草,独在丛中好。自地朝天甘露早,近在亲亲小鸟。平平凡凡瑶瑶,清清秀秀娇娇。细细微微竞竞,生生暮暮朝。

206. 又

芝兰多少?有在人间老。自以青名天下晓,古古今今如道。云云雨雨潇潇,空空色色寥寥。独独孤孤自在,心心意意娇娇。

207. 又

人情多少?九茎年年好,日月当空千叶晓,长寿君王知道。平生暮暮朝朝,前行日日无消。自得甘甘露露,

难心半在云霄。

208. 又　绛河清

呜呜咽咽,百百千千折。似练绛河清彻彻,如镜如形如雪。人间且以唱离歌。风涛不止蹉跎。一路天涯海角,明明处处清波。

209. 又

波波折折,只向东流别。不误枯荣杨柳拙,曲曲湾湾明灭。昆仑一半江河,明光似练天波。两岸桑田无数,儿儿女女离歌。

210. 又

阡阡陌陌,水水恩恩泽泽。社稷山川依此久,锦锦丝丝帛帛。人间日月江河,迁升进退离歌。步步行行止止,涟涟漪漪波波。

211. 又　己卯长至作

千千百百,步步前行获。曾是天津花下客,只辨红红白白。精英一世江河,诗词半壁先科。格律平生日月,人间地上天波。

212. 又

空空色色,自在心经国。一半人间多少得,道是童翁不惑。山川社稷江河,儒坛佛道当歌。以此年年岁岁,公余字句汨罗。

213. 又

阳春白雪,曲曲声声说。已在君前曾言悦,不计圆圆缺缺。人间自古先河,平生自在无何。一半花花柳柳,床前月色春多。

214. 浣溪沙　自述

杜宇三鸣两岸斜,江桥二里一人家。浑江九折半山花。五女山前何不问,辽东自古立韩衙。隋唐未了赐乌纱。

215. 又　观梅

雪雪余寒雪雪红,香香一半过墙东。相邻月下巧相逢。八卦城中多少客,桓仁故土故由衷,人生格律小雕虫。

216. 又

谢女清吟白雪中,梅花柳絮玉颜红。含羞不尽掉头东。半任琼瑶三界色,千年未了自吟工,空空色色色空空。

217. 又

一笑樱桃口半开,三春玉目色千来。含情已是上天台。细细腰姿腰楚女,昂昂俯俯雨云催,平生不饮是仙杯。

218. 又　上元静林寺

古寺无声草有春,瑶台有路静无尘,一僧未了老僧轮。半在人间三界外,千年留下鼓钟邻。如来自在是人身。

219. 又　咏梅

雪雪梅梅一半春,分分似似那人人。含羞玉影度经纶。独傲肤肌元自色,孤身洁净向天津,东君以此作红尘。

220. 又　寒食

杏杏桃桃一半花,寒寒食食万千家。和风细雨作新芽,乞火书生书不尽,行人处处问烟霞,青团碧玉小桥斜。

221. 又

已是重阳叶落残,波澜一半水流寒。

黄河已在白云端，此去中原中渭水。
潼关老子箸天般。霜明始得见枫丹。

222. 又

自小辛苦学灌园，生涯住在水山前，
五女浑江菜瓜田。十六离家京学去，
书生自此有原泉，诗翁七十数流年。

223. 又

一半阴晴一半园，姑苏碧玉小桥边。
五湖百里五湖船，即以隋炀杨柳岸。
钱塘八月浪淘天，天堂六合九州田。

224. 又

少小家乡草木坟，风云带雪过西门。
如烟灌入领衣温。一步三行三止退，
冰冰冷冷半寒根，童翁只忆祖慈恩。

225. 天香　晏钱塘太守内翰张公

尔雅温蕴，文章太守，诗词唐宋宫殿。
音韵三台，高低云鳌禁，自是玉皇
香院。公视草，星月见，昭回霄汉。
不语金莲回顾，双双独独飞燕。江
流去江楼岸，望山河，雨收风断。
一半春秋，一半夏冬芳甸。天气珠
连璧堰。向前去，长安珠玉冠。渭
渭泾泾，人间一砚。

226. 小重山　宴太守内翰张公作

处处文章太守情，玉阶华漏滴，月
光明。吟吟赋赋楚辞声，灯火下，
庭上夜闻莺。笔下雨云生，门前花
草萌，政当成。杯杯酒酒不虚行，
玉堂人，以此勤犁耕。

227. 又　立春日欲雪

寒梅带雪立春开，余寒未止，与暖
徘徊。不同诗酒两三杯。何不语，
已自暗香来。疏影上天台，宜春近
喜悦，伴香腮。红尘已向女儿催。
东君寄，花信已成媒。

228. 又　春雪

东君寄雪满南山，明光北节，未了
绕道。玉尘纷落一城班，惊不止，
一串挂人间。今古半河湾，粼粼似
素萃，莫相攀，惊时落下玉门关，
人难见，何似小阿蛮。

229. 满庭芳　夏曲

一半荷风，池塘一半，处处出水芙蓉，
婷婷形影，自有古人封。采女黄昏
分至，情意重，自以无踪，红莲色，
藏羞水下荷叶盖重重。人间天下望，
私私隐隐，约约逢逢。若暗如明见，
最易从从。强女牛郎似是，槐树下，
到了临邛，当炉问，相如已是，今
古一心佣。

230. 又

处处红尘，红尘处处，处处留下余英。
芳香随在，意意已难平，最是花心
结子，因果是，一半枯荣。阴晴里，
春秋四序，何顾一身名。人情，天
下事，功名利禄，几度纵横。有成
成败败，止止行行。见得牡丹芍药
年华尽，岁月光明。书生见，朝朝
暮暮，足以慰平生。

231. 摊声浣溪沙　天雨新晴

雨润天街自不声，红霞晓日已天晴，
初晴带露草花荣。满新生。制事行
身以一鸣，诗词格律自千情，当然
不鲜解高明，读其萌。

232. 又　吴兴僧舍

一寺三僧半寺空，千秋六祖一禅风。
人间顿悟自由衷。已成。海纳千川
万水沣，云招丰度五湖蒙。东流不
止始无终，已精工。

233. 踏莎行　吕长春格律诗词

岁岁成翁，年年已老。春秋一半枯
荣草。钱塘八月问江潮，风流不断
问天晓。日日诗词，时时了了，
十三万首何多少，平生两万八千天，
音音韵韵应应好。

234. 又

格律诗词，诗词格律。佩文御制康
熙秩。长安国语纳东吴，庾楼留下
音声术。古古今今，今今古古，隋
唐已始文人质，平平仄仄仄仄平平，
吟吟赋赋朝堂述。

235. 又　定空寺观梅

一半梅花佳人人一半，阳春已到江
南岸。杨杨柳柳运河船，风云不散
芳香散。一半绕道，娇柔一半。小
桥碧玉江湖畔。钱塘六合塔前流，
定空寺向天堂叹。

236. 又　往事

暮暮朝朝，迟迟早早，安仁老矣谁
知道。书生读学作书生，行行止止
行行晓。左传春秋，周公未了，秦

秦汉汉咸阳小，运河杨柳塞长城，抬头望尽遥飞鸟。

237. 玉楼春　重阳菊花，终生不烟不酒

九月重阳重九月，度越人间人度越。无烟无酒一半生，李白知章谁及阙。已是黄花天子谒，格律诗词今古没，孤孤傲傲向黄昏，且以菊花君子曰

238. 又

梅花作了阳春雪，桃李身姿谁女绝。凤凰何在见鸳鸯，听得霓裳歌舞彻。绕道素玉芳香折，曲曲无终情切切。花花如此似佳人，见得互依如何别。

239. 又

长安回忆咸阳道，泾渭东流潼关晓。项刘何以分鸿沟，秦尽长城南北草。江山社稷何多少，岁岁年年飞断鸟。黄昏留在未央宫，一片夕阳谁不老。

240. 南歌子　定空寺赏梅

白雪寒依树，红颜素玉尘。人间一度一佳人，才了暗香留下入新春。影影疏疏傲，芳芳密密亲。清清朗朗满经纶，寺里辰钟暮鼓近天津。

241. 又　秋月

树上新生月，庭中旧影斜。寒宫桂树向人家。缺缺圆圆明暗弄窗窗纱。已得婵娟色，无言素玉华。佳人一半一眉花，秋菊含霜处处慰桑麻。

242. 又

日落中塘水，云平小木村。池光一半一无痕。已有寒凉寒色作黄昏。

寺外钟声路，云前鼓语根。人间自在自慈恩，作了心经学者过山阴。

243. 八节长欢

八十年间，渡中南海，问玉门关，才高鹦鹉赋，诗格佩文颂。精工平仄仄平平守，已白头，独守溪山。且见康熙御制，已宇何闲。唐人五万诗闲，今古韵，两各二百人间。由水调歌头，杨柳岸，已闻上下朝班。平水客，已知晓，十八河湾。黄河水，东流无尽，中原沃土归还。

244. 又　登高词

一阁登高，半江流去，八月秋潮。钱塘运河水，杨柳自逍遥。波涛何处入云霄。一线桥，追逐天骄，只见风光暗淡，上下狂飙。江空日月招摇，声巨裂，神工玉树冰雕。留作为荆轲，当一诺，英雄忘得渔樵。人生事，保所见，独傲廖廖。凭今古，飞鸿南北，应随百度琼瑶。

245. 蓦山溪　杨花

阳春日暮，满了长亭路，絮絮自飞飞，含带子，来来去去，当然粒粒，自学自桑麻，同云雨，共神女，不在高唐住。阡阡陌陌，不以谁分付，处处付夫名，运河岸，江南如故。山山水水，大一沙丘，风落度，云生雾，应以苍生赋。

246. 又

东堂一咱，不尽官衙暮。草木已繁荒，石径缺，残花不附。吴兴一世，曾是丽江南，谁可付，不争妒。只

待如今故。来来去去，尽是人间误。作得一县官，自守许，故邑叹止，书生自得，自得作书生，谁所妒，何人妒，百姓寻常度。

247. 临江仙　宿僧舍

寺里清灯方丈见，禅音不断源泉。琴声一半枕琴眠，长廊长月色，古刹古天边。已得天音天竺殿，如来自在人前，先贤一品一先贤。知人知世界，善果善因缘。

248. 又

暮暮朝朝杨柳色，运河一半钱塘。富春江水向余杭。三吴三月念，一女一思量。此别何难容易去，相逢隔日风光。辰钟夕鼓二三章。何言何草木，又见又香娘。

249. 剔银灯

台上风光曲曲，玉臂半伸弯曲。油尾苗苗，羽花蚁豆，半映半遮新烛。不拘无束，闪闪处，红红续续。落落升升速速，跳跳明明相属。频剔银灯，举书成揽，当以春秋楚蜀。魏始晋督，一字句，三生如玉。

250. 水调歌头

杨柳隋炀岸，唱水调歌头，今今古古先后，不论帝王侯。六国倾倾废废，饿号三千宫女，胜似下扬州，莫以秦皇问，二世几春秋。修前史，传野故，正斜留。成败成败，天下不过十三州。自以和和战战，苦苦人间子女，不得近田畴。只误桑麻事，水去大江流。

251. 又

望柳杨杨柳，唱水调歌头，楼船自在来去，留下运河流。自古三宫六院，八十偏妃细女，饿死帝王洲。不必隋炀问，以帛易春秋。

江南岸，苏杭邑，去来舟。唯亭同里吴泽，草木自丰收。留下天堂南北，也有钱塘八月，芷蕙竞沉浮，十里桑蚕女，一曲牧童牛。

252. 浣溪沙

一叶秋过楚乡，三生旧步上吴梁。富春水色入钱塘，六合江南杨柳岸，芙蓉出水落衣裳，羞藏一对懒鸳鸯。

253. 武陵春　此词系正调

万里长城南北塞，春秋共华茵。汉汉胡胡两地心。五月是红尘。口外江南多少木，长白满森林。月色清光解照人，不负武陵春。

254. 又

到了姑苏谁不问，碧螺小桥头。百岁何求大丈夫，钱缪十三州。江左江右江南北，水草隐飞凫。出水芙蓉已近秋，不可不风流。

255. 又

半过吴门吴韵语，太湖碧螺春。独木千年自成林，古今已相邻。虎丘剑池沧浪水，已古古今今。勾践夫差五霸沦，子女一经纶。

256. 玉楼春

未似明皇长生殿，问却伴羞回却面。一半情意去来心，只以梦中常相见。不如及早来去燕，免得黄花飞满院。重阳重九九重阳，一叶落时枝叶片。

257. 秦楼月

秦楼月，凤凰曲里千秋越。千秋越，儿女情长，穆公何歇。一川养马周王谒，御封故地朝天阙。朝天阙，谁人分付，浮浮没没。

258. 遍地花

闭月羞花落雁见，又沉鱼，水中半微身如面。嗅芳菲，折碧成团，砌合处，人情缱缱。一向盈盈、蕊心摇风流分倩。且与他，共了私情，只见得，香华满院。

259. 夜游宫

我以凌霄见，海角天涯，问麻姑甸。一石撑天何不倦？有朝阳，有波潮，有落燕。虎虎龙龙面，鲛鲸去来方便，万里云天南海溅，以晴明，放辽元，洋水淀。

260. 许衷情

吴儿越女许衷情，杨柳运河明。夫差勾践来去，留下一人生。天下水，半枯荣，草花萌。冬梅春语，一半芳香，一半红英。

261. 又　七夕

千鹊已去小桥平，七夕尽人盟。牛郎织织来去，一夜许衷情。天上问，地中生，女儿声。银河南北，岁岁年年，织织耕耕。

262. 醉花阴

檀板声声三两曲，舞尽千姿玉。人在醉花阴，即得香春，已有相依足。对君不饮相思续，灯下红中缘。西去入书房，雨雨云云，独得金莲烛。

263. 又

东君带来芳菲节，近水先得月，一半散香风，一半迎春，一半梅花折。杜鹃曲里阳关雪，玉影梁州阙。西去雁门关，塞外寒光，十日三边杰。

264. 减字木兰花

朝前暮后，十里长亭长短柳。水水沉浮，草草花花四十州。诗词似酒，李白知章知故友。不是何由，一半人生一半舟。

265. 又

烟烟酒酒，不以这杨杨柳柳，一半春秋，一半人间两只手。朋朋友友，止止行行天下走，自恃巢由，太守文章四序流。

266. 上林春令

桃李成蹊如绣，问玉女，谁经回首。花花草草情情，只可似，女儿别后。浓香淡气已知否？色满地，有红酥手。只怜落落红尘，岁年里，几番清瘦。

267. 殢人娇

云作屏风，花为行障。屏障里，是春模样。阴晴一半，游僧方丈，杨柳岸，五湖水，黄天荡。何以隋炀，思思想想，头颅好，有罗旋浆。在楼船上，年高望重同享。逐水淏，钱塘古今望望。

268. 又

一半隋炀，隋炀一半，已可见，运河河岸，杨杨柳柳，红莲计算。以帛易，始终是，情难断。官有官船，民无民怨，多花草，少人兴叹。泗淮吴越，钱塘六合，见一线，潮头去来霄汉。

269. 惜分飞　富阳水寺秋秋望月

水到山前多草木，一马向，天下路，古寺钟声住，几度禅音主。暮鼓不分云雨故，流水桃花何去？古道谁分付，于无尘处花无语。

270. 又

露湿阑干花带璐，雾落牡丹如雾，几乎乎分布。只无言语空无许。断雨残云多回顾，瑟瑟琴琴相许。只以周郎顾，一声且作三声去。

271. 又

一路运河杨柳岸，花草分芳水畔，色色荷花甸。白莲不语红莲见。六淡秦淮南北断，因以运河连漫，今夜商船唤，小桥碧玉相思乱。

272. 又

一半阴晴何一半，一半草花一半，最是人间见。一半相思空一半，落落飞飞燕燕。暮暮归巢院，几何分付情难断。

273. 蝶恋花

小小声声身窈窕，秀色天真，态态姿姿妙。一曲余音梁上绕，千情百意好。见得人间花月草，都是春媚，满了人间道。碧玉胸前金凤小，银波半露琵琶鸟。

274. 又

一半阴晴晴一半，一半枯荣，一半春秋算。一半乾坤坤一半，阳刚见得阴柔见。一半相思思一半，一半人情，一半夫妻面。一半地天天一半，生生息息双飞燕。

275. 寒食

寒食清明多少雨，雾雾烟烟，碧玉桥边女。捣取青团心已许，书生乞火姑苏付。春到二分红杏误，柳色新新，处处闻莺语。且自盘门同里去，声声已得周郎顾。

276. 又　牡丹清明后见花

已到清明寒食后，处处芳华，白玉红酥手。过了江南杨是柳，牡丹簇簇红首。叠叠重重分左右，色色空空，不付何时候。不是三春三两否，年年岁岁黄花守。

277. 又

若道东君君子口，开了桃花，带了冬梅去。芍药牡丹天下守，丁香结节重杨柳。一片荷花应不否，出水芙蓉，一半人中手。作了莲蓬成白藕，江南采女红酥手。

278. 又

雨雨晴晴多少雾，露露烟烟，见得姑苏路。已是干将同里去，昆山以直朝还暮。水色吴江吴越去，同是天堂，碧玉姑苏女。锁了盘门南北妒，丝绸咸泽人间付。

279. 更漏子

雨微微，云匿匿。杨柳江南织女。花色色，草萋萋，不计高是低。行南北，问心臆。留下相思直得。梅落下，作香泥，去来处处啼。

280. 又

去还来，来又去，俱是朝朝暮暮。千万里，一屠苏，几何知越吴。天下路，人生故。处处云云雾雾，多少误，未知书，不如自在居。

281. 又

状元郎，谁俯仰，不唱楚辞摇桨。舟竞去，一泊罗，半声成九歌。已漭漭，亦苍苍，浩浩扬扬荡荡，天下水，满江河，俚孤已不多。

282. 西江月

三载姑苏岁月，一生几度江湖。苏联解体下东吴，已了朝朝暮暮。十万诗词格律，运河过了江都。公余六十退时孤，作了人间念奴。

283. 又

一片平湖秋月，三千弟子知书。耕耘日月不荷锄，太守文章自足。曲曲莺嚎杨柳，声声草木扶余。人人事事自当初，回首应当思蜀。

284. 又

雨后清风已冷，霜前落叶斑斑，飞鬼过了雁门关，十里皇城念念。月下寒光落落，云中玉树弯弯。明明楚楚一人间,见得江湖潋滟。

285. 又　侑茶词

一叶新芽初就,千枝未了旗枪。采杀一半女儿香,只见沉浮俯仰。草里人中上下,远泉井上风光。碧螺春里是低昂,日月洞庭方丈。

286. 青玉案　新凉

莲蓬子上珍珠雨,偶见得,红荷夕暮。叶叶青青应不主。落杨垂柳,有无来去。夏末秋初付。此际何问长安路,已有西风预先住。若是凉州多不语,玉门关外,月芽湾树,只有沙鸣垆。

287. 又　竹

子猷一调相称许,暗影在,重重顾。节节枝枝都自度。向天无语,对人歌赋,玉立婷婷主。自古如此当如故,宁折无弯纳云雾。所以行迹留步步。只因高就,独孤朝暮,神彩婆娑处。

288. 又

婵娟古古今今面,过客去,从无倦。初一上弦弦十五,下弦弦半,缺园如燕,却却团团见。有意不在长生殿,独以相思去来恋。后羿嫦娥都未便,一天空宇,百年何缱,草草花花甸。

289. 河满子　夏曲

绿柳杨,钱塘岸,红荷珠玉参半。芙蓉出水碧芰就,天态是不遮面,波平铺帘明萃,银在琉璃宫殿。对对双双燕,处处池池甸甸。莲蓬未子早扬首,慢慢箸巢娃馆。多少年年岁岁,不以人间作谚。

290. 谒金门

垂杨柳,岁岁年年如手。握取春秋应不走,芳华应未守。浊浊清清似酒,去去来来童叟。止止行行天下友,是非何不否?

291. 浣溪沙　忆

少小离家久不回,诗翁日月独徘徊。当然养子膝前来,一半黄粱儿女梦。诗词上天台,人间草木以根催。

292. 七娘子　舟中早秋

西风水上临秋秋,任小舟,衣短船娘逸。雨短云长,涛波格律,这斯一日凉一日。孤孤独独飘飘汨,这离情不胜如今蜜,窃窃回首,岸边筚篥,似曾已七,七是今辰吉。

293. 又

五湖一半秋兴住,向运河,何以姑苏暮。百里无锡,湖州水雾。七分独在三分付。东西山上洞庭树,满枇杷,且以青梅主。六合钱塘,潮头一路,天街骤雨谁分付主。

294. 雨中花　下汴月夜

生得堂堂正正,步以德德性性。行止明明留去影,俱是人心镜。旧事岁华随世净,见刺猬已从命,来去有谁知,园园内外,不解有言并。

295. 又

明月明,心不定,独自在,何心性。蒙蒙笼笼天上问,远远婵娟影。旧事百年应不省,老得不就风景。今夜有谁知,家乡梦里,长白兴安岭。

296. 夜行船　雨夜泊吴江

谁曲梅花三弄,夜沉沉,岸边如梦。雨住云落望船娘,又不成,清君入瓮。一灯火,吴江息凤,扁舟系,一行蝛蛛。季鹰生事水漫漫,往来行,再三目送。

297. 又　余英溪汎舟

不假余英溪水白,玉生成,碧云阡陌。三月桃花,船帆杨柳,情重自思客。到岸不停由自迫,向邻,小娘相隔。近近遥遥,兰桥药就,凤凰箫,何相适。

298. 鹊桥仙　春院

丁香桃李,云云雨雨区茱,蔷薇无数。东君带了半东风,只给预,朝朝暮暮。牡丹簌簌,春莺处处,只是米米去去。人间只可一半生。以跬步,分分付付。

299. 又

朝朝暮暮,来来去去,处处云云雾雾。书生不解作书生,岁月里,伴伴误误。成成败败,荣荣辱辱,止止行行步步。诗词格律是歌赋,自在见,今今故故。

300. 烛影摇红　何满子

有孟才人,文宗已去深宫误。风流一曲寄身心,只向黄昏暮。早是相倾已付,那百花,频频盼顾。笙囊就缢,争如断语。不似沧州,开元满子求生赋,当时谁解有梨园?一曲天涯去,无奈可,黄泉路。几今古,情情相许。春秋之后,多少云雨,又千百度。

301. 又　西子

百步苏堤，白蛇留下徐仙见。人间以此已斯因，记取长生殿。柳浪闻莺七遍，这群芳，无须独见，三潭印月，六部桥头，汪庄水岸。

302. 又　归去曲　自度

过了南洋，又回北国风云见。从来明月满前庭，直得婵娟面。枣树门中落燕，一池鱼，游游遍遍，竹兰相映木槿想望，阳光增院。

303. 忆秦娥

平仄，平平仄仄平平仄。何平仄，平平仄仄，仄平平仄。空空色色空空色，春春夏夏秋秋色。何空色，去来来去，直横横纵，正如如侧。

304. 又

乡客，书生一世家乡客。家乡客，桑麻故地，陌阡阡陌。文文字字江流泽，前朝后事东西脉，东西脉，南南北北，老翁成伯。

305. 武陵春　故乡

风过冰檐环佩香。东君问山村。解锁浑江似玉门，两岸一乾坤。五女山前摆八卦，孙龙半黄昏。但得平生小子孙，父母百慈恩。

306. 又

山上杜鹃红已遍，云雾满华茵。不剩冰花已入村，十里作红尘。金达莱香应处处，轻觉有寒门。但觉江流逐远新，自得一家春。

307. 又

八卦城中南北路，东西两仪珍。见得江花见得流，四秩半秋春。五彩林前金黄木，一半似君尤，长白兴安岭下人，记忆总相亲。

308. 点绛唇　月波楼中秋作

月月波波，楼中倒影明明灭，一时如雪，一半如圆缺。曲外余音，曲内含情绝。人情别，一波三折，合合分分说。

309. 又　乡故述

弟弟兄兄，五男一女西关住，吕家家主，来自胶州步。自创关东，祖父洪尊度，桓仁顾，药耕分付，留下人生故。

310. 又　月波楼重九作

水月波楼，琴声不断何时候，以依相就，借取周郎守。一水江流，汉口知音瘦。高山秀，子期何首，百草年华透。

311. 又

岁岁年年，年年岁岁，应何叹？运河河岸，六渎三江断。一好头颅，胜似长城乱。隋炀半，柳杨河畔，水调歌头赞。

312. 又　武都静林寺

一半江湖，姑苏市里闻沧浪。是何方向，不在黄天荡。锁得盘门，拾得寒山望。应无恙，只如清唱，细细多思量。

313. 又　惠州夜月赠鼓琴者，时作流水弄

近在观音，如来近在人间目。一心经伏，咫尺西天竺。草木春秋，气节千丈竹。平生逐，已情穆，慎慎孤孤独。

314. 如梦令

不尽运河朝暮，已断长城山路。万里一方圆。各自多少云雨。云雨，云雨，息息生生分付。

315. 玉楼春

月照玉楼春促促，只以兰花当拘束。高山流水向知音，桃李妒花红断续。年少是风华正茂，枕上是冰肌玉骨。暗香浮曲何终，向背相思红腊烛。

316. 生查子　登高词

高低向背望，远近东西旷。隔日古今章，逐世千波状。诗文一百章，草木三千丈。只在此人间，记下何思想。

317. 又　自述

人生一代长，立世千年量。十二万诗词，百岁高低让。辽东是故乡，跬步闻沧浪。日月是文章，太守枯荣量。

318. 又　襄阳道中

去年七夕云，今日中秋月。相隔一重阳，相照朝天阙。运河六渎吴，六合三江越。自此问男儿，色色空空谒。

319. 又　富阳道中

黄昏入古城，日落行官岸。如此一人生，只是芳花散。小桥碧玉明，寺驿风云断。立世见枯荣，制事重霄汉。

320. 又

落花几不残，日尽风云断。三顺八月水，一线潮头瀚。钱塘六合澜，百水朝天散。以此见天冠，不得江湖乱。

321. 浪淘沙　生日

一半浪淘沙，一半乌纱。平生万里作人家，十万诗词成格律，腊月梅花。十月初三芽，举步中华。南洋已是过天涯，再问马来西亚，顾问新巴。

（巴布亚新几内亚）

322. 菩萨蛮

运河水色钱塘岸，商家来去应无断。最是范蠡船，西施多少怜。夫差何不邮，日月东君面，以此一人间，黄河留玉湾。

323. 又　代言

端端正正桃花面，婵娟已在寒宫见，自此一年，如今三界缘。何言天下倦，几上长生殿。只在玉人前，情深何可怜。

324. 又　重阳

重阳处处黄花面，茱萸叶叶根根见。以此作株连，登高兄弟传。秋声南北燕，落叶枯荣院。步步是年年，生生非始全。

325. 又

东君自古谁留住，人间处处云和雨。一水向三吴，千波沉九浮。巫山多少雾，峡谷瑶姬女，本是不殊途，人间听念奴。

326. 渔家傲　病中吟

少小无知人不老，青年已见风中草，六十乌纱花甲小。花甲小，童翁各自闻仙道。一半烟缈缈，三千弟子何知了。自在乾坤今古晓。今古晓，人间只要身心好。

327. 又

一半寒心春已到，三冬腊月梅花笑，散以香风香未了。香未了，人间正是晴方好。唤起群芳天下鸟，东君自以先开道。万紫千红曾未晓。曾未晓，人间一曲梅花落。

328. 又

识字知书先后路，功名利禄阴晴雾。自有身心留不住，留不庆父不死，平生成败何分付。莫以藏娇飞燕主，相如一曲长门赋。莫似深宫朝又暮。朝又暮，桑田始去终终度。

329. 于飞乐

水无平，云有卷，独木成林。万条根，榕树成荫。问暖寒，知荟碧，路短山深。一形隐几，谁知否，飞雁无心。百岁中，千年里，古古今今。有风光，也有弦琴。玉衣裙，朱叶袖，花草知音。自身自做，不古负负，来去英钦。

330. 又

运河边，长城外，同异秋春。见江南，杨柳相邻。塞北寒，荒大漠，误了经纶。一天以下，何知其，云雨无均。望长安，知刺敕，月到人亲。秩序非，四季清真。牧羊牛，餐奶品花草芳津。中原万里，米粮食，岁月成人。

331. 阮郎归　惜春

东君去了已无春，人间镰不尘。柳杨多了入天津，青莲始现身。寒已了，暖相邻。千红万紫频。一园三径入天轮，儿儿女女亲。

332. 又

江楼始得问江流，行行不止休。一池清水半春秋，荷莲左右游。含碧玉，纳珠猷。方圆作小秀，欲游又静十三洲，芙蓉出水头。

333. 斜日照杏花

人间只剩八分春，斜阳小杏人。白红黄里满天轮，明妍独自身。墙外见　，色相邻。书生左右擎。人间天下净无尘，红娘未举巾。

334. 虞美人　杏花夕阳

春来秋去何时了，落叶知多少。小杏花香夕阳招，只要深情真意一春潮。因因果果何时了，日月知多少？书生过了夕阳桥，回首绕道红日不藏乔。

335. 又

江东小小知多少？曲曲声声好。钱塘八月涌天潮，一半云峰一半作狂飘。情情意意心中了,一只相思鸟。灯花落下玉光摇,楚女纤纤细细小蛮腰。

336. 一落索　同舟寄归

月下花前水畔,香消云散。运河杨柳伴商船,只靠在,江南岸。小小钱塘声断,西施不见。香雪海中梅,在十日里,东君算。

337. 散余霞

人人心上人人性,咫尺天涯净。僧寺钟鼓相依,自禅音已定。乾坤几何独省,向背身后影。来去只见回归,望时应忡憬。

338. 最高楼

烟雾里,池苑菱荷中。香冉冉,玉朦胧。同依共倚斜廊角,未须如此问西东。但留下,娇不尽,可由衷。不摇碧玉珠,园不定,欲止还流去,复是始,何来去,有微风。凤凰飞下双双影,高唐神女在清宫。问相如,知宋玉,色还空。

339. 又

登高望,一流万里重阳,千古又何妨。运河隋炀杨柳,帛相易天堂,由此下钱塘。武陵春,闻巢由,故人乡。向低望,太湖天下水,以波折,向东流去矣。高不见,以低扬。风流不尽春秋见,人间留待不徜徉,客百年,今古是,建书香。

南宋·李唐
万壑松风图

读写全宋词一万七千首
第十三函

1. 少年游　开江

排冰带水涌江边，开口作寒田。巨响横流，喷波欲出，一线裂凝沿。

九冬春入风华暖。两岸锁阳泉，山上杜鹃，已红芳意，同语过前川。

2. 粉蝶儿

白雪梅花，占了一半风月。傲骨香，九冬时节。问东君，先准备，群芳圆缺。有吴钩，弦弦逐云关阙。沈娘衣宽，同心共意无结。却罗衫，楚腰细别。以红英，呼碧玉，开开折折，自难留，眉间五瓣天绝。

3. 调笑

七步吟诗兄弟足，凌波洛水重花月。花月，何明灭。春晚问郎园不缺。灯灯火火情情切，云里雨中时节。巫山神女高唐别，襄王楚人心结。

右一　崔徵

昌门佩马楚流长，隐月行云夜香歌。香歌，月圆缺。十五河桥花已折。隼鹰落下铜驼绝，荒漠，云中情谒，谁人春梦天飞雪，空吧下弦加元初别。

右二　秦娘

武宁节度应有令，大漠风云已无际。无际，玉关闭。舞罢霓裳留百丽。楼前雨后论说让第？御下罗衫佳艺，相倾已就声声功。似有落云如迢递。

右三　盼盼

将军十载当剑舞，不得彭城问垂柳。垂柳，人生酒。声声曲曲红酥手，阳春白雪风流后，帐外相如知否？临邛日暮当炉守，来去不须回首。

右四　美人赋

美女佳佳水调曲，英华灼灼人憔悴。憔悴，箫郎地。不得相思三尺泪。连心一语应常记，碧玉小桥吴桂，我似丁香君结子，你作蜜蜂花里。

右五　灼灼

灵犀自以深心语，碧玉桥边情何处。何处，皇城路。满了东堂花草暮。梨园一曲霓裳舞，听细语，敲羯鼓。杨花柳絮飞不语，落了作根何去？

右六　莺莺

红莲处处无塘小，玉溪天下有芒草。芳草，人情好。自在西厢来可早。落花黄昏云多少，记取柘枝声小。约心无定空相恼，自有红娘知晓。

右七　苕子

草木云收几度凉，风流雨散病上望。想望，楚江上，一声凤凰云雨享，周郎几度琴弦响。不误知音俯仰。姑苏城外黄天荡，拾得寒山方丈。

右八　张好好

破子

好好。天下了。鹦鹉洲头龟蛇岛，知音台上文君晓。云梦大泽春早。濯锦目尽东吴好。不必知，人不老。

又

好好。天下草。白芷红莲沧洲蓼，东君不问人何老。群芳隐约飞鸟。百陌一见千阡了，春风百度杨柳杪。

4. 感皇恩　寄中国财团秘书孙阳澄　中国新加坡工业园区

三载苏州，是何时节。曾以精英已先绝。如今老大，半乘五湖烟雪。领中国财团，初开列。十载人间，柳枝桃叶，上海来书道离别，世城君费（费世城），书画丹青万杰。独阳澄列外，人情缀。

5. 又　秘书三载，不认秘书

人有方圆，月生圆缺。知得人中几豪杰。精英已老，却下五湖思哲。梦中多听得，秦楼咽。秘秘书书，是人间别。建设郎中小村悦，但今还在，何必阳澄不说。再思相忆处，官明灭。

6. 又

太上两三皇，长生一殿。时时人情

退难见，姑苏城里，只与东君谋面。月明知我意，何飞燕。中国财团，从头创建，你是秘书我中字。似曾如此，散了五湖欢晏，十年分别后，谁贵贱。

7. 临江仙　又

一半姑苏姑一半，长洲一半秋春。运河杨柳五湖津。芜生芜草木，有欲有求人。客上阳澄阳上客，东君过了红尘。成成败败是经纶，先生先日月，后继后鲈莼。

8. 想见欢　又

十年旧事苏州，两春秋。本是郎中四品，莫回头，不养马，四月夏，运河流。朝暮来来去去，五湖舟。

9. 又

难言万事开头，秘书留。不可姑苏养马，五湖舟。一人口，几人手，望江楼，吴越夫差勾践，作春秋。

10. 刘焘

花心动

三弄梅花，心动已香仪，傲骨相比。低首小桥，斜出河亭，碧玉折来同姊。向眉间贴红颜里，芳只就，相依相似。影留向书生，只从向风流子。唤取桃花御使，玉娘折琼枝，色蕾一蕊。百草萃茵，多少春心，处处似柔如水。再三分付东君遣，皆红紫，小荷欲垒。这一曲，天涯是非咫尺。

11. 八宝妆

江上黄昏，水中依旧。暮雨尽，朝云故。来去人人都不数，日月星辰分付。河亭烟雾，古驿题壁无言，平生行止前前步。应是客遥心远，桃源当路。枝叶简简繁繁，古今不断，瞿塘东下吴楚，这巫峡，云云雨雨，一流去，瑶姬官渡。有修竹，从无庭树。可知天下寻神女，宋玉几当歌，情怀记取襄王赋。

12. 转调满庭芳

露露霜霜，冰冰雪雪，叶叶落落枝枝。秋冬春夏，岁岁客时时。肃肃荣荣岁月，谁易演，几度先知。阴晴里，生生长长，相见不相司。天公天不语，南南北北，各自分时，尤是东西别，处处宜宜。柳柳杨杨地地，应不异，也不同斯。分毫厘，心心意意，是合合离离。

13. 菩萨蛮　春　回文诗

晓南已小梅香蓝，晓香梅小已南晓。宵玉上亭桥，桥亭上玉宵。好鸣飞落鸟，鸟落飞鸣好，潮待有渔樵，樵渔有待潮。

14. 又　夏

暮春已过梅花路，路花梅过已春暮。吴落五湖余，余湖五落吴。树高云雨雾，雾雨云高树，图里半蝉荷，荷蝉半里图。

15. 又　秋

老山半在芝兰老，老兰芝在半山老。潮叶过遥遥，遥遥过叶潮。晓阳重九日，日九重阳晓。宵玉对霜桥，桥霜对玉宵。

16. 又　冬

续冰白雪成肌玉，玉肌成雪白冰续。都上尽思吴，吴思尽上都。独施西子问，问子西施独。奴念是音声，声音是念奴。

17. 宇文元质

于飞乐

水依山，山绕水，来去回归。每春秋，南北飞飞。向衡阳，青海岸，天宇际，芦苇相依。以人字迹，同心翼，风雨霏霏。雁门关，明月夜，处处清晕。以情深，竹泪湘妃。影同双，形共结，心意微微。劝元好问，雁丘磊，是是非非。

18. 范致虚

满庭芳慢

南北飞花，东西落叶。京城十里人家。登高远望，尤仞燕山斜。处处云烟草木，无尽目、海角天涯。百年里，诗翁故地，字字作新嘉。年光多少影，应凭岁月，见浪淘沙。十万首，诗词天下无嗟。一字征鸿南北，总不断、岁月年华，平生步郎中四品，拂袖却乌纱。

19. 郑少微

鹧鸪天

处处鹧鸪处处声，情情意意复情情。相如不向文君赋，半在知音半在英。朝海誓，向天盟。花花草草自枯荣。儿儿女女年华里，妇妇夫夫几不成。

20. 思越人

一线潮头一线天，方圆不定半库。钱塘八月钱塘水，不问盐官不问田。同里岸，富春船。流涟未了又流涟。佳人小小佳人色，自在逍遥自在妍。

21. 李新

临江仙

六合钱塘杨柳岸，青荷一半红莲。运河来去几官船，芙蓉多少色，粉粉白鲜鲜。水水江南江北见，洲洲汕汕年年。沧沧浪浪五湖泉。无言天下路，不尽洞庭天。

22. 浣溪沙　秋

自古秋霜一叶知，茱萸倒插半心期，重阳数到弟兄时。老去功名千百度，诗词已作老翁辞，两思不足过三思。

23. 前调

一半人生一半家，三千日月五千斜。东邻玉影露簪花。七十南洋南海外，天涯海角过天涯，诗翁六十挂乌纱。

24. 摊破浣溪沙

一度年华一度秋，十三明月十三楼。八十人生南北路，大人头。不谈武陵春水岸，当然大漠故沙丘。万里沙鸣泊不住，问吴钩。

25. 欧阳阀　临江仙　九日登碧莲峰

碧水枫林红漫漫，心田色色空空。行人已在暮云东。孤峰三两座，独擎有无中。一半黄花飞雁去，千年古木归鸿。林林总总丛丛。人生经八十，胜过陆游翁。

26. 司马樯

黄金缕

船在钱塘江上暮，云落云雨，目目何今古。六合塔上人不言，飞鸿落下河山数。人在江湖无谓主。琴闭琴开，唱彻黄金缕。不断云行云似羽，卷卷舒舒生滩浦。

27. 河传

五湖泱泱，洞庭山上望，人间俯仰。一半越吴，惊人处，黄天荡。过斜塘，应游游。姑苏二月梅花浪，目见东西，探访保求赏。香雪海中，早被东君豪爽。问寒山，知孟昶。

28. 王重

蝶恋花

去年诗中应记否。念及隋炀，以帛寻杨柳。见得红莲多少友，女儿情里红酥手。有了私心当独守，不对周序，只待黄昏后。未误年年知白首，重阳过了无重九。

29. 烛影摇红

烛影摇红，自垂珠泪无言语。高唐一半在巫山，不尽云和雨。见闻瑶姬神女。过三峡，瞿塘朝暮。此流官渡。不须思虑。宋玉襄王无行无楚。

30. 某两地　失调名　题金陵赏心亭

应以金陵佳，女儿当如此。轻声只肯向君言，是咫尺，非千里。领口已香纷起。情重不如情姊。琴有知音记。山河不尽不重来，少饮酒，多情意。

31. 王宋

浣溪沙

雪里东君已过江，岭南已白作成双。如今疏影入前窗。北客乍知无缘叶，春风一笑已安邦。玉真爱着淡妆缸。

32. 渔家傲

日日无根天不老，年华有道人间少。一半浮生常了了。常了了，丛丛树木丛丛草。水向东流谁不晓，唐尧舜禹何渺渺。何渺渺，繁繁简简谁先觉。

33. 浣溪沙

一半身姿一半香，三冰玉骨半冰娘。歌歌曲曲谢轻妆。见了貂蝉真模样。纤腰已似小蛮乡，细言细语细思量。

34. 又

十日弦弦一日圆，三声曲曲五声全。千丝万缕半心田。此曲人间应少有，嫦娥改作夜婵娟。阳春白雪梦如烟。

35. 玉楼春

一夜星宸星不少，月色当空当了了。嫦娥今日自明明，呼以轻云浮渺渺。不入人间何独好，后羿行身方可晓。乾坤之上九重阳，只恐为伊心不老。

36. 又

衣上浮香难留住，春中群芳谁作主。去来皆在水云间，凭得东风随意付。

歌歌曲曲周郎顾，舞舞姿姿情不误。琵琶琴瑟烛花红，筚篥只应胡人许。

37. 蝶恋花

草草花花情不了，岁岁枯荣，不胜春光好。只教人间颜色晓，当然结子谁知道。舞舞歌歌都是鸟，落落晓，当然结子谁知道。舞舞歌歌都是鸟，落落飞飞，未问人何老，塞北江南难永葆，结巢已向雕梁小。

38. 又

只有东风留不住，来去匆匆，带得云和雨。弄得残红残不主。香泥只向情分付。难得东君留一语，一半春秋，一半人心故。岁岁年年天下去，高唐宋玉知神女。

39. 又 寄王寀

一半丹青词一半，一半声情，一半江州岸。自古相依相恋唤，卿卿我我风流畔。留取丹青天下见，不是，只是丹青面。素素丹青都不算，人生有路朝前看。

40. 又

岁岁年年人易老，处处枯荣，步步长春道。雪月风花应未了，艰难困苦行则好。古古今今君子少，上下文章，来去如飞鸟，见得平生杨柳草，年年岁岁人应老。

41. 周纯

蓦山溪 墨梅 荆楚间鸳鸯梅，赋此

荆荆楚楚，俱以辞辞赋赋。砚墨满池头，色色是，文章百度。心心首首，已作两鸳鸯。成一树，作双故，不道谁分付。闲庭信步，不可由朝暮。似色色空空，独傲是，怀天有主，阳春白云，日月上心顾，红颜处，墨香许，远近烟如雾。

42. 满庭芳 墨梅 亦满庭芳，满庭花，江南好

已是三冬，东君二问，了得色色空空。文章先至，墨迹已称雄。自是心中处处，兰亭序，傲骨由衷。牧乘赋，相如宋玉，比日了然中。丹青丹已主，阳春白雪，影影西东。莫以香气散，是异非同。且以人间南北，谁进士，谁状元公。群芳至，年年岁岁，以此作精工。

43. 菩萨蛮 题梅扇

平生独傲丹青性，先芳保伴东君令。一扇一香城，三春三百英。相思勾引命，粉面人心净。不尽是深情，阳春伊自知。

44. 瑞鹧鸪

不在巫山十二峰，无言腊月已开容。春夏秋冬闲不得，疏香孤影傲姿封。今古文章楚客逢。天涯咫尺以芳浓。只净一心寒暖执。始终四季守人踪。

45. 曹希蕴

西江月 灯花

一夜灯灯烛烛，倾倾落落红红。明明灭灭自无中，影影形形端正。自是常常开闭，书生以此成功。千章万卷已殊同，不如寻常百姓。

46. 踏莎行 灯花

烛烛花花，池中独见，时时不得曾颜面。书生不尽读书声。杏坛积累沉芳甸。月月弦弦，舒舒倦倦，文章太守君臣院。明明暗暗到三更，明皇上了长生殿。

47. 廖刚

望江南二首 寄闽守

经水路，千里是长城。危石雕岩成壁磊，荔枝三色一心英，一线暮潮平。知刺史，何问相奉迎。官场陌阡朝紫极，墀笏环佩且无声，回首明。

48. 又

乡忆远，方向几何情。君子朝天多少问，绿绯知紫名。读学始精英。今古见，无须作学盟。刘项鸿沟分不定，未央宫中几何是有，不是读书生。

49. 满路花

半川云流雨，三秋故人楼。黄花满院不可收。桂枝招展，自得独香洲。西风先有约，可迟还晚，五湖重阳行舟。东西洞庭，听水调歌头。佳人已作物中尤。楼船已去，江都万金酬。便好扬州女，旦夕姮娥，一厢深情难留。

50. 阮郎归

江南一半水边居，波如万卷书。杏坛留下忘荷锄，书生自多余。船靠岸，步当初。风云卷又舒。运河杨柳不

樵渔，谁言好头颅。

51. 蓦山溪

朝朝暮暮，是是非非误。少小到中年，老来是，童翁不付。相同相异，以短见其长。千百度，两三故，不却英雄步。来来去去，日月皆分付。败败亦成成，总不是，云云雨雨，荣荣辱辱，敢止此行行，天下路，人间赋，万里飞鹜。

52. 赵鼎臣

念奴娇

念奴娇，一十三体，白雪词，长歌起。百字令中无俗念，大江东去赤壁，莫壶中天，千730岁赋，百字谣谣比。太平欢去，庆长春，双萃苡。湘月外，杏花天，寿南枝上雀，春梅香里，酹江月明，何不止，记取周郎无已。借得东风，草船寻箭处，火攻同是，英雄如此，当时应蜀吴纪。

53. 韩嘉彦

玉漏迟

人间谁乞巧，银河两岸多飞鸟，天上佳期，地上别情多少？驸马公私一半，怎觉得，堂前难晓。言未了，兰桥桂断，夫妻有道。可笑，男子浮名，似瓜果，金枝绕。拙拙优优，谁得自家如草。玉叶婵娟懂事，岁月里，清鸣空老。归去好，心上情无小。

54. 谢迈

鹊桥仙

人间乞巧，人情乞巧，七月人心不老，牛郎织女在人间，女儿是，男儿独好。潘郎多少，箫娘多少，日月江河草。相如赋尽问文君，早知道，当炉酒保。

55. 菩萨蛮

胡姬舞尽双眉眼，声声曲曲孤心潜。过了玉门关，挂冠菩萨蛮。江南杨柳岸，塞北情难断。笮篥一河湾，琵琶留燕山。

56. 又

相思一夜江南岸，梅香处处梅香散。小女一心田，男儿千只船。佳人先折手，姿色如杨柳。碧玉小桥头，运河来去流。

57. 生查子

平平仄仄平，仄仄平平仄。仄仄仄平平，仄仄平平仄。重重问一城，复复经三客。进退有枯荣，草木无阡陌。

58. 如梦令

一月人间圆缺，上下半弦明灭。莫忘问东君，归去后，梅花落如雪，如如，且作个千秋节。

59. 浣溪沙

柳絮杨花慢慢飞，青梅未熟已先肥。鄞中梁苑客谁归。古古今今天下问，湘灵鼓瑟意微微。苍梧竹泪雨霏霏。

60. 偷声木兰花

岭南路上人情早，折取梅花心念。日月如潮，到了江东过小桥。东君以伴香多少，不以江南江北草。有了妖娆，日许群芳月素宵。

61. 醉蓬莱　中秋有怀

一蓬莱盏半自在秋，月园月缺，九品壶天，五金蕉叶悦。已见黄花，浮霜素浅，远近天幽彻。细细西风，微微有露，山山覆雪。不饮文章，诗词太守，夜色晴空，桂影清洁。北斗星中，且以开口说。借此宸游，孤雁不别。度得寒央，后羿无心，嫦娥有意，以何情结。

62. 减字木兰花

岭南处处，已见梅花天下去，一半三吴，一半长安白首儒。朝朝暮暮，唤起群芳何不误。何了浮图，到了人间作念奴。

63. 又　中秋

清光一半，都赊人间天下散。今夜寒悬，十五难全十六圆。深宫不见，只以嫦娥天下面。换了人间，作了婵娟不可眠。

64. 又　赠祺伎

楼船已断，留下运河杨柳岸，一半扬州，处处笙歌处处楼。香风自散，莫以箔声情不算，作得神仙，水调歌头字正圆。

65. 虞美人　九日

霸王由长　上江东汉，垓下鸿沟断。

三千子弟一波澜,汉汉秦秦天下半江残。江山社稷谁人乱,不见周公算,农夫不得得其安,两地夫妻聚散见时难。

66. 又

直钩钓者鼓案,共与周公断。文王吕尚已无端,雾里云中天下立人安。三千岁月周家见,八百年中殿。兴亡不尽秦时冠,二世胡亥不与李斯坛。

67. 蝶恋花

合合离离分一半,一半悲欢,塞北江南岸,一半相思都不乱。行行止止都难算。一半运河天下畔,一半长城,成败谁兴叹,一半英雄谁鼓案,周公吕尚风父断。

68. 定风波 七夕

攻书学剑应几何,汨罗江山唱九歌。玉树影中由明月,如雪。牛郎织女隔天河。后羿九阳轮射,居心叵渺一嫦娥,四面桃花狼烟起,问儒士,谁人可云定风波。

69. 江神子 江城子

破瓜豆蔻半年华,腊梅花,一枝斜。有小蛮腰,樊素口前夸,娃馆宫中歌舞尽,应独我,范蠡纱。何时不可嫁人家。见官衙,问桑麻。曲里人间,夕照复朝霞,瑟瑟琴琴周郎在,天下是,你吾他。

70. 念奴娇 海棠

三春初过,海棠子,绿了江南时候。

曾与群芳同素色,满了庄园相守。碧玉楼头,层层绪绪,处处和杨柳,牡丹苑外,丁香丛远留首。黄白相间功成,是临临夏夏,相太守文章,珠玑多少见,贺知章、李白难付,古今留下诗友。

71. 沈蔚

满庭芳

水到渠成,船行靠岸,五湖四海琴台。高山流水,不待子期。下里巴人一曲,天下去,日月徘徊,听杨柳,行行止止,任我试青梅,依川依举步,泾泾渭渭,书剑尧才。已独木成林,白马何催。雪月风花草木,云雨处,闭目常开。桥桥水,舟舟路路,七十过洋来。

72. 又

一半神仙,神仙一半。玉石炉里金丹。潼关老子,泾渭几波澜。已入黄河东去,一生二,二生三坛。三生数,人人事事,处处是神仙。神仙。人是也,何须秘密,久地长天。不可天长地久,水可人全,不可名名利利,何不可,不可骄妍。人生故,逍遥自在,自以方圆。

73. 又

岁岁重阳,重阳岁岁,九月忆、故家乡。茱萸常挂,兄弟共爹娘。而我南南北北,郎中客,四品书香。姑苏岸,钱塘六合,源是富春江。花黄。春也是,当秋也是,不尽衷肠。书剑常不守自立圆方。少小童翁相

继,何日月、老已炎凉。阳关唱,梅花三弄,独树一文章。

74. 临江仙

未了姑苏三月雨,长安满了红尘。泾泾渭渭去来人。牡丹龚胜火,八水带新春。最是天津桥上望,南山北阙经纶。周秦谁是洛阳人。前朝前不语,后世后相邻。

75. 梦玉人引

姑苏三载,干钭虎丘晚。二月莺花,三春夕阳天远。小杏枝头,问海棠,结子过东莞。柳梢杨杨,满了枫桥堰。儿幽会,黄昏里,易去可难返。对景兴叹,人生云了难返,不得回首,莫以空相婉,见归去重来,只道是,北园南苑。

76. 蓦山溪

巫山神女,暮暮朝朝雨。一水过高唐,三峡谷,嘉陵官渡,襄王宋玉,楚客有相思。何倾许,谁当许。不尽人间路。来来去去,俱是人情故。读学作平生,书剑致,云云雾雾,年华不论,历历数晴川,难分付,易分付,不可何分付。

77. 汉宫春

万里前程,不似千载路,三月琼英。论训中庸学者,乞火清明。当初见地,老少人,一脉成城。及去了,从头再思,高下始得枯荣。乾坤举步平生,见荆轲一诺,毛遂身名。良宸美景,制书一半精英。何言不顾,岁月中,未解风情。依可就,诗词岁年不断,

32

纵纵横横。

78. 寻梅

梅花已见三两朵,有芳心,却无叶左。独枝独傲独香可。步步寻得共婀娜。雪肌婆娑。不应反记情无惰,六八瓣,只消些叵。东君去了,云雨那,共群芳同色,千朵万朵。

79. 不见

得了桃花一面,蝗皇上长生殿。日月可生平,作了一双飞燕。不见,不见,回头落花深院。

80. 又

北阙南山故院,昭阳未了团扇。必必一藏娇,何是是赵飞燕,不见,不见,羊车未知其面。

81. 诉衷情

何莲满了小池塘,碧玉影初长,芙蓉出水相望,可否不霓。多少事,细思量,有炎凉,潘郎何在,未误箫娘,上了西厢。

82. 菩萨蛮

无言李白知章酒,平生不饮真朋友,万里向江流,千年行独舟。文章君子口,日月辛勤手。自古一春秋,如今三十州。

83. 又

春城处处春城雨,姑苏水水姑苏女。草木满东吴,阴晴多念奴。运河南北路,六溇云烟暮。远近问飞鬼,高低谁丈夫。

84. 小重山

四海天下小重山,三章今过玉门关。沙鸣声在月芽湾。河曲曲,何处故乡还。朱紫忘千般,剑收情情,素口腰蛮,乐天盼盼问红颜。杨柳见,十载半云闲。

85. 转调蝶恋花

处处清时寒食雨,采了青团,碧玉姑苏女。箸得蓝衣蓝裤布,芬香白袖何分付主。糯糯书生书已暮,近了黄昏,远了天边路。宝带桥头应所顾,轻声已在东邻语。

86. 又 自述

作了书生书未了,素昧平生,天下何花草,大大心思心小小,人情一路人情好。曲尽音声音曲绕,日月,自是人人老。格律诗词应未了,十三万首知多少。

87. 天仙子

水调歌头多少曲,唱得扬州都是玉。春来春去已春回,草木绿。相继续,小小青莲荷己促。但见船娘青发束,云破月色花影浴。声声杨柳弄梅花,风已定,人思蜀。已向舟中明火烛。

88. 倾杯

秦秦晋晋,共朝阳,不共云雨信。各内外,黄河壶口,千里万里,金莲相与问。烟雾纷纷,风浪阔,声声天下韵。望霄汉晴晴,水华回返,浊浪击,清风客。川川谷谷,空空荡荡满晓色,木林生润,声波下,曲曲回回,有时闻,远远时时近近。但向孤峰振,残洞口,涛涛凌浚。归来还恐,天公如此风云教训。

89. 清商怨

天上我斗转,地下壶冰满。白雪红梅,清香袭小院。谁记桃花一面,妃已去,夜月长生殿,太上皇皇,江南飞去燕。

90. 醉花荫 和江宣德"醉红妆"词

微微清露珠珠滴,怯怯寒脉脉。秉烛"醉红妆",今日瑶台,俱是文章客。人间今古成阡陌,自以方圆策。半见半春秋,一字飞天,万古知恩泽。

91. 柳摇金

明皇先约贵妃见,曾记得,骊山一面。蜀雨霖铃多少遍,忆长安,雨舒云倦。长生殿里有神仙,月半明,宫宫院院,莫以开元天宝恋,有春秋,有南飞燕。

92. 柳初新

明皇上了长生殿,太上帝,深宫院。贵妃何在,华清沐浴,出水望时红面。开了芙蓉相见,入梨园,云舒云卷。试罢霓裳舞扇,问三郎,太真如倩?谁知今古,荷花浪暖,羯鼓有声千遍。向九陌,人间飞燕落香尘,几思雕遣。

93. 唐庚

诉衷情 旅愁

只知日月不知愁,不尽大江流,十三万首诗词,格律韵音修。公六十,古今留,十三州。岁年相继,云也悠悠,来也悠悠。

94. 又

诗词格律上心头,一半过眉州。年年岁岁经日,史记帝王侯。南北间,论春秋。大洋洲,此生天下,世界周游,见以沉浮。

95. 惠洪

浣溪沙

一涧千流九曲长,三生万里半家乡。平平步步以衷肠。带带衣衣常紧豆沙。书生处处有书香,回头误了是爹娘。

96. 又 妙高墨梅

一半梅花一半枝,疏香暗影近临池。阳春白雪首头知。自以心中含墨迹,书香已作傲霜姿,群芳见得不须迟。

97. 渔父词八首 实为渔家傲

玉带云袍天下路,烟波钓叟江湖注,笑傲山河何所顾,来又去,天高水阔随云雨。自守门前阡陌故,阴晴日月相分付。剑剑书书谁所误,朝又暮,渔歌子曲江南许。

98. 丹霞

水上丹霞红一片,舟中碧玉桃花面,白雪波峰波已见。芳草甸,有心无意惊飞燕。着了轻妆多少全,烟波钓徒今应羡。玉影连云知己倩。情忆遣,蜻蜓点点蜻蜓恋。

99. 宝公

天下雄鹰几落羽,当须一跃成今古。岁岁年年飞玉字。常自主,高低不尽原边树。独傲人间山水客,孤身涧谷风云雨。暮暮朝朝田野圃。何不数,声声唱得黄金缕。

100. 香严

一柱高香高自许,人间自是自施主。自上而下如今多省悟,天下路,僧僧寺寺留禅语。步步香严清净去,钟钟鼓鼓经常数。有了慈根千百度,凭朝暮,来来去去无藏处。

101. 药山

野鹤斜阳常自照,孤僧古寺谁相好。步步山中仙药少,民间道,医医病病何时了。自力更生凭自力,苍烟半覆灵芝草,解却人人自保,当不老,山山水水神仙貌。

102. 亮公

一认禅音应自许,三光充足心经度,立步金刚僧寺苦。清净处,来来去去天机主。隔岸如来如所顾,观音普渡人间路。人间路,生公点石姑苏暮。

103. 灵公

独厚经天应自早,枝枝叶叶同根好。已见梅花孤影少,群芳了,先先后后同荣草。若以花开花落去,何须叶叶全知晓,无知晓,明年腊月重香道。

104. 船子

寺寺僧僧俱何不了,玄玄妙妙知多少。利利名名飞过鸟。天下道,贫贫富富田林草。去去来来时已了,朝朝暮暮人知晓,止止行行当已早。书剑道,成成败败求精好。

105. 凤栖梧

渭水泾流烟渺渺,八水长安,处处闻啼鸟。桃李女儿开口笑,人前媚尘红了。道骨不凡天机晓,同入潼关,老子牛前草。一二三三人不老,元八卦夕阳好。

106. 千秋岁

置身尘外,不以芳菲计。风云隔,青门第。玄元玄步履,妙道妙情世,鹏翼敛,孤心慎独千秋岁。不忆山中酒,还问溪边慧。多磨砺凭开闭。何妨心似水,百岁头如袂。春是也,秋还是也,同恩济。

107. 青玉案

柔肠一寸经何许,不尽是情人语。目断长亭千里路,柳杨杨柳,杜鹃红雨,处处相思女。只怕未及叮咛误,月色明明独孤暮。记得相依相就度,梦回人静,几何分付,不读相如赋。

108. 西江月

十指尖尖似笋,三吴月月如钩。周郎处处问琴楼,未约西厢之后。举步纤纤弱弱,曲声细细幽幽,波波水水自沉浮,只以人心未守。

109. 又

玉女小乔嫁了,周郎赤壁惊空。曹操百万大军红,使得东吴火命。黄盖一舟当雾,孔明借取东风。华容小道计算中,三国未终未定。

110. 鹧鸪天

十里江花百里澜,三吴明月两吴残。姑苏草木繁荣久,暮暮如烟暮暮姗。谁叹息,几青丹。江湖自古自书安。洞庭落叶东西望,一半人间一半寒。

111. 清商怨

关山无语千万里,不尽黄河水。雁到衡阳,飞空一字起。青海清商怨止,此岁去,南北不比,只等人间,行行他我你。

112. 西江月

已是三春国色,何言九月重阳,黄花处处共炎凉。采得茱萸相望,细雨含春草木,西风带得秋香,空空色色作文章,老子人间方向。

113. 浪淘沙

自作一春蚕,醒醒眠眠。丝丝困困已天天。切以新桑新叶采,意意怜怜。一半女儿始,一半心田。云衫好取已经年。弥勒同心归去也,谷口川川。

114. 又 自述

不是故家乡,过了南洋。马来西亚只炎凉。早雨唯唯分两季,短短箬衣裳。未改一衷肠,日月文章。诗词格律自圆方。巴布亚新几内亚,顾问张王。

115. 吕颐浩

水调歌头 紫微观石牛

一踏齐州府,二度政扬州。运河两岸杨柳,有水调歌头。南渡临安进士,颐浩微宗旧事,孕秀问潮流。门下平章步,左左对王侯。中书省,忠穆集,太师修。元工细介天下,牧者牧沉浮,利利名名身外,业业功功日月,草木国家猷。但问江山肆,社稷作春秋。

116. 苏过

点绛唇

望得婵娟,丹青笔下寻书剑。只怀心念,万里千年瞻。问了方圆,日月如扬兼。云相沾,雨还相沾,度量江山桀。

117. 陆蕴

感皇恩 旅思

细水小河亭,明明如镜。日在黄昏彩红性,缥缥渺渺,多少无限清净。有谁知我意,枯荣令。格律诗词,佩文韵正,胜于唐人两千姓。宋人千姓,独步文坛相敬。只无烟不酒,是天命。

118. 谢克家

忆君王

依依杨柳运河乡,同里行舟苏到杭。一半人到钱塘,忆君王,月落西湖西子杭。

119. 葛胜仲

江神子

纷纷白雪自扬扬,故家乡。野山梁。风扫山崖,五女半寒霜。衣领小隙藏不住,倾未止,化炎凉。书生自古自书香,夜途长,学圆方。格律诗词,私塾久传良。上国故人应念我,多造化,有心肠。

120. 蝶恋花

一半春秋春一半,一半江南,一半枯荣岸。一半运河杨柳畔,隋炀不见扬州见。一半长城长远看,一半山河,一半阴山断,一半秦皇南北断,和和战战何人乱。

121. 又

不问朱门朱紫院,不问婵娟,不问长生殿。不问人情应不断,行行止止风流见。不问明皇故字,不问云天,不问多情燕,不问南唐云雨宴,音声熙载无休恋。

122. 临江仙 病理

自是临江仙外客,何言八卦玄元。中原已古一轩辕。三千年上下,五百载方圆。天女散花天女去,江河本土泉源。南南北北水流言。年华留不住,月日去谁喧。

123. 渔家傲

覆水难收难自导,淦家未在渔家傲。不近江湖应不到。知玼瑁,人间气人间告。不问龙宫,龙不问,舟行海上多风暴,只有蛟人蛟所好,听国煮,平生八十谁称老。

124. 又

一叶遥遥飞白鹭,三吴处处烟云雾。百里太湖何所计。天公雨,阴晴不定谁分付。不可偷机烟酒顾，平生日月耕耘故。天公路，辛勤去去辛勤步。

125. 鹧鸪天　九月十三携家游夏氏林亭燕巢，吕赢生日

夏氏林亭燕已归，云高日熙暖秋晖。精英露湿当赢取，九月重阳菊正菲。人北顾，雁南飞，今今古古女儿闱。巢巢暖暖梁梁见，去去来来不是非。

126. 又　自述

不见渊明五柳声，无言叔宝一豪情。平生只以平生步，举目三更不五更。知日月，问阴晴，园圆缺缺以弦赢。耕耘只作诗词客，七十无鸣八十鸣。

127. 点绛唇

一路难平，三生举步人间去，不须分付，只以孤身度。二世秦皇，不与隋炀暮。何今古，养儿生女，只以家庭主。

128. 行香子

明月无尘，水色如邻。一沧洲，三面八春。东君停步，多少心神。莫以经纶，梦中路，睡前身。应抱文章，交手谁亲。且鸣鸣，七十天真。佩文书斋。作个诗人。八十年中，尽唐宋，古今钧。

129. 诉衷情　祝君生日

衷情只在许衷情，诞日始人生。当然少小中老，自此箸身名。千万名，百年城，半精英。十三州外，八十年中，纵纵横横。

130. 又

清明寒食问清明，处处始人生。今今古古父母，已是去来情。儿女后，祖先行，女儿荣，古来今往，忘了枯荣，忘了阴晴。

131. 水调歌头　别赋一阕泛舟之会

听一声杨柳，唱水调歌头。听钱缪吴越，不得十三州。皮日休声已去，却陆龟蒙又叹，十里有长洲。九鼎中原路，逐鹿作沉浮。庾公阁，子猷舫，屈原舟。江楼不住今古，处处问江流。逝逝斯斯何在，日日江山相见。岁岁有春秋，留得江都在，几度几人休。

132. 又

水调歌头唱，一女十扬州。千年自是今古，几处帝王留。何谓秦皇汉武，史迹来来去去，真假后人修，野史当无野，正史正难求。司马迁，班固女，魏征流。隋炀不取，歪鼻老道世民求，一笔隋炀史记，十代唐人再著，不是马羊牛。只有江都赋，胜似帝王侯。

133. 又

水调歌头曲，十里一扬舟。杨杨柳柳河岸，日日过商舟。碧玉桥边清影，晾晒春茶细叶，草木有心留。不问堂堂女，不约自含羞。三吴客，同里富，五湖流。洞庭山上枇杷共了小莓收。到了黄天荡里，古古今今还问，五霸一春秋。日月阴晴见，自主自沉浮。

134. 木兰花

芭蕉叶上细细雨，美人碧玉桥边女。珠珠滴滴有情人，毛毛点点眉先语。相思一半谁知楚，此水巫山官渡处。不如今日在吴门，作了文君待相如。

135. 满庭霜

九谒终多，一为始少。数数以此成双。人间奇迹，字字入书窗。一二三三二一，相组合，有国无邦。商人易，官家也算，曾不建麾幢。江山，知多少，飞鸿一字，自得双双。数浑然斗米，粒粒封缸。数目成城不尽，年月日，北调南腔，谁人唱，成成败败，未肯忘东江。

136. 醉蓬莱　自述

步平生一种，少小无知，学林成树。书剑年年，对田园朝暮。赖有爹娘，祖父开道，药济人间步。创了关东，田田亩亩，物华云生，第一皇城去。年岁耕耘，肆以辛苦，字字如同数，会与家人，六千粮亩，一生分付。

137. 西江月

一水风风浪浪，三光处处扬扬。文章太守下钱塘，不得人间方向。明月瀲瀲泱泱，轻舟泛泛凉凉。书生七十下南洋，谁记取，黄天荡。

138. 又

柳柳杨杨两岸，桃桃杏杏三乡。运河作得一天堂，水调歌头高犷。月在扬州梦断，人行同里衷肠，三年

已尽别苏杭，拾得寒山方丈。

139. 南乡子　三月望日，与友泛舟南溪

一水一涟涟，百里溪光百里天，上下云浮云上下，船船。泛泛鸥边泛泛莲。半岸半滩烟，两目难详九陌妊。不尽人间何不尽，年年。本本源源五亩田。

140. 浣溪沙　木芍药词

木本深根芍药花，原来不出牡丹家，真真假假共天华。一半心中一半，红红白白素无遮，香香色色浣溪沙。

141. 又

簇簇丛丛处处蕾，开开落落自相催，扬扬得不须回。本本原原天下色，红红白白继冬梅，先先后后续春瑰。

142. 又

折取瓶中见是非，空空色色亦微微。年年插盆凶菲菲。月下墙边多远近，南山北苑牡丹晖，同同异异共时归。

143. 西江月　次韵林茂南博士杞泛溪

水上红霞暮日，云中一抹船家。华阳渐渐已西斜，白雪阳春如画。泛泛溪溪色色，晴晴雾雾遮遮。流流落落向天濡。独独情情无价。

144. 又

暮色金光水上，平生志趣红霞。重阳一半见黄花，两岸层林如画。已是溪流人仰，枫林远近人家。书生不必问桑麻，只向农夫一价。

145. 蝶恋花　和王廉访

地不平平天不异，野茨溪毛，草木人难记。雁已排空飞一字，衡阳青海应时寄。已到苍梧人有志，鼓瑟湘灵，彼此惊心至。九派东流低处泪，江南碧玉千金易。

146. 临江仙　燕诸部使者

一半太湖天下水，波波闪闪粼。回身不望使东尘，千金千万里，一步一秋春。五路枚皋乘七子，书书剑剑经纶。张巡已指作嘉宾。风流风不易，故主故天津。

147. 又

一半江湖三省水，东吴处处蛮人。辞华宿凤已相邻。兰桥兰水色，碧玉碧滩津。雨雨烟烟多少度，花花草草茵茵。今应掘节问红尘。千家千太守，一户一金贫。

148. 又　与叶少蕴梦得上巳游清华山九曲池

一路平生南北见，人间自有高低。山山水水几何齐。中华中特使，法国法兰西。九曲洪河修地铁，长春白朗辛夷。梅花落了作香泥。家华曾带队，首辅永和霓。

149. 定风波　骆驼桥次韵二首

一水千山万里流，三钱五忆半九州。水调歌头杨柳岸，云断。钱塘六合过杭楼，人去老来何几许，公余怀古作今酬。步步不须多少叹，河畔，赤阑桥上有清秋。

150. 又

止止行行过九州，官官吏吏对王侯。格律诗词应不断，云散，钱塘水调一歌头。成败未知荣辱事，高山流水涴春秋。试问越王歌舞岸，娃馆，日休何谓十三州。

151. 浣溪沙　吕今、六六、刘岩四牌楼

一食东城四牌楼，三人共忆半清秋。皇城去处不回头。少小离家千万日，乡山五女大江流。人生八十上心留。

152. 又

半夜风光一夜人，三秦曲尽两秦春。音音韵韵佩文津。碧玉佳人先已就，同年故事问红尘，人生处处总相邻。

153. 瑞鹧鸪　和通判送别寄费世城、翁达器

一生往事几多情，三载姑苏费世城。子夜共行翁达器，齐声同语柳ако明。隋炀易帛钱塘柳，同里吴门满精英。闻水调歌头曲曲，千年还是望长城。

154. 浪淘沙

细雨对红英，一半阴晴，花花草草共枯荣。万物欣欣凭任主，处处同萌。百草玉珠明，落落倾倾。牡丹芍药一丛生。只待晴阳晴碧色，处处成城。

155. 暮山溪

途途路路，处处都朝暮。远远江山，望望目，来来去去。前川十里，后甸也枯荣，杨柳雾，雨云树。天下谁分付。香河百里，不以朱旒顾。

所向是人生，百年里，寻常风度，只应不误，老来数时光，应有数，也无数，只以天天赋。

156. 又

运河杨柳，不尽红酥手。两岸水人家，一过往，何人不酒。西施未饮，未饱是貂婵，昭君友，杨妃酒，已去俱无有。今今古古，不问文君口，帐后对相如，对日月，还应左右，当炉切切，作太守文章。君知否？知君否？不怯英雄首。

157. 又　送李彦时

吴门一笑，万里长城道。一咱一生平，随日月，枯荣皆好。姑苏城内，阳关天外，大江有沙鸣，楼兰岛，晴空好，海市蜃楼晓。花花草草，雨雨直对着城蓼。六合向钱塘，西子问，婵娟还小。寒宫玉树，后羿问嫦娥，何已了，已何了，只有人情老。

158. 西江月

不断声声杨柳，运河去去行舟。人生一去不回头，夜市旗亭蚁酒。皆是等闲之辈，歌歌曲曲楼楼，灯红碧玉度春秋，日月空空白首。

159. 又

三叠阳关唱断，三吴过了昆山。楼兰不问玉门关，忆是烟消云散。杨柳运河两岸，钱塘八月天颜。姑苏六合浙江湾，度了霄霄汉汉。

160. 浣溪沙　赏芍药

芍药红红自未休，春风招展几回头。丛丛茂叶不难收。不远牡丹称姊妹，长安了洛阳留。何须武瞾作王侯。

161. 虞美人　酬卫卿兄弟兼寄我兄弟

平生八十拨云雾，不见家乡树。公余退下问姑苏，四品郎中来去别三吴。兄兄弟弟何时度，日月谁分付。南南北北剑书儒，不主人间朝暮作飞凫。

162. 又

兄兄弟弟家乡路，止止行行步。吴吴蜀蜀半阁瑜，诸葛空城借箭过屠苏。成成就就鞠躬处，未了出师赋。何言不是一丈夫，三国归终司马晋天符。

163. 瑞鹧鸪

旧日人言拾菜郎，枯根剩饭半盈筐。一米半粮天下饱，三生九唱懒婆娘。今昨明天彩佽，投机取巧自经商。以此苦营天下去，有谁见得破烂王。

164. 鹊桥仙　七夕

鹊桥七夕，牛郎织女，俱是人间所误。本来世上有情奴，设计得，天河不渡。女儿乞巧，有云有雨，道是多多如雾。花花草草自扶苏，悄悄约，相如一赋。

165. 江城子

刘邦项羽一江东。落飞鸿，未央宫。汉汉秦秦，几度几英雄。莫以成成沦败败，谁彼此，帝王功。分封垓下有无中。一兴隆，半雕虫。古古今今，始几终终。成作王侯谁败寇，空色色，色空空。

166. 又

鸿门宴上一群雄。有惊弓，有相通，最是张良，处处一沛公。亚父项庄，何剑舞，刘项去，各西东。咸阳一火未央宫，已由情，已由衷。退到乌江，一半丈夫空。记取虞姬军帐舞，身素素，血红红。

167. 蝶恋花

欲向旧城寻旧路，两岸桃花，自以多情树。岁岁年华朝又暮。巫山不付离云雨。玉树婵娟留不住，一半人家，未了何分付。处处生平难自主，来来去去烟云雾。

168. 南乡子

九旦一重阳，万里黄花十地香。采得茱萸兄弟望，炎凉何处相思忆故乡。彼此错衷肠，别别离离作柳杨。未尽平生书剑事，文章。八十诗翁半短长。

169. 又

最忆小儿郎，祖父关东创业乡，半轰开荒医药忙，爹娘，苦乐农家继世长。九月九重阳，一世一生一豫章。自幼诗词私熟训，低昂。格律诗词作柳杨。

170. 减字木兰花

观梅一路，自得寒心天下顾。探访西乙，香雪海中白雪吴。江南处处，已见群芳无可妒，日月姑苏，过了钱塘过太湖。

171. 临江仙

一步人生天下路，三吴一半江湖。轻舟处处问姑苏，天堂天所在，故事故时无。以帛运河杨柳树，箫声到了江都。扬州有了瘦西湖，人人知小小，日日玉壶奴。

172. 又

日暮临江仙子色，红红内内红红，苍烟落照似涛风。波推波不断，一泛一潮空。不见天涯天水岸，唯闻左右东西。英雄以此水无穷，三光三汐远，一见一天公。

173. 减字木兰花　劝酒

辛勤场里，不得知音知自己。醒醉其身，未了文章来了人。
淘汰如水，吕赵钱孙钱百子。多少秋春，忘了经纶误了因。

174. 又

靡靡委委，上了江湖原本毁，败败成成，辱辱荣荣满子名。生生妣妣，饮尽千年何历史，李白诗声，只是心情是不成。

175. 又

刘伶何知，阮籍谁人朱紫名，误了人生，误了书书剑剑名。龙蛇虎豸日月星，宸篆尽咒。豪杰英雄，是是非非是不平。

176. 又

歌歌舞舞，肢肢姿姿身官府羽，造反谁成，会社田家独一声，何言无苦，半在人间人不主。死死生生，只差三分一寸惊。

177. 虞美人

樵渔未了严滩了，不以巢由好。人间汐汐复潮潮，何处平平界外是非遥。年年岁岁枯荣草，日日君行早，江山日月竟妖娇，碧玉小桥流水凤凰箫。

178. 鹧鸪天　新春

白雪纷纷不是春，梅香处处已迷人。东君切切临行借，会合东风入岭频。
三二月，半天津。群芳不主一经纶。红英初起人间色，百草偷偷已早茵。

179. 西江月　寄弟

半作书生半作，兄兄弟弟兄兄。乡音改了已平生。格律诗词直得。记取空空色色，荣荣辱辱名名。我情未了你情明，去去来来相忆。

180. 浪淘沙　菊花

四望满黄花，处处无遮。三千里路半天涯。只向秋风迎自立，你我他她。
有主入人家，共得朝霞，东篱隙间暗披纱。岁岁年年应一度，正正斜斜。

181. 鹧鸪天　菊花

一半黄花一半家，大千世界大千华。秋成日日秋成绩，岁岁年年与豆瓜。
同草木，共桑麻。乾坤演易自无遮。西风起处经霜雪，步履人间你我他。

182. 木兰花

江南不断芭蕉雨，运河柳下桥边女。渐波得了一船风，浮浮潆潆何无语。
其中押了相思去，岸上留神疑所与。若猜孤独望回定，误了平生有相如。

183. 醉花荫

小草先把东君报，春风已经到。水里有游禽，暖了阳坡，已有双飞鸟。
野花已自天机晓，破土窥难了。自以玉身藏，探探寻寻，独作人间好。

184. 浣溪沙　赏梅

白雪霏霏雨半边，嫣然一住色全天，唯唯诺诺是云烟。独有香风香不见，冰骨玉影作婵娟，群芳只待上前川。

185. 临江仙

一寸工夫工一寸，秋春半是秋春。荷花见得去来人。清塘清水岸，有影有红尘。所见天光天所见，相同相异相亲。张仪忘了问苏秦。连横连草木，合纵合经纶。

186. 鹊桥仙　七夕

人间乞巧，天河寅卯。无止无休无了。七情六欲是人心，总不是，回回了了。
西家落草，东家飞鸟。灯火门前好好。著成十三尤诗词，日日累，老无无老。

187. 蝶恋花

已了春分春未了，一半红芳，一半青莲晓。一半英雄何渺小，二更过去三更早，夜里看花看草草。有了心思，有了人情老。泾渭潼关成一道，风流万里江山好。

188. 浪淘沙

九月是黄花，一水人家。江流十里浪淘沙。去了周郎留赤壁，浪迹天涯。
日月赋才华，草木桑麻。田园一半

事乌纱。步步清明清步步，你我他她。

189. 南乡子

水冷一秋津，靖节先生不认真，只以残荷听细雨，濒濒。结子莲蓬已自珍。故路泡清尘，落叶经霜玉屑筠。不断听声吸不得，沧沧。久久荷塘久久邻。

190. 虞美人

灵山法会丁公殿，静气听禅院。人生自度去来船，一半人间一半作方圆。观音只以如来面，咫尺天涯见。平生缕缕一香烟，步步空空色色是年年。

191. 米友仁

临江仙

小米元晖书画善，阳春集里云烟。敷文直学士方圆，丹青丹日月，一笔一天年。兵部侍郎文武断，刀枪不入三边。英雄自得古今贤，诗翁计八十，不足不知泉。

192. 小重山

一笔长门草色空，半步天水露，两新红。东君带来几箫风。飞鸟去，不必问西东。芍药已成丛，丹青三日色，任由衷。力闻嗜学望飞鸿，君思处，尽在有天中。

193. 减字木兰花

小桥流水，碧玉好苏云雨里，一半人间，一半心中，独等闲。知音知己，有了相思何不止。月下红颜，九曲黄河十八弯。

194. 点绛唇

丈丈夫夫，人生自古何须酒。贺知章首，李白金龟友。剑剑书书，只作垂杨柳。成功手，去来君口，醒醉无知酒。

195. 渔家傲

自古荆溪荆楚水，天光尤顷琉璃里。一片荷花风欲起。香散矣，莲蓬已结莲蓬子。采女芙蓉相自比，牛郎不在偷偷喜。却了衣裳无须顾。潜姊妹，声声不语成桃李。

196. 阮郎归

隋炀一水到江都，杨杨柳柳苏。友仁留下米芾吴，王维有画图。风雨过，有珍珠。和念奴。箫声不断瘦西湖，娘娘舅舅姑。

197. 临江仙

一曲阳关阳一曲，楼兰大漠交河，刺秦记取半荆轲。平生平步尽，历事历坎坷。立志长亭长立志，年年岁岁厮磨。一天一夜一田禾。耕耘多少见，日月去来何。

198. 宴桃源

家家国国路路，水水山山语语。巫峡有神女，留下一川云雨。云雨，云雨，天下几何相度。

199. 南歌子

遇水心流去，逢山眼屹来。人生醒醉是狂才，日月阴晴，天下不须猜。独木成林许，群芳竟自开。瑶台尤年筑瑶台，不问神仙不问不徘徊。

200. 渔家傲

一路寻仙寻一路，来来去去来来去。自主何时何自主。天下步，平生作得平生故。信仰当然当信仰，人心所以人心付。已误三思三已误，谁同住，成林独木成林处。

201. 念奴娇　村居九日

采茱萸去，带露水，还要登高朝去。弟弟兄兄多少路，白首重阳相顾。叶叶灰灰，如霜似革，自以连根许。老翁日日，空空父母何处。兄弟兄弟如今，是儿儿女女，人生人误，不可回头，荷花黄草木，几何朝暮。剑书书剑，童翁分付分付。

202. 临江仙

已是临江仙忆是，无知水月无知，相思不尽不相思。偏然偏未了，一夜一情知。鹭鹭鸥鸥飞不定，惊波只向归迟。船娘玉色玉身姿，舟平舟不语，有待有心宜。

203. 阮郎归

鸥鸥鹭鹭已先飞，轻舟尚未归，阮郎仙路不相依。人间不久违。天下问，草菲菲，湘灵鼓瑟微。人间自此世时晖，苍梧谢二妃。

204. 临江仙

无酒花开花也落，壶中误得人生。知章太白各相倾，当涂天下水，不在镜湖英。不可身名自不可，三明自在三明。文章自古自耕耘，无须伴醒醉，久日久吟鸣。

40

205. 念奴娇　陶渊明归去来辞

武陵源外一舟在，十里桃花秦汉。去去来来都不断，柳柳杨杨岸岸。有得鸡鸣，却无犬吠，鸟语花香先后步，烟花消散。五斗弃弦，彭泽语，杀可英华分半。菊菊松松，篱篱黄九月，馆娃娃馆，范蠡何意，春秋留下兴叹。

206. 醉春风

五湖来去黄天荡，一道从今长。事事只关人，月下风前，寺里知方丈。姑苏城里寒山向，今古忆商鞅。变法易文章，雪到梅梢上。

207. 小重山

四海天下一春秋，江流东去半江楼。人生醒醉始无忧，何须是，束手举空头。朱紫几王侯，古古今今，落落浮浮，只寻醒醉不寻愔，何所以，处处向长洲。

208. 诉衷情

陶潜五柳半人间，醒醉红颜，黄花落了霜降，日去日方还。吴月夜，胥门关，洞庭山。太湖重忆，弃了琴弦，等等闲闲。

209. 念奴娇

丹青为友所取，诗词作客其得。也折腰为米，自涉世，得以丹青之路，处处知人处处。只在民间朝暮。与与平平，文文切切，俱此天机故。同生共活，邻邻来来去去。品位构构思思，易繁繁易想，江山谁主，笔下乾坤，任由凭取舍，以君分付。我知知己，居中居易居度。

210. 曾纡

念奴娇

一身香气，玉女近，影影形形无主。自以冰肌冰冷色，又以红颜分付，三弄梅梅，声声曲曲，曲曲声声度。人情已附，人前人后如故。一旦入了兰芳，自倾倾处处，何斯何误。失了相思，当然当所就，望归依旧，六出肌肤，千枝重见如许。

211. 上林春

繁简花中，寒暖月前，白雪畅春朝暮。早春未至，东君有约，清心自生分付。相门出相，将门将，领英自度。暗香来，傲影独，亦仰亦疏何顾。这人间，有云有雨。枯荣见，玉玉冰冰无主。旧有旧枝，新芳新绽，千朵万朵如数。见常五瓣，最难得，八瓣知故。叹生灵，向所寄，以伊同路。

212. 秋霁

木落山明，见枫色，楼在水流寥阔。一半金英，三山白雪，西风几何求索。雨云共约，晓光已作天公诺。露雾薄，遥渺苍茫，月上画廊廓。高楼快意登临，异乡节物，同心离略。故情远，佳人何托？唯有余音到渭洛。心在衷肠飞一鹤。向婵娟语，寒宫玉树荷花，后羿嫦娥，为谁关绰。

213. 念奴娇

念奴娇在，渭洛水，留下明皇一语。自此人间多少曲。力士相倾相许。到得头来，歌歌舞舞，作了梨园主。亦唐亦宋，应承天下回顾。帝王将相江山，又君臣社稷，佳人才谕。古古今今，先已住，后又何人分付。十丈楼台，见周郎赤壁，大江东去。空城穷计，归朝司马曹步。

214. 洞仙歌

凌云一赋，落笔相如故。北望神州渭泾去，几何丘墟了，白璧伤归，留得个纸醉金迷处处。人情人见酒，有了幽芳，何以风流不相顾。步步自玄玄，以三元，洞天上，苍穹五度。问老货，加予有千香，朗月又清风，是成仙路。

215. 临江仙

一院玉堂真学士，儒书万卷千章。田家一半一青黄。春秋春夏至，日月日天光。四品郎中辛苦学，耕耘格律方长。诗词十二万首尝。平生平已去，后继后人扬。

216. 菩萨蛮

山光直在溪流砌，浮云已伴沉沉细。一半一惊霓，高峰高是低。天机天已济，流水流无际。自引是东西，商家非范蠡。

217. 谒金门

川上路，依约数家云树。步步归心多少雾，只在山深处。记取家乡多少故，次次是，来还去。相忆如丝千万缕，借东风约住。

218. 品令

林林木木，朝暮多孤鹜。一年春事，半年秋菊，四时兰竹，处处幽芳，处处望高极目。登临不足，故乡子，他乡促。年年清梦，千里还到，人间词曲。应有凌云，时与旧人相续。

219. 秦湛

卜算子　春情

有语半秦观，一子问虚度。百尺楼台百尺安，咫尺词家路。已是未青丹，不可音琴付。未了江南未了寒，记取非朝暮。

220. 范周

木兰花慢

向斜塘步步，寒食雨，近清明，正李李桃桃，成蹊流去，满了红英。倾城。探寻访问，五湖山水草木枯荣。唯有东君北云，已留下一半春情。新声，百草先行。人艳冶，互逢迎，向小桥，淑女来来往，窈窈无声。多情。这佳丽地，在碧螺春里玉山倾。记得康熙御制，全唐诗，佩文名。

221. 宝鼎现

夕阳西下，暮色东升，红光秋水。林影暗，天光还渐，无以人间行路止。睹浩月，有光还无照，花影花香绛蕊。有掩映，婵娟桂影，都向人心原委。太守无意郎中意，作文章，不饮君子。何醒醉，楼台舞榭，当是朱轮来去矣。不射的，以乌鸣不已，只在壶中问杞。不所谓，今天隔日，昨日明天影里。

谁伴直阁多才，环粉艳，瑶鹭珠姊。有春情，还有归心，黄粱梦似。向背见，非非是是，已得笙歌起，任画角，唱彻江南，以月钱塘同轨。

222. 吴则礼

秦楼月　送别

莫离别，姑苏三度梅花节。梅花节，香雪海里，落英明灭。钱塘六合运河水，一舟逝去何殷切。何殷切，阴晴一半，天圆月缺。

223. 江楼令

平生步步凉州数，僧寺里，晨钟暮鼓，西望阳关古城府，取雕弓白羽。平生不被儒冠古，剑书见，将军射虎。回头幽燕已记取，只作阴山主。

224. 虞美人　对菊

清香秀色黄花女，已道重阳语。登高人去采茱萸，见得云舒云卷，几沉浮。三吴一水来源楚，自曰西川洳。金英委地作冠儒，碧玉闺中帐外，等相如。

225. 又　送晁适道

声声唱尽阳关曲，只道西风促。知书自得自知书，指剑平生平步问当初。青楼已尽江南绿，一路朝天续。人人不可学樵渔，未了桑田何以步匡庐。

226. 又　泛舟东下

从来不作寻秦计，只见隋炀济。何言范叔魏征齐，一笔唐家史上误人低。运河自古人间势，六合钱塘第。

苏杭见得柳杨堤，至已如今天下有东西。

227. 又　寄济川

东窗冷了西窗暖，路路何长短。阳关近在玉门关，大漠晴明足见响沙山。平生步步前行远，不可知多晚。天云聚散月芽湾，不斩楼兰不作自归还。

228. 减字木兰花

星辰半落，步履初行心已约，过得江河，过得峰山日月多。求求索索，只与天公言一诺，如此平生，只在汨罗唱九歌。

229. 又

飞飞落落，一字当空经渭洛，到了汨罗，近以衡阳唱九歌。雁门关塞，岁岁年年南北约。过得江河，过了人间问少多。

230. 又

阳关春晚，独步沙杨应不远。处处沙川，只只骆驼只只船。胡姬玉腕，耸耸双肩双目友。目目长天，大漠荒丘大漠圆。

231. 又　寄真宁

圆圆缺缺，最是人前天下别。处处婆娑，去时来时不可多。霜霜雪雪，偏向枯枝何不绝。日月穿梭，过了枫红过了河。

232. 又

秦淮两岸，一半风云留一半。步步江南，六合钱塘，六合山风。江楼不断，楼外楼前楼水畔。一半长天，一半阴晴一天莲。

233. 又

细细小雨，叶叶雨风黄叶暮，一半江湖，一半英雄不在吴。重阳如故，处处黄花黄处处，一半书儒，一半春秋一半奴。

234. 又

三年一步，此去姑苏曾此去。近了江湖，近了黄天荡吴。平生上路，一二三时曾不误。一字书儒，一字当头一丈夫。

235. 又

淮阳一路，历迹三年朝又暮。阔水江湖，八月淞江三尺鲈，秋风处处，蟹脚痒时应不顾。脍了莼蒲，不可平庸对玉壶。

236. 满庭芳 立春

见了东君，何须再问，草木已有新芽，且听枝甲，节桠雨中嗟。毕毕驳驳声里，惊世界，草草花花。荒芜处，黄黄绿绿，弱向人斜。去年年岁尽，今春相许，再度风华。已重头开始，共与桑麻，不改先先后后从小起，到大天涯，天天见，生生灭灭，一水浪淘沙。

237. 又 九日

九日重阳，三千里路，一半世界炎凉。黄花芳正，如是故家乡。作了书生进士，身名后，别了爹娘，郎中路，皇朝四品，朱紫待扬长。

平庸，朝又暮，居中草木，日月辉光。以诗词格律，作得圆方。祖父关东创业，人ाम果，到了南洋，田家子，家家国国，今古一忧砀。

238. 木兰花慢 雷峡道中作

杜鹃春易老，雷峡水，出青牛。度万壑千岸，晴川历历，泉涧幽幽。芳洲，一滩积渍，不回头。认取是飞舟。帆落船娘唱尽，竹枝处处风流。凝眸。一字当秋。啼雁去，有声留，细品这人间，物时如此，雪落霜浮。消忧。半红隐隐，十三州。都作画中游。羽词曲纶巾锦领，误人不是枫洲。

239. 醉落魄 残梅

梅残雨雪，东君去后曾言别。不须此时同攀折，有得红英，同庭共明灭。当初孤傲群芳唤，留心叶生分别。一红一绿一年缺，唯有情人，只似旧时节。

240. 踏莎行 晚春

一半春秋，夏冬一半，江楼一半江南岸。苏杭一半运河船，来来往往从无断。一半芙蓉，莲蓬一半。莼鲈一半江湖畔。富春一半作钱塘，天堂成了人间冠。

241. 鹧鸪天

一路丁年去不还，三光不锁九重关。江流不问江楼岸，太守文章太守颜。烟外辗，水边山。人生过去五湖间。谁怜季子貂裘敝，不与天机自等闲。

242. 又

汉履唐眉一岁春，秦人晋客半红尘。江山社稷王侯客，草木枯荣本不均。天下史，记君臣。桑麻自古是经纶。田园只以农家计，日月高悬日月新。

243. 红楼慢 自述

家在桓仁，五女山下，住西关，过榆塞。书生进士幽州客，过了长城时刻。玉垒高门过日，南下晴岚相织。近皇城，天地连云，极目飞天如翼。山海。书剑何规则，北望故三边，何谓西域。阴山飞将曾百战，射虎留名相忆。一箭吴钩未锁，谁识登高无极。空沙场，牧马桑田各南北。

244. 声声慢

东西豪沙，南北书生，飞扬一叶秋声。雨雨云云，来来去去声声。风风不尽暮鼓，锁樵门，不断钟声。有深巷，见黄花便问，今古闻声。缺缺圆圆半月，已弦弦挂角，任楚歌声。项羽刘邦，张良尚父声声。知他未央一火，自英雄，多少人声。许不尽，把一半，留作未声。

245. 水龙吟 秋兴

一番风雨，无边落木，最是潇潇暮。黄花一半，茱萸一半，重阳已住。有叶寻根，不由飞去，任谁分付。是回归，不是天机自主，空空也，应无数。闻道去来天下，有春秋，枯荣相互。年年岁岁，杨杨误误，经经度度。月下寒足，有流萤赋，空怜古树。去年今日问，同同异异，向何人诉。

246. 李德载

眼儿媚　与高岩登景山

北京八月半中秋，极目上层楼。三竿朝日，高岸山望，不必回头。眼前已见崇祯去，玉佛五亭休。联军八国，明朝史上，作了清仇。

247. 早梅芳近　词谱，吕渭老八十字体十仄韵。独一体。

早梅芳，冬雪少。曲径初花草。东君有约，腊月三寒已明了，有春风欲至，桃李何先笑，有枝无叶独傲，香气撒杳杳。以红明，金碧好，自南飞来鸟。长笛一曲，四面灵犀一点晓，人间通密语，情在风流少，佳期有约道。

248. 又　原词平韵，视为无体

残冬晚，早梅芳。寒里带心肠。暮朝留下散余香。三弄一春妆。雪纷纷，衣束束，别是作，群芳促。已同桃李牡丹商，隔日同朝阳。

249. 赵子发

鹧鸪天　寄刘岸

已近三秋已近寒，无冠九陌自无冠，皇城永定皇城水，一半人间一半安。千草木，万青丹。煤山留下作清峦。刘岸已望皇宫殿，指手家居是赤栏。

250. 浣溪沙　与刘岸登北京景山知春亭

脚下皇城问五蕴，崇祯不念向乾坤。前门御蓼地安门。北北南南中轴线。东西一半地球村，如来自在有慈恩。

251. 洞仙歌　天水李广

幽州城下，今古人人晓。李声阴山飞了。叹英雄射虎，一箭惊弓，天地上，惟有声名不老。不风云少，四海谁知道。一马长空独身好，按玉龙，天水巷，汉玉门关，何去也，谁以霍卫无道。二千年中一司马迁，一笔作公文，终终草草。

252. 桃源忆故人

桃源忆取渊明步，格律诗词曲赋。五柳村头朝暮。弃了琴弦度。黄花已得篱间露，九目重阳如故。如故如故如故，草碧芳菲数。

253. 南歌子

南北东西问，天涯海角寻。天末不尽天音，独木成林谁道不成林。未了高低水，何言草木荫。人间一字人心，古古今今一字一如如今。

254. 又　寄苏州何小春

人有金兰友，云无岫谷心。船娘一曲小荷音。步步太湖有山上洞庭林。世上枯荣木，人间日月浔。三年一度一主襟，不及姑苏月下客情深。

255. 点绛唇

一点孤舟，天边不尽天边去，不分吴楚，只是人间女。一半姑苏，一半荆州雨。文君语，一君相如，只在当炉处。

256. 虞美人

纷纷落叶霏霏雨，去去来来女。眉间梅色学江都，一半钱塘一半是东吴。朝朝暮暮天堂度，柳柳杨杨赋。杭州水色自姑苏，六溇运河碧玉小桥浮。

257. 惜纷飞

楚客有声高唐赋，巫峡瑶姬神女。官渡留不住。宋玉无知香如故。明月月明江水许，只有婵娟顾顾，却在阳台见，襄王去了谁分付。

258. 阮郎归

江妃采女水烟寒，珍珠一斛冠。上皇天下半金銮，霓裳七彩丹。前后事，去来残。深宫不可潘。当年学步问邯郸，如今步步跚。

259. 忆王孙

夕阳高照一蝉声，远近东西半秋情。树顶扬扬一两鸣。不阴晴，未以黄昏未以平。

260. 杨柳枝

且以隋炀杨柳枝，帛行时。自此人间运河知。北南司。见得江南烟雨岸，问钱塘，六合明月照天堂。是苏杭。

261. 望江南

行止路，一岁一秋春。草上月如花上月，今年人忆去年人，往事太湖尘。

262. 菩萨蛮

人生步步人生竹，高低远远高低目。日月可扶苏，阴晴应丈夫。怜香何惜玉，五叠阳关曲，草木向江湖，英雄何有无。

263. 少年游

少年步步少年游。荣辱不知愁。一半无心，春秋一半，一半去何留。青楼客散人归后，明月上轻舟。寻得江湖，学来儒院，剑剑书书求。

264. 采桑子

春蚕作了春蚕茧，断了丝丝。断了丝丝。一半生平生一半知。年年晓昨年年晚，叶叶迟迟，叶叶迟迟，一半人间一半师。

265. 浪淘沙

水满一春津，夏满红尘。莲蓬结子共浮濑，近了清鸣蝉自语，远近无邻。白雪玉梅新，色色经纶。东君约好半年新。天下人间天下度，晋晋秦秦。

266. 徐俯

念奴娇

一千堆雪，一万里，一字大江流去。留下人间都不主，见得朝朝暮暮。社稷河山，河山社稷，俱以王侯误。阡阡陌陌，田桑之古分付。荣辱成败君臣，作朝朝代代，农农如故。每亩六千棵玉米，年年云雨，格律诗词，天天书十首，此生如数。十三万首，平生如此如路。

267. 浣溪沙

渭水泾流一半清，黄河浊浪自无平。潼关汇合向东营。有约中原壶口落，惊天动地自留声，人间以此共枯荣。

268. 虞美人

王朝一部江山镜，日月三旋光性。纤纤玉笋是云英。宋玉襄王神女几多情。阳春白雪梅花命，唤取群芳倩。高山流水子期声，下里巴人天下半阴晴。

269. 卜算子

以色色空空，入得心经众。一字成功一字中，念念梅花弄。自主己由衷，苦度修身瓮。有始无终有始终，不做凰求凤。

270. 又

近移向观音，作得如来客。陌陌阡阡皆渡河，多少慈恩泽。了了作人生，是是非非隔。一半平和一半定，去去来来迫。

271. 又

六淡半东吴，杨柳江湖树。已是重重叠叠花，只有香如。三载落姑苏，一半作书主。自是年年岁岁儒，格律诗翁付。

272. 鹧鸪天

渌水青山一小村，斜阳暗影半黄昏。高山顶上高山木，远远长明远远根。千里外，两乾坤。阴阳四象阴阳易，八卦枯荣不关门。

273. 又

半自黄昏半自斜，夕阳水色夕阳花。江波不语红波照，一半江山一半霞。烟淡漠，岸新沙。晴涛泛起故人涯。江流已去江楼在，故着轻云薄薄遮。

274. 踏莎行

岁岁年年，花花草草。春秋一半春秋好。芙蓉出水夏心情，阳春白雪冬香早。去去来来，多多少少，朝朝暮暮人先老。潮潮汐汐自逍遥，南南北北飞鸿晓。

275. 又

水碧无穷，山青未了。舒舒卷卷云多少。浮浮不止又沉沉，思之一二三生道。近近明明，遥遥渺渺。层层簇簇林林鸟，飞飞落落自声声，文章太守诗词好。

276. 又

步步婷婷，羞羞笑笑，纤纤玉体冰肌好。眸眸齿齿自明明，香香淑淑如飞鸟。近近愁愁，思思小小，歌歌舞舞情多少。阳春白雪弄梅花，高山流水情难老。

277. 南歌子

一歌黄金缕，三冬白雪香。梅花玉液著轻妆，百态千姿无叶问潘郎。寸寸纤纤步，盈盈目目尝，谁知韩寿在西厢，日落西山夕照过东墙。

278. 鹧鸪天

一笑三瞿半日春，千百态万红尘。蛮腰素口珊珊步，小小西施浙水人。

天下色，欲中身，江山美女易经纶。
成成败败谁荣辱，醉醉何言醒醒人。

279. 浣溪沙

西塞山前两鹭飞，江湖月下一舟归。
遥遥淼淼半微微。八月莼鲈惊蟹脚，
杨杨柳柳运河晖，花花草草自菲菲。

280. 鹧鸪天

西塞山前一鹭飞，桃花源外半舟归。
云云雨雨阴晴在，汐汐潮潮日月非。
无旧忆，有心扉，东坡顾况不相违。
志和鲁直江南客，鼓瑟湘灵见二妃。

281. 王安中

虞美人　雁门作

平生日月知书剑，日月风云占。衡
阳不断雁门关，五百高僧罗汉五台
山。翰林学士燕山府，太保中丞主。
儒书不尽又儒书，不可人间天下谓
樵渔。

282. 浣溪沙

四月西湖万里天，小荷出水一心田。
尖尖细脚作金莲。去去来来杨柳岸，
南南北北运河船。刘郎误了杏花怜。

283. 绿头鸭　应多丽

一云收，半天落落浮浮。大名工，
齐齐鲁鲁，孔府今古交流。西省字，
三台静木，谁可数，杜断房谋。玉
卷长河，金波远瀛，丹毫四品书先
留。向背是，苟池元老，百度十三
州。瑶台见，环扉铃暖，几问春秋。
古今闻，沉云川谷，一令应解万家
忧。最关人，天光普照，未了是，

自作风流。料得绵蛮，唐标大理，
宋挥玉斧帝王侯，锦帐里，岐山六
出，何是问层楼。人总是，前前后后，
不可回头。

284. 北山移文哨遍

世见达人，何以出尘。当作青云历，
巢不得，由不得山栖。重千金，周
郎赤壁。彼此成身名滥巾云岳。缨
情好恋人间寂。观色色空空，非非
是是，樵渔今古谁觅。自以千年，
鲁鲁齐齐，已有纵横不却东西。敲
扑喧喧，六国苏秦，有分有析。张
仪事张仪，一主天下成功绩。三峡
惊猴狨，陈仓伦度攻敌，栈道逐嘉陵，
石山屹立，巴中彼此谁寻觅，官渡
楚吴流，三闾莫语，人间应是鸣镝。
诸葛空城司马只齐。后退十里晋家
题。见鞠兄尽萃相适，无须天下相异，
玄德何行檄。不须一逐荣华，便失
所守，无成伏枥。伯鸾家有孟光妻，
已齐眉，一曲云笛。

285. 菩萨蛮　大军阅罢稿将官兵

鸣金一令黄昏暮，江山半壁英雄路。
草木自扶苏，将兵知首驱。吴钩天
下主，细柳三边布。铁马作飞凫，
雕弓天下图。

286. 御街行

烟消玉树蓬莱殿，有月色，婵娟面。
清晖带冷五湖船，郎中不忆过长洲。
渭水咸阳谁见，周秦过去，唐宋宋，
且以诗词传。佩文格律康熙选，
字字确，音音研，方圆可以方圆，

典典经经如淀。前前后后，来来去去，
今今古古衍。

287. 鹧鸪天　百官传宣

捧笏陈呈上建章，桑田百业度炎凉。
鸣珂佩玉银潢步，制计人间制主张。
香杳杳，御皇皇，江山社稷作圆方。
钩天昭令灵犀旨，退步躬身作鹭行。

288. 蝶恋花　六花词

长春花口号

东君已告百花新，一月东风半近邻。
灯竹声声元日始，年年俱好是长春。

词

簇簇丛丛花自早。见了梅花，白雪
应当晓。已是同芳同日晓，阡阡陌
陌生初草。一半苏杭问小小，远得
江湖，远得香杳了。已是情多情不老，
人间总是人间好。

289. 山茶口号

白白红红二月花，香香落落一人家。
如蕾最最如倩女，碧碧丛丛处处华。

词

叶叶枝枝都是色，最得红香展展舒
舒翼，以身作则春消息。秀在丛丛
藏碧织，玉主朝天，不必羞容即。
杜若新芽三尺力，何须只向孤身忆。

290. 腊梅口号

白雪寒冬一树梅，人间处处半香来，
东君已告群芳唤，小草先知彼此催。

词

五瓣分黄分白雪，傲影疏香，不怯
初春别。换了春梅香雪海，枝枝叶

叶全身杰。岁岁年年从不灭。共了天晴,同了乾坤节。彼此枯荣千载说,由衷自得心圆缺。

291. 红梅口号

三冬欲暖缀瑶瑰,示叶先枝色独回。鼎实和知和白雪,东君已报续春梅。

词

问了东君春已主。唤了春芳,早向春梅计。白玉红颜春不住,春光已向春情计。香雪海中春不妒。为了春华,岁岁春春顾,最是知春从不误,春花春草春分付。

292. 迎春口号

冬春节物半无分,白雪阳春两自勤,玉颊红颜相互面,新妆已就向东君。

词

过了春冬春已晓,问了东君,一夜花开早。缺叶少枝孤傲好,余香散

尽情多少。白雪红梅人不老,岁岁年年,独以群芳草,我去你来他已道,人间万物人间鸟。

293. 小桃口号

书生一面小桃红,淑女千情已不穷。乞水无非无是问,身缘只在此门中。

词

不见刘郎君自去,桃李成蹊,未以人生虑。莫问东君杨柳絮,江湖远近多云雨。已得桃花源里女。记了春秋,汉汉秦曙,几处人间高不怀,汨罗未了风云楚。

294. 又

自古铜台今莫问,一半风云,曲舞西陵近。社稷江山应不尽,唐家过了平阳郡。八卦原来何为阵,借得东风,未与周郎信。最是曹公兵不刃,连营在火何言忿。

295. 一落索

一月池塘小小,水平方好,婵娟隐隐后庭玉,寄予千金笑。老师人间花草,二三飞鸟,波波折折广寒宫,独自语,人情老。

296. 又

水上悠悠淼淼,似蓬莱岛。寒宫玉树玉嫦娥,去去来来早。今夜明明了了,断裙云少。偷偷望了向人间,独自主,人情好。

297. 木兰花　送耿太尉赴阙

天公天下天皇诏,一箭阴山飞将晓。凤凰池上虎龙雕,刺敕川前君已晓。三边古道英雄老,风雪长城霜日早。红缨白雪结寒冰,功就名成千载葆。

南宋·赵孟坚

墨兰图

读写全宋词一万七千首

第十四函

1. 玉蝴蝶　和梁才甫游园作

见得一波三折,半南国,风带花香。百步吴宫娃馆,石笏天梁。剑池中,虎丘柳外,同里岸,莺语如簧。过斜塘,有阳澄水,再直干将。家乡,书生一梦,中山千日,名利黄粱。数旧东君,腊梅花开落时扬。自袭人,不须同住,由自在,无以炎凉。一年肠,去来朝暮,情守天章。

2. 水龙吟　游御河并过压沙寺

高低已见河流,西来东去源无首。泉泉泛泛,沼沼泽泽,杨杨柳柳。生了长江,黄河儿女,澜沧江口。已万年万里,支支汇汇,川不尽,流如母。见了皇城朋友,御河边,压沙僧处,荒丘处处,急流奔走,重阳九九。浊流淘天,一波千折,人惊壶口,水得龙吟,日寻天下,人间知否。有了尧舜禹,峰峰岭岭谷经人物。

3. 临江仙　茶词

十亩西湖龙井树,清明前后新新。东吴水岸碧螺春。清香清入口,自在自回津。落落浮浮三起色,杯杯上下匀匀。原来世界已相邻。三光三日月,一水一经纶。

4. 小重山

天天地地一南山,金枝玉叶,向雁门关。五台云雨木林班,千万里,九曲一河湾。今古望龙颜,飞鸿自己度,不须闲。南南北北一千环,人常在,争似去来还。

5. 又

一水江湖一水清,十三州色远天明。一波三折玉箫声,运河岸,柳浪自莺。一字一方成,钱塘钱缪问,越人情,问君不可自多情,今古事,四十州尘生。

6. 江神子　韦城道中寄

荷花一色上浮萍,半湖青,半湖楚。山湖山光,半湖有湘灵。四面香风香远近,知短路,有长亭。长亭十里又长亭,半零丁,一零丁,步步人生,处处过时听。竹泪落时人泪落,寻日月,数辰星。

7. 征招调中腔　天宁节

阳春不尽晴川雪,自不绝,征天宁节。紫禁城中馥香余,奏九韶,帝心悦。瑶阶步步蟠桃结,直道是,人间圆缺,普天几时度炎凉。金缕曲里有豪杰。

8. 清平乐

和风细雨,多了三分雾,少了运河人未去,只与船娘同住。江湖一半东吴,阴晴草木扶苏,有了杨杨柳柳,隋炀到了江都。

9. 又

云云雨雨,自是本分女,夕照黄昏多少语,约了杨花柳絮。江南一半书儒,钱塘一半娇奴。一半阴晴一半,楼船过了江都。

10. 安阳好　九首并口号破子

一赋三都左大夫,千年五代向书儒。安阳自古文章好,自有明皇遣念奴。
一
安阳好,天下魏西州。不问曹公曹故国,何人何见十三楼。和气自沉浮。阡又陌,千载几春秋。人外江山观远岫,中原门巷有交流,何以帝王侯。
二
安阳好,记取一三公。见得中原中柱国,居人居府作中庸。戟户著雕雄。春已暮,秋夏各分风。荷色蝉声由自主,高低门户各难同,川上有西东。
三
安阳好,物外有天平。叠叠重重山水故,风风雨雨晚溪明。人入读书声。

船掉转，言下系红缨。丹闭青开人不尽，今来古往见流萤，何事不胜情。

四

安阳好，泮水入儒宫。明月照碑金斗字，留名书阁古今中。雅颂采芹风。陶五柳，王谢作童翁。振鹭墀阶多少步，华光处处见垂虹，一字始飞鸿。

五

安阳好，旧迹自当然。董卓参天参自己，王臣王允有貂婵。吕布易经年。王谢族，兰玉秀当前。何以阿蛮知上下，朱轮方正问余弦，簪被佩文悬。

六

安阳好，分付好田园。月馆风轩风自在，幽香幽经石清泉。星落叶鸣宣。明泮水，红白满池莲。露重苔痕重举步，人人事事待华年，归意是何船。

七

安阳好，日色上兰亭。已见鹅肥池瘦迹，流觞流水草青青。山阴客，绍兴十里铭。红袖蓝衫吴越客，羲之行草石天屏，无可自零丁。

八

安阳好，天下已三分，百万雄师雄百万，连营连塞几何文。何以自氤氲。由诸葛，吴蜀几联闻。借取东风成火阵，华容狭路有真君，重振一天云。

九

安阳好，今古邺台都，董卓何知谁吕布，三国鼎立对蜀吴。天下大丈夫。铜雀望，漳水作城隅，举糵杜康朝天问，华容峡谷有新图，英杰有还无。

11. 破子清平乐

人前何以，天下谁知己。一抹群山云落起，历史年年不止。成前败后身名，朝朝野野无平，史是留书启后，思思止止行行。

12. 小重山 相州荣归池上作

四十州里十三，钱王何以自风流。江风何以上江楼。观五霸，去去是春秋。今古自无忧，月明寒川，草木何求。一田五亩半头牛，安乐业，固腹是农收。

13. 虞美人

长长岁月人人短，不可声名满。西风落叶一江天，草木阴晴半筒半繁川。吴娃曲舞吴娃馆，勾践为何返。夫差六渎运河船，不及隋炀头颅好经年。

14. 又 赠李士美

层林处处霜枫晚，叶叶秋风远。天天地地一山川，未了求根远去隔经年。平生一迹群芳苑，未了家乡返。朱朱紫紫佩文田，日月阴晴天下自方圆。

15. 一落索

泾泾渭渭长安近，儒书祖训。东君偏以草菲菲，花自得、童翁问。未了秦关州郡，城城一韵。当今无有半吴门，二月不锁黄河信。

16. 临江仙 听琵琶

一曲琵琶惊楚汉，三秦换了人间。浔阳岸上误红颜。珠珍珠玉落，画匠画阴山。凤拨鹍弦留草木，黄河曲曲弯。荒沙不尽玉门关。东营东万里，四面楚歌还。

17. 浣溪沙 柳州作

匪匪官官半柳州，砖砖瓦瓦半城头，水水山山乱风流。不问百为胡作客，惊闻百色百人愁，去来不可不回头。

18. 卜算子 柳州

草见草菲菲，水上山中晓。自古湘西匪患多，路上行人少。百色百无归，不见何飞鸟。雁过拔毛过野蛮，日月应无早。

19. 洞仙歌

黄花处处，一杯重阳酒。折了茱萸莫空手，举头朝兄弟，此际心情，何得个，自是无知可否。人生来去见，二月梅香，还比三秋作杨柳。水土已培根，别家乡，作飞叶，苍茫老叟。去去也，僧寺互相依。八十岁年成，向谁回首。

20. 点绛唇

岘首亭空，羊公去了谁垂泪。子民如寄，草木为之器。一半襄阳，所以风光媚。风光媚，子民如醉，去去来来愧。

21. 菩萨蛮 寄赵伯山四首

春花落了春花住。长亭尽了长亭暮。小草自扶苏，孤人应剑儒。诗词当立户，酒令何人顾。李白在当涂，知章回镜湖。

22. 又

诗词歌曲诗词赋，人生不尽人生路。杜甫寄江湖，明皇留念奴，阴晴谁可主,日月何分付。一字一书儒,三巴三水吴。

23. 又

纤纤玉体纤定手,扬扬眉目扬扬柳,一曲一回头,三声三俯求。香云依旧守,曲舞何情有?切切是无休,心心随步留。

24. 又

莲花叶上莲花玉,湘灵泪里湘灵曲。赋里一相如,人前千卷书。文章红腊烛,进退谁荣辱。一字作前途。三一何意余。

25. 菩萨蛮 回文寄

雨零花落三春女,女春三落花零雨。思已迟迟,迟迟是思。付分朝又暮,暮又朝分付。知一一诗歌,可望一一知。

26. 张继先

点绛唇

小小葫芦,金丹一半神仙路。不须云雨,只有行朝暮。一半三元,一半虚步。阴阳住,仪分主。四象乾坤付。

27. 忆桃源

神仙一语作神仙,金丹金液全。长生一物万千年。丁宁富贵贤。休闲气,炼阳干,但知造化玄。铅铅汞汞两无偏,分明分心田。

28. 又

祥云一半作芙蓉,香香艳艳封。灵龟万载背瞎,玄元十二重。丹已见,玉成茸。朱砂鹤顶峰。天机至此鼓时钟,清真作云龙。

29. 临江仙 六鹤

只以咸阳兄弟见,潼关老子无声。今生不是不他生。千年千一物,百岁百三明。半见丹炉丹一半,仙名已是仙名。精神作得作神精。龟灵龟久立,鹤羽鹤时荣。

30. 又 和元规

自古清真清自古,安妃已就杨君。仙风一半一祥云,三生三世界,一步一天文。道本玄虚玄本道,氤氲炼就氤氲,殷勤日月苦殷勤。金丹金自在,玉石玉人分。

31. 又

自在含灵含自在,元规已是元规。逍遥不得不相思。无因无日月,有果有恩滋。门道纶经六道,三元草木三元。乾坤简简亦繁繁。行空知土地,举步问轩辕。

32. 沁园春 降魔立治

一半神灵,一半天波,一半正张。有阳刚之气,无地剎错。朝坤一半,一半重阳。九九圆方。星辰列列,日月光光照照扬。天地界,以时时势势,以此垂疆。东西南北炎凉。上无极,何言下有汤。自玄元帝誉,殷周秦汉,隋唐宋祖,风光伟业,俱是。唯以青城,修身养性,唤雨呼风怒戈扬。琉璃座,太和人间颂,吉吉祥祥。

33. 又

一一真长,一一玄元,一一半裁。一是天上字,心中守一,终终始始,一步人间一步台。经一见,一生三界静,一字天开。根根本本灵媒。妙绝处,神光浩气来。任龙吟虎啸,风风雨雨,朱朱紫紫,骤转惊雷。暮暮朝朝,去去来来。莫把身心入旧埃。红尘外,青城尘已净,洞府高哉。

34. 满庭芳

自得真阳,无中妙田,半生半世炎凉。降龙伏虎,紫府箸圆方,妙道夷途天际,风云里,日月凝芳,金丹炼,心心意意,咫尺对无量。天罡。应信口,神仙处处,处处昭彰。玉界和脉度,鼓瑟潇湘。重教长生殿上,回去处,再世扬长,人生事,今今古古,自是一家常。

35. 又

调理三关,居心八卦,两仪四象神仙。经纶方向,意守一丹田。古古今今已去,明日里,作得方圆。何因果,清清净净,是后后前前。三清,凭九陌,金坚石确,日月坤干。与太虚同体就,玉宇修镌。已得琼华灵液,红尘外,地地天天。真精泛泛,目定已延年。

36. 洞仙歌

三清玄步,恬元虚晓。洞府深深独居好。见今来古往,物是人非,天地里,何以江山不老。本来言道,不欲何其好，一坐经天度多少，问玉龙，听虎啸，月末龙吟，归去也，心定气闲，何无了。只因江山老少难同，只有一神仙，年年花草。

37. 渔家傲　对酒呈介甫

俯仰长空应一笑，人间彼此人间道。独好玄元玄独好。天下了，山河日月山河老。一字当头当一定，三清对世三清晓。日日飞来飞去鸟。春秋草，年年岁岁知多少？

38. 更漏子　和元规天和堂

掌中天，心上气，洞府几何难易。真守一，妙元玄，不须知岁年。天地合，因精泉，华阳比目谁怜。方寸里，广寒前，听听视视眠。

39. 又

是非非，非是是，守一见，玄元里。心上空，月前空。一生千度中。谁饮酒，合欢衷。已枉作了雕虫。情洞府，广寒宫，三清作始终。

40. 更漏子

三十六宫渔家女，柳杨色满新塘，娥眉正似少年郎。明月是银光。贾世道，理宗旁。香风未及君王。西湖岸上不天堂，志余张淑芳。

41. 瑶台月　元宵庆赏

黄粱梦断，两目望霄汉。天开景运，物外有中兴算。两仪前，成就炎刘，八表见，明良暮旦。祥云落，江南岸。临渌水，赐安山。参半。古今今古问，千金不换。九曲黄河十八湾，积水明

富了液畔。这中原十省，胜过人间分散。有良田，也有蚕桑，雨顺顺，风调吉善。红尘内，君试看，知泾渭，问阳关，王冠，是师真，凤质龙章汗漫。

42. 浣溪沙　寄喻大跃篆刻家共黄骅

一半诗翁一刻家，波涛海口浪淘沙。八月话黄骅，去去来来今古见，苍苍颉颉石金华。平生作得腊梅花。

43. 喜迁莺

江南已暖，乍秀出岭上，梅香如故。塞北还寒，长安白雪，河岸冰容相顾。渭泾八水何许，十里皇城分付。应占尽，得到东君步，春光已度。心工神领悟，一夜几番，白雪红梅数。立道昌元，降龙伏虎，只是四时留步。月明暗香浮动，休使人辛苦。可留取，一天机真谷，虚玄重赋。

44. 又

人如杨柳，去来来去行，内何回首。正觉良知，源深坞密，真毓瑞师相守。谁言美酒，胡狂醒醉，三关时侯。知否？红尘里，弦管鼎沸，宫商无频久。满捧瑶卮，华堂歌舞，进退升迁相右。村醪市饮，空花消逝，镇长如旧。叹今古，道英雄，败败成成非酒。

45. 雪夜渔舟

夕阳歌，远远上寒山，千峰明雪。遥望蓬莱，琼瑶玉树，何以有无分

别。高低流流。来去是，水清评说。牧牛身世，樵童如列，天上宫阙。一尘无定绝。万尘应无外，几度相切。正气阳刚，真玄深厚，永世只生优劣，不分优劣，莫不道，樵童蓬蘸。薇薇失笑，知心都与，野梅江月。

46. 春以天上来　鹤鸣

已是神仙，自在自神仙。不是神仙。梦里天上，人可飞天。千真拱极前川。有流霞清换。有陈渍，有故人缘。鹤低鸣，似林音呖呖，石石泉泉。朝元太平万气，已几度春风，万色千妍。碧绽龙文，沉红香雪，序就身成心田。是真符宝篆，江上首，度岸舟船。可经年，月月弦弦见，灯火方圆中。

47. 风入松

耕耘日月自耘耕，初一始元英。玄玄不在虚虚明，寸田中，处处枯荣。一半阴阳一半，两仪四象分成。莺鸣声里有莺鸣，处处见新生。花花草草经年度，有高低，池有相倾，天上东君来去，云中一半阴晴。

48. 摸渔儿

九重阳，一年一度。天堂今在何处？隋炀柳柳杨杨帛，水调歌头朝暮。君子顾，疾苦在人间，以此传千古。当年一故，长安向西方，作丝绸路，有万客如许。追往事，忆得山河分付，飞鸿自是无数。江都带了扬州水，见已朝朝暮暮。云里雨，城上女儿步，止止行行误。黄花相互，毕竟是，留春无住，何以作春主。

49. 惜时芳　对竹赋《辞赋辞典》

竹节朝天自分付，是玉树，湘灵云雾。枝枝叶叶皆如故，空空欲，翠微相度。一年一岁重生祚。问"有影，婆娑不妒。"丁香不误婵娟误，谁记取，夜来云雨。

50. 清平乐

先天先后，一道真灵秀。洞府深深如白昼，自以玄元通透。江冲问了江流，春秋一度春秋。玉石丹砂铅汞，神仙见得沉浮。

51. 苏幕遮

雨中云，云里雨，一半阴晴，一半枯荣付。一半人间人自主。玉石丹砂，不尽玄元路。目前来，心上去。一半阴阳，一半江山故。坐定书香书自度，俱是平生步。

52. 又

有天思，有地虑。有了阴阳，有了枯荣处。一二三生无极数。有了人间，有了乾坤语。

53. 西江月

已在乾坤上下，不言是是非非。东君带来是春晖，分得泾泾渭渭。自以阴阳中背，当然翠翠微微。山河明月有天机，道德人间正气。

54. 南乡子　和元规

一半是阴阳，一半乾坤作故乡。一半春秋天一半，炎凉。一半难平一半量。一半是圆方，一半人间有柳杨。八卦两仪分四象，牛羊。一半田麻一半。

55. 又

已是百花开，已是桃桃李李来，已是人间人已是，徘徊。事事时时去不回。已是步天台，已是玄元忆是媒。已是神仙神已是，崔嵬。紫紫朱朱洞府恢。

56. 望江南　望棋

分军阵，转折两相均。南北东西情未久，琴棋书画每相亲。一战一思新。由进退，无局几天钧。离谋也曾知手段，天高水远并肩轮，何以不饶人。

57. 望江南　西源好

西源好，仙得一仙峰。壁立灵空成更衣室地，身修心静望林松。今古见中庸。天地上，山水是神踪。兰竹梅菊先后色，玄虚寂寂道家宗，心意已相从。

58. 又

西源好，离却旧尘埃。花草草花分本色，山高林密石藓苔。溪水自流来。声处处，有意总徘徊。伯牙子期何不在，元规留意问余杯，身净久无催。

59. 又

西源好，龙首虎头台。五斗柳腰陶不在，琴弦地弃七音来，渊明以诗裁。词赋也，空洞大歌回。千林百木风雨秀，三清一月独闻梅。如此道家才。

60. 又

西源好，春立一初长。不看人间元日月，东君已带百花芳。枯荣自扬长。梅黄色，白雪作轻妆。南向北行天意在，三清三度向泉梁。牡丹共丁香。

61. 又

西源好，荷叶绿圆方。一半池塘池水阔，芙蓉出水玉珠光。莲蓬十子梁。风不扬，水色作波长。红白互映女儿妆，心中心内外丝黄。残叶待天方。

62. 又

西源好，九月九重阳。谁不登高天下望，弟兄兄弟故家乡。离别忆爹娘。人八十，孙子作儿郎。岁岁年年谁不问，一生千度读书乡。天下作柳杨。

63. 又

西源好，冬日雪中梅，腊月暗香孤傲影，静心天地度炎凉，唤起一群芳。香雪海，红颜姊妹妆。同里不同色，春红继续腊黄，她香胜此香。

64. 减字木兰花

严冬白雪，夜里灯光明明又灭。近了天街，步步人间步步阶。园圆缺缺，处处纺纺弦月折。自己相偕，有了三清有了佳。

65. 江神子

凌烟阁上一人生。半风情。两朝明。到了高宗，武瞾制皇城。佛典观音天竺寺，方丈问，释音萌。西天一路取经成。玄奘名，玄应名。是是非非，只作如来声。老子潼关玄玄元路，经日月，已成城。

66. 鹊桥仙　寄朋权

天河无路，人间有路，不以朝朝暮暮。
牛郎织女望屠苏，天下鹊飞桥可渡。
人间乞巧，私情分付，最是知春儿女，
西厢有约问飞凫，宿夜短，分分付付。

67. 浣溪沙　喻大跃、滕玉平、刘书琴、黄华行

采枣滕庄一丈夫，文津燕赵半匈奴。
齐君魏萌几殊途。记取秦皇徐福渡，
何言孔壁志坑儒。黄骅海口问扶苏。

68. 又

沧海桑田日月舟，秦皇徐福渡东流。
儿儿女女几何休，嫩枣黄骅黄枣嫩，
滕庄一贡一回头，千秋已去已千秋。

69. 水调歌头　访黄花港

两日黄骅港，十亩枣滕庄。甜甜脆脆红白，一口一清香。达士求真上下，渡口秦皇徐福，明代有娘娘，沧海桑田蝗，世界半炎凉。中秋近，八九月，是重阳。回头万里天下八十亿家乡。不尽平生旧事，日月乾坤天地，石玉丹炉叱咤，一半是阴阳，只以无为主，未了是青黄。

70. 度青霄　五首

一人一世一知书，三生万里千年余。
商周秦汉事初，潼关老子三元居。
孤灯相对心自如，跏趺大从何玄虚。
自知其力应荷锄，巢由不误何樵渔。

71. 其二

一更一点一天初，三元万里三元如。
茅庵香散五界外，无弦琴里听清虚。
潼关泾渭分不疏，黄河汇合东流渠。
一生三已成天书，青牛老子予浮屠。

72. 其三

一生一世一当初，三清九陌千人余。
玄虚堂上有道书，枚乘七发何相如。
丹炉生火儒子居，如来渡岸观音蘖。
两仪八卦天机在，今古古经心居。

73. 其四

半明半暗半阴阳，辰已午未三更忙。
丹炉石玉生新得。群阴散尽回真阳。
金娥木父成玄堂，青龙白虎同豫章。
道心自由天地梁，日上潼关多柳杨。

74. 其五

一心一意一青城，三界九陌千载情。
神仙自在心中明，乾坤世界经重生。
来来去去轮回录，年年岁岁无休行。
渭泾两水分浊清，玄元处处还真正。

75. 结语

独自行行独自明，独自修修独自成。
日日玄玄日日生，日日元元日日萌。

76. 望江南

秋叶落，月向水中明。圆缺与谁衷情寄，千波不定粼粼生。来去总难平。
终南道，北阙有儒荣。江山社稷朝代继，玄元天下各纵横。独步在青城。

77. 叶梦得

贺新郎　自述

不尽天涯路，下南洋巴（布亚）新（向内亚）岛国，马来（西来）相顾。七十人生应步步，自以朝朝暮暮。日月见，如诗如赋，八十当然南北去，有人情，也有家国付。成就见，百千度。马来西亚文章故，郑和船，国家顾问，相颂相许。避了石油马六甲，共了扶桑同databases。三亿吨，关丹城故。不在新加坡上误，慰中华，一已匹夫数，何草木，几云雨。

78. 水调歌头　济州观鱼台

十里濠州路，百步一蓬瀛。观鱼台上望尽，一半锦鳞明。日月天光相顾，上下碧波不静，一跃一惊倾。是是非非问，子子我难鸣。鲲鹏翼，天地外，两仪萌。乾坤彼此山水草木自枯荣。你在水中游咏，我在人间行止，各自各生平。去去来来客，不异不同情。

79. 又　九月望日

水调歌头唱，不忆不隋炀。千年万里南北，曲曲一金融市场。六溠秦淮故地，二水金陵粉墨，十步半兴亡。五代南朝事，百岁豫文章。平生志，今古世，自炎凉。阳关三叠西去日月玉门扬。自得苏杭故郡，不尽江南云水，处处柳杨乡。已有荷莲色，处处半天堂。

80. 又　自述

九月茱萸采，一岁一重阳。黄花处处杨柳，不尽度炎凉。曾以云中望尽，斩断楼兰故国，豪气故州长。过得交河岸，力挽力弓强。不以流年故步，不以等闲草木，格律作诗章。老少何须见，白首望家乡。

56

81. 又　湖光亭

水色山光浅，日月雨云深。杨杨柳柳垂叶，草木自知音。上下锦鳞分布，彼此自由自在，左右对天荫。世界湖亭满，点滴已同浔。临清镜，分行止，度瑶琴，阳春白雪梅花三弄，古人心。留下人间正道，凭自来来去去，以此作甘霖。暮暮朝朝是，古古向今今。

82. 又

一笑陶彭泽，八十贺知章。何须李白知酒，不可问明皇。以谷千年日月，以壑为邻草木，一步一思乡。老少父母旁，老少忆爹娘。书生去，家乡远，已衷肠。诗词格律今古，处处任低昂。去了天涯海角，一柱撑天独立，胜似柳还杨。白首南洋去，雁字久飞翔。

83. 又　中秋

十五中秋月，十六始方圆。人人举首天上，一望一婵娟。玉影寒宫玉兔，桂树吴刚桂子，岁月岁经年，后羿嫦娥问，此念此情怜。人间事，天下问，不当然。西厢有约墙外，处处已心田。且以相思不就，暮以红娘应许，不可向前川，只作莺莺语，自是自蓬莲。

84. 八声甘州　八公山作

话青梅煮酒英雄，刘备与关张。魏蜀吴三国，合分见处，司马风光。作得文姬归汉，书建安文章。回首连营寨，徐庶归乡。忘了东风来去，

火里分胜负，谁饮杜康。八公山上问，白鹤飞扬。这曹公，莫须回首，下漳河，铜雀已思姜。千年去，三生今古，一世华章。

85. 又

见东君，带了雨云来。岭上有梅开。问青龙白虎，风花雪月，香入天台。芳向三吴汴水，杨柳已徘徊。蓟叶初初展，作太湖媒。同里渔舟，由盛泽，钱塘天水，得运河催。二月香雪海，闲里洞庭裁。只觉潮，半晴阴半，弄风情，何，小桥猜。余声在，回身一笑，入了尘埃。

86. 又

高山流水去，伯牙琴，只与子期留。以知音不瑗，刑事责任　台汉赋，江夏问舟。黄鹤楼前鹦鹉，六郡一洲头。目望龟蛇守，此彼风流。楚国晴川历历，一辞天下付，水调千秋。自以瞿塘见，官渡下神州。望江楼，何时宋玉，赋瑶姬，以水帝王侯。临安郡，杨杨柳柳，指点沉浮。

87. 又　知止堂

一生飞倦鸟，近浮云，时有半高低。有知知止止，春秋南北，冬夏东西。不是不非天外，当见草萋萋。青海衡阳路，朝暮阳霓。一字经天来去，组队成人后，形至心齐。借东君梅香，寄落叶霜齑。向芦苇，池塘回围，沼泽连水复莘黄。关山道，从无今古，处处轻啼。

88. 念奴娇　南归渡杨子用渊明语，常以入声韵

南归南渡，水岸芷，节节连枝枝竹。不惑朝天经地理，处处根根入目。一字平川，千筠山岭，万里生峰谷。杨杨柳柳，以心成就天竺。日月明溪，秦汉事，自以千年相芸田。十步衡门，三生何自独。自寻孤独。去来朝暮，重阳之下黄菊。

89. 又　中秋，怀吴江长桥念奴娇十三体，平声体，一百字，上阕四十九字，下阕五十一字，各十句千平韵

人行万里，路遥知天下，月向中秋。日日弦弦弦日日，问嫦娥，广寒楼。见得茱萸，黄花处处，草木十三州。天香散尽，风物犹自沉浮。回首杜若汀洲，兰兰蕙蕙，一水客东流。独得烟云烟浪去，渺渺茫茫已悠悠。葡萄百果，梨梨桔桔，籽籽石红榴。君在何处，似长空，有飞舟。

90. 又

钱塘百里，富春江来汇，杭州一水。千载争流曾不尽，影落山光浮起。小月中秋，三潭相印，西子无兄姊。八吴娃馆，旧情回范蠡止。何是，一半人间，古今休问，消长盈虚理。风入江河波浪涌，常对渔舟无恃。雾雾烟成，云当含露，尽以潇湘沱。风流天下，江河何至如此。

91. 满庭芳　雨后极目亭

十里长亭，长亭十里，一生步步前行。

是非名利，是非是人生。少小知书达理，青年后，进退营营。山河外，明明，合了始知情。成城。何白首，童翁一半，一半枯荣。唱阳关三叠，彼此难盟。月氏楼兰故道，交河岸，已自无声，高昌壁，天机未了，见得取红缨。

92. 又

草木三吴，阴晴一半，洞庭山上枯荣。运河杨柳，水色五湖平。柳毅传书垂井，龙王见，世上深情。人间事公公正正，处处自明明。纵横。天下路，今今古古，败败成成。野是朝非史，辱辱荣荣。李广李陵胡汉，司马笔，不是王盟。相倾处，非非是是，天水已无声。

93. 又

一曲离歌，三生怀旧，最是不尽老人情。膝前谁子，书后独孤行。曾记父母眼下，千万里，事了纵横，书生路，成成败败，又辱辱荣荣。平生。圆缺月，弦弦上下，总是难明。十五中秋色，十六方成。亦也思思切切，应不误，未了前行。长亭路，长亭日月，何处父母情。

94. 满江红　重阳菊

处处黄花，天下色，秋霜消息。落叶去，归根何问，以风成翼。本是风流风不止，无言上下东西力。俯仰间，一去一飞扬。生无极。问彭泽，何不忆，向五柳，桃源匿，弃琴弦自在，典终人抑。不可折腰而折，谁人可是阴晴织，日月明，合且始

成功，生生直。

95. 又

一半书生，离乡去，来来去去，却总是，别家离土，向王城暮。步步人生人步步，父母不得父母顾，问功名，利禄是官途，平生住。近明水，远山树。读学后，谁分付。有前廷旧事，有人情处。一半无心无一半，父母自是父母度。可独思，这古古今今，皆皆误。

96. 应天长

秋蝉鸣已远，落叶自飞扬。一年来往。湖上阳澄，八月蟹，黄天荡。莼羹鲈脍熟，忆富土，运河岸上。同里水，西塞山前，一鱼方向。何俯亦何仰，这细雨和风，日明天朗。人老知年，寒山寺中方丈。鸥夷千古尽，记取见，古今商鞅。不觉得，纵横文章，去来慨慷。

97. 定风波

诗书水月听九歌，潇湘云雨问汨罗。一半楚辞天下路，朝暮。龙泉三尺剑重磨。南去北来应几步，江湖舟上定风波。已是越吴朝又暮，分付，运河杨柳影婆娑。

98. 又

老子一生万里行，潼关泾渭一无清。此去几何流已永，清颍，春秋不作夏冬明。有一二三三二一，千年万物自生成。已见人间天下省，多憬古今古一人城。

99. 又

风月寒流岸滞沙，不知何处是渔家。不系轻舟谁是别，圆缺，有明灯火又有灭。来去暮朝应几计，随波流逐向春花。柳岸运河莲似雪，香绝，有心无意入人家。

100. 又

寒宫玉树应已秋，婵娟留下照诗楼，格律是非非是问，天奋。人间留下作江流。朝暮去来何上下，东西南北问春秋。海角天涯何远近，音韵，有行无止不回头。

101. 江城子

中秋一月自团圆，日弦弦，夜娟娟。十五明，十六更全全。此色人间多少望，常有守，已无眠。排空半世做孤船。下人前，上心田。寄了相思，留得雨云烟，只见广寒宫里影，谁不得，向怜泉。

102. 又

中秋一月满人家，自明华，又倾斜。日日弦弦，日日近天涯。不得炎凉炎不得，年故故，岁花花。广寒宫里女儿娃。半披纱，抱琵琶，只是无声，一望是奇葩。十五圆方圆十六，身所色，影无遮。

103. 又

中秋一月色初明。已倾城，未盛盈。十五团园，十六始全盈。足见人心人不尽，求切切，欲行行。无情有意是难平。已声声，又萌萌。处处阴晴，处处有新生。缺缺圆圆多少夜，

从日月，有枯荣。

104. 又

中秋一月入红尘，半天津，半经纶。
一半人间，一半是秋春。一半江南
杨柳岸，山碧碧，水濑濑。唐诗作
了宋词身，格应真，律求臻，韵韵
音音，不可不相邻。西子东施何远近，
精尺寸，莫工罄。

105. 又

中秋一夜自天真，免经纶，挂冠中。
只望嫦娥，上下各孤身。最是弦弦
何处去，天地外，独秋春。团圆
十五共天轮，是天津，是红尘，记
取东君，处处寄情春。八月怀胎三
两月，因已在，果当真。

106. 又

中秋一月自团圆，已年年，又年年。
万里长空，千载渡时船。唯此人间
人有伴，三世界，一婵娟。平生不
得不无眠。少前川，老人怜。步步
行行，上下半弦弦。最是阴晴阴不见，
何梦里，旧心田。

107. 竹马儿

与谁问，平山堂前柳树，几年如故。
有风风雨雨，春去秋去，年年当数。
自是深根枝叶，微分积叶，五亿无
住。应是可听声，见东西南北，经
心人地。岁岁年年顾，田园处处，
陌阡朝暮。渊明老来无主，只道人
间无误，却欲弃了琴丝，七弦天地，
聆有高唐赋，相如已是，雨云千百度。

108. 浣溪沙 极目亭

一雨秋风一雨凉，重阳极目过重阳。
青黄不济不青黄。日月相平相日月，
谁分昼夜短还长，东西南北各圆方。

109. 又

一半人间一半沦，红尘不尽是红尘。
腰身楚女楚腰身。居易小蛮樊素口，
玉肌酥手玉肌匀。春人不度不春人。

110. 又

红水芙蓉一水红，荷莲碧玉半莲风。
东西不定望西东。不见佳人谁不见，
由衷月色月由衷。童童八十已翁翁。

111. 又 意在亭

意在心中意在亭，青山水下水山青，
湘灵鼓瑟见湘灵。竹泪生时生竹泪，
泠泠不尽不泠泠，馨馨未止自馨馨。

112. 又 退进

一笑山翁一笑山，三关草木半三关。
河弯九曲半河湾。此路潼关泾渭水，
清闲不得不清闲，回还日月又回还。

113. 又

物外光阴物外春，人中草木草中人。
相邻日月总相邻。柳絮飞扬庭下雪，
梨花梦作故香身。卿卿我我已分匀。

114. 永遇乐

白芷兰香，芳洲古渡，杨柳依旧。
一半苏州，杭州一半，碧玉钱塘秀。
运河南北，天堂水色，日月向江南就。
唯亭岸，东吴盛泽，女儿短了衣袖。
太湖如雪，洞庭山翠，八月盐官天漏。
雾雾云云，潮潮汐汐，此雨何时何侯。
惊天地，先先后后，只争宇宙。

115. 又

一半盐官，潮头一半。天下如寇。
万马千军，波涛汹涌，白浪朝天胄。
遥遥一线，惊雷阵阵，处处争先恐后。
莫回首，排空日月，十三诈听钱缪。
钱塘未断，运河江右，天水相倾不守，
四海翻腾，三江追逐，日月江山如岫，
高山流水，阳关三叠，下里巴人左右。
风云静，天天地地，依依就就。

116. 临江仙

一月中秋寒一月，西风肃肃人间。
行人行不尽，老者老无闲。俯视清
宫清玉宇，嫦娥半壁关山。团圆之
后已弦弯。无言无退色，有去有回还。

117. 又

一月中秋寒一月，人知十六园全。
弦弦上下自弦弦。当天当一篑，玉
宇玉成船。俯视民生民自主，圆圆
缺缺婵娟，儿儿女女半心田。今时
今守望，往日往云烟。

118. 又

一月中秋寒一月，阳澄水镜阳澄。
分明雨后更分明。残荷残滴泪，久
见久思情。宝带桥边桥隐隐。去年
此地卿卿。姑苏碧玉有莲城，丝绸
丝学院，一步一身名。

119. 又

一月中秋寒一月，五湖日月平生。
阳澄湖里运河情。昆山昆再直，水

浒水吴城。步步洞庭山上望，云烟草木枯荣。阴晴彼此各阴晴。男儿吴不得，小女越时英。

120. 又

一月中秋寒一月，家乡处处风霜。炎炎已去剩凉凉。人生人已老，久忆久家乡。自是父母生小小，如今小小爷娘。衷肠未断是衷肠。胶行前不见，后顾后方长。

121. 又

一月中秋寒一月，人生柳柳杨杨。天南海北各炎凉。成思成不定，落路落云扬。步步青云青步步，书香总是书香。离家读学去他乡。回头回是望，举步步方长。

122. 又

唱彻阳关行不止，玉门关外沙丘。骆驼步步作轻木，三光日月星辰。千年已尽水云洲。楼兰楼已去，一漠一春秋。

123. 又

唱彻阳关行不止，丝绸路上丝绸。人生不只十三州。江山江不尽，社稷社春秋。只有东西南北路，当然不可回头。风云不定有沉浮。心思心已定，一世一羊牛。

124. 又

潋滟湖光湖水岸，荷莲碧叶如船。风平浪静自方圆。知章知少小，李白李青莲。见得诗人诗日月，金龟换酒当钱。知音只在只身边。江油江铁杵，镜水镜湖田。

125. 又

去去来来还去去，寻寻觅觅寻寻。知音不是不知音，高山流水见，子期伯牙琴。百负人生人不尽，千年独木成林。根根垂下土深深。高高榕树下，水水积云浔。

126. 又

腊月寒梅寒不禁，东君给了春心。冰相白雪是知音。三冬三已尽，一步一香深。岭上余芳余岭上，江东已有丝琴。苏杭处处半相寻。成天天地地，向古古今今。

127. 又

一叶惊秋惊一叶，浮云下了山头。晴空万里十三州。黄花黄塞北，百谷百交流。自叹天涯曾定律，悠悠不尽悠悠。行行止止已无休。耕耘耕日月，自力自沉浮。

128. 又

一醉三年曾一醉，无知是是非非。江山社稷几回归？书香书落落，雁字雁飞飞。不可人间人不可，沉沉饮者微微。谁言日月有天机，成人成世界，败者败违违。

129. 又

不醉人间人不醒，昏昏恢恢生生。当知李白酒无成。当涂当捞月，蜀道蜀难平。自以华清池上赋，呼来天子之情，终终始始自无明。千酒千酒去，一步一何行。

130. 又　吕氏家祖伯夷

吕姓由姜炎帝（神农）裔，伯夷始祖是尧时。神农农首领已先知。居姜云水域，四岳亦恩慈。治水功成帮大禹，吕侯夏赐四分支。南阳自此发祥时。华人华夏在，部落部尧司。

131. 又

制曲梁州天子赋，人间一半沉浮。霓裳羯鼓作歌头。开元天宝去，力士贵妃留。武瞾太平公主问，江山社稷何由。谁言武李是唐周。无须无日月，汧节汧中流。

132. 虞美人

花开化落黄昏雨，处处珍珠渡。烟云最是在东吴，一半阴晴一半自扶苏。残红留下成甘露，作得人间雾，非非是是作殊途，去去来来居易小蛮奴。

133. 又　极目亭

维艰步步登高处，极目亭前路。遥遥近近有还无，孔孟书生来去是儒奴。何人不记离家去，夜夜年年数，运河杨柳满江都，丝帛南朝暮问姑苏。

134. 又

无情似水多情柳，十月风霜首。波涛不定自沉浮。越越吴钱缪十三州。寒蝉只向枝头久，唱尽人间否？重阳过后是深秋，隔岁还当如此似江流。

135. 又

神仙一曲神仙去，不向人间瓌。人间只有只当初，利利名名天下误樵渔。青城山上青城文，一半乾坤主，金丹铅汞几情余，莫以天机难解问相如。

136. 又

江南一夜梨花雨，寒北三更女。书生渭谏向东吴，一半官言平水在皇都。诗词格律应何主，日月应分付。普通话里有金无？古古今今文字是通途。

137. 又 寒食

一波三折江湖水，万里书生子。绵山介子土相司，普耳重归天下几相宜。谁人乞火谁人止，只是虚名宄。清明过了忆当时，五霸春秋五霸有真思。

138. 又

冬梅落尽春梅晓，不及东风早。江湖已是绿江潮，香雪海中桃李竞妖娆。刘郎多了箫娘少，处处闻花草。英雄自得向天骄，问美方成月下是云霄。

139. 减字木兰花

重阳重九，处处黄花垂半柳。采了匠荚，寄到明皇寄念奴。人生白首，只以精英无饮酒。三载姑苏，一半诗词一半吴。

140. 又 雪中赏牡丹

牡丹帛雪，一半天光红白绝。一半当歌，忘了东君忘几何？层层列列，结结重重谁洁杰。一半朝天，一半低头故少多。

141. 又 王幼安见和

文章一半，太守文章文一半，一半流连，一半河流一半船。江山一半，社稷江山应一半。一半源泉，一半弯湾一半田。

142. 木兰花 船上晚雨

丁香不得东风面，小雨梨花香不见。杏李桃花红已遍，池塘落下远飞燕。船灯入水澄如练。记取潮波明似恋。云舒不尽应思卷，明皇又上长生殿。

143. 点绛唇

雁燕无归，江南一半江南水，在皇城里，俱是儒门子。落落飞飞，青海衡阳唯，人生史，别乡离此，日月江山轨。

144. 又 梦中山顶佛殿缸鱼而入京

千里殊途，人间一半听钟鼓。入皇城府，做事赢今古。自在扶苏，日月驱龙虎。心寻主，伯夷家主，唱尽黄金缕。

145. 又

达理知书，瑶姬三峡多云雨，去来朝暮，身向高唐付。宋玉相如，俱是人情赋。平生处，一流官渡，万里应知故。

146. 鹧鸪天

半玉霜肤半玉肌，三春草木一春晖。百花丛里千芳色，崔护心中久不违。郎有语，女心崖，迟疑步步不知归。桃红柳绿人情滞。莫顾人前是与非。

147. 又 雨后湖上落花

小雨微微一落花，红红细女木披纱。簑衣卸去参身见，也见天波不见瓜。天渺渺，水华华，冰肌处处映身霞。船娘本是藏羞色，女女儿儿已是家。

148. 又 采莲曲

合到分时已语低，明中暗里不东西。丁香结子桃花果，蜜在花心草碧黄。船靠岸，采莲堤。女儿脱低忘高低。牛郎织女含羞处，只作芙蓉出水栖。

149. 又 观太湖

蕙茝长洲半日秋，吴天辽阔楚江流。蝉鸣不止高枝上，退到根时始返头。天下望，十三州。江都水调一歌头。太湖未了淞江路，万里凌云是逝舟。

150. 又

远望天边一暮红，江湖不在半风中。英雄自得英雄在，日月方兴日月翁。随所欲任精工。诗词十二万无穷。平平步步平生步，夜夜难停夜夜丰。

151. 又

一曲阳关四十州，三生故王两生求。儒书不尽儒书客，半作乌纱半作舟。天下路，是春秋。官官吏吏帝王侯。名名利利何难尽，是是非非总是头。

152. 水龙吟 西湖客作

西湖水月潇潇，三潭印月苏堤草。雷峰塔下，钱塘雨后，金沙港岛。

小小瀛洲，卧龙桥外，轻舟多少。梅家坞采玉，清泉虎跑，天地上，人间好。六合风云缥缈，有阴晴，却无终了。天涯咫尺，寺僧灵隐，归翁不老。有了心经，金刚常在，如来如晓。自是观音在，平心静气作高飞鸟。

153. 又 舟

嫦娥上了清舟，中流击节谁回首。高山流水，阳关三叠，杨杨柳柳，一曲方停，千波骇浪，三惊否。似风云散漫，帆张戟闭，穿谷去，由心久。难怪船妨知酒，笛常鸣，一舵当母。神情木木，行进难主，沉浮无守。这人间一瞬，英雄出自女儿身手。

154. 千秋岁

昨日已去，自得今天路。无须易改明辰处。当然天地度，不数分朝暮。且记取，成成就就应分付。去岁应何故，未了当年步。明载是，平生赋。有了前行务。柳柳杨杨树，数日月，文章太守灯前住。

155. 又 小雨达旦

微微小雨，润润滋滋足，通宵达旦绵绵许，由东君指令，先是梅花雾。腊月尽，春芳处处黄花故。杏李桃花暮，已向东西付。香雪海，情莫误，洞庭山上望，探访寻中数，八瓣也，耕耘日月天天数。

156. 浣溪沙 仲秋

螃蟹中秋上岸忙，雌雄各自结心皇。阳澄水面散风凉。三载姑苏姑碧玉。五湖月色小桥旁，长洲汴水问隋炀。

157. 蓦山溪 百花洲

杨杨柳柳，叶叶知春否，自以命亭名，小草色，青青上口。冬寒已尽，半见半梅花。君子首，黄青友，不可分先后。群芳左右，已是花花莠。已是入人家，飞絮里，杨杨绶绶。人间处处，一半已枯荣。谁不酒，谁当友，似可英雄久。

158. 清平乐

人情不了，只是平生小。不少行程应不少，不尽花花草草。来来去去朝朝，年年岁岁如潮。步步行行止止，逍遥不是逍遥。

159. 雨中花慢 寒食前日小雨牡丹将开 二十一体

一百年间，可问八仙，百般花草年。岁岁是，春秋四季，扑继先贤。横是中原逐鹿，纵非闻鼎朝天。想多情有怨，少语深思，望陌问阡。香花如海，碧草争妍，有繁有简随年。见相如，也问宋玉，莫已流传。年岁年年相似，一度应是方圆。老来盘算，童翁中小，月月弦弦。

160. 南乡子 池亭晚步

有水有游鳞，万紫千红总是春。一半池亭风自起，红尘，处处香风处处邻。草木已当真，岁岁枯荣岁岁身。去岁今年明岁见，经纶，一度乾坤一度人。

161. 又 后圃晚步

一树一红尘，半圃半花半圃新，见得田桑田梓木，亭邻，近得人间近得轮。岁岁有秋春，月经团圆月月频。步步难寻相隔日，翚翚。不是西施不是秦。

162. 又 西苑种梅 隔岁见花

石涧石成林，傲骨寒中傲骨琛。自得含香含日月，知音。一木多情一木林。处处秀丝珍，去岁今年已古今。留待明春先发色，吟吟。句句诗词句句心。

163. 卜算子 凤凰亭纳凉

一曲凤凰箫，弄玉心生草。不作神仙已不遥，只恐秦楼小。总是女儿娇，莫以相思好。未了人情未了消，未了知多少。

164. 又 种木芙蓉 九月开

岁岁一重阳，木木芙蓉仰。自度低扬自度香，岁岁朝天望。有志有炎凉，所谓枯荣亢。不问春秋不问乡，自在知方向。

165. 菩萨蛮 湖光亭

黄昏一半黄昏暮，人生一半人生步。草木自扶苏，风光形入湖。山青应倒付，石影如相顾。水色满东吴，江都何有无。

166. 蝶恋花

雪化冰消春已半，柳柳杨杨，絮絮花花乱，色在黄青分不断，梅花已过江南岸。倒影浮光应不算。色色香香,满了江湖畔。小雨微微南北泱,人心处处人情漫。

167. 醉蓬莱　楚州

见东君朝暮,带了初红,不忍离去。一半春途,向人间细女。一曲阳关梅花三弄,赋渭城新雨。欲得心扉,蜀巫三峡,瑶姬何语。一水瞿塘,向东官渡。雨云相平,宋玉高唐,只留人间赋。古古今今,有情无意,不尽相思误。你你他他,何为我我,楼兰分付。

168. 南歌子

已尽微微雨,乌云渐渐开。晴光处处带霁来。已过彩虹圆半,缺圆催。洗净红尘界,澄平水月台。湖亭极目是梅隈,疑有暗香阵阵,向人来。

169. 采桑子

行行一半行行路,一半阴晴,一半阴晴,一半枯荣一半盟。前行一半前行步,一半身名。一半身名,一半乾坤一半成。

170. 南歌子

已是江南岸,无言塞北天。南南北北运河船,记取隋炀杨柳一商田。不过长城界,何须战役边。争争让让是弓弦。记取秦皇汉武半方圆。

171. 菩萨蛮　无往道人

去时不是回时路,花花草草谁分付。可叹是书儒,未知何有无。青山应自主,碧水应有无。百岁已知途,三生非玉壶。

172. 赵土暕

好事近　腊梅

腊月一寒香,自是东君行向,百草闻知先绿,野田偷偷仰。初春风里带清凉。古刹问方丈,只渡人前人后,顺应多生长。

173. 又

不见水平平,别是风云难定。有约黄昏前后,女儿心无静。红娘不小有私情,本已自然性。过了西厢月,再呼莺莺相迎。

174. 又

腊月折梅花,白雪阳春知否。已是东君先至,莫初初杨柳。何须弄玉入人家,只饮一杯酒,醉在人心分付。已携双双手。

175. 又

不断一风潮,白雪飞上梅梢,自是幽幽香气,已无休无了。逍遥世界半逍遥。可问可多少,只向群芳生处,已同纤纤草。

176. 江衍

锦缠绊　黄钟宫

百步苏堤,已是满湖佳气。富春水流残塘际,六和塔上望东西,大潮不断,天水当相倚。浪涛杨柳,应向瑶台洵美。这风云,向何初起。大多风物不由人。昨明天外,今日当然地。

177. 周铢

蓦山溪

江湖渺渺,极目水先老。远近自遥遥,一半是,阴晴好好,烟烟雨雨,水水已生潮。天下早,江南草,岁岁知多少。人生小小,只似飞来鸟,一翼上云霄,米食粟,身名何了。吴儿渡口,越女运河桥。应不晓,应知晓,足见长安道。

178. 王赏

眼儿媚

寒寒白雪上枝头,独傲自幽幽。香香浮动,情情难尽,处处春秋。以红嫁与东君去,共与诸芳羞。红红紫紫,朝朝暮暮,总在心修。

179. 李光

水调歌头,丞相李公伯寄水调,咏李太白并渊明为句。

古古今今问,李白永王璘。何言饮酒无度,不记是秋春。记得当涂捞月,不记华清咏赋,步步醉天津。未了长安道,一作夜郎臣。桃源渡,渊明句,汉秦人。篱间秋菊分外处处落黄尘。五柳堂前日月,当以清高自许,却是折腰身。不忘琴弦弃,击木作音轮。

180. 又　过桐江,经严濑慨然有感

楚楚吴吴渡,一濑问严光,江江汉汉豪杰,十国已沧桑。不得巢由去往,留下樵渔过客,独自独炎凉。

不食人间粟，四浩问天方。守心意，寻玉宇，度兴亡，乾坤正道匹夫有责射天狼。一半江山社稷，一半身名，成败，一半耐风霜。作得经纶客，格律久书乡。

181. 又　清明俯近寄玉贱舍人

已有新烟火，寒食后清明。春花春草春水，处处自枯荣。不尽稽山浙水，不忘兰亭集序，不计自身名，社稷江山事，当自一平生。明皇送，知章去，入乡情。镜湖水色天下日月久高明。可以参禅静坐，可以修身养性，可以论输赢。籍籍超三界，久久主耘耕。

182. 又　昌化郡长桥词

独步长桥见，望月自无休。嫦娥水里相见，泛泛逐波流。桂树蟾蜍玉兔，影影婆娑未定，已是作中秋。且以婵娟色，何不上轻舟。少年事，中青业，老翁头，人生日月来去草木各神州。我已三生朝暮，足见江流逝，空问一江楼。匹匹夫夫寄，水水泛沉浮。

183. 南歌子　重九宴琼台

一半分离日，乾坤一半开。重阳一半在天台一半枯荣吴越，月徘徊。一半黄花色，匠黄一半猜。春秋一半四时媒，一半阴阳一半心催。

184. 又　民先兄寄野花数枝，状蓼而丛生，夜置案奇竿袭人

蕙芷秋香岸，兰芝水泽英。蓼花处处已平平。不似相如如是有奇英。夜静人深梦，维摩女秀生。香香几案几何盟。不见婵娟枕，外是芳情。

185. 临江仙　中秋微雨施君家宴戏之

不见婵娟难见月，弦弦不在明明。人间不是不枯荣。人情人不忘，客不客心倾。小雨微微何不止，嫦娥不得阴晴。团圆十六不难行。中秋中不止，月不月常情。

186. 减字木兰花　客寄一枝梅香

芳心一半，已是清香清不断。月月圆圆，三弄梅花三弄弦。孤身几案，只是幽幽朝我散。满了丹田，脉脉还如上下船。

187. 念奴娇　松风亭见东城梅诗

梅花三弄，有白雪，也有东君先问。独傲一枝天上望，格律诗词音韵。欲动寒心，冰肌玉骨，只在隆冬奋。群芳见后，百花丛里芬酝。春风带来云云，牡丹桃李色，成认成认。万紫千红，同互落，共度人间亭郡。草木菲菲，风尘香朴朴，不分远近。春秋与共，荣荣知晓花运。

188. 汉宫春　琼台元夕

冰雪梅花，带东君消息，先入人家。奇葩异卉，向阳三两支斜。是河淡淡，桂影边，自作清华。香百度，芳心自许，春风不误娇娃。身姿不着轻纱。引起云雨客，小月无遮，谁不见，纤纤傲傲，西施半作踹跏。

189. 鹧鸪天

一半风流一半郎，轻舟直下见船妨。江青如水江花色，莫箸衣衫短不长。知逐水，向方扬，身姿　不顾女儿香。云飞两岸，芳情在，未可垂垂作柳杨。

190. 武陵春

微雨来时微雨归，曲终问湘妃。不到苍醒有是非，谁道可相依。已是灯红酒绿尽，未觉仍霏霏。但解人情四面闻，小鸟不轻飞。

191. 渔家傲　自述二月三日生日。琼山腊月桃尽，今昌江二月三日折桃，十日犹荣。

海上琼山花早早，人间不尽人间好。二月生平三日老，长春晓，如来指使维道。杏杏梨梨天下色，桃桃李李成蹊纱，已见飞来飞去鸟，人了了，云云雨雨知多少？

192. 水调歌头　罢政东归，自述

六十风云外，一日十词章。平生如此如彼。柳柳作杨杨。得是如来月日，未了人间正气，何处致衷肠。已尽乌纱帽，十万首诗乡。桑榆景，今古志，话严廊，倾心格律音韵，一字一低昂。唐宋言情在下，举目孤身相问，二千唐人作作，五万首文昌，宋代一千客，独我箸圆方。

193. 张生

雨中花慢

别别离离，终是暮暮朝朝，日日流年。少小知书理，老大弦圆，翁首毅然歌罢，何情月下花前。穷穷富富，官官吏吏，一半枯荣。家家户户，成成败败，彼此都有阴晴。谁上下，东西南北，州郡长天。已去短公长退，始知十六全全。这回休也，总统时事，幕后萦牵。

194. 江纬

向湖边 江纬读书堂

步步乡关，天光云水，竹宇松林覆盖。只有书声，自悠悠相对。向太学，私塾东厢，读书堂上，绝句律诗成会。步履师生，向湖边柳外，放下鱼竿，斫木菇鲈脍。劳者自痛快，如临香雪海。一半春秋，却樵渔无在。这花明草碧非钱买。应追念，败败成成肝胆碎，尽了人心，古今谁身在。

195. 美奴

卜算子

别去一乡遥，向了长安道。一步人生一步桥，路路知多少？不尽望云霄，不见人间草，处处浮云处处消，直到人情老。

196. 如梦令

一半人生如梦，一半秦楼凤凰。沼沼有浮萍，处处梅花三弄。三弄，三弄，自有东君相送。

197. 张扩

殢人娇

满院桃花，未是刘郎所见，僧寺刹，如东君面。仙家日月似浮云舒卷。沉香处，惊得落红书院。雨雨云云，高唐不见，三峡水，瑶姬方便。武陵洞口，有汉秦飞燕。只道是，琼花已经开遍。

198. 又

九月重阳，已是黄花如雾。采茱萸，如思如许，兄兄弟弟，遥望当同住。怎别向，不尽人间一路。来来去去，朝朝暮暮，空相忆，风云谁主，有离有逢，缺圆知何处，在梦里，少小中青老付。

199. 赵子菘 伯山四时四首

菩萨蛮 春

花花草草春芳暮，枯荣处处枯荣路。最是问三吴，应当寻五湖。江青曾不主，水色红分付。美女满江都，长箫倾玉壶。

200. 又 夏

云云雨雨飞鸥鹭，荷花最是红红暮。出水作芙蓉，莲蓬何不从？荷荷由采女，带日珍珠雨。千万莫惊呼，姿身成玉奴。

201. 又 秋

南南北北飞鸿去，衡阳青海春秋路。落叶满江都，芙蓉荷五湖。蓬蓬应自主，不可秋风误。一岁一扶苏，三生三独孤。

202. 又 冬

冰霜一半寒冬雪，吴刚一半天宫月。不必问嫦娥，弦弦应自磨。情情圆又缺，处处梅花折。腊月已春多，牛郎牛过河。

203. 鉴堂 答伯山四时四首

菩萨蛮 春

雾花云雨经年度，度年经雨云花雾。湖半闻东吴，吴东闻半湖。主人千百度，度百千人主。儒子已姑苏，苏姑已子儒。

204. 又 夏

竹枝声里千金玉，玉金千里声枝竹。船作一青莲，青莲一作船。圆方人自主，主自人方圆。弦月何云天，天云何月弦。

205. 又 秋

暮秋秋雨长长路，路长长雨秋秋暮。吴梦已心孤，孤心已梦吴。付分何日月，月日何分付。湖半闻江都，都江闻半湖。

206. 又 冬

月明白白香梅雪，雪梅香白白明月。终始已红红，红红已始终。缺圆冰冷别，别冷冰圆缺。空色无无中，中无无色空。

207. 梅窗

菩萨蛮 春闺

曲终方邮人如玉，玉如人见方终曲。奴念一声姑，姑声一念奴。渡桥何束束，束束何桥渡。无有女途殊，殊途女有无。

208. 又　咏梅

折梅步步独明月，月明独步步梅折。多少见香何，何香由少多。圆缺承不绝，绝不承圆缺。河运一香歌，歌香一运河。

209. 又　题锦机小轴

浅江深绿春裁剪，剪裁春绿深江浅。天作锦机玄，玄机锦作天。遣桑丝作茧，茧作丝桑遣。年意富农田，田农富意年。

210. 又　春晚二首

远天三片红霞晚，晚霞红片三天远。阡陌影圆方，方圆影陌阡。苑归云雾返，返雾云归苑。泉笛闻前川，川前闻笛泉。

211. 又

柳杨方适垂杨柳，柳杨垂适方杨柳。休问不江流，流江不问休。口仙神白首，首白神仙口。游处向江舟，舟江何处游。

212. 又　端午

九歌何尽潇湘首，首湘潇尽何歌九？楼见大江流，流江非见楼。否云天下酒，酒下天云否。舟一潜夫休，休夫潜一舟。

213. 西江月

柳柳杨杨柳柳，杨杨柳柳杨杨。天天地地故家乡，雨雨云云俯仰。不负东西南北，无言地角天梁。阴晴

一半自圆方。处处时时生长。

214. 阮郎归

皇州春雨渭泾新，新泾渭雨春。四时春月日津濒，濒津日月秦。天下望，半红尘，人间处处人。牡丹丛里有经纶，年年草木邻。

215. 欧阳珣

踏莎行

一路平生，平生一路，来来去去何朝暮。长安望去是临安，英雄不尽阳关故。步步青云，青云步步。枯荣日月枯荣度。江山自主自分付，人间不可人间误。

216. 刘一止

洞仙歌

云云雾雾，锁青天春晓。花落花开有多少。有阳关三叠，日下交河，楼兰镇，来去依然无了。沙鸣惊草木，向月芽湾，四围荒丘不飞鸟。海市蜃楼生，一望归来，已见得，五湖淼淼。未可是，已三弄梅花，谁知道，他山有箇人老。

217. 夜行船

已入春，依依就就，是芳条，有香余右。曲曲情情，身身秀秀，作了杏花不守。自是萧娘潘郎面，渡溪桥，已知豆蔻，以色相盟，灯光照旧，留下独孤时侯。

218. 念奴娇　九日

重阳重日，九重九，故国江流多少。

草木河山杨柳岸，一水运河小小。问得钱塘，长洲同里，富土人间早。十三州外，地天难老，人老。人老，子子孙孙，只留天地道，方圆常好，直直正正，疏是上，禹鲧功功无了。向背难分，阴阳成两半，各丘谁晓，金刚经里，知金知玉知鼗。

219. 又

三分天下，魏吴蜀，记得周郎如故。火字当先黄盖苦，徐庶连营分付。不可东风，江南江北，万马千军蠹。草船借箭，华容留下曹路。谁问赤壁周郎，却应寻诸葛，岐山何误。乐不相思。阿斗是，不计空城何顾。智者知军，英雄司马主。晋时如数。三分三合，人间依旧如故。

220. 又　中秋

十三明日，上弦近，已有婵娟如面。欲掩无遮初色见，到了中秋明遍。十七倾弦，山崖挂靠，下下弦弦倦。十天半月，人情如断如恋。如是坐待冰轮，忆今今古古，知长生殿。有得玄宋，天宝尽，羯鼓霓裳红倩。莫以江山，何方维社稷，与民方便，桑田沧海，似乎南北飞燕。

221. 又　一夕泊舟

船娘衣袖，半兰白，靠岸黄昏时候。一半清波天水色，一半年华豆蔻。夕照红霓寃窈身手，尽了人间秀。舵屏太小，私情依旧依旧。月上月下杯中，见萍萍叶叶，荷荷相守。偶有虫啼。三二句，怪了灯火如豆。俯仰婵娟，何情知后羿，见嫦娥瘦，

玉形身影，寒宫如桂如缪。

222. 踏莎行　游凤凰台

二水中分，三山旁落，金陵一半秦淮约。六朝已尽石头城，英雄自古如今索。十里台城，千年落低温计。人间已尽荆轲诺。秦楼也去凤凰箫，穆公未得滕王阁。

223. 223 虞美人

刘刘项项江东路，一半鸿沟误。英雄已见未央图。汉汉秦秦天下是非吴。项庄舞剑张良顾，项父江山计，谁知四面楚歌呼，不似隋炀杨柳运河苏。

224. 江城子

前行步步一书开，不徘徊，向云裁。万里千年，自古问天台。见得长亭长十里，长十里，去还来。东君未至语冬梅。一春催。又春催。唤得群芳，共同作尘埃。草草花花原是客，千万里，满山隈。

225. 临江仙

一叶飞天飞一叶，三秋处处三秋。江楼不动大江流。阳关三五叠，百岁度沙丘。此去交河天地接，离人离马离愁。隋炀水调自歌头。长城长度堞，万里万人修。

226. 又

落日西风原上暮，长安一半扶苏。皇城处处有书儒，红梅红一路，白雪白三吴。自许平生多自许，江湖一半江湖，隋炀留下作江都。箫声箫水月，玉酒玉冰壶。

227. 雪月交光

已五更飞雪，不落行裳，眼前何路，有去无来，莫以知朝暮。不见冰娥，只听风使，由扫云驱雾。再向朱轮，人前界后，何为何主。今古红尘，地连天际，见得如来，杀分云雨。故国乡情，弟兄自相许。山山水水，本本根根住。四首相寻，往事俱在，谁千百度。

228. 望海潮

运河南下，钱塘杨柳，苏杭一半人家。一线潮头，三吴六合，富春江水淘沙。老少俱年华。共天下天下，先以梅花，香雪山崖，杏花桃李，满梨花。东君改了桑麻。见南南北北，换了荷花。出水芙蓉，蓬莲结子，茱萸近了黄花。宁肯挂乌纱。日月临安，咫尺天涯，鼓语钟声相继，普渡一袈裟。

229. 醉蓬莱

有文章太守，字里沉玑，句中朝暮。廋岭归来，有东君朝暮，梅傲香明，歌头天下，便一呼相如。玉作群芳，冰为独骨，岁年如故。白雪红颜，一弦三弄，已绽心蘂，似曾分付。六鳌待玉回，凤检飞来误。好把儒书万卷，且知道，青门华主，业业勋勋，水山天地，有无云雨。

230. 望明河　赠路侍郎使高丽

家家国国，是天地割分，华旌金阙。已有凌烟，彼此作异同，莫重头越。向来唐标柱，宋挥斧，江山英雄没。问今古，何是人间第一，可知君曰。年年岁岁无竭，沿唐宋一革，门开门竭。苦事勤民，海外内同，陆邻边粤。丈夫天涯外，未肯向，行前雄心勃。一君是，何以功名，事在太平月。

231. 蓦山溪

云云雾雾，老师阴晴故。日月半长洲，应最是，朝朝暮暮。运河两岸，交易作繁华，杨柳树，帛如故。一半商家住。天堂路，且有苏杭妒。处处是人声，剪子布，天天无数。来来去去，物物化金钱，云成雨，雾成雨，日月谁分付。

232. 生查子

僧人日月光，寺殿阴晴昶。草木入禅堂，宇宙知方丈。心经字字量，俯仰天台上。意念度金刚，别缺如来想。

233. 清平乐

吴吴楚楚，俱是人间女。记取巫山云又雨，留下阳台语。江流楚楚吴吴，书生剑剑儒儒。古古今今古古，姬宋玉殊途。

234. 青玉案

小桥流水姑苏暮，碧玉去来相度。自立心中心自主。柳杨深处，以情分付。最是丁香雾。一米未了阴晴故，一半犹疑野花妒。一半含羞郎不顾。运河南北，向西边去，不在东边雨。

235. 梦横塘

一波三折，三弄梅花，阳关三叠相约，一二三分，数不尽，玄虚高阁。伊始无终，一当天下，几何求索。有千头万绪，也有心机。商家事，冠官若。天天地地多河河。一二三四五，组合重作。满了人间，由学得，老少雀跃。以其见，还其所得。俱在身边度量错，计算方成，少多多少，有何人相托？

236. 西河

重阳日，秋叶因风飞起。长安城外向西行，步沙尘里。灞陵烟水夕阳前，阳关三叠何止。到此矣，云雨貍屺，泠落关河谁是？当思秦汉过千年，断碑青史。楼兰无可问交河，依依留下残垒。远远是，荒野无比，有沙鸣，徒言原毁。不可回头重履。过当时，万古雄名，尽作是，后来人，谁夫子。

237. 眠儿媚

运河杨柳运河舟，不尽也东流。黄河来自，江源青海，是国西头。小桥流水清碧玉，不待醉时羞，长洲月色，会稽西子，无止无休。

238. 水调歌头　泊舟严陵

不尽人间事，百度一沧桑。千年留下严濑，草木自青黄，水净沙明绿芷。镜面澄澄楚甸，四围满吴霜。玉树云边际，鹭鸟寄飞光。垂钩直，谁鼓案，见文王。渔樵自古天下短径求炎凉。四皓深宫故事，不比萧何韩信，自惭愧张良。见得咸阳道，见得茂陵荒。

239. 又

一半严陵水，月色已寒凉。缥缥缈缈天下，雨雾两茫茫。楚岸吴流未尽，芷甸苇塘澄碧，草木自扬长，不足人间问，宝瑟想英皇。周秦汉，三国志，晋隋唐。运河南北杨柳留下一天堂，胜似长城万里，战战和和不尽，处处故人伤。日月当警戒，世界久低昂。

240. 鹧鸪天

蕙芷芝兰两岸长，严陵水色半天光。遥遥远远方圆际，野野川川处处香。知世界，有沧桑，樵渔自古是黄粱，谁知捷径谁知道，有了男儿有了王。

241. 木兰花

江南一半天堂路，运河五百隋故。杨杨柳柳帛丝绸，苏杭至此千百度。和和战战谁分付，不顾农家无不顾。一官三品凤池边，误了人间暮。

242. 浣溪沙

十五寒宫十六圆，长空夜色总弦弦。嫦娥已作客婵娟。草木人间人草木，去来日月去来船，天年不尽是天年。

243. 点绛唇

壑壑川川，不知一水何深浅？叶桑春茧，多少丝丝卷。岁岁年年，日月所晴衍。何突显，积时多演，草木深思辨。

244. 又

一半人间，平生一半平生见。是桃花面，崔护知情燕。过玉门关，也过长生殿。心经院，楚流吴甸，八月钱塘恋。

245. 临江仙

李白酒仙谁李白，青莲不是青莲。当涂捞月自相怜。玄宗呼不得，老子不登船。夜朗先生先自大，何须醒醉深眠。地知且向永王前，文章文不得，日日月难全。

246. 蓦山溪　又

无无有有，水水千杯酒。醒醉一街头，却不作，杨杨柳柳。天天地地，向得帝王州。天下口，人前手，不可金龟否。童童叟叟，天下皆朋友。日月是春秋。夜郎配，英雄白首，精灵在，不可回头。重阳九，黄花久，不识乾坤守。

247. 念奴娇

玄宗当坐，力士语，愿得念奴歌否。静了人间天下曲，忘了青莲懈酒。哑雀无声，人头钻动，举目皆张口。大娘一剑，抑扬天地何有？因此留得梨园，这楼台百尺，才人佳妇，今古帝王，谁将相，古古今今回首。一半阴晴，乾坤应一半，以荣知朽。唯唯秋社，家家丰富三亩。

248. 柳梢青

何以丁香，牡丹绽了，当年时候。已是生来，不应还见，小家闺秀。蔷薇处处留香，桃子面，人情依旧。

老少皆宜，东君相就。

249. 鹊桥仙

乾坤一半，阴晴一半，一半东西一半。高低一半一高低，一半是，阴晴一半。

枯荣一半，是非一半，暮暮朝朝一半，人间一半一人间，一半是，兴兴叹叹。

250. 浣溪沙

不向蓬莱道姓名，神仙只在海蓬瀛。人间以此作人情，谁是钟离张国老，瑶台玉小学文化　可长生。盘桃草木万年生。

251. 点绛唇

日月春秋，春秋日月春秋鸟。草花花草，只见东君早。一半阴晴，一半乾坤晓。人先老，一好三好，一了应千了。

252. 又

十载回头，江南塞北皆杨柳。玉门关口，只此应相守。处处春秋，见得沙丘否？骆驼首，自扬扬走，不饮人间酒。

253. 望海潮

钱塘南郡，西湖明水，谁知柳七孙何。曾是布衣，相交日月，书生社稷江河。步步唱九歌。鼓瑟湘灵问，一派汨罗。楚楚珠玑，临安处处净干戈。人间销往厮磨。有三秋桂子，十里香荷。阴里有情，云中纳雨，微风泛得千波。草木自先科。曲曲舟上度，不误嫦娥。此际梅花三弄，织女已穿梭。

254. 青玉案

东君来去梅花去，百色已生低处。十日方扬杨柳絮。牡丹红了，无忧无虑，一树梨花据。老了多少人情语，金屋藏娇问相如。暮暮朝朝三峡女。望嫦姬处，已知天曙，雨雨云云楚。

255. 喜迁莺　晓行

东方欲晓，举步君行早。露珠花小，十里长亭，巢边飞鸟，日日去来多少？读书学文求剑，入见平生此道，应得是，一二三，三已无数方好。遥缈。终不了。月榭水池，相映成浮藻。何以英雄，拾遗相补，古古习，今今考。望梅止渴难就，黄鹤楼前崔颢，岁寒是，汉水鹦鹉洲，扬扬芳草。

256. 踏莎行

一叶惊秋，三生白首。平身自以成杨柳。山山水水半长洲，人人足下人人口。李白青莲，青莲嗜酒。诗词格律君知否。工精音韵古今分，清平乐是何云手。

257. 浣溪沙

十字街头四面楼，东面西南北一风流。成欢作忆故人愁。自作女儿多少望，天天落日有余舟。江流已去剩江楼。

258. 汪藻

点绛唇

剑剑书书，官官吏吏当然守。柳杨杨柳。醒醒何须酒。政事悠悠，理治人人否。童翁首，有兄无友，只以灵犀走。

259. 又

一半官生，君臣不借他人口。立身杨柳，水水山山守。一半人生，一半心经友。君知否，过重阳九，腊月梅花首。

260. 小重山

山入江流水草青，夕阳红渐尽。四方汀。林边岸口有流萤，已闪闪，本就自零丁。远远作寒星，苍梧留一曲，作湘灵。我今举步在长亭。谁寄泪，细雨不同听。

261. 醉落魄

少多多少，佳人戴了梅花老。去来朝暮苏小小。总是无情，只嫌丁香好。女儿心上情难了。楚吴隐隐，如秦晋，春风秋雨谁无晓。莫以阴晴，俱是枯荣早。

262. 曹组

蓦山溪

梅梅雪雪，总是骚人说。雪上半梅峰，梅居下，梨花未羹，一身爽气，自以素先科。葆时杰，月无别，玉树朝天切。红红白白，都是人间客，唤得诸群芳，天地上，佳人太伯。当留温润，雨水共甲麦。阡阡陌，阡阡陌，草木同恩泽。

263. 点绛唇

放马天山，中原逐鹿中原断。运河柳岸，一箭临安断。过玉门关，且得沙鸣叹。江山半，以长江算，玉斧昆明冠。

264. 又

不见高蝉，声声不断声声断。肃风消散，叶少枝多半。四十桥边，杨柳隋炀岸。楼船看，运河河畔，何以声声叹。

265. 又

一半枯荣，阴晴一半乾坤见。有长生殿，不是皇王院。一半书生，一半桃花面。何飞燕，去来芳甸，上下都无倦。

266. 如梦令

门后门前形影，寺外寺中人静。读得一心经，色色空空脱颖。三省，三省，灯火处，金刚秉。

267. 扑蝴蝶

人生一世，如来如去见，成成败败，荣荣辱辱面。今今古古千年，利利名名酒酒，情情理理难练。这飞燕，寒寒暖暖，向雕梁独院，朝朝暮暮，忙忙碌碌弁。等得一进闲暇，又却喽喽喳喳，如何问长生殿。

268. 忆少年

相交少小，相交老叟，相交朋友。清明已近也，却天涯知否。独自是，人情难不有，有诗人，却无知酒。何人可如此，负心天地久。

269. 蓦山溪

寒宫玉树，不向嫦娥顾，留以作婵娟，相陪伴，书香分付，人间天上，玉兔已经年。千百度，情倾许，俱是吴刚误。来来去去，不是高唐女，可望空前，不可及，相如无赋。儿儿女女，隐隐约约无眠。知一路，是无路，未尽朝朝暮。

270. 相思会

非无百年非，是有千载是。只有相思不得，万里尺咫。谁分此彼，惹尽无休止。不真也，取芳心，隐约比。粗衣淡饭，牛马已知己。见得小苗，且且是花是蕊，秋秋结子，百日收成喜。据草木，乐田家，便是神仙矣。

271. 品令

一朝暮半相许，三峡高唐多云雨。原因是，有水东流下，见巫山，问神女。最是姬无主，宋玉高唐如赋。留下个，楚以官渡口，蜀不得，千百度。

272. 小重山 寄曹勋

不是三江是七阳，词人应介意，韵音量。平平仄仄格律乡，非造次，夕落有斜阳。一字一情长，三光三日色，作衷肠。年年青海又潇湘，人形象，未可误文章。

273. 又

见了诗词共故乡，工精同格律，韵音量。东吴渭洛度齐梁，平水色，溢溢庚楼香。起句起炎凉，终守终日月，作文章。奇思妙想凤求凰。宋玉在，三峡赋高唐。

274. 又

有了中华音韵乡，佩文诗词界，状元郎。人人如此古今量，国语国家章。韩愈旧思尝，五四曾鲁迅，故档姜。台湾文化豫文章，会萃里，留下古今量。

275. 青玉案

秋风一叶乡心起，万古在青云里。柳上蝉声从不止。孔中天下，扬扬遥远，隔岁重新始。一字飞减价衡阳苡，青海霜寒已，无梓。物象时光应所轨。北南南北，垒巢巢垒，岁岁年年矣。

276. 鹧鸪天

一树南洋半树花，三光草木十人家。丛林日月丛林木，影影垂垂不自斜。红土地，体无遮。黑黑白白在天涯。千年古古今今客，朗朗乾坤你我他。

277. 渔家傲

不可望洋兴叹止，波涛白雪从头始。一叶轻舟风浪里。天下水，潮潮涨落潮潮驰。一片阳光金闪闪，千年海下蛟龙豸。始始终终人类指，生存视，龙宫处处天堂篦。

278. 阮郎归

嫦娥佩玉不丁东，娇娃映时红。牡丹花落已心空，秋千摇摆中。孤影在，与谁同。黄粱已梦穷。相思不是不相逢，广寒不是宫。

279. 临江仙

香雪海中天下色，姑苏处处争春。

东西山上碧螺春。长洲长草木,太伯太湖濒。只是人间何不得,剑池勾践相邻。吴吴越越五湖沟。无须无日月,不可不经纶。

280. 鹧鸪天

浅笑轻颦不在多,双波抚媚半云篸衣。依依就就身先许,意意情情自度河。灯已灯,月姮娥,悬悬去去是项罗。香香雪雪苍梧女,只在泪罗唱九歌。

281. 青门饮

朝暮青门,五理冬夏,青衣不忘,夕阳残照。苦读书生,弯弓无数,踏遍春秋戎事。星斗横文馆,月明空,灯花常老。暗香浮动,梅花报道,群芳应晓。何以探春多少?香雪海里,无休无了。步步春波,去来云雨,人道是阴晴好。自有情长处,几思量,故人道。不如信步前往,入得青门谁老。

282. 青玉案

田园有路农家早,不忘陌阡花草。作了书生书未了。有流年少,有流年老。青衣青帽云好,背井离乡几何晓,向长安去,别长安衷,还是长安道。

283. 好事近

未可问春蚕,成茧抽丝无数。不尽是人间路,只知不停步。江南飞雪复梅花,江北一公度。花草草花如故,只年光相许。

284. 醉花阴

九陌轻寒生野草,东君鸣锣早。已有探花人,欲觅青春,未解新衫小。女儿不免群芳晓,最是都门道。已半玉堂红,谢了梅花,一路丁香老。

285. 点绛唇

作了书生,书生一半长安路。未分朝暮,步步前行度。半枯荣,自主难分付。如来度,又观音度,老子儒家度。

286. 又

塞北江南,工工业业平生路。一心如故,半是农家步。背井离乡,只在皇城度,南洋赋,似乎分付,七十诗词住。

287. 又

一水当潮,三生日月谁人晓。半情难老,自作天山草。格律诗词,如去如来好。书香道,小心还小,有梦常常少。

288. 鹧鸪天 六典

五品郎中四品名,中枢政治贞观声。外交地铁成天下,北海以南半世生。同法国,共欧盟。书生特使十三城。唐家六典唐家客,自主皇都自主情。

289. 水龙吟 牡丹

东君带了春风,春风带了微微雨,微微雨里,牡丹自主,东君且住。有了花香,也听鸟语,不分朝暮。问相邻芍药,红红紫紫,枝叶色,何曾妒。三月风光谁许?有朱颜,无红尘路。婷婷自主,只须回首,知千百度。一半人间,轻盈当约,桃花分付。这情情意意,成蹊处处是梨花故。

290. 声声慢 寄曹组

诗词平仄,初一为冬,音音韵韵八庚。佩文书斋,进士律状元名。康熙已成字典,古今则,标标准准,规矩书生。不待隋唐已始,宋元平水鉴,见得明清。一半中华,更问谁,庚楼情。文章和风细雨,政权倾,语破天惊,古今是,简繁闻,横纵纵横。

291. 蝶恋花

柳岸横塘天水暮。过了唯亭,近了苏杭路。南北运河云雨露,花花草草人间故。一半天堂千百度,见了江都,子曰隋炀误。见了长城征战苦,运河不付长城付。

292. 浣溪沙

淡淡池塘淡淡风,丛丛玉叶玉伍伍。红红隙隙更红红。一半芙蓉初出水,有无色里有无空。蓬中子子在蓬中。

293. 点绛唇

三载苏州,鲈莼泡饭分朝暮。小姑无误,自主常吩咐。

第一声雷,一岁当先顾,年年度,细腰长塑,只以绵绵故。

南宋·赵孟坚

岁寒三友图

读写全宋词一万七千首
第十五函

1. 点绛唇

一水风流,瞿塘不住朝官渡。蜀楚分付,宋玉瑶姬赋。
是了襄王,不以江山度,阳台路,雨云云雨,不尽人间步。

2. 婆罗门引　望月

云云雾雾,广寒宫里广寒明,姮娥许许深情。玉树婆娑形影,山谷不相倾,桂子应不落,小兔横行。吴刚不在。后羿问,与谁情。天下人应望尽,不是身名。婵娟色,却是一身中。举首也,解了红缨。

3. 卜算子　兰

半俯一梅花,常举千兰首。傲骨杨枝自不遮,碧叶玲珑守。处处共芳香,却异谁如否。只以浓浓淡淡日月量,入了纤纤手。

4. 小重山　寄曹组

不可如冰对八庚,自词诗格律,佩文城。唐唐宋元明清,沿革是,尹水自难鸣。音字难成。康熙御字典,已倾情。中华自此满汉行,知君切,不忘旧时盟。

5. 脱银袍

长安一路,西去隋炀分付,丝绸去,商家无数。以招商见,已千年相许。几百里,绵延不住。到得长安,汉云胡雨,何须问,妖姬不顾。只从人愿,始唐家朝暮,改革处,东西自主。

6. 忆瑶姬　五体,尹声韵,一○五字体

三峡瞿塘,有巫山万仞,十二峰光。见夔门白帝,不锁巴水茫,嘉陵沧沧。襄王水色,宋玉吴章。蜀楚官渡乡。栈道间,何以英雄问,当见陈仓。以此月,未了炎凉。有云云雨雨,梦里黄粱,姬终有面,已台故乡。莫就枕,留下孤衾梦易长。

7. 万俟咏

蓦山溪　桂花

朝朝暮暮,日日秋秋度。一半是黄花,一半是,芳菲如数。人间桂子,来自这私心。谁分付,谁分付,俱是人间故。应当雇,共以重阳步。八月始如香,已处处,西风玉兔。婵娟手里,两叶一枝藏,何人炉,何人炉,淑气幽幽附。

8. 临江仙

寒食清明三两日,桃桃李李成蹊,花花草草各高低。君行君早晚,日色日东西。人后人前千百度,莺莺自轻啼。梅花落了作香泥,明年明腊月,一岁一辛黄。

9. 雪明鸠鹊夜　宋徽宗一体

望五云多处,有三光阆苑,别就琼岛。可临安肃清,天下纱纱。凤帐龙帘朱紫臣,且问谁,人间正。帝王中,今古千年,应是草草。二时成成败败,半天鼓噪声,已是小小。莫杭州,八月钱塘早,一线潮头掷下,来去已惊得人不老。误年年此际,燕山多少。

10. 凤凰枝令

景龙门,古暖枣门地。自左掖门之东为夹城南北,北抵景龙门。自腊月十五日放灯,纵都人夜游。妇女游者,珠帘下遥住,饮以金瓯酒。有妇人饮酒毕,辄怀金瓯。左右呼之,妇人曰:"妾之夫性严,今带酒客,何以自明,怀此金瓯为证耳。"隔帘闻笑声曰:"与之。"其词曰:
人间天上,江湖一半黄天荡。倾城粉黛景龙门。知孟昶,醉金瓯天盏。自从銮驾邀赏,几何左掖民姑享,江山社稷自田桑,空杜康,有轩辕方向。

11. 南歌子

社稷江山社，江山社稷江。国家黍粟国家邦，世界乾坤花草鸟成双。

12. 明月照高楼慢　中秋应制

中秋建章，四方八面，明月荷塘。结子蓬自扬。正清澄碧水，满目银光。潏潏融融太液，卷珠帘，桂花香。佳人正丽，步榭廊，自在舞霓裳。宫妆，三竿以赭黄。古今岁月，玉宇天堂，夜宴灯火旁。曲诗词歌赋，舞尽隋唐。娇女千姿百态，素娥三易丝凰。四首已是鼓五更，一御觞。

13. 尉迟杯慢

有相约，岁月逐天草木省略。人间见得风流，难以记取飞雀。白雪向梅落，作天赋。标艳香满尊。当寒风暖日交处，自得东君其乐。严冬独傲姿若，又初入新春，异菜漠漠。见说周郎，当年赤壁，向蜀气，吴求索。东风是非连营错，这成败，不以兴亡若。广寒宫、一水东流，大江此去如诺。

14. 卜算子　汪魏巷九号书斋

秀鸟向阳鸣，老枣梅三弄。喜鹊声声总不停，百鸟应朝凤。早早好心情，一半诗词梦。岁月难平岁月平，八十回民众。

15. 钿带长中腔

桂花香，满山黄菊共重阳，八月轻黄，九日淡霜，风流富贵，不上高雅堂。独占蕊珠秋光。结子留年岁月，同度炎凉。一山一岭一方刚。朝朝暮暮，去来自易妆，执意指点周郎。

16. 春草碧　春草

有无春草生，一色连雨情。何以长路。东君意，先于百花绿，共杨柳树。年年岁岁，意不尽，纤纤似故。曾以日月，长亭外，渐渐暗烟雨。朝暮使茵茵伏芊，秀铺千百度，接送游女。群芳近，夏雨乱分付。断烟霜顾。枯荣如数，寒冬后，归魂已许，只若隔年，重头起，雁来去。

17. 三台　清明应制

已清明寒食乞火，虎丘剑池步步。近运河，不禁问青门，过吴越，青团相许。姑苏巷，处处垂杨树。帛散尽，长安分付。这今古，秦汉长城，割六陌，战和谁许。有春莺百转柳浪，一字飞鸿来去。蜀水逝，三峡半巫山，都记取，高唐神女。从官渡，宋玉记云雨。只向楚，嘉陵江赋。暗道尽，再觅陈仓，望悬岸，栈道飞鹜。正皇城寒暖孟昶，半阴半晴相互。见渭泾，已是过潼关，共清浊，黄河如注。三光曰：汉宫传腊炬，散聚烟，出入王府。十分卷，闾阎闲开，注诗词，着书生故。

18. 恋芳春慢　寒食前进

寒食前行，汉宫腊烛，乞火初入新秦。已见枯荣，青黄得分均，五品郎中四品，六典、一带天津。何老少，见历人生，不止无数闲人。良宸世道，榭曲箫舞，相如卖酒，西子风潮。蜀女昭君，不负刺敕相邻，也有貂婵自许，太员曰，华清天伦。应知道，社稷江山民。天下行春。

19. 安平乐慢

日月初迟，枯荣乍暖。花花草草争明。春莺曲鸣，柳柳杨杨，云雨水榭相平。一半东风，弄红尘虚落，零露微倾，小叶绿方成，当分向背分盟。有十里桃花，一家红女，崔护何以倾情。行止书生步，五侯不约少年行。子弟三千，空自得，身身名名，念芳菲，只守岁月，一年多少私萌。

20. 卓牌儿　春晚

丁香半桃花，梨李杏，群芳百草。一半月色，春风已去，红尘零落，海棠多少。无言对黄昏，多少子，偷偷自笑。如此我已先先，作因果，同了如来，向人间好。牡丹芍药，一丛里，无休无了。有谁知晓。三月已香老。信步皇城成天道，岁岁年年昭昭。飞鸟，自在风潮绋。

21. 昭君怨

春上梅花雪白，小草微微阡陌。细雨半轻寒，渭泾澜。只要人间丝帛，一路运河商客。何处是江都，过东吴。

22. 又

一路巫山云雨，半楚高唐神女。此水下东吴，彼江都。老以运河朝暮，一望几重烟雾，已见过姑苏，问杭奴。

23. 诉衷情　送春

楼兰不斩不还家，七十夕阳斜。平生八十天下，海角寄天涯。三界外，一梅花，半桑麻，以农夫子，十万诗词，格律斯嘉。

24. 梅花引

一春见半秋见，一雁潇湘青海甸，一河湾，半河湾。渭泾河水，遥遥雁门关。梅花引得东君面，白雪阳春故宫院。来时还，去时还，桂生桂子，苍梧竹泪斑。

25. 忆秦娥　别情

双飞翼，秦楼留下秦娥忆。秦娥忆，秦楼只在，凤凰直得。穆公未了父母息。人间莫以人情织，人情织，儿儿女女是何消息。

26. 忆少年

阡阡陌陌，年年岁岁，人人客客。清明又近了，却桃红梅白。上陇首，凝目天九脉。渭泾流，入黄河泽，钱塘富春阔，问东吴太伯。

27. 长相思　雨

打更声，读书声，谁问芭蕉风雨声。梦中无限情。水相萌，未相萌，不道人心总是萌。同时共枯荣。

28. 又　山驿

一长亭，半长亭。不到丹时已到青。今古有渭泾。一湘灵，二湘灵，鼓瑟声声自零丁，黄河入水听。

29. 木兰花慢

秋风扬落叶，向根远，作飞舟。一霜一枝头，微云河汉，留也难久留。飘零不寻去处，记取钱王过十三州。见得东西一水，有江楼问江流。
当然过客难求。无可问王侯。这人间，

小小中中大大，一笔神逝。风光风流最是，已经年分付半沉浮。寂寞桥边碧玉，一天堂，半长洲。

30. 武陵春

花草春来春去见，朝雨水，暮黄昏。正可见梨花一半魂，独自得，满红门。原来右李满乾坤，红桃色，女儿婚，不嫁不知谁寻小王孙，最不了，是归根。

31. 快活年近拍

阳春白雪闻，下里巴人听。声声曲曲在，与民社稷兴。有了长春，洞天不老，明月婵娟，万里广寒相应。自心足。如来大小乘，一字千书磬。瑶台有曲日，阳关三叠凭。西域人来，五云楼近，何以风声，依约已得天命。

32. 醉蓬莱　自述

自长亭一路，来去匆匆。菊花重九，金桂芳香，对荒原扬首。纵有多情，七十多事，八十诗词守。岁岁蝉鸣，年年落叶，物品郎中，五品难知酒。来去人间，两万日月，竞东奔西走。会与中华，老翁格律，向谁知否。

33. 芰荷香

问潇湘，二妃复鼓瑟，斑竹流光。向君山岸，何已问东方。苍梧细雨，化作泪，浥浥清香。人在水精中央。绞绡帛锦，情里炎凉。
鲧禹东流互相治，有通通导导疏疏抑提。向代流去，各自东寻圆方。海边散尽，作汪洋。泛远净，一度沧桑。已得海角天梁。风涛不断，

日月无疆。

34. 别瑶姬慢　寄潘慎《词律辞典》"沈腰潘鬓"

独见残红，是晚春骤雨，入夏轻风，牡丹留不住，却青莲色，别样由衷。芙蓉来了，出水相见，采女浴此中。水水波，天好夕阳阳在，作了荷莲。又还是，九九重阳，菊香桂花子，格律精工，何须落叶问，本本离根去，始始终终，沈腰暗减，潘鬓先秋，一思不可同。步步行，梅花三弄自残红。

35. 忆秦娥

天下水，高低不止西东止。西东止，源源汇汇，一流无己。秦楼已尽秦楼女。风声送来天天语，天天语，穆公也去，一厢情雨。

36. 田为

南柯子　春景

细细微微雨，青青湿湿苔。运河一半运河催。岸岸柳杨杨柳不徘徊。一半阴晴雾，烟云一半开。姑苏一半话青梅，已是霏霏淼淼上云裁。

37. 又　春思

雨雨云云雨，云云雨雨云，思君自主自思君。只似杨柳柳杨两边分。袖袖宽宽袖，裙裙窄窄袖。斯文细细斯文。一半阴晴一半作耕耘。

38. 念奴娇

东君知道，草花木，留下人间多少。迁客骚人来去见，只以春风先到。

有色枯荣，无声岁月，朝暮成飞鸟。山山水水运河杨柳方好。最是一半阴晴，以云云雨雨，烟烟无了。落了梅花，开芍药，共了牡丹年少。日夕长安，黄河泾渭，作潼关道。青牛行止，玄中天好人好。

39. 探春 十九体

数声回雁，几番微雨，东风朝暮。问东君，小巧玲珑他冬梅路，末冬日，新春度。李桃梨否谁分付，也丁香相妒，到那香雪海，春梅六瓣，处处应无数。

40. 惜黄花慢

桂花凋了，黄菊色，九日重阳方好。落叶还早。纵然五彩秋林，已是金光成昭，见林下小草幽幽，更是处，无情无寥，薄霜渺，冷冷玉枫，天日相好。丹青可与谁同，一字见，试问飞鸿多少。只是人老。去年步步登高，自己采茱萸藻。而今隔壁负初心，只重意，轻浮知晓。何处老，足足故难当知道。

41. 江神子慢

飞飞院中雀，曾上下，也自见求索，近风雪，无米粒，检点筐城丝络。小心却，中了人间设圈套，从其也，无须狂跳跃。噫，为食亡生，行云自没何约。当时巢边有语，有冬储秋藏，风雪冰恶，莫相托，人有名利欲博。怎无垫。何以川流回头水，前在鉴，飞将军卫霍。幽州射虎，燕山已成诺。

42. 徐伸

转调二郎神

月明池水，只见得，一园花影，已加件春衫，酥酥红手，淑气风华带冷。步步相思如何问，未道尽，疑多光景。想旧日沈腰，而今潘鬓，最怕人静。重省。几何竹泪，湘灵鼓瑟，久情已尽意，向苍梧路，长托潇湘岳岭。一字雁来，二妃知道，人间人耿耿。今古治，纵纵横横阻导，水疏民辛。

43. 江汉

喜迁莺 烘春桃李 一〇三字又体

无边无际，岁月草木见，天光鱼水。远近经纶，成败功名，合是六朝如枳。凤山政好，梁武画谷朱轮难起。社稷界，步玉带金桥，为人情里，行止。谁所子，西望茂陵，今古今无几。十里长安，一吴同济，天地不忧杞。四方贝临安比，借取一诸历史。运化笔，已统领江山，烘春桃李。

44. 田中行

风入松

风风雨雨送春归，流水落花微。红尘未了青莲色，天地间，是是非非。夏秋秋风相继，冬隆岁月晖晖。何须树上半青梅，不可相催。姑苏一半长洲草，小桥边，碧玉心恢。同了江南杨柳，相思日日徘徊。

45. 赵温之

喜迁莺

广寒宫里，万载万有容，无休无止。一半民心，一半精英，一半觅婵娟姊。宜雪宜花，风前雨后，东君成蕊。光明子，伴疏香梅骨，玉肌冰姒。幽人从此际，雨云淼淼淼淼，杏杏桃桃李。水水河河，江山社稷，今古古今今忧杞。幸有一天涯，在咫尺，浪花滚深矣。应自己，莫以曾知晓，广寒宫里。

46. 踏青游

改火初晴，两日里生新草，已最是，作青团好。近清明，寒食日，子推老小。水淼淼，绵山不须问道，只记取，人情老。咫尺天涯，隔路不逢谁了。越去去，不知春晓。一书生，三目的，蓬山难到。梦不好，怕是醒来多少，依然故路新蕊。

47. 踏莎行

一半苍梧，苍梧一半，湘灵鼓瑟湘灵唤。人间一似一人间，唐虞自此唐虞断。一水东流，北南两岸。运河却以东西畔。川川谷谷又川川，高低依旧高低矗。

48. 王庭珪

谒金门 梅

风雪影，一半寒山未省。尤木萧萧应不整，不知枝叶冷。荒废山山岭岭，缈缈人间冰境。只有东君知所颖，梅花冬至眚。

第十五函

49. 凤栖梧 生日

生日从无无里见,向世人面。不记瑶台殿。尚如此使君长春院。海天光影惊飞燕。

昨日今天明日遣。莫谓三生,人只今朝擅。这丝绢,多少蚕茧,从头到尾看芳甸。

50. 醉桃源

桃源洞口汉秦奴,人人何有无。未闻钱塘过东吴。霸主已姑苏。凭五柳,问浮屠,不折腰折孤。弃纺听取唱江都,胜如听念奴。

51. 临江仙

少少人人皆老老,行行止止行行。平生步步是平生。阴晴分一半,日月合三明。去去来来何去去,枯荣处处枯荣。情情不尽几情情,男儿男自立,小女小卿卿。

52. 又 梅

白雪成衣披白雪,藏红冠下藏红。疏香傲影各自衷。枝枝应独立,层层两颜丰。叶叶无生无叶叶,空空色色空空。先春先自立,后雨后新融。

53. 又

咫尺天涯天咫尺,人来人去人家。长江万里浪淘沙。江山江月水,社稷社桑麻。自在观音观自在,梅花白雪梅花。衣华一半淑衣华。冬寒冬已去日暖日春霞。

54. 又

一曲难鸣难一曲,三生步步三生。

枯荣岁月自枯荣。天高天日月,地厚地滋萌。尤物千年千万物,清明寒食清明。阴晴一半阴晴。寒中寒乞火,进士进方成。

55. 殢人娇 寄轻轻

白白雪花,轻轻柳絮。曾似云,又如子女。春风骀荡,俱随之去,化成水,半空挂住。行止精神,不明有语,多情是,无忧无虑。当年西子,如今念奴,是小小,高唐梦中神女。

56. 忆秦娥

千百度,晴川历历晴川树,晴川树,阳春白雪,岁年分付。人生不尽人生路。朝朝暮暮朝朝暮。朝朝暮,三心二意,岁年无数。

57. 念奴娇 上元

去年时节,上元夜,处处灯灯明灭。到了今年灯火夜,已民是离离别别。只望明年,轴圆圆缺缺,缺缺圆圆说。来来去去,年年岁岁но雪。自古作了书生,北乡离乡去,名成豪杰。日日阴晴,惊草木,一路长安倾绝,一世忧忧,三光何就就,寄思殷切。晚来孤子,陶公弯弯无折。

58. 点绛唇

白首诗翁,人生处处由心听。似经如证,依了诗书磬。草木江山,日月阴晴称。枯荣定,去来千径,岁岁年年凭。

59. 又 上元

第一三元,皇城处处人人酒,不知

谁口,灯火龙船走。一夜长安,百里隋杨柳。隋杨柳,运河如友,水水谁知否。

60. 又

有了东君,灯灯火火人人好。有花地草,处处春风到。走马灯前,雪月知多少。诗情老,去年今道,明岁当然晓。

61. 西江月

不道西江月色,运河南北行船。人间一半望婵娟,只是圆圆缺缺。已是中秋佳节,晴空万里长天,千年杀了又千年,莫以分分别别。

62. 江城子 班师

英雄一剑斩楼兰。雪冰寒,雪冰寒。一半天山,一半待金銮。一半轻骑追野寇,成国业,静。千军尤里空长安。是心丹,是心丹。乐业安居,坐立正皇冠。不教阴山故牧草,天下净,玉人观。

63. 又 步月新桥

姑苏碧玉小桥边。一前川,半前川。觅觅寻寻,只待运河船。月色明明明月色,呈上下,自团圆。年年不断又年年。隔年年,又年年,本岁当今,俱已是年年。不度人生人不度,成日月,作年年。

64. 又 辰川上元

灯灯火火半元宵。一银桥,一银桥,玉树银花,夜郎作江潮。已是满城情不定,三五更,任逍遥。唐标玉斧已迢迢。约条条，不藏娇，大理云南,只似贵阳箫,吹起芦笙儿女曲,天地外,有苗瑶。

65. 又

天回北斗近中宵，一边遥，半箫条。不似皇城，未了御京朝。事事人人人事事，唐铁柱，宋云霄。同规异俗共苗瑶。穷太守，富官籀，歌舞连续，共济作唐尧。只道桑田应此道,云贵子，好秧苗。

66. 蝶恋花

灯宁空堂人不守，见见悠悠，驿客千杯酒，十里长亭何所有，梦中记取红酥手。步步行程行太久，忖忖思思未以知杨柳。不作杨杨和柳柳，人间第一皇城首。

67. 又

不道人人何饮酒，李白知章，误了先生口。作了诗人天下走，当然醒醉知无有。白首青丝么白首，捞月当涂，成寇成王手。天子呼来天子否，华清一句华清朽。

68. 又　赠丁爽、丁旦及第

一跃龙门兄弟路，及第声名，不问谁分付。步入人门成入步，平生日月文章度。白马青云天上住，世上枯荣，仄仄平平故。唐宋诗词和曲赋，尧舜天下应如数。

69. 满庭芳

一半知音，知音一半，一半人出自诗书。高山流水，已是故樵渔。不是子其

不语，天地上，无伯牙居。应回首，文君已老，未肯问相如。当初。何一半，倾倾慕慕，俱是云舒。而云云雨雨，彼彼予予。处处卿卿我我，汨罗水，楚楚三闾。龙舟去，诗人子弟，自好是头颅。

70. 又　上元缺月

一望前川，三生旧路，上元未了团圆。中兴谁待，岁月不经年。半见江南草木，临安水，月作婵娟，长安月，弦弦缺缺，八水不空泉。梓田。知，枯荣物象，未问神仙。叹岳飞秦桧，谁在三边。六合湾似海，来去问，富春江天。钱塘岸，春春夏夏，回首破冬天。

71. 又　梅

香遍西湖，杭州香遍，远近香遍江都。问林和靖，鹤子梅妻无。先是东君不语，寒冰雪，未见扶苏，平添得，情姿傲骨，一半以姑苏。春风先得意，红颜互粉，一半花奴。到了寒人食节，见得村姑，香雪海中又见，冬梅去，付了飞凫，春梅至，群芳会萃，这才叫东吴。

72. 柳梢青　和清明

集序兰亭，一看不足，三吟不足，见见吟吟，百看无厌，群英相逐。几何最是秦王，辨才误，知音似玉，何已收藏，是非桃李，人间相续。

73. 菩萨蛮　贬夜郎

武陵不似江陵渡，夜郎已是刘郎路。却是一花途，莺啼呼念奴。成林何

独树，草木无朝暮，日月可扶苏，枯荣成有无。

74. 浣溪沙

薄薄春衫半秀纱，弯腰拣取一梅花，残香只向两人家。玉首低时回玉首，红楼约了故风华。知君见得向阳霞。

75. 又

唤取群芳你我他，春梅接手腊梅花。枝枝插入玉人家。香雪海中香雪海，千红尤紫天天涯。寻寻探探访天华。

76. 虞美人　辰州上元

辰州一半元宵节，一半阳春雪。莲灯走马逐形踪，社稷江山天下问开封。银花火树无圆缺，闪闪明明灭。芙蓉出水一芙蓉，静静旋旋不止，女儿从。

77. 桃源忆故人　一名虞美人影

花黄一片清明雨，留得东君且住。柳岸运河舟去。未了人间路。青云舒卷无朝暮，天下步，高低分付。不可不潼关渡，便是长安路。

78. 醉花间

白雪阳春春自早，梅花应已好。香气已袭人，惊起池边草。老翁如此笑，步过长安道，少年看却老，与时隔代几何闻，古今多，今古少。

79. 醉花阴　梅　并鼓子词

不在花荫不可归，梅花带雨已霏霏。衡阳有雁回青海，向了阳关怯不飞。早早已向东君面，岭上香已遍。人

在醉花阴，收拾残妆，记取群芳院。太真未了华清恋，再向长生殿。出水一芙蓉，醇明皇，白雪红梅见。

80. 又　四吕郎中，上三品下五品

长安来去长安路，怯晓多少雾。一步一天堺，三寸三思，不得何分付。郎中何以知朝暮，五品丞相顾，四品对中央，老去三品，六曲谁人误。

81. 雨霖铃

长安朝暮，渭泾流水，日月如故。黄河古道南下，潼关汇合，朝东流去。见得中原逐鹿，也知唤风雨。水月草，多少青云，一半江山去来误。秦皇汉武隋炀妒，好头颅，以运河倾付。开元岁月天宝，安史乱，雨霖铃处。忘了骊山，天下，玄宗不再由主。苑殿院，多少文章，不作梁园赋。

82. 鹊桥仙　雪

天山白雪，江湖白雪，一半梅花白雪。阳春白雪，半阳春半白雪，阳春白雪。风华白雪，云烟白雪，一半江河白雪。中流不住农冰川，望远近，明明灭灭。

83. 感皇恩

先是望龙门，金题高就。水阔何时候，星斗。两行行迹，成一字文章秀。人人如及第，盈红袖。记取状元，曲江俐守。天下知钱缪。天阃。十三州我，第一是人生句，海棠花谢也，人清瘦。

84. 又

桂影玉婵娟，谁应携手。独占君心一人口。素娥难问，子夜后，谁知否。广寒宫里住，凄凉久。古今一袖，长长羞羞走。凭借吴刚伐桂手。不空君望，后羿无须相守，这几何，无回首。

85. 又

蜀楚一巫山，瑶姬神女，独断瞿塘半云雨，在高唐住，宋玉等闲官渡。为谁心所记，何分付。似情似语，如来如故。无数无朝又无暮。送轻舟去，十二峰中倾许，水月沮，花草色，多飞鹜。

86. 寰海清　上元

知春上元，上元灯火，一夜如年。无隔彩戈走马，明月长圆，莲花有荷叶，风光里，旋转向，成流江船。流苏外，女儿妍，不个甚，晚妆独特妖鲜。相约清阴，碧玉只在桥边。天街也是从此去，只由情，步步前川，只当从国色，过朱门，见婵娟。

87. 浪淘沙

腊月腊梅花，白雪梅花。群芳尤紫半梅花，香雪海中春早绽，六瓣梅花。先作一冬花，再作春花。终终始始是梅花。岁岁年年先画见，处处梅花。

88. 好事近　茶

起落半沉浮，一碧玉不分朝暮。淡淡浓浓先后，不知谁分付。远泉井上水中流，一半似云雨，一半殷勤儿女，三杯当倾许。

89. 解佩令

汉皋神女，交甫相遇，知解佩，和花朝暮，四围清风，明月光，广寒宫树，婵娟梦，那不是娥分付。湘江两岸，黄河南度，渭泾流，潼关如故。不似陈王，过洛水，汨罗江鹜。送人行，有情步步。

90. 薛式

西江月

臆守丹田臆守，玄机自得玄机。相依玉石玉相依，就就成成就就。首首心心首首，非非是是非非。微微步履步微微，知否三清知否。

91. 又

一半丹炉一半，玄天一半玄天。神仙一半是神仙。一半人间一半。一半三清一半，虚元一半虚元，**繁繁简简自繁繁**，一半空空一半。

92. 又

石玉金丹石玉，青龙白虎青龙。风风火火风风，意意玄牝意意。曲曲三清曲曲，终终始始终终。红红银汞液红红，地地天天地地。

93. 又

一亩天田一亩，三元再造三元。源源不断是源源，诞诞生生诞诞。处处黄芽处处，**繁繁简简繁繁**。龟元龟静气作龟鼋，近近遥遥远远。

94. 又

卦卦仪仪象象，阴阳一半阴阳。三

光有日有三光。只度三台俯仰。妙旨希夷妙七日，中央鉴破中央。蓬莱列岛是仙乡，上上真人上上。

95. 又

日月相交离坎，乾坤互界阴阳。三皇五帝半圭璋，一寸之中一丈。四象两仪八卦，古今演易思量。青龙白虎一心乡，咫尺方方丈丈。

96. 又

九九三三九九，刚刚一半柔柔。炉炉火火作春秋。是是非非知否。有有无无有有，沉浮上下沉浮。羊牛不是不羊牛，白首仙翁白首。

97. 陈克

临江仙

上下五千年上下，中文博大精深。诗词字句木成林，今今非古古，古古是今今。
穿越回归人与不，知音不是知音。弦弦曲曲曲琴琴，不言正史言心，不言野史瞬间寻。何真真假假，几去去临临。

98. 又

正史当然无正史，谁修自是谁声。成成败败作人情。枯荣由日月，草木两云萌。野史当然无野史，谁传未是谁成。繁繁简简总难平。何知何一瞬，不见不身明。

99. 渔家傲

鼓瑟湘灵流竹泪，苍梧草木留相思。俱是唐尧天下治。天下治，二妃如

此情情寄。九派九巍山下志，疏通六渎秦淮泗。天下山峰山岭赐，山岭赐，只因有鲧纵横异。

100. 浣溪沙

半寸相思十寸恢，三生旧步一生回。相催日月久相催。腊月冰寒冰傲骨，挺挺白首雪冬梅。群芳丛里见春梅。

101. 又

玉树婆娑玉树单，秋风落叶半宫寒。重阳子夜月弦冠。木色中泱中色木，波澜不起波澜。长安一路一长安。

102. 又

一滴珍珠一滴波，芙蓉出水作风荷。根根露出白姮娥。作得莲蓬多结子，心中一半虽情歌，秋风起兮净干戈。

103. 又

百草春来百草青，三春尽后半浮萍。谁知水下一根宁。自以东君来去见，莲蓬结子有流萤。重阳落叶带心听。

104. 又

壁纸幽幽半不明，孤衾冷冷一思情。应知暖暖手心生，最是床中床枕少，婵娟作月不同声，呼来作伴未呼成。

105. 摊破浣溪沙

一半滩头一半花，三间石屋两间斜，寒冰白雪腊梅花，入人家。独自成香作四象，群芳百草到天涯。千姿百态自无遮，一春华。

106. 谒金门

杨柳岸，谁向运河兴叹。一半长城

南北散，何年何已断。一半隋炀一半，已见楼船汉，水水山山文化看，谁人今古判。

107. 又

柳丝碧，制得青团寒食。莺语温温花寂寂，玉阶春苔湿。无知清明无力。心思几何凭得。灯火不明成影壁，雨檐三两滴。

108. 又

影不定，雨里有人相听。君知君大乘，君知君小乘。自敲如来石磬，处处时时心宁。自以观音观一径，如来如去应。

109. 又

春草绿，已是无拘无束，自以天空天地属，年年春一曲。委委纤纤似玉，岁岁年年续续，若是人生人不足，明年何所欲。

110. 又

长安路，尽了人生朝暮，背井离乡何自主，书生书所误。向背父母所顾，自以前行如故。夕落朝升阳一义，谁知谁不付。

111. 又

人生路，草木枯荣如故。去岁今年明岁度，人人同异误。若是无心无顾，父母弟兄相互，还有夫妻儿女付，志名何所付。

112. 又

春天草，一半是秋天草，岁岁年年都是草。前川前草草。来去人间草草，

82

读日月，何应草，草草率率谁草草，耕耘耕草草。

113. 又

何多少，事事人人钞。瞬瞬时时何不少，思思多不少。古古今今多少，去去来来多少？处处无穷无不少。言言行不少。

114. 又

何不了，岁岁了了，草草花花多少了，人人谁不了。始始终终了了。以目双平生了。不了人情人不了，平生平了了。

115. 虞美人　祈雨有感

天公不与人间雨，取水驱车女。钱塘不忆是东吴，六溇连江连浙草扶苏。天公不与人间雨，历历辛辛苦。千千旱旱近江湖，已是天灾人祸并时殊。

116. 又

回头不是回头别，只是梅花折。风流足迹使人猜，止止行行反复自徘徊。去年这里多云雪，今日春花节，明天这是竞春梅，香雪海中如何不知来。

117. 又

冬梅去了春梅节，白雪消融别，青团二日是清明，百草群芳六合满青英。江湖留下天山雪，作了姑苏节。东西山上洞庭明，六溇相连江浙自枯荣。

118. 菩萨蛮

姑苏最是姑苏暮，小桥流水洋洋误。碧玉满东吴，声声由念奴。运河南北渡，柳柳杨杨树。同里有村姑，会稽无丈夫。

119. 又

赤阑桥下轻舟直，酒亭旗市多颜色，已是静干戈，汨罗留九歌。楼前娇不力，曲后声情得。不问楚秦娥，山河山不河。

120. 又

浓浓淡淡人间酒，红红白白梅花柳，春在柳枝头，梅花情似浮。桃花桃似手，小杏当如口。一日一风流，三吴三靠舟。

121. 又

桃花入了东邻院，梅花去了东君殿。日色五湖天，香风三界边。长洲长一见，同里同吴面。都是运河船，江都花百妍。

122. 又

西湖柳浪闻莺路，瀛洲水岸乾隆渡。天下一江都，运河千里图。钱塘钱自住，同里同云雨，六合富春江，杭州湾里邦。

123. 又

人间史史应回首，运河处处知杨柳。六合塔前流，三吴天下舟。非杨杨柳柳，是柳杨杨柳。易帛作沉浮，隋炀何所求。

124. 点绛唇

随了东君，冬梅去了春梅问，唤来群奋，近了桃花运。处处斯文，百草千花近。清明郡，有姑苏韵，只在吴门酝。

125. 好事近

草木一枯荣，已在人间明灭。去岁今年相似，广寒宫圆缺。来来去去是功名，处处有蓬别，唯以诗词留下，此生千秋绝。

126. 千秋岁

年年靠得柳杨岸，年年别了心思乱。岁岁东君，春来春唤，莺莺不断红娘断。梅花自以疏香散，钱塘楼外楼中看。绿水红桥，运河湖畔，西施总是游人叹。

127. 鹧鸪天

一半阴晴一半明，三光世界一光荣。人间草木乾坤社，世上功名进退成。千万里，两三声。山山水水久无平。身情不尽自情尽，去去来来是纵横。

128. 又

一树荫荫一树经，五湖夕照五湖风。黄昏处处黄昏色，半对荷塘半对空。何暮晚，夕阳穷。原来已向远峰终。无知是昨今明日，不是相同是不同。

129. 又　面向海洋

一水流流一水平，平中自是久无平，汪洋大海波涛起，不是沧桑不是情。虾蟹鳖，贝鱼鲸。深深浅浅各相生。人人向此求生命，百岁其中百岁赢。

130. 豆叶黄　一体　仄韵

暮暮回归，朝朝上路，学生学前行，行止不住。步步中生应步步，一字一如故。春花春草，真性分付。树上沉云，云中落雨。已秋豆叶黄，千百度数。不是逍遥自在赋，结一粒明珠，金丹玄玉，天上辛苦。

131. 豆叶黄《词律辞典》载忆王孙，陈克此也。忆王孙四体

萋萋草草忆王孙，柳柳杨杨未锁门。杜宇声声雨断魂，已黄昏，寒食清明入山村。

132. 又

春秋一岁一春秋，不是高低水不流，却见渊明屈何首，弃弦头，五柳村边日月休。

133. 鹧鸪天　阳羡竞渡

楼外楼前一渡舟，临安城下半王侯，春秋岁月春秋度，汴水开封六渎头。知汴水，去来流。隋炀留下十三州。南南北北长城界，唯有江都论不休。

134. 浣溪沙

小杏墙关一点红，青梅熟了半无风。桥边碧玉两由衷。已是清明寒食后，桃桃李李不空，梨花结子问西东。

135. 又　阳羡上元

岁岁三元月月圆，寒宫一兔过长天。嫦娥不去作婵娟。是马灯前灯火路，书衙正字两书田。明明夜夜减弦弦。

136. 减字木兰花

父母白首，弟弟兄兄君子口。日月沉浮，钱缪如今四十州。今吾白首，照旧河边杨作柳。作了江流，不是江楼也是舟。

137. 临江仙秋夜怀人

十八书生书已始，年年数尽方圆。诗词格律作神仙。人为人未了，事业事难全。今生今笔至，八十一人眠。

138. 清平乐　怀人

怀人怀己，朽叶西风起，落照苍烟天地里。越越吴吴如水。运河杨柳微微，南南北北鸿飞。何自来去去，心心上下扉。

139. 鹧鸪天　寄友人

白苎红妆一雪儿，情褐褐半兰芝。小桥碧玉多流水，百态吴门五百姿。同里岸，太湖池。相思似我是相思。黄粱梦里黄粱梦，日月原来日月迟。

140. 南歌子　毛翰林席上

子夜加红烛，西厢立翠娥。牛郎织女望银河，两岸南琴南北几穿梭。只要泪罗水，何须唱九歌。人间只要静干戈，一曲年年月月算何多。

141. 又

社稷山河问，社社稷稷梁。山山水水半河乡，逐鹿中原秦汉久炎凉。木木林林见，亭亭路路长。侯王作得作侯王，日月天光日月一诗章。

142. 又　崔颢黄鹤楼

北国山前寺，西津雨后光。秦举证两岸水家乡。半在金陵城下半天章。一步台城路，三声日下堂。六朝已去自兴亡，李白吟诗八句凤求凰。

143. 又

白日三春暖，黄花八月凉。茱萸九日九重阳。五柳桃公篱下有文章。秦汉桃源洞，隋唐六典荒。郎中四品半名扬。历尽平生日月一诗王。

144. 又

十里东城小，千年射虎乡。李陵李广李家扬。败败成成败败是非常。古古人人老，今今事事长。平生处古作脊梁，是是非非是非尝。

145. 又

早早吴蚕卧，纤纤楚女扬。丝丝步步半兴亡，舞舞丝丝多少，帝王乡。下里巴人曲，阳春白雪堂。丝丝作蚕对炎凉，步步行春步步向侯王。

146. 又

日月催寒食，清明问暖天。居心上下上秋千。一举难平梁栋向低弦。见得青梅雨，寻来小杏烟。江南处处是婵娟，陌陌阡阡社稷好桑田。

147. 虞美人

风花雪月何时了，卟迹知多少？江都碧玉小河桥，弄玉声声月下教吹箫。运河不了隋炀了，日下人人老。今今古古女儿娇，去去来来成败似江潮。

148. 朱敦复

双雁儿

人生天上无名，进中士，作精英。今今古古，年年岁岁，何朽何荣。几时未与高低见？进退行，曾事倾城。方圆尺寸，也思也量，纵纵横横。

149. 朱敦儒

聒龙谣

何问洪崖，已知子晋，梦里不分朝暮。舒卷层霄，这人间如故。有成败，多少功名，问荣辱，几回分付，这江山，社稷阴晴，广寒宫，几曾度。天高上，地深重，一半乾坤计，无须回顾，青城路远，水榭运廊步，似瑶池，谁见神仙。是楚岫，已到官渡，莫回头，过了巫山，以谁神女。

150. 又

相约瑶台，八仙不去，五百载里盘桃故。红白相间，这谁怜回顾，石成汞，炉里金丹，几朝暮。不为如数。向玄虚，岁岁年年，自三清，百千度。听龙啸，见虎步，不是英雄许，当然云雨。元元本本，对立阴阳苦。似蓬莱，谁问王母，是汉武，愿已相许，这原来，已是人间，以情分付。

151. 雨中花　岭南作自述

故事当年来去，暮暮朝朝，何至何求。见高山流水，日月春秋。曾法兰西特使，不知风月沉浮，一人当决策，三界雄怀，侧畔沉舟。山村白雪，似烟如冰，农家以此丰收。何必问，古今成败，水调歌头。晓得梅花三弄，郎中四品退休。个中是我，居中日月，春了长洲。

152. 水调歌头

七十诗词主，八十过春秋。人生二十伊始，读不作京流。北京钢铁学院，毕业鞍山十载，翻译德英修，调入冶金部，联合国家求。农成业，工成业，电脑筹。第三浪潮惊世界，倒转回头。信息技术网络，再造人间知认，日月再沉浮。八六年前后，我已认皇州。

153. 又

八八文章著，八八作精英。人为事物清正，北海向南名，经济研究中心，统教计经科委，秉公办事中盟，穆罕默德使，教化来京城。三浪潮，由电脑，信息城。当年世界重布再组是新荣。自以工农为本，海海洋洋远近，日月有新盟，人类从头始，不可自平平。

154. 又

五品郎中客，四品退休名。高才一品天下，八八作精英，自是农民弟子，回首庸庸碌碌，官场未求荣。土地父母教，子粒有枯荣。历圆缺，经荣辱，不功名。诗词格律先后，日日苦耘耕。六十年中三十，八十年中六十，日日不停行，古古今今著，盛典已成城。

155. 又

日日应知日，岁岁见春秋。老来方问杨柳，六渎运河舟。汉武秦皇相经，南北长城分界，误了牧羊牛。最是空城计，三国晋方休。何征战，司马见，作玉侯。残兵败辛琴里一帅自求。胜者人思天下，不必成成败败，作作杞民忧。如此如曹丕，俯仰问皇州。

156. 又　对月有感

七宝修成语，九秦去来悬。广寒宫殿明灭。不似作婵娟。命以吴刚伐桂，不许蟾蜍玉兔，可得月方圆。三日三弦易，一月一长天。嫦娥问，长袖舞，自弦悬。天公上下规定，日日不全全。十五难成十六，古古今今古古，此事总难干。地地天天在，陌陌共阡阡。

157. 又　中

回首平生故，上下自居中。退休日月前后，四品老郎中。五品何无不可，九品半分半合，正付始成中。草木枯荣里，见历苦行中。行南北，知繁简，书文中。中庸之道，贫富左右见人中。已过诗词十万，自以优优劣劣，但以四成中。若以精工约，格律始终。

158. 风入松

又

高低一半是居中，贫富半居中。中庸不尽中庸致，一居中，一半居中。前后中分前后，一半居中。不偏不倚自居中，五品是居中。功业居中见，左居中，右也成中。正道中庸正道，

85

平生步步居中。

159. 桂枝香

三清六府,小泉细细流,无止成浒。枫影悬霜,不禁去鸿落羽。明霞洞窅玄虚步,只宫商。哪些似鼓。石丹何别,黄芽浅约,仰闻天宇。另有花园草圃。一岁一枯荣,千百年土,雨雨云云,来去去来成古。好知瑶池风月。八仙闻,盘桃金缕,五百年后,蓬莱再会,一神人主。

160. 水龙吟 三十一体

一生难尽,书生路,三叠唱阳关暮。楼兰不远,交河落日,玉门关入。同意同行,移情别见,英雄无主。以临安进退,浙江吴水,望长安,何分付。不自多愁多感,万人中,可前前顾顾。中原日月,山河草木,沈腰云雨,潘鬓东君,殷勤成步。谁来朝,又是书生一路,如故如故。

161. 又

一言难尽梁州路,天下古今分付。江南塞北,文韬武略,剑书相顾。千万之中,风花雪月,临安临渡。有西湖柳浪,白堤桥断,娶梅妻,三潭鹭。不必多愁多感,岳家军,拨开云雾,和和战战,成成败败,正气如数。多少江山,千秋功业,只须倾许。社稷在,自是中原草木,重阳和煦。

162. 念奴娇 十三体

五湖有允,一吴南北去,同里朝暮。步入西山,拾得见,一叶寒山如故。记得巢向,唐陶尧舜,治水谁辛苦。家门三过,纵横阻导分付。谁问鼓瑟湘灵,斑斑竹泪,已成经年雨。一半君山,有楚客,多少风流歌赋。夜雨潇潇,秋风肃肃,万里江山路。鲈莼应好,故乡不在家度。

163. 又

行行止止,望江湖,前后人间无度。孤独不知天下事,处处横塘云雾。岸草纤纤,兰芝蕙芷,古古今今故。溟淞流去,短亭原是处处。当入琼阙天台,荒山野岭,竹色梅香赋。不论春秋谁五霸,杨柳隋炀分付,六溇三吴,运河船往,俱是天堂路,几时归去,拾取一半烟雨。

164. 证婚

贺女(佳丝)朱男(曦宁)我证婚,同心一意共乾坤。金陵自古秦淮岸,柳柳杨杨济水恩。

165. 鹧鸪天 国家决定1989—1991"中法地铁外交",中国特使吕长春驻法大使周觉。法国特使戈玛蒂·白郎,驻华大使马洛寄王荣炳市长

一日秦淮十日雄,金陵盛晏夕阳红。南京市长王荣炳,法国戈翁(玛蒂)特使功。天下事,去来同。和平共处共由衷。兴修地铁成交道,世界繁华始不终。

注:南京市地铁办主任彭长生
全国地铁办主任吕长春

166. 又

东流万里,与沉沉沧海,相连一水,是水当然非是水,淡淡咸咸为止。一路江山,四方洋海,知问何原委。类人人类,向沉求食求鲔。忧杞。地地天天,海洋洋海,多于七分倚余,下三分纯土地,应作田园行止。北海南洋,鱼鳖虾蟹,补作人间冢。人方源资,天翁元自如此。

167. 又

吴淞归海,只由江湖望,东日西沉,秋又重阳黄菊色,知夕时老人心。玉斧为谁,唐标如许,宫阙已寒深。诺知天外,物时朝暮何吟。英雄何处登临,心随流水,向低可成浔。事与人非,高不就,来去去知音。不是知音。罗巾余赠,尽日误弹琴。故而回首,已然古古今今。

168. 又

半云半雨,半阴晴,门内门外姑苏。雾雾烟烟,同里岸,运河感泽三吴。船过江都,丝绸绵帛,笑语向罗敷。夫差勾践,剑池可忆两湖。楼上不断书儒,留园留下,退思退人孤。是是非非,多少路,谁老谁少谁殊。日日珍珠,前途前去,人在一浮图。赔骊山处,太真回首飞凫。

169. 又

如如故故,后庭如花故,隋炀一帛,修运河,杨杨柳柳,过了千年方会。有了钱塘,水流吴越。天下天堂住。雨云云雨,小桥流水分付。无数。

见了姑苏，会稽西子，何以分朝暮。风入芦花船不断，来去江都云雾。一片箫声，瘦西湖岸，琼花何许，胜似长城垆，人方长梦，苏杭原是一路。

170. 又 垂虹亭

轻舟一水，步垂虹亭上，黄昏十里。同里英江杨柳岸，与运河相比。叠叠重重，一波三折，楼下云中姊。紫箫长笛，细言轻语桃李。凝视。浪击长空，一线潮涌，何以钱塘止。天下风云皆在此，知有英雄豪士。隐
à鲸龙，兴波作浪，不是天公意，人生如梦，黄粱如此如彼。

171. 苏武慢《词律辞典》无此体，以苏武令之

塞上风霜，云中秋草，惊叶落渔阳早。一箭阴山，飞将军在，敕勒川前人老。念白衣，征路荒原，归黄阁，已功多少。谁可问，我是刘郎，长安今故，未得五陵年少。花后月前，羞容惭色，燕然几须渺渺。以诗词十万，耕耘天地，上天飞鸟。

172. 木兰花慢

是风风雨雨，已萧索，晚初情，问战战和和，荣荣辱辱，人去留声。身名。故臣故国，一河三曲一字难成。空遣秋霜塞外，寸心永定河倾。皇城，远近燕山，行旧路，举红缨，念汴水开封。长安日色，泾渭书。芳英，向回首处，自重阳九九一和平。赢得今日铁马，江山社稷明明。

173. 又 和师厚和司马文季虏中作

见燕山草木，已今古，自幽幽。一岁一高低，荣荣朽朽，日月岁春秋。春秋。有来有去，雨云中不以帝王侯。由是阴晴，易成易央，满了神州。神州。夏至立冬留，不知有何求。一诺事皇忧，易水荆轲，杜断房谋。房谋。唐标铁柱，宋挥玉斧，大理知刘。已是渔阳永定，莫怀老泪空流。

174. 洞仙歌 四十一体

今年去岁，又是明辰雪。不尽风云几圆缺。三百六十日，复复重重，来去见，处处风花又别。梅妻陪鹤子，只在西湖，和靖先生情绝，不计古根松，水冷潭，木遮月，明明灭灭，一阵风，天下共观音，野叟已长歌，向谁优劣。

175. 又

红尘利禄，总被身名误。一半人生两三路，有春花秋月，也有年华。留不住，日日朝朝暮暮。郎中三五品，一字当天，除了黄金向何住。处处问渔阳，问燕山，问天下，风云普渡，已老成，荣辱已回归，更唤起春秋，向心分付。

176. 又

冰花霜月，有冬梅分付。知道东君注春水，向江南江北，日月通融，寒江暖，杨柳当然先许。多情多百草，绿在黄中，最是群芳待朝暮。只得一春梅，共了同情，只做昨香雪顾。

已不是，近寒食清明，谁无见，其中有了春雨。

177. 满庭芳

入得人间，婆婆未去，不可作得婆婆。知儿知女，见一一江河。逝水先流后继，东方向，曲折多多。经山谷，经泾渭水，久久见厮磨。清平知盛世，人前草木，岁月田禾。这农家阡陌，端午汨罗，争以龙舟百舸，争先后，只唱山歌，三闾楚，燕山射虎，只要静干戈。

178. 又

一半姑苏，一半杭州，运河一半天堂。钱塘今古，合了富春光。上得江都郡，同日月，共了文章。芳菲处，杨杨柳柳，四面四凝香。凝香。寒食节，黄花遍地，碧玉衷肠。采得桑叶嫩，见得蚕仓。只是相思不久，丝已见，茧日方长。天天问，潘郎不远，这里是巢乡。

179. 满江红

过了渔阳，永定水，云中一路。我来后，岳家军，净胡尘暮。一字人生人一字，精忠报国精忠付。上朝廷，下铁马金戈，英雄住。日月始，天地赋，兵帐里，人生步。这生生死死，只人生度。已上天仙天有语，江河日月江河顾，此行营，下令是临安，何如故。

180. 风流子

青团已作得，清明近，足见小桃春，有红有白开，蕊心颜重，只为生子，

四面围护，花瓣当真。却寒食，在绵山绿处，知晋耳效颦。芳草有情，夕阳无语，故时人事鹰犬尝因。运河多杨柳，钱塘少日月，一半经纶，阴了又晴云雨，儿女相邻。这阴晴一半，分分合合，朝朝暮暮，无匀无均。桃李不知时候，谁付红尘。

181. 望海潮

江南杨柳，钱塘草木，西湖一半山川。南北断桥，东西两岸，三潭印月分船。保俶在天边。水平轻舟静，四面云烟。最是瀛洲，芙蓉出水入人田。钱塘八月潮悬，有盐海啸，俯仰云泉。鲸落蟹飞，波涛不定，人人作得神仙。过去已经年。重正旗鼓阵，再过前川，这江东日月，只以凤池宣。

182. 胜胜慢 兼沈阳付市长与武迪生市长，戈玛蒂特使宴

红炉当火，雪雨冰纷。沈阳北陵衣均。三尺窥窗，寒气楚楚逼人。无须远近寻觅，禁全城，车马归秦。无同轨，有美人呵手，重裹罗巾。莫说梁园往事，我非是，越溪访戴闲人。市长迪生真意，荐以中臣，四品郎中暂借，学为民。地方官场，依然是，自行知，心上民。

183. 菱荷香 金陵

六朝城，石头天下水，一代又更，宋齐梁武，佛祖以此功名。秦淮故旧，紫金埋，古细今轻。人只问莫愁明。金陵岁月，二世犹惊。已是钟山龙虎斗，有徐霞问水，云雨相倾，凤凰台上，李白赋尽诗情。不言黄鹤，

总不是，向夜郎行，成成败败何赢，人生未了，是永王珉。

184. 沁园春

八十精英，格律诗词，已步老翁。自依然日日，每天七首，耕耘不缀，毅然成风。太守文章，渊明篱下，千古功人毛泽东。天下路，一字南北见，万里飞鸿。辽东不是山东，却见证，胶东创关东，祖父凭此绩，开源田亩，医人治病，造福无穷。铺路修桥，始始终终。最是行行步步中，坚持久，以年年日日，作得诗翁。

185. 卜算子

登高问远，人近意遥，望不尽长安路，作得书生，已是古今朝暮。逝江流，社稷江山度。一步步，行行止止，如故不是如故。昨日当今顾，梦后是明晨，这天天数。雨歇云飞，一便巫山神女。下江湖，不可人情误。一字得，庙堂万咱，以忧心分付。

186. 醉春风

日日三元洞，情情君入瓮。独孤无客一文翁。梦梦梦。炼得金丹，梅花五弄，汞铅朝风。碧简承新宠，紫微恩露重。当然无可草堂空。送送送。古古今今，一波千折，不分梁栋。

187. 踏歌

柳柳，运河边，不可平生酒。少年愁，步步寻朋友。又中年处处红酥手。白首，问隋炀，水调歌头否？这船左，

又见那船右。过了江都泗淮重九。四顾旧，梦父母。何相见，地下听君口。遗憾到他时，彼此行踪守。总难如在会娘舅。

188. 鹊桥仙

溪清水浅，梅红雪白，已是阡阡陌陌。东君带了牡丹来。碧绿色，田田麦麦。溪流长远，梅呼诸客，已是风流九脉。东君云了百花开。香雪海，恩恩泽泽。

189. 又 十月黄菊

重阳过后，杨杨柳柳，叶叶枝枝如友。黄花晚了问茱萸。天下望，轻霜未否。形形色色，足足首首。处处行行走走。人间正道是知儒。岁月里，无无有有。

190. 又

人生如梦，人生如梦。去去来来如梦。沉浮世界自沉浮，日日里，如如梦梦。升升如梦，迁迁如梦，止止行行如梦。成成败败已成成。是非是，如如梦梦。

191. 又

来来去去，朝朝暮暮，是是非非处处。行行止总行行，岁月路，生生度度。人人事事，今今故故，败败成成步步。荣荣辱辱已荣荣，地天上。

192. 又 饮酒梅花下 自述

平生不酒，平生不酒。只有诗翁玉口。十三万首今诗词，一世作杨杨柳柳。如今白首，如今白首，李白知章朋友。神仙一半是癫狂。格律守，工精左右。

193. 又 和李易安金鱼池莲

鸥鸥鹭鹭，鱼鱼藻藻。应是相邻友好。

鸥寻食物向鱼雕,两世界,池深了了。
飞飞落落,潜来影影。各自花花草草。
空空色色一空空,岁月里,迟迟早早。

194. 临江仙
西子浣沙溪夕照,黄昏留下身形,
沉鱼落雁作丹青。夫差娃馆在,五
寺已浮萍。自以卧薪尝胆见,吴吴
越越图图。羞花闭月问湘灵。如来
如去见,一路一长亭。

195. 又
只在天平娃馆舞,剑池一诺平生。
吴吴越越是身名。夫差夫所立,勾
践句其荣。点石生公头点石,虎丘
列阵孙名。和和战战久枯荣,沉鞭
沉不得,柳浪柳闻莺。

196. 又
破镜重圆重破镜,隋唐演易隋唐,
天堂一水一天堂。情人情不尽,九
忆九桃姜。战战和和明日月,合时
始见天光。夫夫妇妇靠衷肠。同林
同是鸟,共住共飞翔。

197. 又
月夜中秋中月夜,嫦娥不作嫦娥,
牛郎织女问天河。寒宫寒玉树,桂
子桂婆娑。后羿人间人后羿,汨罗
屈子汨罗。三闾不断楚辞歌。重阳
重九后,再主再人和。

198. 又　自述
一半书生书一半,人田一半人田。
平生不在酒家眠。诗翁诗日月,李
白李当然。十二万诗工格律,青莲

不过三千,当涂捞月入长天,永王
何永橄,郎过夜郎前。

199. 又
日日年年年日日,新生八十新生。
诗词格律作英明。全唐诗写毕,小
半宋词城。读学声声吟不尽,经经
历历儒行。周游天下读书情。成林
成草木,口味品阴晴。

200. 又
一路行程行一路,人间如是人间。
关山不似旧关山,三天三世界,半
水半河湾。已去阳关阳已去,荒原里,
月芽湾。骆驼不过鸣沙山。蜃楼蜃
已尽,海市海云还。

201. 又
一物虚空虚一物,三生步步三生。
姑苏总是半阴晴。云中云有雨,雨
里雨无晴。草木枯荣枯草木,台城
总是台城。六朝已去六朝名。梁家
梁武帝,已世已心平。

202. 鹧鸪天
草草花花日月年,云云雨雨水源泉。
天天地地乾坤界,海海桑桑处处圆。
无咫尺,有心禅。如来似去守丹田。
人生不以人生觉,且以观音事事莲。

203. 又
草草园林满洛川,王公未问大臣边。
石崇见得无金谷,何以铜驼柳不眠。
无日月,有云烟。阴晴一半一桑田。
道人还了鸳鸯债,碧玉珍珠建武年。

204. 又　西都作　自述
只是西都日月郎,文章太守不猖狂。
诗词格律成今古,未敢言言称豫章。
无草木,有黄粱。寒梅唤起百花香。
运河两岸长城问,先先后后一洛阳。

205. 又
一曲梨园绝代声,霓裳尽了羽衣情。
李家自有夫人女,半在天姿半在英。
无日月,有枯荣,今今古古唱各平。
临安有了长安物,象象仪仪八封生。

206. 又
独见梅花作雪飞,群芳不尽百花归,
阴晴一半云烟雨,被被衣衣卧不违。
梨树老,玉心扉。夫人在上女儿微。
香香色色香香近,满目春光映日晖。

207. 又
渭渭泾泾半水清,潼关合作一阳明。
黄河曲曲湾湾水,留下中原草木荣。
壶口落,向东营。千年万里有无声。
周朝秦汉隋唐去,铁柱标头玉斧情。

208. 又
一半桃桃李李天,杏花落了子初圆。
小荷有了尖尖脚,柳浪闻莺可隔年。
西子岸,虎跑泉。梅家坞里有茶田。
碧螺春色龙井色,只可杀青不可眠。

209. 又　许总管席上
一半寒宫一半圆,三千弟子女
三千。何分坐立何分色,百态身姿
百态妍。明月落,作婵娟。金钗落
了入丝弦。依依就就由心起,不在
梅边在柳边。

210. 又

十五三元月正圆,何如隔日更圆圆。
弦弦日日嫦娥守,有了婵娟有了圆。
天淡淡,月圆圆。今今古古已圆圆。
弦弦隔日应加减,十五方知十六圆。

211. 又

一半红尘一半红,三秋落叶一秋风。
神仙只有瑶台路,去去来来俱是空。
巫峡水,向巴东。云云雨雨有无中。
襄王宋玉瑶姬问,暮暮朝朝总不穷。

212. 又　劝酒

一酒相倾,一死生,甘甘苦苦半无明。
醒醒醉醉无知道,辱辱荣荣已不名。
悲自笑,怒难清。回来不记去时惊。
当然再饮当然忘,一二狂言一二声。

213. 又

一酒何成半酒名,三生去了两生平。
前朝有个陶元亮,解道醒醒醉醉行。
成败误,辱荣倾。因因果果醉时平。
昏昏恹恹沉浮去,不在人间不是声。

214. 又

李白知章半酒名,金龟换得一交情。
夜郎自大刘郎去,已醉华清力士惊。
天下计,永王行,书生本自是书生。
当涂潦倒当涂月,未了三千弟子声。

215. 又　康熙御制全唐诗五万首,全宋词一万六千首

古古今今不饮名,诗词格律作精英。
十三万首全唐宋,独自孤人独自成。
烟不可,酒无倾。耕耘日月日耘耕。
每天七首音韵守,只作平生是一生。

216. 木兰花　自述

平生一半皇城路,专家一半官家度。
专家计算机中主,四品郎中官已暮。
工农业后三浪潮,信息时兴新网顾。
退休三十载诗词,六万佳成七万赋。

217. 又

人生步步人生路,前行日日前行赋。
诗词不断计天天,前前后后经年度。
文翁两万八千日,日日方成方止步。
不知朝暮误阴晴,未见人间云又雨。

218. 蓦山溪

阡阡陌陌,作得江南客。水水亦山山,战是和、朝廷作策。英雄自在,逐鹿一中原,天下泽,太平帛,雪雪梅梅白。临安一脉,不是长安脉,不是古皇城,三千里、常财北隔。精英用武,也剑剑书书,争魂魄,见魂魄,陇首千家麦。

219. 又

寻桃问李,小小微微子。如此是红尘,只可见、残残余蕊。原来自主,天下是乾坤。如我已,知他已,知你人生里。落花结子,世界方开始。伴了这青莲,见尖脚、平平水水。浮萍忆满,小女游轻舟,分兰芷,合兰芷,人字分分止。

220. 又

秦箫楚佩,舟向河桥退。岸柳已垂垂。且系住、姑苏小妹。运河流去,水色满钱塘。人成对,鸟成对,船尾人人对。波波玉碎,一石中泱内,不得是谁投,圆圈圈、摇摇溃溃,已惊我待。顿见小人情,同一轰,共相配,可约黄昏背。

221. 又

运河两岸,柳柳杨杨半。碧玉小桥边,舟来往、天天不断,钱塘日月,已岁岁年年。花不散,香无散,人在风流畔。吴宫楚馆,尾尾头头看,五霸一春秋,伍子胥、昭关不叹。英雄不是,只见得私仇,天下乱,平民乱,作了人间乱。

222. 又

桃桃李李,暗自成蹊泬。别了一东君,梅已去、殷殷结子。人生如此,陶公不济,五柳已弯腰,无非是、觅寻止。知彼何知己。花花蕊蕊,百度从头始。左右问群芳,冬梅去、春梅香尔。春风日月,夏水水浮萍,天下美,云中美,世界乾坤美。

223. 又

东风不住,处处黄梅雨,柳浪不闻莺,只待是、黄昏已暮。苏堤春晓,靠了断桥船,西冷路,瀛洲误,鹤子梅妻故。梅坞采女,虎跑谁分付。好水好茶尖,井上水、流中水雾。最泉下水,上下易沉浮,人间赋,神仙赋,玉制砂壶度。

224. 又　冬至

天长冬至,日短夏时至。一半在春秋,年岁里、相承相次。冬梅先得,唤起这群芳,春雨思。夏云意。一片荷花睡。秋风已吹,一片黄花地,物象已经霜,晴空里、风光重寄,

重阳九九，过了已深红，枫叶累，纯芦渍，再备冬梅致。

225. 朝中措

自来天下自思量，天下有炎凉。天下老人难老，诗词天下箫郎。

丞相府里郎中客，四品自芬芳。七品门人知否，当然担得书箱。

226. 又

年年天下菊花风，金蕊逐西风。何以经霜重度，南南北北飞鸿。天高地厚自无穷。却见人童翁。一岁一年重始。同中尽是无同。

227. 又

平生天下一平生，天下半精英。八六年中天下，成成就就分成。一来日月明分析，天下作繁荣。无对有为无作。辛辛苦苦耘耕。

228. 又 小雨

阴晴一半雨云中，时以见垂虹。处处三河杨柳，烟花似有无中。文章太守，诗词格律，老少成翁。再以青衫踱步，空空色色空空。

229. 又

夕阳落尽上天红，只在顶山终。留下黄昏隐隐，何言几度西东。蜀云楚雨三吴水。神女有无中。杨柳运河河岸，花花草草丛丛。

230. 又

麻姑不语不春秋，九派已东流，尧舜原来鲧禹，导疏阻滞风流。九州自此天公道，今古比沉浮。何以得相如赋，文君寄与情愁。

231. 又

夜来听雨已无声，朝日百花明。清净自然红绿，繁华同阴晴。梅花李李桃桃杏，自得自精英。不论何时何地，枯荣总是枯荣。

232. 又

山山黄菊一山山，已过雁门关。明日衡阳芦苇，潇湘竹泪斑斑。湘灵鼓瑟自无还。古古今今颜。度度年年南北，人形一字千般。

233. 又

瞿塘三峡一江流，神女半巴州。宋玉去襄王在，高唐一半春秋。朝朝还暮暮，云云雨雨，物是天留。唯有夏周秦汉，年年岁岁心忧。

234. 又

杨柳自依依，花落已稀稀。水净净，长云去，姑苏一半天机。留园留下石，空空孔孔，透透非非，漏漏有形无态。天涯自得回归。

235. 又

年年来去一年年，南北运河船。日日有无无有，方圆意守丹田。花开花谢了，云云雨雨，陌陌阡阡，唯有作诗词赋，平生逐得先贤。

236. 促拍丑奴儿 水仙 即促拍采桑子，促拍者即促节繁

丝叶秀明妆，受瑶台，先以天香。玲珑碧玉，云度银汉。又是寒宫寒瀚月，不曾衣，肌素娇娘。馨馨色色，沈沈梦梦，入了黄粱。

237. 醉落魄

泊舟翠草，夕阳西下苏小。鹧鸪声里香花了，寄此寒洲，江上一飞鸟。黄昏尽得谁知晓。何以窈窕船娘藐。越吴芳女应多少，听得刘郎，惟在舱中好。

238. 醉思仙 淮阴

一秋香，正西楼独上，半壁斜阳，已三州落叶，十里荷塘，蓬结子，残莲里，怎可不思量。玉芙蓉，偶尔只见藏身在中央。七泽收虹落，五湖倒映天堂，自运河南北，记取隋炀，君洛水，我台城，问楚鄂，见鱼梁，这淮阴，一舟在，水云望家乡。

239. 感皇恩

小小一临安，花花草草，这里人间独好。楼台隐映，碧玉小桥飞鸟。月明相就在，天晴晓。牧笛村歌，樵渔小小，俱是江南柳杨道，有云有雨，借得河山应好，行空日月住，人不老。

240. 又

碧玉一河桥，谁谁小小。社稷江山不应了。雨烟缥缈，有了阴晴方好。望钱塘六合，飞来藐。这里临安，杭州官道，百里风云弄多少。此天彼地，记取长安人老。渭泾流水不色，夜歌好。

241. 又

十里一方塘，三年野草。日月天天几多少。贡歌缈缈，来自长安多少。渭泾知所见，潼关道。下里巴人，阳关暮晓。处处清风月明花。国家南北，玉斧成然唐标，云中云不在，应了了。

242. 杏花天

临安修了长安路，同日月，不同朝暮。东方近了扶桑雨，不计西安分付。分南北，未分何故。依然是，如来如去。等他燕山传百度，红杏枝头如故。

243. 又

东君来了东风早，春雨过，花开多少。长安城外生青草，杨柳枝头方好。人别后，云云缈缈。芍药色，牡丹和？等他燕子东南到，小杏初红正好。

244. 又

临安不似长安草，烟雨里，微微小小。墙头望过秋千了，小杏红红过道。老树上，梨花多少，相覆盖，无无了了，人情最是人不老，自得自然自好。

245. 恋绣衾

木落江南似北音，叶离根，飞扬不寻。且相望，长安路，泾渭古今。潼关锁了黄河水，向东流，云淡水深。又见得，中原步，作知音，是老少心。

246. 青玉案

中原一半谁来去，浙水几何朝暮。不是长安长里故，运湖南北，下临安路，六合塔前顾。日月天下难分付，草木枯荣岁年度。雨雨云云云雨雨，不须神女，不须神女，只在高唐误。

247. 南歌子

一民芳菲浦，天吴碧玉奴。楼船已自下江都，一水钱塘天下水扶苏。来去寻杨柳，东西问太湖。书书剑剑作书儒，有诺三边有诺作先驱。

248. 苏幕遮　独体箸

彩阿蛮，苏幕遮，过了汨罗，自在唱九歌。社稷江山谁多少，上下千年，进退谁娇娥。一长安，黄水河，远了临安，不尽舞婆娑。北北南财天下过，苦了农家，处处不稻禾。

249. 苏幕遮

一英雄，三界路，步步行行，日月山河顾。去去来来天下付。有了文才，无了平生故。半方程，千百度。朝朝暮暮，不尽平生误。未斩楼兰知不遇，永定渔阳，举首云中雨。

250. 浪淘沙　中秋阴雨

阴雨过中秋，北海南头。临安草木已难收，已是弦弦争一日，合恨分愁。渭水自东流，绕了皇州。潼关百里是河洲。鹳雀楼前呼不得，不见春秋。

251. 又　康州泊船

水月泊船梁，未可扬长。分明物象已寒凉。却以行人行不得，不是归舻。莫约凤求凰，最是舟娘。年年月月在他乡。一曲竹枝情已定，向了刘郎。

252. 又

小小问东篱，色色迟迟，陶色最是野花师，九月重阳重九日，处处姿姿。一是细丝丝，一是夷夷，一当漫漫满山时，自得黄花黄世界，地得天知。

253. 千秋岁

花香如桂，与君千秋岁。重阳一度，山河济。天高云万里，黄菊情高丽。蝉声唱，杨公子在深门第。已有丝弦细，极目知音艺。人不老，玉门闭，客在杭州外，心似长安计。已当世，东方见白红云势。

254. 定风波

朝暮红尘一半春，去来花下两三珍，纵使人间芳不尽，伊尹。知情自是有情人。不是牡丹丹不敏，已纯，红颜难得几何新。远近浮生当时好，唯有相思且以心邻。

255. 踏莎行

一路长亭，长亭一路，杨杨柳柳何朝暮。人生处处有前途，云云雨雨应如故。百度文章，文章百度，书香正道诗诗赋。工精格律克精工，心思只以情分付。

256. 又

去去来来，朝朝暮暮，武陵洞口桃源路。秦人不在汉人寻，江河社稷何时雨。古古今今，新新故故。杨杨柳柳知分付。山山水水分自枯荣，人情不尽人情误。

257. 梦玉人引

运河南北，水风流，过阡陌。柳柳杨杨，去来是江南客，九派浔阳，此楚东，脱篝笭笃脉。成了天堂，读塘成恩泽。合分分合，这江苏，鸥鹭还太伯。六淡东吴，会稽天台丝帛。从此群英，渔樵皆收获。太湖舟，浣沙溪，咫尺如何相隔。

258. 一落索

一脉花花草草，半春无了，丁香杏李果瓜桃，夏雨春秋好。最是农家知晓，一人人老。丹田守住直身腰，独得，人间道。

259. 又

四季花花草草，是中原小。天涯海角旱雨界，日月难分晓。今夜云行多少。雨行多少。红尘未了五更了，只见得，余香好。

260. 渔家傲

世上三声同里好，人间一曲渔家傲，制书临安临制书，天下麂，渔阳已有云中报。独步阳关阳不少，人情老小何言毫。借此征尘难静造，知相告，江山日月，江南到。

261. 又

不断江南人不断，南安一隅临安旦。莫以长安王道叹，天下半，渭泾入了黄河畔。过了潼关应不算，渔阳未静云中乱。只向贺兰山上望，冰封冠，中原半了胡骑半。

262. 又　寄燕燕、岩岩、暖暖

燕燕岩岩来去见，秋深冷暖应如面，且向寒家寒被眷，碧心善，衡阳有了南飞燕。一半肩头肩不语，全身以此无方便。人老无须人别恋。天下变，悄悄已是由身遣。

263. 望江南

炎夜色，明月已上床。一枕半边空一半，芙蓉出水散荷香。近处有余光。浮碧叶，能有玉珠藏。结子蓬中蓬自举，黄花九月是重阳，好自苦思量。

264. 十二时

春连春草，夏雨昨了，秋连秋叶，冬雨冬梅晓。素妆素难老。十二时中四季好，梅竹见菊菊兰兰早。三边最难处，御寒单衣少。

265. 南乡子

楚女细腰身，一半临安一半尘，处处丁香花处处，春春。小小西施不故人。微雨邑清辰，远近长安远近新，渭渭泾泾同八水，粼粼。合了潼关合了津。

266. 又

日落又黄昏，半闭书房半闭门。莫以船娘歌曲尽，江村鼓瑟湘灵竹泪痕。草木一乾坤，女大当婚未结婚。隔壁秦家秦晋语，儿孙。岁岁梅花岁岁根。

267. 行香子

独木成林，水月知音，百年华，和合音琴。气根上下，枝叶垂新，互成阴阳，问天地，向人心。古古今今，主主临临，有江南，无塞前浔，有云中守，不问余衾，正岐山营，贺兰寨，雁门岑。

268. 忆帝京

来去钱塘知杨柳，连六淡，船家友。人在曲屏塘，水月水，邻家手。一阵陌阡风，半靠近，来相就。花带雨，云沉依守，在烟里，此情知否。独自微寒清明后，满黄花，无见的空相守。又是重阳久，不自量，谁饮酒。

269. 桃源忆故人

太真下了长生殿，只有明皇所见。不似广寒宫院，再舞霓裳面。骊山留下惊飞燕，不得三军沉钿。幸蜀月华芳甸，不唱"梅花遍"。

270. 又

梅花三弄梅花面，李白华清一见。力士风流目眩，上了芳菲甸。芙蓉出水清真恋。惊破一番落燕，只是沉鱼问遍，不得"梅花媛"。

271. 又

霓裳羯鼓梨园见，站立坐，部分便。不是君王如面，恰是鸳鸯恋。无端安禄山儿面，节度三军拳旋。又史思明称殿，回首"长生殿"。

272. 又

骊山离了长安院，雨霖铃中宫殿。幸蜀无言如面，太上皇家见。开元天宝玄宗宴，弟弟兄兄甸。望得南

山飞燕,北阙秦唐彦。

273. 又

君王五十年前战,何以唐周一面。李武去风云变,不知长生殿。江山社稷人难见,惊破梨园北院,不是华清团扇,只以霓裳缱。

274. 又

唐周已见周唐见,母女子儿开战。只记取皇宫院,不记夫妻面。开元天宝君王面。五十年中一遍。有了梨园家眷,上得长生殿。

275. 好事近

客路不思归,应忘却相思泪。一半镜湖云泊,水山无数类。知章多了问青莲。惊五柳弦弃,何不见陶公匮,但如黄花稚。

276. 又

少小不思途,书剑剑书何路。读学入门云雨,稀里胡涂数。郎中知晓不胡涂,儒子得如故,难得老胡涂付,去今明年度。

277. 又

一叠唱阳关,三叠唱阳关去。人且在啸啸处。玉门关前絮。楼兰杨柳不知吴,谁见翘相如。听不得沙鸣语,不知风流楚。

278. 又 清明

隔日是清明,寒食镜湖如镜。李白错知章性,不闻金龟命。尊前消尽老年情,诗正得人正。行止止行成咏,作年光荣柄。

279. 又 渔父词

白首过红尘,知道万头千绪。不尽是江湖雨,水山无重数。人前人后几人情,春来去春付,花落燕飞如数。看孤鸿朝暮。

280. 又

过楚楚吴吴,今古是非今古。子胥作何人府?作得似狼如虎,去来三通鼓。昭关前面可无主,无主丈夫主。家国国家飞羽,不如黄金缕。

281. 又

一半五湖江,何处不知渔父,曾一度乌江雨,霸王乌骓主。昭关前子胥数,吴越越吴辅。闻四晧樵渔滏。几乎谈龙虎。

282. 又

不过子陵滩,一半是梅花圃,不问人情冷暖,未分何今古。直钩钓得文王主。谁闻案头舞,自得鼓刀于市,与周公相辅。

283. 又

自古一樵渔,先以这巢由数,不可比唐陶禹,水山成今古。商山渚四皓知儒儒,吕后几何骂,依捷径取名主,是非成渔父。

284. 又

一雨一蓑衣,吴水越山千绪,不尽五湖烟雨,一樵三渔无数。莼鲈虾蟹脍姑苏,无以匹夫语,来去去来船主,与年光同许。

285. 又

好事近殊途,无道是长亭路。一半五湖烟雨,洞庭山中雾。碧螺春水碧螺茶,桥岸女儿语。花香自然门户,作人生分付。

286. 长相思

昨日情,今日情,明日情情已不成。情情是不明。昨日荣,今日荣,明日荣荣已不平,荣荣自在生。

287. 又

暮也思朝也思,暮暮朝朝总是思,心中一字思。去也思,来也思,去去来来总是思,情情意意知。

288. 乌衣怨 王昕若《诗词格律手册》体

江南雨雾霏霏,半回归。一字飞鸿来去,自微微。过泾渭,见花卉,可相依,青海衡阳南北,各天机。

289. 又 《词律辞典》四十八字体。无王昕若体

去去来来去去,南南北北东西。年年不尽春秋翼,夜夜有鸟嚎。一字当空所示,人形自比辛夷。衡阳青海都是故,只要草萋。

290. 沙塞子 四体

万里南洋南海头,举步一沧洲,比比是丛林木,不春秋。雨旱两分时季,原始见,水横流,赤道炎炎垂直,日沉浮。

291. 又

不到南洋无见，酋长国，草林栖。处处水丛丛雨，天收。木暮天天垂下，成食物，有鱼浮。果腹无忧无虑，有何求。

292. 西江月　自述

八十人生正好，诗诗格律如潮。中华改革开放桥，步步行程正道。达者先贤第之，先生后死云霄。农村伊始凤阳遥，进步宏宏小小。

293. 又

一半江南草草，三千弟弟僚僚。润生万里凤阳潮，已在农家上道。城市宏伟计划，高楼临立云霄。田园已做首都骄，去去来来了了。

294. 又

曾在招商蛇口，园区第一先锋。潘琪指示向袁庚，深圳广州如手。五里珠江口岸，广东香港新城，如今起步作先行，世上杨杨柳柳。

295. 又

穷后常思故土，富前需要精英。红头文件已倾城，九号院中群众。木阁阎王一字，孔明千将成名，为民自是以民情，园得中华此生。

296. 又

自古农田似命，如今改革先锋。精英作此作行踪，自以润之大众。已有三千年岁，中华问得开封，四书五经始中庸，始得中华客。

297. 又

日日农村进步，朝朝市政花开。歌歌舞舞是心栽。里里乡乡大路。已是桃桃李李，当然雪雪梅梅。青史处处颂天台，古古今今分付。

298. 又

塞北江南一路，东风细雨如苏。中华处处似东吴，作得天堂分付。记取凤阳腰鼓，安徽皖省平芜，如今同里富华都，同了城乡有度。

299. 又

一半人间一半，城乡一半城乡。杨杨柳柳杨扬，江北江南两岸。一半天堂一半，中华一半苏杭。城城已似半乡乡。灯火通宵达旦。

300. 减字木兰花

如来如面，草草花花都不见，岁岁年年，湖上来来往往船。运河旧院，剩有红尘红羽燕，已是飞天，再向人间问夏眠。

301. 又

桃桃李李，暗自成蹊成粒子。月照鸟啼，影影山山已自低。行行止止，到了江南江水里，处处高低，向了东流自了西。

302. 又

唯唯美美，六溇运河天下水。雪雪梅梅，一半姑苏一半催。花花蕊蕊，香雪海中香雪起。去去回回，一半杭州一半蕾。

303. 又

张飞问政，只在巴山巴水性。蜀国江城，处处人生处处情。问张使命，帐下孔明颁将令。三国分明，魏魏吴吴各不成。

304. 又

刘郎已老，三国英雄都是草。一处天，汉魏难成晋未消。何时了了，司马空城兵马道。我去遥遥，不战空城不战标。

305. 又

清明一梦，寒食群莺朝一凤。一阵东风，吹落桃花满地红。迎迎送送，唱得梅花三已弄，半了由衷，已念心经心念空。

306. 又

今今古古，去去来来何是主。有有无无，问了明皇问念奴。渔渔父父，过了乌江谁落羽，不是东吴，不是江湖不是吴。

307. 又

农家老子，只知田粮田野里。草草萋萋，也有高时也有低。云云水水，处处花花处处蕊。一半红泥，土土肥肥社稷夷。

308. 又

阡阡陌陌，雪雪梅花衣白白。只有江河，见了中流暗影多。山山石石，越越吴吴天下脉。一半湖波，一半天堂一半娥。

309. 又

经年人老,日月诗词多也少。一半逍遥,一半人情一半潮。平生草草,不了平生应不了。日日遥遥,处处耕耘处处苗。

310. 又

江南春水,塞北黄花田野。渭渭泾泾,半入黄河半壁青。桃桃李李,岁岁年年应结子。见了湘灵,竹泪珍珠座右铭。

311. 又

钱塘夜雨,靠了运河船上女。五尺蹲居,浪打舱边似有余。三言两语,蜀水东流官渡楚。一半相如,作了浮云卷又舒。

312. 又

人人语语,吕吕伯夷家吕吕,一字玄虚,以此当头以此居。二三基础,处处人间成秩序。四十姓余,自作诗词自作书。

313. 点绛唇

记取隋炀,江都来了金陵水。雾雾云里,人到扬州止。记取楼船,柳柳杨杨苡,多桃李,牡丹梅子,帛钱塘美。

314. 又

柳柳杨杨,青莲一半红莲羽。又微微雨,处处珍珠浦。水水乡乡,谁是天堂主。苏杭圃,五湖渔父,唱遍黄金缕。

315. 又

春雨春风,花花草草何多少,不应人老,只以春秋好。由是由衷。多雨多云了。知无小,莫如飞鸟,日日天天早。

南宋·夏圭
溪山清远图

读写全宋词一万七千首
第十六函

1. 点绛唇

见了东君,春风绿了江南草,问谁人老,渭邑梅花好。也有新闻,今岁梨桃早。衣裳晓,一层三藐,白雪何多少。

2. 又

见了东君,今年又是春来早,是冬梅早,也是春梅早。五彩缤纷,最是群芳好,丁香好,牡丹好,百草人情好。

3. 又

一水东流,扬州落下金陵叶。且听三叠,已过阳关牒。这是西风,本本根根晔。书生猎,不须眉睫,只字思刘勰。

4. 柳梢青 "此调整两体,或平或仄"《词谱》卷七,《词律辞典》十二体

雪花风月无多,俱是人间过客。白玉为车,黄金作印,必竟如何。无须对酒当歌。人是人非首白。三间汨罗,十成吕望,日月成河。

5. 又

玉树冰姿,见时不足,思时不足,已见在催,又闻人促,飞英相逐。不应伴子梅花,以羞色,融融媚绿。藏白收香,牡丹桃李,漫山风俗。

6. 又

南北声声,北南度度。来去春秋。一半阴晴,乾坤一半,人在花楼。江流去去无收,日月是、耕耘不留。去去来来,朝朝暮暮,无止无休。

7. 又

莫炼金丹。黄河可塞,人可成丹,维谷石丹,墨池笔丹,丹是非丹,炼丹是守田田。何处见、西王母田。仙采茱田,三清术士,已上天田。

8. 采桑子 彭浪矶

金陵燕子矶头水,日日东流。日日东流,不问江楼不问休。六朝二水三山见,已是春秋。已是春秋,以此无心向莫愁。

9. 又 重阳

何曾一语成钱缪,这十三州,那十三州,一半金陵故石头。吴吴越越江南岸,是十三州,非十三州,不必当真皮日休。

10. 又

黄花自在茱萸在,九日重阳,九日重阳。不是重阳不故乡。阴阳一半书生问,一半书香,一半文章,一半忧民一半凉。

11. 忆秦娥

秦娥忆,秦娥不是秦楼匿。秦楼匿,穆公不得凤凰消息。私情不可私情极,何乱天上人间力。人间力,女儿声里,父母相即。

12. 又

天寂寂,人情不定人情觅。人情觅,朝朝暮暮,牧儿长笛。阳春白雪珍珠滴,高山流水阳关绩。阳关绩,月芽湾里,有沙鸣溺。

13. 又

金陵石,秦淮水上长安客。长安客,天南地北,不分阡陌。运河六渎扬州泽。琼华开了梅花白,梅花白,柳杨丝帛。

14. 又 郡会

钟鼓列,千秋不尽千秋节。千秋节,千千岁岁,有人无绝。梅香未了阳春雪,黄花又启重阳悦,重阳悦,登高远望,几何毫釐。

15. 卜算子 除夕

灯竹半银河,月色三星约。北斗方开一口梭,白雪寒中落。有酒饮何

须，有曲当无漠。一日玄元一日多，白雪梅中落。

16. 又
不饮一诗词，灯竹三元次。李白当涂捞月迟，不可华清试。天子已呼时，未了杨妃字。力士从中力士知，太白玄宗赐。

17. 又
月挂运河船，柳直江南岸。一半梅香自在怜，入了人家散。白雪一层烟，白雪三层乱，一半枝枝一半悬，不是轻轻断。

18. 又
日月水家乡，草木梅方向。独自风流独自香。白雪何思想。箸得虎丘堂，直下黄天荡。百里江湖半海洋，步步朝天仰。

19. 又
日上一枝桃，月下三光好。见得阳春见得遥，近了婵娟了。岁岁半春宵，子子千家晓。色色香香色色娇，不肯微微小。

20. 又
一字向南飞，半翼人形谓。青海衡阳两度归，只以芦花慰。日月少明微，世界多花卉，北北南南逐日晖。落止成经纬。

21. 又
一增去来吴，一半阴晴雨。一半姑苏一半儒，一半江湖女。一半洞庭夫，一半钱塘雾。一半人间一半壶，

一半飞天兔。

22. 清平乐
清清白白，柳岸丁香客。绿草已阡阡陌陌，六淡运河芳泽。江南水水鹅鹅，分开人字平波。一曲嚎莺未了，三边挂住嫦娥。

23. 又 木樨
群芳多少？只是人先老，岁岁是花花草草。引得西风一笑。黄花过了云霄，芙蓉已自逍遥，最是丁香先去，梅花不免春宵。

24. 又
相留已住，不逐东风去。都是人间芳草路，独得木樨朝暮。原来见了麻姑，冰肌胜似梅珠。只以唯唯诺诺，心中有了香奴。

25. 又
云云雨雨，草草化化住，处处红尘香处处，最好朝朝暮暮。黄金缕里东吴，梅花三弄江湖，一半天音俱在，冰肌点碎黄姑。

26. 又
冬梅春雪，已向东君别。你去人间天下说，留下群芳不绝，阿公不渡黄河，千年万里涛波，如此浪花何处，婵娟代了嫦娥。

27. 又
东君莫问，日有桃花运。已见人间天下奋，过了天津六郡。何须细雨纷纷，天公彼此闻闻。本是芙蓉出水，冬梅近春云。

28. 昭君怨
梅到南楼雪尽，未动三边花信。小雨一番相亲，作红尘。由了东君才认，自以秦淮滋润。误了行其沦，晚来春。

29. 浣溪沙　自述
析桂归来不见官，诗词格律日盘桓。耕耘不尽退休丹。十万已余三万首，辛辛苦苦种田难，平生三万日中单。

30. 又　玄真子有渔父词
西塞山中问五湖，隋炀杨柳下江都。钱塘八月脍纯鲈。已过桃花流水去，天堂一半在姑苏，桑蚕作茧问麻姑。

31. 又
西塞山前白鹭飞，书生读学不知归，桃花流水鳜鱼肥。八月桂花香满地，纯鲈蟹脚脍丝微，重阳又有芍黄依。

32. 又
日问西湖白玉人，黄昏未了已三春。红梅已了作香尘。出水芙蓉方出水，蓬蓬未子入天伦，黄花不远作乡邻。

33. 又
白雪菱花不入门，穿衣戴帽作梅村，芳香留下作儿孙。一阵轻风融化雨，农夫自认里春恩，良田五亩一家根。

34. 又
一阵秋风一扇闲，黄花桂子半人间，茱萸采得老生还。世上人情人世上，二般不可作三般，阳关不是玉门关。

35. 又
才子佳人半见单，帝王将相一和难。

长安久了可临安。日在江山江在日，人回故国故人坛。金銮殿上是金銮。

36. 又　歌者

一曲长歌入大家，阳春白雪作冰花。群芳一始过天涯。下里巴人天下去，梅花三弄见融华，高山流水忆无遮。

37. 阮郎归

池塘草藻已长长，青莲碧玉妆。一船花色一船香。轻歌是小娘。天暖暖，水凉凉。江南多柳杨，运河来去是苏杭，钱塘两岸莺。

38. 生查子

点风寒食情，有雨清明客。一字雁飞声，四面黄阡陌。菜花八面萌，润土江南泽。香雪海中生，碧玉桥边隔。

39. 眼儿媚

胡姬两目两秋波，一客一江河。泾泾渭渭，儿儿女女，从不分戈。昭君犹抱瑟琵去，汉女乌孙歌，前朝眼底，今宵心上，明日厮磨。

40. 又

群芳日上一花丛，簇簇不闻风。开开落落，荣荣简简，在有无中。只随云雨风光在，不必问西东。密蜂比比，采心匆匆，结子空空。

41. 又

东君只带细春风，有雨也匆匆。黄昏日落，朝霞又上，处处红红。小荷小脚尖尖出，隔日可重逢。一天未展，二天开绽，三日成宫。

42. 诉衷情

春蚕日日换单衣，桑女有心机。丝丝困困厮守，已去已相依。三界定，两情扉，一人闱。缫时还见，彼此平生，翠翠微微。

43. 又

丝丝绕绕又丝丝，一叶一时时。无丝束束成茧，日日久相思。知小女，向春迟，问新枝。以蚕相守，玉在心中，更待何辞。

44. 又

春桑叶叶自微微，小女上心扉。排天一字归雁，过了渭河飞。天彻彻，地巍巍，日晖晖。缫丝蚕死茧尽难鸣，是是非非。

45. 又

丝丝帛帛柳杨名，修了运河行。隋炀留下南北，一水一繁荣。千百度，两三雨，半阴晴。一波三折，便是江南，处处新生。

46. 菩萨蛮

人间不尽谁朝暮，平生未了平生路。草木满江都，梅花香五湖。隋炀杨柳树，易帛钱塘故。一曲过东吴，三闻听念奴。

47. 又

隋炀修了钱塘路，楼船下扬州暮。水色一江都，女儿重越吴。佳人应再许，美人重分付。已此已成儒，凭时凭小奴。

48. 又

金陵去落杭州雨，运河水去姑苏女。八月一钱塘，三秋千里故。天堂天早顾，玉水成人许。世上有东吴，人中无五湖。

49. 又

佳人有了知才子，东君只在群芳里。一日一芳堤，三春三草萋。风流风不止，骚客骚人几。蕙蕙与心齐，丁香香色低。

50. 又

与进俱进隋炀帛，桑蚕采女丝绸陌。西去净干戈长安商贾我。胡姬胡女客，筚篥秦楼伯。以此作姮娥，如今公渡河。

51. 双鹨鹈

一半黄昏江碧，一对双飞鹨鹈。应是远来无力，相佴滩岸沙碛。谁家横笛，惊起又飞留寂。悔不当时相适，如今何处相觅。

52. 鼓笛令

开春第一贤为类。慎行，第三直事。不苟第四知当志。博贵时，无求行义。第一似顺如不伪，第六是，审时度弃。上下左右天地见，春秋辞，吕氏文字。

53. 西湖曲

西湖明月三潭好，瀛洲风光一步早。秋风起处蟹脚痒，美女声声何不道。年年杨柳垂垂了，岸岸池边自持草。平分秋色已成清，到了重阳菊已晓。

54. 风蝶令

有有何时有，无无总是无。坑书只在对坛儒。不到百年来去，项刘驱。

人外庄周蝶，天中是河图，古今漫漫自扶苏，毫下史家二世，鹿为奴。

55. 谒金门

由朝暮，行不尽先生路。吕氏春秋天下许。秦王嬴政故。社稷江山不住，钱赵李孙无主。这古今分分付付，长城天下误。

56. 洛妃怨

水水山山分付，战战和和可误，国忧家虑儒。道虚无。南北汉胡分路，剑剑书书成故。天下一河图，帝王奴。

57. 燕归梁

一半天门一半开，一半玉人来。嫦娥非是上窗台，作婵娟，向蓬莱。

广寒不得梨花白，娃馆问谁猜。是夫差，旧情催。

58. 相见欢

清秋不是清秋，是清秋。一叶空中试探，自风流。问杨柳，桂香否？运河舟。汴水寒船六涘，夏云收。

59. 又

东风带了江梅，桎花开。香雪海中桃李，色相催。今古人人情语，以春媒。南北飞成一字，雁门回。

60. 又

孟春之月句芒，旦参昌。太昊伏羲木德，各炎凉。阳律虫鳞营室，麦

牛羊。方遣东君解，势回阳。

61. 又

玉人闲步高楼，向清秋。燕子矶头流水，有飞舟。惊叶何行何止，作东游。知己知根还是，去无休。

62. 又

寒蛩不与流萤，恋青青。却是中秋水月。少星星。流明断，池草岸，一汀汀。飞去方知闪闪，作云屏。

63. 又

秋塘充萤，一空庭。星星多多少少，半空庭。一流萤，一星星，半丹青。留下二妃同意，共湘灵。

64. 又

五湖水色钱塘，运河长。汴水秦淮六涘，是船乡。江南望，江南望，水茫茫。谁养马谁舟渡，久花香。

65. 又

过中秋，近重阳，夜方长。上下弦弦下下，度寒凉。云中望，云外望，有衷肠。嬴得一轮明月，女儿乡。

66. 如梦令

不挠桥玄百折，尚朴高明如雪。卓异一曹操，却道人间无绝。无绝，不可与颜渊别。

67. 又

一夜秋风秋雨，九阳冷来冷去，不过不重阳，落不落黄花处。如许，如许，隔岁隔黄花住。

68. 又 自述

愿受长缨当路，使节终军当路。地铁法兰西，四十岁应如故。如故，如故，岁月日生如数。

69. 又

岁岁年年如数，事事人人如故。日日学相如。一字一生人主。人主，人主，一字一人生步。

70. 又

洒中中秋无月，只望长安天阙。一便是临朝，也须得知吴越。吴越，吴越，自古是人无歇。

71. 又

月在中秋如雪，岁里有无明灭。不可问嫦娥，尽管有弦无别。无别，无别，何以有言圆缺。

72. 又

白下水金陵接，白下水秦淮接。已忘了秦皇，记取献之桃叶。桃叶，桃叶，不及阳关三叠。

73. 又

好笑诗翁如古，日月平生无主。著格律诗词，十二万余鳞羽。鳞羽，鳞羽，静气可听钟鼓。

74. 春晓曲

东君只唱春晓曲，细雨和风有足。腊梅白雪唤群芳，不可玉门关宝玉。

75. 柳枝

江流见柳枝，江楼见柳枝。一水东流无尽时，却分离柳枝。汴柳杨柳

枝，运河杨柳枝。过了长安不是乡，几炎凉柳枝。

76. 念奴娇

阳关三叠，且不止，已有唱黄金缕。西云玉门关外路，却问东吴烟雨。下里巴人，高山流水，处处英雄主。竹枝杨柳，荒丘无数，沙鸣今古今古。

不尽水水山山，也朝朝暮暮，梨园歌谱。越语河边，胡姬胡曲绕，两波肩舞，中原南北，人生渔父钟鼓。

77. 孙觌

浣溪沙

一步向前一步新。三生顾后半生人。梅花笑引百花春。傲骨冰肌成白雪。成衣半是玉冠年。香香气气总相邻。

78. 慕容嵩卿妻

浣溪沙

一半姑苏一太湖，三吴碧玉两村姑。扬州女色满江都。好梦常随流水去，芳心只向土人驱，书书剑剑试卿儒。

79. 周紫芝

东坡问竹坡，少隐度公河。删定编修客，宣城唱九歌。

80. 水龙吟

江楼不断江流，临渊慕钓知鱼留。前前后后，行行走走，知知否否，退退休休，有疏无漏，进营何守。得江山社稷，精精业业，成败问，君臣右。蛊毒之灵如寇，吕春秋，古今新旧，诚廉介主，听言思本，

无终豆蔻。季夏音声，具备精谕，石头荒首。五千年上下，十三州外谁知钱缪。

81. 又 题梦云轩

瞿塘峡岸巫山，巴中一水由官渡。襄王不在，谁知宋玉，朝云暮雨，见了瑶姬，高塘天子，由然分付。十二峰中间，今今古古，多少岁，年年雾。白帝夔门相顾，这江流，落鸥飞鹜。排空激浪，楚头吴尾，荆州玉树。下蔡成城，鄂乡南寄，山河如数，此去何赤壁，东风火字自连营误。

82. 又 须江望九华作

长江一路淘淘，风风雨雨知多少？川川峡峡，峰峰谷谷，花花草草。险壁惊涛，暗沧明栈，滩洲难了。向东流不止，高低曲折，何远近，如春晓。无止无休无了，有西东，去天潮渺。千岩万壑，一源成汇，三泉沼沼。一半澜沧，又嘉陵去，已应天道。到洞庭云梦，太湖天下不知人老。

83. 浣溪沙

腊月梅花一半休，无寒暖日半风流。南枝未动北枝愁。九凤飞来飞不去，三光六旭在扬州。何须一杖打梁州。

84. 又

白雪无风不至羞，寒梅未得上心头。嫦娥日暖上红楼。若教天公天意在，群芳不晚早风流。芳香雪海上长洲。

85. 又

已有春情不肯休，东君睡定过梅求。今年白雪不封头。一字先生先北去，寒宫日暖照南楼，苏杭作得十三州。

86. 又 烟波图

水上扬帆不系船，无风日合万波烟。图中自在自然眠。且与潮生潮退去，浮云水色向天边。东方再远是婵娟。

87. 又

一点离情苦海边，三更月色月芽弦。偏宫小小挂婵娟。上上弦弦下下，相思最重是无眠，情情意意在心田。

88. 又

一峡瞿塘半水情，千寻栈道万人横。川川蜀蜀自枯荣。日日高唐朝暮见，人人未得是何盟，云云雨雨向谁生。

89. 又

一曲阳关一曲成，三生未尽望三生，人情自在自人情。不斩楼兰楼已去，交河不远沙鸣，平平八十不平平。

90. 卜算子

一半是秋春，一半非秦晋。莫是求田问舍人，不以元龙认。日月有天津，草木无公荠。舌在一张仪，百里奚君垂，纵纵横横两不迟，见得苏秦印。

91. 又

碧玉运河边，柳柳杨杨岸，一路商楼一路船。千载从无断。夏雨满荷莲，暮色芙蓉冠。桂子黄花月半弦，四季香风散。

92. 又

五霸五精英，千鸟千朝凤。石屋方圆看马成。出了夫差瓮。一代一身名，三越三吴梦。伯嚭公私子胥明，不唱梅花弄。

93. 木兰花

嫦娥自是人间客，广寒已似婵娟白。三更有约是相如，文君帐下知音隔。天中桂子临阡陌，地上风流多少伯。自知三峡有瑶姬，不在蓬山闻九脉。

94. 又

人间天下人间路，草木山中草木树。有山地水水无山，习我习文书剑误。和和战战何朝暮，水水山山文化度。春春夏夏一秋冬，分付分分分不付。

95. 减字木兰花

冬梅白雪，有约江南江北别。唤取群芳，不待寒心不待妆。圆圆缺缺，上下弦弦圆双缺。一半清光，一半人间作玉霜。

96. 又

蓬莱三岛，处处灵芝成草草。日月逍遥，一半云涛一半潮。神仙不老，步步玄虚天上好。地上禾苗，不事躬耕不可了。

97. 又

蓬莱三岛，处处青青千岁草。一半盘桃，五百年中一日高。麻姑一笔在，海角天涯人不老，一粒葡萄，岁岁年年玉作袍。

98. 又

蓬莱三岛，不了人间人不了。半在云霄，半在黄粱半在桥。多多少少，欲望无平无小小。半在逍遥，半在神仙半在寥。

99. 摊破浣溪沙　茶词

二月西山绿未匀，紫砂玉女碧螺春。王鳌故土一泉邻。太湖人。上下沉浮三界水，垂垂直直亦茵茵。升迁处处作经纶。似天津。

100. 又　汤词

一曲阳关一玉门，沙鸣海市半王孙。虾兵蟹将共参魂。也慈恩。煆煮清蒸砂钵炖。瑶台五味至呈尊。冬春嫩笋共焙根，共乾坤。

101. 水调歌头　老人词

八十年中老，一岁一秋春。天天朝暮来去，事事与人人。六十公余隐退，日月耕耘不缀，信步自天津，格律诗词纪，再问故周秦。平生路，千万里，与君邻。诗词格律书剑，制书制文身。留下人生记录，留下诗词记录，留下世经纶。十二三万首，今古净文尘。

102. 又　中秋步月彭门

步步彭门月，独独问婵娟。弦弦历历圆缺，依旧挂长天。进退升迁不记，市野庙堂同照，一日一厮全。不尽乾坤色，不尽自明县。徐州水，平六渎，对中年。人人自古，天下沧海易桑田。已是潮头渐退，陆上沙滩渐涨，看到落江船。今夕知何夕，波浪已如烟

103. 又

水调歌头唱，一曲半隋炀。江南处处丝帛，六渎水茫茫。岁见蛟龙四起，海水倾涛倒灌，八月逐钱塘。不是钱塘去，再造一钱塘。柳杨岸，苏杭会，运河乡。头颅好处杨柳帛易运河长。水水天天相接，日日朝朝暮暮，碧玉作船娘。留下苏杭水，大禹见天堂。

104. 又　月出西湖

水调歌头唱，一曲半西湖。白堤未断南北，白浪有飞凫。一片鸥鸥鹭鹭，抑浪闻莺不断，花木草扶苏。岁晚黄昏色，日暮问东吴。向潮汐，知进退，见荒芜。乌衣巷口王谢，不尽石头殊。保俶塔前风物，古古今今远近，记取一坑儒。又以天堂路，记取运河衢。

105. 沙塞子　中秋无月

嫦娥不是含羞。太暗也，云遮莫愁。非不照，是明无得，有也难酬。君心同我共中秋，见不见，天边两头。当情醉，有言先寄，勉自幽幽。

106. 又　中秋无月

姑苏水，太湖舟。八百里，风云不休。今日隐，运河明日，洞庭山留。广寒宫宝带桥头。是十六，圆全满楼。婵娟近，不须伸手，水凉含羞。

107. 鹧鸪天

八十人生自在王，三千世界去来扬。

隋炀易帛成杨柳，留下丝绸一路长。
天下水，运河乡，书生子弟在苏杭。
洞庭山上东西望，半壁天堂半壁商。

108. 又

八十人生自在王，无拘无束有文章。
诗词格律十三万，三万八千日月长。
三界外，一书香，阳关唱尽唱南洋。
乌衣巷口曾王讽，古古今今作柳杨。

109. 又

一半平生一半情，身史不尽老人行。
诗词格律诗词客，日月耕耘日月生。
何老小，几阴晴，风风雨雨自枯荣。
公余所著多回忆，再以重新读学盟。

110. 又

易水悲歌半向秦，雍门呓啼两公身。
忧心忡忡天津岸，一马行空一马人。
天下路，自秋春，张巡齿落作忠臣。
诗翁纪事隋唐古，不及英雄净玉尘。

111. 又

一寺桃花半寺开，千云百润五青苔。
禅声不断钟声断，五祖无言六祖来。
何不见，已相摧，明皇不喜佛家台，
周王武曌如来像，老子成家道士才。

112. 又　菊花辞　自述娘六十而终，子无孝道也

九月重阳桂子香，三秋水色菊花黄，
满山满岭茱萸草，弟弟兄兄是故乡。
同日月，共炎凉。分分别别著衷肠。
人人八十年稀客，最是相知是我娘。

113. 又

不到江苏不到吴，洞庭山上见鹧鸪。

年年岁岁啼无尽，百里长洲一太湖。
非玉玉，是姑姑。声声未了读书儒。
坑灰未冷藏文壁，二世秦皇指鹿呼。

114. 又　重九登醉山堂

一咱书声半路香，三吴日色两吴娘。
侬侬细语兰衫短，白皙红酥手指长。
寻柳柳，问杨杨。垂垂拂拂有低昂。
女儿心上相思久，夜半婵娟独上床。

115. 又

日日观山日日山，阳关过了玉门关。
荒丘未止骆驼步，见得胡杨向竿闲。
应去去，不还还。沙鸣已在月芽湾，
洲洲涳涳应相似，不见楼兰旧日颜。

116. 又　荆州

诸葛东风一日求，连营未了徐庶忧。
周郎火字惊黄盖，独以曹操未入谋。
还赤壁，借荆州，华容小路再春秋。
分分合合成今古，不入三思不入流。

117. 又　吕氏春秋

吕氏春秋一孟春，公私治本半周秦。
功名欲望情心侧，尽数生人咫尺邻。
从简选，论威钧。伯夷孤竹叔齐臻。
江山社稷神农治，半在王侯半在民。

118. 又　寄黄骅滕义平先生

岁月如歌一世家，沧桑记忆半黄骅。
心经自在如来势，正道人间是枣麻。
朝暮暮，去来花。天涯咫尺是天涯。
秦皇不比隋炀帛，留下长城你我他。

119. 采桑子　玉壶轩

书生入了长安路，半问江都。半问江都，老了知章向鉴湖。何知李白

当涂暮，是玉壶奴。是玉壶奴。醒醉之中是有无。

120. 西江月

二品司空见惯，湖州半壁江南。瀛洲一月印三潭，只可婵娟两面。曲曲声声不断，歌歌舞舞轻语，丝丝不尽作蚕蚕，茧茧无须再见。

121. 又

莫以司空见惯，湖州回了长安。丹青笔下是青丹，瑟瑟琴琴不断。渭渭泾泾两岸，清宫桂子余寒。黄河不尽有波澜，太上皇，长生殿。

122. 又

一语司空见惯，文文化化波澜，琴琴曲曲满长安。一半红尘一半。莫以司空见惯，樵渔不是严滩，人间正道是心安，如去如来如现。

123. 又

一半红尘一半，梅花落，问牡丹。群芳入有余寒，珍珠露水欲断。一半杨柳柳，丁香一半婵娟。青楼靠得客商船，满了运河两岸。

124. 又

一半红尘一半，梅花作了香田。春香过了运河边。到得渭泾两岸。桃李牡丹芍药，长安一半婵娟，春春夏夏此源泉，草木黄河水畔。

125. 又

已是香香散散，南南北北婵娟。佳人处处似花妍，只是前呼后唤。步小轻微不算，妮妮妞妞青莲。云云

雨雨自烟烟，只见回头不断。

126. 又

渭渭泾泾两岸，官官玉玉兰田。丹炉不尽石生烟，只是人间不断。一半神仙一半，大千弟子三千，蓬莱五百十年前，莫以瑶台兴叹。

127. 小重山

洞庭山中一碧螺，清明寒食见，五湖波。小桥流水小桥多，江南岸，水调运河歌。明月是嫦娥，广寒宫外色，自穿梭。亲亲近近久厮磨。思君切，最怕度磋跎。

128. 又

夏日平湖见小荷，清波清似玉，是连波。青莲欲展欲如娥。衣短正，雨里未穿裳。一影半婆婆，有寒无暖立，待厮麻。手采衣带鸟藏窝，由君约悄悄度公河。

129. 汉宫春　己未中秋

问得嫦娥，广寒宫闭户，作了明舟。东西何处渡口，慢慢轻游。多情桂子，莫细数，过了中秋，八月里，人来人去，华原处处香浮。记取少年时候，意气风发唱，大江东流，应当后羿射日，不必公侯。桑田依旧，只便是，挥斥神州。应不是，个人所欲，今今古古何求。

130. 又

已自初升照见西岭顶，挂上层冰。寒宫已留玉树，寄与香凝。王家曲短，向赵家，一脉相承。已自是，西厢对伊，心上意下明灯。黄昏未是成征，待寒宫有影，应举明灯。婵娟有约，是非后羿何凭。嫦娥已许，此事中，各以丝绫当月老，年年断除不得，是这情灯。

131. 醉落魄

梅花白雪，人间如此何求索，儿儿女女应相约，事事情情，一路千人作。官场江湖书剑壑，成成败败经略。有荣有辱无飞鹤。见驼，大漠行舟名。

132. 又

人生如此，花开自在花应落，四时分守人情薄。一曲阳关下里巴人诺。最是风来风去性，怀心护叶多求索。若为结子巢中度，止止行行，去去来来略。

133. 又　重午日

弦弦忆缺，人间照样端阳节。白日当空千舟决，夜里嫦娥约作婵娟雪。九歌唱罢应轻说，分明心意云中切。屈原知楚汨罗绝，独立芙蓉，难以婷婷杰。

134. 又

三三五五，人间唱尽黄金缕。竹枝杨柳应无主，过了高唐，官渡当落羽。千千万万山水府，成成败败何渔父，古古今今听钟鼓。五祖方舟，衣钵传六祖。

135. 阮郎归

人间草木各高低，阴晴云雨善。历程来去自东西，断桥是白堤。云起落，鸟空啼，何人问范蠡？吴娃西子吴宫迷，夫差勾践笄。

136. 又

春秋五霸一春秋，不然子胥留。楚吴吴两分休。申包胥国忧。行理志，事公侯。平王已不求。昭王天下忆倾舟，何言鞭尸仇。

137. 又

卢敖北海近从游，难为一九州。止行行止一春秋，人中人不休。人外见，匹天求。天涯咫尺酬。不行万里不知忧，谁闻逝水舟。

138. 青玉案　凌敲盪怀姑溪老人

丁香同了梨花雨，只见得珍珠露。细细微微天下雾，以谁分付。今朝今暮，不被东君误。香雪海里春梅度，同了群芳不如故，独木成林榕古树，以根成干，以枝相护，同了瑶台步。

139. 又

凌波已过斜塘路，已接近阳澄暮。八月莼鲈螃蟹误，只横无纵，高低如数。角直水泊昆山树，此去淞江太湖位，一线潮头天下雨，一吴如故，一天如故，一水还如故。

140. 菩萨蛮

女儿十八心难守，青云随了东风走。一水是沉浮，三心非静舟。年华年豆蔻，藏足藏红袖，一约一桥头，三更三自由。

141. 又

香肌柔软双波漏，罗衫不束成天秀，水上作轻舟，去中成莫愁。相依相附就，无语无言宥。一见一沉浮，三更三北斗。

142. 又

秦秦晋晋谁秦晋，南南北北春风信。一度一心邻，三生三太真。明皇明一印，杨有杨妃鬓。不必问天津，长生殿上春。

143. 西地锦

一半花花草草，一半人不老。夫夫妇妇，男男女女，人间飞鸟。不得阴阳真妙，离分愁多少。神仙独步，如来自主，黄花方好。

144. 谒金门

千条路，一半春秋朝暮，一半阴晴天下步，乾坤行止付。一半云云雨雨，已是如来如故。已是长江流不住，有风风雾雾。

145. 生查子

东君只去来，不管相思故。唯独这相思，化作相思雨。同郎自不催，未免行行误。真晕相思，只可相思付。

146. 又

相思已入心，化作相思雨。湿了一郎身，随你相思去。相思无古今，日月相思数。这暮暮朝朝，浸透相思苦。

147. 又

相思一半云，化作相思雨，不可不同君，记取高唐故。朝朝两岸云，暮暮瞿塘雨。如此作相思，不负相思数。

148. 又

相思一半情，百鸟应朝凤。夜月独倾城，处处家家梦。相思一半心，白雪梅花弄。水色作知音，已入相思瓮。

149. 又

相思独自思，水月波波媚。一梦一黄粱，千意千情至。相思不独思，回忆何同罪，步步作鸳鸯，止止行行致。

150. 又

相思不尽时，不尽相思地。处处惹相思，日日相思寄。相思切切思，雨雨云雾里。水月寄相思，不可嫦娥弃。

151. 昭君怨

自以阴山阴汉，疑了画师难断。独有这情缘，渡河船。天又暖，花草满。胡马昭如面。单于在长安，向云端。

152. 秦楼月

秦楼月，香尘满布南山阙，南山阙，南山阙，黄昏又是，兰田玉谒。无言独在阳关外，玉门关上从头越。从头越，行人只有，行踪难没。

153. 天仙子

飞雪如花花不定，垂落成层层表净。梅香自箸白衣英，红色外，素分明。冬去春来东君令，呼得群芳扬妒性。冰姿玉骨自天公，来去是，自由衷，流水桃花相缋融。

154. 渔家傲 自述

八十诗翁何一笑，十三万首应知晓。日日耕耘琦下好，天下好，花花草草多飞鸟。岁岁年年从不止，行行步步人难道，格律方圆应不老，应不老，孤身独自如何了？

155. 又

五万唐诗今古了，宋两万词综少。六万八各初版晓，初上升到晓，二三续集全书好。十三万《诗词盛典》，平生柳柳杨杨道。八十人生三万老。三万老，扬言俯首家乡鸟。

156. 又

李白乾隆居易早，合当四万律诗少。古古今今天下晓，天下晓，五千年里唐诗好。九万律诗今已少，《诗词盛典》中华草。一对二千三百老，二千三百老，全唐诗里诗人了。

157. 又

全宋词中全宋道，千余作者传承早，一万六千词已了。词已了。大晟府里人间晓。一对千人三千体，我今四万词文藻。望海头毛滂小，毛滂小，浣溪沙里人生老。

158. 又

八十人生三万日，十三万首诗词律。古古今今谁第一，谁第一，今今古古传新秩。日月耕耘耕月日，天天七首无时毕。俯仰高低听筚篥。听筚篥，生生处处声声一。

159. 南柯子　钱塘守侍儿

小小钱塘客，西施别范蠡。人情究竟几东西。相得青楼相，就就语声齐。踏舞吴宫殿，夫差不自栖。今今古古几辛荑，一半在人一半在成蹊。

160. 又

两点风波起，三吴草木荣。侍儿曲是以身倾，半衣半妆歌里语轻轻。若以人生就，何当玉宇行。西施婆婆五湖盟。是客是蠡是你是声情。

161. 又

小小钱塘女，红楼一半家。西施自在浣溪沙，五霸夫差勾践各桑麻。小小西施问，姿身曲舞斜，谁言闭月是羞花。客里情情意意竟无遮。

162. 朝中措　登西湖北高峰

西湖南北一高峰，天下半行踪。再度寻来杨柳，三年三次相逢。文章太守，挥毫万字，一笔三松。细看文文字字，深深著著就雕龙。

163. 又　二妙堂

诗词天下一郎中，音律两无同。二妙堂前何语。诗成格律成风。而词诸体无营句，严简各难同。何以有章无法，规规范范于空。

164. 又

平山堂外有一长空，有路半无穷。以此何人步步，别来独自称雄。江山依旧，枯荣草木，日月吴宫，直以广寒相问，无终道上无终。

165. 又

黄昏西下一红霞，斜向半天涯。远远才知天日，遥遥未了余遮。阳台上下，鱼沉尺素，客向人家。一路回首往事，轻轻别断灯花。

166. 虞美人　西池梅花

短墙高屋东邻女，暮暮朝朝语。西池边上有麻姑，开了梅花可约作相如。暗香浮动纤腰楚，小径深深处。君居独处我居无，劝复三杯共作玉壶奴。

167. 又

西池岸上梅花色，自以箫郎惑。潘娘已在作嫦娥，在上广寒宫里泛清波。香风处处由人得，已是经君侧。连成一气作穿梭，此水只流儿女入心窝。

168. 又

西瓜大了芝麻小，一半甜香好。炎炎署署共道遥，结果方知成子靠秧苗。原来小大由之晓，作以人间道。天公气天公消，一半小儿头顶绿波飘。

169. 江城子

黄昏尽了柳成烟。小桥边，一婵娟。水里寒宫，已是正圆圆。不觉潘郎偷眼看，何有意，过心田。朝朝暮暮久思缘。已经年，共前川。容易相思，不易问当然，最是今天明月色，君莫去，我推船。

170. 又

村东系着我家船，小桥边，水如天。碧玉轻轻，吴女自纤纤。已见潘郎三五载，思日日，想年年。黄昏约定过乡田，已先先，又先先，却是原来，君子已先先。今日乘心如意去，天下去，自当然。

171. 潇湘夜雨《词律辞典》载独纳兰性德一体，与本体异，采一首，余日首采周紫芝体，两体俱平声韵　濡须对雪

潇湘寒竹雪，水天色，几分明灭。鼓瑟有妃灵，云端谁听，泪声不绝。未见苍梧情未见，九嶷山，晓月何圆缺。枫丹白露依依。素衣再着，弯弯无折。豪杰。风云应落寂，有移叠，如须还结。含含纳纳，舜时倾拙。已是江东江水路，仅其人，知己知天切。当然白皓当然，化融成泪，呜呜咽咽。

172. 又　周紫芝体

晓色一重重，斑斑竹泪。雪寒天暖有踪。腊梅花信，香已到开封。听得湘灵鼓瑟，妃情意，冰雪难容。苍梧月，广寒如此，人似夏如冬。神农。人不老，东流还是，朝海相邕。且细见九嶷，驱导淙淙。记取齐山舜耕，唐尧托，二女成从。君知否，

天教治水，人自作蛟龙。

173. 宴桃源

秦汉风流时候，封住桃源洞口。本原人间依旧，天下处处杨柳。杨柳，杨柳，唱尽阳关不守。

174. 又

一半秦秦汉汉，一半江江岸岸。水水共山山。相连相互隔断。隔断，隔断，望洋不必兴叹。

175. 又

不可人人贪酒，应见山川细柳，有土便当然，无须人自知否。知否，知否，天下杨杨柳柳。

176. 满江红　大雪

桥桥路路，一夜里，团团白雾。野茫茫，如烟烟树，并非如故。已是飞花飞柳絮，飘飘落落何分付，一忽扬，一忽又平平，倾倾注。有远近，无朝暮，有深浅，无闲步。已寒寒冷冷，以风难度。长白山中兴安岭，如今不缺棉花住。这雪原，林海已分层，三春雨。

177. 定风波令

杨柳钱塘两岸舫，运河同里几吴船。来去姑苏碧玉小桥边。有约周庄谁有约，芳草萋萋有红功。水月相照，重见小婵娟。

178. 蝶恋花

一夜不停风和雨，最是东吴，处处成烟幕。女是姑苏姑是女，春花不尽春花数。不住留春留不住，化作红尘，作了人间主。去去来来千百度，东君不在谁分付。

179. 永遇乐　五日

五日汨罗，九歌唱尽，舟竟求索。一半人间，三闾忘却，儿女相思约。和风曛艾，云雨红尘，独自见飞天雀。二妃者，鼓瑟湘灵，竹泪已斑斑落。长沙旧赋，今古长安故国，何人相托。云在君山，行行止止，雨在潇潇洛。长江流去，谁向江河，携了楚辞归阁。贾生多，经是花开，当先不若。

180. 蓦山溪　自述

朝朝暮暮，暮暮朝朝去，去去又来来，三万日，思思虑虑，十三万首，制格律诗词。寻鲁豫，下吴楚，八十南洋曙。朝朝暮暮，暮暮朝朝语。步步自催催，腊月梅，春秋夏暑，呼生百草，唤得是群芳，工精处，向神女，留下人间如。

181. 品令　重九前飞卿携酒过，赋军退舍，二十三体

临安路，应是长安路，菊花黄了，是重阳故。以天分付。手捻茱萸，已得大将风度。登临未足，客游子，归期数。应当年少，兵马先到，阳关朝暮。泾渭凌波，杨柳柳杨风雨。

182. 又

菊花香了玉壶，重阳上得茱萸。败成成败，去来来去，一言丈夫。北南南北各殊，无奈白首银须。岳飞且道，贺兰山下，请回故都。

183. 清平乐

长洲水净，作了姑苏镜。已在三千年里证，古古今今已定。今今古古吴城，夫差勾践精英。五霸春秋日月，淞江接了太湖名。

184. 又

江湖一水，半在淞江里。相接太湖名已是，始得江湖史纪。春秋五霸争旗，吴吴越越雄师。留下人间形迹，五湖五字传奇。

185. 又

江山一路，一路江山故。六浃连天连海雾，谁问馆娃玉树。运河杨柳东吴，天堂一半江都。八月钱塘记取，扬州美人姑苏。

186. 又

丁香小树，留下丛丛雾。清白花花清白故，只与群芳同住。桃桃李李姑苏，楼船美女江都，见了运河，方知百度东吴。

187. 又

干干净净，碧玉成天性。一半阴晴常不定，白白明明镜镜。江南处处精英，红荷展展平平。滴滴珠珠欲落，心心叶叶倾倾。

188. 又

东君已住，入了桃花暮。白雪梅花初让路，忘了后庭玉树。秋千上下沉浮，人心左右姑苏。不远云云雨雨，当然越越吴吴。

189. 浪淘沙　乙未除夜

灯竹忆声声，子夜分平，年年岁岁两倾城，腊月已终春月始，一作元生。零点撞钟鸣，远近恭迎。人人介意作新荣。莫以玄虚玄莫以，老子身名。

190. 又

一字过前川，一字飞天，人间一字始当然。一字飞鸿飞一字，一字方圆。一字一源泉，一字成年。千千万万数桑田。一亩三千苞谷种，一字当先。

191. 踏莎行

暮暮朝朝，朝朝暮暮。人生处处人生路，回回顾顾是回回，来来去去来来去。故故如如，如如故故。人人事事人人误。成成败败在成成，千千万万千千数。

192. 又

步步行行，行行步步。千年万里何为路。长亭一去一长亭，朝朝暮暮还朝暮。雾雾云云，去去雾雾，何知日月何知数。天天度度度天天，年年岁岁何多步。

193. 又谢人寄梅花

白雪梅花，梅花白雪。圆圆缺缺圆圆缺。年年岁岁数无终。弦弦十五弦弦列。灭灭明明，明明灭灭。初一三十当初切。何时计数计何时，谁人数尽谁人别。

194. 又

柳柳杨杨，杨杨柳柳，君人不尽君人口。几多叶叶并枝枝，平生粒粒

棵棵有。八十诗翁，天天手手，耕耘笔笔耕耘久。十三万首律诗词，人间留下苍髯首。

195. 雨中花令　吴兴道中

吴道上，兴泉流谷，处处生烟。雪茧红蚕已就，阡阡陌陌秋田。麦黄红杏，牧童银笛，慢慢前川。应步步，问杨寻柳，吟赋诗联。勾践夫差旧国，寒宫已住婵娟。万壑千巅，高山流水，塘上红莲。

196. 点绛唇　西池桃花

何处神仙，西池四围桃花满，绽蕾开断，结果香风暖。已见前川，子贵枝枝短短。红尘伴，一根千管，花果相承诞。

197. 又

寺寺僧僧，刘郎已去桃花散。有开无断，已是西池岸。岁岁年年，结果开花叹，人生半，运河河畔，柳柳杨杨赞。

198. 临江仙

木远山长天下去，风花雪月书儒。隋炀两岸运河图。连江连六溇，美女美三吴。我去你来君子度。杭州远了姑苏。楼船造就一江都。扬州杨柳性，玉液玉壶奴。

199. 又　自述

八十年来天下路，天天日日文耕。二千译等有诗成。行人行不止，持久持平生。一步观音观自己，心经处处精英。平平总是不平平。高低

高不止，俯仰俯时明。

200. 好事近　青阳道中见梅花

一路野梅香，应自守黄天荡。梦里镜湖去仰，四时成方向。春前春后一青阳，天下自朗朗。天落落开谁赏，独年光如往。

201. 又

腊月独宫黄，衣雪白时开放。傲影孤芳相像，苑中难其想。同香同类共寒心，僧寺见方丈。天下花生长，取经非玄奘。

202. 又

白雪覆寒梅，香存色含身内。四野不分谁配，与时同进退。无人无语自相催，呼以诸芳辈。春去夏来无昧，是年年向背。

203. 又

腊月带春心，先给与东君信。细雨里江山润，与时应同进。先来先去不须言，荣者不相容。飞燕落归当认，结人间秦晋。

204. 又

十步以香归，寒里雪中相配。独影独形成对，与东君进退。身前身后一方长，同岁共年态。开落落开应再，进时知时退。

205. 又

岁岁又年年，都代表东君面。四野里三宫院，以香成芳见。天才君子画眉妆，来去共飞燕。梅竹菊兰如媛，念奴长生殿。

第十六函

206. 酹江月

清流江月，正千波千折，不园无缺。风吹云涌曾不静，凛凛寒寒无约。白玉涛天，水精龙卷，一水谁泾洛。钱塘新垒，一鲸千浪沟壑。且望北斗开口，倾吞天水岸，严滩洲泊。不顾人间何所有，何以明珠求索。逝影潮归，乌纱何处，更谁知名利，素光如练，见鸿鹄已飞若。

207. 又

吴头吴尾，楚尾楚头水。一江流里，千载无可曾断去，逝者微生如斯。白玉淘天浊岸风卷，一泄倾沟谷。波涛波浪，莫惊鲸汉行止。十里不见天空，百年求索，不念沧桑何处有，难见明途相约。弄影梅花，以香成就，更眉妆成样，蜀湘相问，白头回首梅鹤。

208. 感皇恩

十里一长亭，长亭多少。四面山河满花草，行行止止，不尽遥遥缥缈。曰谁知我意，天机好。盛世明朝，人生正道，步步思思可知晓。一来一去，有有无无应了，无无作来去，人不老。

209. 又　除夜作

人自一无来，一无又去。不尽平生有何虑。飞飞落落，都似杨花柳絮。是传承子子，谁相如。三峡瑶姬，巫山神女，过了高唐两三语，暮朝朝暮，雨雨云云当与。襄王官渡口，宋玉楚。

210. 又　孤峰绝顶

绝顶一孤峰，青云碧洞。百鸟鸣声自朝凤。神仙不远，一枕里黄粱梦。见人生事事，公余众。独步独行，三诗三弄。小小梅花已香送，日曛云散，自得自然谁控。七老八十见，是君瓮。

211. 又　送别驾赴朝

可见一东吴，三生旧路，剑剑书书一朝暮，长亭短道，柳柳杨杨分付。是非何我问，谁如故。古古今今，云云雨雨。处处人生百千度。所闻所见，所历所身，如数，周秦唐宁史，似云雾。

212. 又　送侯彦嘉归彭泽

五溇一江苏，三山二水，鼓泽金陵六朝里。来来去去，不自无言行止。未明知睨，殊非是。宋齐梁陈，台城伊始。天地苍茫有飞雉。十尺远近，两翼垂肩相比。鸿鹄曾已度，南北子。

213. 洞仙歌

江梅香散，更幽幽何住。可惜东君已然误。到长安，无数桃李梨花，三大处，应自付。春风五度。却泾泾渭渭，过了潼关，入得黄河共朝暮。一咱切追随，管领中原，东营去，山洪风雨。已留下，年年儿天水，九曲变，潮来古今如故。

214. 贺新郎　自述

步步朝前路，有春秋，年年岁月，止行朝暮。不自功成名就去，也有公余自度。工格律，诗词歌赋。改革声中从日月，作朝郎，四品朝堂顾。曾制书，任分付。县县市市中央务，冶金部，交通部里，逐潘琪去，香港招商蛇口苦，且与袁庚同度。六百日、孤舟风雨。半壁江山荣半壁，再回京，国务院中幕，天地里，一飞鹫。

215. 苏幕遮

水云云，山雨雨，处处相连，处处人间同住。日月相邻同自度。暮暮朝朝，去去来来互。羿家家，同路路。不隔声声，不断情情顾。已是当然当不误，女女儿儿，不必何分付。

216. 又

问山山，听水水，朝也相邻，暮也相邻徙。起落船头知落起，一半余波，一半情无止。两三声，三五尺。不等呼酒，人先玉壶比。喜自平平平自喜。曲曲伸伸，醉醉醒醒里。

217. 一剪梅　送客

十步长亭十步林，步步回头。不见谁留，五湖日月五湖舟，不是杭州，不是苏州。三叠阳关一叠收，半是沙丘。不见王俆。英雄正道十三州，日月沉浮，日月春秋。

218. 千秋岁　生日

小春时候，二月初三守。江水暖，香梅秀。山呼知万岁，水碧浑江昼。星北斗，婵娟五女山前就。自以长春宙，兄弟五长茂。青禄义，燕斌又，兄兄还弟妹，家是亲亲首。曾左右，千秋节里人归后。

219. 又

当年生路，八十重回顾。乡第一，京城步。手攀天上桂，心折蓬莱树。勤读写，中南海里青云付。冶金方能部，香港蛇口住。天未了，潘琪去，却袁庚有学，归去江山许，天地故，创新改革当先步。

220. 又

二夫归去，却以三春数。芳草处，群芳伫，丁香先不语，桃李应相顾，成蹊路。梨花白了梅花许。不日间云雨，碧玉秋千付。人已见，招遥故。以高低未护，当露无当露，春在此，只留下少年仰慕。

221. 风入松

清明寒食落花天，上下秋千。一红半绿三心外，云间有了婵娟。最是不拘身显，纤腰细细如绵。声声呼叫误青年，上下飞翻。含羞含意含相露。犹胜不忘情怜。不怕紫阳青子，深心不可如泉。

222. 忆王孙

群芳百草忆王孙，柳柳杨杨半古村。独木成林老树根。已黄昏，满了红霞不闭门。

223. 减字木兰花

三春梅好，未见啼莺啼已少。碧玉西桥，宝带唯亭同里霄。长洲小小，见了运河心长草。乐得逍遥，八月钱塘处处潮。

224. 采桑子

风风雨雨应无定，眼皮浅癫，路路平生，日月耕耘日日明。行行止止当留影。目在前程，足在前程，不止心思不止情。

225. 渔父词 六首《词律辞典》采为渔歌子

一个神仙张志和，三生只作半渔歌。春月钓，夏时荷，秋问冬梅已几何。

226. 又

半个江湖明月多，千万风波一雨簔。三月鲤，夏红荷，八月纯鲈脍九歌。

227. 又

白鹭江湖白鹭飞，二月春暖鲤鱼肥。冲上岸，不知归，有云有雨不可依。

228. 又

西塞河边人不归，秋风初起蟹脚肥。青背暗，白肚扉。小小泥炉细细微。

229. 又

淞江只在太湖边，名就江湖共一天。明水色，似婵娟。拾得寒山问客船。

230. 又

人若有情人亦老，桃李成蹊子不少。自来去，几多少。九月重重一岁草。

231. 莫将

木兰花 未开

春心早与东君见，一蕾带露荷苞面。枝枝傲骨问和风，先藏叶叶长生殿。新妆白晳徐妃茜，影影姿姿都不炫。所怀生了一娃娃，误了初萌三两片。

232. 又 晨景

初春日色梅边变，美人共与寒心面。东君忘了告群芳，和风细雨先飞燕。丁香芍药三旬见，只与刘郎多利便。牡丹桃李未成蹊，一举朝天兰紫遍。

233. 又 雪里

箫娘上路翻衣袖，美人未得何时候。飘飘白雪作新妾，窈窕淑女千姿守。其中几点凝香秀，却是难藏呈豆蔻。若还猜得倩人书，不与东风分先后。

234. 又 晴天

晴川处处云烟守，子规不得何时候。阳明落照玉兰花，光光影影分开秀。朱唇半展芙蓉就，淑女新郎疑未守。夺情还意惹相思，误了人心分左右。

235. 又 风前

三千日月三十度，十年独立十年树。风前早已雨云观，当然向背相如赋，枝枝顶顶先如故，一旦惊疑应忆顾。已藏心思对人呼，误了平生多少付。

236. 又 月下

梅前柳后成琼玉，已花不叶无须绿。兰兰白白紫光明，长安街上人停足。婵娟自比藏娇束，桂影婆娑相互促。广寒宫里似人间，有约嫦娥情正酷。

237. 又 雨中

湘灵鼓瑟苍梧雨，化成竹泪千珠露。圆圆欲滴木兰明，枝枝不住花花住。潇潇夜夜何分付，已是云云成雾雾。几须留下作园华，顶顶尖尖千百度。

第十六函

238. 又　欲谢

心中已展心中路,早开早得人间幕。
兰花一帜寄东君,枝枝叶叶知相顾。
迟迟不必先先付。情情意意同一树。
叶生枝长供花开,有了埋多少故。

239. 又　吟咏

兰花自是天然度,早枝晚叶花先树。
东君动兵似群儒,江山日月由分付。
桃桃李李曾如故,早绿迟红朝也暮。
有无无有是非奴,不误平生何所误。

240. 又　望梅

寒心已动隆冬路,百花自得春梅顾,
群芳始是共群芳,江山日月光明许。
花花草草东君付,早早迟迟皆有度。
若还有了醉芙蓉,白雪疏香天下故。

241. 独脚令

莫须悄悄问东邻,草木风光已经春。
阵阵香风和袭人。是芳晨,一寸心
思一寸亲。

242. 浣溪沙

草木繁荣草木萋,高低不尽是高低,
鸟啼月落月鸟啼。

243. 又

一步相思一步非,乡归八十望乡归,
心扉不是故心扉。

244. 邵博　念奴娇

以来知往,古今是,处处如烟似雾。
咫尺天涯思不尽,事事时时相互,
已是繁纷,还成复朵,不可知分付。
年年岁岁,枯荣成败无数。无数,

无数,沉浮,见林中草木,司空见惯,
暮暮朝朝,枝叶处,朽朽荣荣难住。
日月江山,平生何所步,却天天度。
于无声处,当然云雨云雨。

245. 赵佶

声声慢　春

花红月白,美景良辰,天下一半秋春。
日月人间,何事误了红尘？皇州云
雨风阙,染征衫,步步金人。最苦是,
端门不就,未以经纶。未了得崇宁始,
道君神,宜和廿五年秦。万水千山,
北去五国胡沧。钩台洞天垂晚,将
金莲,送到天津。是何也？到如今,
琴断旷氤。

246. 又

天天地地,五七弦琴。谁可日日知音。
赵佶轻弹,君子自得衣襟。无端珠
泪靖国,到燕山,不了天林。最不是,
文章太守,一半人心。秦桧岳飞天下,
谁报国,精忠古古今今。帝帝王王,
草木日月甘霖。人间一曲杨柳,梅
花落,一半晴阴。去来也,这风潮,
百姓不禁。

247. 念奴娇

一夫天下,万夫见,指点江山不算。
留下周秦唐宋汉,足以兴兴叹叹。
百岁千年,朝朝代代,败败成成半,
江南杨柳,运河南北船岸。社稷不
是江山,已频频指点,河流河畔,
积水成滩。由帛易,有了运河霄旦。
不可垂鞭,江南江北见,莫天堂乱。
原来如此,人间人了人断。

248. 醉落魄　悼明节皇后

无言哽咽,何乱旧步重别。红梅
白雪用尽说。雪雪梅梅,月月有圆缺。
年年梅雪梅先列,人人何以多殷切。
来来去去无须折,不忍重看,伤痕
以心说。

249. 探春令

燕山一叶,阳关三叠,运河两岸。
杏花未得桃花半,这只是,春香散。
臣君琴舞从不断,已通宵达旦,是
去年,也是今年,曾许不负吴娃馆。

250. 聒龙谣

莫以临安,且是临安。作得了金銮
殿。文武朝班,已当君臣见。启皇
宫,金锁龙盘,玉柱边,勾心斗角,
清听琴,天籁萧萧,度人事,倍龙
宴。桑田闲。这钱塘,富春江水注,
杭州湾见。鸡人报晓,鼓钟分别院。
这人间,何以天力,有栋梁,有飞
来燕。求神仙,从玄元步,向道家面。

251. 临江仙　幸亳州途次

过水巡山何去也,无天无法无边。
亳州百里是桑田。农人农自守,道
客道清玄。往事何须回首问,神仙
谁是神仙。心中一半作方圆,民知
民土地,日照早前川。

252. 满庭芳

万里江山,三春日月,五代十国兴亡。
帝王将相,一度一黄粱。自古农夫
农土,何向背,一半阴阳。成天下,
还成草木,历尽苦情肠。古今古世,
从无到有,一字飞扬。五千年上下,

太守文章。毛泽东先生起，重天地，作了民堂。农字子，平平坐坐，如此故家乡。

253. 眼儿媚

今今古古，一农家，不是帝王华。和和战战，边边界界，误了风花。南北已见东西见，草木到天涯，五千年里，农夫作主，腊月梅花。

254. 燕山亭

一路燕山，日暖夜凉，草木何曾无语。行止止行，暮暮朝朝，不知是非何处。易得凋零，更多少，无情风雨。风雨，这人间谁知，是君主。鸟啼"康王康王"，"如今谁知你，快应还楚"。人可回头，苍苍茫茫，风流古今难顾。一步横空，未记取，梅花三弄。如故。如不故，王朝重度。

255. 金莲绕凤楼

凤阙端门金銮殿，天子步，三宫六院，有情无志音琴见，问霓裳，上梨园扇。听琴北，君子面，何不得，幽幽燕燕。木兰花谢春情恋，作红颜，只两三片。

256. 小重山

小草端门小草青，玉阶藏玉露，小丁丁。浮萍池上一浮萍，官漏促，宫外有洲汀。夜色数流萤，高低飞远近，作流星。唐尧舜禹在天庭，何竹泪，鼓瑟两湘灵。

257. 侯彭老

踏莎行　自述

十二封章，三千里路。人生两万天

朝暮。诗词格律品诗词，如来如去还如故。八十人生，天天步步，十三万首诗词赋。郎中四品始知书，耕耘日月耕耘住。

258. 李网

进士观文殿，临安浙水南。书生书不尽，小女小春蚕。

259. 水龙吟

中微汉运分三，江山社稷君臣路。一高而见，二中而见，三低而步。拒敌千里，迂回高见。中交平顾，三低无敌，以力相钧，死生相半，由谁分付。让金兵南下，军军阵阵，应断背，中原许。已是长江难渡，据人心，兵民如数。江南桂子赵吴吴越，垂鞭当误。百里钱塘，仲秋潮上，虎龙飞鹫。这年年岁岁，换来天下和平朝暮。

260. 念奴娇

英雄来去，已留下，日月雄才宏略。万里中原知立志，古古今今，相约，步步朝堂，灵犀相鉴，一品倾公爵。江山社稷，长江当是沟壑。将令驱驰风云，以兵兵阵阵，刀戈相博。自我中原，家户见，各自为家为国。持久群情，江南江北是，龙腾虎跃。单于听得，求安向北求索。

261. 喜迁莺

胡尘南渡，汉兵将，用武英雄一处。万里长江，当然天险，胜似长城信步。自古战和和战，俱是桑田误。困无力，别父母，门下刀戈朝暮。天路，

民是主。立意何图，一一何如故。成者称王，败者为寇，无素食，家茹苦，一天一天难付。一天一天风雨。可知道，这人间，点点人心留住。

262. 寄独那

西岐西独那，会稽会无常。直正方圆治，阳刚意气扬。

263. 水龙吟　太宗临渭上

胡胡汉汉金金金，龙龙虎虎今今古。平民百姓，朝朝暮暮，为母作父。一日三餐，青黄相继，种田园圃，序年年岁岁，儿儿女女，知落羽，来归土。不以战争弓弩，不和平，役行齐鲁，黄河万里，长城南北，兵兵府府，尽是苍夷，飞鹰哀号，鸣金收鼓，见鳞伤甲体，明年今日已无为武。

264. 念奴娇　宪宗平淮西

念奴娇里，有多少，天下人情事故。已是开元天宝去，只以玄宗信步。出水芙蓉，梨园羯鼓，还见霓裳赋，力士明皇，念奴曲里，已有声声度。江山社稷，人间如见如故。安禄山，史思明，已胡旋舞舞，燕山分付。蜀雨霖铃，回首处，竟是骊宫玉树。铁马金戈，衔枚今夜去，共云旒数。人生应作，为民为国之护。

265. 雨霖铃　明皇幸西蜀

骊山澜羽，雨霖铃处，蜀地天宇。江山社稷西去，胡旋节度，燕山军鼓。已是长安沦落，渭泾不歌舞。已遍是，安史胡人，一半残兵半如虎。

华清旧忆杨妃主,有霓裳,也听羯鼓,不问玄宗,龙房,人人事事城府,去去去,何必来来,处处成烟雨。

266. 喜迁莺

三边山水,正秋日,不可行行止止,你有单于,苍天云野,丰草地,牛羊里。我有帝王将相,已是轩辕乡里。这今古,各生居,何必干戈兴起。民子。和氏贵,无战和和,草盛田丰比。北北南南,不东西止,篦酒醉,温罗姊。驰驱白马行空,谋断文章猎豸。同以人生人理。共和处,共同情,古古今今重史。

267. 减字木兰花 读神仙传

弦弦篋篋,缺缺圆圆何互接。见得蓬莱,一度神仙一度来。枝枝叶叶,不是妻妻何妾妾,上了天台,未了人间未了梅。

268. 又

朝云暮雨,一半人生君子路,剑剑书居,不到三di不可居。今今古古,五品郎中三品许。卷卷舒舒,处处沉浮处处如。

269. 永遇乐 秋夜有感

下得南洋,回来北海,朝朝朝暮。四品郎中,诗词太守,格律工精赋。平生日月,枯荣草木,柳柳杨杨度。半山水,成成就就,此生进退如故。钟钟鼓鼓,随心随欲,只道前行步。已是身铭,身铭已是,日日成分付。耕耘日月,辛辛苦苦,三万日千百度。农家院,栽栽种种,和风细雨。

270. 望江南

今古事,书生望家乡。来去无声争早晚,小桥流水洗衣娘。不得故天长。春夏驿,秋菊冬梅香。步步朝前步,运河两岸多柳杨,不免半刘郎。

271. 水调歌头

水调歌头里,柳柳复杨杨。钱塘一半吴越,也有富春光。帛帛丝绸故道,如今运河南北,开放一隋炀。曾是苏杭故地,如此作天堂。江南水,江南月,有莲香。可以认知美女箫笛横竖自怀阳。二月琼花满地,六月荷风碧玉,腊冬问梅娘。回首江都问,紫攀胜黄粱。

272. 又 次前韵

不饮生平酒,八月问钱塘。潮头来自天上,一半作黄粱。一半惊涛骇浪,过了盐官大海,回首问苏杭。醒醉何须见,日月在南洋。运河水,杨柳岸,忆隋炀。朝庭官场商场,酒宴酒徒狂。籍着千杯万盏,已是张旭笔迹,李白贺知章,格律无须此,日月在书乡。

273. 念奴娇 中秋独作

中秋明月,广寒望,桂影婆娑无了。见此心经应草草,小小婵娟窈窕。格律诗律,方圆尺寸,草木繁荣好,江流江水其情多多少少。独坐独见何言,已僧僧道道,如来谁晓。万里长城,南北见,明月只当分好。你我他她,同天同地去,不无烦恼,人间天下,平平人老天老。

274. 感皇恩

九日采茱萸,黄花正好。万水千山满青草,江湖渺渺。岁年由律吕,人应老。世世情情,多多少少。进退微微几何了?有天有地,有水有山成道。三元三界净,三清早。

275. 渔家傲

九度重阳重九度,黄花满地黄花雨。雾雾山山山雾雾。天地路,朝朝暮暮朝朝暮。步步前行前步步,阡阡陌陌阡阡度。已付茱萸兄弟故。来去数,人情不可人情误。

276. 水调歌头 横山对月

对月横山上,木叶有无中。林林草草方friend,色色向长空。已到中秋分界,未及重阳重九,已得半苍穹。只是霜轻薄,北国雪方蓬。运河水,杨柳岸,断飞鸿。衡阳成了青海,南北不西东。静看天天地地,自是无无有有,因历成翁。是是非非客,自在自由衷。

277. 江城子 酒

无知饮酒少年郎,一苍苍,二茫茫。半向人生,半做读书狂。老来重阳重回首,三界水,五湖光。诗翁饮酒细思量。半杯香,半壶乡。记取金龟,李白贺知章,感事当然当感事,多少度,日方长。

278. 又

计翁饮酒细思量,老刘郎,小牛郎。李白千首,醉倒半吟肠。天子呼来呼不得,何日月,醉人乡。永王再振永王堂。檄文章,夜郎觞。再下当涂。捞月已茫茫。不可空谈空醒醉,三界里,一炎凉。

279. 感皇恩

百里运河亭,荒园花草。同里三吴感泽晓,嘉兴水浒,六合钱塘缥缈。日明知水色,多飞鸟。曲水兰亭,苏杭小小。近了天台自难老,一心主要,人自喜时方好,度春夏秋冬。衷情道。

280. 望江南

同里路,百步一江村。你我他她,何是志。女儿男子一乾坤,日落半黄昏。相约后,桂影入家门。最是邻家知不问,如来坐上念慈恩。结子小龟孙。

281. 又

香雪海,处处五湖春。六瓣梅花寻八瓣,洞庭山上自无匀,物象有经纶。浒关锁吴越一尘。十里姑苏老城郭,千年至此自同邻,不效东施颦。

282. 又

春雨水,一夜满斜塘。过了唯亭船不住,运河杨柳不声张。月上女儿舱。梅花落,曲里寄思量,两部蛙声相鼓吹,散花应作嫁衣裳,今夜箸红妆。

283. 又

天上望,北斗一文章。四四三三开口问,七星书剑剑正相当。以此向羲皇。明月淡,远远散余光。已是嫦娥从我老,故窥书案近孤床,此意眹难忘。

284. 江城子 瀑布

登天容易下天难,一波澜,半涛寒,一半龙蛟,一半卷云端,一半飞云飞滚落,须洞秦,入深埋。琉璃挂满玉玑宽,珠四溅,映千舟。坦荡霏微,八月见盐官。如是九天垂日月,川不尽,作岩峦。

285. 减字木兰花 荔枝二首

小桥碧玉,糯米荔枝天下欲。记取红尘,一马当先寄太真。芙蓉促促,叶叶枝枝方带绿,白白肌肤,七斛珍珠半念奴。

286. 又

芙蓉水里,半见芙蓉娇不起。一马长嘶,糯米荔枝已见犀。华清花蕊,虢国夫人先已姊。鸟已栖栖,见得明皇见得霓。

287. 丑奴儿 木犀 实为采桑子体 非丑奴儿。

幽香只待秋风起,只待秋风。只待秋风,不与群芳争异同。摇摇翠翠微微色,一半深红,一半深红,不满人间志不穷。

288. 又

黄金十步清香散,十步清香。十步清香。半断幽人半断肠。残英已故炎凉色。已故炎凉。已故炎凉,一片红妆一片芳。

289. 江城子

今年九日在潇湘。半层霜,一衡阳。不尽飞鸿,也是客家乡。上月雁门关外见,惊木叶,早天凉。二妃鼓瑟曲方长。天苍苍,野茫茫。竹泪难停,不改九嶷妆。留待人间人治水,荣草木,阔圆方。

290. 水调歌头 李太白画像

太白青莲子,天地作秋春,非非是是看破,却檄永王璘。已近千首诗作,天子呼来已醉,力士相扶将。下笔清平乐,胜似豫章文。当涂月,江油月,夜郎肠。诗人一世南北半世断衷肠。莫以平生醒醉,侍奉翰林左右,以事正明皇。不免终生志,蜀道有陈仓。

291. 水龙吟

苏州甪直昆山,太仓常熟张家港,吴门音韵,长洲草木,江湖蟹蚌。楚尾吴头,运河杨柳,千年刘项。问夫差勾践,春秋不尽,天下客,谁人讲。一百里,黄天荡,洞庭山,五湖中泱。寒山拾得,枫桥明月,渔舟孟昶,春节春风,春云春雨,寺僧方丈,六浃钱塘水,盘门不远,胥门方向。

292. 又 上巳日出郊

文章被禊兰亭,骚客上巳心清正。天台日月,潇湘草木,江湖水镜。泾渭归河,富春江畔,钱塘加并。尽佳人才子,诗词歌赋,天地外,人间性,最是临安大晟,有琴声,有王家令,江南塞北,长安幽蓟,朝朝令令。治国兴文,保家崇武,贺兰山柄,作龙龙虎虎,扫平天下自胡尘净。

293. 水调歌头　前题

书书剑剑书书，文文武武文文路。朝朝暮暮，南南北北，来来去去。西战东征，玉门关外，秦皇奴个许。自春秋列国，隋炀汴水，杨柳岸，江南雨。社稷江山如故，故何如，并非如故。黄河故道，一流九曲，湾湾可数。年年岁岁由天分付。

294. 江城子　二〇一八戊戌重阳

今天戊戌又重阳。菊花黄，一衷肠。少小重阳，处处问爹娘，何谓重阳重日月，承地理，谢天光。人间九九久重阳，上天堂，下钱塘。三载苏杭，六十退休忙。格律诗词专业著，惊北海，正南洋。

295. 又

重阳三载太湖东，洞庭峰，洞庭峦，洞庭山峰，攀顶半秋风。人在登高登远望，向地理，问天公。无穷远处是无穷。有无中，去来空。一半乾坤，一半作飞鸿，读学诗书南北路，朝不尽，暮无终。

296. 又

重阳九九五湖东。水云空，雨烟风，一半长洲，四品老郎中。色色空空空色色，来去处，有无处，是非穷。人生八十老诗翁。木林丛，客飞鸿，北北南南，百度百相逢，格律诗词十三万，工首首，始无终。

297. 望江南　过分水岭

分水岭，北水一黄河，南水三东应逝去，源头青海映天波。处处是滹沱。千万里，湿地满漩涡。回首康藏连海隅，奔流天地逐嫦娥，不废问汨罗。

298. 又

分水岭，南北大江河。嘉陵一半澜沧水，金沙不能净干戈。泛泛亚洲波。应镇海，锁住九龙鼍，日日波涛流不尽，苍梧竹泪已多多。可问二湘娥。

299. 又

分水岭，自古见精英。神宵九脉唐陶治，尧知舜鲧禹方成，阻导可疏行。天地界，唯此一纵横。以得人间甘苦济，英雄问海再生生，万类可枯荣。

300. 又

分水岭，水水自山山，阳关不锁玉门关，黄河九曲十八湾。到鲁不回还。千万里，一半云来颜。已位长城长万里，南南北北又分蛮，战战和和间。

301. 又

分水岭，北北界南南，青藏湿地自函涵。蛟龙自得阔渊潭。闽粤作江湛。来去见，泽国向家淦。但见丝茧丝不尽，般般物象似蚕蚕，岁岁则梅岚。

302. 又

分水岭，水水青海潜。江流万里不回还。如斯逝者治江山。导导阻疏湾，渊积见，泽济自幽潺。已是文华文化水，无须武勇武如山。水水是山山。

303. 六幺令　取《词律辞典》六幺令体。独一体

东与西，玉石齐。物象天机运坎离。金丹汞液霓。有高低，不栖栖，是昌黎，上会稽。

304. 六幺令　金陵怀古

秦皇金紫，三山二水别。歌花玉树，北固空锁金山杰。望尽台城梁武，兴亡如梦歇。潮回明灭。烟烟雨雨，只见寒宫圆缺。钟山钟鼓僧寺，波波又折折。江水东去西来，逝者如名节，纵横留下山海，可见石头阙。人情不绝。如来如去，见得渔翁钓江雪。

305. 喜迁莺　泛舟

波涛大娇,点点一词典舟,遥遥渺渺,两岸惊空,云烟成雨,当以玉霄飞鸟。上下谷峰直取,不邮英雄多少。自知道,有蛟龙舞水,向天混扰。谁晓。潮不了,动魄思危,天下人微小。近一瑶池,八仙过海,江亩断乾坤表。只有两仪分半,四象八卦封沼。此生矣,是落花流水,何时心老。

306. 又　塞上作

三边朝暮,雪锁长白山,春秋不住。一岭兴安,浑江江岸,知五女山前路。向八卦城下问,八十年中何路。向前走,有行行止止,却不退步。夜雨,听已故。少小离家,何所谁分付。剑剑书书,杏坛师主,关外作燕山鹜,我本是山东仔,正四品郎中度。老人矣,有去来来去,诗词歌赋。

307. 一剪梅 少年时

冰雪封江处处寒，白玉枫丹。五彩云端。不归年少上邯郸。山海关外，都是峰峦。离了家乡上杏坛，父母心安。步步汗漫，一生未及三品官，诗作千冠，词作千冠。

308. 玉蝴蝶 十一体，小令始手温庭筠，长调始于柳永。秣陵

步下石头城外，秣陵极目，问景阳钟。宋玉悲秋，我且与六朝逢。这梁武，兄兄弟弟，又共事，天竺心踪。佛相从，故何在，如来如恭。开封。观音指水，三生大势，处处中庸。海阔山高，未知虎虎亦龙龙。燕子矶，中流砥柱，荷花岸，水上芙蓉，望江南，断鸿声里，北固山峰。

309. 水龙吟 又

金陵处处云烟，秦淮处处笙歌暮。台城木叶，凤凰遗迹，齐梁雨雾。虎踞龙盘，钟山江水，六朝分付。问今今古古，成成败败，应不止，江山故。何是江山无主，自当然，以农家住。千秋社稷，轩辕陶禹英雄一路，历代兴亡，每朝荣辱，民间何苦，是人无聊生，涂炭生命古今难数。

310. 西江月 李纲赠友人侍儿莺莺

落落飞飞燕燕，朝朝暮暮莺莺。吴吴越越百花明，绿绿红红净净。去去来来见见，轻轻巧巧盈盈，春秋一半自枯荣，留在人间百姓。

311. 浣溪沙 戊戌重阳访大成李杰先生寄异形柿子

千亩燕山百里庄，三秋异柿半红黄，大成庙口两重阳。一带中华中一路，九君九九九天光。巴新世界地南洋。

312. 苏武令

塞上三边，榆关千里。林海雪原冰水。一半江山，三千军士，射虎幽州龙视。问贺兰，寻道渔阳，归黄阁，作长城垒。南北顾，致主东西，中原多少，只以平民相比。调鼎作霖，弓身社稷，桑田子应如此，归来自然交趾。阳关三叠唱，沙鸣大漠，自当无己。

313. 胡舜陟

感皇恩

不得梦中人，天涯音信。一月同天自生吝，睁开两目，桂影嫦娥秦晋。月明知所意，由窗进。见得细腰，多姿独慎。小小声声落双鬓。散香未尽，留下同君共润。寒宫再不冷，心心印。

314. 渔家傲 江行阻风

一只渔鸥飞又落，心中无数何求索。今日江行风未约。何相托，无须极目今如雀。雨雨云云多少错，当今静待波涛跃，岸上钓翁情所若，同舟泊，人生莫搴何言拓。

315. 李祁

减字木兰花

梨花满院，白面知书知白面，溪小源泉，一半人生一半田。飞来小燕，暮暮朝朝多少见，岁岁年年，问过婵娟问过天。

316. 点绛唇

过了春分，黄花满了清明路，不听公度，可在人人许。寒食东君，香雪海中步。梅香故，牡丹香故，只是江南故。

317. 青玉案

运河两岸多杨柳，小桥下红酥手。碧玉浣沙溪水，展鸾腰细，西施知否，此系夫差守。脉脉不怕惊回首，不可思量不可走。只有清波清只有，鹤妻梅子，是女如妇，以此千杯酒。

318. 鹊桥仙

春风淡淡，春波淼淼，岁岁东君来早，运河已青青，已长满，花花草草。小桥碧玉，兰衣小小，见得心前飞鸟。钱塘水色五湖潮，眼光里，无人不晓。

319. 阮郎归

郎中四品小蓬山，诗词格律班。沙鸣天下月芽湾，楼兰大漠还。交河岸，玉门在，人生莫等闲。黄昏海市蜃楼颜，天高以寸攀。

320. 南歌子

落落君山水，萧萧木叶声。衡阳芦苇雁栖鸣。鼓瑟二妃心上满湘情。竹上枪梧泪，云中见女英。娥皇一曲半枯荣，只见洞庭日月九嶷明。

321. 醉桃源

人生一半在江湖，运河向江都。相

如已上酒家炉。不问文君姑。何玉蕊，笃念奴，莫以知音问。西施曲舞问姑苏，何以是有无。

322. 朝中措

春亭早早探春来，水月共江梅。已见钱塘逝水，青青草碧花开。佳人才子，杨杨柳柳，儿女相催。只有群芳百艳，烟烟雨雨楼台。

323. 西江月

日日朝朝暮暮，诗诗格律词词。生生处处有新知。柳柳杨杨雨雨。翠翠微微路路，迟迟老老时时。坚坚持持古人期，古古今今付付。

324. 又

已见三山二水，又闻九陌千芳。诗词格律豫文章，日月耕耘苦里。燕子矶头929异，金陵北国山。阳关不是玉门关，但见六朝事纪。

325. 如梦令

甪直斜塘深处，三峡瑶姬神女，是楚尾吴头，留下女儿无语，吴楚，吴楚，近了龙盘虎踞。

326. 又

到了江南处处，问得姑苏女女，碧玉小桥边，细听取吴门语，相如，相如，只可与文君与。

327. 水龙吟　郎官湖

黄河万里黄河，长江万里长江路。古今一路，古今路路，西东路路。上自江源，下至东海，湾湾分付。这中华大地，南南北北，天下去，

谁分付。自以英雄何故，一长城，半分朝暮。同生日月，共当林木，人经百度。牧马昆仑，耕田齐鲁，诗词歌赋，俱杏坛弟子，人间如此以文成步。

328. 浪淘沙

一水自西东，色色空空。今今古古几英雄，只与农田农自主，济世扶穷。一首毛泽东，唱东方红。农家子女告家翁。自此人间天下治，世界成公。

329. 叶祖义

如梦令

如梦，如梦，天下人间如梦。

330. 又

百鸟当然朝凤，一月梅花三弄。处处已东风，十里长亭相送。

331. 左誉

失调名

天台誉与言，进士向轩辕。

332. 吕直夫

洞仙歌　四十一体

春春细雨，处处江南草。玉艳藏羞且偷笑，五湖边，宝带桥下风流，且许是，谁许姑苏小小。三年磨一剑，举步遥遥，日色荷花洞庭好。两目里，满红莲，出水芙蓉，当相顾，黄花碧鸟，已落下，情随岁华迁，便采得莲蓬，水天缥缈。

333. 杨景

婆罗门引，几首与《词律辞典》曹组"望月"同

广寒宫里，吴刚伐桂声声。嫦娥玉兔私明。自在当天高挂，木叶向秋荣。已度弦上下，梦里精英。佳人自清己如水，与君盟，夜夜明明相许，暗寄私情。人声不到，可相就，玉肌系红缨。凝望处，且莫多惊。

334. 范智闻

西江月

红白相匀玉烛，青黄参半袈裟。天涯咫尺一天涯，向背如来手下。自得乾坤日月，人间正道桑麻。东君自得自梅花，唤起群芳早嫁。

335. 蒋元龙

好事近

早早杜鹃啼，白雪丛中寻觅，明日三更前后，满山红红织。迎春一半迎春花，映山映天色。自比群芳先到，只须人间得。

336. 阮郎归

春风春雨一春天，烟烟处处泉。一人天下一婵娟。无声天上眠。圆一日，缺弦弦，年年三百天。广寒宫里广寒田，清清久不全。

337. 乌夜啼

凤凤雨雨匆匆，半残红。远近山木烟雾，有无中。云不定，水石磬，色空空，一见人间竿径，广寒宫。

338. 周格非

绿头鸭

不知春,绿染遍,诸芳开后,一半晴,一半阴。有莺啼,香香色色,满花絮,作了新茵。桃李梨花,已明老树,风骚重见向天津,丁香问海棠结子,处处红尘。几因循,身心好在,何妨不知佳人。这黄粱,不远京蓟,已百度,八十诗人,日月里,思量处处,君子独相珍。来去枣,阳光照海,这人类面向经纶。这三次浪潮之后,再作新邻。

南宋·马远
华灯侍宴图

读写全宋词一万七千首
第十七函

1. 程邻

西江月

一半人间如梦,三千弟子无声。春秋草木自枯荣,百鸟山中朝凤。官场迎迎送送,人家处处平平,离乡背井作书生,胜似梅花三弄。

2. 何籀

宴清都

人在长亭路,行十里,再行长亭朝暮。长长短短,朝朝暮暮,不知分付。迟迟早早回顾,已早是、辛辛苦苦。有远山,也有近步。山故,水故,人故。如故,水水山山,文文化化,战和无数。帝王官场,农家田亩,两相倾误。朝朝代代何祚。自来去,云云雾雾。只要得,世世农夫,苍生百度。

3. 菩萨蛮 春闺

长亭不尽长亭路,朝朝暮暮朝朝暮。一月一婵娟,三更三梦天。此生何不住,彼世应其误,夜夜自相怜,闺闺床外边。

4. 廖世美

烛影摇红 题浮云楼

独倚闺门,遥遥日落黄昏雨。浮云楼上有西厢,全是莺莺误。约好刘郎不顾,倒惹起、思量无数,时得见,春宵晚了,春情春妒。相倾相许。烛影摇红,不常相约春心住,岸边已有竹枝声,心意难分付。已见云收雨散,沿小巷,心如急步。余光还在,相知相见,再云再雨。

5. 好事近 夕景

日落已黄昏,夕景天涯难禁,见得残阳山顶,去来终其荫。形形影影自相亲,草木最红浸。见得飞鸟惊起,老人知深沉。

6. 李元卓

菩萨蛮

黄昏不尽长亭路,人生未了江山步。有了运河渠,隋炀连五湖。长城南北付,日月分开度。草木满江都,天堂大丈夫。

7. 张方仲

殢人娇 《词律辞典》载为张宗智词

多少青楼,依依就就,应何是,烟烟酒酒。无言无语,是非醒醉后。李太白,当涂月明杨柳。曾贺知章,金龟在手,这淋漓,明皇左右,翰林今古,侍奉谁知否,俱往矣!何烟酒,谁烟酒。

8. 查莹

透碧霄

一春秋,一年离合问春秋。不难想起,秦王嬴政,吕氏春秋。书生书剑,舠稜照日,意满神州。孟春时,木德春忧。已人间经夏,浮萍浮水,阆苑季秋。顺民成得意,东山天地,更精通交游。似去程,如来路,君子重几沉浮。一江逝水,西源万里,知顺东流。木半舟,应载千愁。练波曾送远,屏山遮断,不似春秋。胜似春秋,只是难留。

9. 李敦诗

卜算子

一望路迢迢,半解书生好。不到金

陵问六朝，已满台城草。每每子规谣，独独长安道，不是公卿不可雕，名利知多少。

10. 康仲伯

忆真妃

人间一半离愁，人难留。江水滔滔流去，载轻舟。千百里，风涛逐，自沉浮。明日小楼西侧，债纤柔。

11. 程过

昭君怨

蜀女汉宫不顾，只与阴山常住。做得小单于，玉壶苏。怨怨恩恩已故，敕勒川前分付。不以运河水，下江都。

12. 满江红 梅

隔岁东君，方今是，披衣白雪。当藏住，春蕾香动，腊黄红列。已是隆冬隆日月，散芳独傲佳人折。叶未生，只是共婵娟，同圆缺。春已近，冬未别。冰河冻，何明灭。顶天还立地，不多豪杰。日月天光相照顾，寒寒暖暖从无绝，向群芳，自以自姿身，西施拙。

13. 曾憷

浣溪沙

别样清芬扑面来，枝枝一色在天台。隋清寺上独孤开。记取运河杨柳岸，青莲处处雨花催。书生借认是江梅。

14. 调笑令 并口号

九日东篱草木问，三秋五柳自等闲。

当炉不是相如酒，只向文君一令还。杨柳，杨柳，从不尽，君子手。江楼江水江舟，春夏秋冬不休。时候，时候，只可三杯苦酒。

15. 又

杨柳，杨柳，五斗弯腰芳右。弃弦鼓木春秋，江楼不问江流。知否，知否，不可常常回首。

16. 又

朋友，朋友，日月无须饮酒。歌歌曲曲诗词，地地天天互知。人口，人口，向前行行走走。

17. 又

又

朋友，朋友，李白知章惊首。金龟换来沉浮，谁人记取酒楼。重九，重九，本是无无有有。

18. 临江仙

已见钟离钟八段，神仙只在人间。吕公石壁列天。三江三水去，一路一云闲。虎虎龙龙交萃处，云云雨雨山山。天天地地一回还。阴阳分八卦，日月两仪关。

19. 张纲

念奴娇

五湖山水，日月里，自与淞江朝暮。人曰江湖天下士，留取英雄一路。南是湖州，长洲四围，无锡居北顾。黄天荡里，烟烟云雨云雨。洞庭山下姑苏，正莼鲈八月，钱塘分付。

一线潮头，惊草木，上已三吴天住，下已风涛，盐官倾海雾。几何回顾。江南江北，人间谁顾谁顾。

20. 又

巫山三峡，到官渡，百里瑶姬神女。十二峰中风水月，宋玉瞿塘赋。栈道嘉陵，东流而去，不可分朝暮。人间留得，巫山云雨云雨。回首白帝夔门，锁长江不住，茫茫烟雾。不见高唐，知楚客，只以人情分付。别了陈仓，来寻天下路，是非无数，是非无数。是在如故如故。

21. 青门饮 京师送王敏归乡

山远浮烟，近舟潮住，斜阳影里，都门无渡。野色沉沉，翠微隐隐，明日半分朝暮。何谓分付。记取。天街云雨，年月里光阴，辛辛苦苦。一字清歌，半生家梦，三载去来无数。工尽诗词句，作文章，南楼步步，去去来来，难断望中乡路。

22. 蓦山溪 甲辰生日 自述

朝朝暮暮，不尽平生路。父母弟兄间，小六妹，心心不误。京城故里，五品小郎中，都是误。都是误，都是亲情误。童儿学步，少小何故，读学独行行，又儿女，云云雨雨。贫贫不富，老去老人心，无有度，有无度，有有无无度。

23. 临江仙 重九

一片姑苏香雪海，群芳处处相新，洞庭十里碧螺春，茗茶泉远水，口味落红尘。九九重阳重九九，黄花处处经纶。天平山上馆娃人。吴山吴不止,越水越南邻。

24. 又　坚生日

一日生来何是处,平生日月枯荣。行行止止又行行,无须成败问,不得误身名。一日未知何处去,人情了了人情。横横纵纵亦横横,横空应结世,纵竖可相盟。

25. 满庭芳　生日　自述

六十公余,八十独树,已半天下枯荣。不蘇年月,二万九千天,十万诗词歌赋,天下路,日日书明。耕耘记,文章太守,四品郎中名。自无,来自无,去无,去去。一世精英,步入中南海,制书文声。如此年年岁岁,因积日,果见丰成。知天下,无无有有,步步是人生。

26. 又　荣国生日

一路生平,三春草木,已是云雨萌萌。有无先后,却利利名名。何以官官禄禄,天下去,苦苦营营。衙门里,长城内外,净战净争争。请缨,请去去,英雄独树,左右弓惊。寒北江南见,大漠沙鸣,百姓喜闻乐见,田亩事,只要和平。和平是,天天地地,自在自枯荣。

27. 万年欢　荣国生日

美景良宸有,梅花三弄。四展三舒。一半孤芳,文君白雪相如。红艳披衣对影,向东君、已有当初。浑凝是,碧玉冰姿,寿阳粉面儒书。我情自然多感,有秦淮庚岭,误得樵渔。

且蝗高山流水,步上元虚,七十因谁八十,九十岁,百岁三闻。芝兰色,秋实春花,佳品公余。

28. 浣溪沙　茶国生日四首

鹤鹤龟龟弄玉堂,梅梅雪雪女儿妆,红红白白散清香。海上蟠桃元未老,寒宫桂树透余光。吟诗一首颂年长。

29. 又

岁月梅花岁月香,阳春白雪白春阳。红汝素裹素红妆。一曲高山流水唱,知音俱在雅君旁,人间岁月与人长。

30. 又

白雪飞飞半不停,东君处处一青青。潇湘鼓瑟二妃灵。已见苍梧流水色,人间留下治人听,知君自得自心宁。

31. 又

过隙光阴过隙来,梅花腊月自心开。天台日月满天台。岭上光阴先得得,春媒借雨百花催。百年岁月百年恢。

32. 点绛唇

步步人生,高山流水知音舞,古今今古,唱彻黄金缕。止止行行,处处成龙虎。知文武,又闻渔父,八十听钟鼓。

33. 又

入得长安,秦唐留下秦唐府。古今今古,且以长城伍。上得长城,南北难分主,江山数,房平平房,已是千年羽。

34. 江城子

江流逝水带江风,已无穷,自无穷。半上江楼,半下大江东。岁岁年年千万里,来急急,去匆匆。江流无始也无终。水色色,月空空,独有骄阳,早晚寄红红。带去千年千古事,今古里,有无中。

35. 绿头鸭

已中春,百草碧,一莺啼后,诸芳深浅不匀。粉红黄,丁香白雪,杏桃李,以海棠邻。初笋尖尖,只应雨后,清明寒食已天轮。江南岸,水烟处处,谷雨天津。望婵娟,无遮好在,何妨柳条垂纶。影婆娑,不须惊梦,千百度,上下分身。置带草,沈腰楚细,明月照风尘。相就相依,黄粱了,一人一夜一和亲。只记得,私心其向,作古今人。

36. 又

小江沦,遍野草,野花前后,自然红绿不匀。一莺啼,千声不止,半风起,满了衣巾。知小桥边,几多碧玉,风光未已入新春,平和水,雨云处处,误了腰身。踏茵茵,泉溪小小,微微细声垂询,不功名,只须长久,共谷雨,也共同津。去远远,轻轻缓缓,点滴积清濑。南面丁香,梨花芍药,牡丹处处染红尘。小隐见,樵渔桑妇,只作茶人。

37. 感皇恩　休官　自述

六十退休官,无须练剑。自得公余自由念,诗词格律,字句工精孤赡。

十三万首达,诗翁兼。少小知音,耕耘经验。李白王维各相沾。一生不止,水水波波激滟,长江流逝去,吕家店。

38. 朝中措　安人生日

年年生日拜高堂,心上一炉香。作得诗词南北,三千里扬长。去来一世文章守,却误了爹娘。回首老人情上,依依梦里家乡。

39. 浣溪沙　天水岐山

陇上人中寿善堂,秦中府第福阳光。千田九陌是圆方,自古轩辕天水岸,如今日月见沧桑。春秋不尽百花香。

40. 朝中措

书生初对大明宫,蛇口去时风,国务院中天气,分庭是,能源工。农村能源农村计,心上告乃翁。风水电煤开放,中华日月方红。

41. 又

别来朝暮久思量,同是故家乡。同是走南经北,萧郎何以刘郎。东风赤壁连营见,你我共周郎。且问行人知否?隋炀有,运河长。

42. 凤栖梧

十日小春桑叶暖。春蚕抽丝,莫以知长短。应为高筐藏娃馆,一声响得多伙伴。贵人西施行缓缓,兰蕙芬芳,情已风流满。步步寻思休漠管,吴江隔岸烟云散。

43. 又

九日重阳菊花里,田家正忙,场院黄粱垒。左右邻家常相比,今年雨顺风调祀。社日村夫多酒水,醉了儿孙,扶我问知已。两步郎含叁步矣,伸拳不数何几?

44. 好事近

只在运河边,柳柳梅梅如手。英以商船来去,不须三杯酒。中春已是艳阳天,水月可回首,一半人生朝暮,此情应知否。

45. 菩萨蛮　上元

半遮半掩东君面,梅花已向群芳见。走马一灯前,天花千色妍。长街飞去燕,谁挂长生殿,不像悬,当空明赤县。

46. 又

功成名就人难断,运河南北行舟岸。一路一江船,三生三界天。中青分一产,老少成全散。岁月度年年,行程前面看。

47. 清平乐　上元

红灯一路,岁岁应如故。只是行人老步,已近了人生暮。吴吴越越奴奴,姑姑小小苏苏,汉武秦皇来去,隋炀留下江都。

48. 人月圆

南朝已作金陵故,犹唱后庭花。秦淮二水三山日月,天下谁家。黄粱一梦,南天玉柱,同是天涯。运河南北,长城内外,人以桑麻。

49. 西江月　生日

年少年青年老,如生如浪如潮。何圆一梦上云霄,人在人情人好。水水山山日月,忙忙碌碌逍遥,无无有有奈何桥,去去来来草草。

50. 惜分飞

三叠阳关天下路,不计朝朝暮暮。李广幽州故,阴山飞将谁分付。一步凌云凌一步,霍卫酒泉百度,不以英雄数,不知天水今何处?

51. 减字木兰花

半枝红杏,五尺冰肌留玉影,白白红红,有了梅香有了风。回回省省,独立婷婷文静静,自有情衷,俱是儿儿女女逢。

52. 李清照

孤雁儿

寒心不在寒冰里,只任得,东君起。疏香隐隐散群芳,垦姐妹情怀莫如姊。玉女三弄,阳春白雪,无梦黄粱里。柳边微雨烟烟水。少催色,多旖旎。江南人在易安城,衣素皙肌红蕊,不留自己,春来春在,春变重始。

53. 满庭霜　又名满庭芳七体

白白黄黄,疏疏澹澹,傲傲气气幽幽。腊冬寒月,披挂雪花裘。玉玉婷婷立立,春不远,望尽神州。东君问,群芳已见,香雪海中游。冬梅冬已尽,春梅其女,嫁与风流。且琼花共处,满了扬州。近了杨杨柳柳。江南岸,处处商舟。人情里,桃桃李李,由我上心头。

54. 玉楼春

人间正道人道客，阡阡陌陌阡阡陌陌。杨杨柳柳杨杨垂。处处梅梅处处帛。太伯江苏江太伯，水水山山水多泽。烟烟雨雨曾相逸，九脉香流香九脉。

55. 渔家傲

一树梨花花一树，阳春白雪知如故。自是藏心藏不庆父不死，梅似雾，东君寻得香香付。浴女无妆无拘束，不疑有眼偷相顾，且向珍珠波浪数，云下雨，呼来宋玉高唐赋。

56. 清平乐

年年白雪，岁岁知圆缺，白雪梅花梅白雪，只向婵娟细说。弦弦狭狭嫦娥，圆圆缺缺穿梭，腊月心情已定，东君带我先河。

57. 南歌子

水上浮萍色，人间别云何。牛郎七夕过天，借得鹊桥相就已情多。不似汨罗岸，谁人唱九歌，婆娑水月水婆娑，桂影寒宫玉兔问嫦娥。

58. 转调满庭芳

过了泉城，运河南下，六淡会合钱塘。长洲杨柳，一路半苏杭。两岸繁荣草木风水，润泽花香听吴语，侬侬女女处处是天堂。三年，同里寺，退思园里，拙政炎凉，剑池虎丘五霸，吴越山乡，勾践夫差已故，如今也，无以俯仰，应来去，有寻无觅，日月旧时光。

59. 渔家傲　自述

一步人生人一步，行行止止行行路，暮暮朝朝朝又暮，何分付，年年岁岁年年度。面向前程前面向，辛辛苦苦辛辛苦，不误心思心不误，天下去，回头八十回头数。

60. 如梦令

五月有分朝暮，一半始终云雨。杨柳运河边，碧玉已知如故主。何故，何故，只以人情分付。

61. 又

不是人生如酒，却是人生如酒。一路一人生，一路是非杨柳。杨柳，杨柳，地地天天知否？

62. 多丽　咏白菊　寄巩汉林先生

东篱下，运河宝带桥边，小舟前，风流两岸，碧玉上了心田。贵妃身，西施如面，昭君回首问貂婵。今日重阳，采茱萸草，寄兄兄弟弟成仙。未情了，黄花天下，素素自当然。秋风里，陶公五斗，韩令偷怜。有人情，司空见惯，未知云雨娇妍。可依依，一丝不挂，广寒宫里作婵娟。欲展还收，团团围定，方方正正又圆圆，屈子叹，高唐宋玉，书就芳姿全。重妆复，阳春白雪，一色前川。

63. 菩萨蛮

心情不好心情好，心情难了心情了。一水一波潮，三生三界辽。春春何草草，日月谁多少？已见路遥遥，只须行步消。

64. 又

飞鸿二度飞鸿渡，春秋不断春秋路。一字一人图，三湘三玉湖。衡阳青海雾，独木成林树。水水是东吴，山山非丈夫。

65. 浣溪沙

未饮千杯自作雄，三巡一遍已成风，人间по此过西东。李白当涂曾捞月，连营孟德杜康中，精英不可酒雕虫。

66. 又

一树梅花一树香，重阳菊色又重阳。炎凉一半自炎凉。事事人间人事事，西凉过去又西凉，苍桑不尽一苍桑。

67. 又

寒食清明雨自然，秋千湿了上秋千。神仙说我是神仙。衣带贴身飞不起，纤纤腰细更纤纤，娟娟楚楚作娟娟。

68. 凤凰台上忆吹箫　别情

别是离情，人非草木。人生水上行舟。莫以高低见，自在东流。宋玉高唐赋，荆轲诺，不顾春秋。知音曲，穆公弄玉，箫史神州。秦楼，凤凰去也，曾三叠阳关，水调歌头，又武陵人去，三峡飞舟，只见瑶姬云雨，无念我，逝水难留。排空望，前行未了，不可无忧。

69. 一剪梅

出水芙蓉已不羞，隔了春秋，近了兰舟。莲蓬结子有花求，蜂在心头，蝶在心头。水有浮萍水不流,有了深水有,没了轻柔。情由自是自情由,上了眉头,上了心头。

70. 蝶恋花

一曲高山流水线,三叠阳关,下里巴人面。不是知音何不见,明皇上得长生殿。落雁南飞南落雁,锁玉门关。已到衡阳甸,一字人形天下遭,声声自语声声传。

71. 又

有了春心春不定,背了东君,向了群芳性。最是人间人百姓,赵钱孙李明诚经。柳眼梅肋儿女病。莫误新萌,不可多临镜。见了刘郎应季孟,清清约得清清净。

72. 鹧鸪天

九日重阳九月霜,三秋岁月二秋香。萧萧落叶萧萧木,日月风光日月凉,风肃肃,野茫茫,黄花不尽满山黄。空空旷旷天机见,步步人生步步量。

73. 小重山

春到长门春草青(《词律辞典》薛昭蕴句),江门江水落,满洲汀。二妃鼓瑟两湘灵,竹泪下,已满一洞庭。不可聆听,苍梧君不在,九嶷宁。潇潇夜雨问长亭,思思切,内内作星星。

74. 怨王孙 二体 无本体 依《词律辞典》体

春梅已老,牡丹已老,化作红尘,青莲初好。五湖正是当潮,雨潇潇,

朝朝暮暮闻飞鸟,何多少,不尽难知晓。南南北北,水村便是渔鲛,宿萍茅。

75. 临江仙

庭院深深深几许,留园只在姑苏。隋炀杨柳到江都。楼船楼不在,好事好头颅。此水扬扬扬几许,秦淮六淡书儒。长城内外见飞凫。坑灰坑已冷,一水一通途。

76. 醉花荫

人心应以人心守,莫以青春秀。南北又东西,去去来来,夜夜相依就。由从朝暮无时候,只有相思旧。水月共婵娟,情意绵绵,酥手藏衣袖。

77. 好事近

一日已无风,见得落花深厚,到了三春前后。运河垂杨柳。泥泥水水已红红,夏雨可知否?一片芙蓉临水,采莲红酥手。

78. 诉衷情 寄李清照

三杯不醉半行诗,一世可无知。泉城留下淑玉,李白妒何迟。先不见,后期期,易安词,女儿从酒,误了明诚,南下行之。

79. 行香子

水月流萤,草木丹青,天下见,天上星星。下里巴人曲,阳春白雪听。陶潜柳,张旭笔,一文灵。运河同里,甪直唯亭,过姑苏,盛泽芳馨。去江湖上下,远近似秋屏。重九月,独吴越,雨霖泠。

80. 失调名

浣溪沙 寄李清照

人间不断易安肠。明诚不尽故时香。忆是愁愁愁忆是,清照罗衣一旧裳。凄凉瘦瘦瘦凄凉。文华未上象牙床。

81. 鹧鸪天

弱弱纤纤步步柔,文文雅雅亦羞羞,红红白白知深浅,第一人中第一州。梅粉色,菊香求。沉鱼落雁春秋在,闭月休花共九流。

82. 添字丑奴儿

人生不尽人生路,止止行行,止止行行。卷卷舒舒,舒卷有余情。云云雨雨云云雨,一半枯荣,一半枯荣。岁岁年年,年岁是前程。

83. 忆秦娥

登高阁,苍天漠漠斜阳落。斜阳落,江河自下,水山辽廓。人间事事何相约,时时刻刻应求索,应求索,耕耘日月,四方收获。

84. 念奴娇 春情 寄李清照

易安清照,几醒醉,几度人生如酒。李白当涂何捞月,不及杨杨柳柳。张旭丹青,何知左右,只是狂挥首,人间难道,混了朝暮如朽。愁得怨得难平,比黄花更瘦,无言君口。记得陆游,沈园里,咏叹着红酥手。去去来来,匆匆还促促,不时回首,中庸功迹,人生知否知否。

85. 永同乐

一半春秋，冬冬夏夏，杨柳杨柳，水水山山，无无有有，处处生生守。枝枝叶叶，根根实实，水土养成重九，运河岸，天山南北，与人处处为友。东君早问，先黄还绿，絮絮花花似首。自似垂垂，风风雨雨，不必分良莠。成衣四野，化妆草芷，十里长亭挥手，且应记，先先后后，知知否否。

86. 武陵春

雨作红尘花未了，只向一边香。绿绿红红处处扬，隐隐上书房。
物是人非人是物，不可入黄粱。此梦无言有短长，非日月，是家乡。

87. 怨王孙

江湖草草，运河草草，冬夏春秋，无休无了。水流不尽波涛，见葡萄。山河未老人先老，文章道，格律诗词好。规则自是，佩文音韵推敲，康熙匏。

88. 长寿乐 南昌生日《词律辞典》载二体，无此体，作柳永体

隋时一路。今一带，万国人口朝暮。有了中华，开开放放，胜似长安故，问南昌生日，古古今今重分付。天下事，密约何时几度。曾无有，去去来来相数。咫尺误，已谬得，败败成成之顾。死死生生人人，酒酒醒醉，何辛何苦。近天颜左右，莫以荣辱。孤行步，七十年，一百年中雨雾。后庭树，二水三山重住。

89. 蝶恋花 寄姚莲瑞

一介书生三界路，古古今今，自以平生付。去去来来都不住，辛辛苦苦何朝暮。六十年中天下顾，作得精英，未已诗词步。李白乾隆先后赋，耕耘日月时时度。

90. 声声慢 叶不归根

飞飞落落，柳柳杨杨，根根寂寂寞寞，叶叶枝枝，自自向天求索。空空几何色色，有风流，退无归却，年岁月，一度枯荣度，似曾相约。
清清冷冷不断，秋风里，霜霜雪雪沟壑。绿绿黄黄，色色又回春若。轻轻有因有果，问东君，一春无错。如此道，独飘然，是非如雀。

91. 点绛唇 闺思

冷冷清清，寻寻觅觅难分付。去来来去，古古今今度。朝朝暮暮，暖暖寒寒雨。人情路，互相相互，念念思思故。

92. 减字木兰花

花花草草，栋栋梁梁藏小鸟。上了云霄，下了长安渭水桥。虫虫藻藻，不老江山人已老。筑了春巢，却了秋风岭外茅。

93. 摊破浣溪沙

一叶飞飞一叶轻，三秋树树半秋明。归根不得风流去，自相倾。自作书生书日月，天涯海角作皇城。成成就就成成就，总无情。

94. 又

豆蔻年华豆蔻生，女儿如水女儿明。浣溪沙里浣溪影，故人情。范蠡名中留不得，西施留下勾践荣。齐眉举案曹商使，半秦英。

95. 瑞鹧鸪

醉醉醒醒一玉壶，鹧鸪声里瑞鹧鸪。雨雨云云烟已住，东君来去驾飞凫。冰肌玉骨蛮腰细，千姿百态小春姑。无使念奴惊力士，明皇无以遗珍珠。

96. 临江仙 梅

雪雪梅梅梅雪雪，香香郁郁香香。杨杨柳柳杨杨。疏疏疏远近。易易易炎凉。一半新新新一半，芳芳已待芳芳，东君东有语，百草百花忙。

97. 庆清明

白雪阳春，红阡绿陌。越吴处处黄花。清明谷雨未到，寒食人家，乞火书生不就，一番云雨竟无遮。微微细，妒情水月，还在天涯。姑苏城，同里寺，不远唯亭驿，宝带桥斜。碧螺碧玉，香轮一半香华。处处吴宫吴殿，勾践是，不误桑麻，春秋去，何以五霸，一曲胡笳。

98. 浣溪沙

下里巴人你我他，阳春白雪故人家。大江东云浪淘沙。日月江山天下路，轩辕社稷话桑麻。梅花落里有桃花。

99. 又 闺情

镜里芙蓉镜上开，心中有念上香肋。双波欲动让人猜。一半风情风月色，

情情意待郎来。莺莺去约几时回。

100. 菩萨蛮　又

今今古古人人客，阡阡陌陌田田脉。女女女儿多，男男男渡河。闺中闺寂寞，思里思人隔。月上问嫦娥，眼前知意多。

101. 吕本中

采桑子

江楼不问江流水，日日西东，日日西东，有了源泉总不穷。春风尽了秋风尽，来去空空，来去空空，不是无终也是终。

102. 又

无情日月无情水，人有人情。人有人情。水无平平人有平。枯荣林木枯荣草，一半枯荣。一半枯荣，岁岁花花岁岁明。

103. 浣溪沙　御制全唐诗，求全　唐圭璋取全宋词，求名

全宋非全宋词，全唐诗是全唐诗。词词本自本诗诗。平水平平平水韵，佩文进士状元知。规刚格律世人司。

104. 西江月

渺渺西江月色，蒙蒙细雾茫茫。百年心中故家乡，作了书生难得。一路遥遥远远，三生处处柳杨。长城不解运河忙，不是平平仄仄。

105. 又

岁岁官官宴宴，年年米米田田。江水水自源泉，战战和和如面。役役劳劳苦苦，成成败败连连。人间已古比难全，国国家家谁见。

106. 朝中措

平山堂上一书翁，一字有无中。已是从零伊始，数来到九重逢。重重复复，千千万万，依此同同。足以文章太守，终终始始终终。

107. 南歌子

驿路长亭尾，相思逝水头。黄河过了十三州，九曲八湾东去问春秋。合得中原北，分开塞北流。沉浮万里自沉浮，已是人生岁月作行舟。

108. 虞美人

寒心已得东君面，白雪成衣见。只须开在百花前，唤起群芳天下共婵娟。冬梅换作春梅倩。日月依依恋，娇娇美美似如烟，香雪海中何以作羞妍。

109. 又

重阳过了茱萸少，已是霜难了。秋风起处叶如潮，去去飞飞离根更遥遥。天山不见天山草，一木朝天晓。辽辽阔阔共云霄，只待明年春暖再逍遥。

110. 浣溪沙

一日春风半日寒，三江逝水万波澜。东流此去向云端。饮酒无知浑是梦，人生步履不盘桓。书书字字作青丹。

111. 又

一饮昏昏问暮牙。三生必问京华。还来醉醉故人家。不是行程行不得，寻来借口挂乌纱。君知李白夜郎涯。

112. 长相思

长相思，短相思，白雪梨花一树迟。情中总不知。一日离，一日离。处处时时独自期，作睡姿。

113. 减字木兰花

去年今夜，月在丁香花未谢。禽夜斜街，月里婵娟共玉阶。明年今夜，嫁与东风应不嫁，不到天涯，莫以夫差作馆娃。

114. 菩萨蛮

年年岁岁年年去，云云雨雨仙仙女。一日一元虚，三春三读书。梅花初色处，柳柳杨杨絮。且与玉莲居，结蓬情不余。

115. 又

去年在此，今年误，明年有约黄昏暮。此处已东吴，声声听念奴。花心花已住，碧玉知云雨。这里是姑苏，运河南岸姑。

116. 又

去年此处今年间，今年此处明年间。觅觅又寻寻，寻寻何不寻。情情何近近，意意难无近。雨雨复云云，云云成雨云。

117. 踏莎行

白雪梅花，梅花白雪，东君不问群芳绝。春风带雨向天涯，前年约了今年节。缺缺圆圆，圆圆缺缺。前年约了别，梅花依旧是梅花，何须

去了何须折。

118. 清平乐

朝朝暮暮，却被春留住。雨雨云云多少雾，水水山山如故。江南越越吴吴，杨杨柳柳殊途，香雪海中桃李，梨花小杏姑苏。

119. 渔家傲

一朵姚黄天下客，牡丹心里翻然白。唯有丁香香气泽，梨花帛，杏花红了桃花栀。已见江南南北色，洞庭山上东西隔。香雪海中云雨脉。同里陌，运河两岸停船舶。

120. 生查子

情同一世生，意作千杯酒。日月自高低，逝水东西走。前行道路明，四顾多杨柳，处处可枯荣，一一诗翁首。

121. 满江红 自述

一路人生，公余后，朝朝暮暮。六十起，前诗重组，佩文相度。格格工精工律律，平平仄仄非如故。七八首，日日不停休，天天数。全唐诗，全宋词，独我是，诗词赋。古今今古事，千年千步。世界人间天下比，吾今十二万首付。有人惊，敢有叹精英，何辛苦。

122. 浪淘沙

万里浪淘沙，自己诗华。全唐诗人二千家，五万首诗天下集，以此中华。全宋词千家，万六千苑。唐唐宋宋故天涯，我今十三万首客，独可容嗟。

123. 又

两岸满泥沙，一两人家。黄河九曲八湾注，处处人间人处处，处处桑麻。一月牡丹花，腊月梅花。重阳九月黄花。冬月雪花寒簌簌，作了冰花。

124. 生查子

年年有此时，去去来来意。日日有期期，月月无相致。心心自己知，暮暮朝朝异。不可不分离，何以何人寄。

125. 又

儿儿女女寻，暮暮朝朝问。雨雨又云云，草草花花郡。繁繁简简分，退退荣荣近。一字一公文，千语千家训。

126. 蝶恋花 春词

一点眉尖心已付，百里江湖，一夜船娘住。小杏无言桃叶渡，秦淮不语多云雨。杨柳风流风已遇，过了江都，俱是江南树，叶叶枝枝繁简度，生生处处荣荣故。

127. 如梦令 忆旧

落雁塘边云雨，一字当空飞路。昨晚到衡阳，百日雁门关度。关度，关度，岁岁年年无误。

128. 宣州竹 墨梅

宣州水底湖云中，竹竹自摇风。梅梅倒影庚门东。一半华清华日暖，已由衷。肥肥廋廋为谁共，惊春梦。腊冬黄黄转春红，向背毫端丹青，雪香空。

129. 毕良史

临江仙

一半春秋春一半，年年岁岁多天光。钱塘远近逐苏杭，运河天下水，日月在天堂。水月人间人水月，群芳处处芳香。千姿百态作萧娘。何须知李白，只可问刘郎。

130. 好事近

一曲唱阳关，了却平生书剑，不到玉门关外，已闻如来梵。沙鸣已近月芽湾。万里挂云帆。回首运河南北，小村吴江淹。

131. 沈晦

小重山

沙鸣过了玉门关，骆驼大漠，上鸣沙山。取经西去已回还，回首处，再问月芽湾。今古一天颜，如来大势佛，两人间，观音济世列朝班，心经在，争似度人寰。

132. 郭章

点绛唇 天圣宫

天圣宫门，人人都有天堂路，以神分付，学得蓬莱步。天后宫中，可以人人渡。莲花雨，互相相互，驾雾腾云悟。

133. 胡世将

酹江月

和和战战，古今是，唯我唯他金殿。正面无同反面，当以人生相见。字字豪杰，声声凯叹，赢得江山箭。九州万里河山，以长城内外，六师不变。守在皇城和战论，铁马金戈沉淀。不及台城，梁武佛祖，当寻南飞燕。祁连山外，直与单于单练。

134. 赵鼎

蝶恋花

不议张帮昌状故，赵鼎人生，进士英雄步。司谏高宗宗泽路，李纲共事平章度。不食此生不住。赵鼎人生，正正邪邪数。切齿明眸秦桧谕，中央一位名臣付。

135. 又　河中作

一路河中河一路，直正平生，直正平生步。社稷江山生死付，江山社稷应如故（不和）。自此吉阳军下数。不食终生，留下英雄赋。如此如今如所树，朝暮暮思君足。

136. 虞美人

金戈铁马关山路，不得临安路。英雄自古作英雄，死死生生见，始始终终。中兴自是名臣数，门下平章步。李纲宗泽向皇宫，秦桧朝中把持，任西东。

137. 怨春风　闺怨

夜夜观流萤，常常招自省。来来去去两徘徊，问问问，出水芙蓉，莲蓬结子，立秋风冷。独见墙上影，罗巾系羽玲。不去苍梧作湘灵，切切切切，过了黄昏，月宫情情，已是脱颖。

138. 点绛唇　春愁

已是深秋，雪花只在黄花后。猛然回首，碧玉谁知否。去了飞凫，见得樱桃口，腰身柳，着衣莲藕，且待重阳九。

139. 人月圆　中秋

湘灵鼓瑟情情意，竹泪度中秋。人间天上，婵娟已是，满岳阳楼。楚腰妍态，丰波月色，多少风流，声声细累，倾倾就就，不必藏羞。

140. 河传

飞鸿飞去，向衡阳旧地，无须所据，青海已霜，冰雪分付无与。望君山，未语。斑斑竹泪湘灵女，鼓瑟声声，不可知何如。九派九巍，上下无言吴楚。问苍梧，应不虑。

141. 燕归梁　自述

格律诗词品位深，一字当金。康熙御制佩文韵，三界内，半知音。平生暮暮朝朝问，三千载，到如今。帝王和战匹夫箴。最值得，是人心。

142. 减字木兰花　又

诗词格律，造化工夫工第一，一半天机，一半人情自可依。乾坤序秩，日月枯荣听箄箅。一半京畿平阴阳一半旗。

143. 好事近　茶

一半自沉浮，一半已分朝暮。龙井碧螺春绿。浅深多云雾。午午澹澹似飞凫。以水作分付。三降三千三住，只须青春度。

144. 贺朝圣　锁试府学夜坐

黄昏未了黄昏雨，吴越多烟树。五湖水色满姑苏，一挥而就听吩咐。运河两岸，唯亭待渡。好头颅已故，隋炀留下一江都，是扬州故。

145. 乌夜啼

轻轻乌夜啼啼，向东西。静静月明巢里，影高低。有心事，不得意。自难栖。寂寞相思前后，草萋萋。

146. 浣溪沙　美人

半以春娇唱九歌，声情并茂纵双波。藏羞暗渡过天河。暮雨朝云三峡水，瑶姬已谢碧罗。衷肠一半付嫦娥。

147. 画堂春　春日

运河两岸一池塘，小桥流水沉香。东吴碧玉作船娘，一半衷肠。一半多情多意，双波仔细思量。红酥手上白云光。不要端祥。

148. 浪淘沙

云计信悠悠，莫问何留。长亭四望一神州。万里黄河不笑我，只向东流。九曲九沉浮，未止无休。湾湾积水作萍洲。倘有人未见地，谁会摇头。

149. 水调歌头

水下冰肌藕，水上玉青莲。浮萍四面围绕，碧叶一珠圆。日月分明分别，处处杨杨柳柳，夏夏秋秋一半，远近可闻蝉。但以荷花子，皙白谢云天。运河水，向东洲岸，惠山泉。隋炀汴水天下至此别方圆，战战和和秦松，政治主张一半，俱是共婵娟，若向临安去，百姓甘难全。

150. 画堂春

虎丘一半剑池梁，夫差自以平章。范蠡子胥越吴扬。楚子心肠。哀毁从当骨立，以城柳柳杨杨。运河汴水到钱塘，世上天堂国。

151. 双翠羽　旧名念奴娇

南园草地，自纤纤细细。只留云迹。不入池塘同水月，浸浸一天成碧。也有风流，佳人来去，玉玉珠珠滴。羞羞如弱，已云云雨雨历。处处结伴幽兰，芳芳芷芷，教寻寻觅觅。起舞无声无语，不远且听银笛，下里巴人，又黄金缕。丰态千姿寂，太阳宫里，闪光如此清晢。

152. 河传　秋夜旅怀

长亭驿馆，对羁游独见。人人已倦了。一路索求，只似南来飞雁。只一湘，青海面。东邻皎月长安殿，举目知心，只有嫦娥伴，床枕半空，独首孤裘自便。且挂免，何梦缱。

153. 满江红　南流，泊舟仪真江口作

风雨潇潇南渡口，仪真国燕。泊舟处，水低云落，芷蘅难傲，一半天霄成一半，南南北北江山澳。下临安，一半是天堂，钱塘耄。九派水，尧舜导，作东海，成低涝。这杭州湾里，富春江瀑。日月枯荣天下秋，秦皇汉武隋炀书。这官民，自战战和和，何依靠。

154. 鹧鸪天

一路天章问范蠡，三光岁秩各东西。和和战战临安去，北北南南已不啼。青海岸，一湘霓，惊鸿一度一栖栖。春秋四序春秋度，也有高飞也有低。

155. 浣溪沙　送子友

七十怀归七十心，知音自在自知音。高山流水七弦琴。莫以渊明躬五斗，扬长鼓案作当今，成林独木成林。

156. 如梦令　建康作

自有建康杨柳，又有建康杨柳，已是已惊天。自己有回天力，南北，南北，自己是回天力。

157. 好事近　杭州作

一水曲江头，一水浙江红袖。已见杭州湾里，富春江怀旧。东流毕竟是东流。知何是时候，日月长安天地，可回师重收。

158. 点绛唇　惜别

别别离离，圆圆缺缺人人历。建康无敌，怯听长安笛。细细思思，去去来来觅。相思处，以君君橄，铁马金戈击。

159. 琴调相思令　思归词

冬也梅，春也梅。一半相思一半来。东君何问哉。独一开，复一开，共与群芳香雪催。年年重复回。

160. 望海潮

钱塘江山，杭州湾里，富春江水潮头。一半盐官，三分吴越，山河一半中秋。看一线潮流，铺平白波浪，进退沉浮，一钱沉浮，半天天水，有飞舟。淘天竟作云楼，却以尺瀑布，天马无休。一浪千重，一波三折，挂天垂地虎狼牛。四溅展银袖。十里雷声震，画了鸿沟，曳尾涂中自在，共以作龙游。

161. 花心动　杭州七宝山国清寺冬

七宝山中，国清冬，听寺鼓经颂。也有如来，也有观音，处处共声声共。有钟声作心经诵，空色里，人心人从。色空里尘尘不染，五蕴当薮。普流人生众，天台路，心心俸心心俸。紫阳青门，娃馆红袖，不可是黄粱梦。年年处处行去，当然是，心心最重。去来也，当如佛祖一统。

162. 洞仙歌　四十一体

司空见惯，不负梅花雪。只是婵娟有圆缺。入黄粱情梦，一半佳人，留得个，杳杳香香不绝。双波流未住，独以幽芳，多少酴醾，以娇结。楚女细细腰肢，似姬，以云雨，唐高不说。且不羞，成出水芙蓉，带露玉珍珠，比谁优杰。

163. 乌夜啼　中秋

乌啼夜里宣宣，上弦天。退下一天还缺，下方圆。人不欠，情不欠，自难全。最最相思难了，望婵娟。

164. 满庭芳　九日渊明诗

九日重阳荷花满地，登高回首家乡。茱萸先采，早早敬爹娘。已在房檐

挂上，雄黄比，久久垂香。人间路，行行止止，七十下南洋。应知，童少小，公余六十，自己端祥，格律诗词志，公事外，一世成章，人生是，朝朝暮暮，日日过黄粱。

165. 好事近

不见杜康来，却问刘伶何去。俱是竹林闲话，未知平生路。三年莫以故人间，沉醉误朝暮。李白千杯如此，向当涂分付。

166. 又

魏晋一刘伶，竹林七贤之一，误吃杜康杯酒，死生三年逸。三杯墓里度三年，始知杜康一，确有刘伶才子，杜康非同事。

167. 又

李白一当涂，且与永王朝暮。只以英雄成步，夜郎谁回顾。清平乐里贵妃扶，务士脱靴故。不是明皇呼得，几壶当倾付。

168. 又

饮里八仙图，天下何人分付，醉醉醒醒如故，这江山谁住？荣荣辱辱一屠苏，事事苦朝暮。稀里胡涂来去，死生何人误。

169. 少年游

斗酒学士王绩在，叔达任龙门。在门下省，入文人村。灯下一乾坤。朝朝暮暮诗守，不做醉醒根。一日一黄昏。珉筵席上，豫章太守，荣辱作王孙。

170. 贺圣朝 生日戊戌 自述 九体

人生七十八年路，不尽朝朝暮。步步前行，似乎何去，如今如故。公余独自诗赋，终始始终分付，以此年年，天天因此，一人生渡。

171. 又体 道中闻子规

人生七十八年路，止止行行步。十三万首格律诗，日月相分付。子规声里，早春已至，以农夫见故。玉莲结子度重阳，夜夜年年度。

172. 又体

人生七十八年路，去去来来顾。时时日日作诗词，更一分风雨。公余分理，平生自度，不休无止付。始终不踰古今诗，人生人如故。

173. 醉蓬莱 又

一月梅花雪，九日重阳，春秋朝暮。日日行行，以公余多付。夜夜灯前，诗词格律，六十年中顾。六十公休，人生退路，如来如故。七十八年，岁华相继，缺缺圆圆，始终相度。北斗星中，也有文昌赋。坚持宸游，流萤可数。三叠阳关付。太液波涛，南洋顾问，从无闲步。

174. 小重山 重阳

九日龙山落帽寻，孟嘉醒醉里，有知音。桓温不断玉箫琴，谁知酒，不问刘伶襟。却是杜康临，知否天下事，竹成林。文章太守是如今。俱往矣，饮者误人心。

175. 惜双双 梅

已是东君先后顾，岭上早开早住。别是周郎顾。几度音琴误。最是这东风细雨，香雪海中分付。莫问何相度，群芳深处看如故。

176. 西江月 留别故人

日月山河新旧，人情冷暖春秋。平生一别水东流，只有交情如首。去去来来无定，精业业业难休。成成就就总沉浮，作得杨杨柳柳。

177. 行香子 过戊戌重阳，七十马来西亚，八十巴布亚新几内亚

七十南洋，八十南洋，不道是，何处家乡。老来古寺，少小黄粱。向南洋雨，北海云，过重阳。茱萸采得，黄花遍野，任诗词，格律生香。长安泾渭，太守文章，且与陶潜，论五斗，可思量。

178. 醉桃源

东君已去谁为辅，花落花开如羽。香雪海中飞舞。不过红尘雨。春来夏去何今古。已是莲医荷臂。子子十三当数，留得人间主。

179. 浪淘沙 九日会饮分得雁字

一字雁飞天，陌陌阡阡。衡阳青海两乡田。自以人形人自以，北水南泉。一又二三全，自得方圆中。江南不可再垂鞭。客是长安长是客，共得婵娟。

180. 又

玉宇净深秋，一水东流。钱塘八月见潮头，一字飞天飞一字,北雁南留。一半十三州，一半沉浮，年华已是半丰收。社稷长安长社稷,逝水飞舟。

181. 蒋璨

青玉案

三年枕上长洲暮，一半洞庭山路。步步留园留步步。馆娃娃馆越吴心，虎丘如故，又剑池分付。五霜应是春秋赋，勾践夫差越吴数，记取卧薪尝胆度。有来无往，问云行雨，只有英雄住。

182. 李邴　浣溪沙

汉老元丰进士名，翰林学士济宁城。参知政事草堂荣。不见临安临不见，平生步步度平生，枯荣草木是枯荣。

183. 汉宫春

到了衡阳，回首青海岸，两故家乡。皇家南南北北，一半沧桑。民夫所叹，见通衢，逐运河商。年岁里，一春一夏，一秋冬自炎凉。战战和和省事，莫一时壮语，一味呈强。何须仰人鼻息，独自悲伤。中庸取自，在人间，土地安康。休笑我，居中大小，多多米米粮粮。

184. 洞仙歌

婆娑玉影，细腰人间舞，分得衣衫解飞羽。似芙蓉出水，碧叶红莲，好好立，三弄梅花金缕。高山流水色，觅得知音，自以青春自无主。十里一丁香，九月重阳，应见待，渭泾过长安，潼关后，黄河万里云雨。

185. 玉蝴蝶

何以九歌唱断，汨罗水逝，目送重阳。一派江山，远远近近苍茫。似云落，黄花已老，满山雪，多少寒凉。这书香，人情何在，柳柳杨杨。思量。吴吴越越，山山水水，雨雨霜霜。画匠昭君，二妃鼓瑟下潇湘，何土地，生生长长，自风流，天地阳光。这平生，鸿飞一字，青海衡阳。

186. 念奴娇　东坡不守韵，今以九屑韵正之。

大江东去，应留下，古古今今豪杰。不尽人间多少战，一半明明灭灭，合合分分，圆圆缺缺，见一波三折。北望长城，秦皇汉武，只似千秋雪。隋炀杨柳，运河周贾无绝。自以六渎江南，作粮仓日月，元元佳节。社稷山河，天下路，因以民生民说。一半长安，三千弟子，和何优劣。房谋杜断，斩丁应是裁铁。

187. 小冲山　小重山体

腊月香云远近来，东君曾已问，一雪堆。春风不语自徘徊，红岭外，不是早春梅。傲骨玉肌开，蕾蕾波自守，莫相催。千姿百态带心裁，群芳见，悄悄共天才。

188. 木兰花　美人书画

佳人一笔佳人面，美女难书美女见。云云雨雨在瑶姬，宋玉襄王都相恋。江南塞北飞来燕，小杏头柳李借。衣衫挽起玉纤纤，落花胸前三两片。

189. 清平乐　闺情

荷花带露，一片芙蓉雾。不在人前人不妒，独立婷婷如故。小桥碧玉姑苏。丝丝束束蚕奴。不在门前闲步，春心有有无无。

190. 女冠子　上元

上元如故，四方灯火相顾。金塘刘海，虎龙南北，走马前川，琉璃分付。如今明自度。最是树梢明月，挂时有误。这婵娟，年华已展，羞与男儿相住。南山山阙宫庭树，向皇城分付。又向天公赋。似群芳妒。一半也隐隐，暗藏私路，秦楼秦女过。小小在央三弄，已成倾述，只有家女，有心轻唱，高唐云雨。

191. 调笑令

调笑，调笑，世上花花草草，江河风雨潇潇，天下浪浪涛涛。飞鸟，飞鸟，浇浇栖栖多少？

192. 向子諲

满庭芳　岩桂

桂桂岩岩，根根驳驳，一帜举举长天。云蟠分种，不凡独经年。左右兰兰蕙蕙，金粟缀，黄菊周旋。重阳后，茱萸共在，仰首问婵娟。秋风秋不止，枫红日见，处处霜田。向江南江北，足下清泉。俱是清清爽爽，沉落叶，暮色如烟。隋唐宋，三朝百代，足以慰前川。

193. 又　岩桂

瑟瑟金风，珠珠玉露，桂影胜似清光。水边留下，处处是天香。一半眉间菊锦，心中蕊，额上红黄。扬扬见，潇潇洒洒，霜月着新妆。天堂，何不是，红尘尤物，且伴衷肠。以芝兰斑竹，独傲中央，莫以文房四宝，倾慕处、远近芬芳，藏娇处，情情落落，只在故家乡。

194. 风入松

夜忆祖父梦

我家祖父吕洪尊，胶州好儿孙。关东创业桓仁去，治医病，自立家门。行善修桥铺路，关公辅助乾坤。一生教子，有慈恩，自是伯夷根。心心意意重相叫，父和子，故国山村。应是同情传德，人间共托灵魂。

195. 暮山溪

鄱阳一路，朝暮何分付，不见碧匡庐，却只有、天低古树，纵横成岭，南北谷烟雾。寒气住，霜凝住，大雪纷纷住。封山冻雨，只与天公述。浩海纳华岩，须眉里，人人不顾。松衣白浩，石径已难寻，非如故，是如故，不昧江山故。

196. 又

苍天玉宇，不可人为主。日照有枯荣，水月色，风花雪舞。鄱阳湖外，九派一浔阳，天上雨，人间雨，处处微微雨。龙龙虎虎，只见渔舟浦，也有鹭鸥飞，高低试，三三五一，惊心处处，云里落波涛，由今古，问今古，不记何今古。

197. 又　老妻生日　自述

来来去去，一半人生虑。少小自多贫，养儿女，鞍山居处，草堂茅舍，曾作晏超儒。天下去，云南去，一半人间去。北京有誉，百万文章译，选入冶金部，计算机足以重著。夫妻共步，硬软件同飞，天下去，人间去，法国分开去。

198. 水龙吟　甲子上元怀京师　芗林堂

芗林堂上书儒，三杯不尽千年故。长安故国，葆真水月，南山夕暮，北阙宫深，太一池岸，渭泾分付。又咸阳上液，周秦步步，天下路，人间路。古古今今谁顾，下江南，问单于许，如今塞北，黄河流去，中原古树。六国苏秦，张仪支取，独家难负。这如今如古，却非彼亦似同无许。

199. 浣溪沙　致中国包装公司专利

自古凭高对广全，求方设计不求圆。一分足以省车船。包装公司公中过，地精面积货精天。年年又年岁。

200. 八声甘州　九体　又名萧萧雨，宴瑶池，甘州。寄中国文联出版社姚总编

艳阳天，直过玉门关，沙鸣月芽湾。这荒丘大漠，丝绸路上，西去天颜。心上风云点点，边际有云闲。海市蜃楼里，影似阿蛮。居易长安，曾纸贵，龙门才子，左右朝班。顾况知野火，金榜御家颜。一状元，曲江流水，古今声，东都一半香山。杭州守，姑苏月下，过白堤还。

201. 又

一重阳，九月九晴天。玉门半清弦。有茱萸十缕，黄花遍野，千里秦川，西去楼兰不远，胡汉柳杨烟。已断交河水，记取当先。曾是周郎，为一火，东风谁借，赤壁江边，不叹徐庶计，连营踏平船。素识知，此如风起，火连天，终不是败成全。何今古，分分合合，一半方圆。

202. 水调歌头

百岁人生短，两朝一千年，隋唐自有先后，共度一方圆。十巷长安故里，一路秦川南北，养马不依船。若以长城见，牧马对桑田。隋炀帝，杨柳帛，运河边，小桥碧玉流水，处处雨云烟。只在洞庭山上，采得碧螺春芽，只要取流泉。切莫春蚕养，丝丝未当前。

203. 又　自述

八十人生近，不可不千秋。夏商九鼎成立，未问十三州。莫以长城自守，八水长安环绕，自是也东流。只有江南岸，水调一歌头。芗林老，章江逝，月如钩。清弦一半藏在玉树共云留。未已思量前后，一半长城南北，一半运河舟，一半头颅好，一半帝王楼。

204. 又

记取隋炀帝,水调一歌头。运河两岸杨柳,以帛易长洲。已是船娘处处,又见旗亭市,远远拉红楼,若以红尘计,月上水平舟。秦淮水,连六淀,五湖收。烟烟雨雨,吴越可自惊秋,忘了人事事,不得不思忧。

205. 洞仙歌 中秋

中秋一月,白白明明雪。昨夜嫦娥半分别。半余情多少,已不藏羞,应得个,桂影寒宫殿切。

圆应圆不缺,十六如何,还比酸釀色娇绝。一步一生尘,这行踪,可回首,优优劣劣,莫难似闻,留影作相思,更可作婵娟,自成豪杰。

206. 满江红

一字南飞,惊鸿见,风风雨雨。塞北望,霜霜雪雪,燕山如故。永定河边河永定,渔阳落叶渔阳度。是长安、渭水入潼关,黄河去,野菊花,天下路,小径外,平生步。这醒醒醉醉,是何倾述。已得贺兰山报告,岳家军里英雄付。这河山,十二道金牌,谁来数。

207. 虞美人 别逢之词

淮阳水上曾相醉,已洒英雄泪。江山社稷怎扉。北雁长天一字,向南飞。离离别别相逢寄,利利名名弃。是是不可自非非。渭渭泾泾八水自微微。

208. 又

鄱阳湖山庐峰望,汴水开封上,行踪半是钱塘。古古今今杨柳,忆隋炀,临安一半江湖向,半望黄天汤。天堂一路是苏杭,塞北江南天下,故家乡。

209. 又 中秋

离离别别相逢面,缺缺圆圆见。巢由不谓不归颜,莫以高人自隐作心还。江山不在深宫院,不在长生殿。英雄已净玉门关,莫以沙鸣在月芽湾。

210. 又

中秋只与嫦娥见,玉影清宫殿。运河处处运河船。留下江南杨柳满前川。寒宫自古如飞燕,岁岁年年院。黄粱梦里作婵娟,一枕江南江北有情眠。

211. 蝶恋花

一醉人生多少酒,不可回头,只作垂杨柳。已有风流风已有,朝朝暮暮何时候。已尽江南江北酒,半在长洲,半在钱塘口。问壑寻丘天下久,眉间白了空银首。

212. 又

不可人生多少酒,莫以应酬,悚悚惊回首。已有江南江北有,思鲈已了思花否?一月腊梅香已久,二月垂杨,三月纤纤柳。岁岁风流风不守,年年日月江南首。

213. 鹧鸪天 母寿

一岁高堂一寿张,三生日月九千祥。萱萱菖生光济,蕙蕙兰兰十里香。门有庆福无疆。殷勤子女祝红妆。唯唯父母唯唯诺,更假天吴祝寿觞。

214. 又

别别逢逢已十年,来时未见去时川。青丝白首分难见,各自前行各自田。惊不定,问方圆。平生岁月已如烟,江南一半江南岸,二月桃花半上船。

215. 又

过土寸金一日珍,三生三世半生人。高楼大厦从零始,格律诗词逐旧尘。分四序,合秋春。泾泾渭渭是经纶。潼关已汇黄河水,处处湾湾济世民。

216. 又

步步兰亭步步心,肥肥瘦瘦未池深,流觞曲水知音客,太守文章作豫箴。天下路,去来寻。南洋独木自成林。高低有度高低度,古古今今是古今。

217. 又 白乐天得杨常侍第,向子諲得文安之所

洛水阳流白乐天,杨常侍第玉溪泉。芗林卜筑文安所,竹木池汀小钓船。三界外,一方圆。中秋月色作婵娟。余香袅袅谁知客,独鹤飞飞七寸田。

218. 又 上元怀京师 寄湛祖瑛

紫禁烟花满御城。湖洲灯火太湖明。姑苏不远西山问,柿子黄红,日日深深色,北国荣时故国荣。

219. 又 寄叔夏

腊月梅花一玉容,东君秀水半开封。巫山朝暮高唐客,未锁夔门十二峰。

朝暮色，暮朝从。瑶姬自在自留踪。襄王宋玉谁知道，过了巴陵不再逢。

220. 又 夫妻

玉篆题名在九天，银河两岸客千泉。非非是是同林鸟，是是非非共独年。分日月，合桑田。乾坤一半是方圆。阴阳本证成南北，草木人间处自宣。

221. 又 咏红梅

大雪纷纷一字霄，冬梅处处笠窈窕。红红欲露羞羞面，素素枝枝作玉条。红点点，白潮潮。形形色色各逍遥。梨花树上千堆浪，不断人情不断消。

222. 又

一半书生一步乡，黄粱枕上半黄粱。广寒宫里无双树，玉影人前玉影凉。天短短，夜长长。婵娟散只桂花香。重阳留下重阳果，七尺人生七尺肠。

223. 又 闰中秋

独自中秋独自凉，心中一半是心香。开门关上开关上，步步形形影影长。藏不住，见低昂。有情有意无相望，未有相思不定量。

224. 又 戏君

上下人人议故侯，南南北北自风流。和和战战难分割，败败成成可一州。民有愿，士难求。声声色色自无休。大晟乐府徽宗在，半宋江山逝水流。

225. 减字木兰花 暖冬，腊梅已谢，今日大雪，明日立春

云云雾雾，大雪纷纷朝及暮。腊月扶苏，悄悄春梅已到吴。东君不语，

只有群芳藏不住。满了江湖，香雪海中作玉壶。

226. 又 子諲绝笔词

天孙一色，留下人间天下力。且问东西，上下高低左右霓。人生太息，不可相倾相直得，一半阴晴，一半生平，一半一半明。

227. 阮郎归

纷纷大雪满长安，扬扬渭水澜。此时泾渭两生寒，无须清浊观。分水岭，合青丹，一时天下安。天公赐予白云冠，人间素汉漫。

228. 秦楼月

芳菲歇，箫声不断秦楼月。秦楼月，凰凰求凤，何分吴越。无边无界无南北，湘灵鼓瑟朝天阙。朝天阙，子规声外，穆公谁曰。

229. 少年游 别叔夏

少年分别，长亭朝暮，举步向前行。三年成见，前前后后，谁与共生情。旧曲重歌重别去，君自请缨名。沅水渡长湘水远，流日月，两相倾。

230. 西江月 番禺

一粤蕉林有语，千林草木开花。温柔乡里不当家，处处人生馆娃。日月江山似旧，珠江逝水天涯。黄河万里浪淘沙，不到东营不遮。

231. 又 禅悦

始始终终始始，行行止止行行。人生不是不人生，处处心心性性。暮暮朝朝暮暮，荣荣朽朽荣荣。如来

普渡是天平，定定形形定定。

232. 又

北北南南南北，东西半半西东。杭州枯子自然红，不避金兵相宋，得意穿林渡水，翰林学士寒宫。风风雨雨又风风，一统江山一统。

233. 又

李李桃桃杏杏，云云雨雨风风。花花草草半红红，北北南南梦梦。暮暮朝朝去去，成成败败成败。空空色色已空空，瓮瓮君君瓮瓮。

234. 又

水水山山水水，温温热热温温。文文化化作乾坤。近近亲亲近近。草草花花草草，恩恩感感恩恩。王孙一半一王孙，问问如来问问。

235. 南乡子 大雪

大雪已纷纷，足见钱钱甲甲文。已带衣衫连玉被，云云。一半冰姿一半裙。六角自难分，一色天章一色闻。只道人间明日暖，嚯嚯。自是耕深自是耘。

236. 浣溪沙 宝林山间兰

细细纤纤玉玉条，匀匀皙皙素逍遥，丝丝净净自孤寥。浴后佳人多少色，群芳四面涌春潮。原来手上豆芽苗。

237. 又 渔父张志和之兄松龄所作

弟弟兄兄自等闲，长洲一半洞庭山。玄真子隐可归还。渔父太湖渔父隐，簑衣已满雨云潜，姑苏过了浒漱关。

238. 又 牧庵

不问江湖不问天，前川日月过前川。鲀鲈脍里两三鲜。不钓人间天下事，还闻世上自当然，朝朝暮暮雨云烟。

239. 又 王安石 苏东坡

灯竹声中一岁除（王安石），人生世上半当初。相如不赋不相如。老去怕看新历日（苏东坡），新来草木有香余。诗书处处可诗书。

240. 又

八月岩芳一桂香，三生梦里半黄粱，曛宫五日久芬芳。不讥樵渔应不认，巢由已误顺时光。炎凉度自度炎凉。

241. 又 兄弟居三

北斗星星口自开，南洋已去又回来。丛林独水作天媒。一世三生三一世，诗词格律佩文斋，工精八十此斋裁。

242. 又

大雪纷纷大雪来，岩岩桂桂不分催，何时不守逆时开。见得杏黄红点点，梅花白白素衣回，香香色色下天台。

243. 又 宋景晋待御小桃小兰二小姬

小小红红绿绿袍，兰兰玉玉碧桃桃。高山流水作溪涛。下里巴人巴下里，梅花三弄弄离骚，英雄不可不临洮。

244. 又

玉立婷婷楚楚香，楚楚瑟瑟玉声扬。歌歌舞舞将红妆。不见桃兰分不见，蓦山溪水久流长。温床上下上温床。

245. 又 寄友

过了中秋一月长，黄花遍地半重阳。漉英寄与弟兄香。别别逢逢还别别，庐陵路上问堪棠，清江水色泛寒光。

246. 又 赠行

逝水风流逝水扬，家乡月色月家乡。书生一半一黄粱。已去年年年已去，低昂未尽久低昂，方圆不是不圆方。

247. 生查子

天天草木烟，夜夜芭蕉雨。一步一前川，三味三如故。心心半寸田，意意千夫度。未了未知泉，谁作谁分付。

248. 又

岩岩桂桂花，郁郁香香嫁。一树一人家，三雪三春下。云云雨雨余，暮暮朝朝暇。十步雨风华，万叶千枝夏。

249. 临江仙 吕嬴，吕今

已是吕嬴三两岁，吕今来到吾家。贫贫富富去天涯，公心公不止，自立自梅花。郭雅卿兄卿主仆，岳母贾郊勤娃。鞍山八载北京遮。诗书诗已自，日月日方嘉。

250. 七娘子

瞿塘水逝高唐路。见瑶姬，上下阳台步。襄王宋玉，朝云暮雨。分明不忍向官渡。如今不得谁分付。这巫山，不别东流故。夔门不锁，白帝难赋，楚头吴尾，天平山上西施住。

251. 减字木兰花

龙龙虎虎，自在金陵应自主。日月殊途，记取秦淮不是奴。城城阜阜，只是石头城下雨，近在东吴，远在台城问梁武。

252. 又

家居岩桂，六十三年年岁岁，处处微微，只见湘鸿不见归。恩恩惠惠，志志方成方慧慧。落落飞飞，半闭心扉半是非。

253. 清平乐

芳林岩桂，日日年年负。六十人生人袂，七十人生拾莅。来来去去回回，朝朝暮暮催。未以贪杯误事，一杯化作千杯。

254. 又 岩桂盛开

吴头楚尾，岩桂黄花卉。曾在初春开半菲，大雪纷纷如匪。今今正正光晖，重阳与菊绯绯。万壑千峰草木，人间日月归归。

255. 又

云云雨雨，处处红尘女。不见春风春不语，误了文君相如。荆州不可樵渔，书生自以当初，七十应知八十，岩岩桂桂香余。

256. 又 寄韩叔夏

钟繇一字，俱在风云里，日月山河天下水，翠来薇薇示示。声声色色时时，荣荣朽朽斯斯。只有风光草木，飞飞落落鸿知。

257. 又

阡阡陌陌，雪雪山山白。厚厚深深分九脉，群鸟成千成百。东君不是相催，分香未与春梅。偶有藏红露点，羞情一半难猜。

258. 更漏子

雪如梅，梅似雪。合合分分不绝。人别聚，月方圆。去来朝暮全。圆又缺，逢还别。一半人生豪杰。寻日月，问婵娟，岁年岁岁年年。

259. 点绛唇

水水山山，和和战战江南岸，运河岸，运河河畔，未把金兵断。路路关关，不得风云散。人间叹，去来还乱，草木临安爨。

260. 又

鼓鼓钟钟，心经只在心中定。月明听磬，色色空空乘。寺寺僧僧，步步连三径。江南胜，北胡南宁，日月当书磬。

261. 又

已是江南，人人不得何人性。水平如镜，富贵如财命。不是杭州，已民足西湖净，千家姓，宋金分令，只要人间政

262. 又

逆水行舟，应知何地何时候。富春江潋，已入钱塘就。近了杭州，远了长安秀。黄河右，渭泾皆寇，且以临安宁。

263. 又

月在西湖，杭州城里谁家烛。玉光难足，不到长安续。人在咸阳，北府南冠东。和田玉，不留思蜀，只作知音曲。

264. 点绛唇

已过重阳，姑苏半在黄天荡，去来方向，不必江湖仰。老子情钟，只在人间想。英雄往，大唐玄奘，未了应昶。

265. 又

燕子归巢，人间一半成飞鸟。不知多少，日月前行晓。四象辞爻，足迹微微小。平生了，一波池蓼，八十江湖淼。

266. 采桑子

人生八十江湖小，一半波涛。一半波涛，分向淞江一半濠。太湖留下元龟头渚，作得英豪，作得英豪。一代诗词一代庥。

267. 一落索　自述

东君已带江南雨，朝朝暮暮。芳菲何止一梅花，千百色，谁分付。借取红云一顾，长春似故，丁香桃李一梨花，十三万首，诗词赋。

268. 如梦令

自制炉薰岩桂，龙躬奇香香滞。只似是蔷薇，海上蓬莱无际，无际，见得人间如帝。

269. 又

老小炉薰岩桂，香气扑来门第。若是一龙门，自是精英难替。文艺，文艺，只以人情相济。

270. 卜算子

不问一西湖，已得三生路，半见江南半见吴，日月谁分付。已问半江湖，未得千朝暮。赢得明皇问念奴，疑是江都住。

271. 又

八月一西湖，水净三秋故。水月心中半有无，不见谁分付。美女在江都，最是黄昏暮。有约深深作玉壶，桂子经天度。

272. 又

不上故黄梁，却入黄天荡。半在江湖半在堂，拾得成方丈。九月过重阳，满地黄花向，篱下当然不久香，柳柳杨杨仰。

273. 又寄谌祖瑛　卜算子

安吉水湖州，水似千杯酒。四面环山水竹舟，雾水云云首。水月小桥头，水竹垂杨柳，白白茶茶水已流，竹主席应知否。

274. 又

水竹水云洲，竹席竹水友。水竹云中水竹楼，水竹云亭首。水竹水桥头，竹水云烟久。水竹荷花一半盖，水竹香茶手。

275. 又

水竹白云峰，五彩红林影。不见龙王不见山，碧玉荷花屏。主席白茶茗，出水芙蓉颖。祖祖瑛瑛水竹亭，

带领仙人境。

276. 又

一女一荷花，三水三春夏。竹影云中自不斜，节节朝天下，玄风优雅。水竹白茶家，安吉湖州半不整洁，白白茶茶社。

277. 又

水向富春流，作钱塘友。八月潮头八月秋，记取隋杨柳。百里五湖舟，安吉云烟酒。五彩林中小女儿，不可先开口。

278. 又

百里静风潮，一月梅花问。唤取群芳自千变万化，日色何时近。水竹白茶珍，雾雾云云雨雨邻，杜牧湖州郡。

279. 三字令

三两日，万千年。云谷底，雾前川。花不语，草无宣。黄昏后，天已静，淡浓烟。长城木，运河船，杨柳岸，牧人眠，塞外问，见桑田。和与战，成或败，一代泉。

280. 长相思

长相思，短思量。一片枫林一片霜。红红白白藏。一故乡，增家乡。一半书生一半堂，长安作豫章。

281. 南歌子　吕赢寄池州见风光

杜牧池州守，黄昏落日根。人间一半是儿孙，一人分红日两慈恩。夕照留天上，回光下水门。如来如去是乾坤，山在水中倒影杏花村。

282. 减字木兰花　池州塔

玄应玄奘，宝塔十三层上仰。向佛家乡，经译经音经八方。西行想象，留在长安同孟昶。记取东梁，九脉华山地藏王。

283. 南歌子

太守文章客，咸丰聚德堂。民生义学义中梁。自古文章文化过西洋。不尽池州水，何须地藏王。太平天国一山房。留下吕赢足蹒思乡。

284. 又

一半溪流水，三千弟子乡。有以此作文昌。举目安澜桥，上问书香。上下图南阁，人心石敢当。安徽一半在青阳。记取隋炀帛柳作苏杭。

285. 又

杜牧池州客，高霁九子山。桃花坞里杏花颜。自此九华山下自名关。处士灵山隐，清明细雨闲，南溪问，老子尖湾，字字昭明太子，以诗还。

286. 桂殿秋

千叶落，一风流。重阳自在自无休。黄花作了茱萸客，桂子登堂桂殿秋。

287. 朝中措

梅花白雪净无尘，处处已成春，上下杭州西子，群芳一夜相邻。红红绿绿解衣相待，玉素全新。化作一池鲜水，三日注入三秦。

288. 菩萨蛮

茱萸九月黄花九，运河两岸多杨柳。不尽运河舟，钱塘楼外楼。长城南北守，百战谁知否？指鹿十二州，坑书君子留。

289. 好事近　见梅

一岁一枯荣，腊月隆冬天性。三弄梅花初引，暗香孤枝竞。阳春白雪互相明。已入百家姓。下里巴人杨柳，共同东君倩。

290. 又

已见运河流，记取隋炀时候。易帛姑苏杨柳。去来商船就。钱塘水调一歌头，不可问钱缪。过了江都南北，暮朝红衣袖。

291. 减字木兰花　登望韶亭

风尘百里，大漠荒丘烟石起，见玉门关，一半沙鸣一半山。无休无止，一只骆驼千滴水。向月芽湾，四顾茫然玉宇间。

292. 浣溪沙　自勉

七十无成八十成。三年未第一年明。枯荣草木自枯荣。步步人生人步步，朝前路上不停行。耕耘日月苦耘耕。

293. 减字木兰花

姑苏小小，碧玉如今心未了。有运河潮，也有可以认知教笛箫。花花草草，见得东君春已昨。一半逍遥，一半枯荣一半娇。

294. 又　梅

梅花落里，去去来来香不止。不问

141

高低，朝向东东暮向西。梅花似水，注入心中风月起。化作香泥，处处春莺处处啼

295. 又

嘉陵江汛，过了巫山风一阵，带了氤氲，见得瑶姬一段云。东君有信，一半鱼书天下认。红了衣裙，绿了山河日月兮。

296. 又

山山水水，是是非非非是是。一半相知，合了分分西不迟。行行止止，彼彼如何如此此，总总时时，对立相间统一司。

297. 又

汨罗端午，唱尽九歌成楚府。到了东吴，只是明皇有念奴，钟钟鼓鼓，拾得寒山今已古，一半姑苏，一半人生一半儒。

298. 江北旧词　满庭芳

一片长安，长安一片，大雪纷纷寒寒，南山衣厚，渭水半波澜。北望黄河直下，潼关外，封了山峦。东西水，南南北北，处处玉妆冠。天山，天已断。风花雪野，素宇立羰。已扬扬洒洒，满了汗漫。更是山川田亩，凭所就，日上枫丹。乾坤色，茫茫济济，处处是长安。

299. 水调歌头

水调歌头唱，一半忆隋炀，钱塘丝帛杨柳，南北运河，处处是天堂。碧玉江都水，汴水到苏杭。扬州女，琼花素，玉兰香。长洲娃馆同里，盛泽到桐乡，一线潮头漫漫，推起千白浪，八月满天光。蟹脚秋风痒，先与丈夫尝。

300. 梅花引

知吴越，寻关阙，何时不问床前月。已相偕，共同阶，扬首望天街。十年独问长生殿，不见东君不见面。有相思，又相思，心有灵犀，情有两生知。君同曰，同君曰，花开花落都无竭。梅为边，柳为边，几回白首，孤独自成怜。春春不倦秋秋燕，北北南南都飞漫。五湖山，太湖山，香香雪雪，终是玉门关。

301. 又

一半五湖江，何处不知渔父，曾一度乌江雨，霸王乌骓主。昭关前子胥数，吴越越吴辅。闻四皓樵渔溢。几乎谈龙虎。

302. 殢人娇　赠侍人轻轻

白白雪花，轻轻红羽。飞燕儿，作霓裳舞。杨杨柳柳，楚腰吴脯。露身姿，暂清不主。波里精神，似云似雨。今别是，唱黄金缕。巫山三峡，高唐一语，只唱得，虞姬帐中渔父。

303. 玉楼春

月上玉楼春促促，水下山青山玉玉。一惊风吹四方纹。天下色空皆断续。朝暮少年心不住，两岸运河杨柳曲。小桥边畔有佳人，夜里茫茫红腊烛。

304. 又　晏侍儿贺全真妙绝一时

白雪阳春来去足，下里巴人三两曲。高山流水到阳关，三叠弄情相继续。三峡水流官渡绿，一枕高唐知宋玉。楚襄王佩寄瑶姬，记取巫山红腊独。

305. 鹧鸪天　汪魏新巷九号院

小院曲曲别有天，春秋枣树叶绵绵。池鱼戏水鱼池色，一月圆圆一月田。含草木，约婵娟。广寒宫里已轻眠。重阳落叶红红果，篱下黄花半吉烟。

306. 又

一步前门一步莲，鱼池岸枣半心田。弦上上下弦弦月，叶叶枝枝日日宜。知曲巷，有留连。阳光房里自经年。书房小小书千万，六十诗翁八十川。

307. 又

宿鸟分飞去不回，阿姨一岁一年来。情情意意含分拐舍，独独孤孤不猜。诗十首，日相催。平生不止不徘徊。十三万首诗容，全宋全唐自主裁。

308. 又

暮雨朝云入梦来，春风夏水小荷开。秋霜冬雪分时度，四序中庭步步回。天仰仰，地梅梅。阳关三叠玉门催。梅花三弄香浮动，五品郎中四品才。

309. 又

吕氏春秋吕氏中，神农炎帝尧舜风，伯夷大禹南阳籍，记取元源治水功。天下志，一英雄。姜姜吕吕姓相同。人间留下人间迹，半在西方（孙女在法国）半在东（我在北京）。

310. 踏莎行　九江道中

九派浔阳，三江日上。匡庐牯岭鄱

湖望。林林总总雨茫茫，江湖已过黄天荡。小步炎凉，高楼俯仰。人生一路知方向。公余前后箸诗词，运河未了长城觇。

311. 鹊桥仙

鹊桥一度，鹊桥一度。雨雨云云无数。吴吴越越又吴吴，暮暮暮暮，纤纤女女。分分付付，分分付付，乞巧人间不误，牛郎织女已扶苏，过河去，倾倾许许。

312. 虞美人

烟烟雨雨无重数，不碍相思路。人生处处有歼途，意马心猿天下有飞岛。运河两岸多朝暮，碧玉桥边渡。形形色色一江湖。见了船娘今夜到江都。

313. 又

江都一半琼花色，美女如云侧。广寒宫里玉嫦娥，白皙冰肌皙白有情歌。扬州一曲风流织，半对隋炀忆。运河之水净干戈，六淡钱塘六合逐清波。

314. 又

年年雪满长安路，处处京都赋。钱塘六合一东吴，不以秦皇孔壁问书儒。年年细雨杭州暮，瑟瑟琴琴渡。大晟乐府曲音奴，日月何须天上作扶苏。

315. 又

明年再上长安路，不以今天度。杭州月色似江都，未及隋炀杨柳好头颅。大晟乐府知音故，竹下微宗付。

燕子不见宋王奴。如此听琴天下已荒芜。

316. 更漏子 青白轩

竹青青，霜白白。浅浅深深阡陌。霜似雪，竹如邻。东君已自春。月天高，风水调。雪月风花一笑。轩映影，草花香，与人何暖凉。

317. 又

女桥边，郎鹊岸，步步行行无断。河远近，水云天，年年岁岁连。半人间，三界叹。心中乞巧星岸。闻织女想当然。只以牛郎怜。

318. 鹊桥仙 七夕

东风如面，澄江如练。落下南来飞燕。云烟雨雾背山川，远近是，层层小院。阳春白雪，竹枝唱遍，适得船中女倩。声声来自渡人边，一曲曲，波波溅溅。

319. 南歌子

两面江明镜，三山碧影寒，浮萍半满广陵滩。白芷红蓼鸥鹭逐波残。有水由舟钓，无风任玉冠。幽幽香雾过汗漫，一曲竹枝未了过云端。

320. 鹊桥仙

风负一半，河河一半，一半天河一半。牛郎织女鹊桥仙。七夕夜，人间一半。云成一半，雨成一半，一半蒙蒙一半。情情意意鹊桥仙，一半是，平生一半。

321. 南歌子 郭小娘道装

纱纱纤纤质，盈盈态容身。瑶池玉树近风潮，邮是琼花芝草过烟津。翠羽双垂耳，明波独照人，行行止

止已三春，不信浮华，日月自天真。

322. 又

去去来来见，朝朝暮暮闻。香香一半女儿裙。最是男装文牙带芳芬。闭目钟声语，开波鼓磬云。玄玄道道自氤氲，已是心平气和独耕耘。

323. 卜算子

竹里一枝梅，菊外三兰影。君子当然自己铭，静静常常省。笔墨半文章，纸砚千池领，字字经心字字成，自古雕龙颖。

324. 菩萨蛮

运河一半江南雨，姑苏一半杭州路。百里问江吴，千年知五湖。隋炀杨柳树，锦帛丝绸付。白是好头颅，扬州知念奴。

325. 又

东君花草东君误，香风不到香风暮。秀女秀江都，春心春泪珠，隋堤何已暮，草木谁分付。有意上姑苏，无心从玉壶。

326. 又

年年已大年年小，花花已见花花草。有水有波潮，无心无小桥。疑时疑人道，未了，知时知人道。自得自逍遥，经心经日消。

327. 南歌子

雨过池塘静，风回水草香，红颜处处问天光。一半芙蓉荷叶两分妆。已得莲蓬子，无须水见凉。清清爽爽是天堂，问得苦心问得苦心扬。

328. 减字木兰花

朝朝暮暮工,曲巷深深许,箸得诗书,六十公余八十居。分分付付,日月耕耘多辛苦。不废樵渔,草木山川市井舒。

329. 秦楼月　亚洲发展投资银行

秋虫切,流莺不尽南洋别。南洋别,银行多苦,独当难决。亚州发展谁豪杰,土匪自以横行说。强占绝,三年五载,明明灭灭。

330. 生查子　又

春心杜宇鸣,百色匪人听。同路是非盟,共语非非应。是是非非行,非非是是胜。是是非非,是是非非定。

331. 又

两山一谷生,九派三江性。一水一明明,三界三清净。云云已谷平,雨雨江流泳。步步在谷中,心心如江竞。

332. 又

近如月影长,远似花逐雾。不是不知香,无作无心误。香香自在扬,误误当然故。一日一红妆,三世三朝暮。

333. 又

山山草木生,水水波涛故。一岁一枯荣,千载千云雨。深深一段情,浅浅如流许。不必问清流,只在无朝暮。

334. 又

船娘唱竹枝,忧水君山至。蜀客已相思,楚女纤腰字。阳春白雪知,下里巴人置。日月已时时,草木还萋肆。

335. 又

相思不下床,会意知方向。碧玉半兰妆,不上黄天荡。黄昏默默香,桂影寒宫仰。宝带玉桥旁,同里婵娟往。

336. 望江南

天下水,近处无尘。无以东君明日到,微风细雨已先行,已上女儿身。南北望,杨柳换妆邻。玉兔寒宫同桂影,青春只与满芳人,晋晋已秦秦。

337. 浣溪沙　寄谌江南女祖瑛

千里香梅笑问人,酸甜迫主半相亲。含情不露是情真。竹影梅花兰菊色,阳春白雪作巴人。湖州自取太湖春。

338. 西江月

腊月冬梅黄遍,初春唤群芳。洞庭山上望苏杭,香雪海中俯仰。莫以萧娘相问,刘郎作了潘郎。琴声已误是周郎,不似寒山方丈。

339. 点绛唇　南昌送范帅

九派南昌,滕王阁上书商鞅。北朝南向,天马谁人养。一步浔阳,百里匡庐昶。鄱阳荡,一峰千泱,俯仰朝天想。

340. 丑奴儿

点双水榭亭花暮,不似如故。独望殊途,莫以杭州是非路。人以近处向远去,步步相驱。作得江都,运河隋炀不玉壶。

341. 如梦令

白雪梅花三弄,香去香来相送。昨夜放黄粱,有了人情如梦。如梦,如梦,天下是,凰求凤。

342. 好事近

百里望江湖,一雨一云朝暮。无锡三分南北,一分湖州故。六分岸柳纳姑苏,水水水分付。不问夫差勾践,至今谁越吴。

343. 又

一半问东吴,一半问山河路。最是长安难忘,已隋唐皇都。大晟乐府宋词虞。竹下赋琴故。达了燕山何处,有言垂鞭渡。

344. 采桑子

东君作春杨柳,留下风流,弱体温柔,一半垂垂一半羞。多情一梦多情手,上了眉头,上了心头,未得云云雨雨休。

345. 清平乐

乾坤一半,日月阴晴一半,一半枯荣天地半,水水山山一半。河川一半河川。方圆一半方圆,一半云云雨雨,婵娟一半婵娟。

南宋·马远
梅石溪凫图

读写全宋词一万七千首
第十八函

第十八函

1. 浣溪沙

一见腰身一柳条,三春眉两春消。双仪四象半波潮。曲曲梅花三弄唱,琴琴瑟瑟待调箫,弹弹抚抚尽情瑶。

2. 又　谢谌祖曹,重阳日赠异形柿子

异异形形柿子情,双峰满满一灵生。重阳九日九枯荣。两手分呈四指,含霜白皙祖瑛明。人间留取作清平。

3. 又　白茶

一品湖州一品茶,毫毫白白半人家。浮浮落落雪梅花。安吉竹乡多水月,江亭四面雨云遮。农夫只在向桑麻。

4. 又　竹编

极致枇枇极致编,前川以此挂前川。箱箱柜柜已容天。最是山河山水秀,鱼虫花鸟问方圆,嫦娥留下作婵娟。

5. 又　椅乡

十五方成十六圆,七山一水两分田。龙王小下小鲵园。雾里云中龙椅坐,蒙蒙细雨作天泉,谁藏岸上小花船。

6. 又

半在人间半在情,湖州安吉雨云生。蒙蒙细雨有阴晴。竹木成林成世界,社瑛留下祖瑛名,山山水水是乡荣。

7. 又　茶

大雨声声唱九歌,茫茫水库作黄河,湖州月色是嫦娥。安吉白茶人草木,烟烟雾雾岭前多。女儿采得竹编篓。

8. 又　寄谌祖瑛

一路山中半路平,三秋日上两芳明。重阳柿子异形情。只向湖州安吉去,白茶竹椅织编城,何为不语不言行。

9. 又

一样仁华百样娇,三春豆蔻两春潮。江南细雨半云霄。竹木成林含紫气,旋旋折折小斜桥。初当新采白茶苗。

10. 又

一半梅花一半茶,两三细女两三家。红酥手上白香芽。细细毛毛分两岸,浮浮落落远泉佳。情情切切女娃娃。

11. 又

翡翠衣衫白玉人,江南采女弄初春。咫不语望东鞶。雨雨云云分不定,情情意意合红尘。深深浅浅作迷津。

12. 又

两点春山一处新,三吴碧玉半相邻。小桥流水五湖濒。不在湖州安吉问,梅香半向白茶钧。远泉井上流中沦。

13. 又

远远无情近近情,山山水水有枯荣。南南北北以春萌。自以人心人不定,阴晴一半各阴晴。江南不似北皇城。

14. 又

洒中相知半不期,风流态度百般宜。江南小女有心思。一步回头回一步,留情作秀有情时。红楼梦里着人痴。

15. 又

一斛珍珠问翠娥,千情百态总横波。牛郎织女有天河。已意深深几许,多情处处情多。莲蓬结子过年荷。

16. 相见欢

婷婷出水芙蓉,玉人封。又是年年风月,已相逢。天相许,相约暮,人相从。十二峰中十二,十三峰。

17. 又

纤腰腿细修长,柳丝扬。水水波波两露,自沉香。桃花面,梨花见,已花黄。谁言处女羞怯,向周郎。

18. 最高楼

无双亭下,孤独大丈夫。玉骨作花奴。腊梅常以春梅继,群芳丛里作仙姝。

147

到天台才见，只问罗敷。已得碧桃，又还小杏，牡丹，桂玉一株，天下卉，广寒殊。芙蓉出水莲蓬子，运河杨柳满江都。一船南北碧玉东吴。

19. 吴穆仲

醉蓬莱

有意思行，无心即了。

20. 杨适

南柯子

问运河南北，知同里水城。小桥流水总无声，两岸无边花草，总关情。莫忘隋炀帝，秦皇不可名。书坑冷了冷书生，望尽长城内外，几纵横。

21. 莫蒙

江城子

江城子在一江城，一江城，半枯荣。一半江城，一半自枯荣。一半人间天下，何日月，几阴晴。秦皇汉武是何名，帝王英，帝王情。一半纵横，百姓不同盟。五亩桑麻桑两亩，家国事，地天平。

22. 李璆

满庭霜

腊月香中，梅花落里，处处留得芳容。先红桃李，白雪玉冰封。傲骨芙蓉出水，肌肤白，作得芙蓉，芙蓉色，东君记取，春里作行踪。芳芬芳古月，含苞待放，终了隆冬。自心田数久，不见随从。独自衷情自主，何未见，不可中庸。初元后，春梅来换，姊妹共相逢。

23. 韩驹

念奴娇　月

海天天海，一望三百里，茫茫无际，海市蜃楼曾尽处，只是空空佳丽。玉宇琼瑶，灵光来去，有书香门第。江山如画，曲江状元及第。四首醉里长安，杭州湾外，一半风云滞。弄玉凤凰箫不断，今日秦楼谁记。不欲乘风，还当问世，人间皆兄弟。同舟共济，三千里外青帝。

24. 昭君怨

一曲琵琶弹响，三弄阴山之上。四面野宫花香，汉宫妆。最是单于语，不是画师仙女。黄菊共茱萸，蜀罗敷。

25. 颜博文

西江月

一目三千里路，五湖六渎江河。英雄挥水静干戈，回首人间宗泽。步步朝朝暮暮，田田米米禾禾，长江自古自清波，共济阡阡陌陌。

26. 品讼　舟次五羊　二十三体，秦观体

五羊秩半镇海，万里南洋第一。天涯外，海角何处是，有潮汐，有格律。已见丛林晚，还闻波涛扬逸。晴空里，云落云飞去，远近里，皆秘密。

27. 沈与求

浣溪沙　雪中作

大雪垂垂作白山，荒沙漠漠玉门关，声鸣已到月芽湾。小小梅花梅傲骨，香香落落去更还，寒心只有有无间。

28. 又

一树先开十里香，三冬后闭半寒凉，心中有暖两扬长。客舍深深深到末，奇株远近异芬芳，东君在此向朝阳。

29. 江城子　孤坐

江流逝水过江城，一清明，半清明。万里西东，处处自相倾。人有高低知日月，非远近，是枯荣。弯弯曲曲折难平。水湾成，月湾成，留下田萌，济济教耘耕，见得农夫农土地，同草木，共精英。

30. 又　和叶左丞石林

朝朝代代一深宫，半无穷，久无穷。自丁樵渔，只作姜太公。四皓商山商贾客，空色色，色空空。秦秦汉汉已成终。帝王衷，作飞鸿。谁论书坑，孔壁立贤功。古古今今留不住，同异异，异同同。

31. 陈东

秦刷子

谁可一樵渔，世上半生朝暮。只记得寒心路。香雪海梅分付。东君不在不芬芳，但有春光住。碧玉已藏深处，开落当如故。

32. 西江月

官场迎迎送送，人间草木曛笼。东邻宋玉读书虫，杨柳梅花开弄。一曲黄金缕后，三光日色无终，阳春白雪共东风，不再见钗头凤。

33. 蓦山溪　元夕

去年今夜,独独孤孤夜。忘记一良宵,不似这,今年此夜,阳春白雪,楚女竟苗条。今年夜,明年夜,处处元元夜。亭亭榭榭,草草花花榭榭。四序四逍遥,去岁是,名名榭榭,今年也是,日日渡江桥,明年是,人情榭,不以诗词榭。

34. 西江月　七夕

不问牛郎织女,应知自我平生。少年学得老精英,合合分分向凤。织女牛郎友问,鹊桥一半桥成。维维七夕夜相荣,谁记梅花三弄。

35. 姚孝宁

念奴娇　月

弦弦圆圆圆月,问玉兔,桂影何时弦缺。弦缺之时何处去?有水波波折折。一半山青,江河一半,一半人情别。有时有意,无须无了无绝。自古记得苍梧,是湘灵鼓瑟,阳春白雪。竹泪二妃,天下望,不尽殷殷切切。宋玉相如,这今今古古,几人评说。婵娟应在,时时无可明灭。

36. 胡松年

石州词

十里长亭,五里短亭,亭作离别。向西一去凉州,四叠阳关飞雪。楼兰曾诺,且知塞北江南,如今真是河山绝,海市蜃楼空,已许何时节。豪杰,沙鸣不止,不止荒丘,望遥明灭。谁问长安,西去丝绸无辍。古往今来,改革开放,世人应是同优劣。回首一销凝,性情人中说。

37. 又

西去阳关,风断玉门。今古离别,向前一半天山,已是昆仑飞雪。楼台曾诺,一应塞北江南,阴晴何明灭。大漠自移列。已是沙鸣落日,空空泄泄,月芽湾里月,清清复明明,已早生豪杰,赖有紫枢人,不成无回折。

38. 李持正

明月逐人来　李持正自传谱

星河如面春秋如面。人生路,南北飞燕。向衡阳去,青海青草甸。大雪封山已见。何以潇湘,不尽浔阳庭院,滕王阁,山屏不卷,四面鄱阳,千望庐衍,独木成林差缠。

39. 人月圆令

三春未尽三春早,恻恻透鲛绡。衣裳薄了,双峰太露,独见波潮。有情有意,潘郎相约,寂寂寥寥,一年三百六十日,只应盼今宵。

40. 王道亨

桃源忆故人

刘郎去了桃花去,十载东君相虑。春色与人轻语,已有高唐女。不应只在阳台住,一水巴陵官渡。从此自当分付。不了瞿塘雨。

41. 江致和

五福降中天

步元宵元夜,市市巷巷灯红。看走马琉璃,绵绣鱼虫。花鸟飞飞落落,阁阁楼楼已空。却把荷花,莫遮粉面女儿衷。藏藏露露,这一点,灵犀已通。望望七香车去,留下香风,云情雨意,只未在,黄粱梦中,已是相邻。甚时应许入,高见飞鸿。

42. 韩璜

清平乐

山山水水,日月人间里。水儿长江东海止,远近山峰彼此。花花草草萋萋,人人世世高低。见得昆仑白雪,梅花独傲灵犀。

43. 李邦献

菩萨蛮　腊梅

花心点点黄黄小,郁郁散散无了。腊月这边消,寒情藏阿娇。金钟应不少,蕊蕊心中早。自任自逍遥,群芳群似潮。

44. 宋齐愈

眼儿媚

南南北北见飞鸿,一字自当空,人形远见,两行如雁,月下清风。中原四序分明在,候鸟候无终。去年如此,今年如此,明岁重逢。

45. 宋江

念奴娇

梁山兄弟，水泊里，挂起义旗分付。兄弟并非兄弟事，只向招安倾注，古古今今，官官吏吏，俱是书坑路，英雄豪杰，无天无地无顾。一百零八江湖，在人间自主，天公同住，李逵武松，吴用计，聚义厅前如数。个个惊空，只以天作主，与人相度。为何非是，成臣成了成误！

46. 西江月

不见西江月色，何闻九派千舟，浔阳一望大江流，去水东方不休。自幼经经史史，王王帝帝侯侯。钱王越国十三州，不尽心中不谋。

47. 袁绚

撒金钱 《词律辞典》独此词

频瞻礼，急升平。一时相形相色。民风民毕力，望朱门，豪华无匿。似商人，只轻张，上千成亿。儿女当街，不避羞，已行姑息。撒金钱，是非饰。百姓无可不至极。未相逼，一半杨，一半是柳。

48. 传言玉女 七夕

汉武闲居，一女子承华殿。此来有约，是王母七夕，墉宫玉女，细带鲛绡如面，声音清丽，子登同见。于是瑶池，八仙过海甸。凤凰台上，卷舒云已缱。女使开簌，取了盘桃天院，人心无限，一情家眷。

49. 清平乐

东君问鹊，白雪冬梅落。已是午风香漠漠，到得长安渭洛。陈王已有先河，宓妃踏步凌波，不见寒宫玉兔，婵娟换了嫦娥。

50. 连仲宣

念奴娇

东君言毕，白雪里，太乙行春朝暮。到了端门成日色，顺得鳌山珠树。夜色明明，灯光如昼，玉女传言故。王母七夕，人间乞巧相度。五百年里盘桃，与春秋日月年年分付。最是梅花，冬未了，却是东风相顾。唤领群芳，瑶池迎汉武，作人间赋，女儿儿女，原来如此如许。

51. 邢俊臣

临江仙 《词律辞典》十五体无此体。

神运石

高高一石半低低，顶峰非是立，花木草萋萋。

52. 又 陈朝桧

南朝一半忆梁陈，如来如去问，松木作朝珍。

53. 又 咏梁师生诗

耕耘日月苦辛诗，平平平仄仄，格律韵音司。

54. 又 自叙寥落

阴晴草木半枯荣，多情多世界，独坐独思成。

55. 又

酥胸自玉两波明，腰肢歌舞就，近得近香情。

56. 又 肢体肥

胡旋胡舞罢，出水作芙蓉。

57. 正体后三句 七五五，平仄平。

秦楼不见秦楼女，空余上苑枯荣。不明天下梁师成。人间忤贵，戚里子轻名。南朝六国明灭，三吴不系红缨。江南无有养马行。一时相见，如此作精英。

58. 幼卿

浪淘沙

一路楚云空，事不由衷。良人相别太冲冲。不是良人媒未举，半得称。上得一眉峰，下得山风。扬鞭一马各西东。莫以人间人各志，异异同同。

59. 蒋氏女

减字木兰花

箱箱匣匣，害去夫君何不乏。金人夜叉，不到杭州一路邪。鸡鸡鸭鸭，被持燕山龙虎峡。处处冰花，大雪纷飞一两家。

60. 浣溪沙

凌夜三时

欲得圆圆上下弦，诗词格律去来天。嫦娥不在不婵娟。岁岁年年常有尽，朝朝暮暮作余船。孤孤老老向天边。

61. 卜蔡栩

鹧鸪天

左右成双一口纸，东西作对两眉齐。丰波涧谷流溪半。不得西施问范蠡。三西水，五湖堤。洞庭山上草萋萋。夫差勾践曾相问，化作红尘一寸泥。

62. 念奴娇

一半天地，一半见，一半人间朝暮。忆取当年挥玉斧，且对江山分付。大宋英名，重修宝奁，再造隋炀路。运河南北，江南如此如故。谁见月桂清辉，向西湖落下，三潭归住。半断白堤，曾不语，六部桥头烟雨。日月当空，诗词歌曲赋，大相度。金戈江岸，秦淮石头北固。

63. 浣溪沙

戊戌子夜寄吕赢、吕今

后海荷珠水未寒，莲蓬结子八云端。芙蓉一半戴花冠，记取赢来今古志，诗词格律步邯郸。人生一世箸长安。

64. 满庭芳

万里江山，千年旧事，自是古古今今。范蠡西子，谁可作知音。一半吴娃宫馆，勾践是，剑池深深，春秋界，人称五霸，和以七弦琴。已杯摇烛影，人随日月，独木成林。有三千弟子，五百黄金。挥斥燕山南北，云中望，祖国衣襟。渔阳见，何人李訓，一箭正人心。

65. 摊破诉衷情 寄友

平生一步一春秋，日月半风流。江楼不得问江舟，去去几时休？听楚尾，问吴头，何以作长洲。故人钱缪可知否？如今四十州。

66. 又 和

巫峰十二半春秋，折帝蜀人留。何言乐不思蜀忧。两岸几飞鸥？琴曲在，大晟楼。情钟一衾修，买山同隐可知否？谁令不点头。

67. 凤栖梧 寄友

万里天涯海角路，一半云天，一半南洋暮。约我小舟同老去，十步回首椰林住。石柱撑天谁又顾。李李牛牛，尽在商路处。太守文章何所故，当以林下潇潇雨。

68. 李久善

念奴娇

五千年里，事多少，事事可谁全晓，简简繁繁思不尽，想想思思难了。一念恩，千情界外，何以知飞鸟。林林总总，人间多少花草。六十八十平生，以天天见历，年年行老，暮暮朝朝，行止处，佛佛儒儒道道。绪绪时时，又枝枝叶叶，一根无例。细微之处，史公应是难表。

69. 宝月

暮山溪

年年第一，处处天公秩。岁岁隆冬，除夕时，元初日律。东君已醒，白雪来消融。云体态，冰精气，傲骨香心质。黄花密密，沁沁人人毕。约约会群芳，隐隐处，扉扉实实。百花丛中，香雪海中明，春梅逸。春梅逸，回首当然一。

70. 鹊踏枝 二体，本词以正体后半阕重复而成，且和之意

已尽寒冬天下约。冰霜应消，曲曲梅花落。白雪阳春春已至，一香先与东君约。谁与大晟同宴乐。岸北金戈，胡以兵肆虐。客意为伊思渭洛，留归香雪天辽绰。

71. 点绛唇

到了人间，梅花白雪都成片，似春如面，暖暖寒寒见。已下华清，又上长生殿。皇宫院，贵妃缱倦，不似赵飞燕。

72. 柳梢青

两岸人家，三杨柳，水静烟斜。谷雨轻寒，运河碧玉，浣洗新纱。山前一片杏花，小桥下，谁声咨嗟。且见春衫，欲藏还露，波里烟霞。

73. 惜双双 又名惜分飞

岭上香前谁直得，不必问，东君之力。处处皆寻觅。何以人情，知是形形色色。不要东风多记忆，只合道，江南气息。傲骨清香极，留与群芳以雪冰藏匿。

74. 洞仙歌 四十一体

春梅桃李，又梨花千树。已是群芳与谁住牡丹粪，分付分付重重，香

雪海，天下色，朝朝暮暮。暗芳流动，孤傲形斜，已得东君自在顾。岁年枝，都淡漠，匀粉参红，余身姿，何以青春如故。见南北，伊家共垂杨，过冬后，千般万般倾述。

75. 苏仲及

念奴娇

三冬应尽，腊月末，已得冬梅先信，太乙人间天下见，岸岸草草润润。岭上阳春，昆仑白雪，冰冰霜霜晋。渭泾八水，长安城外风顺。香雪海里争春，杏桃梨李色，丁香芳阵。最是纷纷，天下见，白白红红难认。处处君临，春梅春是始，一年如屡。冬梅姊妹，眉间眉目眉印。

76. 赵耆孙

远朝归

金谷春花，有石崇分香。情情侣侣。垂帘院落，静静轻轻细语，溪流石上，又别是，绿珠有叙。风华里，豆蔻英不落，人念芳绪。遥想杜陇当年，已水远天长，故纤丝竺。瞿塘峡里，何宋玉襄王与。高唐一梦，几度是，阳台神女，黄昏处，不分三峡何蜀楚。

77. 费时举

蓦山溪　腊梅

冬梅已暮，接得春梅路，姊妹保黄红，多五瓣，黄香如故，黄香如故，独傲独寒香。冬分付，春分付，上了东君路。群芳不误，未了丛中炉，香雪海中颜，有八瓣红香如故。红香如故，桃李杏梨花，春已度，夏还度，四序年年度。

78. 刘均国

梅花引

冬后雪，春初雪，梅花落了何时节。一冬香，一春香，清香冷艳，黄色红色扬。孤孤傲傲冰霜客，风度翩翩向阡陌。柳边垂，岸边姿，冬春相继，且入百花时。以霜结，向冬别，已是知春容易折。小墙沿，小窗前，斜斜直直，明月共婵娟。寒宫未空嫦娥缺，只任清香天下绝。不须宣，何来圆，留与丽人，同影过前川。

79. 权无染

凤凰台忆吹箫，疑为凤凰台上忆吹箫九十七字体，上阕　四十九字十句四平韵，下阕四十八字九句四平韵。

两序冬春，梅花三弄，何妨姊姊妹妹人间。是正道，黄梅淡郁，岭上南蛮。陌上相逢白雪，素衣衮，云雾斑斑。初晴好，香满寒山。应成江村一色，吴越早，秦川等了时间。已红色，群芳共领，向雁门关。李广燕京射虎，有霍卫，似有人闲。谁休停问，英雄路，酒泉还。

80. 乌夜啼

乌啼夜里寒宫，玉人空。偷向人间情色，是英雄。赤壁共，周郎统。是东风。不是连营非是，有无中。

81. 南歌子

一路长江水，三吴半日潮。钱塘八月上云霄，忘了盐官天下不逍遥。六合王朝界，三秦帝国桥。鼓刀于市直钩条，只在江山不在是天骄。

82. 又

小小金莲小，微微寸步微。情情意意蔽心扉，不是梅花仙子是君归。鸟鸟巢巢鸟，飞飞落落飞。归来不可不来归，道是湘灵鼓瑟是湘妃。

83. 孤馆深沉

梅兰竹菊四时英，分付一心城。有腊后冬春，有雨里复秋，先后枯荣。雪月里，风花相问，是水远阴晴。独香以，以清香忘身名。

84. 南山居士

永遇乐　姑苏古梅　赠客

白雪冰姿，龙盘虎踞，三百年度，曲曲弯弯，斜斜直直，多少人情付。成成败败，荣荣辱辱，代代是朝朝数。玉方器，修身养性，年年岁岁和煦。阴晴有度，繁荣无数，只有圆丁相顾。雨雨云云，风风水水，一半乾坤主。扬扬弃弃，枝枝叶叶，色色形形如故。江山证，今今古古，作奇怪树。

85. 又　姑苏古梅　答客

处处人生，朝朝暮暮，年岁相度，剑剑书书，知知路路，去去来来步。前朝后代，佳人才子，自己问英雄路。不难止，何须进退，只当读学如故。书香未尽，人情知足，始终终分付。

认定公余，公余有度，力所经心度。成成就就，名名利利，只以云云雾雾，在其中，虚虚实实，有云有雨。

86. 郭仲宣

江神子

冬春两度两梅香。一衷肠，两衷肠。半在冬寒，关在早春妆。姊妹咫先自主，寒坐薪悬胆，玉心红。群芳伊始百花香。换红娘，作红娘，藏去深深，只箸嫁衣裳。有了东风常带雨，同结住，共新郎。

87. 邵叔齐

连理枝

雪盖红藏匿，寂寞天公力。一半春风寒心暖，素素蚀，轻轻织。几何相分别，各灵魂，去年曾当忆。已是清君侧，十步幽芳极。自以暗香多浮动，傲影姿难得。到三春时候，已知期，姊妹同消息。

88. 扑蝴蝶

东京二月，东君来院落。泾泾渭渭，芝兰催灞洛。已知淮泗流莺，作得江南云雀，长安玉梅相约。不萧索，杨杨柳柳，由轻黄向绿。垂垂拂拂，春心初未茗。见以下里巴人，十二峰前谷壑，阳台几度离错。

89. 鹧鸪天

一树冬梅半树花，幽香扑鼻暗香华。枝枝傲傲朝天问，倒挂金钟雁字斜。隐月影，上窗纱。红颜怯意入人家。佳丝插向乌云岸，只似灵犀作小芽。

90. 李子正

减兰十梅

总题

东君太乙，只在寒中寻第一。不待春妻，作得光芒玉树萋。风姿雨质，白雪黄昏香密密，未了高低，岭下江南色陇西。

91. 风

和风十里，只送幽香情不止。只与心齐，不在东方只在水。桃桃李李，会得群芳千百色，草草萋萋，到了西湖问苏堤。

92. 雨

潇潇细雨，点点珍珠多少露，不问东吴，半向江湖半向奴。微微顾顾，落了幽芳封了路。读学书儒，绿蚁平平一玉壶。

93. 雪

阳春白雪，曲曲声声应不绝。到了山崖，一色枝枝披挂僧。离离别别，化化融融红外缺。过了天街，半向人间半向怀。

94. 月

初开月色，太乙东君先信息，一半新君，一半幽芳独自闻。寒中带得，半月群花争不匿。自以香薰，半在心中半在裙。

95. 日

阳阳日照，万里江山先已到。半是梅潮，只有佳人自己娇。晴晴最好，闭口心香先不笑。尚且苗条，只恐姿姿色色消。

96. 晓

冬春姊妹，已入人间何进退。作得心扉，六瓣来来六瓣归。黄黄冬味，又以红红春可配。是是非非，鼓瑟湘灵有二妃。

97. 晚

黄昏时候，只见得依依就就，处处风流，切切幽香郁郁留。杨杨柳柳，这里佳人君子手。已上心头，折取相思过九州。

98. 早

黄心半雾，蕊蕊朝阳朝朝露露。郁郁香香，只待佳人化了妆。烟云分付，半在新生半在故。折在东床，贴在眉间作杳娘。

99. 残

冬梅去了，却以春梅春色晓。一半红潮，姊妹双双先后娇。群芳草草，不见人间人不老。玉宇云霄，去岁今年明岁遥。

100. 房舜卿

忆秦娥

与君别，相思一夜梅花雪。梅花雪，春风已到，月圆还缺。圆圆缺缺多明灭，多明灭。月中桂影，梦情难绝。

101. 玉交枝

玉叶金枝一树新。阳光紫气总相邻。去来已见，多少是佳春。草草花花随日色,儿儿女女自藏珍。寻寻觅觅,最是惜红尘。

102. 石耆翁

鹧鸪天

处处鹧鸪处处鸣,春春已晓自声声。农夫息息关心切,土地耕耕是故情。从日月,向枯荣。川前巷后已新生。儿儿女女乡家事,老老翁翁少少行。

103. 蝶恋花

上下弦弦明月路。夜夜文章译,记应分付。自以公余公箸许,辛辛苦苦凭朝暮。六十公余公退住。日日书书,字字三千度。已入诗词歌曲赋,人间如此当如故。

104. 杜安道

西江月

白雪隆冬一色,幽幽十面千香。梅梅处处向苏杭,向了寒山方丈。叶在枫桥问月,人寻拾得名堂。钱塘六和塔前扬,以此人间俯仰。

105. 史远道

独脚令

村前巷后一树春,宋玉阳台半红尘,玉影冰姿白雪邻。独香频,李李桃桃继续新。

106. 郭仲循

玉楼春

水上飞来飞去燕,树下无形无影见。黄昏相约相情截,向背何相寻何不

面。记得明皇多少院,最后相思曾是殿,蓬莱许了太真人,莫以良宵成旧眷。

107. 范梦龙

临江仙　成都西园

白雪深深深几许,云英处处藏余。红颜已向帝王居。衣妆衣不覆,太乙太玄虚。望尽锦官城外色,西园一片香舒,红尘不可不知书。佳人佳素质,美女美当初。

108. 薛几圣

渔家傲

白雪红梅天已暮,孤姿独影香如故。背向幽情幽可住。人情度,无言无语无相顾。不作佳人佳女色,知情知意知分付。一半相依相就附。由朝暮,阳台上下多云雨。

109. 马咸

遂宁好

遂宁好,富产一涪江,琥珀千年作玉窗,琼瑶六月鸟成双。

110. 洪皓

点绛唇

价使成金,人生一半人生任。去来何禁,秦桧何余荫。北去南来,十五年中潘。燕山鸠,国忧尤甚,玉斧难挥暗。

111. 又　腊梅

独立金边,梅花向背幽香见。玉姿

冰面,半在长生殿。月色婵娟,入得云中院。渔阳甸,自芳孤遣,已共燕山燕。

112. 减字木兰花　和腊梅

云中一半,一半燕山还一半。一半婵娟,一半圆圆一半弦。英雄一半,一半南朝南一半。一半先贤,一半人生一半天。

113. 蓦山溪

冬梅一树,腊月寒心故,白雪素衣妆,藏不住,幽香如故。冰姿独立,玉骨自朝天,谁分付,君分付,一使云中度。云云雨雨只在枝枝妒,向背惜江山,庾岭外,杭州暮,长安泾渭,已是入黄河,天下路,云中路,只可由君付。

114. 木兰花慢　中秋

步长洲月下,同里水,五湖船。最是运河悬,秦淮六合,花草婵娟。山川,虎丘上下,剑池边。十里半吴天。步步中秋不语,夜明宝带桥弦。清泉,八月桑田。知碧玉,暗流连。正寂寂江村,退思园里,古刹钟宣。僧禅,闭门隐影,箸方圆。雨云半如烟。记得时时事事,莫知未可何年。

115. 又　重阳

这三秋大半,知九月,有重阳。早早采茱萸,山山野野,花菊花黄。家乡,忆前忆后,忆爷娘。七十六炎凉。儿女如今忆我,叶枝几度经霜。书房。日月星光,天地里,十三香。四顾望文昌,豫章如此,误了周郎。

桃姜，孔明诸葛，备关张，人在古今昂。已是成成败败，误人确是兴亡。

116. 浣溪沙

十五年中步步金，三边月下汉衣襟，家山处处有知音。御使云中云不雨，渔阳独木不成林，身名自古自如今。

117. 又　复命

半问金人半问边，荒原草木是蓝天。江南日月好桑田。莫以兴亡民里怨，当知世界世生延。人生自在自相怜。

118. 临江仙　怀归

十五年中同日月，三边已异人生。谁挥玉斧再声鸣，金人金不定，宋客宋家盟。吊影书堂不怪，徽猷阁上阴晴，微猷学士自身名，英州英副史，忤桧尾人惊。

119. 江梅引

忆江梅

年年边上望寒梅，向徘徊。暗香催。霜雪雪霜，梅雪共崔嵬。冷艳一枝天下色，作春朔，共情切，山角隈。孤自独立寒不止，带芳情，金人里，四方不比。江南是，片片堆堆，一半红尘，一半满天台。花易飘零人易老，使心道，不堪闻，日月开。

120. 访寒梅

梅花三弄自寒来，雪中开，望天台。疑是月宫，金人不相催。忆是暗香浮动后，玉姿影，素身洁，小女肋。序序秩秩天下质，寄一情，南北志。有同无异。霜冰里，自是春媒。与世多情，带了雪花回。冬有山河春有草，碧红见正幽幽，寞寞推。

121. 怜落梅

梅花落了是梅花，向南斜，暗香家。冬尽序春，留下作芳华。处处暗香天下色，有三弄，幽幽问，你我他。岭上只念吴越路，到秦淮，塞外付，云中相顾，由天度，半似乌纱。五瓣分心，白雪已分遮。花在江南花塞北，是非是，可相闻，梦女娲。

122. 又

阳春白雪一梅花，半天涯，两人家。苏武牧羊，何以李陵挡。独自北天南国望，五千里，万人界，向战车。敕勒川外阴山下，在云中，问四野，渔阳天马。三边外，不种桑麻。误得号情，收拾故乌纱。人在燕山心在汉，已知此，不须问，净胡笳。

123. 渔有傲　重九

采了茱萸兄弟见，阴阴处处黄花面。本本原原天下遍。南北燕，金金宋宋谁先战。塞北江南都是怨，耕田牧马民心恋。若是垂鞭成一线，何以堰，长江从此分成片。

124. 又

北北南南北断，君君半半臣臣半。战战和和天下乱，谁可换种田牧马人心散。宋宋金金今古见，弯弓一箭天山冠，玉斧三挥成汗漫。何必叹，长城未了隋炀畔。

125. 忆仙姿

不得何来何去，千觅百寻思虑。不必问文君，已见当炉相如。谁语，谁语，只望高唐神女。

126. 又

莫问巫山何处，暮雨朝云来去。楚国一襄王，留下阳台神女。无语，无语，宋玉赋文辞楚。

127. 又

地了瞿塘官渡，朝朝暮暮云雨。已是一人间，留下宋玉辞赋。辞赋，辞赋，自以文章分付。

128. 又

十二峰中信步，三千日上分付。五百一年间，罗汉已得如故。如故，如故，自在如来如故。

129. 蔡伸

水调歌头

草木枯荣见，日月去来寻。高山流水人去，留下一知音。水调歌头再唱，重忆隋炀杨柳，已古古今今，足见长城月，断了孟姜荫。秦淮水，金陵岸，运河浔。江南处处荷塘，月色露铃霂。八月莲蓬结子，九日重阳黄菊，一半作音琴，天下人间事，任古古今今。

130. 又

水调歌头唱，不得不隋炀。当年帛易杨柳，修筑运河乡。六溟秦淮泗漂，六合富春淅水，汇合一钱塘，南北通渠水，九派逐苏杭。人生路，天下事，豫文章。为民为国为己，日月共炎凉。古古今今如此，世世侯王代代，记取是天堂。籍以楼船见，几度几兴亡。

131. 满庭芳　盼盼　白居易

燕子楼空，长安居易，古今今古无穷。柳杨杨柳，十载自由衷，盼盼人生盼盼，凭一岛，不问西东。鼓城水，环环绕绕，四面水天空。离离原上草，已惊顾况，雨早相逢。这曲江状元，元白文风。力治苏杭太守，天下事，处处工工。何言道，杨杨柳柳，始始也终终。

132. 又　白堤

不是西东，南南北北，白堤一线湖风，半分分半，水天自无穷。尽管珠珠点点，容纳了，玉宇苍穹，成天地，方圆缩小，自得是包融。钱塘潮八月，西湖水竿，寸尺精工，以高低水位，六合之中。太守文章日月，元白见，不尽西东，三潭月，闻莺柳浪，一片水晶宫。

133. 又　云英

十载云英，云英未老，已可半对书生，人言同是，进士退身名。只有朝朝暮暮，来去见，草木枯荣，阴晴里，圆圆缺缺，水水不平平。成城。天下在，云英一世，一世云英。有沉浮上下，曲舞陛鸣。也有兴亡岁月，诗词赋。我我卿卿，重回首，原原本本，旷野小雕虫。

134. 又　桃叶渡

太守长堤，文章元白，西泠　不断兰桥。可知桃叶，夜泊玉人霄。一半金陵旧事，已付江潮。秦淮岸，三山二水，天下意难消。六朝，今古问，商山四皓，几度渔樵。不须巢由见，六合逍遥。莫以人生进退，桃源外，夜雨潇潇。寻常客，人生渡口，日月自昭昭。

135. 苏武慢　《词律辞典》体为"选冠子"。

雁落胡沙，冰藏寒水，一字云中声断，阴山隐隐，木叶萧萧，苏武岁年思汉。朝日黄昏，几何儿女归程。年华应晚，不可言父母，应天长叹。望风云散。子女留，李帐陵残，古今天子，十九年中一半。名事事，成败沉浮，难尽寸心重观，两地人间，北南南北分离，长城两岸。问金戈天水黄河，东流汗漫。

136. 飞雪满群山　又名扁舟寻旧约

过了凉州，楼兰有路，是春风，玉门关。沙鸣低唱，荒丘弄影，旧约步步天山。望交河日落，断壁处，驳驳斑斑。故宫何在，余芳不暖，犹是等时闲。谁记得，胡姬曾舞语，小小听风雨，一领骆驼，千舟独步，群峰逸足，以心以意人间。自然回首处，问天下，书生独梦，黄河九曲天水湾。

137. 又

牧帐胡姬，阳台神女，风花雪月佳人。梅花三弄，阳关五叠，一字雁字秋春。以人形留下，俱同是，长城隔邻。牧羊飞马，耕田种麦，非是各经纶。何记取，谁秦皇汉武，且以长城界，南北分分，儿儿女女，胡胡汉汉，子孙，子子孙孙，纵天王老子，其生在，只有心民。飞鸿一字，山遥水远知一人。

138. 水龙吟　重过旧隐

书生不是书生，书生只是书生路。壶中别趣，川前显赫，荣荣步步。又以樵渔，寻名招隐，以巢由炉。有深宫四皓，惊天动地，谁道是，谁分付。旧隐不分朝暮，过汨罗，九歌成赋，秦秦楚楚，三闾何鉴，张仪也去。最是苏秦，一夫当客，九州风雨，不可由人布，春秋不是，是春秋故。

139. 蓦山溪　登历阳易城楼

晨钟暮鼓，古寺声声主。蓦易历，城楼，望天末，听黄金缕。江山如旧，草木一春秋。飞鸟羽，惊渔父，日月非今古。今今古古，不尽黄河浦，九曲十八湾，一万里，东营大禹。伯夷相济，只向大海流，山如数，水无数，俯仰人间舞。

140. 又　自述

朝朝暮暮，岁岁年年度。步步向前行，三万日，前行步步。人生八十，十三万诗词，天天数，年年数，格律工精数。唐唐宋宋，古古今今句，统一佩文音，修一韵，知音已足。唐计五万，宋词一万六，如此付，如彼付，八十人生付。

141. 又　自述

杨杨柳柳，古古今今友。半在运河边，半山川，重阳九九。街街巷巷，十里共长亭，君子手，小人手，折折谁开口。无无有有，处处时时守，静静自垂垂，风云雨，根枝叶受。年年年年岁岁，日月任高低，南北后，东西后，默默谁知否？

142. 又

公余不断，六十人生半，是退退休休，非止步，兴兴叹叹。诗词格律，音韵刻工精。康熙冠，佩文冠，自以清人冠。全唐五万，全宋一万六，以此数诗词，我十三万。全唐全矣，全宋充其半，天子翰，圭璋案，古古今今汉。

143. 念奴娇

周南留滞，有清梦，也有人间朝暮，已尽江南江北间，不尽长亭一路。半向燕山渔阳草木，半向云中步。贺兰山下，岳家军队风无数。莫以战和和，作朝廷职述，斯民斯付，沧海桑田，人食住，日日年年相度。耿耿臣心，迢迢山水去，以君分付，百姓天子，民生如故如故。

144. 又

长亭行罢，短亭去，处处不分朝暮。利禄功名多少误，战战和和是误。

谁记秦皇，何知汉武，一界长城故，去也，往矣，咸阳无此无故。如此如故长安，至今流八水，南山分付。泾渭黄河，东с下，一半中原风雨。一半江南，天堂应一半，见隋炀树，胜于杭灰无度。

145. 又

少年英气，一步步，学习唐诗截句，吟唱古今诗词赋，白日依山尽，故，放海黄河，千年万里，历历人生路。高天厚地，苍茫辽阔分付。人，更上一层楼，问秦皇汉武，隋炀王柞。六渡江南渡。谁可见，且向运河分付。四品郎中，副沈阳市长，不知何蠢。厮磨无了，平生风雨朝暮。

146. 又

老来回首，只记得，少小无知朝暮。不问秦皇坑已冷，汉武长城分路，养马行舟，和和战战，人人役役，世界辛辛苦苦。王家天下，人民何相顾。唐使修得隋，尽荒滛无度，楼船分付。杨柳运河，天下女，都向扬州歌赋。一半江都，箫声应不住，瘦西湖雾，千年重问，是何何是如故。

147. 雨中花慢

三百年间，谁功青史，帝王将相斯民，几黄粱旧梦，几寸凡尘。天地凌然正气，纵横千载经纶。大江东云，东风赤壁，羽翁纶巾。良宵孤枕，海角山涯，不近青春。信道壶中风景，丹石仙人。关河总以有尽，如来普渡迷津。世间虚幻，清风明月，都寄氤氲。

148. 喜迁莺

玉肌香异，正月*夜满庭*，多情多意。落水飞花，露雾瑶英，细细里县泉织。桂影短长，嫦娥不弃，深情寄。似轻轻吴语，有声无几。幽人幽此地，不知С羿，现在何心忆。射取骄阳，留成一日，分得人间四季。以春夏秋冬，草木秋，田家相遂。今日识，只以鸳鸯被，蒙头昏睡。

149. 忆瑶姬

三峡瞿塘，净巫山两岸，白帝高唐，又夔门不锁，一水神女梦，朝暮丹阳。云云雨雨，宋玉襄王，但以春日长。几度情，曾在阳台上，同赏心香。竟一夜，共醉芳馨。不分何蜀楚，作故家乡。多情多不尽，只与人间寄，应是潘郎。兰桥杳杳，玉馆深深，又凭归萧娘。独一处，明月婵娟独一床。

150. 丑奴儿慢

丹炉石玉，火火风风冠亚。白首已堆云，汞液泛滥青霞。一目三清，玄玄步步星光下。花明月澹，宫门开罢。巫峡两岸，已接官渡。堪称文化，只赢得，楚神农架。水山风华。念念情怀，巴陵一水半江花，源泉不断，百流汇合，富了人家。

151. 满江红

一半人生，有一半朝朝暮暮。少年见，山河辽阔，古今分付。读学诗书天下问，风流日月多云雨。有工名，也有数阴晴，沉浮度。六十后，修公步。相继续,诗词路。十三万首著,此情相许。七十六年行处处,天南海北时时数。苦耕耘,日月自书书,应如故。

152. 婆罗门引

钱塘六淡,运河流水下苏杭,千年成了天堂。泗水秦淮相会,吴越共炎凉。帛易杨柳树,一路行商。虞城范蠡,吕不韦,奇货藏。别有娇红粉润,重试霓裳。萧娘阮郎,只拈惹,丁香结结扬。三界水,一派天光。

153. 青玉案

长亭十里长亭路,处处见人生步。顾了年华何了顾,一情儿女,以心分付,又与前程付。小杏红了逾墙住,何以书生不相许。已见桃花崔又护,去年门里,本年留步,隔岁由衷度。

154. 又

运河两岸多杨柳,处处有红酥手。一半江南君子口,小桥流水,年华如酒,莫等何回首。人类共与鸳鸯友,处处和和可知否?独下一只当死守,这情还意,古今依旧,岁岁还依旧。

155. 浣溪沙　五月西湖

柳浪闻莺一水香,三潭印月两鸳鸯,渔舟唱晚半船娘。小曲竹枝情不定,湖湖夜夜夜湖光。余音袅袅向君长。

156. 又

玉指修修一月弓,双波碧碧意无穷。从容一笑自由衷。不问何闻情意重,

船娘水上水云峰,摇摇曳曳去来中。

157. 又　仙潭

半入仙潭半入香,五湖水月五湖凉,竹枝一曲见船娘。独在孤舱孤影望,潘郎不误不黄粱,何时脱下女儿妆。

158. 又

一度仙潭一度洋,五湖日月五湖光。成双作对一鸳鸯。一半人间人所见,潘郎一半是萧娘,竹枝唱罢已轻妆。

159. 又　昆山月华阁

水岸沙鸥已不飞,昆山月色自回归。阳澄海阔半心扉。柳下平堤平竹木,云中有雨也微微,湘灵鼓瑟忆霏霏。

160. 又

束束绡绡隐隐身,清清白白皙清人。婷婷玉立化凡尘。依依有约故晓春。楚楚纤纤何不就,原来月色是东邻。

161. 又　木犀

木似文犀一点通,来人有约是娘红。西厢不问小桥东。碧玉姑苏姑碧玉,无无有有有无中,情情不断已衷衷。

162. 又

去了还来去又来,徘徊月下久徘徊。明明约定不相催。玉影寒宫寒玉影,科梅继续是春梅,赵家姊妹共天台。

163. 虞美人

重阳过了南飞雁,半在衡阳涧。黄河不得乱垂鞭,木叶问天问地问河田。和和战战和和盼,日日年年宴,运河一路一商船,碧玉江南江北小

桥边。

164. 又

飞梁石径关中路,已见云中暮。燕山一箭酒泉殊,未了中原天下半河图。和和战战谁分付,相继相如故。民民愿愿似东吴,三月桃花四月牡丹荼。

165. 又

红尘不尽长安道,未得从花老。梅花曾与雪花消,化作红尘红水作春潮。红尘未尽杭州好,草草花花早。英魂不断过兰桥,不可声声色色自逍遥。

166. 又　入燕

渔阳不到燕山到,处处初春草。年年见禾苗,万里江流万里作江潮。河山依旧河山好,木叶阴晴晓。南南北北共云霄,寂寂无语有民谣。

167. 又

诗翁不断诗翁路,止止行行步。思思考考向江都,见得杨杨柳柳运河途。隋炀留下千年渡,胜似长城付。扬州处处有罗敷,养得桑蚕丝丝束文儒。

168. 生查子

谁知天上云,已见人间雨。水面自纷纷,不上回程路。黄昏有约君,雾雨应无误,换了小衣裙,白白何相顾。

169. 又

层层木叶霜,独独朝天仰,月色满

书房，不见来方向。三更夜忆凉，五鼓孤思想，一世一平生，三界三来往。

170. 又

明皇一念奴，未可留宫住。力士向人间，两部梨园故。霓裳羯鼓声，犹见胡旋舞，天宝不开元，蜀国霖铃雨。

171. 又

风花自有情，雪月何无性。草木一人生，日月三光政。月前已约盟，今日重新证。一半耐心明，此夜西厢聘。

172. 又

流萤一点明，水上三星并。不动不知情，无处无寻迎。人情人已生，私意私其性。玉影玉相倾，多就多疑靓。

173. 南歌子

夜半钟声断，三更月色明。寒山拾得两心平，过了枫桥渔父向舟情。不问江湖岸，兰衣碧玉行。箫娘此夜作云英，灯火幽幽远近有时明。

174. 又

莫以江湖问，黄天荡里行。东西洞庭两山荣。白芷红萍烟水满洲情。拙政园中见，龟蒙月下情。十三州外有芳名，彼此云英此亦云英。

175. 又

木叶离根去，江流水不平。年年岁月有阴情，处处人人处处，身名。

不是身名客，身名有辱荣。儒生总是作儒生，作得证词格律，一清鸣。

176. 南乡子

吕氏作春秋，卜易两仪四象修。使善所闻儒道集，忧忧。六国纵横一国留。奇货可居求，影响功名表迹猷。简选知民知禁塞，流流，水水清清可载舟。

177. 又

十载半云英，一度人间一度情。落第名声名落第，平生。不是平生不是成。自作自心城，步步前行步步行，积积文成文迹迹，相倾，已得如来已得赢。

178. 菩萨蛮

人生不尽人生路，江湖未了江湖雨。六十退姑苏，三生因此殊。公余公已故，无止无休付。照例自河图，重新重有无。

179. 又

杏花作了桃花雨，清明不尽黄昏暮。已见是殊途，当然草色芜。金鸡湖墅住，工业中新付。三载事姑苏，五湖天下吴。

180. 又

秋风落叶归根问，来来去去无缘近。共是一东邻，同非天下沦。钱王何六郡，四十州前仇。俱是往来人，无须朝暮尘。

181. 又

江楼不向江流问，江流逝水江楼近。

一岁一秋春，千年千晋秦。江南谁养马，只有春秋夏。冬在故人家，香梅带雪花。

182. 又

东君带了东风雨，冬梅落了春梅度。百草共群芳，三生同豫章。人生多少路，行止多少步。日月半炎凉，阴晴参半长。

183. 又

汨罗江上千舟舸，波涛叠浪半潭沱。不见楚人多，何须听九歌。两排分列坐，同力齐心和。一令当鸣锣，三军争逐河。

184. 又

弦弦已是圆圆见，婵娟有了面。桂子已成全，轻松来去悬。明皇何所倩，又上长生殿。水上一红莲，云中三两船。

185. 又

梁中紫燕双双语，鸳鸯水上多情女。碧玉小桥隅，鹧鸪呼小姑。江湖烟雨处，楚尾吴头去。草木已扶苏，佳人当酒炉。

186. 又

和风一夜微微雨，花光半内珍珠女。影影瘦西湖，形形肥玉壶。江都江水去，杨柳扬州语。有有似无无，声声轻小姑。

187. 又

花开花落君知否，草多草少人人口。碧玉已碧碧，小桥边上留。杨杨还柳柳，不折红酥手。楚尾到吴头，一江情水流。

188. 又

闺房未了辽阳梦，英雄不尽黄粱送。日月见生平，阴晴同共明。梅花三五弄，百鸟还朝凤。草木有精英，王孙谁止行。

189. 忆秦娥

云雨力，凤凰曲中秦娥忆。秦娥忆，箫声不断，穆公何息。楼中弄玉风云翼，钟情萧史云天匿。秦川养马，有周鱼膽。

190. 又　西湖

经阡陌，平生俱是人间客。人间客，来来去去，暮朝恩泽。丝丝帛帛隋炀币，运河南北千年脉。千年脉，钱塘一水，西湖千百。

191. 清平乐

平生步步，步步平生度。有去去来来不数，也有朝朝暮暮，如古如今如故。行行止止途途，荣荣辱辱扶苏。日月阴晴不主，诗词格律书儒。

192. 又

浪淘有雨，娃馆无朝暮。西子天平山上住，作了吴宫分付。姑苏一半江湖，江湖一半姑苏。五霸春秋五霸，东吴一半东吴。

193. 又

形形影影，可取多回省。吕氏春秋天下领，重已本生平静。昏参旦尾孟春，律中太簇阳荣，济以人间百物，贵公私贬方成。

194. 谒金门

泉鸣咽，岸石轻声离别。意意情情都不绝，偏偏明月缺。无语无言无决，还止还行还结。柳柳杨杨应勿折，难容作品子。

195. 又

相思切，处处是相思切。处处相思相互缺。相思相互别。总是圆圆缺缺，总是明明灭灭。加上阴晴朝暮色，红梅加白雪。

196. 忆王孙

芝兰芷蕙半严滩，萍白荷红微水澜。岸草平沙云水端。问长安，御殿何时三百官。

197. 阮郎归

山河尽处阮郎归，一生五世微。本来人后事前非，神仙日月晖。云匿匿，雨霏霏。地间天上扉。重回旧路见鸿飞，春秋吕不韦。

198. 柳梢青

玉玉姿姿，杨杨柳柳，红红手手。拂拂垂垂，丝丝缕缕，昝昝友友。清清白白羞羞，问何以知知否否。春春夏夏，桃桃李李，无无有有。

199. 又

同步寻春，共知踏青，垂垂杨柳。这里桃红，那边牡丹，去来时候。烟烟雨雨人家，何白昝，梨花依旧。结结丁香，东君有信，情情长久。

200. 又

桃李丁香，梨花白皙，东君无度。落落冬梅，春梅还是，暗香分付。花花草草萋萋，人面在，书生无数。已是年年春春许许，心心催护。

201. 好事近

露水染花红，百鸟林中朝凤，听谷川溪流水，似梅花三弄。朝朝暮暮各由衷，处处有迎送。原来人生如梦，几人生如梦。

202. 又

天下一人间，都不是平生客。平纵横朝暮，去来成阡陌。行住止止渡江河，金陵石头白。二水秦淮今古，六朝如今莫。

203. 卜算子

太乙告东君，白雪梅花笑。素羽重重一半分，露了红心好。天下已芳芬，香雪人间道，一逞风流一带裙，处处温家堡。

204. 又

一雨一东吴，三弄三梅女。已是黄花满地苏，草草微微语。汴水问江都，不可佳人去。留下红尘对玉壶，莫以听相如。

205. 又

铁柱定天边。玉父挥君见。不问临安九鼎全，太忆东君面。万里是桑田。自古天津甸。一半方成一半圆，一半皇宫院。

206. 又

一步一多余，三度三由主。不得玄元不得居，古刹听钟鼓。日月自荷锄，朝暮耕耘圃。处处儒儒处处书，十二峰中雨。

207. 又

白雪白冬梅，红羽红心里。复复重重复复催，自成阳春蕊。不得不徘徊。太乙东君委。唤起自在媒，香雪海中篱。

208. 小重山　吴松浮天阁送别

一路天下十三州，吴松今古一江流。浮天阁上半高楼，山海外，去去是行舟。朱紫尽风头。玉尊相倾，举步春秋。有情有意有沉浮，同样有，别得不相留。

209. 又

别去容易见来难，吴松江冷月明寒。浮天阁上望波澜。千百里，，拱手向云端。朱紫挂金冠。一云依山，不尽峰峦。欲穷指点五年观。今古问，固腹久书安。

210. 又

十六天下一婵娟，园园之后半弦弦。窃听器　中何处寄长天。云里女，玉树也方圆。明月万千年。广寒宫中，桂子山边。几何后羿问云烟。轻九日，自许挂前川。

211. 又

自古三叠唱阳关，凉州西去问天山。楼兰空在白云间。交河水，一箭去无还。飞将射河湾。敕勒川前，等等闲闲。共同日月共同寰，何不共，不共是人环。

212. 踏莎行

已暮黄昏，黄昏忆暮，留君不住留君住，三杯未饮一杯无，平生此处平生路。不度人情，人情不度。天边不尽天边树，行行止止止行行，云云雨雨云云雨。

213. 又　泰姬胡岩入寺

度度如来，如来度度。心经处处心经住，空空色色亦空空，人人不问人人故。步步观音，观音步步。时时事事观音路。胡芳自在女端岩，重生再世菩提树。

214. 又

一步人间，人间一步，千差万别人间路天涯海角过南洋，丞相笔吏谁相顾。女女男男，男男女女，朝云暮雨巫山雾。情情意意是平生，来来去去何如故。

215. 又

柳柳杨杨，杨杨柳柳，运河入得钱塘口。女儿白皙白酥手。相思留下相思酒。九九重阳，重阳九九。黄花遍地黄花首。秋香一度一秋香，婵娟不在寒宫守。

216. 又

草草花花，花花草草，香香不尽香香好。姿姿色色玉人姿，苗苗态态条条晓。早早炎凉，炎凉早早。人情不尽人情老，天天地地已兼容，年年岁岁知多少。

217. 又

玉质天姿，冰股细柳，梨花饮了千杯酒，分明一树半春情，莺莺充了樱桃口。有了张生，红娘就有，西厢只约黄昏后，云云雨雨云云，人情满了人情手。

218. 定风波

离别随川绿谷风，别离分袂太匆匆。不折垂垂杨柳树，回顾，有山有水有一路。南去北来何几许，衡阳青海问飞鸿。两处故乡应已故，谁度，古今来去作由衷。

219. 又

老有情怀老有衷，青春年少任西东。一路向前行不断，兴叹，江潮起落水无穷。南北北南应几许，功成名就风浮空，已邮运河杨柳岸，香散，草花花草有春风。

220. 点绛唇

六溇江湖，三吴已向斜塘暮。运河烟雨，当与船娘度。来自江都，小已扬州女，情如故，竹枝相顾，以此何倾许。

221. 又

香雪幽幽，黄黄绿绿垂杨柳。不知知否？白白红红手，情意羞羞，小小樱桃。人心久，去来回首，饮了三杯酒。

222. 又

一半江源,长江共与黄河住,不分朝暮,自以东流去。曲曲变变,万里长行路。何分付,雨云云雨,且向人间度。

223. 又

月缺花残,运河北北南南岸,一船离面,不再天天见。你是婵娟,我在长生殿。相思倦,去来飞弱,不忍巢巢恋。

224. 又

一面桃花,三春只在群芳下。欲私私嫁,只向书生嫁。崔护农家,饮水求杯借。深情谢,有心无罢,不过今年夏。

225. 又

去岁桃花,书生见了低头亚,有羞听谢,只愿多时借。今日桃花,已与相思嫁。传情下,两目垂双,只待今年夏。

226. 又

碧玉枫桥,寒山寺里自灵芝草。不知人老,拾得平生好。白鹭云霄,一望江天了。江天了,不知何了,水月知多少?

227. 又

不住江流,依依两岸依依就。少年时候,不以相厮守。不问江楼,逝水无回首。无回首,只须前走,不在人名后。

228. 又

一半春秋,冬冬夏夏分时候,不须回首,四秩红衣袖。一半江流,两岸相依就。相依旧,一波三折,日日无如旧。

229. 又

读学诗书,行行止止人生路。暮朝朝暮,日月多辛苦。不可樵渔,四皓江山误。应无误,有人分付,只以民情顾。

230. 又

楚楚吴吴,瞿塘一水朝宫渡,瑶姬如故,三峡多云雨。不下江湖,只上阳台暮。阳台暮,一王风度,宋玉诗词赋。

231. 昭君怨

一曲黄河曲折,月在阴山圆缺。不在画师心,误知音。敕勒川中见,处处单于如燕,如燕巢眠,是双眠。

232. 醉落魄

波波折折,云云雨雨从无别。不平还定含新洁,一半池塘,一半日明灭。凝香沉色常如雪。红莲无限何情说。风和露细成珠结,见了惊荷,晶玉自无绝。

233. 又

摇摇落落,寒宫处处侵朱阁。互相相互谁求索,景景参差,池水已辽廓。清清风月都如落,有层无独何相约,凭栏偶见两三鹤,似与天牡,终是云间雀。

234. 又

明眸秀色,双眉巧化梅花国。盈盈标韵水云得。楚女腰条,已有隐情匿。双波无力垂端翼,梅花三弄情消息。不可多情苦相忆。得入手来,互限好相织。

235. 又

阳关三叠,凉州唱断楼兰叶。交河依旧风云猎,昨日英雄今日弃城牒。大漠沙鸣应如接,回头往事成豪侠。月明总是相思蝶,飞入梦中,应也解眉睫。

236. 极相思

不应孤守兰房,佩玉自叮珰。无风有月,婵娟自立,衣带如霜。寒宫不成萧娘梦,望时长,音误周郎,心思只在,好高骛远,堕入他乡。

237. 又

雨雨云云家乡,当与共衷肠,明宫白皙,桃花人面,崔护求香。月里婵娟何有梦,自炎凉,展转思量。不寻赤壁,东风未了,先见周郎。

238. 玉楼春　八体

月上寒山枫桥路,唱晚渔舟明月度。四面风竹影婆娑,不在运河常相住。不如及早朝也暮,一曲竹枝心已付。波摇灯火任风流,此意此生相互顾。

239. 又

星河露霜经年别,月色寒宫情似雪。牡丹作尘红尘,不尽波波还折折。风华照旧初心结,已约情肠夜里说。

人生只合只圆圆，不可弦弦又缺缺。

240. 长相思

长相思，短相思，一月相思一月知。花花草草姿。日相思，月相思。半在情情半在痴。思思量量时。

241. 又

吴念奴，楚念奴，大半江流入不整洁。形形色色苏。半江都，一江都，不到扬州不到吴，佳人有玉壶。

242. 又

一大姑，一小姑，两处君山两处湖。江东大丈夫。一飞凫，两飞凫，处处江南有念奴，云烟半有无。

243. 两地锦

岁岁秋声难了，见南北草草。风花雪月，朱门紫阁，情怀多少？不可今宵重藐，似寒凉飞鸟。衡阳路杳，青海信断，黄花应老。

244. 归田乐

钱塘杨柳扬州路，两岸桑田朝暮。已量一天堂，戏水鸳鸯作双渡。离离别别重相遇，只会时时情意，人心七弦琴，还是月明人分付。

245. 七娘子 巴新，巴布亚新几内亚国；大马，马来西亚

天涯海角南洋路，巴新大马春秋顾。国国家家，首相分付。原原本本丛林步。云云海海桃源遇。蓬莱岛上林无数。见得金枪，还闻人故，如今总是多云雨。

246. 感皇恩

一水运河流，半垂杨柳，已露红红白白酥手，自悬金钗，已饮两三杯酒。如来双合字，樱桃口。腰腰细细，知知否否。碧玉江南小桥头。渡江桃叶，文化千金如友，重阳重九九，谁回首。

247. 又

不见运河舟，黄昏时候。碧玉桥边情相守。潘郎何在，有约一声依旧。鸟飞人静后，山川秀。不见影来，但见衣袖。特意龙涎记村右，香气豆蔻，分别寻得相就，一心突起处，轻回首。

248. 减字木兰花

朝三暮四，只有群猴应不记。未已时时，不得人情不得知。猿心马意，自有灵犀天下寄。合合离离，一有声鸣一有期。

249. 又

虎头蛇尾，一半红尘三两卉。闭了心扉，只有深春鸟不飞。墙头芦苇，倒向两边三面匪。细细微微，叶叶根根各是非。

250. 又

无情山水，石屹川流，从不轨。未得回归，只见飞鸿南北飞。有情山水，岁岁年年多少蕊，子在心扉，鼓瑟湘灵是二妃。

251. 又 七夕

王母汉武，有约瑶台天上府。只是仙居，五百年中一意余。牛郎织女，七夕河边天上路，回首当初，作得浮云有卷舒。

252. 又

江东项羽，半在鸿门曾不主。怯了三吴，半见刘邦半独孤。声声渔父，回首乌雅曾是鼓。不得鸿图，自得身名自丈夫。

253. 渔家傲 自述

木叶萧萧秋已暮，江霜淡淡枫林雾。步步前行天下路。天下路，行行止止心分付。事事人人皆有度，退休专此诗词赋。日月耕耘天日数，天日数，每天十首从无误。

254. 西楼子

江流不问江楼，自春秋，曲曲弯弯沿岸不回头。多少路，多少日，载行舟。一旦蓦然回首，十三州。

255. 又

江楼漫问江流，十春秋。雪月风花曲舞，尽风流。多少雨，多少雾，越姬留。何以沉鱼落雁，系残舟。

256. 御街行

东君不锁群芳路，只与莺花住。丁香寄与一梨花，白雪阳春分付。冬梅已去，春梅来去，只有芳香故。瞿塘不尽阳台雨，白帝问，夔门数。媱姬宋玉问襄王，三峡巫山官渡。朝云也雨，暮云也雨，只以人情度。

257. 上阳春·柳

见得隋炀杨柳，拂拂如手。欲牵还

放自垂丝,一点点,君人口。八水长安别后,相依相就,万缕千条自多情,忍攀折,应回首。

258.临江仙

有了运河南北水,何须太乙东君。清明寒食已芳芬。春云春雨半,一度一平分。　　绿了钱庄杨柳岸,红纱色,女儿裙。苏杭自度雨纷纷。花开花未落,碧玉碧香熏。

259.又

已半中秋明月色,五湖玉水连天。圆圆十六最圆圆。三思三不定,一望一婵娟。　　又见浮云分两翼,重回上下弦弦。长天渡口渡公船。嫦娥嫦隐约,玉影玉前川。

260.又

一半桃花桃李色,梨花一半丁香。运河水满问钱塘,天堂天下水,六合六泉梁。　　处处春花秋月见,江湖自古船娘。吴吴越越女儿肠。天伦天自在,有雨有云乡。

261.又

步步三清三世界,丹炉一半阳刚。汞银玉石已倾乡。天伦天水火,地语地藏王。　　此路玄光玄此路,方圆不定圆方。无须阮肇入黄粱,人间人自在,道上道家庄。

262.又

大漠沙丘沙扑面,昆仑已作天山。和田只要玉门关。神仙神不在,玉锁玉人间。　　似有沙鸣沙似雪,胡姬唱,月芽湾。楼兰不斩怯红颜。英华英所去,帝子帝应还。

263.又　中秋

记得中秋三两夜,弦弦已是圆圆。当知玉女作婵娟,清姿清玉影,女色女怜田。　　后羿难为难后羿,嫦娥已悔年年。孤孤独独漫云天,相知相不得,有问有翩翩。

264.以　藏春石

润润青青韫玉石,藏春素质琼瑶。中纹瀑布泻云潮,风花风雪月,气象气天霄。　　太乙东君知己内,冬梅带了春梅,群芳丛里两相催。黄红黄白雪,有色有香魁。

265.鹧鸪天,见北里选胜图

只作东君第一枝,寒心白雪两相宜。冬梅姊妹春梅色,与共群芳四序时。谁有意,女儿知。柔情似水半如痴,纤纤弱弱相依就,误读人间误读诗。

266.惜奴娇

三峡巫山,暮雨朝云度。惜奴娇,媱姬分付。曲曲声声,逐流水,襄王顾。一路宋玉词,高唐已暮。官渡瞿塘,问白帝,嬰门许,有情问,却无相顾。切切思量,何其是身心苦。最苦,未入梦,潇潇夜雨。

267.行香子

一水行舟,一月中秋,一圆缺,一度风流。一生游历,一世无休。一天常寄,一外我,一中求。　　人生八十,人生朝暮,向功名,向了沉浮。耕耘日月,杜断房谋。一字人形飞鸿去,影天留。

268.一剪梅

一度寒心一剪梅,一度春催,一度徘徊。东君太乙作传媒,带了香魁,也有玫瑰。　　一入群芳一色开,百草阳台,一度先开,百花丛中作情裁。有了相猜,无了相猜。

269.又

腊月香香腊月开,上得瑶台,下得瑶台,冬梅姊妹是春梅。一度相催,一度无催。　　玉展身丰虢国来。情也春裁,色也春裁,群芳丛以百花恢。已可君陪,只可君陪。

270.又

自古人生一古今,半见弦琴,半见知音,功名己觉负初心。独木成林,百岁余荫。　　斗酒诗篇李白寻,误了翰林,误了文箴。永王不到夜郎岑,捞月深浔,月影云深。

271.六幺令　一体,取自《词律辞典》

高与低,草草萋,水月风中水月齐,西施问范蠡。馆娃栖。你灵犀,我灵犀,锁玉堤。

272.镇西　一体,取自《词律辞典》,万首唐人绝句

天边一色草连云,月下牛羊白马群。胡家营帐胡姬舞,情意深深醉里闻。

273.看花回

一树梨花,形形色色奇绝,秀里透明欲滴,白皙见,微微红,匀匀清洁。春梅传粉,几度风流涴睫,眉

柳细,独个婵娟,玉叶霜枝体似雪。太乙去,寒宫明灭,一叶叶,不分圆缺。蜂蝶多情结子,蕊里有香味,不须牵切。雨雨云云,日月去来相互说。近芳华、远波折,与之同情节。

274. 诉衷情

婷婷玉立水芙蓉,暂白粉红时,朝天自在荷国,碧叶露形踪。　孤所望,独其雍,不从从。一心朝暮,期待相逢,自度波峰。

275. 浪淘沙

不过玉门关,望鸣沙山,绿洲小小月芽湾。一半荒丘荒一半,去去还还。　白首已斑斑,字阔云闲。兰田玉色向红颜。此间长安何不远,入了人间。

276. 如梦令

步步不分朝暮,路路不平行度。去去复来来,如故是非如故。如故,如故,不是非如故。

277. 又　自述

八十诗词歌赋,格律音韵严度。字句亦工精,自以佩文分付。分付,分付,十三万首如数。

278. 愁倚栏

云舒卷,草萋萋,有高低。木叶丛丛天地里,自东西。　楼上楼下共红霓,黄昏望,烟雾成溪。春夏再成秋冬后,有灵犀。

279. 又

天如水,水如天,一方圆。水映苍天天映水,水含天。　扬长俯首同烟。人前水不分云天。只只深深含天地,似空悬。

280. 又

三番雨,四番凉,半层霜。过了中秋多少日,是重阳。　秋露露秋扬长。行人问,何处家乡。年月不知凌云志,忆爹娘。

281. 望江南·感事

花雨色,寂寂共残红。水水泥泥尘落定,凤楼人去玉箫空。春事半随风。　知晓月问情衷。何约鹊桥成七夕,王母汉武上瑶宫。都在有无中。

282. 春光好

衣裳短,玉含香。有衷肠。回首当时云雨里,两难忘。　如今独在兰房,相思切,应是凉床。最是教人无可问,不度炎凉。

283. 风流子

何事最难忘,何今古、误入五云乡。格律诗词,工精音韵,深含情意,柳柳杨杨。有分付,有行行止止,有让步担当。无所畏惧,渭泾同度,闲花别馆,渊远流长。　朝暮一书堂。知音半来去,带眼求香。无以独床空月,越语吴娘,塞叶南花,时时处处,小桥流水,寺外刘郎。只在有桃梨李,所步芬芳。

284. 朝中措

章台水月两天机。杨柳共红稀。院落雨来云去,何求一木相依。　丁香应结子,花花去后,是是非非,当以一思相念,灵犀点点回归。

285. 又

云云雨雨半清风,人向九华中。万里天光天际外,缺归圆,广寒宫。　楼高寓目,谁歌客赋,不与殊同。端有独言寡语,不知何处相逢。

286. 侍香金童

去去来来,败败成成织。应一睹,荣荣辱辱匿。无是有时有非无,客里功名,不以生息。　自精英,遍历人间成记忆。在柳下,梅边装饰。直至凭生无极极,日日阴晴,江山社稷。

287. 江城子秋夜望牛女星·七夕

银河织女问牛郎。两茫茫,夜茫茫。一半私情,一半度炎凉。汉武王母曾有约,天下望,去来忙。　已知七夕作衷肠,问衷肠,有文章,乞巧声中,暗处有萧娘,不是人间人不是,同日月,共沧桑。

288. 西江月

又要五湖山水,重归一忆三所。碧螺春里玉芽鲜。不可长洲不见。　步步洞庭山上,东西处处云边船,洞庭湖上打鱼船,水水天天成线。

289. 苍梧谣

天,一竹苍梧一竹泉,湘灵泪,鼓瑟是婵娟。

290. 采桑子　自述祖父

胶州上了关东路,祖父心中,创了

关东，有始当然有始终。一千万户山东客，长白山中，兴安岭中，一水墨龙自称雄。

291. 又

山东作了辽东客，控得参茸，问得黑龙。半作医家半务农。浑江两岸开荒路，五女行踪，五子行踪，一世三生一祖宗。

292. 洞仙歌

鸥鸥鹭鹭，飞落谁分付，半在江湖半云雨。对茫茫淼淼，雾雾烟烟。微微里，鱼有沉浮不顾。　去来渔父见，相互成行，岁岁年年共朝暮。你有一轻舟，我有长尖，红鳞近，清清如数，应得知，寻得是人心，共生共菰蒲，以鸣同住。

293. 瑞鹤仙

望杨杨柳柳，拂拂自垂垂，钱塘南淀。晴空万千里，飞来燕，曾落长洲芳甸。吴儿越女，运河边，云雨不断。有朱门半掩，黄昏碧玉，石径深深院。宫殿。夫差勾践，剑池留影，又去娃馆。芳芳路路，歌舞地，何相见。问吴王，西子沉鱼还落雁。春秋留下猜猜。楚纤腰，三峡深处，阳台如面。

294. 何桌

采桑子

黄门进士观文殿，第一身名。第一身名。仆射中书舍不平。靖康之乱身先死，自以留名。自以留名。去去来来本不生。

295. 虞美人

知书达理贤人路，不尽何朝暮。龙门第一作名儒，大学士观文殿上几宏图。中书舍下侍郎付，仆射以名数。靖康已去几飞凫，不可临安天下道人殊。

296. 郑刚中

一剪梅

玉影冰肌不着妆。一片寒香，一片寒香。高低远近自飞扬，一半天堂，一半苏杭。　太乙东君岭上忙。准备群芳，指示群芳，春风起处已无藏，自得红黄，只似萧娘。

297. 韩世忠

太保一良臣，延安塞外人。王师枢密使，乞骸树径纶。

298. 临江仙

一半山林一半，人间一半人间。渔阳永定未归还。云中云一半，子弟子千颜。　一半君心臣一半，临安一半临安。钱塘一半运河澜。秦皇秦一半，吕氏吕云端。

299. 南乡子

一世一朝班，半壁河山半未还。富贵人生多利禄，居闲。一半承官一半蛮。　不过玉门关，自古英雄怯圣颜。踏破贺兰峰岭后。天山，九曲黄河十八弯。

300. 满江红

万里黄河，九曲处，如常流水，八湾处，桑田丰泽，十湾原毁。直下东营常改道，潼关泾渭中原豕。问秦皇，问汉武江流，居何几。　今古见，天下咒。大禹治，伯夷企。自轩辕割据，以行为止。剑剑书书天下事，文文武武江山史。见英雄，一半在民生，临安妃。

301. 黄大舆

虞美人

离离别别何时了？日月知多少？相思一半雨云霄，宋玉王昌自在不道遥。　虞姬帐下声声小，不见乌江老。刘邦项羽未央朝，不得鸿沟天下试天骄。

302. 王灼

水调歌头 妙高台绝顶望明月山

送客长江水，绝顶妙高台。古今今古天地，逝水去难回。九派浔阳楼，一曲洞庭龙女，半雪覆冬梅。再向金陵去，不向石头催。　计翁在，人情在，月初来。东君不露声色独自作春媒，白白梨花一树，暂暂孤身玉帜，淑淑女儿杯。已结丁香子，又见牡丹开。

303. 渔家傲

草草原原荒草草，来来去去人老老。见历平生应了了。应了了，飞飞落落飞飞鸟。　小小无知还小小，行行止止年年好，道道三清三道道。三道道，一生二，二生三，知晓。

第十八函

304. 醉花阴送夏立夫

入得人生都是客,何必分阡陌。太乙带群芳,满路丁香,一树梨花白。有桃有李,成蹊泽,杨柳隋炀帛。南去是长洲,六合钱塘,独问周太伯。

305. 清平乐填太白应制词

东君未到,已绿江南草。弱弱纤纤黄绿好,岁岁年年不老。云云雨雨潇潇,湖湖水水潮潮。已是衡阳青海,飞天一字长霄。

306. 又

千朝百暮,不得春归路,一树梨花惊一树,只是真情不住。　　时时世世炎凉,王昌不是王昌。宋玉还非宋玉,刘郎不似萧娘。

307. 点绛唇　登楼

步步登楼,层层远远层层路,有山无数,有水还无数。　　岁岁春秋,日月谁分付,谁分付,日难分付,月也难分付。

308. 浣溪沙

格律工精一韵成,浣溪沙里半新情。人生自有两人生。　　一半公余公有尽,诗词一半两清鸣,十三万首作精英。

309. 虞美人

谁来把酒留春住,李白当涂误。何须捞月醉当涂,捞月难成天下永王儒。　　长安蜀道应无数,醒醉应无数。诗仙不是对冰壶,见得隋炀杨柳过江都。

310. 又

姚黄已是花中主,唱彻黄金缕。长安只要问东都,居易香山元白万诗儒。　　苏杭太守文章府,白话成今古。诗词格律作中驱,自此唐有平水有罗敷。

311. 菩萨蛮　和令狐公子自述寄费孝通共乡步

姑苏同里江村暮,孝通八十平生路,唐代费家吴,钱王称越都。十三州外数,皮日休生故。千载费钱奴,三钱空玉壶。

注:费世诚语,唐钱缪王乃三钱(钱学森、钱伟长与钱三强)祖,费家祖唐末与钱家联姻。

312. 好事近

一路半红尘,帛易柳杨成荫,过了三吴同里,运河钱塘泌。　　江南处处想留春,逝水有流禁,不得东君认可,以河桥空枕。

313. 长相思

云匆匆,雨匆匆,一半西厢一半东,南南北北中。　　广寒宫,玉人宫,一半婵娟一半衷,弦弦上下空。

314. 酒泉子　重九重阳成者

锦水成者,也有桃花曾不误,刘郎重九采茱萸,望飞凫。　　年年菊蕊朝天孤。赖有渊明篱下顾,隋炀柳杨共江都,过三吴。

315. 恨来迟

一度姑苏,晚生三载,中国财团,始祖五六家,国企为主,有了方圆。新加坡,工业作花园。十年前后中宣。谁记精英,盈盈一笑,何以经年。

316. 春光好

三两步,两三情。一人生。少小离家应不懂,未分明。　　行行止止前行。农夫路,本自枯荣,紫陌红阡多少智,总难平。

317. 南歌子

啸啸人人啸,潮潮处处潮。逍遥津里不逍遥,三国三分天下忆张辽。　　火火风风火,曹曹蜀蜀曹。连营一忌是兵骄。不似周郎不问一云霄。

318. 画堂春

和风细雨雾烟来,姑苏一半春媒。丁香牡丹李桃开,小杏窗台。　　淑女已隋情意,梦中何自孤猜,东邻一目半心来,茶水三杯。

319. 七娘子

明明暗暗花如雾,有春心,有约无倾许,夜月共邻,已随分付。半衾余暖空留住。　　柔情密意多云雨,梦里声,西厢红娘误。未了行云,未了行雨,阳台一半瑶姬故。

320. 减字木兰花

红霞一路,收尽一天风和雨。远近黄昏,残照流光入水村。　　云沉深暮,不见斜塘消息树,无约一孙,谁见春风锁玉门。

321. 一落索

一鸣惊人一路,朝朝暮暮。古今

冬梅带寒香，却不道，谁分付。五霸何曾五度，轩辕如故，中原问鼎楚庄王，南北望，东西数。

322. 丑奴儿 《词律辞典》无此体

冬梅已带群芳信，先寄浮香。白雪纷纷，更著眉间一点黄。　小桥碧玉宫妆学，自有红裙。学子萧娘，只待春情入草堂。

323. 陈袭善

减字木兰花

姑苏二月，万点枝头千点雪。洞庭人家，已是群芳处处花。　圆圆缺缺，杨柳垂垂应不折。满了乌纱，共住人间你我他。

324. 渔家傲　忆营伎周子文

已过渔阳渔不得，娇眉蹙捐残阳色。半向君身君半恻。回天力，佳人白皙红颜默。　记取同来同不去，云中落雁燕山息。草草荒原荒已极。回天力，西湖水尽相思匿。

325. 曾干曜

丑奴儿　《词律辞典》正体

一夜相思时，只见得，半星无期。器宇休休男儿去，因以独立金鸡，九鼎损无限威仪。　当以不当知，只奉着，我以千姿，暗随与君云中济，内内外外长城，上上下下旌旗。

326. 孙悗

点绛唇

二月江南，梨花上了桃花岸。牡丹兴叹，小杏墙头唤。　这小书生，不可春情断。江湖畔，已飞鸿半，且向阳关看。

327. 采桑子

洪洞大槐树移民，中原一半洪洞付

远近黄河，万里黄河。百万洪洞唱离歌。秦齐燕赵韩吴魏，自以先科，已是先科，六省移民二省多。

328. 采桑子　苏三

苏三起解洪洞路，一半平生。一半平生，处处人人各不明。
官官相护官官付，皂役声声，皂役声声。不见县衙不见惊。

329. 长相思

云一家，雨一家，只向东君二月花，山山水水华。　朝有霞，暮有霞，已见佳人玉影斜，西施作馆娃。

330. 如晦

卜算子·送春

不可送春归，不可留春住。去去来来不是非，却却如朝暮。　一世运河晖，三界长城付。自是群芳百草微，处处多云雨。

331. 孙敨

菩萨蛮落梅

冬梅不尽春梅雪，弦圆月里藏圆缺。最是一银河，王母听九歌。　红尘红不绝，三界三清节。落下落婆娑，飞扬飞玉娥。

332. 潘汾

倦寻芬·闺思《词律辞典》载为倦寻芳慢

千花半掩三月红尘，一半朝暮。去去来来，最怕有风云雨。百草三心还二意，秋千上下私心住。问红娘，今夜西厢约，张生分付。　木叶里，形形影影，疑似墙头，切切快渡。旋剪灯花，且与两眉波许，香香羞羞应不顾。枕空留在黄粱度。可轻狂，待重寻，暮云朝雨。不似瑶姬朝云暮雨。

333. 贺新郎

不断神州路，只前行，人人事事，不分朝暮。十里长亭千里去，万里江山天下度。天下度，行行步步。去去来来先后历，见英雄，日月应分付。三万日，以天赋。　古今成败兴亡数，是秦皇是非汉武，古今如故。六国长城分割据，北北南南已误。却见证，隋炀云雨。六漤运河商舟去，这钱塘，已是苏杭属。天堂水，一崔护。

北宋·燕文贵
秋山琳宇图

读写全宋词一万七千首
第十九函

第十九函

1. 孟家蝉·蝶

在卖花担上,倒卷蒂莲,花草无襟。与日暖和飞落,欲采遍香心,绿绿红红丛里,以两翼传送春荫。满园林,去去来来,恋到如今。 情深。已见多少色,有雨还云,处处相寻。天下微微,桃李一半交侵,暗自成蹊南北,谢过客,留下清吟。似甘霖。五柳陶公,自弃弦琴。

2. 花心动

冬有寒心,夏无共群芳,独自分付。应许柳边,斜出篱前,岭上长洲相许。暗香浮动成孤韵,留玉影,春情何顾。待桃李梨花,不同与、丁香妒。只有萧娘有度,身姿已纤纤,与人一树,小蕊成黄,多少工夫,白雪作衣衫住。再三留下东君在,由情去,明年再数。鼓瑟曲,梅花有三弄故。

3. 玉蝴蝶

春草色,夏荷香,一秋重菊黄,白雪覆冬藏,梅心太乙妆。 群芳里,江湖水。朝暮是斜阳,无语对萧娘,有心非阮郎。

4. 丑奴儿

蓦地相看时,只见得、似郎如厮。已在黄粱深情梦,云雨已试,栖栖莫不忆,无限恩仪。 先与一千姿,且不顾,莫误佳期。有朝有巫山有暮,也有十二峰中,但以悄悄会瑶。

5. 李重元

忆王孙·春词

梨花一树作黄昏,芍药三春半入门。杜宇声声雨有魂。小江村,去去来来不见痕。

6. 又

佳佳已入半青春,雨打梨花一玉人。李李桃桃分不匀,有经纶,合作红尘自可怜。

7. 又,秋词

黄花开遍一重阳,采得茱萸半故乡。不得登高木叶裳,各炎凉,北国还余桂子香。

8. 又

飞鸿一字两三声,只以人形一半鸣,青海衡阳苇岸情。是深情,岁岁年年客里生。

9. 李玉

贺新郎 春情

止止行行路,踏红尘,来来去去,暮朝朝暮。十里长亭长十里,天下人间天下步。南北见,长城分付,敕勒川中羊马牧,向阴山,自有黄河渡。云纱纱,雨如许。 琵琶声里昭君住,问单于,画师不错,汉宫情误。蜀女当情当出塞,曲曲胡姬度度。回首是,人生人故,留下沉鱼落雁处,自羞花,闭月荒原许。今古寄,已无数。

10. 吴淑姬

小重山

一诺楼兰事事休,丈夫应有泪,向春秋,无无杨柳别离流。深情处,自有女儿羞。 独步月如钩,阳关三叠唱,尽风流。女儿处处小心留,待君问,不可寄多愁。

11. 惜分飞 送别

唱断声声黄金缕,切以英雄自主。我是多情窳。不知云雨成今古。西去阳关三叠谱,步步楼兰如数。送别征夫舞,不流离前泪间雨。

12. 祝英台近

半红尘,半碧叶,一问问今古。水水山山,花花草草羽。江南二月风光,酸甜梅子,已由得、女儿自主。

171

多云雨,梁山伯祝英台,春归春庭树,吴越人间,皆是钱王府。四十州里天堂,瑶瑶瑟瑟,依琴弦,合黄金缕。

13. 柳富

最高楼·别王幼玉

无非路上,琼树作罗敷,幼玉楚云腴,已知倾国倾城色,纤纤腰细胜吴姝。与隋炀相见,暂白香姑。　比小桃,不如小杏,以姿态,胜负不殊。千万卉、尽花奴。歌歌舞舞琴琴瑟,一春三界似有无,尽情相,就半日江湖。

14. 王幼玉

采桑子

红颜玉体芙蓉立,上了天台。上了天台,粉面羞涂泪满腮。　萧娘已入潘郎界,一半情催。一半情催,月月佳期月月来。

15. 李生

渔家傲

月色黄昏人悄悄,红娘有约心情好。一步踰墙谁见到,心小小,莺莺世上莺莺好。　有道西厢西有道,弯弯曲曲弯弯绕。细细声中声未了。谁不晓,深深浅浅知多少?

16. 谭意哥

极相思令

君山一半过湘船,儿女小桥边。清明过,桃花柳巷,天上秋千。

小字英奴情绪乱,独自立,失却亲怜。风前月下,花开正字,作得婵娟。

17. 长相思令

日立三光,梨花一树,春草春雨和。杨杨柳柳,处处阡阡陌陌,妹妹哥哥。步步青青有佳期,形形色色多多,意意沉沉,幽幽独独娥娥。　莫休见,情情感感,遥遥近近,水水波波。流流止止,浅浅深深,几几何何。西来万里,只东去,留下禾禾。不必因,因果因果,情情总是厮磨。

18. 李氏西洛女适张浩

极相思赠张浩

风流不在问前川,日月自空悬。骚人何在,情怀已是,花草心田。　有约常知君意,有云雨,也有香莲。鸳鸯一处,清宵最好,共度婵娟。

19. 花仲胤·官相州录事

南乡子

举首望伊川,一半风流一半天,一半浮云和暮雨,源泉。丈丈夫夫妾妾圆。　处整版经年,历沿相州两亩田。有得音书音讯在,无眠。且以君心共我眠。

20. 花仲胤妻

伊川令·寄外

明明暗暗何朝暮,思忖相州路。先是春云春雨时,夏荷落,重阳已度。黄花经了霜故,鱼雁谁分付。寒心独自守冬梅,只香在,灯花暗数。

21. 刘溍

期夜月

情难离怯意难绝,杨柳不须折。腰细细,罗带结。揎揎皓腕,一半梅花白雪。幽别,情情意意手深切,依依已难说。身已暖,人已就,轻轻静静,始见有无心拙。　千姿百态抚媚,慧性雅质,形形殊杰。更是颜颜色色,四肢修长悦,窈窈,长生殿上霓裳彻,出水芙蓉洁。丰波水,小舟在,有摇有曳,做得个千秋节。

22. 施酒监

卜算子赠乐婉

一见知音,三界生问。万里千年自古今,意意情情近。　抚弄七弦琴,格律平水韵。听罢梅花三弄吟,引得群芳醅。

23. 乐婉

卜算子答施

一世一音琴,三曲三秦晋。心有知人始有心,腊月梅花信。　夜半夜深深,依就依润润。以此相思以此寻,雨雨云云润。

24. 虞某

江神子

相逢一半是分离。半分离,半相期。一半相逢。一半又分离。一半分离分一半,寻觅觅,惹时时。　相思一半日相思。你相思,我相思,一半相思，一半是相知。寄与相思相寄与，应惜惜，莫迟迟。

25. 巴谈　失调名

正月一早早，梅花寒雪好。功名富贵随人老，岁岁自有新草。奉劝郎君小娘晓。不可不无了。岁年只有今日日，已去未来杳杳。奉劝郎君小娘晓，儒佛三清道，儒佛三清道。

26. 杨师纯

清平乐

红红面面，悄悄偷偷见。只有梁中巢小燕，可以尽情相恋。　　云云雨雨绵绵，婵娟雪月婵娟。且向潘郎细语，共卿莫与人前。

27. 又

婵娟如面，上了长生殿。人在人间人不见，切莫飞飞如燕。　　运河岸，柳杨悬，黄昏有约桥船。只在舱中你我，清清净净绵绵。

28. 杨端臣

渔家傲　吊李白

自古人人人不久，人人不尽人人口。饮酒当涂当饮酒。君子首，无中李白无中有。　　蜀道之难难在口，蚕丛已见鱼凫手。下里巴人巴九九。重阳九，陈仓暗渡谁知否。

29. 又

李白诗仙诗作酒，人人饮者人人口。捞月当涂当有手。天下走，夜郎先后后，金龟友，千诗不得谁知否。

30. 阮郎归

江源万里有人家，沉香腊月花，一河东去浪淘沙，嘉陵逐日斜。寻海角，问天涯。云云雨雨遮。撑天一柱见朝霞，早生你我他。

31. 聂胜琼・都下伎・归李之问

失调名

当可留君住，几何无可随君去。

32. 鹧鸪天　寄李之问

一半人生一半名，阳关三叠去来声。长亭过去长亭路，十二峰中十二程。从日月有枯荣。知音处处是知情。相如曲里文君见，却是之之问问盟。

33. 赵才卿

燕归梁

细柳营中一丈夫，三鼓半冰壶，女儿长许问成都。无日月，有明姝。飞将一箭燕山虎，敕勒黄河自东途，阴山不度才卿度。空赢得，问扶苏。

34. 任昉

雨中花慢

合合分分，三峡逝水官渡，白帝婵娟，十二峰中镜，上下弦圆。云里雾中还现，瑶姬月下花前。巫山两岸，瞿塘流水，宋玉依然。　　阳台见惯，绣帏罗帐，楚楚蜀蜀莺鸳。知不得，襄王今日，应是同眠。有意有情无此，入得不分朝暮，丝丝不断春绵。作蚕成茧，一世心事，只被君牵。

35. 都下伎

朝中措改欧阳修词

平山榭纳晴空，云雨有无中。已见桃花如面，有心见得羞红。　　文章日月，成林草木，各自由衷。行乐只如年少，诗词格律天公。

36. 李逊逊

逊逊一筠溪，连江半玉夷。徽猷秦桧忏，进士自高低。

37. 沁园春

一半长安，一半江南，一半渡船。一半隋炀帝，运河杨柳，连通六渎，自得方圆。一半人间，人间一半，处处天堂处处年。天下见一半云雨岸，一半婵娟。　　苍天。一半香莲。一半水，苏杭一半烟。自朝朝暮暮，寻寻觅觅，来来去去，陌陌阡阡。百里山川。今今古古，只见清溪不见泉。成败是，一半民自足，一半桑田。

38. 永遇乐

古古今今，山山水水，谁以分付。辱辱荣荣，成成败败，都以江山数。朝朝暮暮，来来去去，社稷是非无数。这兴亡，皇家宫殿，自然不可如故。朝朝代代，谁民谁顾，失所流离苦许，战战和和南南北北，不以长城分布，黄河上下，长江左右，莫以钱塘作路。是非问，非非是是，有云有雾。

39. 又

事事人人，时时世世，如故如故。

是是非非，非非是是，古古今今误。黄河南北，长城内外，一半大江分付。君臣里和和战战，民声载道倾许。江河日月，园林花木，北北南南分布，帝帝王王民民子子，一半人生度。田田亩亩，饥饥食食，不是是非非，是生灵，天机所示，是非已住。

40. 念奴娇

无天无地，有远近，也有高低云雾。汉武王母相会处，七夕朝朝暮暮。自是瑶池，芰荷碧叶，还有蓬莱渡。秦皇在此，何须徐福分付。　群玉峰头扶苏，露华浓处处，原来如故。莫问金牛，知信女、汉武、王母相度，也似人间，巫山三峡岸，朝云暮雨，千年如此，人情相就相顾。

41. 又

春云春雨，柳杨岸，处处桃花如面。只有书生崔护问，今日门中未见，不是桃花，桃花依旧，只是桃花倦。人心一半，春情何似飞燕。　一月缺缺圆圆，一年来去日，云烟云霞。梦有黄粱，曾有信、织女牛郎方便。汉武王母，瑶池相会去，互相依恋。应留七夕，相思桃叶桃院。

42. 又　寄楚　南三楼

楚天辽阔，一江水，流不尽滕王阁。还可岳阳楼上问，忧国忧民求索。留下龟蛇，云天一半，逝水谁应锁，夕阳西下，有谁黄鹤楼约。　三国赤壁周郎，问南阳诸葛，东风何错？烧了曹营，徐庶应一半，以连营博，当知风火，不知三国谁托。

43. 三段子　又寄楚

高山流水，弥衡击鼓，听鹦鹉赋。鄂渚黄鹤楼上望，留下今今古古，琅玕翠玑。逝者去，知音在北浦。汉水伯牙无主。看两岸龟蛇，琴台还在，平芜云雨。　记取问鼎中原路。任庄王、朝朝暮暮。一鸣后，春秋五霸，有诸何须听三闾。六国是，九歌从天宇。误了张仪有土。纵横见，苏秦知府，作得山河如舞。　世上丹谷朱缨，黄粱梦，南柯渔父，自成败不定，荣辱飞鸿落羽。只一笑，三三五五。子胥吴人弩，见泪罗，鼓瑟湘灵，胜似齐齐鲁鲁。

44. 水调歌头　横山阁对月

月玉横山阁，水里玉婵娟，楼台百玉缥缈，玉影满前川。玉得寒宫桂子，玉兔清清白白，玉树作田园。玉女寻常见，玉液养青莲。　玉人近，玉人远，玉成船。秦楼弄玉萧，史凤去凤凰天。留下穆公思玉，弄玉萧声弄玉，玉在玉年年。佩玉王家点，佩玉佩方圆。

45. 又

一半神仙语，一半在人间。功名利禄今古，日月不回还。记取秦皇汉武，留下长城南北，敕勒半阴山，记取隋炀帝，杨柳胥门关。　唐标在，挥玉斧，宋天颜。朝朝暮暮天下两列两臣班。自是文文武武，战战和和战战，养马养河湾，八水长安绕，渭水主人寰。

46. 又

一半长城问，一半运河寻。今今古古天下，独木已成林。何以长城内外，何以运河南北，何以作知音，何以君臣事，何以作民心。　王公役，儒道佛，似甘露。炎黄子弟来去草木作衣襟。已自江源万里，苦苦耕耘日月，水浅水深深，文文化化教，自可自英钦。

47. 又

一线钱塘水，八月作潮头。波涛已在天上，洋溢十三弄。瀑布惊天动地，挂在瑶池上摆，万丈下江流。无比无春夏，有道有中秋。　盐官落，吴越见，南三楼。人生最是忧国忧己以民忧，如此岳阳楼上，仿佛滕王阁外，黄鹤昔人楼。一半江村色，不见不沉浮。

48. 又

不上长安道，却下半杭州。临和临战临此，八月一潮头。只见钱塘六合，不见盐官海水，日月不沉浮。记取钱王缪，越国十三州。　黄河水，长江岸，有春秋。夫差勾践吴越，齐鲁楚王侯，合纵连横六国，诸子百家分立，事事有思谋，古古今今付，不度不鸿沟。

49. 又　八月十五长乐堂

水府婵娟影，古月在明楼，清清白白衣却，洁洁不知羞。六合中秋玉色，一半寒宫桂子，后羿卧江流。俯首嫦娥问，不得不沉浮。　梅花弄，阳关唱,问凉州。黄河万里来,去九曲九回头。留下湾湾水水,两岸南南北北,一岁一丰收。始见农家女,日日不知愁。

50. 蓦山溪

山山水水,俱在人情里。北北也南南,日月是,桃桃李李,春春夏夏,暗自己成蹊。非花蕊,是花蕊。是是非非非是。　　原原委委,本本人人氏。姓姓又名名,神仙说,千般如此。功名利禄,俱是作玄虚,三清子,三元子,一一人间子。

51. 又

梅花一树,自在如云雾。白雪覆琼枝,合衣处,与君同住。东君已问,太乙已先声。群芳妒,群芳付。只向春中赋。朝朝暮暮,已有春风顾。腊月腊留香,且自许,情心分付。衣襟手上,处处有芳铭,由此度此长度,不可人情误。

52. 昆明池

岁岁春秋,桃桃李李,步步行行无止。觅行踪,先先后后,有前去,还当后已。有逢左,向右移来。停不得,处处时时如水。有名就功成,有无铭状,似入严滩荒芷。　　且以神仙言说指,笑道这人间,功名利禄。似烟云,谁都难揣。生死前,都无了祀。楼兰诺,我去交河,漫赢得精忠,易水图匕。向心里天朝,阳关原上,日日年年频前唯。

53. 十月桃　二首赋梅

年年岁晚,以寒心涌动,白雪衣妆。傲影孤姿,自成天下奇香。东君有了春意,先己露,小小苞藏。科科豆豆,顶顶桠桠,玉玉霜霜。自武陵溪上萌扬,庾岭上,江南处处低昂。腊月初元点缀,百草衷肠。留心太乙为主,分付与,律管群芳。应从白里,看得红信,情色朝阳。

54. 又

年年岁岁,有阳春白雪,三弄梅花。自以寒心,分付处处精华。如来豆豆含苞,萌动切,近得人家,香情冷蕊,插入空瓶,胜似窗纱。自以情怀自无遮。芳切半开花,七八枝斜,唤起群芳,也呼来备桑麻。罗敷淡妆素质,凤与凤,胜似娇娃。梅花落里,化作红泥,海角天涯。

55. 声声慢　木犀

龙涎浸就,含纳幽香,分付叶叶枝枝。一朵初开,千朵竞相争奇,当无同似有异,现红颜,也现千姿。最记取,殷勤密约,作就相思。　　无大不争无小,形影里,高低错落花期。暮暮朝朝,折了插入西施。春风夏云秋雨,紫兰红,冬雪清仪。一年也,到如今,箸个胡姬。

56. 永遇乐　学士兄筑室南山拒梗峰下

水水山山,山山水水。今古今古。谷谷峰峰,峰峰谷谷,不在人间宇。山山翼翼,川川水水,独木成林何主。梅兰菊,竹空节节,已如胜似渔父。飞鸿起落,清溪流折,不自樵渔荒浦。不问巢由,耕耘自取,不以人间数。衣衣食食,朝朝政政,俱是横横竖竖。到头来,风平浪静,有云有雨。

57. 满庭芳　中秋

十五中秋,月圆十六,一岁一度婵娟。广寒宫里,桂树对长天,不见吴刚玉兔,弦何处,隐又何悬。弦弦问,弦弦隐隐,今夕是何年。人间,人只见,心心意意,想想当然。人说偷药去,自己难宜,后羿追寻射日,归来后,故事如烟。相思后,孤孤独独,再望小儿船。

58. 水龙吟　上巳

山阴曲水流觞,兰亭祓禊羲之序。杨杨柳柳,鹅肥池瘦,江南小女,越越吴吴,侬侬语语,不知何处。见文章太守,春花满地,天已暖,应时绪。　　权叶繁繁青芷自清流,作伴情侣。诗词格律,楚辞词赋,诗经相叙。世上人情官民同度,扶苏笔著,蒙恬常羽杵,心思密意事春秋吕。

59. 洞仙歌　春

东风不语,百草如春处。远远青山近河漱,一池风波水,柳柳杨杨,留得住,作个青春伴侣。　　篱边篱下色,了了荒原,留下酴醾牡丹女。自作可寻踪,五羊城,闽吴越,潇湘鄂楚,又渭泾,秦晋守长安,更唤起桃花,有无相与。

60. 又

群芳百草，叶叶枝枝度。子子花花几朝暮，牡丹丁香色，一树梨花，留得是，袅袅垂香如故。　人间天下去，不可分付，应是山河自生路。向北是长安，共江南，运河水，长城已顾。老小闻，天意在前川，处处问杭州，一情无数。

61. 江神子·临安道中

平生北去又南来，自相催，独相催。暮暮朝朝，日月不徘徊。今是今非今古易何去去，几回回。　寒冬腊月作春媒，一花开百花开，唤取群芳，自在自从台留下春梅同彼此，香似故，色重魂。

62. 感皇恩

十里长亭，短亭五里。怯是亭亭有无止，江南多雨，处处多云多水。月明知我意，何彼此。　北望长安，东寻行止。小小临安有桃李，夕照壁垒，不道是金人指，贺兰山间冷，仰天视。

63. 花心动·七夕

水水波波，这一舟，不却风流云雨。吴姬有问，愧我刘郎，何以船娘羞误。情里纷纷寄竹枝，留下相思成后顾。已觉有愁心，相相分付。杜宇开春路，山山红遍，却向身边住。满地衣衫，船娘恰恰，倒影无遮无妒。隐藏眉目多少情，乍得手闲春倾许，红颜一念开，应个留步。

64. 一寸金　六体，以周邦彦为正体，忆同里江村一号。

百步江村，十里吴江半渔父。宝带桥上望，姑苏远远，一天船路，传来钟鼓。江南不养马，由舟度，夜潮正舞。平沙外，木淙川横，这里西施馆娃府。不叹劳生，诗词成事，公余再今古。但见隋杨柳，无归自取，风风雨雨，飞鸿无数，各自经风雨，流连处，名利未主。回头望，冶叶倡条，便是农家圃。

65. 蝶恋花　拟古

细细江南天下女，碧玉桥边窃窃三吴语。悄悄侬侬成伴侣，云中来了云中去。何是姑苏何是楚。流过潇湘流过君山渚。已是洞庭湖水屿，洞庭山上东西溆。

66. 又　南山

一半南山山一半，一半黄河，一半阴山岸。自古昭君情不断，如此敕勒川前叹。留下长城南北乱，一半人间战战和和算。已见琵琶胡是汉，还闻蜀女风云散。

67. 又　新晴

一片黑云城一片，骤雨初晴，射下阳光线。万物苏新天下见，当然不是重如面。最以朝天飞去燕，穿过鸟蓬，不在鸟蓬恋。纱纱茫茫应不倦，长安多少深宫院。

68. 又　福州横山阁

有约青山青有约，步步江山，独上横山阁。垫垫川流川垫垫，南台路上南台鹤。腊月寒冬寒有托，寄以清香，唤取群芳尊。有诺东君都有诺，梅花三弄梅花落。

69. 又　西山小湖　四月　独莲一花

已上西山湖水间。独一芙蕖玉玄婷婷见。瓣瓣红红含粉面，向人许说羞身倦。四面人情人四面。不约偷偷，自自求方便，欲展心中自恋，如何悄悄飞来燕。

70. 虞美人　咏古

昭阳日照重门静，玉树婆娑影。藏娇玉女玉倾城，掌上明珠姊妹赵家生。貂蝉自以西施惯，蜀女昭君省。长生殿上贵妃情，李白清平乐里咏天声。

71. 又　东山海棠

海棠花开花无主，子子催云雨，群芳色色自扶苏，只怕红尘尽了问江湖。江东自古谁渔父，不唱黄金缕。鸿沟两岸问坑儒，讨罢秦皇刘项又匈奴。

72. 又

长安八水长安绕，一路帝王道。泾泾渭渭入黄河，不唱九歌只唱一汨罗。人间草木人间老，处处枯荣了。胡胡汉汉净干戈，战战和和多少误田禾。

73. 又

小长城南北长城折，处处人生别。情情尽尽唱离歌，日月星光天下影婆娑。男儿十岁金戈绝,老子渔阳雪。自知傲骨已无多,且待云中玉斧宋时和。

74. 又　叶少蕴怀隐

巢由已去巢由问,天下何分郡?春秋过了是秋春,落了梅花一半作红尘。樵渔不了樵渔近,俱是人生阮。家家国国是民民,作得书生作得一经纶。

75. 青玉案

丁香一半梨花面,白白层层相见。不忍离情三两片。有形如倩,自生繁衍。色色颜颜恋。未可不问华清院,出水芙蓉已先倦。自是开元天宝变,去来来去,上长生殿,不上长生殿。

76. 菩萨蛮　惠家小环善讴

腰身细细腰身软,轻轻跳跃轻轻卷。一步一青莲,三声三曲弦。双波明自显,两目何深浅。一只渡河船,天公谁可怜。

77. 又　新秋

西风木叶应先遣,夫差已自听勾践。树顶半声蝉,深根三界宣。雁门关上展,一字衡阳勉。偶见有蓬莲,秋声无隔年。

78. 又

青牛见了潼关尹,生名老子玄元准。一二入三门,此真无限根。天生天下牝,地载地中悯。是界是斯民,非维非大真。

79. 又

余霞未尽黄昏早,童翁不问人情老。夕照一江桥。助波千里遥。何情何不了,当主当然晓。小小苗条,三吴三客箫。

80. 浣溪沙

小小茅茨小小微,回归日月自回归。鸿飞度度望鸿飞。一半春秋春一半,光晖处处向光辉,霏霏雨细雨霏霏。

81. 又　端午

独自三闾唱九歌,汨罗竟渡竞汨罗。清波以此不清波。六国春秋争六国,张仪合纵合山河,苏秦横此少连多。

82. 又

合纵连横六国情,师兄鬼谷半身名。今今古古作文明。太守文章又太守,横横纵纵著书城,文文武武试平生。

83. 临江山　辛夷　紫木兰

止止行行多少路,无休南北东西。东君已使子规啼,红岩红石壁,杜宇杜鹃妻。去去来来多少暮,平生远近高低。枯荣草木自难齐,生当生所力,自作自辛夷。

84. 又　九月菊未开

九月重阳重九日,茱萸未见黄花。登高采下寄兄家,平生平所与,老子老天涯。不到黄泉何不到,兄兄弟弟相遇。不分海角问桑麻。春秋春一半,以水流淘沙。

85. 又

只问渊明何五柳,弃弦不弃春秋。书生不是不回头,三生三界致,一曲一沉浮。谁说诗词应饮酒。当涂太白何忧。清平乐里上皇留。高人高刀士,侍奉翰林休。

86. 又　杏花

见了东君先不问,桃桃李李斤斤。人人入了杏花春。幽香幽有色,一蕊一丝亲。新新红尘红得近,姿姿色色色均均。情情绪绪已相邻。心中心已见,有梦有时珍。

87. 又

不见花枝花几许,云云雨雨红尘。中春过了是三春。桃心桃结子,小杏小相邻。只有初荷初出水,浮萍满了天津。秋冬春夏是经纶。千情千格律,百意百诗人。

88. 醉花阴

水榭天影横山阁,一半梅花落。百草共群芳,去岁明年,如此如相约。劝君不必空行乐,乐在其中索,西去牡丹亭,结子丁香,见得桃花萼。

89. 又　木犀　科名桂花

金花银花黄紫好,桂子皆生了。白菊和茱萸,同向秋枫独问红颜早。一般占取芳香老,同以情怀笑。不比弱芒兰,节节枝枝,只以身心小。

90. 清平乐　登第

鳌头第一,甲作书生质。自以诗词应格律,始得人间第一。龙门近得天机,青青绿绿绯衣,及至紫龙服色,声名近帝王畿。

注:唐八九品官青服,六七品绿服,四五品绯服,三品以上紫服。

91. 又　春晓

轻风细雨,洒向人间去。一半红尘红可住,不闻邻家秀女。唯亭同里东吴,运河过姑苏。百里杭州百里,隋炀不在江都。

92. 浪淘沙

一步一农家,一步桑麻。黄河万里浪淘少。祖创关东辽海路,换了年华。一步一天涯,一树梨花,阳春白雪三叠唱,水岸蒹葭。

93. 浣溪沙

丁酉年清明回乡与四弟二侄　登桓仁望江亭

故国依然故国青,清明再上望江亭。三兄四弟侄丁宁。自古江流江不尽,浮萍处处浮萍。乡灵一世一乡灵。

94. 又一

浣溪沙　清明乡忆

自幼西江天后村,平生不住问乾坤。(父)吕传德教小儿孙。(祖母)氏刘祖父吕洪尊。兄兄弟弟伯夷根。

95. 又二

浣溪沙

传德五子一女亲,长禄先生第一人,长清第二又长春。西关五队忆乡尘。长义日长茂在,燕滨此去本溪邻,

润花五子女儿身。

96. 浪淘少

祖父创关东,来自山东。胶州一路一辽东。落足桓仁山水岸,地主天公。五女玉峰中,五彩林枫,人参不尽鹿茸丰,长白山下兴安岭,十世无穷。

97. 谒金门　寄远

梅花落,已与群芳相约,太乙东君谁可诺,明年重有托。腊月寒心,求索,傲骨疏香如若。白雪阳春三两拓,梅花三弄绰。

98. 滴滴金

未平老子梅花雪,带寒心,三枝未了五枝折,作书堂优绝。婵娟一影随圆缺,入山河,向轻别,留下相思作求索,上皇三千秋节。

99. 诉衷情

桃桃李李半开花,露水映朝霞。红红艳艳羞答,小小破初瓜。千姿态,半倾斜,一笼纱。朝暮暮朝,向了书生色满人家。

100. 好事近

白雪覆梅花,作得群芳天下。李李桃桃知杏,过墙因风雅。梨风一树落朝华,秋千半真假。只在云中心里,已闻香流野。

101. 鹤冲天

一日月,夜明珠。碧玉在东吴。为君已告小桥姑,儿作越儿奴。洞庭山,半江湖。两两枇杷成双,还问杨柳向江都。处处箫声孤。

102. 天仙子

何以问春留不住?年岁人中朝又暮。姑苏碧玉小桥边,看细雨,知如故。明月满湖人不去。十里东西山上路,不是金陵桃叶渡。秦淮已对王谢燕,难分付。花不误,何以问春留不住。

103. 清平乐

寒冬白雪,不与梅花别。到了群芳开不绝,向了东君切切。幽香满了天街,婵娟自与相偕,时令时风时序,温温雅雅皆皆。

104. 又

漫温雅雅,是女儿天下,自有三分君子野,还有三分娘惹。四分作得人家,黄昏一半朝霞,只以红红姿色,多情最是无遮。

105. 又

依依就就小小何时候,已有春光春已有,无拂杨杨柳柳,人间一半春秋,女儿白皙顷舟,香雪海中如此,小船上下沉浮。

106. 点绛唇

碧玉三分,小桥流水三分故。以情分付,不问何朝暮。到了人间,织女牛郎误。西厢路,小心崔护,不与桃花误。

107. 虞美人　宜人生日

瑶姬三峡多云雨,留下襄王住。阳台上下有罗敷,艳色高唐自得自扶苏。深情自古谁分付,只是心情误。五分玉立五分奴,宋玉赋中半是小

娘姑。

108. 醉花阴　学士生日

独木成林成独木，第一潇湘竹。舜治向苍梧，留下乡灵，引水东流逐。伯夷大禹从相涞，足于人目。见得九嶷山又洞庭湖，见取金莲烛。

109. 又　硕人生日

上上下去龙门客，去来闻太伯。不是不商周，事得文王，还在荣阡陌。百家诸子春秋泽，草下鱼禾（苏）脉。六淏太湖淞，一半东吴，一半咸阳册。

110. 感皇恩　学士生日

第一故乡杨，张仪俯仰。不与苏秦共商鞅，独标此格，古寺心经方丈。日明知我意，天思想。素志应酬，侯王孟昶，留下人间春联赏。上元三度，人共博山皇榜。丹田七寸守天思想。

111. 又

第一见人间，花花草草。半在龙门春早，风光自在，诸子百家称好。天明知我意，三清道。苦读诗书，云天飞鸟。步步青云已知晓，宝薰朝笏，心有灵犀缥缈。华堂曾制书，了无了。

112. 小重山　学士生日

水到龙门日未消，鲤鱼曾独跃，向天朝。凤凰台上已吹箫，第一曲、八面自妖娇。建自老君桥，七星开斗枃，上云霄。仙丹炉里有丹苗。三清步，故国水云遥。

113. 又　同前

十载寒窗半日遥，龙门三百丈、半云霄。东风万里大江潮，进士客，一甲状元桥。此世志难消，江山同社稷，水云遥。阡阡陌陌劝桑条，与国度，弄玉凤凰箫。

114. 花心动　夫人生日

万里丛林，半南洋，曾记取黄天荡，远近高低，咫尺天涯，处处俯俯仰仰。几何人生在方圆量，行足步，观天观泱。大中小云天远近，一人方丈。岁岁年年四象，空追念，虚行雾虚相像。天外有天，人外有人，不得不思泱泱。杨杨柳柳行人路，经来去，空空想想。只心里，江山社稷收养。

115. 渔家傲　博士生日

海角天涯三两友，平生自此知杨柳。已作书山书白叟。天下首，翰林院中谁知否。制诰天章天下手，人间不尽人间口，四品文华三品守。天下首微猷阁里重阳九。

116. 阮郎归　硕人生日

如今自唱九夏歌，才才乐乐何？皮日休得硕人科，渭泾处处波。江源问，一黄河，中原九曲多，英雄博大博时嗟，劝公不渡河。

117. 醉落托　同前

先生不见，微猷进士排云殿。阳春白雪惊回面。十层高楼，何问皇家院。人生一笑孤飞燕，天高何必厚土恋。忧国忧民忧已倦，岁岁年年，钱塘潮一线。

118. 柳梢青　赵端礼生日

有回天力，排空飞舞，见双云翼。占尽风光，人生何问，三万日息。绯袍易，紫荣衣。已岁岁，君恩赐稷。端礼端云，人曲人歌，和春留得。

119. 点绛唇　富季申生日

步步平生，平生步步平生路，是丹青路。步步成功路。自紫衣明。暮暮朝朝路。麟阁路，是朝天路，八十人间路。

120. 十样花

《全宋词和》和《词律辞典》收七，今补十。

之一

陌上风光如雾，第一寒梅玉树。白雪飞花暮。独傲处，召停步，冰霜从不妒。

之二

陌上风光如雾，第二春梅分付。太乙东君顾，香雪海，桃李误，百花梨李妒。

之三

陌上风光如雾，小杏偷偷如故。不语过墙去，书生问，先停住，与之同一路。

之四

陌上风光如雾，一树梨花倾述。结子明春赋，曾素淑，凝香度，三春三留住。

之五

小陌风光如雾，不忘桃源步。五柳先生也，躬五斗，弃弦赋，春秋春飞鹜。

之六

陌上风光如雾,荷脚尖尖如数。已作芙蓉雨,红颜色,玉婷步,蝉声先后住。

之七

陌上风光如雾,八月桂花香布。不到重阳节,多结子,木犀付,微微从不顾。

之八

陌上风光如雾,九月黄花不住。五柳先生去,离间外。山野去,茱萸同意付。

之九

陌上风光如雾,已见兰花如故。待得春梅许,香雪海,百花度,春来春去互。

之十

陌上风光如雾,岁岁年年分付,太乙太君住,三界雨,四时厝。人间由此度。

121. 菩萨蛮

长天一字飞辽廓,南南北北曾相约。记取一黄河,汨罗听九歌。衡阳青海度,已有梅花落。太乙问天梭,东君云雨多。

122. 王以宁

水调歌头　裴公亭怀古

举目潇湘望,俯首问行踪。长沙一赋城廓,锁住一江龙。不尽西山翠影,未了苍梧舜禹,此处可相逢。再与君山问,只可伯夷容。九嶷木,三楚水,桔洲封。当闻相国竟有度立步胜中庸,重镇江流逝水,未了周

郎赤壁,诸葛火殊烽,若是东风误,复得连营钟。

123. 又　呈汉阳使君

四望滕王阁,百步岳阳楼。回头楚鄂黄鹤,一岁一春秋。汉水知音远近,十载相逢握手,不再问王侯。只在琴台上,不尽大江流。黄粱梦,今古事,十三州。钱君四十州里误取少年头。若以当年一诺,已成千年旧事,以尾寄吴收,击鼓听鹦鹉,草草满芳洲。

124. 满庭芳

海角天涯,天涯海角,以潮以汐淘沙。十年前后,字被两肩遮。原在头峰目下,沧桑见,不误桑麻。麻姑问,耕耕织织,剩下两三家。豆瓜,农不问,工商不问,何以官衙。更牛牛李李,白雪梅花。隐隐难难易易,相见问,相别还嗟。春蚕茧,丝丝缕缕,挂取半乌纱。

125. 又　吕氏姓姜祖伯夷籍南阳,助禹治水留芳。

故国南阳,南阳,故国,伯夷助禹留芳,古今今古一度一刘郎。不在桃花庵里,天下去,自以衷肠。心经在,如来也在,一海一南洋。天堂。杨柳岸,运河草木,记取隋炀。六渎应治水,接济苏杭,自此钱塘六合,三界外,富甲人乡。扬州路,江南魏紫,处处是姚黄。

126. 又　七十八岁记事

六十年年,年年月月,

二万一千九百天。每天十首格律诗词宣。苦作人间杨柳,朝暮度,步步方圆,千县市,乡乡故故,六十国家泉。苏联已散,法兰西使,塞纳河边。地铁外交,慰告先贤。玛蒂坚翔白朗,同举步,共宇同渊。人间事,何分你我,共望一婵娟。

127. 蓦山溪

齐名不误,赤壁黄州赋。未与大江暮,一半是云云雨雨,波涛如此,曾问一连营。徐庶许,东风误,否此江东付。回回顾顾,古古今今步。是是必非非,正反问,千条道路。成成败败,辱辱复荣荣,天下度,平生度,事事人人度。

128. 又　南山

南山芳草,不与南山老。岁岁自生平,却不道,风情多少。阴晴日月,一度一枯荣,何飞鸟,知何了,不得春秋早。当然好好,不以人情老。事事问人人,有利禄,功名图表。云云雨雨,暮暮复朝朝,都小小,微微小,只有回头小。

129. 念奴娇　淮上雪

秦淮杨柳,以帛易,本是无衣无语。今今纷纷杨不住,树树弯弯不顾,白雪明春,梅花岭上,已满金陵暮。多余玉碎,石头城里分付。不见巷口乌衣,如今王谢燕,如何如故。百姓人家,献之桃叶渡,石头城误,钟山何必茫茫难以云雾。

130. 又

纷纷扬扬下，重铺就，四寸人间新路。只有秦淮河水暗，悄悄微微倾许。一半吴门，江流一半，不受天公付。残水碎玉，六花分别分住。射鸨鳞甲归来，已飞飞落落，无分朝暮，厚德江山，江南成正统，自然相度。清清白白，人间如此如故。

131. 又

竹枝词里，一舟去，只以船娘分付。曲里瑶姬神女在，不误高唐云雨，一日阳台，何须宋玉，自已知官渡。楚王知楚，江流倾许倾许。渔父曲后乌雅，自江东不去，英雄生路。败败成成，来去见，英以兴亡相住。古古今今，谁言谁自主，以民鹧鸪天护。滟滪当临，轻心飞鹭飞鹭。

132. 浣溪沙　洞庭湖与洞庭山

九脉苍梧以水还。潇湘一半洞庭湖，姑苏两座洞庭山。六渎运河杨柳岸，三吴自以胥门关。天平娃馆有红颜。

133. 鹧鸪天　寿刘方明

一步人生一去回，三元正气九方来。黄花已是向明开。自得重阳御使台。齐楚客，共秦才。纵横一世有天催。居中有了居中足，处处前行处处魁。

134. 又　寿杜士美

一曲阳春白雪风，高山流水有无中。梅花三弄梅花寄，士美人间士美同。歌曲致，乐元丰。无疆岁月日日穷，普天之下皆相庆，直至三台十八公。

135. 又　寿张徽猷

八桂三台备自刘，桃桃李李已成蹊。天麟作以人间瑞，玉燕徽猷御笔题。由日月任高低。梅花落里见香泥。高山流水知音在，自以杨杨柳柳荑。

136. 临江仙　和子安

青绿绯中红是紫，年年山名芳菲。人生八十回归。知非非是是，问是是非非。一半人间人一半，微微一半微微。枯荣草木自晖晖。非知非不是，是问是还非。

137. 又　寄吕长春先生

一二三生一字成，千千万万半中荣。潼关老子道家鸣。玄虚玄自定，固步固枯荣。一半人间人一半，平平易易平平。三清世界自三清。行程行不尽，止步止无声。

138. 又　寄刘力南兄

十载力南天下去，平生晚下南洋。能源数字化银行。成人成格律，步迹步无疆。一国一相辅济，炎凉何以炎凉。殷殷切切道重阳。黄花黄世子，白雪白华章。

139. 又　寄萧红兄

五百年中谁主宰，三千世界三千。文文化化一当然。人中人所望，一字一方圆。雾霾燕山深圳去，京华留下云天。江山岁月向源泉，相知相见晚，共事共明年。

140. 浣溪沙　寄杨德智兄

问切观心把脉儒，悬壶济世自悬壶。山东已以杏坛殊。别别离离三百里，耕耘草木作扶苏。神农百草入河图。

141. 又　寄吕长春先生

一半心经一半生，枯荣草木一枯荣。人间不可不精英。世界知音知世界，如来如去自如明，今今古古作人行。

142. 又

一半儒经一半城，杏坛孔壁读书坑。人生自主自人生。已是颜回居陋巷，杨杨柳柳帛方成，天堂六渎运河明。

143. 鹧鸪天　寄王羲之五十四代世子王永生夫妇郑敏先生

自古江南半已知，肥肥瘦瘦一鹅池。兰亭集序兰亭序。字字长城字字时。三万日，两生迟。人生世界作诗词。规则格律方圆在，是是非非有所思。

144. 浣溪沙　力南瞩寄小筚哥母子毕业典礼

香港文成小筚哥，书生已渡过先河。九歌过楚过过泪罗。国连襟连两制，三生日月穿梭，人间母子嫦娥。

145. 踏莎行

辉祖光宗，功名利禄，书生一半青云目。龙门第一自开封，中原相逐中原鹿。出水芙蕖，黄花白菊。苍梧不尽潇湘竹。二妃鼓瑟二妃已，江流自以山川牧。

146. 又

利禄功名，功名利禄。何时已始何时逐。苍悟治水殁苍梧，伯夷犬禹开华谷。舜舜尧尧，尧尧禹禹，夏商结束公民目。私营自此已营私，人生一半人生读。

147. 又

谷谷山山，山山谷谷，江流自此江流淡。沉浮自有自沉浮，高低上下高低逐。独有私心，私心有独。公平不过公平目。公私不可不公私，人间是是非非复。

148. 感皇恩　西山子

小湘水洞庭湖，千川相注，逝水东流如故。风云万里，玉宇长天飞鹜。楚头吴尾中间度。一半姑苏，洞庭山路，上下东西北南顾，五湖分付，只有江南暮，运河杨柳应无数。

149. 庆双椿

腊月冬梅腊月花，香幽白雪入人家。束君百草共春华。度文章文一度，三生不误一生涯，诗词十万万共云霞。

150. 渔家傲　自述

一半南洋成国涛，渔家自以渔家傲。耄耄年中年耄耄。惊珉瑁。人天世界人天造。　白首人间人白首，居间自是居间好。老子当然当子老。天下好，诗词格律工雕凿。

151. 好事近　又

十万首诗词，七十年中人人事。历尽平生朝暮，步行长亭志。　想思六十载相思，二万一千日，自是天天书写，已蹁人生秩。

152. 又　第四次浪潮

六十半生知，步履一千县市。老去南洋天海，浪潮应由此。　工农信息已三峰，第四海天始，以此相知相惜，太阳重新纪。

153. 虞美人　宿龟山夜登秋汉亭又

龟蛇不锁江流水，逝者谁行止？诗词格律作诗词，一半方圆一半问先知。　文章自古纵横彼，诸子春秋里。私师大禹作私师，利禄功名富贵帝王时。

154. 浣溪沙　又

一半公私一半家，帝王九鼎帝王华。功名利禄已无遮。　古古今今古古，中华民国始中华，是非非是是桑麻。

155. 南歌子

大禹私华夏，唐陶四秋公，帝王将相有无中，社稷江山天下数英雄。　何处蓬莱阁，人间日月工。桑田自食自衣丰，国国家家处处可由衷。

156. 鹧鸪天　又

四序鹧鸪四序天，三春已始一春田。声声处处声声唤，种种耕耕布陌阡。　天下水，共源泉。运河两岸好桑蚕。隋炀已去隋炀问，留下苏杭日月边。

157. 陈与义

法驾导引，二体

天一半，地一半，一半是人间。一半运河杨柳岸，三清宫里碧云寰。朝暮玉门关。

158. 又

玄元路，玄元路，步步自三清。自古有朝朝暮暮，神仙何处是身名，回首汉家城。

159. 又，五十四字体，和蔡真人

神仙曲，人间不知名。知是不知知是不，有无无有有虚情。行止自三清。　淮水府，鸟衣赤城生。尘外韩夫人所制，却骑黄鹤上瑶京，何以对人英。

160. 虞美人，桃花

桃桃李李成蹊路，太乙东君故。秦淮六渎运河渠，岁岁年年杨柳共香余。　阳春白雪梨花暮，小杏何分付？刘郎不可不知书，只有农夫阡陌自荷锄。

161. 忆秦娥，端午

湘端午，飞舟直下鱼龙浦。鱼龙浦，九歌唱尽，未人间主。　女英又向娥皇鼓，瑟声处处何今古。何今古，苍梧竹泪，作人间雨。

162. 虞美人，又

湘灵鼓瑟湘灵见，留作苍梧面。尧尧舜舜以公宣，天下以民天下以民先。　帝王楚客何宫院，只以三闾宴。九歌不唱几经年，正道人间正道本源泉。

163. 点绛唇　紫阳寒食

寒食清明，紫阳山下蛮江路，几多

分付,子推何故?乞火知何故。晋耳绵山,白雪梨花暮。英雄误。一度三度,只以精英度。

164. 虞美人　子友会上

英雄不过三杯酒,豪气何人有。成功失败帝王侯,介意间天下十三州。　古今历史谁知否?子友真吾友。平生路上几回头,只要行行步步作春秋。

165. 渔家傲　道中

素凤桥中听细雨,青蛟水上闻白鹭。有有无无三两步,何已住,轻风已向溪西去。　天马行空天马路,梅花落里桃花数,翠楚高林今可度,天如故,秦川养马应分付。

166. 虞美人　守湖州

去年今日秋塘路,处处残蓬暮。今年今日色荷余,七步吟诗作莲居。明年今日人间住,自有留香雨。扬扬自得玉芙蕖,不唱九歌可以忆三闾。

167. 浣溪沙　小阁

暮鼓辰钟一寺声,心径自在半澄明。如来如去两枯荣。一步三清三世界,千年自古作书生。无知胜于有知情。

168. 玉楼春　青镇僧社,八体,今取顾夐正体,起句仄仄

一步山人山一步,半寺心经心半路。金刚经里是金刚,只得如来如去路。莫问支部支所渡,汲水分茶分九赋。

远泉井上水中水,以此观音观有付。

169. 清平乐　木犀

丛丛落落,点点从飞鹤,岁岁秋光曾有约,四面幽香跃跃。黄黄翠翠山河,长沙近了汨罗,唱罢九歌岳麓,重阳白菊婆娑。

170. 定风波　重阳

九日茱萸忆故乡,三山五岳问炎凉。一片黄花谁可顾,分付。　黄花今日贴花黄。　记取诗词文翰老,人好。知书达理忆爹娘。俯首向来今古见,如面。重阳不尽又重阳。

171. 菩萨蛮　荷花

南轩南面南荷浦,千红千白千颜主。向色向东吴,听歌听念奴。　云中云有雨,情里情无数。一意一书儒,多心多玉壶。

172. 南柯子　塔院僧阁

塔院千年鹤,僧门万古风。茫茫望去半秋空。向背浮图天下十三穹。古刹心经在,禅音慧觉中。南南北北又西东,道道清清佛佛一天同。

173. 临江仙　忆洛中,自述

不见陈王惊洛水,宓妃会得精英。对天啸啸两三声。扬言扬自得,济世济枯荣。　七十余年余七十,十三万首诗盟。平生一半作平生。天随天日月,笔记笔三更。

174. 木兰花慢

北归人已老,朝暮见,挂南天。有万壑千峰,前后谷川,流水涓涓。

桑田。去来去止,西湖边。认取宋家船。秋得三潭印月,落花静拥春眠。　青莲,处处源泉。桥六部,白堤连。有柳浪闻莺,塔峰西照,月色婵娟。修禅,闭门隐几,好方圆。时有运河涟,不误隋炀归事,柳杨帛是云烟。

175. 杜大中妾

临江仙存一句

彩凤随鸦,喜鹊还家。

176. 刘彤

临江仙

已半皇城名利客,离离散散寻常。公私大禹夏分张。王侯王自主,弟子弟思量。　若在三千年外见,书书剑剑文章。重阳过了过重阳,三生三日月,一度一清香。

177. 僧儿　满庭芳

独菊藏金,丛兰城翠,自是柳柳营营。英雄归去,一半丈夫情。何以儿儿女女,生死见,众志成城。云中问,功功迹迹,天下几身名。相倾。生是在,死非所在,暂在和平。有民生民主,也有精英,也有渔阳守备,飞将在,李广弓惊。吴姬女,天天地地,一日一耕耘。

178. 胡仔

满江红

误得严滩、苕溪问,朝朝暮暮。狭嶂里、云山三叠,水波重度。一谷风光先后去,行行不止行行步。望

幽屏、气宇净红尘，密付。日月去，天如故。独木可，成林树。向生涯等管、问纯鲈哺。一半人生何所顾，江河自以千流注。作海洋，望似已平平，江河注。

179. 王昂

好事近催妆词

第一状元郎，过了龙门天上。驸马谈婚论嫁。读金枝方向。书生一世一衷肠，俯仰半机象。进士头名头甲，几人来人往。

180. 张元干

贺新郎 寄李伯纪丞相

处处江山路，有东西，南南北北，陌阡无数。扫尽浮云风不定，卷卷舒舒似故。逝水去，沉浮朝暮。十载扬州曾一梦，晓隋炀，一伙头颅付。天下水，运河注。杨杨柳柳江南误，望长安，同天日月，不同烟雾。八水环城不住，过了潼关不渡，一万里，三千年戽，作了黄河南北下，又西东，处处江山路。今古问，去来步。

181. 又 送胡邦衡待制

步步听钟鼓，这平生，乌江一水，未听渔父。一诺未央宫殿去，画界鸿沟垓下，分霸主，三军如虎。斩断楼兰三尺剑，却难平，一曲张良主。韩信去，楚歌件。鸿门宴上何人辅，一江东三千子弟，以今作古。未了人间人未了，来了刘邦项羽。论成败，秦皇汉武，留下长城千万里，帝王间，

不尽兴亡数。何日月，作今古。

182. 满江红 自豫章阻风吴城山作

漫漫云飞，水浪里，舟帆已落。风狂吼，一江翻滚，见鱼龙跃。两岸天光都是错。村庄草木如寻崔。雨雾烟，自卷卷舒舒，何相搏。昨日暮，曾有约。百里路，城里略。老根生杜若缘葱葱作。两岸人家三五目，自由自在观翔鹤。这如今，瞬息自归心，无求索。

183. 兰陵王

一丘貉，十里长川渭洛。成群在，曾见几番，不向人间独求索。来来去去约，飞跃。生生拼博，荒原草，年来岁去，如是如非似如若。人寻旧踪获。只以有形缚，几度成错。梨花白了一沟壑。换妆同颜色，皮毛轻薄，回首又窥树上雀。近在半城郭。强弱，死生博。物以物成灵，瞬息惊掠。黄昏冉冉无轮廓。火眼金睛闪，山间跳落，昏昏旧隐，在洞里，有仙噩。

184. 又

问丘壑，二丘丘壑壑。应何见，峰谷谷峰，草木石，山顶山脚。川前川后作，只以辰猿暮鹤。谁言道，后羿射鸟，化石补天女娲爵。黄河自天落，神农会麻姑，天地相托。人间阡陌阴晴略，北有四时序，南仪春夏，常知早雨复杜若，南洋海会约。散合，事难托。不见不王孙，有问求索，仰天一笑英雄博，自古

自来去，以平生泊。古今知者，进是乐，退亦乐。

185. 念奴娇 自述

平生来去，七十八、老得不分朝暮。自著宋词两万首，字句工精有度。音切东吴，秦川韵主，仄仄平平顾。七言格律，古古今今赋，二千诗客，唐诗五万分付。宋代词客一千余，六千加一万，全词全数。今古是，老子重来如故。十三万诗词，全唐诗已全。全宋词误，前朝皇帝，后代圭璋难付。

186. 又 论康熙《全唐诗》及唐圭璋《全宋词》

诗词唐宋，已古今，口口人人相赋。五万唐诗唐已去，自以康熙编注，遗补应无，佩文韵典，全此全成故，二千诗客，当全当此当度。全宋词里无全，圭璋孤独主，《词律辞典》，据典引经，惊笔处，四百三千余体，缺缺修修，一人编不得，翰林分付。读书成限，自难平仄无误。

187. 又 论康熙《全唐诗》、唐圭璋《全宋词》

全唐诗律，有今古，留下佩文成主。五万全唐诗已全，自有康熙倾注，满朝翰林，儒家子弟，六库全书付。汉人不及满人天下天赋。格律仄仄平平，切须韵字典，严工严度。六库全书，依典故，作以诗词人步。南北东西，五千年上下，作人生路，古今今古，人间天上飞鹜。

188. 又

小韵音相近，不同韵，不可佩文同赋。别有中华韵典，可以近音同赋。狭狭宽宽，宽宽狭狭，莫以工精度，以严字句，足身衣履如数。足小履大难从，履小足大故，其中难付。衣瘦体肥，同此见，其实其当其渡。太守文章，纵横横纵布，晋秦相顾。修修平仄，宋词当体当句。

189. 又

唐诗严待，宋词却，处处从宽无度。又以乡音文字狱，作了方言陈许。及至徽宗，大晟乐府，曲曲歌歌赋。音音调调，人情八意分付。最是多体多名，以人成诸例，斯文斯布，何不止，四百三千体数。寇准居一，宋词当首首，万六千赋，明清无止，也无成就相顾。

190. 又 别体

全宋词里，一千三百调，三千五百体、已全无全割剧，只以大晟乐府俱上声名，明清少继，不以诗人主。平平如水，文声何以歌舞。尤以现代歌坛，再无常格律，当然当谱。元曲好问，常冷漠、只以雁丘心腑。何物为情直教人生死，死生相取。无未还去，如今如是如古。

191. 又

字文繁简，港台澳、国外华人姑故。只有中厚中大陆，改革常人分付。十亿农民，言听白话，扫掉盲人路。此声显著，人人从此从步。常汉字三千，次长三千字，如文如顾，以此相倾，今古问、传统何文何顾，自以文言，相传文化典互相成度，民言民主，文言文得朝暮。

192. 石州慢 九体

六州伊梁，渭氏甘石，西边歌曲。十里长亭，五里杨柳，河田美玉。玉门关外，阳关无锁，以此当然属。何妨大漠朔风，不必闻荣辱。谁足符坚入去，功高晋史，无如风烛。一诺雄心，处处沙丘相续。莫以名声，鼎彝禁束。楼兰终是，未以交河梏。问英雄处，万里一见朝旭。

193. 又

云雨江南，杨柳运河，来去朝暮。冬梅开了春梅，香雪海中分付。桃花小杏，白雪一树梨花，丁香结子曾相度，不尽是红泥，女儿同芳住。如故。以情从盏，上下秋千，雪肌羞步。辜负眼前风度。刘郎何误。心余所切，各有多少私情，殷殷留下微微步。要得要回顾，约明天船渡。

194. 永遇乐 宿鸥盟轩

古古今今，头头尾尾，何以何故。废废兴兴，成成败败，天下谁分付。来来去去，朝朝暮暮，处处是人人路。帝皇见，匹夫逐日，平生自得其赋。南南北北，山山水水，见得长城云雾。帝帝王王，民民予予，一代英雄步，杨杨柳柳，村村户户，六浊运河如许，隋炀去，天堂留下，云云雨雨。

195. 又 洛滨横山作

北北南南，南南北北，山水山水。战战和和，和和战战，一半长城史。长城万里，长江万里，万里在黄河里，如今是，临安所见，运河六浊千里。杨杨柳柳，隋炀商帛，修得运河无止。八月钱塘，三吴越屺，已只天堂始。江湖富甲，苏杭碧玉，处处扬州妹姊。回头问，运河河水，长城旧垒，战和旧垒。

196. 八声甘州

唱八声未尽上甘州，不知着貂裘。楼兰阁，交河水，一半春秋。依旧沙漠漠，浮动国家忧。刘项未央了，移了沙丘。 有月共同失色，以明成暗易，次第边筹。况重湖八极，习气已三生，任沙鸣，骆驼起落，过六州，天客自风流。西风早，见黄昏日暮，海市蜃楼。

197. 又 西湖

对西湖暮雨，满西湖，一净中秋。扫寒宫桂叶，吴刚玉兔，隐隐休休。过是阴云十五，明日玉华楼。十六圆圆月，盟许神州。 未必登高远望，留待重阳节，收桂花留，已香香盈袖。寂寂自淹留。有佳人，婵娟独望，误几回，见得风流。人声断，云云半掩，一曲箜篌。

198. 水调歌头 游西湖作

六浊三吴水，天地一沙鸥。西湖不是西子，五霸已春秋。一半中原故土，一半三千弟子，一半已回头，俱是人间事，有水有浮舟。 山河在，君臣见，战和求。曾挥玉斧裁决不止大江流。未问樵渔作半，苦事苦为苦作，不觅不封侯，只以桑蚕劝，自得自风流。

199. 又　中秋

先以秋风扫，后以雨清尘。寒宫桂子轻落，玉兔已藏身，处处木犀色色，自是香香郁郁，四面四匀匀。铺就平平叶，水水净津津。　嫦娥在，婵娟隐，作新邻。人间已见天一影一佳人。且以田家贡果，共渡同情故话，一世一天伦，只有方圆在，自数自家珍。

200. 又　官奴

桂子中秋问，九月九重阳。木犀已自香后，唤起菊花芳。采了茱萸遥望，未未兄兄弟弟，作过少年郎，今日云中令，明日射天儿狼。　下三巴，登五岳，逐黄粱。平生有念来去一度一沧桑。炼石补天草木，衔木精灵填海，本木是南洋。只以长安问，日月故家乡。

201. 又

水调歌头问，史记半隋炀。荒淫天下无度，汴水一荒唐。记取唐随隋制，科举从优学子，六淡入钱塘。六国佳人尽，谁语话秦皇。　何今古，谁来去，帝侯王。运河处处杨，处处是莲乡。好好头颅不在，故国千年故国，留下一苏杭。若以天堂见，谁可作隋炀。

202. 又　故居

五女山前水，八卦一江流。抱城十里南去，不问几千洲。少少书生正气，学得耕耘日月。夜夜数沉浮。格律诗词始，十载重工修。　如来见，佩文韵，状元楼。农夫一亩田里万粒种粱优。一二三生老子，籽籽如来如去，主宰量田畴，学子人间步，回首是春秋。

203. 又

不远浑江岸，不近镇西关。桓仁步步天下，已去几回还。俯首寻寻足迹，始步爷娘引导，无履自删删。七十多年后，白首望千山。天涯海，兴安岭，玉门关。东营齐鲁来去膜拜杏坛班。访遍一千县市，六十余国先后，顾问过天寰。一世诗词客，格律守人间。

204. 又　寄吕赢小住卢明月家月余

七十南洋去，八十北人还。来来去去天下，三叠唱阳关。也有高山流水，也有梅花三弄，步步过人间。目在琴台上，举目望千山。无梁殿，卢明月，忆鞍山。中南海里知制书作古今删。步履南南北北，国际中华国外，日月故乡颜，如去如来路，草木一般般。

205. 浣溪沙

寄吕长春　马来西亚首相部长级顾问　巴布亚新几内首辅　部长级顾问

部长巴新首辅宾，彭喜顾问马来人。原来四海一天津。古古今今古古，风云国际国家臣。同心世界共经纶。

206. 浣溪沙

寄昆仑叶科兄

总政旗前见叶科，选宁故步忆先河。重新再造制鼍鼍。自古英雄英自古，何言日月言何。功功业业久厮磨。

207. 水调歌头　虎丘

一剑泓池水，百石自点头。生公不语观自，孙子虎丘留。五霸夫差勾践，见奄天平娃馆，尝胆卧薪修。已可知吴越，步步问春秋。五湖水，三二泉，半长洲。钱塘六合潮落已见会稽舟。西子西湖西岸，楼里楼中楼外，处处帝王侯。柳浪闻莺处，碧玉小桥头。

208. 又

柱策淞江水，立步五湖舟。烟艇飘泊来去，笠泽似清秋。一片泓澄湖镜，六渎鱼龙潜底，百步剑池头。已见三吴馆，不得半长洲。兰亭序，鹅肥瘦，会稽修。流觞袚禊，南北曲水向天游。太守文章太行，父子羲之父子，不可不低头。似以云中笔，又立字春秋。

209. 又

三载三吴载，五度五湖州，剑池临镜西子，尝胆虎丘头。第二南泉如此，勾践零头五霸，一世帝王侯。苦为英雄故，不俯丈夫头。天平笏，娃馆石，问长洲，随云来去无定，何必为人休。自古无非自古，上下沉浮进退，一岁一春秋。步步人间步步，不悔不愁愁。

210. 又

已下滕王阁,又上岳阳楼。风流汉水黄鹤,鹦鹉一洲头。已见长江万里,自作东去逝水,九派九悠悠。已过金陵岸,自本自风流。男儿志,天下去,十三州。前程步前去不止不休休。可上天山问雪,可下龙问探宝,不可不人忧,只在人间步,杨柳自春秋。

211. 又

不待干戈净,一箭射燕川。长城一半南北,一半好桑田。未了阴山牧草,还在黄河北岸,敕勒荒原芊。莫以单于帐,莫以李陵鞭。云中色,渔阳木,定河边。英雄一诺应是牧者种家田。古今古今事事,只以人人自在,至此作方圆,政以民生计,治者本根宜。

212. 风流子　双溪阁落成

勾心斗角,双溪阁,半入五云乡。收一川烟雾,西行鸿雁,半规凉月,薄暮清霜。分水路,双眉浓黛见,满目浅波光。白鹭歌飞,钓舟舴艋,渔歌低唱,是竹枝娘。亭皋分泽国,滩涂芷,云烟四处茫茫。有如衡阳图画,鼓瑟潇湘。君山应不远,洞庭湖上,杨柳声里,已彻柔肠。梅花落中密意,处处分香。

213. 鱼游春水

秦楼秦弄玉,萧史萧箫声曲曲。凤凰来去,红日薄侵妆束。人惯风流水惯去,白雪阳春应相续。官渡楚水,巫山知蜀。草木红红绿绿,已是鱼游春水渌。佳人记取穆公,云天未足,汴河卒得古碑,半向东都半孤笃,莺花石刻,赐名当促。

214. 宝鼎现，又名三段子

人形飞雁,在天空里,无休无止。年岁见,春秋南北,青海衡阳成原委。芦苇芷,自排天栖止,穿越山山水水。一度一炎凉,萋萋草木,江川河汜,一秋何已西风起。潇湘云,竹泪烟靡。目送去,当然草木,应与蓬蒿分筑垒。叶落尽,已了江南度。未以居中肥雉,未以见高低,谁闻青海,栖栖春委。何已是,雁门关,云雨见,天非天是,一字当空归了,成了人间所视。总未免,所思其指,好在春秋度,书生桃李,一年成几。

215. 祝英台近

柳枝枝,桃叶叶。朝暮又朝暮。人有情时,何以不分付。一歌一曲余音,相依相顾,便近近,只低声诉。越吴赋,还是三弄梅花,柔条千百度。玉婉轻松,比目后庭树。已羞色,问刘郎,是云是雨寸心里,桃花催护。

216. 朝中措

花中花下草纤纤,佳女伴春眠。独自独羞何故,身姿处处娇妍。桃花人面色,未见刘郎,上木兰船。浮动摇摇曳曳,东边到了西边。

217. 蝶恋花

窗暗窗明窗渐晓,一片红光,处处人间好。柳上云中飞小鸟,花开花落知多少？　春去春来春未了,岁岁年年,草草花花草。昨日今天明日道,生生见历生生老。

218. 又

岁岁年年人已老,六十公余格律诗词早。且有人言兴趣好,生生死死谁知道。　暮暮朝朝知多少,三万余天,三万朝暮晓。十首诗词天夜了,昆仑山上昆仑草。

219. 沁园春，梦与道人游

步步玄虚,步步三清,步步虎龙。炼炉中石玉,熔金化汞,成丹异彩,鼓鼓钟钟。过了开封,开封过了,冶得红颜,冶得容,天地阔,道法重道法,自是神踪。　瑶池结液参茸。天海外,蓬莱有独峰。问八仙入坐,王母汉武,蟠桃盛宴,意守开封。老子当然,潼关如数,且以青牛且以从。时序令,过人间今古,日日同宗。

220. 又

合纵张力说群儒,白璧楚天。又苏秦六国,连横共帜,东西南北,各自方圆。战战和和,名名利利,异异同同各一边。何是政,自人人事事,各自前川。　流泉自是流泉,自由水,源源本本泉。这流泉不是流泉,何也,流泉流了,不再源泉。逝水朝天,逝者如斯,陌陌阡阡供水田。非是是,是非非,互辨人类高贤。

221. 临江仙，同前

是是非非是是,当然自是当然。当然不自是自然。高人高所见,愚腐遇先贤。　一管微微微窥豹，天天不是天天，家家国国各方圆。求全求不得，问道问神仙。

222. 又

有是无时无是有，书书不是书书。樵渔一半是樵渔。从忧从自己，以国以家居。　不足高瞻高不足。云云卷卷舒舒，非非是是非非殊，同时同所异，共者共其余。

223. 又

一己观天观一己，群人各异群人。高低评价半经纶。阴晴知草木，日月有秋春。　聚类人人人类聚，和和战战尘尘，不分家国不分人，人依人类见，俯首俯人身。

224. 又

战战和和和和战战，金金宋宋金金。知音一度一知音。人民人所木，治政治森林。　独木成林成独木，本本气气萌萌。是根不是是非根。非时百不是，是已是高心。

225. 醉落魄

朱朱碧碧，一池玉萍风荷泽。有谁可问天涯客，去来人生，水水山山隔。　故人十载疏阡陌，岁年不见丁昌白。光阴步步成收获，楚蜀声中，头头尾尾脉。

226. 又

有情无约，江南一曲梅花落。九派水色滕王阁。斑竹岳阳，回首飞黄鹤。　江流万里逐沟壑。高山流水飞罗雀。琴台石径红尘薄。处处风光，步步应求索。

227. 又

一声胡笛，鬓云一度横波觅。昭君单于阴山寂，长是人情，君以琵琶适。　罗衣乍怯香风幂，蜀女红腕呈白皙，只以心思云雨激，便得枯荣，已得女儿溺。

228. 又

芳年离索，咫尺天涯，鹦鹉约。学声不似梅花落，传以多情，还作三更鹊。　不猜已信凌烟阁，藏娇只以英雄托，深情寄给知心作，故自声声，我来当花萼。

229. 南歌子，中秋寄思

桂子中秋落，黄花九月香。茱萸采得到重阳，古古今今分别半炎凉。　莫以南洋水，何言北国光。少年见世一扬长，父母弟兄妹妹祖先肠。

230. 又

一楚留残雪，三吴照晚晴。分明暮色五湖平。见得洞庭，山色数峰生。　别意应无力，归舟去有程。人生步步步人生，缺缺圆圆月月自难明。

231. 又　寄何小春

日日天天色，江湖处处波。三年一度一莲荷，小脚尖尖春夏见风波。　入住丝绸院，何言唱九歌，姑苏一半影婆娑，小小婵娟自是问嫦娥。

232. 又

六合钱塘水，三吴草木洲。运河一路一商舟。日月江南杨柳半春秋。　已自天堂见，苏杭富甲头。连年税赋十三州，一半人间业绩帝王侯。

233. 卜算子　梅

六渎半东吴，一水千云雾。百里方圆见五湖，最是何朝暮。　记取是江都，见得隋炀路，自以扬州有运河，太乙多分付。

234. 又

白雪度寒心，玉树盘龙故。自以梅花三弄音，唤起群芳妒。　一岁一香深，三界三幽住。自以千年作古今，只向留园数。

235. 又

夜夜以灯明，晓晓闻鸡舞。一半中南海里情，一半今古。　八十未平生，字句耕耘鼓。日月阴晴见历鸣，步步开新宇。

236. 又

已满五湖香，又满黄天荡。同里吴江过斜塘，再直唯亭向。　百里一姑苏，拾得寒山仰，已在枫桥左右旁，傲骨知方丈。

237. 浣溪沙

一半心径一半生，如来自在自枯荣。观音始得始终明。　一半人生人一半，金刚日正日精英。佛光普渡普天萌。

238. 又

老子潼关一二三，玄虚日月日日清岚，上元中度下元县。　岁岁春秋春不尽，深深道法卜家淦，黄河九曲海云涵。

239. 又

弟子三千上杏坛，人生一半读书蚕。丝丝不尽度峰岚。日月长城长日月，运河不断运河湛，苏杭已自好江南。

240. 又　赋木犀

一半黄花一半松，三千桂子木犀宗。中秋前后作芙蓉。日下清歌清皓齿，花边烛影映酥胸，嫦娥未在广寒逢。

241. 又　武林李似表

一字人中一字归，少林半问武当崖。英雄莫以独孤飞。马步长拳长马步，两仪卜易两仪微，天机不尽不天机。

242. 又

雨雾惊天雨雾茫，雷惊电刺入船舱，藏身我后小船娘。一夕一朝天两样，平平稳稳变疯狂，生生死死共黄粱。

243. 又

半近船娘半近香，三生未了一生长，有情自作自衷肠。水上轻舟轻水上，千波浪里乱倾狂，分分合合作牛郎。

244. 又

浪静风平一水乡，含情不语半船娘。同惊共惧不平常。岁岁年年江海上，儿儿女女各阴阳。今今古古作衷肠。

245. 又

一曲阴晴一曲肠，半云半雨半船娘。回回顾顾不扬长。陌陌生生生陌陌，同舟共济互思量，倾心寞寞女儿乡。

246. 又

一日江南一日船，青莲处处逐红莲，天堂只在运河边。人上码头船靠岸，莲蓬结子再生莲。船娘不去不开船。

247. 又

半去临安半不安，江南处处有波澜。船娘已去在云端。一日风流风雨边，风荷碧叶玉珠残，为官似已不为官。

248. 又

一日船娘一日船，风流雷雨半心田。方圆是此是方圆。不顾长安长不顾，藏娇玉屋玉婵娟。怜香留下作香怜。

249. 柳梢青　两体，或平或仄

一日春分，三吴谷雨。多雨多云。寒食箸文。清明柳叶，垂拂衣裙。匹夫已自耕耘。阡陌里、桑蚕作群。丝茧苦勤。自是丝丝，层层落落，见雾纷纷。

250. 又

陌陌阡阡。杨杨柳柳，水水田田。荷已作莲，叶成碧玉，珠映云天。黄莺出水如娟。扬首处、婷婷自宣。休问小船。清清采女，自作方圆。

251. 醉花阴

不在人中分前后，独自知何否？秋已木犀黄，九月垂阳，叶落茱萸守。篱间已见纤纤首，不肯从杨柳。独自问西风，柳柳扬扬，未了移山首。

252. 又

唐人留下凌烟阁，已去身名约。春去又春来，岁岁年年，且以梅花落。高山流水知音错，下里巴人若。莫道莫山河，日月阴晴，俱以荣枯作。

253. 长相思令

香香帏，玉玉肌。日上难从梦下依，相思自却衣。虫音微，漏声稀。月色低低烛不几。湘灵是二妃。

254. 又

月下愁，云中愁，月月云云已满舟。悠悠不到头。从他由，任他留，自在游鱼自在游，原来独自羞。

255. 如梦令　七夕

汉武向王母语，织女向牛郎语。七夕在人间，杨玉环明皇语。如故，如故，长生殿中无语。

256. 又

一半西湖烟雾，一半人间朝暮。一半是钱塘，一半是运河飞鹭。如许，如许，水月在，天堂雨。

257. 鹧鸪天

寄黄晔李芳先生"落叶"

落叶无声一雅风，归根不及半西东。书生俯首扬言客，以步行程以步终。寻日月，望飞鸿。楼兰不斩不由衷。凉州已诺阳关去，足见交河落日红。

258. 鹧鸪天

寄人民大学苗条

一步人生一步霄，元元白白半消遥。老马先驱老子潮。樊素口，小蛮腰。无非再忆惹苗条。人民大学人民问，碧玉天边七步桥。

259. 春光好

杏叶碧，杏花明。过墙轻。红色红颜红羞情，向书生。春水春云春雨，花开花落花荣。香粉香人香雾里，几含情。

260. 又

吴绫窄，吴绫长。好姑娘，帛易运河杨柳岸，嫁衣裳。碧玉小桥流水，心怀阵阵芬芳。只以丝丝双面绣，透斜阳。

261. 虞美人

桃花红了梨花白，误了人间客。鸥鸥鹭鹭向湖河，落落飞飞追逐自先科。秋迁上下观阡陌，小女当春泽，九歌唱了作离歌，落下秋千心跳几何多。

262. 青玉案

群芳化作红泥好，留得个人间晓。子子成成都是了。有开当落，无须迟早，岁岁年年道。落叶飞了归根少，只见人心情未少。一半春秋人已老，去来来去，草花花草，只是栖飞鸟。

263. 又

桃花落了梨花少，太乙不知花草。只有东君情自好，梅花三弄，暗香分晓，香雪海中道。日色未了黄昏早，上了高山寄情道，只以黄昏无限好，古今今古，几何缈缈，只以人应老。

264. 又

东风有语桃花面，一音里相如见。自以当炉自以便。记华清水，上长生殿，出水芙蓉燕。羯鼓声里霓裳倩，见得明皇弟兄院。莫以玄宗玄帝恋，作人生愿，作民生便，不作王孙檀。

265. 又

天天早早天天暮，有止止行行路。步步程程程步步。以枯荣见，以阴晴度。老少俱以平生赋，日日时时自分付。以诗词数，以童翁句，一一人人故。

266. 又

吴阴短袖青衫小，碧玉玉肌芳巧。只见小桥流水好。莫言无语，有来飞鸟。忽见皙白身藏少，扬手清波无了，影影形形何不晓。故扬情意，自如花草，不待人情老。

267. 又

斜塘两岸渔公住，先自入，黄昏暮。独独孤孤停白鹭。只扬头望，不无倾许，一语何分付。日夕不得飞天路，水草丰丰有鱼数。见了锦鳞应不误，以多时耐，以多情故，等等茫然顾。

268. 又

吴门日日阴晴雨，碧玉小桥朝暮。举手观音情不住。有清波动，有身姿处，形影湖中度。一水四围枯荣树，半隐无人可同步。约了黄昏应不误，十三如故，十三如故，只以情情付。

269. 点绛唇　秋社

越越吴吴，家家户户丰年度。有天堂雨，也有苏杭炉。国国家家，税税收收付。江南赋，二千年故，天下人间处。

270. 又

一半舟船，运河一半江南岸，去来难断，富里钱塘畔。一半桑田，一半苏杭赞。天堂看，虎丘娃馆，不与群芳叹。

271. 又

已见东吴，寒食近了清明雨。密云遮树，小女青团付。一日姑苏，半日烟花住。留园暮，去来何故，只向黄花数。

272. 又

倒挂金锤，红花问地成人性，以圆方正，串患情情净。蕊蕊丝绒，只是如天命，昙花竞，五更应盛，只待诗人咏。

273. 又

小叶浮霜，五湖不远黄天荡，已知方丈，且以心经仰。过了重阳，八卦三秋象。谁思想，所闻何向，水月前程广。

274. 又

下里巴人，阳春白雪知音约，一生求索，三弄梅花落。一半红尘，汉水飞黄鹤。琴台阁，见无云雀，杨柳声声若。

275. 又

一半江湖，风风雨雨云云客。不分阡陌，一水三江白。一半东吴处处阴晴泽。姑苏帛，运河杨柳，换了天堂脉。

276. 又

合合离离，明明暗暗何圆缺，一波三折，处处嫦娥抉。总是弦弦，窄窄宽宽切。婵娟说，有情无折，留在人间雪。

277. 又

一代隋炀，运河两岸多杨柳，好头颅有，未以江山守。富甲苏杭，胜似江都酒。谁知否？是非人口，水调歌头首。

278. 虞美人

重阳过了黄花雪，落叶西风绝。冰霜留下一江河，唱罢九歌复以唱离歌。今宵水月同圆缺，不忍三更别。黄河九曲万千波，十八湾中留下雨云多。

279. 又

朝朝暮暮阳台雨，不见瑶姬女。瞿塘一水向东余，留下高唐日月楚王居。　巫山官渡风光楚，逝者如斯语。夔门不锁寄鱼书，一半人间如此作相如。

280. 又

重阳九日黄花路，只向登高处。姑苏望尽半江湖，不见运河不可望江都。　杨杨柳柳谁分付，不以楼船赋。今今古古自沉浮，有了天堂天下越和吴。

281. 渔家傲　题玄真子图

斗笠披云云渺渺，蓑衣带露藏飞鸟。鹭鹭鸥鸥相互好。相互好，同行同上同声了。　一半阴晴知多少，樵樵尽得渔渔少。暮暮朝朝人不老。人不老，昆仑山下人间草。

282. 又

楼外楼中楼已暮，西湖西子西堤树。云水云光云里雨。云里雨，三潭印月三潭路。　归去归来归不住，如行如止如何故。无阴无晴无不顾，不顾，多情多意多思付。

283. 又

梅落梅开梅处处，如花如雪如天女。无北无南无一语。无一语，依香依傲依人去。　吴越吴中吴岭上，多云多雨多分付，何此何人何所赋，何所赋，人来人去人如与。

284. 谒金门

梅花雨，春水春潮春女。最是黄昏天下暮，相思相分付。一步一趋一路，有约有情有故。已是已经已相许，留心留月住。

285. 又

天已暮，天下天云天路。当古当今当有数，无因无果度。步一生一故，分地分时分付。人去人来人不住，黄花黄菊赋。

286. 又　送康伯柃

梅花落，春雨春云春约。烟雪烟花树若，江南江北廓。白水白山白鹤，飞地飞天飞雀，无界无踪无不拓，当行当止索。

287. 瑞鹧鸪

春莺一曲半江尘，处处梨花上玉身。白雪香云香未了，双娇手上弄芳人。回波只顾刘郎目，欲约黄昏不约邻。豆蔻年华豆豆蔻，云云雨雨自经纶。

288. 又

嫦娥隐了婵娟来，一朵花开半朵台。影影形形形影，相思不可久徘徊。黄昏有约黄昏去，小女思心莫以猜。巫山雨高唐客，白帝朝云已自催。

289. 好事近

人老更思归，步步行行寻故。不待双双儿女，是非重寻处。童翁互近互思微，今日是谁度，昨日无非过去，明天谁分付。

290. 又

只以一王母，不以神仙如故。你我他人谁见，是非由心付。　人生俯仰信人生，都是非误。后后前前行止，去来人生步。

291. 又

一世一神仙，步步行程如步。汉武王母天下，是谁神仙度。蟠桃八百岁年生，百岁见人故，只得人间神话，有言上天去。

292. 又

太乙向花园，独傲一枝正好。方得梅花三弄，天以工呈巧。花姑玉貌向东君，今年春已早。勾引群芳成色，本来枯荣晓。

293. 怨王孙

桃花正好，李花正好，还有梨花，丁香还好。水云一半春潮，女儿娇。

秦楼弄玉人情绵,声也绵意意情情绵。穆公望断,萧史有凤凰箫,去遥遥。

294. 又

王孙未老,百花千草。离别东君,风情无巧。雨烟不辨云霄,水天遥。平林漠漠初飞鸟,知多少透湿难栖了。南津北泺,几枝暗柳蓼蓼,入春潮。

295. 喜迁莺令

云作雨,雨成烟,迷漭满前川。木林花草小溪涓,枝叶已流泉。小小船,杨柳岸,已有春莺轻唤。有阴何以有晴见,霖雾藏神仙。

296. 又

阴里雨,雨中烟。云雾见莺迁。枝枝叶叶成流泉,江南运河船。一半天,香不散,处处丝丝难断,茧蚕何以以虫成,天下草中观。

297. 喜迁莺慢

一半身名业功一半,一半春秋常说。文史昭融,进退行程,成败争趋圆缺。荣荣辱辱,朝野智谋,发朝龟前列。山川谷,林林木丛,阳春白雪。豪杰。姓是名氏,自以轩辕,五帝三皇如说。当以颛顼帝喾,炎黄分别。天水补天精卫,一河九曲东流折。须见得,人间已是,上天时节。

298. 鹧鸪天

薄薄层霜覆玉肌,孤孤独立傲冰姿。香香郁郁袭人意,只作东君第一枝。三弄后,一晴时。长安渭水向泾迟。阳春白雪群芳见,只有殷勤碧玉知。

299. 忆秦娥

桃花约,梨花一树梅花落。梅花落,元君自以,锦书相托。相思不尽相思雀,人生未断人求索。人求索,暮朝无了,事人难若。

300. 明月逐人来

山河明淡,花丛深浅。寒宫外,白云舒卷。月华如水,香尘香繁衍。已是春蚕作茧。 天上鳌山,天下龙门成典。知书子,行千里践。有思未归,云外听弦勉,佛道儒,人性善。

301. 小重山

水向东流草木青,苍梧由日月,二潇灵。九嶷山下庐山汀,竹泪里,处处有玄龄。 十里一长亭,半生三万里,万千亭。月明八月间流萤,闪闪见,一去一流星。

302. 上西平

一小舟,千波雨,半佳期,却衣见,白蚕仙姿。小楼月夜,梦中入得出来迟。声声细语,枕边眉,杏眼斜垂,有形无影是,红烛落,共栖时。已所感,温纯己知。偎香依暖,黄粱梦里天地斯。阳春白雪共梨花,一树三思。

303. 春光好

羯鼓响,杏花明,八音轻。偏是玄宗玉笛声,一天晴。万物春光好就,花花草草香香。只把人间领略,问明皇。

304. 又

寒食近,近清明,物荣萌。成了青团乞火行,是书生。 碧玉桥边形影,寻寻觅觅阴晴,莫以心思心不定,作人情。

305. 清平乐

洞庭山路,向背阴晴雾。步步东西相互顾,处处枇杷玉树。 南南北北江湖,今今古古东吴,记取夫差勾践,隋炀水调江都。

306. 又

姑苏碧玉,一曲黄金缕。不是刘邦非项羽,谁与虞姬作主。 浮云卷卷舒舒,情情意意多余。最是双波眉目,萧郎自此难居。

307. 菩萨蛮

桃花一半多情面,书生一半佳人见。杏柳运河边,水流谁系船。 明皇天下倦,太上长生殿。汉武未成仙,秦王徐福怜。

308. 又

桃花落了梨花落,杏花落了莲花约。两五一泪罗,三湘三九歌。 重阳重杜若,汉水飞黄鹤。击鼓见干戈,芳洲鹦鹉多。

309. 又 三月晦日

春来春去春何了,花开花落花多少。弄玉凤凰箫,穆公萧史廖。秦楼秦已了,书坑书生晓。自古一天朝,如今三界谣。

北宋·范宽
溪山行旅图

读写全宋词一万七千首
第二十函

1. 楼上曲

楼外楼中楼外水，人中人里中比。何时何情不别离，杨杨柳柳不伤枝。止止行行止路，暮暮朝朝朝还暮。运河日日到江都，长城留下今古付。

2. 又

明月灯前灯月见，桃花如面如花面。相见多情一再怜，难分向背双心田。芳草丛丛芳草甸，路路迢迢落飞燕。船娘上了运河船，萧郎随了小桥弦。

3. 豆叶黄 唐腔也

清溪玉影小桥边，一半芳心上客船。风韵春姿水云天，有悬泉。自是声声带雨烟。

4. 豆叶黄《词律辞典》独体

去去来来，朝朝暮暮。运河作钱塘，杨柳自赋。过了盘门六合路，碧玉小桥边。经年经岁，真性昭许。去去来来，朝朝暮暮。把珠玉琼瑶，当做情度，当作逍遥自在度。结一粒明珠，如倾如注，明月分付。

5. 满庭芳

百岁人生，人生八十。已有人间芳明。人知其愿，自得一人情。已度人前事业，人所向，半是人声。人人曰，人行不止，人字最难成。　　人形人望见，雁飞一字独句人鸣。人有衡阳青海，人未问，南北人英，何人去何人不断，何以作何盟。

6. 又

一步人生，方成步步，五十左右精英，飞扬由自，不惑自耘耕。日月乾坤草木，前程界，见得阴晴。方圆度，成成就就，功业可明明。　　半生，生一半。中南海里，制书纵横。一千县市去，五百新声。上下南洋北国，经一代，一国殊成，园区建，银行领取，世界共枯荣。

7. 又

下里巴人，阳春白雪。相互易换人间，凉州西去，过了玉门关。斩了楼兰未了，应已见，一派天山。黄河水，泾泾渭渭，汇合过潼关。　　珠江连海口，招商香港，蛇口归还。工业园区见，改了人寰。国务院中编制，从制书，不得清闲。诗词客，年年岁岁，日日自书颁。

8. 又

七十八年云游行化，足迹踏尽尘沙。书生意气，立了北京家。格律诗词译著，寒苦里，作得梅花，成香处，群芳逐彼，信息正京华。　　法兰西特使，中华地铁，一主三年，向东西南北，海角天涯。四品郎中五品，何正付，你我他她。蓦然箇，庐陵旧界，燃豆作丹霞。

9. 瑞鹤仙

入春梅花落，执意待寒冬，群芳相托。精英凌烟阁。送东君来去，桃梨杜若。情怀易略，小杏红，心序朴橐。叹华明渐改，青华荏苒，以春梅约。　　游戏人间已改，枕臂私言，尽成离索。记得离索，终成是，不时错。望圆圆缺缺，得见则个，凄凄不见渭洛。在京华，近近遥遥，始终不诺。

10. 又

见群芳争惊，正蕙圃风生，冬梅花落。青英玉人阁。任杨花桃李，成蹊流略。丝丝络络，不是求，何不是索。自年尽成杜若，记取春约，重生处，老根博。以风前水后，得见则个，枝枝节节葱若，向天生，为谁求索，渭泾灞洛。

11. 瑶台第一层

七十南洋，三十次，马来西亚风光。设银行事，家家国国，往返飞扬。无冬无夏季，雨旱分，再致黄粱。

能源略,可同天同德,各自分疆。华阳。五云深处,一加东盟十国梁。首相巴达维同我。共事平章。关丹千亩地,化工园,运储油浆,建管道,避开马六甲,直达华堂。.

12. 又

七十南洋,八十上,巴新万里光。首相顾问,两国和平,一带一路一国一园区一银行,共度兴亡。对熙旦,正格天同德,分国分疆。 辉耀。中华世界,当然,世界中华乡。古今今古。扬眉吐气,万事平章。景钟文瑞世,文化梁,天地圆方。客垂裳,已重新重座,四面八方。

13. 望海潮碧云楼

苍山苍谷,寒溪寒石,江楼不问江流,云落又浮,烟烟雾雾,春秋不似春秋。长记误长洲。正五湖落叶,无止无休。一路钱塘,运河杨柳有舟。 西园里,碧云楼,得人间水月,罗带绸缪。宵暖气高,歌弦四起,前峰月影如钩。佳女半凝眸,却依楼不语,眉目含羞。无以归思,一情流水到心头。

14. 又

高山流水,梅花三弄,年年岁岁人人。金谷绿珠,铜驼巷陌,人间一半秋春。何以台城邻。不国梁武帝,尊佛金身。二水三山,乱分天色作经纶。 天津一半天津。问韩熙载曲,听后庭珍。兰苑未空,明皇羯鼓,霓裳玉笛红尘。何以帝王钧。曲宴陪朱履,歌作星宸。名在今今古古,长以渭泾濒。

15. 十月桃

年年岁岁,有阳春白雪,下里巴人。一半知音,且与西子相邻。长安渭泾八水,东注入,黄河天津。潼关以外,去了东营,大海无垠。自多情多病多尘,唱三叠阳关,不下朱轮。八声甘州,贺兰山下冠巾。罗敷淡妆素质,呼翠凤,醉得君臣,东西日月,草木平章,再作经纶。

16. 又枢密,别体,十月梅,咏桃则桃,咏梅则梅

阳关三叠,八声甘州,五百年中。一半春秋,有东君寄春风。梅花谢了桃李,莲水月,何以秋风。孤标不以,一诺楼兰,自以成雄,十年书剑成功。长安自是为主,调鼎鼐,始始终终,重新点缀,百草千花,东宫西宫。

17. 感皇恩,足迹

七十八年前,知生知面。世上因之吕三善,学行步步,人入得,长生贱,在桓仁故土,成飞燕。 二十幽州,状元钢院。记取同窗张恩媛,刘家沟口,八十重温无缘,平生寻踪,见不见。

18. 浣溪沙绿

点点珍珠点点明,圆圆来去圆上情。留留不欲自留成。四序当然当四序,枯荣自主自枯荣,三生以此以三生。

19. 夏云峰

问冰壶,知绿蚁。醒醉一半天才。南极仙翁不在,不可相催。一眠三日,无进退,上下谁猜。正是,有春秋日月,梦里蓬莱。 神仙常以捧杯。本源处处开,冬末香梅。逢了王母汉武,信使误传缓急,堕落瑶台,长生无老,都道是,柏叶金恢。回首是,人间处处,依旧尘埃。

20. 千秋岁

将门出将,天下千秋节,吹羯鼓,霓裳雪,幺孙应玉笛,不忍谁轻别,鹦鹉语,人间至此无由拙。 不妨情似水,又以芳菲歇。天不老,明皇说,李白清平乐,中有心心结。已过也,诗词格律谁豪杰。

21. 水龙吟

风风雨雨匆匆,龙飞凤舞江山树,云烟草木,水花波浪,鸟栖垂羽。岸宋河开,一流三折,半天锤鼓。只以人长在,步中庭外,云已歇,情难回。 玉佩丁东四五,墙头草,参差停舞。珠珠滴滴,檐檐知道,其中净数。见得人间,和和战战,始终今古,自多情,但有君臣社稷,为民作主。

22. 南乡子

一寺辋川图,半壁河山半壁湖。足见运河杨柳岸,江都近了扬州近吴。一水半姑苏,碧玉桥边碧玉奴。绿绿碧螺春绿绿,沉浮,大丈夫时大丈夫。

23. 卷珠帘

一举清觞三杯酒,十步楼台,人在

黄昏后，半袖藏红白酥手，眉眉目目垂杨柳。　弦琴锦瑟周郎首，但愿人长久。所在蟠桃可知否，且与南极仙翁走。

24. 醉蓬莱

自平生梦梦，羁旅年年，以朝当暮。云雨潇潇，对长亭行路。也有多情，格律工笔，日日诗词赋。九九重阳，汨罗五上，去来如故。　际会功成名就，天下地上殊途，始终相数。辛苦成风，日日重分付。公有公余，独得孤安。事事平章度，字句耕耘，十三万首，一生飞鹜。

25. 陇头泉

少年时，读书不问春秋。豫文章，纵横成目，已见吾道沉浮。向苏秦，会知六国，又张仪，谈笑三州。一诺千金，两双白璧，步步书生信天游。事有谬，上下左右，进退独孤修。　六十载，黄粱已熟，公海退休。念往来，群情俱偶，诗词格律深谋。望飞鸿，人形一字，玉宇见，青海湘洲。四品郎中，夜夜宇宙，男儿志会成舟，且不论忙闲回头，日字二千牛，七八首，从无袖手，只以人忧。

26. 天仙子　又

不作闲人行一路，日日公余诗词赋，朝朝暮暮有公余，从不误，从不住，二万九千三百步。　日日平生行一步，十三万诗词应格律。生来六十可樵渔，全力会重新著，全唐诗，全宋词数。

27. 鹊桥仙　又

春春夏夏，花花草草，六十人情已老。退休独步独诗词，格律好，工工是好。　全唐诗句，五万首了，自是全唐不少。全宋词里万八千，应缺道，无全似藻。

28. 渔父家风　又

平生未了女儿红，行步五湖东。姑苏洞庭山上，碧玉冷香宫。　冰肌骨，糯由衷，守筼笼。三年归秩，七十南洋，色色空空。

29. 生查子

玄宗作上皇，且以长生殿。
羯鼓共霓裳，重得杨妃面。
飞花落下香，月色如无倦，
若以在天堂，一斛珍珠见。

30. 减字木兰花

黄粱梦里，自己寻思自己。
不问东西，有水难平有水堤。
人生如水，不止难平难不止，
莫以高低，问得夫差问范蠡。

31. 眼儿媚

天上天下有西东，十八女儿红，吴吴越越，小桥流水，碧玉由衷。　人间世外多情客，色色也空空。绵绵意意，温温雅雅，无始无终。

32. 昭君怨

画里千金不足，今日阴山如玉。蜀女忆文书，误王居。　黄河举情不断，何以单于轻唤。谁见敕勒川，各方圆。

33. 夜游宫

半铜陵寒梅半折，含苞是，冰心冰别。一步回头成白雪。何回头，向婵娟问圆缺。比去年时节。　有心思，有人难说。过了春天春又苗。女儿寻，剪灯花，明又灭。

34. 杨柳枝

一岁今宵一枕长，夜花光。
婵娟悄悄上孤床，入黄粱。
已在人间人已在，小姑娘。
梅花落里寄春香，是衷肠。

35. 彩鸾归令　为张子安舞姬作

娃馆西施，不入吴宫不入时。浣溪不浣女儿知。是情痴。　鹅肥池瘦随人欲，玉困花娇越未宜。几何相如范蠡司，是谁期。

36. 江神子

何人自北向南来。步尘埃，月徘徊。人不徘徊。以客上朝魁，一语难言难一语，同日月，共天台。　冬梅腊月自先开，暗香媒，序相催。不是相催，自是四时裁。见得冬春冬见得，荣处处，世恢恢。

37. 西江月

八十人生老子，成心南北西东。无穷见历本无穷，事事时时性性。　花甲退休半世，回头一味由衷。成成败败作英雄，氏氏人人姓姓。

38. 诉衷情

儿时不问不西东，早晚太阳红。黄

昏日照高顶，越远越无穷。　知见历，问成功，是英雄，有儒知礼，有佛知心，有道知空。

39. 采桑子

今今古古何今古，今古丹青，今古丹青，不是丹时不是青。成成败败何成败，成败心灵，成败心灵，不是心知不是灵。

40. 菩萨蛮

人生不尽人生路，前行未止前行步。不学不知儒，听音听念奴。冬梅冬已故，春雨春香付。四季四时图，三光三度苏。

41. 又

平生足迹知多少？年年米粒知多少？多少水成潮，人间多少桥？诗词多少了，日月知多少？事事数如消，人人应度遥。

42. 浣溪沙

一月中庭彻底明，三星水榭向深清。光光朗朗影枯荣。　白雪冰霜成世界，无衣玉女自精英，有影婵娟已不声。

43. 好事近

半路半书生，一步一天分付。前去前行前去，是非常常度。春春夏夏有秋冬，日月四时赋，早雨南洋分布，不如中原如故。

44. 南歌子

宋斧分疆界，唐标划理城。中原一半自枯荣，化作南洋风雨瞬阴晴。

埙虎和声乐，飞鸿一字横。衡阳青海两乡行。去了还来不去不平生。

45. 醉花阴　咏木犀

芙蓉老，木犀早，红黄黄花晓。九月九重阳，一度轻霜，白雪净花草。肃风不语裁刀小，片片纤纤巧。少年人未见，莫向篱间，五柳琴弦少。

46. 点绛唇

玉在花心，珠珠点点流流碎。小荷分溃，不以明皇佩。　玉在花心，碧叶平平配，偷窥啄，白鸥情碍。白鹭还知味。

47. 花心动

江水江楼，东风雨，云云里，云云后。杨柳运河，洞庭西山，一望五湖翁首。夫差勾践春秋去，船娘在，刘郎知否？这桃李，梨花小杏，木犀重九。　十里黄花分首，香满地，金猊几何身手，华胥凤慵，画角谁取，进士不知道守？何伊可道人心厚。香雪海，人情人口，从此受，纤腰为郎瘦否？

48. 蓦山溪

一番小雨，半是径秋暮。落叶已层霜，更见处，寒凉五度。西风未减，是是苦思乡。心难付，情难付，最是诗难付。　红尘步步，不得何相顾。三叠唱阳关，梅花落，行行不住。高山流水，处处觅知音，天下路，日月山川故。

49. 西楼月

西楼一月江山目，谷沉云，烟不逐。

河流曲折似心经，释子来时谢天竺。

50. 踏莎行

一半江南，江南一半，杨杨柳柳商船岸。运河到问扬州，隋炀水调歌头叹！　一半钱塘，钱塘一半，苏杭作了天堂畔。人间自此自人间，隋炀一水隋炀断。

51. 邓肃

瑞鹧鸪

长安八水渭泾流，不到潼关不到头。落足临安临落足，春秋一半一春秋。姑从阮籍姑从问，谢守东山谢守留。指日中兴中指日，阳春白雪十三州。

52. 临江仙　登泗州岭九首

岭上回头何不见，人生只有三天。昨天今日又明天。昨天非昨日，今日是今天。　明日应非明日尽，天天岁岁年年。高山流水一源泉，千年千里见，万木万云烟。

53. 又

岭岭山山山岭岭，林泉不尽林泉。云云雨雨半成烟。根深根日月，本物本方圆。　北北南南南北北，荒田草木荒田。和和战战乱桑干。人心不定，国土国家宜。

54. 又

白雪阳春阳白雪，冬梅半是冬梅。徘徊太乙独徘徊。群芳群不待，带雨带红催。　香雪海中香雪海，腊梅换了红梅。限限已遍已限限。其形不变，有色有颜开。

55. 又

水水山山山水水，文文武武文文。和和战战半风云，书书书不止，剑剑剑闻君。　曲曲弦弦弦曲曲，南南北北衣裙。大晟乐府大晟氲。知音知日月，向调向弦分。

56. 又

谷谷峰峰谷谷，平川一马平川。去来不尽去来年。千村千土地，万户万桑田。　自以英雄英自以，云烟不尽云烟。方圆一度一方圆，随人随日月，向地向长天。

57. 又

色色空空空色色，行行止止行行。精英一度一精英。由天由自己，对地对名声。　北北南南南北望，成成败败成成，阴晴一半是阴晴，多思多见历，少以少砾盟。

58. 又

草草花花花草，林林木木林林。深深水水水深深，藏天藏可见，不望不知音。　纳纳含含含纳纳，人心似此似人心。容当容世界，见历见临浔。

59. 又

大禹传承传大禹，家家国国家家。桑麻自此自桑麻，东邻东是豆，北里北田瓜。　夏立私朝私立夏，华人作得人华。三千年里五千衙，人低人首路，步度步天涯。

60. 又

谁是王孙谁不是，人人处处人人。民民自道自民民。年年生草木，岁岁有秋春。　夏以商周秦汉比，君臣已作君臣。唐诗长短宋词邻。元明清继续，一曲一风频。

61. 浣溪沙

已见湘灵竹泪流，苍梧水色九嶷秋，回文窦子弄纤柔。　有语无人无有语，虫鸣不尽不停休。何时喜鹊渡牵牛。

62. 又

落叶千声各不同，中秋八月广寒宫。婵娟一夜半藏红。　已在人间人已在，由衷悄悄自由衷。虫虫唧唧问虫虫。

63. 又

二八佳人作女真，千情不守已三春。明皇自是有心人。　羯鼓霓裳和玉笛，芙蓉出水素珍灏。帝王不可帝王尘。

64. 又

半醉依人半弃身，三心二意互相亲。千姿百态作情人。　致以绵绵形不定，纤纤弱弱入红尘。柔柔楚楚女儿陈。

65. 又

半雨西风一雨寒，三秋渭水万波澜。清清净净入云端。　北北南南北，长安故道上长安，邯郸学步学邯郸。

66. 菩萨蛮

人生几度经纶度，方圆几步春秋步。草木自扶苏，枯荣寻玉奴。　前行前一路，多少多分付。汴水过姑苏，西山明五湖。

67. 又

萋萋委委池塘草，春春夏夏花多少。玉笛玉人箫，秦楼秦女遥。　人情人不老，经历经难了。水汇水成潮，丘平丘见消。

68. 又

红红雨雨红红雨，飞飞落落飞飞暮。一水一东吴，千波千太湖。　运河应不住，杨柳谁分付。一首好头颅，隋炀如此途。

69. 又

梅花开了梅花落，东君去得东君索。汴水逐天河，汨罗谁九歌。　花心花是蕚，玉柱由花托。结子结花橐，情深情几多。

70. 又

腰肢细细如杨柳，身姿白白红酥手。碧玉小桥头，私情成小舟。　沉浮何饮酒，醒醉难开口。自在自长洲，当心当不羞。

71. 又　和李状元

眼高手慢心中浅，龙门第一成春茧，不在远山间，何言朝列班。　平章由字典，见历应成衍。自此公还何言三界关。

72. 南歌子

一步凌云阁,三声唱九歌。吴头楚尾大江河,一字飞鸿天上作先科。曲径梅花落,红尘玉色多。群芳香雪海中娥,作了婵娟桂子影婆娑。

73. 又

碧水瞿塘峡,瑶姬楚蜀家。高唐宋玉赋江花,半在阳台闲步问天涯。一半朝云起,三千暮雨斜,襄王不止不珞珈,玉女巫山两岸一无遮。

74. 又

七十南洋去,平生四十州。天涯海角不回头。过了马来西亚五春秋。再向巴新国,丛森热雨洲。有鱼有矿有林畴。步步修修素质数风流。

75. 又

作得诗词客,常闻日月舟。天天十首不停休。十二万首留下白银头。格律方圆定,乾坤草木洲。郎中四品不王侯,只以康熙字典佩文求。

76. 诉衷情 送李状元三首

云云雾雾过三山,一半在人间。龙门第一天下,玉苑玉门关。 人步步,鸟关关,不回还。去来来去,一半天津,一半河湾。

77. 又

龙门第一闽江还,玉顶半天颜。曲江池岸留下,北阙慰南山。 同日月,共朝班,唱阳关。剑书书剑,万里黄河,曲曲湾湾。

78. 又

书生十载一千山,百岁半河湾。堆堆积积文化,处处待天颜。 听海报,列朝班,问阳关。战合合战,一半民心,一半人间。

79. 长相思令 三首

十里山,百里山。万里黄河十八湾。山山水水间。 玉门关,过阳关,不到交河不见颜,相思日月闲。

80. 又

十里溪,百里溪。不向高处只向低,相思草木萋。 初开筝,春莺啼,一半东西一半堤,何须问范蠡。

81. 又

十里云,百里云,雨雨云云总不分,云云雨雨分。 布织裙丝织裙,却下衣边怯对君,相思日月君。

82. 西江月 二首

腊月纷纷白雪,梅花暗暗春心。东君太乙是知音,素素红红信信。 一半圆圆缺缺,群芳玉玉金金。桃桃李李杏花临,小露珍珠秦晋。

83. 又

李李桃桃杏杏,梨梨荔荔莓莓。春春夏夏两相催。麦子黄黄赞赞。 待得黄花满地,木犀桂子秋媒。葡萄瓜果广寒隈,一岁一年一辈。

84. 生查子

相思一半心,一半相思苦,一半是莲心,一半池塘雨。相思一半情,一半相思付。一半是私盟,一半同生误。

85. 感皇恩

六溪运河边,有花有草。水月平平女儿巧,云云雾雾,半挂窗纱缥缈。独情双面绣,心难了。 向背鸳鸯飞鸟鸟。游戏人间意多少。一声半问,人字波纹好好。黄昏早入巢,可知晓。

86. 一剪梅 题泛碧斋 十体之中无此体,且和之。

雨过西风一叶浮,影落离根半独舟。飞扬不已自风流。只见茱萸不举头。步步难寻李郭游,未得排云,未得留。风霜莫以重相度,一岁一年一世秋。

87. 蝶恋花 代送李状元

一别长亭无一语。未了凉州,留下阳关句。第一人间人可去,巫山自有瑶姬女。 蜀水瞿塘官渡楚。过了阳台,尾尾头头坎。半见东吴东越如,杏花寒食清明雨。

88. 江城子

木樨八月满山香。带秋凉近重阳。一半茱萸,一半菊花黄。一半人间人独立,无地狱,有天堂。秋风落叶几辉煌,一扬长,半回肠。一半长城,一半运河。一半枯荣成一半,天地里,是苏杭。

89. 谢明远

菩萨蛮

江南一半江南雨,杨杨柳柳江南路。

六渎运河苏,东西山五湖。　三江何不住,六合谁分付。水调向江都,歌头听小姑。

90. 踏莎行

一半明沙,明沙一半,运河带雨江南岸,天光碎了落晴滩。真珠一半云间散。　一半江流,江流一半,阳澄掠影分晶乱。太真玉手何云端,江都一半扬州畔。

91. 张焘

踏莎行

不问东君,还知太乙,人间已是梅花日。暗香浮动月黄昏,身姿独傲寒情质。　素艳幽芳,伊人守密。情怡郁郁心心逸。群花自此已群荣,红红白白黄黄秩。

92. 恨欢迟

腊月冬梅,白雪黄心,素结胭脂。最见得,严寒冷凝天气,正是开时。竞独自,浮动暗香姿。可傲影,含香如斯。又不必,东君一声分付,带万千枝。

93. 姚述尧

青玉案

三年步步姑苏路,几云雨,何朝暮。日月洞庭山上住。一桥飞渡,莫惊鸥鹭,自以径行赋。　李白未了当涂顾,杜甫草堂少分付。只有知章知已度,解金龟子,镜湖归雨弄玉何如故。

94. 吕渭老

薄幸

木樨香暮,菊花色,重阳欲数。半天里,芳芳优郁,相辅相承分付。八月初,还是中秋,茱萸九月文君赋。有月月婵娟,寒宫桂子,终是人间相许。　不见得,云如雾,不见得,阴晴如雨。相思情万缕,相思无度。独衾空枕孤身住,未了何误。作诗词,格律工精,谁以知音步。人心一寸,不以回头不妒。

95. 望海潮

运河杨柳,江南草木,钱塘处处乌纱。琴语画图,姑苏碧玉,小桥流水人家。一流浪淘沙。五湖淞江岸,娃馆馆娃。阴里有晴,晴中有雨雨云斜。　颜颜色色佳佳,入春香雪海,十里梅花。枝叶木樨,黄心结子,婵娟误了丝麻。不着不衣华,鼍鼓霓裳舞,玉宇烟霞。朝暮瑶池水月,弄玉凤凰遮。

96. 选冠子

暮暮朝朝,杨杨柳柳,雨雨云云两岸。南南北北,去去来来,六渎运河纂。人静夜停船,明月无眠,流萤不断。日月钱塘水,绵延千里,天堂一半。　不必说,铺路榆钱,三春已近,李李桃桃先乱。蛮腰楚女,樊素口小,一步步,香云散。处处情情,有心猿,惹相思不倾不算。运河船舱里,听得轻轻呼唤。

97. 又

草草繁繁,花花简简,色色颜颜如面。香香郁郁,深深浅浅,开开落落还见。雨雨云云,朝朝暮暮,何以阴晴多变。已红尘红水,宫宫院院,团扇团扇。　谁记得,一半黄昏,三千细女,已了藏娇飞燕。瑶台水月,世外昙花,都在深宫成眷。凭任羊车,自由来去,一语就成天宴。是归情,眉目君欢,群芳有羡。

98. 念奴娇

台城楼下,秦淮岸,一半寒宫圆缺。已是金陵天下问,多少英雄豪杰。自是孙郎,东吴建邺,养马秣陵铁。龙腾虎踞,大江如此评说。　自古合合分分,又成成败败,江山明灭。帝帝王王,谁荣荣辱辱,望千山雪。凤凰台上,平生无以轻别。

99. 情长久

诗词曲赋,相思不作相思句。莫自取,是梅花落,杨柳垂步。春心应未足。只记得,三弄梅花玉树。待明月,婵娟细语,桂子当生,留下影,情无数。　有了江流,岁月作凤度,八月里,木樨花开,香香如故。重阳未到,九月九,同了茱萸分付,慢回首,中秋似梦,入得黄粱,应已许,和云雨。

100. 又

相思处处,相思一半谁分付。几步步,见瞿塘水,多少云雨。江流三峡去,怎不记,官渡催归楚赋。问神女,襄王宋玉,睡着阳台,应未尽,何朝暮。　点检瑶姬，夜夜今如许。不远去，十二峰里，人情无数。今今古古，是多少，来去烟烟雾雾。算谁是，烟烟雾雾，是是非非，应已许，春心住。

101. 满江红，寄陈公立夫"成败之鉴"

败败成成，分两岸，台湾朝暮。这天下，三千年里，一条公路。战战和和谁不见，分分合合谁分付。过长江，总统府垂旗，和平赋。工农界，民作主，农耕田，工商度，有忠良首辅，五年如数。自去蓬莱成小富，劳君日月潭边住。彩云归，六五聚仁行，曾何故？

102. 又

曹聚仁兄，已经国，台湾晤面。重相叙，东征西战，以忠良见。黄浦一分三十载，成功日月潭边殿。彩云归，君自上庐山，重修院。曾逐鹿，曾飞燕，成败事，年年变。数英雄岁月，以民心荐。自古江山私为主，当知大禹当朝恋，若为公，不可忘中山，天天见。

103. 浣溪沙，又寄孙越琦

百岁孙公一越琦，资源土木半民期，中华民国大臣司。　自荐箫兄箫第一，成名介石秘书知，当年继任立夫时。

104. 浣溪沙

寄箫丽云兄

字氏萧兄作丽云，陈公自著立夫文。再三合作合无分，一堂民盟孙越琦。金陵面见中山君，中山国共弟兄闻。

105. 浣溪沙

人生

自在诗词自在行，诗词十五万诗明。人生日月度人生，独步三生三独步。何情不尽不何情，纵横一半半纵横。

106. 浣溪沙

人生

格律诗词格律城，人生日月度人生。精英半世半精英，三万六千三百日。声鸣十五万声鸣，耘耕独步独耘耕。

107. 又

寄箫丽云

两两三三半世微，世民晤面半是辉。中山陵上是无非，党产重修重祭拜。南京总统府回归，台湾大陆直机飞。

108. 醉蓬莱　又

笑劳生一梦，知得黄粱，此生多少？千古江山，不知人应老。逐鹿中原，社稷王帝，似与人民好。大禹行私，年年落帽，物华无了。　只手撑天自立，仍以国共分晓，有苏联道。公以同盟，共产公社早。来得今朝，国作民愿，世上蓬莱岛。与会生仁，向中山问，以民生造。

109. 浣溪沙　又，重建金陵城

不尽黄河万里颜，中华民国一中山，重修国父寝陵关。党产还居徐达府，石头城外大江湾，陵前握手共和还。

110. 又

一步金陵石头城，三山二水半明清。秦淮王谢又声明。月淡鸟衣桃叶渡，星稀电话立夫声，成成败败是成成。

111. 又

一国分情两制生，中公自许八条明，毛家湾里有人情。经国穿梭前后见，聚仁往返北京城，庐山特许，几家营。

112. 又

一度中山一度生，三番合作两番情。成成败败诚成成。　国共原来兄弟见，同盟自主自同盟，民声至上至民声。

113. 又

半在乌衣巷口行，千声炮火厦门声。金门马祖海波惊，一步秦淮王谢问，东山再起已难成，斯鸣未了未斯鸣。

114. 齐天乐　又

金陵城下金陵雾，中山寝，中山路。国共同盟，三重握手。再商人间来去，江山如数，社稷再荣殊，共同分付。古古今今，剑书书剑各朝暮。　撑天一柱不妒，是天涯海角，常进常退。辱辱荣荣，成成败败，一鉴中华如故。台湾不误，大陆共民生，以诗词赋。再上庐山，厦门重度。

115. 沁园春　又

万里江山，万里江山，社稷一班。自公私今古，家传大禹，帝王将相，制在天颜。蜷蚁如民，朝朝代代，一半神仙一半蛮。天下事,见农夫自弃,草草营营。　北平大陆台湾。共氏族,同行共步删。五千年岁月,以文教化,三皇五帝,如此人间。敬得轩辕,承明云寰。见得黄河十八湾。英雄在,作得寻常客,等等闲闲。

116. 满路花　又

大路大中华,不路还中华。东西南北路,一中华。中原逐鹿,和战误中华。自古农夫问,谁记桑麻,天下事,帝王家。　鸟啼落落,人去世何徇。要重新料理,可怜花。英雄在此,一步到天涯。应念红尘玉宇,来去春秋,寒冬腊月梅花。

117. 蓦山溪　又

朝朝暮暮,柳柳杨杨路。一步一江南,八年里,长城分付,秦皇画界,汉武亦因之,和战故。　战和故,谁以农田顾?帝王有数,农子应无数。自古是农夫,养人马,维维护护。到头了得,只以税还赋,辛苦度,辛苦度,都以私家固。

118. 千秋岁　又

江山谁守,无负东瀛寇。当爱国,从江右。中原千万里,雾雨芙蓉绣。何简漏,农家缺食难衣袖。　不管层层旧,难以青黄就。人自瘦,乡村陋。谁知谁识取,民以家家旧,应一咒,中山见取为公后。

119. 早梅芳近　又

问神州,人已老。十径千虫草。江南塞北,夕照黄昏暮天杳。峨眉山上客,嵩山少林道。五台风雨色,泾渭自轻笑。　入潼关,飞断鸟,一战台儿好,黄河万里,中原逐鹿六国日月小。华胥已密约,重呼合氏壁,自联横,取合纵好。

120. 醉落魄　又

平型关上,台儿庄里英雄慷。东瀛未下长沙仗。一曲长歌,抗日黄天荡。　九派庐山知孟昶,三春不尽重阳仰,不曾少小中山像。天下为公,共共同同朗。

121. 惜分飞　又

自以为公公不少,万里黄河争道,东流何未了。岁年春夏桃花早。　不到成都重庆晓,只应向中山葆,今古人情好。草木已荣春风绵。

122. 渔家傲、上庐山

再上庐山君子路,峰峰岑岑云中步。当以文章今古往,今古往,东坡自以安石付。　改革难成何不顾,一朝日月人间暮,合合分兮三国故,三国故,英雄留下英雄赋。

123. 思佳客　又

一世英雄百世名,三生未了自半生。梅花独立应三弄,为公已是颂公情。　初已见,又先行。土地耕耘耕土地,农夫只在庄稼明,成成败败不须明。

124. 好事近　又

白雪半梅花,白雪尽,梅花落。太乙东君天下,普天群芳约。　英雄自古自英雄,不可七分索,俯仰公平公事,只应凌烟阁。

125. 又

蒋宋孔陈名,最后私人商断。总统中山传位,是非为公乱。　抗战已是八年成。人间自分半。大禹何心当夏,几何风云散。

126. 天仙子　又

一半人间人一半,自断平民平自断。中山自在自中山,群声唤,群声唤,共产为公公社赞。　汉漫称王称汉漫,慨叹公侯公慨叹。佛儒道法作朱轮,风云散,看再回头回再看。

127. 燕归梁　又

万里黄河故道休,东去却横流。江山不治不春秋,何金鼎,问沧洲。　问君图然中山续,无不得,有何求。民心未了未一侯,天下在,国家忧。

128. 小重山　又

夜半宫寒格外明,水前风竹影。数流萤,人间入主自当清。为公步何以颂输赢。　天下总无平,台湾日月潭,晚来行。金陵至今石头城,三山望,二水凤凰鸣。

129. 河传　又

书生第一,半身名。何以南京北京,五十年中日日情。心惊,败成成败行。　自以安徽凤阳少,人已老,总统秘书好。已风闻,萧丽云,殷勤,太公天下文。

130. 清平乐　又,寄郑逢时

八条意见,会以台湾面。两岸逢时

飞郑燕，只有中华不变。　金门马祖通船，厦门独设专员。日月潭中日月，北京自是方圆。

131. 握金钗　又

一日下台湾，三军自谋面。合分分合如燕，暗里明中几无见。弦上语，梦前人，天已变。　知大禹传私，唐尧夏宫殿。若为以和为善，数着佳期应缱。来去也，作英雄，今古砚。

132. 南歌子　又

一一中南海，三三日月潭。台湾丝丝作春蚕，独自联和联国不相函。总统南京府，延安四野戡。成成败败立夫眈，半在中原半在谙，问家淦。

133. 蝶恋花　又

百万雄师分两岸，一半军兵，平江河畔。平中华成一半，当然统一当然断。　自是知君知一汉，独是中华，独是英雄叹。大陆台湾分一半，分分合合重新看。

134. 品令　又

台湾多少？都不是，南飞鸟。兵相东北，已分两岸，年年应老。自是思乡情切，宿台湾岛。　家书应了，已相隔，无知晓。年年重九，茱萸烦恼。泪流朝早，惜家乡花，太常现，含羞草。

135. 浣溪沙

与陈立夫面向中山陵

国共中华唱九歌，重温握手再言和。庐山会晤有先科，且以中山陵上见。

成成败败泽民多，人心上下自斯磨。

136. 祝英台　无此体，应为祝英台近。又

一台湾，一日月，一海两分岸。二十年中，二十万军汉。二千岁月风光，澎湖列岛，又曾被、东瀛了断。　海天瀚，日月潭里归心，春思总计算，经国苏联，历史已曾旦。客是学步邯郸，延安重庆，游击战，正规军难。

137. 水调歌头　又

百里台湾岛，一世未书安。江山日月潭里，草木带波澜，南北东西狭小，左右高低不就，久久在云端。不见中原鹿，不见大江寒。　黄河问，重庆谈，目延安。英雄自今古步步学邯郸。一半苏联一半，一半中山一半，一半在天壝，一半人间是，一半作心丹。

138. 又

古古今今问，一辈一江山。唐陶大禹分别，以此作人间。一半中原逐鹿，一半帝王民子，一半列朝班。俱是人间客，谁以问天颜。　苏联见，公社化，国门关，公家替了私业，处处以民还。九典黄河十八弯，足以湾湾积水，肥土好梁田。且以农夫见，治世等非闲。

139. 又

一路长城逐，半济运河船。台湾日月潭上，十载半无眠。且看当今世界，已是为民为国，自得小康田。久久凌云志，处处作源泉。　民生问，

成公在，共方圆。来来去去如此，一步一惊天。故国东西南北，草木枯荣繁简，社酒醉前川。老子成何事，桂子问婵娟。

140. 江城子　又

听君一步下庐山，玉门关，唱阳关。斩了楼兰，见了月芽湾。只有沙鸣沙不尽，云纱纱，路弯弯。　高雄日月半台湾，可归还，应归还。溪口溪流，多久见兄般，谢了任安今古见，非我意是天颜。

141. 又

金门马祖问台湾，一庐山，半人间。国共和平，一半是天颜。自是中华中国立，应统一，可归还。　蒋家经国在台湾，厦门关，一师潜，半家闲。一半衡阳，一半雁门关，故土当然当故土，回首处，问人寰。

142. 水龙吟　又

台湾只是台湾，中原只是中原半。中华世界，世界中华，人人一半。一半中华，中华一半。这台湾一半，中原一半，联合国，方圆汉。　已是天开云散，望长城、运河河岸，长城南北，运河杨柳，呼呼唤唤。去了秦皇，隋炀无在，古今何难，这古古今今，重来都是望洋兴叹。

143. 减字木兰花

台湾一面，再以中山陵几何。握手言各，历史关头唱九歌。　故宫书院，制书平章平所选，再造金陵净剑戈。

144. 又

民情多少，了是平生平是了。一半天朝，半是人间半是桥。　人人见老，好自为公为自好，也在台湾，也在庐山中八条。

145. 江城子慢，又

庐山纵横见，鄱阳水，一片杏花面。有飞燕，牛牯岭，影影峰峰相恋。故宫院，天下书藏都是怨，儒家子，随君随自便，七十二代贤人，行居孔府书卷。　当时中华有语，几何重寻时，曾是书砚。且停战，是经国，北去苏联飞燕，向公荐，天下人民公社建。天如此，年年花已遍。问君不得清君眠中选。

146. 如梦令，又

天下事，黄粱梦，美国去，费城梦，访独立宣言，萧丽云先生送。相送，相送。介石秘书相送。

147. 极相思，又

江山一统江山，海峡半成关。和和战战，成成败败，步步删删。莫以人间人莫以，正如今，重问天颜。民以民言，公知公办，再以登攀。

148. 又

为公自是为公，万卉始千红。桃桃李李，成蹊处处，结子成终。社稷江山人是主，正阳同，雅颂西东。隋炀杨柳，三吴汴水，一路春风。

149. 贺新郎

三载江南步，一姑苏、两吴宝带，五湖烟雨。易帛隋炀杨柳树，汴水钱塘同里渡。连六溇、天堂朝暮。见得运河千里目，有商船，碧玉桥边顾，孤独望，独孤住。　江南日月谁分付，半阴晴、云云雾雾，落鸥飞鹜。去得东西山上问，何以兰兰茝茝。梅已熟、枇杷分付。见了王熬书卷路，状元郎、第一人间渡，从此是古今赋。

150. 浪淘沙

一半夜悠悠，一半江流。今今古古见江楼。今日飞舟留不住，明日临头。　一半问春秋，一半王侯。朝朝暮暮几时休。土地人中人土地，何愿谁求。

151. 思佳客

夜夜求明日日明，年年岁岁自行行。前程不止前程路，步步思量步步成。天意解，地情盟。当然月色日光倾。诗词格律方圆见，一任耕耘一任生。

152. 二郎神

阳春白雪，素被里、梅花萼。独傲影，暗香浮动，当以东君有约。向得群芳群向得，同水月、共滕王阁。知谁问，百里鄱阳。满眼是庐山郭。　船泊。君山隐隐、岳阳成若。竹泪是，湘灵鼓瑟，已觉汨罗飞雀。不过长沙曾一诺，断未负，几无黄鹤。九歌尽，楚尾吴头，谁唱得、梅花落。

153. 百宜娇

十步枫桥，一心经位，千万里由锺鼓。夜夜寒山，声声寺寺，寂寂飞萤无主。长洲草木，只道是南花南圃。过唯亭，同里运河，小楼遥夜歌舞。　空是色，佳期今古。还色色空空，唱黄金缕。半向江东，半见碧玉，半是乌江渔父。刘郎不答，雨处处，萧娘如数。这天津，咫尺古今，几何今古。

154. 醉思仙

一衷肠，两小桥碧玉，水上归阳。见姑苏沧浪，十里斜塘。同里岸，虎丘木，已过剑池梁。这西施，以此作，镜中无计思量。　石点头点石，生公不语禁当。作馆娃轻舞，独翼无常。东邻雨，西邻云，南是月，北成霜，任夫差，问勾践，范蠡不可经商。

155. 眼儿媚　又

一男一女半儿郎，半越半吴乡。西施本事，沉鱼落雁，日月衷肠。　金莲寸寸纤纤舞，细细苦思量，浣溪影里，差花落色，不是黄粱。

156. 又

黄粱不是不黄粱，自是女儿乡。羞花闭月，浣溪形影，只着轻妆。　身姿意意随君侧，曲曲致衷肠。何须如此，夫差勾践，柳柳杨杨。

157. 梦玉人引

运河堤上，革伏岸，柳杨垂。十里桥亭，去来多少相思。最是男儿无知女儿知。你去我来，一春半春时。　小船停岸，从别后，何意问丰姿，自视胸前，有心含露谁期。有约多凭据，莺花都已伙。怕人问，不开怀，对月难持。

158. 倾杯令

枫叶红红，冰霜白白，万里计知多少？无止无休无了。分了四时知晓。南洋处处丛林草，四时无炎炎昭昭，当然雨旱成季，雨雨云云绷绷。

159. 又

事事人人，人人事事，处处时时道道。天下如何如晓。多少文文多少？三午年里谁无老，且留成，三千年老。文文化化传播，究竟如何是好。

160. 生查子 第一浪潮为农，第二浪潮为工，第三浪潮为信息。

三生一路长，九派千年网。信息浪潮中，人类何方向。空空海海问，世界何同享，重问这人间，智慧心思想。

161. 又

文文化化行，国国家家秩。有界有方圆，无是无非质。中华世界中，世界中华日。一带自东西，一路成南北律。

风八松

物质是人类生存的基础，
农业和工业
文化是人类生存的灵魂
信息和精神。

今今古古五千年，人类自方圆。原原始始公家制，再私界，共地同天，物质文明上下，上农信息科研。如今信息载方圆，表达作人田。国家政治分同异，有精神，物质原泉。自以文文化化，知人统领方圆。

162. 扑蝴蝶近 人类活动的载体是文化。人文光明

明天昨日，今日，三生秩，阳光海水，重新重作律。人类文化潮头，自是人文化质。人人始，人人毕。有劳逸，征天征海。今日世界共同体。长空不远，龙宫非耳失。尽应知这文明，荳蔻花中曾毕，群芳结群芳溢。

163. 又

明天，昨日，今日，三生秩。文文化化，文明文所质。三千年里人人，事事沉浮已毕，应留下人人律。 几成密。公侯王族子弟纵横蒙恬笔，商周六国，春秋秦汉恤。到隋唐宋明清已进入西洋木，重书百，重书一。

164. 一落索

古古今今文化，化文文化，天天地地质明明，有四时春夏。 败败成成无暇，帝王高下。江山社稷属何人，独自与公民假。

165. 又

见得西方文化，化文文化，山山水水化人人，旷野宫庭广。 战战和和无罢，是非天下。亲戚不定不联姻，独自与，儿女嫁。

166. 又

鸟散花余同舞，四方风雨，东西南北共东西，古古今今古。何异何同何主，是公私房，成成败败见王侯，性自近，理难许。

167. 谒金门 又

天下信，相远相同相近，古古今今曾逆顺，去来来去慎。 互见互思互胤。暮暮朝朝勤勤。国国家家都一客，人文化认。

168. 鼓笛慢

山山水水田田，草草牧牧田围客。家家国国，千年千岁，红梅红石。冬冬春春夏夏，夏夏秋秋，秋秋冬冬迹。青绿黄白，都点缀，成阡陌。人有帝王将相，月有阴晴圆缺策。戎袍拥戴，万丁围带，天孙太伯，刺猬居中，针尖朝隔，以守维魄。这成成败败，子子孙孙，丝丝帛帛。

169. 西江月慢

东西一半，非一半，是非参半。家国国家分，大小强弱，见风云散。几战和，古古今今，昨天今日，又明天算。记往来，紫陌朱门，民以柴扉叹。 氏族社，公私公已断，共产社，和中有叛。闻道苏联曾解体，上了重霄汉。但记住，人类行踪，同时同问，异解异目共见，文化田园家国看。

170. 思佳客

十里扬州十里楼，三吴碧玉半长洲，萧娘只与潘郎约。独客当然独客舟。云渺渺，水悠悠。黄昏过后已无羞。相依自得轻声曲，不见婵娟月已钩。

171. 又

十步西湖五步堤，千年玉水百年低。夫差六渎联江水，草草长洲草草萋。

居易易，范蠡蠡。人生不尽自高低。
梅花落里梅花色，化作香尘化作泥。

172. 夜游宫

见得桃花一面，远近是，春风如扇。
小杏红红已不见。杨柳岸，落飞燕，
鸳鸯恋。　　步上长生殿，草木荣，
明皇宫院。不得杨妃清淀，后伊问，
对霓裳，羯鼓擅。

173. 浣溪沙

古古今今有未来，花花草草自然开。
儒儒道道佛家来。废废兴兴寻世界，
成成败败作天才，文文化化继文台。

174. 南歌子

片片云含雨，重重雨隐云。天天地
地历культу文。今古文化明口，是心闻。
信息农工继，文文化化曛。行行止
止载氤氲。俱把千年人事，付文君。

175. 如梦令

去去来来今古，国国家家当辅。见
南北东西，问败败成成谁主。谁主，
谁主，百岁事人如土。

176. 浪淘沙

一水半人家，见浪淘沙。运河两岸
满香瓜。九曲黄河行万里，留下中华。
源本自西洼，青藏红花。湾湾水水
共天涯，十八弯弯十九，日月桑麻。

177. 醉桃源

红红绿绿一江凌，山山杜宇声。
一舟未去多情生，婵娟缺未盈。
山未尽，水长明。青青自清清。刘
郎已见萧娘情，桃花有不平。

178. 思佳客

梦里相逢不记时，情中只恨未相期，
微微笑语开怀待，半暗灯光半暗迟。
琴已就，曲何知。阳春白雪正逢姿。
夜月窗前应所待，沉香一半木樨司。

179. 小重山

文化中行文化潮，文明时代里，作
唐尧。今今古古未来桥，通政治，
经济半云霄。历史问渔樵，英雄三
界外，日昭昭。中华文脉万古骄，
思量处，世界入文潮。

180. 柳梢青

杜鹃如血，满山皆红。春初时节。
目尽峰岩，山川变色，飞花无绝，
丁香结结梨花，点缀里，扬扬白雪。
自是古今，文文化化，如生如灭。

181. 卜算子

历岁岁年年，事事人人切。历历文
文化化明，白雪阳春绝。　　又古
古今今，辱辱荣荣缺。国家家家总
是情，下里巴人杰。

182. 又

人事一工农，历史三生梦，自古江
山社稷同，世界由民众。　　地城
一西东，文雅风云颂，信息时时代
代中，物象清君瓮。

183. 又

半日可三秋，一水可千流。点点方
圆点点去，日月阴晴舟。　　大禹
国家由，历治唐尧休。十万人中
百万侯，只向平民酬。

184. 又

食用自工农，信息人间目。佛道儒
家处处盟，犹太回民族。　　生死
各相同，来去分粮牧。来来无无去
去无，老少人情逐。

185. 如梦令　又

古古今今今古，雨雨云云云雨，自
在自当主。去去来来来去，锤鼓，
锤鼓。数数如如如数。

186. 又

化化文文文化，夏夏春春春夏。自
国国家家，下下天天天下。天下，
天下。化化文文化文。

187. 木兰花慢　又

有农工食用，多产品，也人情。电
脑入当今，生成信息，今古同城。
行名，已因网络，共枯荣，认得国
家明。千百年中事事，一时代里生平。
声声。第四潮英雄，回首望，未来萌。
借鉴古今人，自当文化，不是殊衡。
营营，这人类学，共输赢。他你我
她赓。记得年年事事，未来却是程程。

188. 又

人生今古学，未来学，人类学上成。
工农商贸，信息生生。电脑海量存贮，
运筹维幄，仿真模行，预测文文化化，
微观世界方明。　　方明，纵纵横横。
由历史，政治政经成，军事外交家，
袆如此，事事精英。耕耘，几春几夏，
共同明，一带一路行。此处中间彼处，
一人独到功名。

189. 又

这人人事事，古今去，今古来，人类学知知，家家国国，天下平台。东西南北上下，有行无止不可徘徊。何以江山社稷，帝王民众相催。媒媒。信息潮流潮潮电脑，世人开，网络自相连，数据库里，不必疑猜。保密安全可靠，向人人活动载体自何裁，古古今今，事事人人，文化时代才。

190. 恋香衾　又

记得人间同今古,文化日,作得书儒。吕氏春秋，六国殊途。纵纵横横长城著，只作个，有有无无。却是运河杨柳，六淏江苏。　有了钱塘作天堂，见得是，碧玉罗敷。是是非非小大成趋。国国家家自相似，行止处，早见鹧鸪，怎生文化时代，事以人图。

191. 荳叶黄　《词律辞典》仅仄声体，取吕渭老平声体

秋风起处一声蝉，自下尖尖半惊天。蜕变凌空对地宣。自年年，云在高处自不眠。

192. 又

年年盼盼半知秋，杨柳心中一水流。燕子楼前居易问，着多愁。不向嫦娥问理由。

193. 又

杨杨柳柳半鼓城，水水湾湾一自清。不已先生先不已，锁空明，我自休休不自留。

194. 又

形形影影又春秋，柳柳杨杨已不求。瑟瑟琴琴今不语，夜悠悠，未见君时未见舟。

195. 又

彭城一曲一心头，杨柳三年燕子楼。海誓山盟山海见，客行舟，水水何言水水流。

196. 千秋岁

天无远近，地有阴晴问。心事重，私情酝。思思何不定，步步听家训，谁晓得，不才女儿桃花运。　一夜东风信，一夜春心晋。明月里，潘郎梦，思思何不定，处处由怜吝。明日里，黄昏约了花黄鬓。

197. 好事近

百草共群芳，一半见梅花落，香雪海中香雪，一花何求索。　春春夏夏又秋冬，一岁一相约，再以寒心萌发，独明凌烟阁。

198. 南乡子

一水不东流，百里五湖古渡舟。不待船娘何不待，长洲，见半黄昏见半羞。　独步摆轻舟，细雨珍珠脸上浮，摇橹回眸回不橹，幽幽。半入船舱半点头。

199. 又

小雨半停舟，一半沉浮一半游，碧玉香娘香碧玉，幽幽，不见江湖古渡头。　水色已无忧，十步船舱十步差，眸眸，不去人间不上楼。

200. 浪淘沙

岸上两三家，一半桃花。船公已去隔山洼。只以书生崔护问，夕照无遮。　这里有桑麻，豆豆瓜瓜。形形影影几咨嗟，止止行行止止，夕照无遮。

201. 卜算子

渡口一潮生，蒲草三吴落。步步沙滩步步平。迹迹踪踪拓。　只去不回程，莫以呼声略，一线江峰一线明，白浪何求索。

202. 小重山

雪问红梅雪白无，群芳多玉露，满江都。东君昨日过姑苏，明天暮，太乙会河图。　桃李客三吴，淞江流不住，作江湖。黄天荡里误殊途，见君路，未必忘罗敷。

203. 惜分钗

梅花半，群芳岸。运河柳柳杨杨畔。小桥边系商船。草色连云，水色连天。　秋千。春风断，人心乱。啼莺处处轻轻唤。问婵娟，作方圆。上下再来，只有情宣。怜怜。

204. 又

前昨侯，曾依旧，明明月色成人秀。最高楼，不须羞，一半婵娟一半心浮。幽幽。　红衣袖，多荒谬。等闲应是春香绶。是情由，见难收，夜短云深，来去还留。留留。

205. 如梦令

一半桃花如面，一半杏花如面。一半是红尘，不见梅花如面。无见，

无见。香雪海中何见。

206. 水龙吟

三年九月西湖，断桥不断人行路。白堤未了苏堤再筑，朝朝暮暮。柳浪闻莺，西泠印社，蓬荷分付。问梅坞龙井，三潭印月，重阳过，中秋赋。　秦桧岳飞何顾，这英雄，本来难许，和ω战战，故时则反，反时则故。见得长城，北南分界，人间何苦。见运河杨柳，商船来往，富民无数。

207. 鹊桥仙

鹊桥两岸，牛郎织女，一半人间神语。情情意意不多余，只彼此，生生侣侣。离离别别，分分处处，自以心心与与。朝朝暮暮莫分居，切不变，民间秩序。

208. 点绛唇

一半苏杭，苏杭一半天堂路。去来来去，是以隋炀故。　一半钱塘，钱塘一半赋。谁分付，十三州数，柳柳杨杨雨雨。

209. 又

柳柳杨杨，杨杨柳柳钱塘路。运河如故，俱是隋炀渡。　下了江都，水调歌头赋。江南护，好头颅许，作了天堂雨。

210. 水调歌头

何以隋炀问，南北运河船。江南不养成马，只种水牛田。两岸杨杨柳柳，碧玉衣衣岸岸，雨雾雨云烟。水调歌头唱，直到小桥边。　扬州女，

同里寺，越前川。箫声不断由自弄玉镜湖缘。若以金龟寻贺，少小知章八十，往事忆难全，只以长安见，渭水问桑干。

211. 好事近

九月九重阳，一度一年杨柳。古古今今来去，上行何回首。　朝朝暮暮春秋，日日可知否？结子木樨先后，菊黄花花酒。

212. 又　自述

七十八年前，学步人生天下。一半春秋中国，南洋常常夏。平生不尽是平生，四品郎中罢，格律诗词朝暮，古今成文化。

213. 青玉案　又

平生一半平生误，步步不知何步。四品郎中郎五品，不如如故。天涯来去，海角还来去。　十三万首诗词赋，自在心思自在度，老子潼关天下路，莫声名付，有乡家路，日月江流数。

214. 东风第一枝　又

第一平生，平生第一，人间第一如约，本来二唯唯，当然自孤求索，朝朝暮暮，数日月，诗词赋作。岳阳楼上自忧民，黄鹤问滕王阁。　人不尽，世间杜若。春楚楚，有荣有跃。老行七十南洋，巴新马来飞鹊。桥梁可搭，国际语本无沟壑。一千县外六十国，尽得以经纶廓。

215. 林季仲

倾杯乐　别

缺缺圆圆，逢逢别别，分分合合无绝。坝岸折柳，渭水夜泊，不得从头说。相思最是情人诀，处处无从。心心万绪，曾草草，见了流萤明灭。白雪，芳容玉体，月思云想，苦是空床洁。当知来去，作天涯优劣。楚峡风归，高唐人散，雨落云沉切。可同穴，何不断，又寻孤子。

216. 王之道

庆清朝　及第

剑剑书书，朝朝暮暮，十载步步枯荣，人间第一名字，重榜精英。自以国家是事，忧民忧已已忧成。江山度，社稷辅主，明月三更。　冠带曲江拥秀，正晓日，何宜进士相倾。龙门上下，先觉先慧先生。已是状元登第，氏家家氏自留名。燃绛烛，共花同酒，雅雅卿卿。

217. 谒金门

人如水，只在云中雾里，学得身轻双妹姊，花心花有蕊。　飞燕飞来如此，色色姿姿无比。若以貂婵三国始，英雄谁历史。

218. 蝶恋花

一半红梅红一半，李李桃桃。一半江南岸，香雪海中花草乱。杨杨柳柳钱塘畔。　结结丁香何不算，这里芳菲，那里风云散。叹止东西山上叹，五湖百里阳光漫。

219. 又

一线钱塘潮一线，处处横横，地地天天缱。卷卷舒舒天下见，由由取取龙王面。　　不以秦淮南北面，半壁江山，雨雨云云箭，动地惊天沉海淀，杨花白雪重新溅。

220. 又

八十人生天已暮，回照高山，已上峰巅树，万里云天云水度。明明暗暗何分付。　　已作高山流水客，下里巴人，只作知音住。汉水琴台黄鹤故，龟蛇不锁大江渡。

221. 又

素锦青袍知有处，四品郎中，五品无言语。且自绯绯青绿御，南洋越蜀秦吴楚。　　已读五千年岁虑，百市千县，外国六十五。全入诗词才富倨，人生八十重新著。

222. 又

渡水风云风水渡，一到三吴，处处知烟雨。勾践夫差天地暮，剑池尝胆虎丘路。　　谁问西施西子度。范蠡经商，一半江山误。只以姿身歌舞妒，馆娃娃馆多情住。

223. 又　围棋

黑白三军齐列阵，肩跳包围，挤掉中堂印。四面八方均战刃，成成败败匡之胤。　　角角边边应有信，纵纵横横，退退争争慎。布局方知天下讯，荣荣辱辱分秦晋。

224. 又　木犀

落尽莲花莲结子，未到重阳，已见黄花企。唯有木樨香已始，人人嗅得人人比。　　细雨微微成露靡，一片芬芳，八月心心美。采了藏娇藏不止，梦梦不断黄粱里。

225. 宴山亭　海棠，燕山亭

黄里藏红，红里藏黄，结子丁香前后。春夏已交，百味曾知，一树丰收时候。步步移移，见形影，退了衣袖。先就。是果果情情，向情依旧。　　繁繁叶叶枝枝，一都撸一串，相采相就。小小颗颗，棣萼成辉，香香甜甜谁守。置于堂上，如星落，珍珠锦绣。清透，颜色好，江华左右。

226. 风流子

梅花落成尘，群芳里，国色在三春。百花问牡丹，桃李梨杏，以花结子，四秋，经纶。空气，水，阳光，三素，时令作天因。八十日中，以心成果，不须相问，烟雨相邻。　　长安城中步，江南岸，吴越水，运河津。二十四桥，明月、坠入天伦。一半入芳心相思相问，暮朝朝暮，何望锦鳞。知我不知她去，游自游身。

227. 玉连环　僧舍　实为一落索。取秦观体。

一路云游一路，暮暮朝朝暮。止行行止止行行，百岁里，平生步。　　水也数，云还数，好随如来住。肯知普度向观音，日月寺，僧如故。

228. 江城子

重阳九月九重阳，一黄粱半家乡。一半书生，一半自张狂。佛道儒家儒佛道，三峡水，有高唐。　　菊花处处菊花黄，一秋香，半炎凉。一半生茱萸，一半读天章。非草木，是文章。

229. 又

江流逝水逝江流，几江楼，几春秋。最是何寻，自去自飞舟。不以留何不以，天地上，去来休。　　江流不住不江楼，帝王侯，十三州，逝者如斯，几见几沉浮，自古人生人自古。房已断，杜还谋。

230. 水调歌头

一路听杨柳，唱水调歌头，运河六渎淮泗渡岸已千秋。杨柳隋炀帛易，见了河劳苦役，有曲到扬州，若以楼船问，自做帝王侯。　　佳人数，多美色，女儿羞。箫声不断天下，二十四桥舟。日月摇摇荡荡，草木繁繁简简，玉影自沉浮。业业功功见，不可不民忧。

231. 又　追和东坡

一路长江水，半月有光团。人间可望天上，岁岁已如年。桂树广寒宫里，玉兔形影缺失，处处待婵娟。狭狭悬悬挂，自苦自弦弦。　　五蕴里，三界外，几长天。江山社稷家国不可不留连。步步行行步步，暮暮朝朝暮暮，不可不方圆，古古今今问，意守意丹田。

232. 又　王鳌状元

第一书生气，第一状元楼，洞庭山上山下，百里五湖舟。步上鳌故址，自以书生习气，名正志长洲。杜断房谋客，制书古今游。　梅花落，杨柳曲，吕春秋。文文化化纵横带路国家忧。时代前前进进，世界今今古古，日月自沉浮。留彼留天地，客去客皇州。

233. 又

日月何多少，草木几其多？人生一带一路，一国一园歌，又以中华世界，世界中华结算，货币作先科，自以银行立，离岸已钱和。　成电脑，兴网络，数江波。人间信息时代数字数嫦娥，统计宏观分析，又以微观反馈，控制各山河，文文化化时代，处处唱天梭。

234. 又　僧

利利名名去，日日苦行僧，心心日月天下，大小不分乘，去去来来去去，色色空空色色，不视玉壶冰，只以梅花雪，独傲以香凝。　台城上，寒山寺，一孤灯。行行步步修本自在自如凭。有了观音普渡，有了如来指点，有了一心应。静静平平见，闭目自相承。

235. 青玉案　对雪

江山岁月江山草，谷谷大峰峰小，寸草峰高高寸草，小居峰顶当然还小，且见风光好。　大大小小人情老，去去来来上清道，字里行间天下晓，在高低处，有心无少，利利名名了。

236. 又　送无为宁还朝

钱塘一水杭州去，六合半三思虑。见得富春江霶霈，几多诗句，几多神女，且以临安语。　几度杨柳西湖絮，满了江南半吴楚，八月潮头难驾驭，自天倾下，虎龙当初，大海关平欤。

237. 又　旧隐

李陵苏武阴山暮，不及问昭君赋。敕勒川中多少雨。岳飞秦桧，战和无数。不以斯民顾。　不以养马江舟渡，米食牛羊各分付。牧牧粮粮天下住。北南南北，如今如故，社稷江山步。

238. 凤箫吟　重九

运河船，年年来去，听碧玉小桥边。依依人不见，声声留倒影，乱心田。春春桑叶里，养春蚕，共了春眠。十几里，丝丝不尽，作了神仙。　婵娟，池塘相见后，又相约，不在前川。凭时携素手，又花言巧语，也自情怜。朱颜应不改，心怀处，一半云烟。且在此，青春不羁，满了方圆。

239. 卜算子　别万山堂

步步问西湖，步步人生路。学道儒儒学道儒，如此何如故。　一梦一皇都，三界三光付。宋宋胡胡宋宋胡，战战和和误。

240. 又

水下水浮天，云里云中殿。俯仰深深玉宇悬，莫以人心见。　一日一青莲三界三春面。俯首难成低首年，见以桃花面。

241. 又

天宝断开元，记取长生殿，半问黄河半问源，半在华清院。　梦里见轩辕，作得南飞燕。为政年年简复繁，雨里霖铃见。

242. 丑奴儿

去去来来时，只记得，有情无知。少小年年相厮守，谁可问道："娟娟，嫁我可好？"心有灵犀。　先自不相期，但见得、画地成营，碰时触情生景后，最是这目情怀，不得却了身姿。

243. 桃源忆故人

梨草一树花多少？天下几多飞鸟？多少昆仑山草，枝叶几多晓。　十三万首诗词了，格律佩文韵好。八十人生已老见历如何好。

244. 又

深居陋巷人多少，格律诗词多少？日月平生多少？见历知多少？乡乡市市县县多少？岁岁年年多少？暮暮朝朝多少？柳杨知多少？

245. 又

桃花作了梨花雨，红白纷纷不住。只有春风不顾，且以东君付。　海棠结果青莲许。惊破一番烟雾。

水上月华如数，听得梅花故。

246. 又

杨杨柳柳青青草，意意情情难了。羞得相思多少，悄悄依依好。运河两岸藏飞鸟，只在巢中春晓。碧玉小桥纱纱，只待人情老。

247. 沁园春

草草云云，雨雨花花，水水流流。步步天下路，行行止止，寻寻觅觅，夏夏秋秋，去去来来，朝朝暮暮，一半江楼一半舟。天下事，运河成一半，水调歌头。 唐宗杜断房谋，今古见，成成败败休。有兴兴废废，荣荣辱辱，谁谈孔子，何论庄周。纵纵横横，家家国国，半见沉时半见浮，杨柳岸，有小桥碧玉，六合杭州。

248. 惜奴娇

我已多情，便遇得，多情个你。把一心，便倾于你，这人间这佳人，谁向你。我你。郎与娘，只言我你。柳柳纤纤赵家姊，当然你。不藏娇，飞燕似你。十步散香到胸前，谁知你。我你。郎与娘，只言我你。

249. 又

一半阴晴一半是，云云雨雨。一半非，有云有雨。这高唐，见朝云，知暮雨。暮雨。云里云，只为个雨。 宋王襄王，赋三峡，瑶姬雨。沿瞿塘，楚官渡雨。此尾到头，是三吴，烟云雨，雾雨，霎露霾，依稀是雨。

250. 南乡子 自述

一步下苏州，三载园区甲子酬。中国新加坡共建。修修。六十人生已退休。 百里问长洲，六渎太湖汴水流。目在金鸡湖，上过春秋。已了人生未了忧。

251. 又

六十退休成，毕力诗词毕力行。江左杭州西子问，声声，一半东吴一半情。记取费世诚，何以阳澄（孙）不自名，未以秘书书未以，营营。故以随云聚散行。

252. 又

访载已倾城，白雪阳春自声声。独步东西山上望，平平。一片人间一片明。 已见剑池清，再上虎丘草未荣，石点头前头石点，心盟，见得如来见得行。

253. 又

百里到南通，一味河豚半世空，莫以心惊心莫以渔翁。八月鲈鲍蟹脍穷。 柳芷落飞鸿，细雨蒙蒙细雨中。最是阳澄湖别墅，西东。我筑渔村上岸雄。

254. 又

一步一苏州，两翼孤行半鹜洲。不见思人思不见，休休。春夏秋冬四序流。 未以范蠡忧，自以西施现白头。五霸夫差勾践去，王侯。一半人间一半忧。

255. 又

白雪送梅香，不动珠帘月半床。未得多情多未得，洋洋。织女牛郎一寸肠。 梦里作萧娘，只见窗前挂短裳。素手酥胸儿女好，端祥，自得圆时自得方。

256. 又

已上太湖舟，过了剑池问虎丘。步步洞庭山下望，苏州。六十年中已白头。 日月自无休。格律诗诗自著留。若以十加三万首，悠悠自计平生一世忧。

257. 减字木兰花 立春

江南水畔，减字木兰花一半。上运河船，同里江村宝带边。小桥两岸，碧玉萧娘香已散。约了前川，不在杨边在柳边。

258. 又

梅花香散，到了运河南北岸。靠了商船，不在长洲带酒眠。 多情未断，上月来时，来不算。今日婵娟，一寸心思一寸田。

259. 又

梅花白雪，已是立春春雨茁。雨水惊春，自是清明谷雨尘。 四时不绝，自得人生自得节。满腹经纶，六国纵横六国秦。

260. 又

山高水远三万人生三万愿。百里行船，日日耕耘日日天。 不悔不怨，不以先生不以劝。岁岁年年，格律文章格律田。

261. 又

冬梅如度，不似春梅寒里赋。岭上东吴，香雪香中海玉姑。　东君分付，李李桃桃梨一树。结子罗敷，不学西施下五湖。

262. 又

杨花柳岸，一半仙姿仙一半，上运河船，下太湖临水望天。　深观浅见，一片云光云霄殿。俯仰相连，见得沧桑见得田。

263. 又　别

扬扬误误，十里长亭千里路。过了江都，过了金陵过太湖。　洞庭不住，水水山山成两处，先是姑苏，后是潇湘竹泪孤。

264. 又

湘灵鼓瑟，已见苍梧流水秩。不似汨罗，只向人间唱九歌。　胡人筚篥，汉客声声知第一。过了江河，步步青云步步多。

265. 阮郎归

杨杨柳柳作腰肢，红荷已入时。这芙蓉出水，无知，藏羞自不迟。临玉水，照仙姿。心心意意期。莲莲结子必芳司，情深已半痴。

266. 又

低低玉斗挂阑干，嫦娥玉兔寒。影长灯暗短衣单。为郎色美姗。听脚步，待门官，红儿起上看。相依相就已心欢，莺莺不语观。

267. 长相思

短相思，长相思。日日时时不尽思。相相互互思。　日也思，月也思，最是空床独自思，今天不再思。

268. 又

草两枝花两枝，草草花花最上枝。杨杨只两枝。　采了枝，不采枝，一半阴晴一半枝，玉壶插两枝。

269. 又

一心知，两心知。最是阴晴最是知。吴吴越越知。　男儿知，女儿知，三峡高唐朝暮知。瑶姬宋玉知。

270. 又

雨潇潇，云潇潇，雨雨云云两自潇。湘灵鼓瑟潇。　竹也潇泪也潇，一半苍梧一半潇，九嶷九派潇。

271. 又

杏花人桃花人，杏杏桃桃像个人，妖娆是美人。　丰腴人，白皙人，一半云中一半人。春春夏夏人。

272. 又

运河春，太湖春。一半阴晴一半春，姑苏处处春。　木也春，林也春，总是群芳总是春，儿儿女女春。

273. 满庭芳

雪雪梅梅，桃桃李李，小杏过了东墙。牡丹芍药，不住问丁香。也有海棠树树，玫瑰色，万紫平章。群妍处，红红绿绿，未了满庭芳。　人间，人自在，牛郎织女，碧玉萧郎。有西厢旧约，换了红娘。自是莺莺自是，明月下，暗影文昌。轻声唤，情情意意，莫急望空床。

274. 又　太学

一半翰林，书生一半，太学处处文章，运河南北，杨柳作天堂。战战和和一半，天下水，见得钱塘，斯民望，和平盛世，步步上苏杭。　长城分内外，荒原万里，牧草无疆。有桑干永定，吕吕梁梁。见得燕山草木，黄河水，已净渔阳，潼关外，千年万里，今古故家乡。

275. 又

玉宇星空，寒宫玉树，独步见得文昌。十年书子，一半梦黄粱，求得龙门一跃，何所欲，不尽炎凉，忧思处，江山社稷，门下问平章。　古今，今古，问儒儒道道，佛佛纲常。去去来来是，柳柳杨杨。利利名名不自，功业在，故国家乡。时时想，年年岁岁，制书制平章。

276. 又　双莲堂

碧叶园园，珍珠流流，前庭一半荷塘，孤栋孤立，自在自成香。蒂蒂双双并并，含相互，合作心肠，藏身致，文文化化步步是萍乡。　莲花，莲结子，蓬蓬阁阁，独傲杨杨，原来婷婷立，玉玉成房。水水天天水水，应洗净，白皙成章。云中问，成成落落，一柱向天堂。

277. 又　立春日

步步上台城，金陵一目，六朝尽，

石头名。千年来去，一日半阴晴。二水三山依旧，今古问，败败成成。秦淮岸，歌歌舞舞，桃叶渡时情。乌衣王谢巷，状元及第，贡院声名。高悬皇榜处，学子光荣。进士魁星北斗，开口处，赐与平生，平生处，南南北北，有遇有安行。

278. 又

二水三山，金陵八艳，有女作得明清。朱家应尽，未了满人情。六库全书字典，文化汉，以国相倾。康熙制，今今古古，格律佩文城。　　明清，明已去，清朝日月，草木枯荣。又江山社稷，纵纵横横。最是文人相见，朝堂上，膜拜呼声。声声是，臣臣子子，马蹄袖遮行。

279. 又　秋

不问童翁，人生老小，是同还是无同。西湖西子，渭水渭泾风。已见长安在此，何不问，几代英雄，谁今古，秦皇汉武，李广射虎弓。　　始终，天下路，书生学子，见历犀宫。一品天公客，九品青虫。见历成成败败，荣辱处，色色空空。心经颂，康干盛世，一代一英雄。平生不老，独步问西东。

280. 又

一路苏杭，钱塘两岸，处处酒市歌楼。梅花落里，绿蚁玉壶盏。见得西湖西子，溪纱影，何以吴游。修娃馆，夫差木渎，自此梦长洲。　　运河，天下水，江南杨柳，月色春秋。向太湖太伯，何以言周？访戴严滩问雪，行止是，莫以巢由。应成败，荣荣辱辱，自己十三州。

281. 醉蓬莱　和东坡重九上君猷

见南南北北，青海衡阳。去来重九。今古纵横，古今应回首。采得茱萸，问黄菊，似郎中守。十里长亭，三生水月，似常如旧。　　一字飞天岁岁，身正做以人形，以人为友。霜雪交加，却作枯荣柳。何在人间，东张西望，只过君仁口。苦苦辛辛，苇丛芦岸，此生知否？

282. 又　文化

以文文化化，古古今今，作人生路。物质精神，历年年朝暮。民以工农，钱粮衣物，活活生生度。玉做神仙，经经政政，几何分付。　　大禹传家，夏朝伊始，自以中原，国家相互。鸥鹭班回，尚记知民住。好把平章诗赋可回首，有时飞鹜，地地天天，以神为主，物则生主。

283. 浣溪沙

一字心经十字殊，三生事业半生无，行行止止问河图。　　李白王维居易客，全唐诗作我成儒。空空色色问江都。

284. 又

一步如今一丈夫，三波九折万波无。钱塘逝水过江都。　　诗客二千三百子，全唐诗里问浮屠，朱成碧色碧成朱。

285. 又

自古唐诗一豫章，如今学子半天皇。三生不谈始猖狂。　　五百年前年后见，传承再现书堂。中华弟子入诗乡。

286. 又　梨花

一树梨花半树开，花容带露玉人来。千姿百态共徘徊。　　结果先行先采蕊，心中有色有香催。阳春白雪作秋媒。

287. 又

腊月梅香一月齐，桃三杏四五年梨。花花果果不东西。　　太乙群芳群自立，朝阳向上向高低，杜宇红城杜鹃啼。

288. 又

六溇相连入太湖，夫差水月半江都。运河以此草荒芜。　　六国长城因此筑，秦皇汉武作殊途，千年五霸一江苏。

289. 又

草下鱼禾见一苏（蘇），人中志气入三吴。知书达理有千途。　　水月钱塘钱水月，江南碧玉半如儒，桥边细语几村姑。

290. 又

只问昆山一玉都，兰田有影半烟芜。清姿却作笏朝珠。　　古古今今今古古，无无价价价无无，原来石是石非途。

291. 又

玉玉原来石石同，人人已是去来中，成成败败是空空。　岁岁年年岁岁，今今古古自无穷，终成始了始成终。

292. 又　代人作

玉骨冰肌半软香，纤身白皙一黄粱。刘郎已见是萧娘。有约书房书籍后，灯光一半可衷肠，春云有雨入春房。

293. 又

一路长廊十里香，千云步落半和阳。阴晴有界有衷肠。　上已兰亭兰芷线，鹅池曲水自流觞。文章太守守文章。

294. 又　春

水下山光水下芫，云中草木云中苏。楼船不在问江都。　六渎秦淮连一路，江南始见好头颅，千年一载运河姑。

295. 东风第一枝　梅

冰雪成层，云消雾散。东风一枝梅绽，半似桃花，千姿未味，暗香不面。阳明俯问，似万语，珠玑如见。点点黄，点点心中，第一是琼林遍。三十步，已应回首，形色里，尽芳芬院。也知青女娇羞，有情有意有茜。依稀梦里，似黄粱，应成家眷。记时得，再度鸾倩，可三弄成层片。

296. 西江月

一路钱塘一路，运河处处行舟，江楼不断问江流，九九重阳九九。漫漫黄花漫漫，春秋自在春秋，沉浮落叶沉浮，不以杨杨柳柳。

297. 又

有水有山有土，人生自在行舟，方圆一半一春秋，作得杨杨柳柳。水水山山水水，浮浮落落浮浮，钱王四十三州，何以人生回首。

298. 又

日月当然日月，思量总是思量，衷肠一度一衷肠。不作游僧方丈。步步行行步步，秋冬春夏阳光。年年岁岁半炎凉，记得长春孟昶。

299. 又　赏梅

白白黄黄白白，香香色色香香。东君以此唤群芳，一树寒心独赏。傲傲孤孤傲傲，春光处处春春。天天日日作情娘，只在花中俯仰。

300. 又　春归

暮暮朝朝暮暮，潮潮汐汐潮潮。运河一日一云霄，耀耀光光耀耀。去去来来去去，遥遥近近遥遥。凤凰台上教人箫，十二桥中多少。

301. 又　别思

白雪梅花白雪，春愁日月春愁。花开花落一花休，玉首苍然玉首。百草群芳百草，忧忧别别忧忧，离离合合是秋秋，杨柳心头杨柳。

302. 又

柳柳杨杨柳柳，山山水水山山，秋冬春夏一人间，处处书书剑剑。战战和和战战，弯弯折折湾湾。江流不止不归还，滟滟波波激激。

303. 归朝欢　和东坡词

万里田，阡阡陌陌，百世代，山山石石。临安道上望长安，蔡州城里谁朝班，见见家归还。琼林琪树蓬莱客。运河边，隋炀易帛，柳柳杨杨泽。　一曲高山流水隔，下里巴人对歌格。前川一夜放梅花，东君携手向天掷，群芳知九脉。春来春去春当蓦。一回头，三生咫尺，不作江河州。

304. 宴春台

步步春台，春台步步，月明如水初开。花影婵娟，羞姿纤玉情来。言中有意传媒。上云天，应自相猜。低声何问，一梅三弄，春雨春催。金丝嵌碧，玉兕浮红，以杯为令，由手呈梅。无闻漏促，含纱落影徘徊。梦里云中，是黄粱，窥得红腮。夺英才，相依相就，以思以心偎。

305. 朝中措

平山堂上一晴空，烟色有无中。已见金莲步步，春来春去春风。诗词太宋不视杯钟，绝句连篇多少，才名已自成翁。

306. 又

从来寒食近清名，烟雨自无声。见得杨杨柳柳，群芳已是红英。桃花一半，梨花一半，小杏争荣，墙内探头墙外，以情乱了书生。

307. 又,清明

微微细雨近清明,乞火一书生。
绿了绵山杨柳,杜鹃啼得红英。
桃花一面,相思十夜,半已钟情。
回首不回回首,犹犹豫豫成城。

308. 又

人间无颜意先成,听得女儿声。
不以花开花落,相思日月深盟。
桃桃李李成蹊色,云雨是人情。明月下,佳人色,柔情胜似声情。

309. 又

榆钱天下自纷飞,同了彩云归。
已见春来春去,相思入得心扉。
杏花已落墙头外,当作小蛮衣,腰细细腰腰腰细,樊樊素素微微。

北宋·范宽
雪山萧寺图

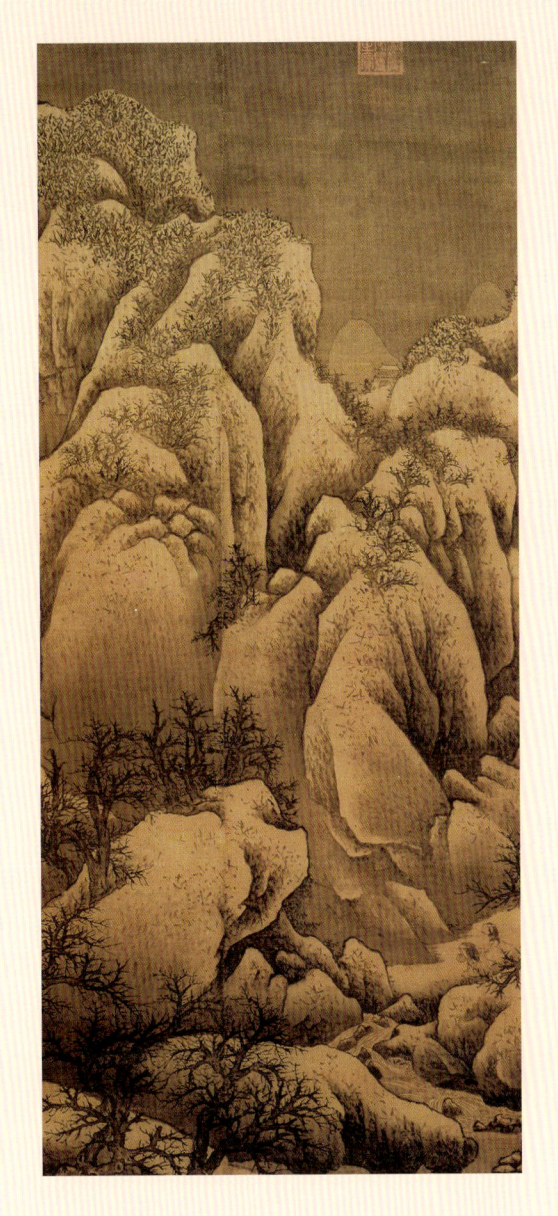

读写全宋词一万七千首
第二十一函

1. 卜算子 人生

世路有三条，一是人人度。二是人人事事为，事事三条悟。　人人生平生，事事平生付。事事人人总互相，古古今今。

2. 鹧鸪天 别蔡国君图门口岸雨

甲子年中送国君，排天驾鹤世人闻。声名不去情留下，自在沉浮作白云。东北望，去来分，心心意意总纷纭。图门口岸中华界，伞下同音见雨雯。

3. 朝中措

丹炉玉熟在天机，铅汞自宜辉。步步去元玄微，两仪四象相归。三清世界，八仙过海，雨露霏霏。苦乐应须老少，如今花木芳菲。

4. 又

州闾庠序几追随，俯仰以何知？细柳风中摆曳，墙头小草垂垂。循循守守，非非是是，象象仪仪。同异相知老少，八方四面谁宜。

5. 又

庭前庭后木樨香，一半问炎凉。郁郁浓浓消散，心心子子黄黄。花花草草，年年岁岁，九月重阳。自是成成就就，人前老少衷肠。

6. 又

丛丛竹竹节空城，自可以心明。碧玉朝天自举，直孤几度随鸣。何曾有泪，湘灵鼓瑟，作得人生。若以苍梧问水，深根处处精英。

7. 又，远亭

长亭十里一长亭，远近半青青。步步杨杨柳柳，人人影影形形。踪踪迹迹，朝朝暮暮，独独丁丁。去去来来去去，苍梧自有湘灵。

8. 玉楼春

作得玉楼春小燕，细雨年年梁上见。无心无意向深宫，有忆有情儿女恋。岁岁年年南北面，处处重重花草院。栖栖最是到黄昏，一度良宵千里倦。

9. 又

一路江南杨柳岸，去去来来人不乱。小桥流水运河船，草草花花情不断。碧玉多情桃杏半，白白红红轻自唤。竹枝一曲问黄昏，却怕良宵香未散。

10. 石州慢 岁除

六州歌头，梅花三弄，寒阡寒陌。白雪昆仑，运河杨柳，令人思帛。水山交泰，人间知否，已近阳春泽。微微细细云风，以水先行役。相隔。寒中有暖，东君知见，情情脉脉。雪里冰姿，化化融融松柏。又是当初，三元又厝。长春佳节，孟昶人情择。嗜嗜黄鸟，天天地地交迫。

11. 鹊桥仙

长亭一步，长亭步。上得长亭路路。东西南北四方行，是何处，朝朝暮暮。何言老少，谁知天数，古古今今如故。成败荣辱一生平，几自主，分分付。

12. 又　七夕

银河两岸，运河两岸，天上人间一半。牛郎织女鹊桥边，七夕见，通宵达旦。云云雨雨，消消散散，只是情情不断，年年不尽又年年，望天上，人间一半。

13. 菩萨蛮

春风恹恹和衣睡，黄梁梦梦相思遂。不是不相随，当然当靖绥。　人间儿女事，世上夫君识。已醒已知迟，何心何意姿。

14. 又

长长石径深深院，圆圆玉宇方方殿。一月一婵娟，三星三界悬。千年不见，半水半山燕。小小自源泉山山应可怜。

15. 又

舒舒卷卷云云落，情情绪绪人人索。自古一黄河，如今湾少多。　　人间应有约，世上滕王阁。九派净干戈，汨罗吟九歌。

16. 又

行行止止行行进，云云雨雨云云润。步步有相邻，花花应作尘。　　前程前自信，后顾后秦晋。一度一秋春，三光三界人。

17. 千秋岁

金庭玉树，庭院朝朝暮，香有度，花无数。天机天所注，人主人分付。行止路，佳人相伴情思故。塘里荷花数，如色如颜住，形影顾，芙蓉雨，婷婷还立立，意意情情许。飞燕误，不思不想相如赋。

18. 又　舟次吴江

侬侬语语，处处多烟雨。经木渎，多情侣。三吴三草木，碧玉船家女。由蜀楚，吴江来处应临渚。　　自以周庄住，同里无言许。三两步，桥桥与。云天云宝带，石石高高础。应俯仰，江南雁识归乡去。

19. 又

禾禾黍黍，不尽江南雨。丝丝作茧丝丝苎，春来春去，岁岁年年署。从不止，青梅熟了枇杷姐。　　已了红荷渚，出水芙蓉叙。人不老，莲蓬与，十二颗苦子，只以心心顾。夏去也，蝉声响过，西风已入乡间墅。

20. 又　和秦少游

银钩一半，挂在江南岸。云云雨雨应无散，阴晴何所见，烟露从无断。黄鹂唱，寻朋觅友通宵旦。　　昨日今天看，明日问，平生处，步步行不止，三叠阳关叹。渭水色，东都已过西都唤。

21. 又

运河两岸，米米粮粮畔。弯弯曲曲湾湾漫，江南江水半，梅子梅时贯。杨柳色，有儿有女谁心乱。　　莫以春风断，花落花开灿。天不老，相思难日日蚕始茧，只以丝丝绊。问不也，虫虫物物天宵汉。

22. 又

桃花如面，小杏何如面。春芳处处春情见，这梨花李色，梅子青青院，垂杨柳，飞飞落落飞飞燕。　　已是心心倦，无赖无须羡。谁有约，书生院，记取皇蜀，重上长生殿。太上也，玄宗换了肃宗便。

23. 胜胜慢　声声慢

吴云吴雨，同里同天。江南一半江村。水岸长洲，草木满了黄昏。隋炀一杨一柳，到江都，一帛乾坤。任人间，钱塘六合，儿女慈恩。　　北顾长安八水，几泾泾渭渭，子子孙孙。帝帝王王，十二朝代何尊。年年风风雨雨，有红尘，也有须髯。一回首，古今间，成就五蕴。

24. 又

前川阡陌，鸡犬大相闻。云云雨雨云云。六合长洲，草草木木群群。钱塘一船两岸，小桥边，碧玉青裙。总含笑，纤纤纽纽，香溢氤氲。　　不见江南不见，总流流水水，合合分分。百尺楼台，十步船渡荤荤。江南无须养马，运河勤，水月耕耘。一同里，半周庄，吴语越文。

25. 又　木犀

黄花香彻，香彻黄花，黄花不是黄花。八月黄花，粒粒桂子还家。重阳花开九月，也黄花，老子黄花，声名帝畿，应是黄花。　　黄花就是黄花，有朝朝暮暮，满了山涯。万里平原，一片民宿官衙。西风初初已始，净红尘，到了桑麻，醉秋社，醒人情，来去豆瓜。

26. 宴桃源　雪

路路朋朋友友，步步行行走走，不欲不须求，不约黄昏前后。知否，知否，月色难明素手。

27. 又

絮絮飞飞落落，素素纷纷约约。先着满梅花，再上滕王高阁，无索，无索，只与谢娘寞寞。

28. 又

树树梅花白雪，素素衣衫洁洁。明月总多情，再以清清不绝。圆缺，圆缺，最是明明灭灭。

29. 又

步步长亭路路，日日朝朝暮暮。水水向东吴，柳柳杨杨如故。云雨，云雨，待渡江湖待渡。

30. 又 海棠

一树海棠一树，半叶半枝半故。一半一含花，白白自藏红。如数，如数，子子孙孙无数。

31. 折丹桂 省试

龙门第一龙门路，剑剑书书度。十年步步向春官，挽不住，英如故。白蹄马作排天暮，佐以诗词赋。当知仙籍自行踪，语经史，春秋注。

32. 又

丹丹桂桂重阳路，子子孙孙度。今古古作书儒，向第一，龙门步。年年岁岁天天赋，古古今今句，秋香天下果因收，已结子，黄花付。

33. 又

曲江山色何分付，天下南飞鹫。鸥鸥鹭鹭岸边回，十几只，三生路。千年历史千年住，不是留人住。明年三月见君时，桂子了，香如故。

34. 八声甘州

以生生死死，见人人，今古半经纶。问秦皇汉武，春秋纵横，天下归秦。六国见，长城筑，同轨四方钧。权力杨环宇，赢了天津。　二世指鹿为马，赐得扶苏尽，蒙恬消神。正阳关沙丘，万里静烟尘。最非是咸阳内外，书坑何了未央邻。东瀛道，几何徐福，霸主分身。

35. 渔家傲

雪雪梅梅人半晓，平平静静三更早。

去了还来心未了。寒未少，无踪无迹冰肌好。　厚得平原千万亩，薄情竹木大尖尖缈。洞洞巢巢何小小，何悄悄，倾倾落落无飞鸟。

36. 又

已遍天涯君未老，飘飘扬扬好。作得衣衫穿不了，留多少，梅花正缺香云缥。　一粒六棱花影俏，千枝万叶藏身巧，最是纤纤微小草，东君道："为何比我争先到？"

37. 又

落落飞飞天下缟，扬扬洒洒渔家傲。岸岸舟舟成片好，天已告，人间彼此同衣帽。　莫以梅花藏不了，但留香气群芳导。再向东君迟早报，春已到，阳春白雪纯光煮。

38. 又

下里巴人先已到，阳春白雪晴日好。着就衣衫梅正巧，多窈窕，心心向欲人难老。　太乙东君先后晓。群芳已待春早。玉玉冰冰寒不少。冬已了，三元已始三元草。

39. 又 和董舍人

浊酒三杯天下老，清歌一曲渔家傲。且以平章文正好。天下耄，千年归事公臣劳。　一路平生平一路，三光正道三光书。已告先贤先已告，名国焘，雌雄世界梅花操。

40. 又

海岱惟青成一老，平生路上名三好。只此人间人正道，天下晓，雌雄世界行身早。　自以相公相自以，平章事上平章了。但取人间人但取，江山造，轩辕社稷人前表。

41. 又

一半天堂天一半，芳菲一半芳菲散。一半钱塘钱一半。江南岸，杨杨柳柳曾无断。　一半长洲长一半，杭州一半西湖岸，一半河山一半，回头看，隋炀一半云霄汉。

42. 又

不见钱塘钱不见，桃花自是桃花面。已有书生崔护倩。多少恋，相思未了相思眷。　去岁今年明载问，舒舒卷卷心燕，落落飞飞独院。花一片，明皇上了长生殿。

43. 又 祝寿

老老身身身老老，情情少小情情小。好好人生人好好，知多少，天天地地飞飞鸟。　岁岁年年岁岁，花花草草花花草。已晓神农神已晓。应未了，心中好好平生好。

44. 浪淘沙

一水一人间，半在阴山，黄河九曲十八湾。渭渭泾泾曾八水，入得潼关。　一去一无还，半见天颜。中原逐鹿正朝班。万里东行东万里，唱得阳关。

45. 忆东坡 追和黄鲁直

以此忆东坡，半见婵娟影。何以问人间天上，初始回头省。已见天涯再重整。　诗成荣辱，一语无限景，不言名利，古今，不以当人境。也

221

有杜陵野老，也有严滩芷兰，色色空空颖。四时花草序哉,白雪过南岭。

46. 又

岭外宰相名，水风光影。云里雨中来天上，安石何知省。试问文华文化，春秋纵纵横横，一半江山领。周秦汉晋，三国孙权几郎秉。　东吴谈笑，刘备曹操境。英雄煮酒何论，土地谁重整，合合分分合合，过去今天未来，物序多情景，功成王者封侯，败寇谁言警。

47. 六州歌头

六州歌头，自纵纵横横。伊州路，梁州路，渭州鸣，甘州情。石氏江山赋，望飞鹜，同朝暮。何相度，是人生，共枯荣。代代王侯更易，几民情，牧牧耕耕。天有阴晴，士精英。　文明已付，文明度，文明故，古今行。江河渡，烟尘赋，云成城，雨霏倾。草木相同数，家圆顾，富苍荆。笙歌句，胡姬住，玉人盟。唯有三边皓月，天边挂，杨柳萌萌。六州歌头唱，竽箫两三声，天下相萦。

48. 好事近，希渊生日

一日半东吴，两两三三朝暮。步步前程无数，古今应分付。　书书剑剑杏坛儒。士子作飞鹜，天地云霄辽阔，去来遥遥路。

49. 又，继成生日

一步一行程，半以人间分付。昨日今天明日，是非何如故。　朝花夕拾仍名英，是去来数，草木阴晴朝暮，不言前行路。

50. 又，弟生日

俯仰向东篱，小草初初朝暮。自以人间相度，几乎同云雨。　纤纤细细碧如丝。日月共分付。只以多辛多苦，直枯荣步步。

51. 又，昭美生日

百草一群芳，五色三光朝暮。半在人间天上，不言何飞鹭。　重阳九日九重阳，唱彻后庭树。只是梅花三弄，鹊桥天云渡。

52. 又，令升生日

不问无声鸣，无语无言行路。六浃钱塘杨柳，不分何朝暮。　隋炀一颗，好头颅，水水半分付。已见商船来去，几乎人人渡。

53. 木兰花慢

已台城步步，向谁问，石头城。有老子行年，平生六十，何以身名。自来纵横上下，作秋风春雨尚枯荣。争以隋炀皇帝，荒淫无度倾城。　楼船杨柳垂成，天下女，作红英。二十四桥上，玉箫三弄，笛笛声声。水调歌头重唱，运河边，丝帛已商平，若把头颅不杀，也应换得长城。

54. 感皇恩，弟生日

绿色一江南，运河杨柳。月在桥边女儿手，浣纱西子胜似十三州酒。弟明知我意，来相就。　水水山山，君君友友。剑剑书书半儒守。力争第一。俯俯扬扬眉首。前程行不尽，汝知否。

55. 石州慢

渭氏伊梁，石甘慢里。阳关三叠。万里风尘，一路沙暴，有根无叶。一丘千折，有骆驼舟步，又有沙鸣慑。仿佛江上潮流，似荒山行猎。　关牒玄奘在此，东来西去，钵衣谁接。不远楼兰，海市里蜃楼晔。曾是胡杨，云中落雁，澄湖明灭。寒月弦弦篋，莫以重寻，雕龙自是刘勰。

56. 江城子

云雨

云云雨雨云云，雨非云，雨非云。云雨回归，相互已氤氲。雨雨云云来天上，云是雨，雨成云。　朝云暮雨两纷纷。却衣裙，收衣裙，见得瑶姬，宋玉赋王君，雨雨云云归地上，同是水，共非云。

57. 一剪梅董令升赠魏定甫侍儿

独立清姿玉色明，已是孤英，不是孤英。情情意意总情情。自以相倾，得以相倾。　自在人人自在荣，一曲声声，九曲声声，余音不了绕梁鸣。已笑轻轻，未步盈盈。

58. 汉宫春雪

何处昆仑，有天山冷气，未了寒生。冰清丽质，自然总总晴晴风行白雪，六棱花，飞落含情。谁已见，女儿手上，融融已半红英。　最是处，梅花色，已换衣再现，香气心明。藏黄纳伊，一色两色相倾。婷婷玉立，傲骨姿，形影殊萌。且思量，多多益善，风花雪月倾城。

59. 点绛唇 酴醿

簇簇香心，情情意意谁分付。暮朝朝暮最是多云雨。　见得东君，未与群芳住。深情度，几何相许，切莫相春误。

60. 又

白雪阳春，酴醿作了东君主。古今今古，不作群芳舞。　自在枯荣，自在芳香羽。黄金缕，一园园圃，共与人情数。

61. 又　和张文伯

雨雨云云，纷纷不尽纷纷落。有酴醿约，作了群芳阁。　李李桃桃杏杏梨梨诺，东君诺，有花成萼，只作人间索。

62. 又　和朱希真

太乙东君，书生见了桃花面，独芳谁见，入了群香院。　细雨纷纷，已有飞来燕。情情甸，有心无倩，只以春春恋。

63. 又　除夜雪

雪雪飞飞，微微细细微微约，为梅花落，再着新衣薄。　色色归归，处处文文若。应相托，以芳菲绰，除夕长春祚。

64. 又

岭上梅花，东君换了衣衫雪，月明

圆缺，云淡相逢别。　太乙先行，已向酴醿说。先香落，任人求索，已做群芳诺。

65. 又　社日

草草花花，花花草草江南岸。一春千畔，色色香香乱。　水水注注，一半人家断，回头看，有心兴叹，最是情难断。

66. 又

社日人家，人家只在田渔好，女儿红了，一醉知多少？　见得萧娘，已有潘郎晓。藏花草，有隐无道，有约栖飞鸟。

67. 虞美人　郡斋莲花

清清净净江南岸，雨雨云云畔。红红碧碧一荷莲，半在人间半去来船。　朝朝暮暮无从断，雨雨云云散。婷婷玉立作婵娟，出水芙蓉出水带珠烟。

68. 又

官衙一半官衙老，阶下三千草。中庭一半小荷桥，玉影深深天上四方潮。　斜斜正正斜斜了，此处人情晓，逍遥不了不消遥，自古官官相护作天娇。

69. 小重山　德秀生日

二十年里此门中，三生来向阳红。父母兄弟作飞鸿。乡土地，背井向西东。　书剑半成功。殿前诗儒，学后无穷。别离处处不相逢。天下路，不忍回头空。

70. 又　逢弟生日

自以书剑作人生，行程天下学无名。东西南北自枯荣。思故土，背井去乡情。　何以作书生，已知兄兄弟弟兄兄，你来我去各声明。相见晚，晓已是余鸣。

71. 秦楼月　雪

飞不落，西风不断东风约。东风约，梅花披就，以香求索。　六棱冰花凌烟阁，东城玄武西城略，江山诺，秦王归去，兰亭何作。

72. 满江红　谁守历阳

守历阳城，三生志，一言九鼎。挥戈处，已宣飞将，力臂金铤。一马当先成主帅，千军已诺立名炯。忆李陵，李广酒泉情，精忠茗。　保家国，征战挺，社稷日，江山町。护长安八水，镇潼关謦。自以英雄今古见，当然一世无须等，放箭来，徒手已相擒，人生醒。

73. 望海潮　重九

一钱塘水，半钱塘水。钱塘九月重阳。香得木樨，黄花满地，茱萸采自黄粱，回了故家乡。富春一江水，入了钱塘，六合苏杭，运河南北，作天堂。　杭州湾里汪洋，望沧沧海海，万里无疆。一线潮头，千波涌浪，人间已遍炎凉。石柱撑天举，水自扬长。不尽天涯海角，以剑任疏狂。

74. 如梦令　芍药

一样红红情艳，一样丝丝成念。片片自含苞，半似牡丹珠沾。云潜，云潜，水月身形争滟。

75. 又　和平犀

八月木犀香透，九月重阳时候，共是一黄花，只在中秋前后，衣袖，衣袖，举袂小心衣袖。

76. 又　江上对雨

一水江流江雨，两岸江楼楼女。不望不凝情，望尽已成思虑。何语，何语，自古如今吴楚。

77. 又

楚楚吴吴儿女，雾雾烟烟云雨。别了一嫱姬，宋玉襄王无语。无语。无语，留下情思难去。

78. 临江仙

项羽刘邦垓下问，谁人可是英雄，鸿沟两岸大江东。咸阳曾一火，不见未央宫。　成寇成王成败问，荣荣辱辱何功。回头总是去时风。乌骓应不去，霸王别姬红。

79. 又　和东坡

见得江山江水阔，云深自有天深。高山流水有知音。人人应举步，事事不无心。　一路人生寻一路，百年独木成林。梅花三弄七弦琴，天中天两字，地上地千寻。

80. 又

柳柳杨杨柳色，黄河万里黄河。弯弯曲曲不平波。东流东逝水，北下北关歌。　不问三闻三不问，千年千古千梭。长空日月九歌多。潇湘斑竹泪，端午竞汨罗。

81. 南歌子

桂子初初落，黄花处处生。茱萸采得弟兄情，一度一年应是枯荣。步步人前路，行行日月明。书儒不在故乡成。半在长安半在帝王盟。

82. 又

不尽江南雨，无休塞北云。山山草木作衣裙，水不阴晴花草散芳芬。处处长亭路，时时驿舍文。昨天今日又明分，步步程程不尽苦耕耘。

83. 又

西西青青草，云云郁郁花。五湖四围满人家，最是小桥边上女儿娃。碧玉姑苏色，江船盛泽纱。丝绸一路到天涯，你我他她世界是中华。

84. 又

子子才才见，文文化化闻。春秋草木自芳芬。合合分分家国事事仁君。物物人人物，云云雨雨云。生生息息互相文。放牧耕耘自在自耕耘。

85. 端午　二首

五五汨罗雨，重阳九九云。龙舟自竞自纷纷，落叶随风随水不思君。桂子欣欣实，黄花处处薰。端阳过了女儿勤，到了黄花落尽着衣裙。

86. 又

五五三闻节，重阳九九天。潇湘一半小荷莲，一半长安今古月婵娟。圆缺弦弦易，阴晴处处悬。汨罗唱遍九歌宣，鼓瑟湘灵竹泪已涟涟。

87. 又

五五端阳艾，黄花九九开。三闻不上楚王台，一半汨罗流水九歌哀。已向东篱客，渊明五柳才。人生不尽两三催，昨日今天明日莫徘徊。

88. 念奴娇　中秋

星稀天宇，已今日，月水只圆不缺。万里人情人万里，合合分分别别。作了书生，天涯海角，夜夜灯难灭。诗词歌赋，功夫无了无绝。　自以白雪阳春，又渔舟唱晚，江湖豪杰。宝带桥头，曾一色，后羿嫦娥谁说。这广寒宫，婵娟初取代，向人间洁。天天曾望，弦弦多少优劣。

89. 又　重阳

重阳重九，木犀后，但见黄花杨柳。步步登高远近，处处相逢白首，气气嘘嘘，行行止止，带带衣衣走。文章太守，天空辽阔如否。　天下地上高楼，这人间草木，秋风秋负。日月相平，谁俯仰，不问高低人口，万里江山，五千年社稷，古今先友。去来来去，似乎寻叟翁叟。

90. 贺新郎　送郑宗承

一唱黄金缕，半长亭、阳关三叠，渭城朝雨。柳柳杨杨天下去，谁以锤锤鼓鼓。不道是，楼兰王府。归忆沙鸣沙自在，远丘丘、近近丘丘数，无际宇，怯飞羽。　人应自主人自主，见胡杨，胡姬曲舞，至今由古，逐鹿中原谁逐鹿，若以江山门户。数汉武，秦皇横竖，再数隋炀扬州路，汇钱塘、不问长城苦，何不见，几渔父？

91. 菩萨蛮　采莲女

采莲自是风流女，芙蓉出水云云雨雨。白皙白皮肤，无衣无袖无。藏荷轻细语，只是难藏处，露了一惊呼，不闻谁念奴。

92. 董颖

薄媚　西子词

排遍第八

越吴百里，吴越百年。夫差勾践如斯。已去阖庐，作以先君，指示微词。诛夷云：越必亡其国。这越吴吴越已垂悲。旧事回头，水月何持。战战和和力。范蠡一计献西施。吴越不兴师。　虎丘侧，剑池直，娃馆共西施。勾践卧薪尝胆，三载越吴，吴越分离。合合分分，战和和战，五霸春秋几夷危。吴越茫茫，兄弟难成，儿女夫妻臆。是非不是是非宜，吴越不如姬。

93. 排遍第九

越越吴吴，南北相邻。自然百里同姿。那知此际，熊虎途穷，何以西子平师。舒娃歌舞今不在，金莲期。西子耶溪浣色，却成风云翼，越吴以此决雄雌。天意自怜之。　不闻太宰，这越吴,贪略市公私。今今古古不如，眼下渔利，石室藏匿。忧嗟可经时。燕记归巢，燕自归思。吴越春秋吴越休休，古古今今忆。会稽碧玉姑苏姬，何以范蠡疑。

94. 第十撷

一姑苏，会稽兵百织。智勇难施。破吴策，惟西施，以夫差六渎，修水治惑，国兴师。勾践由此力，难及斯时。制计微行，珠贝方竿极。苎萝有约作殊姿，吴越馆娃期。浣纱溪影挂天罗绮。肌皙白，弱可禁风，纤纤玉玉琼瑶色，嫣然一笑满春香，寸眸流域，双波丰愿。沉鱼时，羞花闭月知。不可多饰，当然自得。

95. 入破第一

浣耶溪，绽似雪。落雁飞飞绝。见沉鱼，月圆缺，半情已与君结。湘裙汉佩，勾践夫差切切。问西施，越越吴吴，何心不绝，剑池别。隐约天平山上，娃馆声声说。吴语，越吴辞，春秋霸，美色兼洁。金莲步步，情意合亲，应是靖边辙。谁别宫门，回头是故，五湖灭。

96. 第二虚催

谁朝暮，香车故国无回路。芳心质婷，姿雅吴都分付。何言子胥，何为吴，谏言倾许："愿勿容其至，周亡褒姒，商倾妲己！"情姿色忠言不顾。修娃馆，建吴宫赋，金莲寸寸步步。娇蕊恩爱度。得取次，江山不护。金屋藏娇，朝云暮雨。

97. 采桑子　禹吴

三年步步苏州路，半见姑苏，半见江湖，半见人间半见吴。养船养水养马，半见江都，半见书儒，半忆西施半念奴。

98. 第三衮遍

姿柳柳，红酥手。皙白色，双波走。眉日里，藏娇处，轻放纵情无守，分明是，心神摇荡，欲止无休，木渎由此柳，腰细金步，樱桃小口。最是可留春。牡丹馥郁檀香纠。鸳被里，越共浓，吴芬受，衣衣绶绶。温温尔尔，馆娃宫，情回首，只鸳鸯久，依就云间，江山可否？

99. 第四催拍

管弦丝竹，瑟琴箫笛，音乐壁，情人历，相知，却是不相知。奸臣美色，女子西施，吴越五霸时，吴越你我离心背敌。　子胥击，兵戎虚实，六渎营房溺。船已动，范蠡思。西施舞，曲已无觅。边陲不报，已不严阵以待，自松松驰驰，一越方成，霹雳。

100. 第五衮遍

吴越吴，吴吴越越，五霸春秋田。兵将历，臣君守，民土误食依贫，弹空壁。谁除祸本，重结人心，来去见鸿飞。草木何留，成成绩绩。这天下，兴亡何至，可以相析。家国家，家家溺。田荒芜，无入米无机。谋穷计尽，鹤唳猿啼，闻处格外微，若以此此，千年再归。

101. 第六歇拍

修成六渎，运河初治。吴越水，这夫差，知其志，自古无异，王王俱是，辜负怜心，谁不记虞姬，不以论功，何闻故里。　降令曰"吴亡赦汝。"乱阵军中泪。吴里怨，越中疑。西施女馆沉湖泪。峨眉宛转，或殒鲛绡，谁知范蠡时。淼淼姑苏，会稽不记。

102. 第七煞衮

人间客，人间半阡陌，人间不留客。耶溪一日，清清回首千波。云烟霞雾，玉手纱裙，依约露妍帛。雪月风花，含情脉脉。夫差获，会以勾践，儿儿女女江山弈。但一点灵歌，暮雨朝云迫。媚魄千载，江山未隔，向干戈，吴越择。

103. 卜算子

一木一枯荣，三界三光主。有处钟声有处鼓，自在如来府。　昨日读心经，今日金刚辅。明日观音向善人，普渡成今古。

104. 满庭芳，用小游韵

杏杏梨梨，桃桃李李，一花一果前林。无言绿蚁，不醉不黄昏。自丁秦淮六漤，杨柳岸，有运河门。姑苏水，江都美女，一半会稽蕴。　天堂天下路，钱塘八月，一半云运魂。一线潮头举，到了天根。莫以书书剑剑，王谢晋，自以桓温。长安问，咸阳旧业，是子子孙孙。

105. 潘良贵

满庭芳

第二身名,身名第二,进士已半人生。一当无止，三属探花荣。是以龙门水秀，长安市，又曲江明。谁人问，寒窗十载，自作唱民情。　行行。行苦苦，长亭步步，步步难平，过高水峻岭，远近同盟。十二峰中白帝，

三峡谷，两岸争鸣。经官渡，金陵旧梦，石破也天惊。

106. 董德元

柳梢青

雾雾霜霜，冰冰水水，一半天光。暖暖寒寒，凝凝化化，木木梁梁。　红尘处处芳香，白雪作梅妆。衣袖扬，不谓功名，谓何行止，满腹文章。

107. 冯时行

青玉案

江楼一半江流误，昨日似今如数。逝水东流东海注。以云当雨，以云当雨，不以天分付。　一半天下人情顾，上下居中成事故。止行行止，去来来去，锦锦囊囊度。

108. 虞美人

花花草草何时了？草草花花晓。秦楼不断凤凰箫，汐汐潮潮又汐汐潮潮。　江流万里江楼少，一路声鸣小。分分合合去迢迢，足以辽辽阔阔自逍遥。

109. 又

人生七十人生暮，见了千年路。修修治治问东吴，过了南通再向北通殊。　运河留下三千故，胜似长城数。三千年里一三吴，富了杭州富了几姑苏。

110. 又，重阳词

年年步步黄花下，落叶西风嫁。归家不得不归家。采得茱萸寄与故人

遮。　求根不得求根借，不以寒霜罢。桑麻岁岁作桑麻，与了人人不计是天涯。

111. 渔家傲　冬至

冬至长时夏至短，再经小大寒天暖。已到立春春水散，吹柳管，儿童出手梅花满。　阵阵东风风阵阵，和和熙熙阳阳缓。款款新妆新款款，情娃馆，西施去了东施伴。

112. 天仙子，荼蘼已雕落赋

风雨多情多少，草草花花落未了。东君有令待人间，相继好，相序好，处处时时芳是晓。　记取荼蘼香满道，作得芬菲芬最早。黄黄白白呈红颜。情不老，情未老，只道心中飞小鸟。

113. 点绛唇，十七年赋闲，二月到官，三月罢，同官作别

一半人生，人生一半人生路。有云无雨，十七年中度。　二月官官官，三月官官步。无官步，入乡乡住，不与忧心误。

114. 玉楼春

桃花去了梨花去，小杏红时小杏雨。多多翠羽碧层层，露露烟烟荷不语。　尖尖小脚萍萍处，最是柔情孤独女。不禁群芳不禁软，楚楚吴吴吴楚楚。

115. 点绛唇

水上阴晴，江村一片黄昏暮。向春留住，只是难留住。　一路梅花，只是香香数。如何住，有来当去，

岁岁年年故。

116. 又

总是相留，相留总是难留住。有云成雨，岁岁年年付。　　不必相留，总是难留住。东君步，去年如故，今日明年故。

117. 梦兰堂

不上长亭短亭短，杨柳色，花已暖。儿童吹芦管，芳草岸，女儿伴伴。踏青时，相约断，从这里，刘郎步缓，到时暗情传满，千里断肠谁酒馆。

118. 暮山溪　是，不是，是。

人生不是，不是人生。步步问江村，处处是，人生不是。人生是是，处处是人生。何不是，何应是，不以官官是。　　渔樵也是，也是渔樵是。日日作年年，去去是，来来也是。平生是是，是是是平生，非也是，是还不是，叔叔人生是。

119. 醉落魄

珍珠一斛，清风明月何相沐。明皇作个人情伏,不见梅妃,自是玄宗恶。花尊楼前何入目？清魂落魄眉眉蹙。佳人不肯人间独。俱是风流，误了人心煜。

120. 朱松

蝶恋花，宿郑氏阁

杨柳絮，飞飞落落。郑氏香阁。梦里何求索。喜鹊轻声轻喜鹊，近窗有语是承诺。　　不远方塘开镜泊，一片浮光，促起惊鸥掠。有约天高天有约，深深堕入湖中廊。

121. 朱翌

点绛唇，梅

腊月冬梅，春梅只在群芳里。是东君此，作得寒心姊。俱以浮香，留作人间比。人间比，以芳花蕊，十瓣奇形美。

122. 朝中措，五月菊

荷钱浮玉点珍珠，梅雨满三吴。五月黄花香气，丝丝络络苏苏。不同与众重阳问，初谢小蛮奴。何以木樨分色，当然九月荒芜。

123. 生查子，叠扇

开开合合时，字字形形异。一字叠成知，展得方圆泥。人前一字司，世上方圆器。冬尽不春秋，只作轻风易。

124. 陈康伯

参知政事尚书郎，仆射平章福国香。少保中书枢密使，文恭谥正抗金梁。

125. 阮郎归　西施之死

耶溪水色越云飞，西施去不归。五湖沉下五湖晖，范蠡一计微。吴国政越门扉，何疑西子妃，夫差最是缺情违，西施何是非。

126. 浪淘沙　鹅湖山

望得玉门关，一半河湾，荒丘移动响沙山，斩了楼兰何再斩，不可归还。此箭贺兰山，射过阳关。临安御旨祝朝班。社日鹅湖山下酒，正色人间。

127. 欧阳澈

踏莎行

一字飞空，人形不散，年年作得衡阳岸。飞鸿岁岁自声鸣，人间处处朝天看。　　岁岁无停，年年不断，山山水水芦花畔。春秋两度向春秋，高高长鸣低低唤。

128. 蝶恋花　拉朝宗小饮

落叶随风随一路，半在层楼，半在黄昏暮。小饮三杯三不顾，骚人只久王夷甫。　　不付公堂公不付，已过中秋，已近重阳度。且望茱萸兄弟赋，平生回首潇潇雨。

129. 玉楼春

人人自在天然道，水水清波明镜好。弯弯月亮一婵娟，步步金莲金寸葆。绝缨脱帽琼楼蓼，羽舞情歌无限了。归时玉影问星空，昨日今天明日少。

130. 又

霓裳羽舞谁如玉，不是梨园无此曲。香香色色入心情，最是深庭深远烛。兴来笑把姿容属。切切殷殷肠断续，梅花三弄化衷肠，促促芳华芳促促。

131. 踏莎行

阵阵春风，微微细雨，群芳自在黄昏顾。东君已去问梅花，红尘化作香泥路。　　岁岁年年，朝朝暮暮，花花草草何分付。今天过去是明天，秋冬春夏寻常度。

132. 小重山

一越天下十三州，钱塘东去富春流。

杭州湾里自春秋。何不见，有水调歌头。　　杨柳运河楼。小桥东边，碧玉含羞。去来日日两千舟,谁留下,但解一怀愁。

133. 虞美人

清明不断纷纷雨，柳柳杨杨女。桥边碧玉半姑苏,一半心情不尽问生儒。　　寒寒暖暖黄昏暮,乞火谁分付。红酥手上半东吴,递与东窗不语是殊图。

134. 曾惇

朝中措

幽芳独秀问山林,远远自隐深。见得钱塘小小,越里带吴音。姑苏情在,杭州潭月,水是知心。不在潮头儿女,悄然一夜弦琴。

135. 又

华芳一半女儿心,目目是关心。步步宜情行止,含苞欲放知音。凌波水上,平山月下,作了弦琴,只可由君抚弄,梅花落里相寻。

136. 又

华芳一半女儿心,目目是关心。步步宜情行止,含苞欲放知音。凌波水上,平山月下,作了弦琴,只可由君抚弄,梅花落里相寻。

137. 念奴娇

钱塘千里,运河岸,一半烟云多少。已是心中心已是,处处风流草草。同里长洲,会稽浙水,自是花花好。小桥流水,梅花三弄无了。　　南

北一半苏杭,有天堂日月,隋炀谁晓,数落荒淫,非正事,自以楼船还小。水调歌头,连秦淮六洓,取扬州道。瘦西湖上,谁人箫里人老。

138. 诉衷情　别意

圆圆缺缺自弦弦,篌篌一天天。风流谢守相遇,白雪已成烟。　　中月日,有团团,作婵娟。目无离别,许许衷情,作作神仙。

139. 浣溪沙

一半春山作画屏,三千草木自丹青。烟烟雨雨问湘灵。　　紫禁长安长紫禁,泾泾渭渭泾泾,心径自在自心径。

140. 点绛唇　重九饮栖霞

九九栖霞,石头城外茱萸路,对黄花暮,自是重阳度。　　一一香陵,得以秦淮渡。东吴数,是谁分付,日月江山故。

141. 张表臣

菩萨蛮　过吴江

运河杨柳江南路,小桥流水商舟住。八月一鲈鱼,东吴莼脍余。　　寒山僧寺度,娃馆天平暮。不问半相如,人生三界书。

142. 蓦山溪

江流不住,不住江流故。北固大江东,逐日月,朝朝暮暮。江山如此,如此见江山,何分付,谁分付,不尽人生路。　　山河不数,日月应当数。步步是行行,无止处,分分付付。

前前后后,不利利名名,何事度,何人度,苦苦辛辛度。

143. 吴亿

南乡子

水月半云霄,一阵轻风上小桥。却是裙裾裙摆动,逍遥。这里波小姐邦里潮。自以是阿娇,细细姿身细细腰,腿腿修长修腿腿,苗条。白皙双情弄玉箫。

144. 烛影摇红

烛影摇红,香香色色声声唤。风流分付半青楼,曲舞情难断。日暮是杨柳岸。只见得,云消雨散。几回兴叹,未了还休,并非兴叹。三叠阳关,楼兰过了交河畔,梅花三弄玉门前。唱晚渔舟乱。见得高山流水,娃馆金莲步步,运河边,波波澜澜。牡丹开了,燕子来了,人心重看。

145. 刘表

临江仙　补李后主词

结子樱桃红结子,花开花落成泥。子规啼子规啼,春来春已去,鸟静鸟楼栖。　　门巷寂寥人去后,望残烟草低迷。花草树木各高低,是非非是,飞鸟自东西。

146. 李鼐

清平乐

清平乐道,自是春光好。百草群芳香未了。浙水吴门小小。　　波波

滟滟潮潮，鸥鸥鹭鹭云霄。已望回头是岸，阿娇学得苗条。

147. 杨无咎

水龙吟

官梅不是官梅，先贤种植成先辈。从人见得，年年见得，官官向背。去去来来，迎迎送送，荣荣晦晦，几荣荣辱辱，成成败败，何进进，何退退。　人已成双成对，作鸳鸯，自然相配。兄兄弟弟，别离离别，父母姊妹，合合分分，来来去去，以官梅对，相视应相顾，情情心里忆情情怀。

148. 又

寒山寺里寒山，朝朝暮暮惊锺鼓。枫桥夜泊，渔歌唱晚，人间自主。日月扶苏，枯荣如草，问谁渔父。向虎丘同里，剑池娃馆，成败里，谁龙虎。　一路太湖淞沪，见姑苏，二千年浦。春秋五霸，夫差勾践，风风雨雨。谁问西施，范蠡无智，江山沉羽，以女儿相易，馆娃何以唱黄金缕。

149. 又

西湖内外西湖，三潭印月三潭见。闻莺柳浪，听鹂池馆，雷峰塔燕，羽客梅坞，春茶龙井，女儿如面。饮清泉虎跑，商家无数，灵隐寺，长生殿。　鹤子梅妻香院，自幽居，人间和北。桃源世外，天清天净，芳芳甸甸，草木西泠，蓬莲荷岸，芙蓉开遍。几人间冷暖，农夫农子

以中兴普。

150. 又

西湖一半西湖，西湖内外西湖水。晴晴日月，阴阴草木，和和美美。小小瀛洲，平平湖岸，芝兰朱紫。见岳飞在此，谁臣秦桧，天下问，单于几。　不以贺兰山比，向燕山，徽宗徽止。临安市里，琴棋书画，芳芳芷芷。不问长安，渭泾泾渭，入黄河里。作东流去，高低自取作高低水。

151. 又

南南北北东西，边边界界疆疆里。你中有我，我中有你，桃桃李李。几步人间，几何天地，是何无声几。有和和战战，成成败败，民不子，官无子。　社稷江山谁祀。国家前，非兰非芷。严滩草草，砚山垂泪，朱朱紫紫。八水长安，三吴同里，运河伊始。这江南水月，山河日月在朝开指。

152. 又，木樨

香香八月黄黄，重阳九月黄花仰。黄黄八月，黄黄九月，相传朗朗。已是西风清清肃肃，兰天同享。太湖天下水，洞庭山上，行止望，黄天荡。　领略骚人方向，一风流，二三思想。江山日月，岁年花草，来来往往，自以枯荣，却无成败，地厚天广。秩秩冬春夏，人间正道是人间昶。

153. 念奴娇

黄河万里，过中原东去，扬扬一水。千古江山谁逐鹿，起落蛟龙何止。六国春秋，纠周秦汉，天下隋唐轨。紫朱声下，古今今古原毁。　无已，日月空明，草花繁简，消长盈虚理。歌入汨罗湘楚见，谁以三闾浮履。到了长沙，苍梧人在，自是湘妃意。无须斑竹，天枢元自如此。

154. 扫花游

扫花觅路，碧玉小桥边。白红多少，一香未了。自心心蕊蕊，作红尘晓。化作芳泥，比得开时更好。可知道，一别岁年，遗愿成草。　花下人悄悄，露水沾衣裙，女儿娇窈。旧盟缈缈，有情谁隔日，不随春老。一旦相思，只怕黄粱梦杳。自常恼，有声声，去来啼鸟。

155. 隔浦莲，应为近拍

东君来去有约，不听梅花落。夏士莲荷色，红红初吐香萼。英玉英玉若。何系索，独自朝天绰。　彩云薄，芙蓉胜处，婷婷留得轮廓。如形如影，水镜余香余跃。准拟蓬蓬结子，可托，明年如此成诺。

156. 品令

运河流去，几不得，隋炀路，都说此帝荒淫度，造楼船误，惊起扬州女。往事总归来事处，这长城谁付？泪痕空把风烟误。生灵故，争奈何无数。

157. 阳春

杏花烟，梨花月，都寄与阳春色。

何处问群芳，香流近近远远。红处白云得，国香香国。如白雪，水南山北。还是柳浪莺啼。蕙风轻，隐情难则。　　觉身小裙宽，苗条步，腰更细，嫦娥转侧。灯前垂帘不挂，对空墙，粉泪迷惑。相思不是可直却入了，丝丝凄恻。这朝暮，不守黄粱梦，春心亟惑。

158. 白雪

云云雨雨，成白雪，寒中已过长空。落落飞飞，潇潇洒洒，杨杨柳柳，随风。入帘栊，问纤草，扑漉春虫。最相见，傲梅香雪，皓素自藏红。何以岭上已迟，阳关先至，画图中。莫以化烟心切，无处有情衷。谁不见，只形不同，俱是雨云中。共其真个，多情过得天公。

159. 垂钓丝

朝朝暮暮，云云难尽雨雨。最是这高唐，三峡许，谁几度？宋玉何代许，媱姬女，有言千万句。　　怎生会得，襄王本自官渡。楚吴不顾，只在瞿塘住。谁以嘉陵顾。谁分付，一意谁自数。

160. 又　赠吕倩倩

玉纤举露，思思如语句顾。似纳意含情，知几许？谁与度？似有无有故。应何许？绕花千百步。　　不如见得，双波左右分付。似云似雾。只以相知误。当直当倾住。明月下，不谓云又雨。

161. 解蝶矍　吕倩倩吹笛

玉笛声声兴叹，无语人情断。又还撩动。春心柳杨岸，碧玉在，小桥边，一曲招惹客客船，已倾心半。　　运河畔，花草香云香散，轻轻与谁唤。有音成曲，阳春已分冠。触目杨柳姿身，逐云呼雨天涯，指随春腕。

162. 醉落魄　龙涎香

双心委萼，幽幽不尽香香约。微微郁郁人人泊。自是多情，已在云边洛。　　两鬓衣裙常带妁，旋身止步回头若。已留气息身心博，不待清芬，一笑人间错。

163. 青玉案　祝寿

人人万寿无疆客，日日去来阡陌，最是秦皇徐福帛。祈天东海，多施恩泽，复复康康伯。　　水水草木山石，北北南南十三脉，老少人中多少莫。苦辛辛苦，责无无责，步步平平白。

164. 又

人间处处多杨柳，世上止行行走，一半功成辛苦酒。败成荣辱，顾前思后，日月无闲手。　　自以水水山山守，雅雅温温已皆友。异异同同天下口，去来来去，不分知否？步步前前首。

165. 又　次韵

花花草草花花草，一岁一年多少。岁岁年年人已老。去来来去，草花花草，只是人人老。　　世世未了人人了，草草花花草草好，岁岁年年从不晓。古今今古，道先先道，道道元元小。

166. 望江南

锺陵好，江水一明城。瑞色休休春已满，瀛台月照雨初晴，佳人玉质生。　　颜楚楚，气宇已清清。淡淡梅腮。红粉白，恣身半露暗窥情，和目以娇盟。

167. 又

锺陵好水色映江城。草木枯时春又荣，年年岁岁再生萌，人人总向明。　　山郁郁，玉宇晴晴。远远云云成雨雨，今今古古已纵横，天下九歌声。

168. 又

锺陵好，代代有精英。制书平章门下事，三台御史客京城，王孙客上情。　　江逝水，自在清清。一去如斯如一去，留名不俗不留名，行者久枯荣。

169. 又

锺陵好，世世作公卿，子子民民民子子，桑田自在自殊萌，江山社稷情。　　天下治，水色明明，半在京城身半在，耕耘细细耕耘，日月以天情。

170. 选冠子　一名选官子，十五体

一字排空，三星问雁，故垒声鸣初断。山山隐隐，水水泛泛，南北北南芦岸。秋也飞飞，隔年，春也飞飞，无迟无乱。且以衡阳住，湘灵斑竹，滩平沙岸。不忘处，北雁门关，玉池青海，俱是寻寻河畔。今今古古，

去去来来,朝朝代代消散。是是非非,此时非是彼时,人间人换,共枯荣,年岁年岁,年年自换。

171. 满庭芳

节物争妍,江山改面,岁年年岁秋春,今非昔比,人事自成尘。草木枯荣岁月,依律是,旧旧新新。何新旧,来来去去,一代一经纶。　　如非如是处,南南北北,晋晋秦秦。去岁去草木,似是茵茵。昨日今天明日,同异处,问得人人,天生是,人人事事,物物以时沦。

172. 二郎神,实为转调二郎神

半云半雨。不是非,阴晴两度。乍到了清明,书窗寒食,乞火何时有赋。已是群芳,运河杨柳,李李桃桃如数。谁小杏,过了墙头,情以白红分付。　　何故。山村水舍,船娘鸥鹭。手里一梅花,频惊屈指,漫与清流两句,寄与萧郎,藏娇藏得,只与女儿分付。却只是,又以相思,重重度度。

173. 水调歌头

何以人生步,一岁两中秋。梅花落里分付,又水调歌头。最是阳关三叠,一句一重一复,逐句逐风流,可向王维问,不作定西侯。　　运河水,杨柳岸,去来舟。高山流水,钟子期向伯牙休,一半知音一半,未了琴台日月,留下汉江楼。四面飞黄鹤,草木望鹦洲。

174. 又

汉水分鹦鹉,汴水合鸳鸯。运河两岸杨柳,草色颂隋炀。以帛换杨换柳,水调歌头劳力,六溟入钱塘,以此天堂客,六合一苏杭。　　姑苏月,同里寺,巷周庄。双桥步步回首步步见黄粱,何以官官相祝,何以民民自足,何以儒书光。何以扬长志,何以故家乡。

175. 又

三载苏州路,一步半人生。谁知已是今古,再度话精英。制书中央报告,政府工公报告,未与小人平。士以和为贵,道以日阳成。　　一生二,三生道,道生明。玄元一度天下一度一殊明。只在风云日月,已是枯荣草木。自作自民生,八十飞鸿落,了此一平生。

176. 又,一带一路一国一园一银行

水调歌头唱,一半竹枝情。运河两岸杨柳,以帛易枯荣。见得隋炀莫问,有了天堂日月,胜似一长城。不废秦皇史,汉武作精英。　　五千载,三世界,一人生。成成败败,来去自古自民生。为人民服务,不积跬步远,自是匹夫名。远近中华在,世界共华荣。

177. 传言玉女,水仙瑞香黄香梅幽兰四品同坐

玉女墉宫,自去了承华殿,传言玉女,告王母约见,幽兰石径,水仙瑞香梅面。千仙相聚,三瑶台院。我子登也。伺王母,送红线。相知汉武,把天台方便,何须问人,且教使盘桃宴。相逢常是,一双团扇。

178. 又

已见东君,未见得群芳艳。黄香梅色,水仙幽兰沾,瑞香向晚,日去月来念念。灯灯火火,书书剑剑。玉阁中人,一琴弦,曲舞兼,高山流水,十二峰中占。瑶姬宋玉,且与襄王不钦。相逢便是,与花成僭。

179. 于中好

墙头小杏风流子,有红心,也有黄蕊。当心结果归时暑,俏无意,以心委。　　人情最是书生起。早一色,晚了芳靡。落下旋旋深无已,更知晓,东君是。

180. 又

江流不住江流住,水无休,白石如故。风波已见骚人误,不曾是,何相顾。　　源泉自在高低路,从长远,向曲折付,重今再与云成雨,见浪与,从波妒。

181. 又

人人不顾人人顾,未相关,彼此无顾。如相关处相关顾。是非别,应相顾。　　人生不以谁分付,长亭外,步步如数。行行止止行行路,暮暮朝,朝暮暮。

182. 瑞云浓

年年岁岁,风华何以轻换。花甲人生不应为,知心正是,五百载,三千年看。只以不回归,雪花风月算。浓缩平生,随日月,临流兴叹,逝

者如斯寄霄汉。再游江潮向当初，是江河岸，柳柳杨杨，以南北半。

183. 一丛花

年年日月作华年，妍女女儿妍。藏娇自有藏金屋，赵飞燕，姊妹花边。一夜丰姿，三生秀丽，千情掌中宣。朝朝暮暮半神仙，已种五分田。故人只作寻芳计，小红杏，格外争鲜。多少情缘，山河草木，未了女儿船。

184. 好事近　黄琼

已自问姚黄，小苑琼花颜色，又是风流重现。竞倾城倾国。　如今箸上帝王妆。俯仰故沉默。未了群芳天下，向花仙直得。

185. 殢人娇　李莹

水阔天高，月色多多少少。喜（小名）银蟾，十分小小（名）。婵娟形影，已在苏杭好。但在太湖里，也西湖晓。下里巴人，维肖维妙。娃馆外，教人难老。广寒宫里，只清晖无了。桂子约中秋，不知多少。

186. 又

汐汐潮潮，水水明明好好。带清光，以银分渺。粼粼波浪，近近遥遥淼。一念自排空，落花多少？架着天桥雨仙窈窕。天欲下，桂花何晓。桂香来去，桂城心无了，桂子已成名，木樨方好。

187. 蝶恋花

步步纤纤摇玉足。细细声声，三弄梅花曲。断断相承相继续，黄金缕

里人情促。　去去来来无拘束，百态千姿，扭扭腰腰瞩。最是双波双目触，何言楚水何言蜀。

188. 浣溪沙

首辅堂前作豫章，含元殿里问渔阳。精英自此自炎凉。七十南洋南海外，巴新再去马来乡。诗词十二万余梁。

189. 蝶恋花

不力春风春不力，一半东西，北北南南息。臆已群芳群已臆，红红绿绿花香得。　太乙无言知不极，断了飞鸿，收了飞天翼，已是运河杨柳色，琼花开了无须匿。

190. 又

蝶恋花时花不恋，一半无声，一半无心见。一面残心残一面，原来大半寻芜遍。　蝶恋花时花已恋。一半呈心，一半求情宴。只可如君飞已倦，花花瓣瓣花花片。

191. 又

万里兰天兰万里，南北东西。一水平平止，李李桃桃李李。花花落落花花起。　蕊蕊香香香蕊蕊。宿鸟栖栖，静静幽幽矣。结子何声何结子，有言是妹无言姊。

192. 锯解令

一花开了半知春，草已色，纤纤折折。东风带雨泡清尘，尽化作，明明灭灭。露珠玉波。点眯光光亮杰。寻思不定且知情，这里约，以心可悦。

193. 忆秦娥

情难足，婵娟最是颜如玉。颜如玉，红楼有约，碧螺春续。　小桥流水姑苏曲，阳春白雪红红烛，红红烛，肌肤皙皙，以依相属。

194. 倾杯　上元词

腊月梅花，香倾元日曦风早暖。已初觉，东风处处春光未去，阳阳先满。纤纤小草纤纤细，伏地相窥，探探雨云莞莞。小园隅落，似是层层阆苑。　岭上色，东君还远。望海角天涯，多缱绻。不道是，懒懒神仙，只待碧玉温婉。向女色，春心已返。一年又声声爆竹，唤得群芳苏醒朝朝晚晚。

195. 望海潮

人人来去，天天朝暮，风流越越吴吴。北北南南儿儿女女，依依文文夫夫。百里一江湖，小桥半碧玉，不惊飞凫。鹭鹭鸥鸥，落飞追逐，似殊途。　古古今今如如。有夫差勾践，也有西施。不计范蠡，春秋五霸，英雄不是多余。不必问三闾。社稷江山见，何是当初，自以民间野史，胜似帝王书。

196. 齐天乐

何人不见何人见，东君是东君面。只以梅花，阳春白雪，去去来来飞燕。群芳茜茜，碧玉草纤纤，已凝香淀。色色颜颜，几乎见了深宫院。钱塘运河两岸，满杨杨柳柳，花草花草，小小微微，荒荒野野，伏地

轻生不断，横横散散。就是这生平，满江湖畔，满了人间，满云山谷氅。

197. 又　端午

疏疏点点黄梅雨，谁人不知端午，一是诗人，三闾楚客，五月偏逢偏五。汨罗芷浦，贾谊在长沙，九歌今古。几世声名，作人居正自当主。龙舟一呼似虎，已惊天下路，先后先后，逐逐驱驱，飞飞快快，整整齐齐如数。江江岸岸，望尽洞庭湖，向龙王舞。已得功成偃旗何息鼓。

198. 蓦山溪　端午

端阳重五，一水谁渔父。竞者竞龙舟，千万举，声声似虎。汨罗不尽，全国向三闾。天下浦，人间浦，自以行行羽。　飞船有数，也有飞人舞。见合力齐心，一二三，情情惊弩，酒泉一箭，李广阵前呼，谁汉武，封千户，天水天无主。

199. 又　酴醾

珠珠露露，落落多云雾。雅雅自天姿，暂白素，清清湑湑，酴醾碧玉，瓣瓣一天书。无朝暮，半朝暮，处处人人赋。云光已付，日色多分付。水气自疏疏，似窥宋，罗巾摆渡。娇容均布，丛里有藏颜，三两步，两三步，切切依心住。

200. 又　同前

玉英香蕊，切切幽幽绮，淑淑几微微，已独独，身身委委。杨杨抑抑，俯俯亦垂垂。开时靡，闭时靡，百态千姿美。　多情宿矣，积得珍珠似。晚了问东君，直教得，薰薰不已。无穷滋味，想入自非非，朱紫薿，紫朱薿，始是春风始。

201. 又　木犀

莲蓬结子，碧叶成层苡。处处是浮萍，方圆见，乾坤如轨。香香郁郁，远近已倾袭。生桂子，桂生子，一半江南子。　丛丛弭弭，叶叶枝枝里，粒粒作心心，菊可问，黄花可始，同颜共色，过了一中秋，重阳矣，重阳矣，不在篱间比。

202. 浣溪沙　长洲

五霸春秋五霸遥，藏娇娃馆儿藏娇。枫桥寺外一枫桥。碧玉姑苏姑碧玉，云霄已满半云霄。五湖不尽五湖潮。

203. 醉蓬莱

一诗词太守，少小成翁，日还重九，庚岭归来，十二三万首。音韵知声，平平仄仄，仄仄平平守。一字当前，千年在后，几多高手。　八叉情衷，浩然相对，已尽文华，短长知否。短短长长，宋宋词词右。好把唐诗五万，化成了，古今人口。启后承前，以诗词序，古今回首。

204. 又

笑人生七夕，明月中秋，又还重九。寻得黄花，采来茱萸绶。寄以心情，半作杨柳，拟以诗词守。古古今今，长长短短，韵华依旧。　可以长长短短，凭字字句句，格律知音口。从了诗经，拾己元曲走。来自先贤，后去贤客，共与传承久。会与州人，不从公遗十三万首。

205. 又

自千年已去，古古今今，以何经守。华阙中天，以文章行走。教化人生，春秋论语，国学玄元首。玉宇风尘，纵横有度，经纶成偶。　政政商商家家国国，战战和和，如民如口。你我他她，未来多念，过去当今，可知否。海下天空，已是人类友。以此求索，信息作舟，俱是成人久。上天下海，以人为本，以民为首。

206. 朝中措

江山万里半长空，一字见飞鸿。两度衡阳青海，春秋岁岁相同。　人形天上，声声不语，情自由衷。行行直须年少。为为看取天公。

207. 又

江流不住问江楼，年岁一春秋。已是东西南北，沉沉也是浮浮。　文章太守诗词教化，汉阙成舟，如此须养马，秦川看取商周。

208. 点绛唇

见了东君，桃桃李李梨花雨，有梅花舞，小杏何无主。　会得群芳，听以黄金缕。黄金缕。庚公公庚，且以知音数。

209. 又

雨雨云云，云云雨雨烟烟雨。，这姑苏雨，一半阴晴雨。　水水山山，水水山山雨。江湖雨，洞庭山雨，处处烟烟雨。

210. 又

暮暮朝朝,朝朝暮暮黄昏暮。小桥朝暮,碧玉黄昏暮。　有约黄昏,宝带桥边暮。桥边暮,暮当还暮,无影无形暮。

211. 又

步步人生,行行止止行行路,是长亭路,水水山山路。　岁岁年年,去去来来路,成功路,是非皆路,曲曲弯弯路。

212. 卜算子

举目广寒宫,俯首诗书窗。步步人生步步量,浪浪成长江。　一夜一婵娟,三界三无双。日日行行日日长,始终终终邦。

213. 又　改体

一步一人生,三界三杨柳。水水山山处处生,拂拂垂垂首。　半壁江河,处处人人友。知多久,有无无有,日月当知否?

214. 又

一路不回头,不饮平生酒。止止行行止止行,草木知杨柳。　古古今今,半部春秋友。春秋友,纵横相守,来去谁知否?

215. 滴滴金

梅花带了春消息,约群芳,草生得。不觉人间好颜色,借时东君力。　年年桃李成蹊织,以春风,雨云匿。香雪海中有芳香,彼此重新忆。

216. 又

相逢未尽何朝暮,又难见,又离去。不唱阳关三叠句,竹枝情情付。　梅花三弄梅花度,有相思,有云雨。静听心声夜无眼,暂切同相住。

217. 上林春令

朝暮寻长亭路,一步步,风风雨雨。秋冬春夏行鸣,见草木,上林一度。　桃桃李李成蹊故,岁年继,如今分付。童童已是翁翁,森林木,一二三赋。

218. 瑞鹤仙

东君相约,梅花落声中,百草求索。群芳雀跃,一丛三簇,百红千紫阳春白雪。下里巴人不略。这风流,香雪海,芬芳恰如若。　僭僭藏藏,含苞欲放,高低层错。红颜素色,已薰透,纤繁经络。春心傲荡,余情是,彼此相托。便蜂儿去了,蝴蝶采粉萼。

219. 又

是阳春白雪,问冬梅,春梅相继无别。群芳共圆缺。向东君,香雪海中豪杰。虚虚设设,认残梅,先自采折。杜鹃丛里却,丁香杜宇,落花无绝。　依约,先先红紫后后黄丹,共同领略。飞飞雀雀,虫蜂蝶,向香萼,五湖云,洞庭东西山上,人间何事求索,有笙歌绣阁,云中雨中细酌。

220. 又

自朝朝暮暮,谁言道,去去来来无数。人情未分付。古无今,今亦无当今度。前行步步,见南辕,还北辙路。有春秋半,有冬夏四序,不断飞鹜。何问庐山形胜,岭岭峰峰纵横相许。鄱阳水雾,苍梧水,九嶷树。以湘弦难寄,清风明月,屏山蝶梦分度。对江西,散了珍珠,一云一雨。

221. 又

上滕王一阁,揽九江,庐山眉目有约,横成岭求索。纵成峰压翠,鄱阳湖落。临川伯爵。洞庭湖,群山飞跃。这波涛涛,喷喷博博,万里去,千年度。　重省。江东吴越,日月钱塘,牡丹花萼。阳台楚若。云雨峡,不孤寞。待媛姬,先以西施娃馆,小小苏杭锋拓。始因循,古古今今,有行有诺。

222. 雨中花　应为雨中花慢,二十一体

三百年间,五千年里,几多何少风尘。已轩辕故事,四序秋春。神农自留花草,三皇五帝经纶。夏商周见,秦皇汉武,谁识天人?　先贤在,名儒在,诗词格律当真。一步步,今今古古,古古今今。成败江山社稷,荣辱一二三人。愿君自立,岳阳楼上,忧国居民。

223. 又

水水山山,和战,战战和和,愚愚贤贤。自古和为贵,不断公弦。长记水成文化,圆圆缺缺圆圆。山山相砥,峰峰孤立,触目惊天。　长城向背,干戈生死,彼此上下千年。谁问我,运河南北,来去商船,两岸已杨柳,碧玉小桥边。作天堂也,且以荣事,富了前川。

224. 又　中秋

月白风清，圆了十五，嫦娥寒了枯荣。已西风肃肃，枝叶无声。何以归根不问，飘飘落落无微，古今归根问，咫尺天涯，无已同生。　春荣已尽，朽了秋心，是非独自相倾。惟以随曲飘落，如了书生，求取功名利禄，黄粱一世乡情。一人有酒，一人无酒，俱是平生。

225. 鹊桥仙

牛郎织女，人情多少，留下人间乞巧。鹊桥七夕玉河潮，鹊不足，情情不了。年年一度，依依好好，已是心思如草，飞飞落落入云霄，隔岁月，相思已老。

226. 洞仙歌

骊山去后，已是难相见。不得知人不知面。在华清池外，只以胡旋，留得个，一半残宫旧院。　何情何幸蜀，细雨霖铃，来去孤孤独独飞燕。羯鼓对霓裳，是梨园，又非是，温汤小宴。作上皇，兄弟不相闻，已忘却人间，下长生殿。

227. 多丽　中秋

一中秋，玄元一二三楼。两仪中，四分八卦。阴阳一半神修。广寒宫，谁生桂子，木犀色，散尽香洲。古古今今，中秋前后，重阳未到故人留。五湖上，钱塘六合，碧玉运河舟。谁留得，小桥杨柳，同里苏州。问西湖，三潭印月，不知小小羞羞。藕花开，露珠翡翠，此路见，楼外山楼。社日丰收，红红白白，女儿新唱竹枝头。见得是渔火两三流。多情月，为人留照，不语王侯。

228. 卓牌子慢

江南近清明，寒食节，云云雨雨。小杏露色，桃花带雾，烟烟含霭，海棠藏沐。单衣女儿身，人正在，情情不住。相并俱了青团，共携手，同了秋千，暗香分付。　袖初短见，两三步，细细腰度，欲倾还顾。羞是依中妒。多想多思多消受。此意重重细数。相遇，织女牛郎路。

229. 倒垂柳　重九

重阳重九九，九重阳。登远路。吕氏春秋季，分得九朝暮。辞青由此日，南阳黄花付。茱萸元帝草，归真高处普度。　人生如故。一二三时应道数。老子在潼关，老子问玄步。移宫易羽，思祖心相许，随之方好，万里由飞鹭。

230. 惜黄花慢

碧空如水，远远向远深，杞民忧杞。倒入池塘，再深一度风前，地地天天由比。已凉天气半寒时，俯仰见，云云谁纪。一声里，不必恐惊，金蕊应至。　天天地地当然，已可见玉宇天宫如此。物物风风，有峰有谷有生，有雾有云时矛。牛山已是自阴阳，可上下，天应天里，地载起，不取五千年史。

231. 醉花阴

一曲未尽梅花落，三春应有约。荷角已尖尖萍碧园园薄。　群芳丛里雀，小小争先跃。高山流水泊，筑巢生子几何多，这人间谁可托？

232. 又

一曲未尽梅花落，下里巴人索，不是在宫中，不向眉间，只向心中诺。问君几度江山约，小小瀛洲泊，俯首惊心廊。天圆已相倾，恐恐深深，共与浮薄薄。

233. 又

一曲未尽梅花落，高山流水若。楚女倩身来，入得三春，参与天云薄。有情有影无沉沦，临照同天乐。自以玉堂深，且以相连，先作金莲萼。

234. 又

一曲未尽梅花落，十里长洲约，人在五湖前，天降湖中，云使江湖漠。不知浅浅深深垦，地地天天凿。西帝与东君，共了春秋，在此同飞跃。

235. 又

一典未尽梅花落，有竹枝寻鹤。这子子妻妻，岁岁西湖，自在年年拓。劝君小小姑苏约，不是黄花弱。西帝学东君，引领春秋，玉屑金丝雀。

236. 解蝶躞

已是长江南岸，桃杏梨花半。运河杨柳，春风自无断。碧玉只在小桥边，去年，明岁，今年，五湖香畔。望飞雁，青海衡阳轻唤。可堪风雨，无须以人断。一字经天留形，向人人入心心，此铭汗漫。

237. 锁窗寒

草草花花，云云雨雨，以天相许。桃桃李李，自是与人相硕。不依然，自依依处，已当步步江南路。最同情，绿绿红红，语语问莺莺度。　　分付。阴晴故。这烟烟雾雾，以香成暮。寻寻觅觅，去去来来相许。有竹枝，曲径通幽，有荣有成犹自负。以心思，对得天机，读枚乘一赋。

238. 玉楼春

贴水飞来飞去雁，已在东西山上见，王鳌当此状元名，第一人家人一面。留下运河留下甸碧玉桥边天上院。豫章自古自诗词，只以良宵文化殿。

239. 又　黄花

九月重阳重九处，见得黄花黄色路。茱萸兄弟见茱萸，暮暮思心思暮暮。草木含香含草木，白雪成霜成付，长林独立独深秋，不误江河从不误。

240. 又　茶

龙井梅坞村上去，小叶尖尖如小女，春情凝在一芽心，自此回思成独虑。最是多愁多问楚，一半江涛吴尾处，远泉井上取中流，小火明炉应少遽。

241. 清平乐

朝朝暮暮，止止行行路。分付人间人分付。事事当然有度。　　无为无志樵渔，有耕有种知书。四皓商山四皓，巢由自是荷锄。

242. 又

寻寻觅觅，业业成成绩。白雪梅花梅白皙，含了冰霜溺溺。　　声声鸟鸟啼啼，南南北北东西，事事人人历历，童翁自在栖栖。

243. 渔家傲　老妻　寄郭雅卿

七十人生人似羽，何当一日赢今古。以世平平思故主。思故主，乌江不渡何渔父。　　少小知家知少小，成年妇妇夫夫苦，自以雅卿卿雅数。生活辅，飞飞息息同天舞。

244. 又

菊暗荷枯秋已满，根深水泛冬难暖，只有寒梅心已见天下劝，人生最是长长伴。　　一半长程长一半，双双未了双双愿，女女儿儿儿女远，草蔓蔓，千千万万千千万。

245. 又

一半年青年一半，平生江北江南岸，独独孤孤独独乱。天下算，何求事事业业难。　　国国家家家国盼，忧忧杞杞何人断。各自前行前各自。来去看，无言始得无言叹。

246. 又

历历无心无历历，诗词绩绩诗词绩，寂寂生生寂寂，天下析，人间自得人间觅。事事名名名事事，成成败败成成击，步步行行行汨耆，翁伏枥，无言老马无言激。

247. 双雁儿　除夕

年年岁岁自推迁，换青鬓，易方圆。如今何见儿时天。着新衣，爆竹宣。　　雪寒除夕不须眠。以水解，冻梨甜。有冰成一片对心田，愿新年，胜旧年。

248. 又

今天子夜立新春，辛勤守去来人。四时年岁是经纶，水仙香，净不尘。　　雪梅芳溢谢东邻。不免得，望朱轮。对天从地正冠巾，老人情，事日臻。

249. 迎春乐

东君已令梅花至，知收拾，知如意。有天机，也有施志。行止处，神仙地。　　一稚当天当一稚，事人事，何同何异。且共唱，梅花落，易得群芳赐。

250. 永遇乐

去去来来，圆圆缺缺，朝暮朝暮。止止行行，分分付付，短短长长路。儒儒道道，书书佛佛，信仰不疑心度。见今古，平生处处，只由明月相顾。　　天天地地，空空色色，色色空空不负。水水山山，云云雨雨。年年岁岁，林林木木，木木林林树树。人间易，江山社稷，鼓钟普渡。

251. 又

细雨纷纷，轻云处处，来去来去。水水流流，头头尾尾，楚楚吴吴楚。瞿塘一峡，江湖六渎，逝者如斯如付。江西问江东神女，圆光日月谁如。　　春风和煦，秋风清肃，一半春秋与。花开花落，叶扬叶止，自是生生誉誉。回头见，平平静静，一言一语。

252. 又

简简繁繁，春春夏夏，杨柳杨柳。水水河河，塘塘淏淏，低于江湖口，吴吴越越，荆荆楚楚，覆覆落落重重九。鄱阳湖，洞庭水色，君山日月知否。　黄天荡里，洞庭山上，草木阴晴沉阜。一半淞江，三桥落日，不得枯荣数。文华如旧，人情左右，作个钱塘太守。文君问，相如已老，一同白首。

253. 玉烛新

深山藏古寺，一水有僧来，鼓锺之地。人寻所事，修禅处，自得清幽如意。见梅花异，黄芍药，丁香结子。云落落草木繁章，千葩百卉香翠。　芳华且以如来，处处可观音，作清泉至。　有生繁殖，凝冰雪，雨露从天相赐。人形一字。凭日月，沉浮幽思。空色里，由自心经，终终结结。

254. 御街行

冬冬腊腊梅花节，百十步，香无绝。东君何使唤群芳，天以幽姿霜雪。年年除夕，水仙如共，孤傲清清杰。孤孤独独由人说，应与春风别，只留年尾共如来，何惜有无圆缺。余香余粉，化尘留枕，心上情情切。

255. 柳梢青　十二体

万里黄河，长城万里，南北兵戈。谁唱九歌，江山社稷，战战和和，何以田禾。　由来千水千波，到头来，逝如斯多。收收农农，山山水水，日月穿梭。

256. 又

雪雪梅梅，桃桃李李时会催。云雨作媒，由春至夏，朱紫徘徊。知君莫以轮回，何处有，西王母开，红绿山隈。从情汉武，步步天台。

257. 又

一度冰霜，三冬傲骨，百步芳香。答了东君，已行无止，呼以群芳。香雪海中柔肠。不阳春，自知炎凉。月色朦胧，寒星点缀，自作年妆。

258. 又

三弄梅花，一寒光至，白雪层纱，寒心由动，未问人家，风冽无遮。心中心外争华，日方来，不惟娇娃，存继阳光，成香度度，自以天涯。

259. 又

无以思量，冰冰雪雪，度度含香。本本源源，傲骨枝枝，朝日朝阳。年头年尾芳芳。在爆竹声中，余所藏。换了新妆，枯荣与共，隐隐花乡。

260. 又

一树梅花，三冬腊月，半入人家。玉骨冰姿，散发香气，藏在窗纱。已时直已时斜,最是这含苞，如女娃。月里嫦娥，雪晴寒夜，枕上清华。

261. 又

玉玉姿姿，情情意意，雪雪时时。散散香香，郁郁持持，了了知知。女儿问女儿宜，最是女儿情，私下窥。月作婵娟，广寒宫里，自是西施。

262. 又

雪雪冰冰，形形影影，香香凝凝。月里婵娟，云中西子，人在中丞。观音坐，大小乘。都付与，光明一灯。不必藏娇，梅花已就，含色容凭。

263. 又

色色香香，冰冰玉玉，雪雪阳光。散散余余，浓浓郁郁，度度柔肠。有杨有柳芳芳,只在月明中，何思量，如此如人，几何寒苦，耐得风霜。

264. 又

只在堂前，无言岭后，自取寒光，共得冰花，也同白雪，衣上成霜。历天下有炎凉，总化作芳香，一心肠。古古今今，岁年承继，不必思量。

265. 又

竹菊兰梅，时时令令，日月相催。简简荣荣，四君同子，无可徘徊。此生节节成才，九月九黄花，兰已来。岁岁年年，与人同路，共筑崔嵬。

266. 又

日月东西，枯荣草木，木叶莺啼。腊月春光，雪梅冰玉孤傲高低。运河两岸长堤，香雪海中香情作泥。已是群芳，争先恐后，自可萋萋。

267. 又

乱世江山，群雄角逐，谁主沉浮。六国长城，运河南北，杜断房谋。有隋制，有唐酬。见社稷江山，何所求？郡郡州州，有谁民意，问帝王侯。

268. 又

万里山河，千年历史，逐慢干戈。隋炀杨柳，运河流水，日月风波。

秦皇汉武磋跎，万里一长城，听九歌。战战和和，以人生息，自得田禾。

269. 又

一半春秋，来来去去，一字风流，半载春湘，雁门关外，青海行秋。有谁见，运河舟，更见得长城，人不留。白骨成层，雪寒明月，四望沙丘。

270. 又　颐和园

处处衷肠，时时正气，鸟语花光。见得萧卿，也寻王谢知己徐娘。燕山十里长廊，两壁画中藏，三国乡。吕布三英，魏征吴蜀，世态炎凉。

271. 又

满目湖光，龙王庙里，水榭池塘。十七孔桥，铜牛潜伏，连了南乡。佛香阁里金刚，殿下已排云，听女郎。下里巴人，阳春白雪，月上山庄。

272. 解连环　自度

一生求索，行南南北北，事心难约。几别离，几许重阳。又几许黄花，只中秋薄。岁岁年年，只几许，春秋无托。望飞鸿，排天一字，做他个人形诺。　诗词自幼学作，尽情于八十，悲独飞鹤。电脑客，曾是专家，中南海里去，小小雀雀。四品郎中，奈自炷，龙津双尊。自怀公，又余本末，有梅花落。

273. 踏莎行

问了长城，长城万里，东由山海关前豸，而西嘉峪玉门关，荒沙漠漠曾无止。　六国伊行，秦皇御史，重修汉武和平史。飞将李广李陵声，英雄不得英雄视。

274. 探春令

江山社稷，社稷江山，商周秦汉。三国归晋隋唐叹，又只是，人心断。帝王将相私大半，这民间小半，小半知，只以余余，从不问及田禾乱。

275. 又

陌阡阡陌，柳杨杨柳，去来来去。又朝暮，今古何言语。姓社稷，江山与。　斯民斯子斯女与，几何分秦楚。便帝王，将相君臣驭，几度人民如。

276. 又

正史不正，野史不野，须知因果。败人作寇，成人王道，自以高门锁。成成败败成人写，有自臣言可。事中琐细，分别不尽，今古何知我。

277. 又

小儿儿小，大大小小，无休无了。时时见到，时时未见，事事知多少。当然自自当然晓，合合分分老，一心独得，朝暮知多少。

278. 人月园

红楼梦里红楼老，恻恻湿鲛绡，相逢黛玉，人前宝玉，半了云霄。何言玉宝，高低灯火，上宝钗桥。一年三百六十日，自当是今朝。

279. 又

桃桃李李梅花早，仙子下云霄。秦淮二水，三山远近，以石头桥。故宫问步，台城梁武，不得笙箫。一年三百六十日，向天竺今朝。

280. 眼儿媚

潇潇水月荻花秋，一字落鸿留，丛丛荠荠，栖栖雁雁，草草洲洲。秋来春去分南北，岁岁自无休。去年一字，今年一字，明岁从头。

281. 倒垂柳

移宫曾易羽，下南州，上北府。如今听钟鼓，同意老僧宇。雍门人独坐，客舍黄金缕。余香杳杳，书中重见今古。　主主辅辅，苦苦辛辛多少雨。四品半郎中，不可问渔父。情山曲海，知己何三五。嫦娥明月，切以婵娟数。

282. 南歌子

未尽群芳粉，冬梅已化尘。三秦不了不三秦，作得香泥香色两均匀。不与红颜比，黄心寄效颦。寒寒暖暖作冬春，岁岁年年岁岁作诗人。

283. 又，次东坡端午韵

浙水纷纷雨，吴江处处楼。春江花月夜中留。又是汨罗舟上九歌头。楚客离骚赋，湘灵竹泪流。今今古古几王侯，唯有苍梧治国九嶷休。

284. 又

水上波波静，山中木木荣。姑苏一半半阴晴，雨雨烟烟烟雨自无声。碧玉桥边问，徐卿柳岸行。黄昏有约夕阳明，目过太湖北去日相倾。

285. 又

水月明明色，心思处处生。多情自古自多情，草草花花花草有同盟。碧玉春春许，周郎瑟瑟鸣。不平一处一人生，下里巴人只在有枯荣。

286. 又

一蜀瞿塘峡，三吴碧玉颜。商唐半壁半巫山。此水东瀛东去不归还。自是头头直，无言尾尾弯。荆荆楚楚胥门关，色色平平淡淡是人间。

287. 又

一水高唐见，三春玉女来。嫘姬已上楚王台，过了巫山官渡大江开。一片朝云见，千波暮雨回。相思不是不疑猜，总是心中所欲所传媒。

288. 西江月

颗颗明珠细细，珍珍秀秀圆圆。心中一线一相牵，串串联联相见。寄寄情情切切，婵娟日月婵娟，前川约得在前川，绥缕仙乡结缘。

289. 又

颗颗珍珠粒粒，心中一线相穿。真情一线一方圆，手手亲身如面。共意同心相结，云中雨里成仙。卿卿我我望婵娟，日月在长生殿。

290. 生查子

谁言春水平，已见秋千影。上下已声鸣，左右何情永。　桃桃李李红，杏杏梨梨颖。忽得一机灵，是得云中冷。

291. 又

秋深不可心，雪浅无人品。一片一平平，显露黄花锦。　寻寻觅觅寻，去去来来凛。见见已深深，浅浅成原甚。

292. 又

回身半无言，直以三生见。日日自开轩，处处应如面。　相思彼此源，日月成飞燕。约以草花萱，待得双栖倦。

293. 甘草子

朝暮。半在姑苏。一步前行路。两岸运河吴，百里杨州炉。　见了太湖淞江误，已记得，黄天荡故。谁与英雄江湖住，天下同分付。

294. 鹧鸪天

水上风光十万金，芙蓉并蒂两知深。婷婷玉立何须顾，好得双心作一心。颜色好，已开襟。情情意意已相寻。摇摇曳曳浮萍问，有得方圆有古今。

295. 又

水水山山一半山，山山水水两情颜。和和战战何须见，雅雅湿湿首目弯。锋利利，钝还还。人生处处一般般。南南北北何山水，不是文文化化蛮。

296. 又

不学玄虚不学仙，前川读学过前川。儒儒道道如来在，只在人间尺寸宜。三界域，五千年，秦皇汉武已成眠。运河留下长城在，沧海桑田一自然。

297. 又

蕙性柔情足可怜，冰肌玉质已纤妍。姿姿态态纤纤步，细细腰腰楚女绵。行尺寸，作婵娟。广寒宫里问方圆。无声不以无声面，上下弦弦上下眠。

298. 天下乐

雪后寸云雨后雪，两处是，长不绝。谁分情情意别。和天地，见清清洁。俱是水，明明暗暗切，这况味，何难说。只应冷暖难了结。有相依，求个穴。

299. 玉抱肚，寄雅卿

同行同止，同山同水，本朝朝暮暮夫妻，怎知终有分轨。记赢今子女，成生活，何以分分事难否。只图眼下，六十不已。知重度，甚时矣。落落飞飞，排云处，山遥水远，书生两分比。这人间，事事人人是。有独孤，绿绿红红紫。我平生，只知真情，为伊难作未止，不居心矣，你知后，我也知后，人情里。又是记得，下重（庆）大（学），山城视，大串联，无锡市。后鞍山草堂，明月（卢）记，一世一步，此生休此。

300. 雨中花令，又

只向成成就就，总以由哀籍口，是运河杨杨柳柳，未计应相守。莫以人人长可久，有缘刺，冒衣伤手。七十许，以诗词格律，只待方圆后。

301. 又

只以人生行走，何以重情前后，少少人情人老老，八十知相守。

晚了平生无饮酒。不误己,有男儿口。可惜许,只诗词格律,各自人归后。

302. 又

一半无无有有,一半杨杨柳柳,不计何时聚首,任性重阳九。　桂子中秋黄菊后,顺其自,自然行走,只晚道,把夫情作好,已是人归后。

北宋·范宽
雪景寒林图

读写全宋词一万七千首
第二十二函

1. 夜行船

半透光明光太白,玉门关,凿雕山脉。明月生辉,冰姿肌质,珍重是琼瑶客。不必问兰田陌陌,见阡阡,几多恩泽。盛世文章,兰桥玉女,秦楼上,山溪帼。

2. 又　吕倩

一曲莺啼杨柳岸,半梨花,两人兴叹。草草花花,香香冉冉,浑以那时约断。独不唱阳关三叠,竹枝曲,有情有赞。回首停眸,阑千二十,倚了又轻轻唤。

3. 又　周三五

已是高山流水五,又加三,竹枝词舞。曲曲纤纤,声声细细,当是以云行雨。下里巴人当自数,自姿里,以情落羽,衣落无言,环环顾顾,送与你黄金缕。

4. 又

荷下采菱初暮,隔云烟,芙蓉分付。白萍浮起女儿身,逐波波,有珠成雨。脉脉灵犀心已许,衣悬挂,你今偷去。遥指林深,依依烟树,含情背人相住。

5. 又

草木不分期暮,只人情,以心分付。西子湖光,三潭印月,知得总相宜住。和靖梅妻,以鹤子顾。白堤桥,问东坡句。总把西湖比西子,这瀛洲,有风云雨。

6. 两同心

行看不足,坐看不足,运河岸,杨柳垂垂,小桥上,影姿红玉。无妆束。桃李春心,胸前粗俗。　船上几径相属,以魂追逐。深浅道,一树梨花,竹桥曲,手中情续。应心促。一半风流,可依归属。

7. 又

何以相思,几何朝暮,却只有,运河船中,凌波步,箫娘香顾。春心付,摇曳风流,见梨花树。　不误人情不误,自相倾许。藏娇处,当是天赋,径心去,云云雨雨。阳台上,过了瞿塘,是成官渡。

8. 又　吕倩

月下中庭,坐里如面。已是相邻,色色香香,何不语,入时小燕。不抬头,怯怯低头,匆匆一见。不以近神方便,自行相恋。争敢望,白雪阳春,三叠后,梅花一片。作知音,须要知心,声声倩倩。

9. 又　牛楚

不解人情多少,没头没了。见玉人,有喜有悲,相逢处,相亲相晓。别时无言,情绪之间,不知何好?梦中化为飞鸟,心上生草。知是我,应采怀中,知是你,以口含藻。这殷勤,只以云云雨雨成道。

10. 乌夜啼

月上一半空床,夜方长。又是乌啼不宿,独凄凉。　朝南望,朝北望,两茫茫。何以一声三叹,有衷肠。

11. 朝天子　小阁

小阁东四向,朝阳见,山川函养。千奇百状,以云烟收放。　藏古刹,禅音一方丈。鼓鼓锺锺应往往。何共赏,心经在,

12. 步蟾宫　木犀

桂花馥郁初秋度,叶惊落,上重阳路。过团圆,谁可作婵娟?广寒宫,有情分付。　不如再以黄花数,一步步,雪霜冰住。向早来,已采得茱萸,又同去,冬梅所布。

13. 又

桂花八月香如故,向江北,向江南住。向中秋,由贵子当天广寒宫,有分有付。　只须子夜婵娟顾,已处处,作明年度。隔岁来,又是好团圆,

243

再相见，黄金一路。

14. 长相思　九体　应为长相思慢

雨雨云云，雾雾烟烟，隐隐江湖舟船。形形影影，鹭鹭鸥鸥，人人入了红莲。有岸无边，自寻蓬问子，不得方圆。芙蓉出水怜。玉婷婷，满了荷田。　水潺潺，天光已现。扬扬自得，长颈修妍。羞羞无羞后，近身来，无限情深，缘已亲临，相互吻，人心似弦。更难将，随吾采得，应留情意婵娟。

15. 曲江秋　自述　早

朝朝暮暮，不尽一人间，上人间路。少小不知，诗书读学，未了儒家赋。分付天下顾，曲江水，长安步。第一状元，京城帝子，别离乡故。如数。中庸质素，于公处，眉山几许，辛辛苦苦日日，由劳任怨，何知如何，梅雪冰霜步。四十晚归来，寻寻已是常常布。有天意，诗词作私，有万万千街口句。

16. 又　中

朝朝暮暮，不尽一人间，从人间路。已过中年，精英一度。中南海里，制书皇天故。援助内蒙古，建风电，家家布布。谈判荷兰，为民照明，马油灯住。　诗赋。公余不误，廿年里，辛辛苦苦。恍然身在处，官行官场，何以人人炉。四品老郎中，沈阳市长几回顾。伫望久，兴叹诗词可数，六万分付。

17. 又　晚

朝朝暮暮，不尽一人间，后人间路。花甲退休。全全力力，佩文诗词赋，经二十年故，七千日，天天数。南下南洋，东西百国，有千县顾。分付。三十省住，百城市，来来去去。回然回首句，谁言泾渭，应以黄河度。汇万水千流，东去万里不停步。九曲见，兴叹中原已许，万千风雨。

18. 点绛唇　东坡韵

岁岁年年，寒冬腊月梅花花朵。与居同坐，你你他她我。　五品员员，四品郎中佐。何言过。个三三个，两两从中课。

19. 柳梢青

柳梢初青，细看不足，春心已足。点点黄黄，可堪风里，天天朝绿。只应慢慢朝天，地相载，微微暖促。由自东君，共他桃李，群芳风俗。

20. 又

一路长亭，四方不足，三春已足。拂拂垂垂，互相相伴，何须追逐。有天有水有土，自生息、山峰似笃。由自春秋，不争桃李，年年相续。

21. 又

一度春情，细看已足，由根先足。以叶行枝，色成功夫，生当生甡。只因祖上传来，有先后，经心始绿。由本及末，以末从根，尖尖先绿。

22. 又

柳柳杨杨，有言不足，何言不足。绿了沙丘，在风尘里，长亭相继。有根自是深深，有风雨，从来有曲。先自声声，向人间促，无拘无束。

23. 曹勋

法曲　道情

散序

神仙自古名希夷。日月相宜。自古存著人心里。一瑶池，两仪半分期，四象八卦师。功夫学问，步步玄元心持。思慈。老子里，一二三知。汉武秦皇，自度无辞。念一世，空到头来虑虑思思。幸有史，古今得，人间奇司。奇司，斯斯无以斯斯。

24. 歌头

柱史当车，青牛驾轻，紫云作陪，潼关令，已先知，泾泾渭渭，洗耳恭听里，应老子，尝生一二三伊旨。三生无数，从一而始。一度水，玄元玄理。以清思，乾坤分得两半，阴阳两仪，四象相时。八卦黄庭，专成二境。内外皆以相移。人间留下道法，兼明治身，治国成为。羽客所见，倾倾博博以期。万神生纪。密奉二经，以行以止，三清静，维吾师。得失利碌，进退声名所已，上下天机十，左右补疑，不闻神仙不闻奇。念念灵辞，已心慈。

25. 犏第一

四季一春时，三光夏生枝，秋风已肃，入冬白雪，这中原，立丹基。玄元卦应随象，象已由仪分阴阳，道法自必相契。三千六百日月，密密司司。

谁问南洋,两时分别。旱时雨时分规。心意,化红尘,分别耳目,都有桃李,南南北北各序稚。阴阳向背相互易。与道合,真境成迁,丹房化十,自以根植。

26. 徧第二

一成二三四,元元始始,仪象斯斯。天光沉落,地机合事,如有石玉分离,石应治,何玉生姿,互可融期。火火如炽,在丹炉里,同则无异,待日月录银池。师友清闲,有琴有舞有曲,笑以灵芝。处处可相宜。随心约得神示,由意觅来仙字。几修持。淡然灵府得真慧,怡养丹光赐,年岁功夫,步步自做希夷。

27. 徧第三

珠星璧月,步步近得希夷。一阴晴,二向背,三生万物,天机内外,玄以相师。洞天居方好,日月琪花,琼蕊千姿。只在心上,无可剥离。无道无理无知。火生莲花,石成银永,玉作越女吴姬。不记得八仙,盘桃会上人期。三清一地,事事人人谁疑。共协混元一箦。入同类,向自谊,通了灵犀。

28. 第四

年年岁岁,半阴半阳易。分内外向背,一东一西为。南南北北,如彼此此,秦渍泗渍。青莲近了希夷。运河岸茬。一片风靡。何以长城,秦皇汉武求异。生与死,王母有约,徐福无欺。东瀛谁识,是非非非伊。未见得,玉鼎云英,尺寸一毫厘。

29. 入破第一

春秋两易,四象八卦分仪。日月知合离。天律天回地,金精玉女时。广寒宫,生素姿。地地天天侣,有八仙行致。玄虚太上,度世有三清洞。以定力坚持。有真常,雌雄秘,同同是异异。这长生,几所示,只以纯阳记,还有纯阴可滋。

30. 入破第二

冰雪已凝香气,风动万年枝。凉应兑卦位。寒已春ək思。人心正一字。日月勤,耕土地。炉里金钱花,石玉冶成治。玄元左右分极,以柔行为。冲起顶天术。有中和,无尘世。重阳自九九,见东篱,菊已寄,谁会黄花意,养蚕,养茧意志。

31. 入破第三

东东西西,高高亦低低,当见飞鸿过,两三行,过天际。一连队排空,以人形,文化霓。密障丹炉火,香缕香烟细。银银汞汞,仪易象移成蹊。晶体玉间犀。纯金色,纯银蠹。微阳点立蕊,几经岁,何会稽。澹澹清清,结晶皓皓已开笄。

32. 入破第四

黄钟七宫一,道调仙吕齐。中吕高宫正,南吕向高低。阴阳两爻,自合合分分徂徂。声言形中得,有功有夫竟。寒寒暖暖,日月几何东西。年岁又年岁,见辉映,侵心净。成成一日见,半人间,时序证。还了瑶浆,羽衣向天命。

33. 第五煞

相见相知,只望丹炉里。行尘寰路,如步白驹过隙。今世去世,来生何处觅,几时节,生死到来嗟何及。神仙思之。毕力,自是钟吕无期,三千天地,何言是自己,去来来去有先有迟。

34. 大桩 太母七十,寄雅卿

花甲十年,平生百岁,南北风情如面。来去去来路,事事人人见。应是书儒多读学,步步进,成了飞燕。兹时七十所寻,格律词诗无倦。红颜一半应去远,独立佩文,再造宫殿,十二三万首,领行人类炫。平章门下中书省,七宫声,寻都江堰。忆蜀斯年,回蓬莱,雅卿相变。

35. 花心动 又

蛇口南州,忆潘琪交通部长时候。邀请雅卿,香港招商,局里不回京就。七十再回首,已无前,明朝沉旧。此去处,男儿不守,八艳钟秀。谁忆金陵宇宙,中山宋隆清,建业无锡,梅苑独柚,来去台城,豆蔻年华深厚。愿将彼此结,只左右,同盟同陋,太平主,不分进退老幼。

36. 保寿乐 又

人八十三生日,格律诗词应已至,自得佩文斋,字字各各,有鸣环佩。历历无穷,事事无已备,江楼见江流次。念无锡难老,坐立难比。半生相情相意,守一面,由心俱置金阳与梅事,如彼此,莫相弃,人以步步进,从教右左三四,仍可重回路，长生久视。

37. 宴清都　又

八八重回首，随日月，任春秋作杨柳。人人事事，南南北北，天高地厚。红颜九鼎成就。自得以，赢今富有。半冕旒，四品郎中，殊得雅卿衣袖。回首，翠羽丹霞，三千粉色，当心如绣，情情曲曲，尘尘落落，五云凝昼，芳香百花如酒。何妨禁漏，此生是，由此慈宁，终不饮酒。

38. 又　又一体

八十人生，水流流水，运河南北杨柳。金陵一路，京都建业，北京常守。三峡一江东走。热干面，琴台鹤友。汉口舟，重庆携手。知否，问否，回首。　回首，旧日重温，龟蛇不锁，有无无有。黄鹤楼前，鹦鹉洲头，水云重九。年华正当父母，只见得，赢今吕。总是成佳话，经时从无饮酒。

39. 一寸金

何以中兴，只以民心作春节。以国见，战战和和，斯守临安，君见，嫦娥圆缺。子见，乾坤主，均慈爱，以逢代别。桑田见，朽草烟尘，遍天下霜上加雪。　几谓中兴，西湖水色，长安可重说，子女君臣见，乾坤天地，歌舞霓裳，胡旋欢切。翠衮成安史，骊山折，贵妃化血。倾心愿，战战和和，共以中兴悦。

40. 国香　同前

何以中兴，汴梁汴水色，杨柳香凝。已是天堂，相辅也是相承。总以欣逢令旦，向花闺，磬鼓丝绫。再阳又九九，曲舞芳筵，四面龙征。皇家皇史正，胜者书所事。王以云鹏。野史无野，时有物易相称。各以观音大小乘，一二三，老子相应。人间几草木，也几江山，也几王陵。

41. 齐天乐　又

中兴朝政中兴政，家国国家分命。辱辱荣荣，成成败败，南北江山无定，江山何姓。赵李宋唐名，几人书罄。万里回桑，陈涉吴广项刘胜。周秦隋唐老，宋斧挥，燕山归晚。帝王相倾。不以民间，兴亡几结，翻复千年未定。如何永定。且有极歌尘，酒流酒醒。斜日回阳，再朝天上兴。

42. 透碧霄　又中兴

日月有阴晴，草木中，留以太清。八月中秋，晴多阴少，重阳辅赢城。清明未了由寒食，细雨自倾行。有枯荣，天下枯荣。卜四象，咸阳知己，可听丝管，赋和平。有无声，民心心声，天下地上各芳情，地上儿女，天下皇帝，总是难平。中兴至此，中兴几见，何宋何成。有南北，几度殊英，几度是民情，何须并永，谁禹暗尧明。

43. 芰荷香　同前

芰荷香，正西湖西子，百里钱塘。运河杨柳，汴梁一水苏杭。中兴已是，对沈腰，潘鬓炎凉。南北俱是家乡。阡阡陌陌，鸿自飞扬。　事事人

人一举，天下谁天下，社稷锦囊。帝王将相，佳人才子相当。民民社社，几史官，云以豫章，民以万计芜荒，青云隐隐，白日堂堂。

44. 玉连环　又，中兴

已南下矣，问中兴，何中兴问。民无成败。只耕耘土亩，衣衣食食，无以莽袍玉带。春秋分两季，稻米作三界。水流归汇，一川东去，风流九派。　今古岁岁年年，几人贤，社稷江山皆拜。自以是三皇，羲皇淳俗，帝付神农麦稗。以孙孙子子，不龙须鲸隘。王民不及，水山何共，以生为快。

45. 夏云峰

宴堂深，民屋浅。秋冬春夏霖霖。歌舞曲琴泛泛，音绕清浔。楚头吴尾，雨水稻，古古今今。快灾背，辛辛苦苦，税赋余音。　民无成败居心，帝王城，宫庭宠辱难禁，筵上笑声间作，舄履交侵。中兴何处，唐宋矣，一赋高吟，以此度，书生可以，不误光阴。

46. 凤凰台上忆吹箫　又

字字中兴，运河汴水，天堂留下隋炀。正所道，头颅好矣，柳柳杨杨。六合开封草木，南北色，了得芬芳。谁应记，三十六宫，何以苏杭。　钱塘。雨云云雨，烟雾水，和和气气萧娘。作碧玉，小桥流水，丝路花香。民以民心舍里，同坐上，同共炎凉。江山话，今古不是侯王。

47. 安平乐　又

一语中兴,半言日月,三公玉立朝堂。长江以北,欲以垂鞭,苏杭杨柳钱塘。七月红荷,木樨香遍,九月重阳。咫尺散儒香。满三塽,年少徐娘。向金尾藏娇,有逢成玉,鱼隐鱼现渔梁。东西南北见,向乾坤,分得阴阳。草暗花明,万象里,咸歌文昌。视君民,共同宝历,人间天下三光。

48. 夜合花　又

天下三光,有行无止,以明成暗炎凉。香凝翠袅,花笼禁殿宫妆。深宫高院君王。自唐宋,玉罂呈香。一民三子,半田半壁,何以青黄。江山社稷君王,社稷江山百姓,殊异同当。何以正野,朝堂后记朝堂,正中不正司马,李陵去,柳柳杨杨,一生何以,严宸野史,未必朝纲。

49. 绿头鸭　同前,词名《多丽》

自以谁记取,运河杨柳。一棵成一帛,堤岸岸堤,水平时候。是西高,是东低下,低于海,争龙虾口。大业留成,水调歌头,梯航四海行走。六渎逐修,农家舟定,民以情回首。秋社酒,三辰拱北,九州歌叟。对祥烟雯色中兴,宋家以此仪昼。故江山,古今今古,称社稷,香浓金兽。禁簪升平,慈闻燕适,何知百姓误从酒,由社稷图,独向国家首,税赋久,有了钱塘,食衣俱有。

50. 赏松菊　同前

中兴总是中兴事,帝有帝王之治,有南北问,有天机枢意。只是民间所望,一农子,三分土地。宴宫闱,看仪型海宇,一团和气。雨细风轻利器,半风云,半人间田植。贵是至尊母,极人间尊贵。默默无闻已此,养儿女,衣衣食食。教灵华,赋心田,同以智慧。

51. 浣溪沙

吕长义词　忆丛润花娘二〇一八冬至

数九寒冬腊月天,慈母一线作衫绵,绵衫子女暖心田。　母子情深情似海,丛家润土润花园,思源自本自源泉。

52. 瑞鹤仙　又中兴

腊梅花半落,唤起是群芳,兰亭相约。凌烟滕王阁。紫红朱兰色,风流相托。情怀易诺,草簇簇,云雀跳跃,这中兴日月,和和战战,战中求索。今古年年生活,苦苦辛辛,几多欢乐,瑞气仙鹤,人情厚,世情薄。以农田所得,自以岁岁,春秋一度收获。这青黄去来人间,所为所作。

53. 水龙吟　又

江山万里江山,江山不是江山客,人人土地,人人草木,阡阡陌陌。是以人为,人为其事,天机恩泽。自阳春白雪,梅花三弄,春播种,秋收麦。　自以中兴丝帛,向家家,多多成获,民情自得,其家其国。明明白白。国以家基,家其成国,已然今昔。以此中兴见,人间天下是人间责。

54. 浣溪沙

吕长义词忆爹娘

父嘱三郎探四郎,离家北去戍边疆。图门江水水流长。手还连心兄弟忆,桓仁日月故家乡。殷殷切切忆爹娘。

55. 水龙吟

长城就是长城,南南北北何分定,三千年里,五千漏洞,朝朝政政。汉武秦皇,英雄成败,弯弓以证。何李陵李广,酒泉城外,知霍卫,何书馨。　北海牧羊求胜,女儿情,生子生女,无家有国,人言苏武,平头百姓。有国无家,以何臣氏,汉胡难迎。这史公公史,不如野史有人情性。

56. 又

隋炀不是隋炀,长安百里胡商地。一千一夜,阿拉伯国,胡姬舞至,媚媚华里,倾倾歌曲,其心无异。以儿儿女女,经经贸贸,繁华里,精明至。　自江南无骑,只舟船,秦川当019。无须养马,六渎横泗,水低海位。却以钱塘,下低三尺,已平流水,自南南北北,运河此去作天堂纪。

57. 月上海棠慢

先先后后,在人间数,去来去来久,是千年明月,入杜康酒,而今照我华清,温泉汤,贵妃如手。同明月,却非同时,一人何有。杨柳。春春夏夏，夏夏秋秋，一冬梅友。想当年合谷，步帷初绣。东坡举目婵娟，如今瘦。广寒归后，今七十，诗词格律白首。

58. 夏云峰　端午

夏云多，多奇峰，五月五日汨罗。龙首一舟龙尾，不唱九歌。只图风快，三遍鼓，一举干戈。齐努力，声声阵阵，一片浮沱。　湘灵鼓瑟几何，向苍梧，引导治理江河。当以长沙贾谊。日月磋砣。洞庭湖里，君山色，处处清波。以此意名缰利锁，不疲嫦娥。

59. 松梢月　自述

小院无声，正当空皓月，分外清明。霜木孤影，枝叶已自无城。独独蟾华婵娟隐，伐桂树，不断纵横。桂子多少赢今是，自然是自赢。恍如临八十，老得沧白首，微步微行。格律诗词，工于取佩文营。夜色迷蒙听归鸟，一等二，二未相倾，未忍离去，孤身冷是何情。

60. 隔帘花　咏题　别体

串串珠帘，相隔相通，有明无暗成城。我里有他她，你中无我行。只人人，情切切，一梦黄粱天涯盟。这隐约，香烟香雾，余余散芳英。　半见光光丽日，半羞自身惊，一心何生。不守自度难，有声还无声。有红娘，向莺莺，过了墙头西厢相倾，完此约，嫦娥回避，浮小琼。

61. 东风第一枝　元夕

倾国倾城，飞花飞雾，元元夕夕步步。有云无雨声声。爆竹已惊岁度。东君已顾。只应道，梅花落赋。正凭地，芬彻人间，隔日立春如数。　曾十天，桃李已付，香雪海，共群芳住。是春梅使人寻，探访任从不妒。未须分付。只化作，彩云如注。已下蔡阳城情，看取宋玉词赋。

62. 水龙吟　初夏

春云春雨春风，杜鹃杜仲莲莲绿。浮萍小小，圆圆碧碧，尖荷黛玉。见宝钗来，群鸥鸣起，声声成曲。这西湖西子，闻莺柳浪，六合塔，瀛洲蓼。　留下苏堤承续，一湖光，半天吴蜀，山青水秀，保傲形影，情情约束。短短衣衫，不长袖口，欲藏还酷。最是心胸里，含波未放引人多瞩。

63. 忆吹箫　七夕

乞巧人间，初凉七夕。牛郎织女清秋，待鹊羽，成桥引渡，云雨情收。记得当年裸泳，藏水下，欲语还羞。衣挂树，应是含心，只待牵牛。　当然儿女女儿，相呈相接处，尽了风流。是记忆，非非是是，云里沉浮。雨里回身影象，应钿合，钗股空留。何应道，相思一水潮头。

64. 尾犯　中秋

细雨自无休，云落雾低，天地萧索，四顾东西，八方无飞雀。梅花落，阳关三叠，渭城边，凉州一诺。于无端处，色色空空，望尽大沙漠。楼兰应未斩，依旧有胡姬跃。一半芙蓉以香云为约。不须问，心怀深处，有新词，风流如若。两肩耸耸，肯把双玉珍珠博。

65. 秋蕊香　重阳　本秋蕊香实为"教池回"双调九十七字，上阙四十九字十句五平韵，下阙四十八字九句五平韵。寄兄弟。

半月中秋，金风万粟，茱萸九九重阳。黄花已自伴，意念故家乡。五兄弟，天下各扬长。四郎词寄三郎。应冬至，平生回首，思切爹娘。　祖父是胶州客，为创一关东，田亩牛羊。善桓仁，百里作医梁。洪尊子传德四方扬。自留子女东肠。人八十，诗词歌赋，一曲清商。

66. 十六贤

一江南，一塞北，两两东西。草木多鸟啼。鲁鲁齐齐。夫子路，杏坛彩云常蔽日，花阴麦垅半香泥。行客阆苑，宿沐栖栖。来去自高低。当是际，风俗美。成盛世，旭日自虹霓。人行何处，知不为希夷辛草荑。四方八面天下子，春风春水有黄鹂，朱紫蕊，桃李成九蹊。

67. 金盏倒垂莲　牡丹　又名金盏子

已是希夷，不在希夷路，有凌波步。兰玉暖生烟，佩缟袂陈玉，素姿朝暮。婷婷立立芙蓉，渭泾流明注。知神女，人心只在人间，互相相互。　一出自成仙，向背去来乾坤度度。茱黄黄菊重阳,几何作春秋,由谁分付。殷勤柳下梅边,不问群芳妒。常言道,百年生死,秦皇是故。

68.庆清朝　牡丹

玉白朱紫,长丝短叶,秀丽独树群芳。由来武瞾宜妩,名誉姚黄,且过清明谷雨,盈盈娇艳作天香。人间见,女女色色,成就花蕾。　朝以五云七彩,映晓日,黄昏翠幕新张。千姿百态,明日明眉明光,不必窥窥切切,一枝先折带羞藏。何不见,广寒宫里,缺了媚娘。

69.花心动　芍药

土露初心,一苞应伊始,玉婷婷见,蕙圃风过,牡丹如面。远远近近一片,好颜应相恋。紫朱红,层层明羡。九重叠,香香不尽,朵中无倦。何以深心深缱,不随故宫殿,也无深院。水山野野,收拾年华,逐了浅塘芳甸。与崂山道士,对凝仁,向伊称茜。共同去,芳菲白人可遍。

70.又　瑞香

一半三吴,一姑苏。江南去来烟雨。见了玉奴,短袖兰衫,只是做成神女。小桥边上风流见,不自由,有西邻妒。且沉静,文园尚绿,瑞香知否。　懒记温柔相住,无赖处,留芳自当如故。入了红尘,锦瑟琴弦,巧宜以音维护。有寒有暖梅香近,有双燕,替人相许,不如不如不数。

71.杏花天慢　杏花

红杏黄杏,黄杏红杏。红杏已成时节。只向田麦陇。独早对,新果由人分说。有言已见,少小是,墙头墙挈。向暖日,迷惑书生,占断上林花缀。　曾当桃李作邻,算应是成蹊,故留春拙。共以同造化,不必争,明月骄阳明灭,晴雯白雪,且等次,先熟先折。只觉得,田外田中,酸甜可悦。

72.念奴娇　林禽

一禽飞落,半长尾,向背两颜三色。直立分明红羽,颈自朝天,半层白雪,玉玉重重翼。以开心闭,林中留下赤墨。　上下自在翻身,似杨杨柳柳,无人之惑。也自音音。听不得,处处为之倾侧。一曲阳春,三阳开泰暖,已殊奇特。已殊奇特,以声随入天国。

73.风流子　海棠

中春木叶碧,知桃李,暗自己成蹊。海棠结子萌,半黄红半,叶繁枝茂,花也应齐。向天低。满身姿白皙,藏了女儿笄。芳草有情,暮朝凝露,点胭脂粉,何谓希黄。　映容丰肌否?应时过半月,色色霓霓。朱唇已含云锦,鸟向东西。自垂垂荡荡,芳心处,短眉两寸,长了三缔。成熟不堪言处,应嫁人妻。

74.蜀溪春　黄花海棠

杜甫黄鹂,浣花流溪,红里分黄。白鹭青天,不舍海棠。繁蕊竞自朝阳。西岭千秋雪,门已泊、船下东洋。李白情,意王维,一酒贺知章。　如今繁枝蓐叶,应结子收羽,文化文堂。半色人间,半香人口,都道一半甜良。应上朝暮席,身形是,国色天香。向上苑,留住春共柳杨。

75.倚楼人　荼蘼　倚阑人

曹勋自度曲

清明寒食,芳菲正置,烟烟雨雨分不就。翠叶柔柔,玉花繁蕊,素雪不藏香袖。不隐豪杰露,方显六铢人手。同是芳心,共当清馥,只容男儿三杯酒。　不与芝兰一嗅。独自珍,且不作人间柳。满了河堤,长亭四面,且与晓云争秀,偏是偏去处,常是常然自守,文章收取,百年千岁,自得谁知否?

76.夹竹桃花　咏题

夹竹桃花,丛丛簇簇,掩映不分朝暮。花中藏翠,翠里藏花如数。常常互互相相,你中有我,我中有你,自武陵入顾。杨杨柳柳,宜处多云雨。　主粉色,如云如雾,以心里面藏红分付。只以瑞霞低拥,不以轻风攀附。自然自然是,留得同人人度,以秀容,谁画昭君,汉宫已留步。

77.峭寒轻　残梅

以梅花三弄,白雪寒心开,度度冬尽,日日近初元,有暖先土地,饮水思源。一春则不止,东君慰,唤得群芳,作了方圆,与春共,已便忆轩辕。除夕。以新伊始。见东风桃李,交待姊妹,从此共方圆,自是婵娟子,处处英姿。此香别无觅,向君前,似残非残,自在人间,化作泥,作香源。

78. 竹马子　杨柳

长亭短亭边，杨杨柳柳。处处杨柳，运河以帛易，隋炀舍得，芜分杨柳。柳柳已是杨杨，杨杨是柳柳。入时杨柳。已忆问陶潜，弃弦琴，非是非非杨柳。　　向此成杨柳，南南北北，不分杨柳，有云有雨杨柳，有土有水杨柳，最是有了人人，去来来去，朝暮同杨柳。旗楼画角，处处知杨柳。

79. 二色莲　咏题

荷莲二色，红白相间，池里成片。人间一半，应是不分不见。只以香风弄影，摇曳得，婵娟如面。波静水平深浅，无尘有萍方便。　　轻轻采莲船，比得女儿倩。衣短芳股觳，出水芙蓉，黄昏不宜遥恋。欲约鸳鸯并侣，只便与，如芳如媛。藏织女，牛郎至，瑶池水溅。

80. 八音谐　赏荷花　以八曲声合成。

同里一钱塘，杨柳高低覆，江南疏雨（春草碧第一至三句）。处处藕花密，映云汀烟渚。（望春回第四至五句）荷静玉展波平，独屹立，芙蓉船上女。（迎春乐第三句），这碧叶，正蓬莲结子（飞雪满群山第十二句），幽香暗度。水水天天一一深，互自互相入，直花深处。（兰陵王第十四至十七句）知采女藏盖，待黄昏后故。几时回首寻寻，不以得，由心分付。（孤鸾第十三至十六句）来与作徐娘，更不见，烟云雾。（眉妩末二句）

81. 清风满桂楼　丹桂

云云雨雨，夏夏秋秋，团团木樨朝暮。香自广寒宫，生桂子，人间已留关注。中秋十几日，自相望，丹霄风露。连心看。颗颗粒粒，俱黄金数。　　琼华已分付，俱是江南，何言向东西顾。回首取芳菲，须莫过，黄花已先情度。重阳可自许，道"曾与嫦娥折取"。婵娟与何以怀芳步步。

82. 雁侵云慢　咏题

飞高低，上天一字成，人意人路。来来去去，以春从秋度。衡阳青海南北，有头尾，声声相顾。日夜应双双，直教人，以情自相许。芦芦苇苇栖栖。自常惊不疑，倾羽倾住。不曾记日，取天时呼啼。生生自自世世，寒日在，三故故，暖日雁门关里，以人形步步。

83. 锦标归　待雪

漫漫长空，冷冷寒云，气气凝凝冬至。江南多水，风云卷起，不是桃桃李李。却是像梅花，满宇满地天宫霁。雕龙甲，玉碎兰田，但以琼华覆地。　　不似如今人家，有约诗人造访，当然谢女。羽翼飞临处，向载已无返，孤行不轨。这一迹天涯，足道见，祥霎为瑞，已无遮，满了人间，不以忧天忧杞。

84. 索酒

自古而今多少，英雄豪杰，上林杨柳，饮中八仙李白，不狂不斗，天子呼绶，败败成成，庆功吟诗，挥霍烦昼，劝君阳关三叠，元二董大知酒。知酒，非是不知酒，醒醒醉醉走，何长久？俱是曾无奈，对太乙，初绿茵茵争秀，无奈人生欲潇洒，成名忘其友，只须点水留题，最宜不酒。

85. 凤箫吟

一箫杨，秦楼秦月，穆公凤凤凰凰。自秦川养马，渭泾始姓周，致力四方。如今如弄玉，曲声中，箫史飞翔。不道是，英雄不叹，烟断楼旁。　　徬徨。何心何意，父子爷娘，儿女情长。你成仙去了，我居家自望，雁字成行。希夷何所在，遗箫声，梦短余梁。玉宇空，人生沛泽，何以殊乡。

86. 六花飞

驱驱步步，朝朝匆匆罩紫霄宫路。句句中兴，言言无朝暮。望垂鞭，长江一水，自不见，成败英雄何人顾。岳飞军，韩世忠主，还有李纲付。　　燕山有天子，舜心温情，北去南来数。与临安比，经江南相度。社稷只由社稷母，一代代，日月枯荣从天布，这秋冬春夏，谁道谁可住。

87. 浣溪沙　赏柹

一片芙蓉半载霜，三秋草木两藏黄。燕山不守自家乡。　　自在新柹新日月，吴盐始味始清香。金肤玉美玉人藏。

88. 又　赏灯

暗暗明明各不同，幽幽落落自心空。遥遥近近几无穷。　　塞上江南江北见，油油省自西东。江山草木有飞鸿。

89. 又　赏丹桂

半对西风半日晖，千丹桂子万丹微。香香世界世扉扉。寸寸金莲金寸寸，珊瑚秀色落鸿归。今年选得木樨妃。

90. 又　牡丹

一树繁章十树明，双心叠叠两心英。君人见了见多情。　百草千花千百草，群芳半护半相倾。姚皇并蒂并盈盈。

91. 临江仙　中秋禁中待月

已是燕山燕北月，如今只照皇州。江山社稷已无忧。臣同臣此在，共日共春秋。　不尽琴声琴不尽，东流一水东流，中兴中玉斧，一宋一王侯。

92. 又　芍药

紫紫朱朱红紫紫，荫荫嫩嫩荫荫。琴台坐定是知音。香中香一色，草上草千寻。　只与牡丹争色比，根深同是根深。何言本自本常心。君当君日月，士作士衣襟。

93. 西江月　丹桂

只在广寒宫里，运河自到江都。香香气气满东吴。已见嫦娥如水。　桂子应秋落下，黄花九月扶苏，小桥流水一姑苏，已见人间桂子。

94. 又　西园雪

不是山阴访戴，花花六瓣开开。四方满了四方台，素素贞贞态。

自自飞飞舞舞，纷纷落落摧摧。徘徊不尽总徘徊，只得人间半爱。

95. 诉衷情　宫中牡丹

千红万紫半深宫，一朵似飞鸿，名名贵贵奇品，只与玉皇同。　天下艳，独西东，带春风。只依金殿，醉了宫妃，与之争崇。

96. 武陵春　禁中元夕

人在黄昏何不尽，是非凤凰鸣。弄玉秦楼萧史行，留下穆云情。　已是秦川多养马，逐鹿中原横，独以三吴养舟城，不负运河名。

97. 四槛花　自度曲

书字人生。读书写字，一无一城。平生今八十，三万日倾行。六十云余，退休时，应自得，日日前程。字三千，诗十首，由日日，从不空行。须知岁月无惊。要坚持，春秋自已衡。心地还自愉，经纶自枯荣。十二万诗词，五千万字，人间历，更不亏成。前行路，前不止，步步行行，书字见，满了人生。

98. 花心动

莫动花心，溢香由深处。尽成朝暮。蕙圃过雨，叶枝分布，怎见得花花护。已经芳芳付。秀层台，层楼相住。有开闭，千姿百态，此心谁妒　当以诗词歌赋。自妍艳卿云，嫩苞金度。自然五色，七彩韵华，有了香罗纤步。一枝三枝还折，是应负，晚妆谁顾。且留下，芳菲一同吟赋。

99. 胜胜令

梅花落玉，灯影摇金。几何同是一知音。春明草绿，雨云临。女儿寻，向野馆，君自弹琴。　过了烧灯，上别院，度甘霖。只情情意意心心。灯花落了，有人影，掩寒衾。有余明，天下夜深。

100. 玉蝶躞　从军过庐州

一向庐州已去，市井已步步。舍馆人家，凄凄已何顾？经房春花落尽，白云飞远，空留四方空路。　几分付，有意无心相顾。人间几朝暮。可惜风月，侍时尚不住。谁知应及农田，老了云鬓，此恨与民同度。

101. 水龙吟

南南北北南南，中兴不尽中兴叹。运河两岸，天堂杨柳，苏杭一半。满了人间，向垂鞭问，以乱添乱。几江山社稷，今今古古，来去见，风云断。　莫以金戈思汉。这江南，行舟邻唤，从无养马，从无牧帐，荷莲娃馆。早早蚕桑，小桥流水，闻莺芷滩。最是农家女，兰衣白袖以天香散。

102. 又，中华

江山社稷江山，谁人处处谁人路。三千年里，一千皇帝，王朝可数。五倍公侯，忠贞臣子英雄无数。是农民子弟，非是已公开，皇上坐私家许。　大禹夏商周顾，一春秋，战国布，秦皇汉武，自分三国，隋唐何度。宋元明清，帝王将相，才子佳人，不以民为主，今今古古以

251

田家分付。

103. 宴清都

野史无空，正史无正。一言前后千姓。成王败寇，陈涉吴广，几何如镜。三国挟天子令。已晋见，隋唐自命。不问周、秦汉所政。何政，项政，刘政。　天盟。火未央宫，鸿沟分界以虞姬证。天下已临，称君霸道，吕后何姓。张良楚歌相竟，正野史，何言镜，有李陵佳语，从头由司马映。

104. 江神子

楼船昨日到江都。是今吴，是明吴。水调歌头，天下有江湖。塞北长城南北望，沙大漠，石荒芜。　江苏水面水江苏，有书儒，有歌奴。古古今今，税税赋殊途。自以隋唐天下故，云处处，雨衢衢。

105. 满庭芳　忆"老苏州"陆文夫

一半江湖，姑苏一半，十载忆，老苏州。陆文夫店，书字以香留。美食家中谁比，天下问，战国春秋。阳澄蟹，中秋八月，银器座中求。　知君，无饮酒，八般武器，剪剪钩钩。又刀叉枪戟，谢客王侯。晏罢空城不守，还整蟹，又复肢头。人间叹，今今古古，一记"老苏州"。

106. 又　苏州工业园，我组中国财团。

两洞庭山，东西分界，脚下是太湖边。古今一往，独岛往来船。不远天平石笋，娃馆在，木渎云天。西施客，

东施效颦，同是一婵娟。　姑苏，天已老，夫差勾践，三两千年。十里方城步，咫尺方圆。已见东吴养马，今我路，作得花园，新加坡，财团一步，谁人忆源泉。

107. 又

十步留园，退思苑里，江村一号桑田。虎丘孙子，夕照太湖边。剑池卧薪尝胆，娃馆舞，有范蠡船。由文仲，西施去矣，以女竟王权。　生公，曾点石，坐无虚席，上了西天。得传书柳毅，习家花园。已是中秋十六，天下月，入了心田，江湖岸，圆圆缺缺，退得已休年。

108. 选冠子

柳柳杨杨，人人见见，乍觉有寒相寄。冷冷暖暖，雨雨云云，吴尾楚头留滞。无主无情，自然相适。　常忆起，君在燕山，胡兵不顾，急下江南心记。君王有德，子子臣臣，应笑江山如此。回到皇城，大晟王第，一语曲琴遐裔。是归来，天对天颜，地知地意。

109. 选冠子

木木林林，丛丛簇簇，竟不尽高低意，山山水水，日日年年，何见得风云记。当地当天，以来知去，朝暮长江流去。已驱驰尘事，寻得闲处，不须闲适。　常进退，步步前行，终成了得，独自三三四四。长亭十里，柳柳杨杨，风里云中雨里，何见人人，自生何自，自以自身同异，回头寻，无以经纶，无成有弃。

110. 定风波

一曲离歌一曲鸣，半生来去半卿卿。不住留君留不住，分付，满川烟雨满川声。　不见人情人不见，未见，行行止止止行行。回首互相回首忆，切切殷殷，夜夜梦中成。

111. 祝英台，实为祝英台慢

向秦淮，桃叶渡，当是一船路。明月圆时，相约准相顾。此情不尽无休，依心分付。便老去，互依相附。　有朝暮，杨柳声里荼蘼，柔条已萦住。节物斯人，春云有雨布，阳春白雪梨花、高山流水，寸心里，后庭玉树。

112. 二郎神

半阴半雨，又近了，一黄昏暮。只约得，高山流水，却不因周郎误。南北东西何时定，这碧沼，浮萍无数。念处处风流，金陵书子，石头回顾。　心许。阳春白雪，女儿门户。却羽缴丝丝，无须挂挂，衷肠似云似雨。远近皆成，有烟还雾，最是牡丹花露。何宋玉，只在阳台外面，楚王神女。

113. 满路花

山河都是雨，花草满临安。西西施去，半波澜。曲池人静，和靖梅妻峦。飞鹤保俶顶，何以三潭印月，杜仲金冠。　吴越小小作牡丹，采摘也多难。手中捧得了，恐香残。未留自在，休道玉尘单。归去后，相思着，一半心丹，定期学步，邯郸。

114. 木兰花慢

已黄花一片，寒食雨，净清明，正

小杏红林，桃桃李李，蹊逝蹊成，倾城。月花锦绣，有开芜落正作精英。下里巴人处处，阳春白雪声声。莺莺草木萌萌，谁斗草，有逢迎，小女儿，故意纤纤步步，自是多情。放横。绕行此处，且慢行，向背玉山倾。却是回头一笑，徐娘已百媚生。

115. 念奴娇　送李士举

一江流水，向东去，自是以西成路。曲曲弯弯方向定，已作朝朝暮暮。致以高低，百川汇合，一谷奔腾雾，山河日月，纵横凭得分付。　　三峡守了瞿塘，以瑶姬宋玉，襄王云雨云雨。何已金屋藏娇，得王母信息，相倾官渡，过了巫山，回首问，十二峰中多雾。四品郎中，三公天下顾，是中兴故，在燕山住，天依天理相护。

116. 又

一臣南北，一家国，一半开封云雨。一半黄河南北去，半中原相顾。一代中兴，光明一半，一半谁分付，燕山北房，贺兰山下何护。　　如此如彼临安，西湖西子水，云中云雾。是是非非，何不误。日月阴晴如数，这杭州，多情多霪湿，几乎无度。开封汴水，苏杭天下当故。

117. 又　宋之中兴

以中兴说，是非也，谁是谁非谁说。涂炭流离氏已绝，别了中原又别，未有其兴，临安明月，大晟琴声悦，宋挥玉斧，曾为天下圆缺。　　如此宋之中兴，赵家称社稷，江山优劣，

战战和和，应切切，孰与斯民明灭，半壁江南，徽宗南北去，已燕山折，谁然同房，君臣天下如雪。

118. 沁园春

雁断潇湘，过了江湖，一字北湖。自来时一字，去时一字，来来去去，两度家乡。不改人形，有头有尾，方向南南北北扬。天下路，自衡阳青海，柳柳杨杨。　　年年岁岁衷肠。一队队，双双作凤凰。以长天为路，汕滩芦苇，栖栖息息，共了鸳鸯。望了临汾，元好问在，筑得圆丘筑得章。情何物，直生生死死，自得桃姜。

119. 又　清卢道人

五老峰前，三叠泉中，百木自萌。望仙人洞口，朝朝暮暮，来来去去，气息难平。自是仙人，不疑石玉，未了无知未了明。谁见得，又何人说得,不见先生。　　人间自有阴晴。有善道，当然善佛情。最是根儒学，人知回纥，时时向背，处处枯荣。了了西东，年年殊英。地厚天高任鸟鸣。秦皇岛，又山深阮肇，以自耕耘。

120. 浣溪沙

第四次浪潮

格律诗词字字精，如今过去未来城。工农信息六书情，一二三数三浪去，阳光海域自经营。人生万物万人生。

121. 浣溪沙

长江

万里东流一大江，千年自古半成双。南南北北好家邦。且以高低高不就。淞淞淞沪沪作林幢。风流逸事入书窗。

122. 青玉案

人生八十人生路，数得暮朝朝暮。六十从公从业付。退休之后二十年度。日日天天数。二万一千九百步，留下诗词七万赋（实为六万八千首）。之后七万三百步，每天十首六万吟赋（实为读写全唐诗五万二千首，全宋词一万六千首）（总计约十三万首）步步人生付。

123. 又

人生八十人生路，数得暮朝朝暮。翻译中英俄日语，日三千字，年年分付，八十年分付。　　字四千八百万数，格律诗词佩文度。中外古今今古故，见农民步，一斤粮米，二万八千数。

124. 虞美人

人生八十人生路，数数人生步。共和国里共生平，解放农民解放一人生。　　开荒土地开发住，创业胶州故。人民公社有阴晴，地北天南处处国家荣。

125. 又

人生八十人生路，数数人生步。卫

星上天世人惊,不尽东西南北地球城。　中华自古中华赋,自以农民住。精英佐辅英雄成,自力更生土地放光明。

126. 阮郎归

人生八十一人生,中华共日程。北京钢铁学院生,冶金部里行。　七八年,科技荣,春天草木萌。入京科技大会情,始知第一名。

127. 又

人生八十一人生,中华共日程。招商蛇口教袁庚,园区第一名。　天下路,开创明。人间步路生,如今过去未来行,行行一半成。

128. 菩萨蛮

人生八十人生路,成成就就行行步。少小少年行,中年中不鸣。　年年何所度,日日由心付。积累自终情,消融由雪生。

129. 又

人生八十人生路,中南海里中华步。制书学平章,经纶闻玉堂。　改革开放赋,日月人间度,南北自荣昌,东西知尧唐。

130. 又

人生八十人生路,同荣共存行行步。七十载年前,农夫无寸田。　三千年不顾,帝帝王王故,作主当家天,人民拥选权。

131. 清平乐　又

朝朝暮暮,八十人生路。回首中华中国赋,共国家共流。　方圆格律书儒,无知一半殊图。留得前行步步,辛辛苦苦先驱。

132. 又

今今古古,八十人生路。不是帝王分翠羽,自得人间作主。　农民土地扶苏,改革开放如吴,处处天堂处处,人人日月途途。

133. 又

今今古古,八十人生路。二百中欧美故,五千年前分付。　中华故国殊途,黄河留下河图,五十年中如数,人间换了扶苏。

134. 点绛唇　又

格律诗词,人生八十人生路。共同分付,国国家家度。　共历同知,自以人民住。应相互,柳杨飞鹭,过去当今步。

135. 又

自有经纶,人生八十人生路。并非如故,独立中华步。　世界中华,中华世界互。丝绸路,一带分付,一一人间路。

136. 又

一半春秋,人生八十人生路。共同朝暮,柳柳杨杨树。　塞北江南,此色当如故。何休付,以人人步,自以诗词赋。

137. 又

自以枯荣,人生八十人生路,古今分付,古古今今赋。　勃勃如今,又未来相度,方圆务,以阴晴数,见历民心许。

138. 浣溪沙

一树梅花面色红,三声玉润竹竹风。心中一字一心中。　已笑回身回已笑,由衷是约是由衷。无穷月色月无穷。

139. 又

两半梅花落有声,阳春白雪百花萌。高山流水有无情。　一半人间人自主,三千世界一书生,生平八十未生平。

140. 酒泉子

一树杏花,十里红颜香已暮。水流东去过人家,女儿华。　旋开旋落中霞,有约书生已付,多情自以有情苑,到天涯。

141. 又

一到清明,雨雨云云轻点点。百花丛里驻红妍,牡丹宣。　柳丝无力自垂悬。倒挂金钟风已定,海棠结子向长天,过前川。

142. 又

肃肃西风,肃肃人间人落落。重阳采菊采荣黄,弟兄孤。　问根问地问江湖。白首多情多有约,黄昏日照日扶苏,过东吴。

143. 又

十步小桥,去去来来知碧玉。水波朝暮半新潮,一云霄。　女儿女色女人娇。养育多情多自足,群芳独树一香遥，凤凰箫。

144. 朝中措　法国特使，地铁主任

英雄一半自英雄，临遣各西东，地铁外交中法，当然有司分工。白郎玛蒂坚翔赵，留下夕阳红。今日北京地铁，四百里路成功。

145. 又

广州武汉一金陵，上海自相应。哈市沈阳重庆，天津几度香凝。山东青岛，大连深圳，十一城兴，此世人生不少，小乘又以大乘。

146. 又

九零春节在巴黎，云雨各东西。总统府中天气，人生见得红霓。载高乐史，中华唯一，密特郎齐，法国西方外交，华人至此希夷。

147. 西江月　又

总统府中左右，杜布互是先生。逢缘左右一时英，玛蒂夫人方证。老广陈家祖祠，书信自此京城。汉雄何以汉雄名。事不归人是政。

148. 又

自以家华带队，长春与之同行。北京国务委员名，落地巴黎新样。中国邹付首辅，高速铁路时英，小时五百公里程，自此中华开创。

149. 谒金门　又

高铁路，阿尔斯通天下，时速五百公里罢。十年国产华。　法德中国已嫁，南北东西当架，三十年春

又夏，邹家华应谢。

150. 玉楼春

庐山一目仙人洞，羽客希黄非凤梦。横看成岭侧成峰，元步上清三五弄。黄芽已生银录气，石玉两相云雨冻。九华飞鹤半虚玄，五月山中多杜仲。

151. 饮马歌

边城人未老，饮马交河道。笛声和阳照。由金兀术了。断悲鸿，对阵潮，鏖战征表少，不知小。

152. 长寿仙促拍

草木一天光，柳杨春夏长。朝南北，自阴阳。对三光，大小分向背，自在和觞。长生久度，和气熙梁；可含芳。　年年朝暮，已分付。花如锦，色呈祥，微微露云雨。天沐浴，有相如赋。江南多水，塞北多路。

153. 又

自古人间，问希夷神仙。三千年，守丹田。何金炉，玉石分界性，银条生烟。何以黄芽，文化青莲。作涌泉。　玄元洞口，飞鹤落时研。人心性，是非定。彼此各相迁，一语是，各有两边。年年分合，相似自命。

154. 浣溪沙

百岁榕城木作林，三生日月已知音。诗词格律是人心。　古今今今古古，佩文韵守佩文吟。人间正道七弦琴。

155. 酒泉子

落叶霜风，独树山中和白雪，天光自在玉枫红。与君同。　五言绝句格律工。半在春秋无限意，文章太守一郎中。五行空。

156. 诉衷情

炎凉世态九歌何，一水半汨罗。长沙贾来去，万里问江河。　天下事，几蹉跎，久斯磨。向张仪问，十座城池，楚少秦多。

157. 又

人情冷暖少时久，万里一黄河。弯弯曲曲，朝暮处处有风波。　千积水，万田螺，静干戈。自西东去，一路无止，一路长歌。

158. 朝中措

男儿朝暮半阴晴，来去一人生。唱罢阳关三叠，楼兰一诺扬程。去来不见交河水，哈密故人行，谁面向胡姬舞，波波寄寄情情。

159. 又

男儿来去一心盟，当自一真情。道是西施西子，夫差忘了平生。贵妃一日霓裳舞，羯鼓自声声。何是这貂婵女，董卓吕布相倾。

160. 谒金门　咏木樨

香已至，八月人间相识。一半芬芳同已异，郁幽分不类。　半向中秋半渍，结子悄然分肆。最是心中心已记，明年应早词。

161. 又

寻桂子，半在中秋情如。且问吴刚何不止，嫦娥无妹姊。　俱在广寒宫里，玉影人间相视。十五又当圆缺矣，婵娟应可比。

162. 玉蝶矇　酒

已得希夷，秘旨，最是群情时候，自持心中，平生不饮酒。水水土土山山，长亭一路，作得人间杨柳。可回首。　人道消愁是酒，李白十斗酒，成成败败情怀总是酒，我应说道，醉人并非知酒。

163. 水调歌头　一带一路

云影成空阔，日色逐潮头。平沙漫漫相待，起落一沙鸥。已是风涛卷岸，又是天倾波涌，却见一轻舟。淼淼淼相间去，六国见春秋。　心怀谷，神若定，远平眸。江山社稷天下不是帝王州。中国中华中国，一带人间一路，世界有嘉谋，且以沧源见，四海自沉浮。

164. 醉思仙　自度

一衷肠。正人生路上，夕照斜阳。已年当八十，成柳成杨。何不老，有思量。故土故人乡。到如今，我见历，共和国府中央。　蒋家王朝去，人民站起来当。与苏联公社，改革开放。中华云，中华雨，四海定，久书香。有莺歌，有燕舞，国家万寿无疆。

165. 江神子　寄吕四郎长义

四郎不住问三郎。一家乡，五兄弟，一妹抚将，共业向爹娘。祖父关东先创业，无寸土，有医肠。以百年中留子女成吕氏，四方扬。　父慈子孝教贤良，窦燕山，国家梁。妇顺夫和，日月共文昌，草木山中山草木，同呼吸，共炎凉。

166. 满庭芳

八十当求，朝朝暮暮，去来来去何忧？诗词歌赋，格律东风流。不以生生死死，争日月，自在沉浮。希夷客如来子弟，当事不当求。　潼关听老子，春秋战国孔府如丘。此中华文化，杜断房谋。自以长城南北，分内外，可十三州。隋炀帝，今今古古，留下运河舟。

167. 又

八十人生，人生八十，见见历历荣荣。人当离合，日月有阴晴。草木高低岁月，山屹立，流水无平。由天地，人人事事，自以自平衡。　人生，天下路，行行止止，止止行行，只以前行计，苦苦营营。无欲无休无止，应日日，字理两千，两万日，四千万字，未了此人生。

168. 武陵春　重阳

九月重阳重九日，黄花自然新。但以一霜天共净尘，月色作东邻。四野金英金自主，一目已三秦。但得风光便似人，且入五陵春。

169. 又

落叶寻根寻不得，半山一秋风。一字当头望去鸿，乡城有无中。书生读学书生事，不觉府衙空。此在乡家此在穷，尽在不由衷。

170. 又

读学书生书读学，文章在谁家？落叶寻根寻落涯，作土寄香花。是是非非非是是，你我也他她，所向无同所背差，最是一心斜。

171. 又　三郎寄

春雨春云春水润，一花一花新。三月三秦三四人，半渡半红尘。二兄二弟小妹问，五弟五兄亲，万万千千日月因，百岁百年轮。

172. 五楼春　雁

一字飞天飞一字，致以人形人以致。春朝青海背衡阳，岁岁春秋分向寄。芦苇丛中多少意，玉石湖边来去志。行行止止一年年，对对双双何所思。

173. 又

落落飞飞南北雁，谷谷川川山水洞。衡阳青海两家乡，少女男儿应互盼。你自衡阳多少岸，我自留心青海畔。年年自此自年年，意意情情都不断。

174. 浪淘沙

老小作飞鸿，色色空空，由衷自得自由衷。日月山河山日月，字字工工。一路一无穷，始始终终。颂颂雅雅亦风风。国国家家径见历盛世西东。

175. 又　木樨开时雨

细雨木樨黄，未了幽香。不须结子太匆忙。滴滴珍珠园点点，小小凉凉。一半向阴晴，一半扬长。中秋过后是重阳,一旦风流风一旦,带得轻霜。

176. 鹧鸪天

一水吴江一水长,二秋胥口二秋香。
洞庭山上东西望,五色云中五色光。
同里岸,运河忙。太湖日月太湖梁。
隋炀水调歌头唱,以帛丝绸作柳杨。

177. 又

腊月寒梅一度香,虎丘孙子剑池梁。
西施在此寻明镜,木渎吴江半曲长。
同里岸,运河乡。云云水水已平塘。
高高不见低低见,记得隋炀作柳杨。

178. 又

白雪阳春一水乡,江春二月百芬芳。
清明一日青团子,细雨纷纷带雨凉。
寒食日,品茶汤,碧螺春色碧碧香。
洞庭山上茶花女,十六心中有柳杨。

179. 又

出水芙蓉一顶红,莲蓬结子半心中。
辛辛苦苦经年水,岁岁年年日月风。
来有界,去无穷。荷荷叶叶碧长空。
天堂有路天堂路,老少无同老少同。

180. 好事近

一半运河流,一半钱塘时候。一半吴姬侬语,女儿红酥手。身姿白皙白云头。两岸作杨柳,一诺小桥边上,此情常相守。

181. 又

一半运河舟,一半钱塘杨柳。碧玉小桥边上,女儿黄藤酒。 女儿十八女儿红,是酒非酒。嫁得夫君夫妇,此生应相守。

182. 又

一半运河忧,一半苏杭知否,碧玉小桥流水,女儿难猜透。知否,日日不知否。是是而非否,留下非非非是是非是知否?

183. 胜胜慢

木樨胜景,偷偷结子,八月成自秋香。扬扬得意,何以不顾风凉。已是月中分布,天教微彻露娇黄。心中晓,一丝不挂,可以经霜。　　应是吴刚不伐,人间舞婆娑,九九重阳,金英相比,菊花寄在回廊。也以篱间密树,只收花雾嫁衣裳,殊同见,三秋向背,地久天长。

184. 一剪梅

一剪梅花落也香,一半炎凉,一半红妆。东君有令自长长。唤起群芳,作得萧娘。　　白雪阳春向八荒,上了天堂,下了苏杭。寻寻探探访钱塘。自有圆方,自守桃姜。

185. 御街行

朝朝暮暮香香故,一半月,十八步。如今如昨又如来,冬雪冬寒冬数,一心如此,以东君嘱,只向春分付。参差已辨前川树,常与西风许。傲姿神态向人凌,留下郁香无数。余香香绕,带香除夕,春以春情赋。

186. 行香子

一半兰天,一半朱弦,对前川,我做神仙。公余日日,字字相拳。一半清泉,一半地,一半天。　　日月经年,草木如烟,格律诗,步向先贤。王维鹿柴,李白青莲。十万词田,有非是,有方圆。

187. 暮山溪　改调

暮山溪下,一半神农架。巫山楚鄂蜀相连,官渡难分三峡一云天。谁言春夏,自古多文化。瑶姬宋玉问天涯,逝者如斯腊月有梅花。

188. 千秋岁

夕阳落暮,不尽黄昏雾。乌无影,泉声许。前行难驻足,万里长亭路。当已见,苍茫远近高低树。今古何分付?不尽英雄数。诸葛智,周郎妒。空城何一计,司马退兵去,归晋也,心怀宽大天如数。

189. 水龙吟　《三国志》与《三国演义》

空城一计空城,江山俱以江山误。残兵老弱,三三两两,何言对付。一半琴声,态然无住。这今今古古,成成败败,荣辱间,英雄误。　　司马先生如故,这空城,我兵无数,踏平有余,孔明知己,留君处顾,三国归晋,心胸宽大,由君分付,一去如一去,英雄自得自英雄赋。

190. 念奴娇

三分天下,一合处,司马先生知数。董卓貂蝉由吕布,魏蜀吴中相互,献帝曹操,天机一半,一半英雄顾。东风赤壁,华容兵马如故。　　万马千军空城,借东风诸葛琴声分付。已是无为,何叹也,自以分兵误。自得英雄,英雄相惜去,我空城住。

三国归晋，三分天下飞鹭。

191. 又

三分天下，正野史，俱以刘关张见。记取三英平吕布，煮酒青梅深院。一字飞鸿，人形一字，留下人间谚。衡阳青海，来归芦苇荒甸。　赤壁诸葛周郎，是非非是问，空城何计。俱是思谋，谋细细，你我互相思便，为可求成，不为成所欲，贱疑疑贱。何空城也，似君我如面。

192. 沁园春　又

一计空城，魏晋何分，司马懿名，这孔明诸葛，残卒老弱，斯文造作，半壁琴声，我有千军，踏平闻巷，不是英雄不得名。何又是，我英雄相惜，待英雄相对，我且退兵。　精英自是精英，谁信是，心中百万兵，有深谋远虑，秀才不可拙言面对不理蛮兵。司马先生，心怀壮志，不必江山一仗倾，吾视他，必然他视我，未到输赢。

193. 菩萨蛮　李白《静夜思》

青莲静夜诗词赋，床前明月光如故。井架蜀床称，江油依此应。观音日月度，老子潼关路，诗以古今分，人当来去闻。

194. 又

青莲居士青莲度，如来如去诗词赋。太白道家儒，明皇留念奴。　文章文一路，斗酒曾三顾，明月三当涂，观音日月驱。

195. 又

江油土语江油故，郎骑竹马围床住。床非是床扶，女儿由橙呼。　文言文化度，土语土情赋，千误一江湖，三番回味苏。

196. 又　回文

暮朝桃李经春度，度春经李桃朝暮。西水自是成蹊，蹊成何水西。　玉花三弄曲，曲弄三花玉。齐木有高低，低高无不齐。

197. 又

梅花三弄梅花度，严冬白雪严冬付。岭上问三吴，东君应已顾。　相催相互误，何恋何相住，香雪海中苏，群芳听念奴。

198. 又

相思花落相思雨，人情水上人情度。草木自扶苏，人间谁丈夫。　相闻相互顾，孤独孤身误。日月在江湖，阴晴谁越吴。

199. 清平乐

俚一路，日日年年度。十首诗词三百句，且以佩文分付。　为人达理知书，春秋冬夏论余，格律方圆格律，退休胜似樵渔。

200. 又

如今如古，如去如来数。不问秦皇和汉武，只有农夫未主。　田田野野江湖，王王帝帝姑苏，不以长城为论，隋炀下了江都。

201. 又

赵家飞燕，掌上照阳殿。金屋藏娇藏不见，误了人间团扇。　柳杨岸，运河船，江南多少春蚕。不断丝丝不断，圆圆缺缺圆圆。

202. 点绛唇

怯怯羞羞，纤纤弱弱如杨柳，白白红红手，目秀眉清樱小口，女儿十六谁知否？　半露心胸应未守，只在窗前，日色黄昏后。下里巴人友，九九重阳重九九，人情已似黄藤酒。

203. 蝶恋花　奉旨西湖探梅

一日西湖平大雪，三寸天低，都以梅花折，未绝红颜红未绝，拥拥动动风衣别。分别香云香雪别。一半幽幽，一半随明灭。一半人间留净杰，一枝采下朝天悦。

204. 点绛唇

一品梅花香，远远幽幽纱。醉人多少？都以春心好。　九九寒冬，已见东君早。东君早，以群芳晓，只与人情老。

205. 又

一树梅花，五千朵里春华数。百香如故，十步人心付。　半向东君，二月群芳妒，三生度，九重分付，四面人情住。

206. 玉楼春

柳柳杨杨飞去燕，对对双双何不见，春秋有约有春秋，最是关心常会面。　镜水清明多少恋，玉影明肌留小院。

夕阳暗了是黄昏，月色鸡鸣三两遍。

207. 清平乐

冬春一半，一半梅花断，白雪纷纷红已乱，却已香香挂冠。　颜颜色色人间，衣衣树树弯弯，拂了身身又满，天天地地漫漫。

208. 胡寅

水调歌头　金陵八艳复国，男儿不出头。

水调歌头曲，一直到扬州。隋炀易帛杨柳，见得运河舟。碧玉小桥流水，十里琼花明月，水月自沉浮。六漠秦淮岸，夜女未知羞。　江南子，儿女性，比温柔。家家国国天下不必女儿忧。见得秦淮八艳，已是明清一定，不是再春秋，唱得梅花落，见得六朝休。

209. 吴舜选

蓦山溪

无无有有，是是非非酒。草木自枯荣，水土在，杨杨柳柳，长亭回面，驿社八分酒。日月有阴晴，成何酒，败何酒，去去来来酒。朋朋友友，李白知章酒。换了这金龟，饮八斗，平生如酒。清平乐里，天子呼来后非也酒，是还酒，醒醉当涂酒。

210. 赵桓

西江月　寄康王

自是徽宗长子，江山社稷王侯。杭州钱缪十三州，偃武修文两手。

一旦金汤失守，谁回战国春秋，君臣北房几时休，不可空言白首。

211. 又

望尽南南北北，听来处处忧忧。家家国国不春秋，不可英雄当酒。见得杨杨柳柳，寻乎断断谋谋。汴梁未是未杭州，半壁江山未守。

212. 眼儿媚　又

君臣谁可净胡沙？不误一人家。寒冬腊月，严霜白雪，见得梅花。香香色色杭州路，不可到天涯。今宵手下，明朝心上，普渡中华。

213. 刘子翚

蓦山溪　酒

情情酒酒，处处酒酒酒，不饮一平生，一步步，长亭有酒。旗亭曲肆，西去唱阳关，三杯酒，豪言酒，自作英雄酒。　人人酒酒，主主宾宾酒，不饮一平生。一路路，江南有酒。晋秦有酒。一岁两西湖，成时酒，败时酒，色色空空酒。

214. 满庭芳

九月重阳，重阳九日，满山遍野花黄。木樨开后，至此有余香。已是人间处处，同日月，共了炎凉，西风起，朝朝暮暮，带得一层霜。　柳杨，垂已久，南南北北，太守文章。只要平平事，也要常常。若以春初春末，枝折去，不以芬芳，荣萸草，黄花一色，究竟是何扬。

215. 南歌子

白雪曾三色，梅花有一枝。衣衫着得半知时。不见红颜何以树妆迟。傲骨冰肌玉，幽香远近姿。已脱轻浮素女作吴姬。

216. 又

腊月三冬尽，初元半立时。东君未醒已来迟，自以含苞香色已千姿。不以寒心切，无言白雪期。江南第一玉人姬。不是相思不是相思。

217. 何大圭

小重山　惜别

色色空空色色空，钗头桃李杏，半黄红。女儿心上有春风。歌声断，一见不由衷。　去去太匆匆。我在明处站，重飞鸿，私情已在有无中。低头见，我在小楼东。

218. 水调歌头　诗论

自以诗经始，一路到隋炀。今今古古今古，步步已分疆。得是离骚汉赋，乐府成文格律，沈约永明章。鲍照行新制，庾信曲衷肠。　当曹丕，燕歌行，古今扬。诗言如此天下一字一圆方。入得隋唐盛世，五百年中子昂，之问佺期芳，武曌上官仪，短短句长长。

219. 浣溪沙　又

孔子说："不学诗，无以言。"短短长长短短长，工精格律伴文昌。赋诗乐府向辉煌。武曌佺期之问试，上官仪断御袍当。今今古古已平章。

220. 蝶恋花　又　诗与词

燕乐周隋长短句。大浪淘沙，又雨霖铃度，自又清商音曲赋。当情绝句当情顾。　曲子词中词已住。一半私情，一半江山付，古古今今诗已树，朝朝暮暮三千路。

221. 胡铨

浣溪沙

不可求和不可遮，江河万里浪淘沙。飞天铺地作雪花。　秦桧新册遍管废，诚然桧死未先杀。侍郎学士入人家。

222. 菩萨蛮

相逢一见相逢别，春风半度春风雪。未了未相宜，应和应互期。　圆时圆又缺，绝了还无绝。日月总成思，山河应可知。

223. 减字木兰花

人间一半，一半人间天下乱。月月弦弦，不见嫦娥不见圆。　江山畔，一半江山水断。已过三年，未了农夫半亩田。

224. 醉落魄

过杨柳畔，隋炀以帛运河算。丝绸岁岁姑苏旦。一好头颅，留下江南岸。　如今自古重新断，胜过长城南北乱，船船都是向霄汉。暮暮朝朝，来去香风散。

225. 又

望湖楼见，谁言西子如面。何应不怯低飞燕。这里临安，没有长生殿。

秋风起落人心倦，扬天一叶向根恋。年年碧玉年年倩，不回首时，何以谁有缘。

226. 鹧鸪天

一半淞江一半湖，隋炀一半到江都，运河水平运河芜。　草木枯荣多草木。扶苏日月久扶苏。书儒不尽作书儒。

227. 朝中措

天涯海角水云空，一柱立天工。人在海边望远近，一目万里无穷。人情不尽，文章未了，一世由衷。自以燕歌行罢，八十人生诗翁。

228. 采桑子

山川屹立江河去，自以西东，自以西东，一半波涛一半风。　枯荣草木阴晴见，事事英雄。事事英雄，去去来来去去空。

229. 临江仙

已入江南杨柳岸，南南北北商船。长安西去二千年。隋炀开放见，万里共华天。　一带如今如一路，丝绸日月琴弦。阳关三叠酒泉前，西从西不尽，北道北京宜。

230. 如梦令

草草花花花草，事事人人人老。步步是平生，路路当然最好。知晓，知晓，去去来来应早。

231. 玉楼春

年年岁岁江南岸，去去来来从不断，和和战战谁无算，朝朝暮暮英雄汉。

花花草草西湖水，事事人人玉斧畔。月月无留无日月，人心只向无须乱。

232. 清平乐

江南一半，一半江南岸。一半小桥流水畔，一半幽香不散。　黄昏碧玉难断，小家碧玉轻叹，去日今天明日，相思梦里还乱。

233. 青玉案　重九

重阳九九重阳好，一山菊花多少，先采茱萸弟晓，向山东寄，作江湖老。日月枯荣道。　岁岁草草年年了，腊月冬梅百花早。待得群芳香纱纱，去来来去，暮朝朝暮，作得春秋鸟。

234. 好事近

九月九重阳，一度一僧方丈，半是寒山钟鼓，半非黄天荡。　姑苏一半致平章，白马几何养。自是秦川从速，火牛阵中思想。

235. 俞处俊

百字令

残蝉断雁，见西风求索，离骚去国。叶木无边春秋赋，当然天高云薄，远近如驰，有无卷曲，只向天涯略，以兴衷见，万里自有飞鹊。　不必怀古问今，只须相约，事事人人作。东君去了梅花落，夏水浮萍萼。沧海桑田，黄花冷漠，一望重阳路，三生何止，未成无止如若。

236. 岳飞

三十九年已一生，精忠报国半人名。

汤阴留下一水清。　战战和和和战战，杭州城外岳家城，忠忠武开作身荣。

237. 小重山

一步人生一路行。长亭杨柳伴，自三更，二万一千五百程，经日月，数得几枯荣。　白首何功名？暮朝来去问，任阴晴。只以心田苦耕耘，其因果，天下自然明。

238. 满江红　写怀

一步临安，十里问，千年梅雪。谁偃武，何修文化，古今圆缺。成败江山荣辱见，精忠报国从人说。以剑书，向战战和和，斯民切。　燕山去，汤阴别，三十载，平生杰。贺兰山上月，对边梁说。水水山山何分付，家家国国谁鸣咽。何中原，作得故英雄，朝天阙。

239. 又　登黄鹤楼

汉水知音，长流去，不留黄鹤。只见得，以龟蛇锁两军求索，一寸军英争一寸，三生日月三生博。这中原，逐鹿两千年，何相诺。　阳关唱，梅花落，岳阳楼，滕王阁，以家家国国，再平河洛。一度英雄谁一度，何须战战和和错，主正音，收拾旧山河，对天诺。

240. 邵缉

满庭芳

一国丹青，三生日月，九州未了湘灵。长江南北，不可小朝庭，且望西湖

月色，明明照，已共三星。三星在，中原不在，十里百长亭。　黄河流不尽，长城作伴，渭渭泾泾，终是东营去，直下平型，莫以雁门关外，潼关守，羽羽翎翎，英雄在，民心也在，君子可聆听。

241. 吴芾

水调歌头

水调歌头唱，不可忘隋炀，运河两岸杨柳，处处作家乡。只有和平土地，莫以和和战战，毁得半田粮。自古成王者，未与匹夫扬。　长城外，中原故，一苏杭。长江万里黄河万里一流长。五个千年来去，大禹传行天下，一代一君王，古古今今见，几梦几黄粱。

242. 孙道绚

滴滴金　梅

月光如雪梅如玉，香缈缈，共灯烛。夜半幽幽夜半来，不分身心触。温文尔雅年华促，只有春情互相续，岁岁相如又相如，已经成心曲。

243. 醉蓬莱

迈人生一步，来去千年。自然杨柳。山水人间，对荒园前后。也有高低，也有强弱，也有枯荣首。简简繁繁，春春夏夏，物华依旧。　待以秋冬日月，还以白雪霜严，有无无有。当以天高，厚地从君口。如是今朝，为得明载，木叶还相守。会与前人，顾其今客，不明天否。

244. 菩萨蛮

阡阡陌陌何阡陌，霜霜雪雪当然白。六国六长城，千年千界兵。　运河杨柳帛，俱是隋炀客，一路一枯荣，三吴三玉英。

245. 少年游

朝暮暮朝，云雨云雨，同里在三吴。花花草草，山山水水，来去一江湖。嫁妆妆嫁，女儿儿女，不可下江都。素素红红，回回顾顾，明日小娘姑。

246. 忆秦娥

何离索，人间一半何离索，何离索，梅花开了，又梅花落。人间一半何离索，平生处处多离索。多离索，少年去了，老年如约。

247. 醉思仙　解放

夕阳红，远山山顶照，重又惊鸿，近川扬流水，潜大江风。望天云，问黄昏，见形影，隐明中。已人生，七八十，历中华自由衷。　改革开放事，南南北北西西东。自以人民函，谢润之翁，民作主，是人雄，有田亩，分得丹枫。与时进，一带成一路，天下天同。

248. 如梦令

不约黄昏心乱，约了黄昏心乱，只是这春情，花落花开都乱，都乱，都乱。晚了何人都乱。

249. 清平乐　雪

飞飞落落，羽羽毛毛若。一树春衣梅见薄，色色香香难托。　重重

覆覆多多，林林草草萝萝。远近满山遍野，无声潜入江河。

250. 何蓑衣道人

临江仙

不是希夷，何不是，希夷不是希夷。高低不是不高低。高低分尺寸，日月向东西。　　不是希夷何不是，希夷就是希夷，心中信仰自心齐，齐天成大圣，齐地作昌黎。

251. 陆凝之

夜游宫

黄昏未至何相约，有影无形是落雀。当心夕照突然到，怎忍住，求求索索。红红已是羞情若，白皙手心胸轮廓。曲终袂垂舞尽处，回首见，凌波向洛。

252. 念奴娇

念奴娇曲，有羯鼓，也有霓裳歌舞。也有公孙大娘剑，李白清平乐主。最是王维书生不负，白羽声声古。开元天宝，江山天下如虎。　　江采萍见珍珠，是明皇日月，非然非浦，何以马嵬，应不道，这里江山今古。女女儿儿，冤家曾不是，去来来数，不分朝暮，人间云雨云雨。

253. 史浩

采莲　大曲八首　寿乡词

延遍

云霞里，寿乡中，一半朝暮。东南西北，上下高低，希夷一路。人间左右，草木枯荣，老小人生步步，自行路。　　一如是金枢故，王母楼阁，汉武期初，玉阙云裾，传言玉女，方朔言于来去希夷，琼瑶扶苏百姿。是相如。

254. 撷遍

丹宫几何维，赤伏显分付。东邻挂锦绣，由玉女，得王母顾。汉武分身去来问，似皇家，不似相如。人子当心，春秋已误，且窥瑶池，人间百年路，长拱极，今古如书。世人几何余。相直相曲千万度，信其故。

255. 入破

璇穹如层上下，如影如形布。如此过隙亦如故，议象分列如儒。八卦然玄如，日月自如苏。雾雾云云步步，天上下，无地有路，蕊珠水，琼瑶玉，王母赋。神草仙花，千年一度。暗香幽馥，岁岁长春，梅开开时分付。

256. 衮遍

世有境，人无求，水平似静，有流倾许。自高低左右，赤松王令安期。朝朝暮暮，自在分付。鹤岁龟龄，六十休言甲子。经有事，行步行路。念瑶姬，童子伴，女神住。应是华胥，成以诗，字有赋，本是元是希夷，多少童翁相互。

257. 实催

一人生半，三人生半，半半一生路。人生天上误。人生醉，旗亭酒市，未为长久，求得陶陶——，不须两度。留守处，求存求顾，是非非是不付。三千故，五百分布，一坐中咫尺外，

饮者流涎，何言不止，王母所妒。

258. 衮

上清路，玄元步，见希夷顾。道法自然，莫玉石误。以玛瑙琥珀分付。延安年益寿不误。人间食衣宿住，休以龙肝凤膪，有得乐，随心所欲。有欢声，多笑语，天地鹜。落落飞飞，天涯去，海角归来，向沧海桑田一赋。

259. 歇拍

有言万寿无疆，其实难付。知后庭树。三弄梅花，阳春白雪寒心已度。老小相互。止止行行朝暮。直举步，不卑无妒。十二峰，三峡水，千山唇。月照星循，何栖何住。只应随心随意祚。因此生成，四明所属。

260. 煞衮

人间路，云雨云雨，女女男男相互。正道疑之，岂识不嫌，谁主斯行，非然是与缱绻，胶漆何可分离。天地风云合度，委实心故。人间自是乾坤，分合合分半阴阳，食中食住，可半福可半苦。

261. 采莲舞　大曲八首

之一

五人一字对厅立，竹竿子勾念：

伏以浓荫缓辔，化国之日舒以长，清奏当筵，治世之音要以乐，霞舒绛彩，玉照铅华，玲珑环佩之声，绰约神仙之伍。朝回金阙，宴集瑶池。将陈倚棹之歌，或侑回风之舞，宜邀胜伴，用合仙音。女伴相将，采莲入队。

勾念了，后行吹双头莲令，舞上，分作五方。竹竿子又勾引念：

伏以波涵碧玉，摇万顷之寒光，风动青萍，听数声之幽韵。里华朵还，羽羽缥飘。疑紫府之群英，集绮筵之雅宴。更凭乐部，齐雅来音。

勾念了，后行吹采莲令，舞转作一直了，众唱采莲令：

水光浮，碎碎珍珍小。含苞急，盈盈窈窕。人人只见，婷婷姿身蓬岛。小女藏藏，净净佳丽情无了。牛郎在，无遮还好。在丛丛里，已似是共了芙蓉晓。莫窥道，春情不老，隔花相见，楚楚风流年少。

之二

唱了，后行吹采莲令，舞分作五方。竹竿子勾念：

伏以遏云妙响，初容与于波间；回雪奇容，乍婆娑于泽畔。爱芙蕖之蕴冶，有兰芷之芳馨。蹀蹀凌波，洛浦未饶于独步；雍容解佩，汉皋谅得以齐驱。宜到堦前，分明祗对。

之三　唱渔家傲

唱了，后行吹渔家傲。五人舞，换坐，当花心立人念诗：

我昔瑶池饱宴游。觉来乐国已三秋。水昌宫里寻幽伴，菡苕香中荡小舟。静静清清涓涓水，烟烟雾雾千千里。玉立婷婷天下止。荷风起，轻轻只是藏娇美。掌上红红飞燕紫，相呼不语鸳鸳喜。一叶花心花结子。声优美，鸳鸯应是双双委。

之四　唱渔家傲

唱了，后行吹渔家傲。五人舞，换坐，当花心立人念诗：

我弄云和万古声。至今江上数峰青。幽泉一曲今凭棹，楚客还应着耳听。

念了，后行吹渔家傲。花心舞上，折花了，唱渔家傲：

翠盖参差儿女性，无风有浪人无定。不落红尘花心净，如明镜，一身珠玉斜阳映。　日色欲藏烟水竟，玉女瑶池汉武迎。　一曲悠扬鸥鹭娒，深宫廷，香风不住兼葭定。

之五

念了，后行吹渔家傲。花心舞上，折花了，唱渔家傲：

仙乡。轻舠一叶烟波阔，嗜此秋潭万斛香。

念了，花心念诗：

我本清都侍玉皇。乘云驭鹤到献瑞，一洗凡容。已奏新词，更留雅咏。云罗雾縠之奇；红袖翩翩，极鸾翻凤翰之妙。再呈处。然后花心舞彻。

竹竿子念：

伏以仙裾摇曳，拥舞出，舞到裍上住，当立讫。又二人舞，又住，当立念了，后行吹采莲曲破，五人众舞。到入破，先两人花心答，念：再韵前来。

竹竿子再问，念：一部俨然。

花心，答问：旧乐何在。

竹竿子问，念：既有清歌妙舞，何不献呈。

敢自专，伏候处分。

泽国之芳，雅寄丹台之曲。不惭鄙俚，少颂升平。未骖，乍游尘世。喜圣明之际会，臻夷夏之清宁。聊寻花心出，念：但儿等玉京侍席，久陟仙堦；云路驰。

之五　吹渔家傲

唱了，后行吹渔家傲。五人舞，换坐，当花心立人念诗：

我是天孙织锦工。龙梭一掷度晴空。兰桡不逐仙槎去，贪撷芙蕖万朵红。

念了，后行吹渔家傲。花心舞上，折花了，唱渔家傲：

江上数峰青水岸，滩中一钓严萍畔。荷叶玉珠花已冠，余香散，中秋八月莼鲈半。　楚尾吴头情不断，姑苏月色兰亭看。已见花心花不乱，莲蓬腕，鹭鸥飞得红云乱。

之六

唱了，后行吹渔家傲。五人舞，换坐，当花心立人念诗：

我入桃源避世纷。太平缥出报君恩。白龟已阅千千岁，却把莲巢作酒尊。

念了，后行吹渔家傲。花心舞上，折花了，吹渔家傲：

已知花开花落好，莲蓬结子知多少。应采天香天下了，折无早。浮浮碧叶何曾老。　九月枯荷朝天晓。王母玉女传言表。待得十三颗子小，蓬莱岛，无须汉武常言道。

之七　吹渔家傲

唱了，后行吹渔家傲。五人舞，换坐如初。竹竿子勾念。　伏以珍符涽至，朝廷之道格高深 年谷屡丰，郡邑之和薰遐迩。式均欢宴，用乐清时。感游女于仙衢，咏奇葩于水国。折来和月，露泡霞甒 舞处随风，香盈翠袖。既徜徉于玉砌，宜宛转于雕梁。爱有佳宾，冀闻清唱。

念了，衆唱画堂春：

西子西湖西子语，芙蓉自立芙蓉侣。

吴越风清来自楚。纤纤女。夫差勾践伍子胥。　采女舴艋来复许，渔公不问应何去，只以藁分付与，回头处，蓬蓬结子成人绪。
黄昏一水彩云飞，婷婷玉玉回归。一意半心扉。羞色自微微。织女星，牛郎非。惊小月，偷上东晖。幸然面目如妃，草木已菲菲。

之八
唱了，后行吹河传，众舞。舞了，竹竿子念遣队：
浣花一曲湄江城，雅合鬼鹭醉玉平。
楚泽清秋余白浪，芳枝今已属飞琼。
歌舞既阑，相将好去。
念了，后行吹双头莲令。五人舞转作一行，对厅杖鼓出场。

唱了，后堂吹画堂春。众舞，舞了又唱河传：
不闻不见，画堂春里赋。知它几遍，儿女人间，一曲"采莲"新传，楚腰纤，吴语倩。　逍遥津里春风面。无挂无牵，早入长生殿，作得芙蓉，莲蓬藏子，不年年，飞落燕。

北宋·郭熙 早春图

读写全宋词一万七千首
第二十三函

1. 太清舞

后行吹道引曲子，迎五人上，对厅一直立。乐住，竹竿子勾念：

洞天门阙锁烟萝。琼室瑶台瑞气多。欲识仙凡光景异，欢谣须听太平歌。

念了，后行吹太清，衆舞讫，衆唱：

花心答，念：再韵前来。

竹竿子问，念：一部俨然。

花心答，念：旧乐何在。

竹竿问，念：既有清歌妙舞，何不献呈。

逢雅宴，欲陈末艺，上助清欢。未敢自专，伏候处分。

神仙伴。故今此会，式契前踪。但儿等偶到尘寰，欣玉立。曾向蕊宫贝阙，爲道遥游，俱膺丹篆玉书，作簪缨贵客。或碧瞳漆发，或绿芷童颜。雄辩风生，英姿谛视人间之景物，何殊洞府之风光。恭惟衮绣主人，花心念：伏以兽鑪缥缈喷祥烟，玳席荧煌开窦幄。

之一

武陵自以希夷府，有龙还有虎。洞口汉秦藏，以桃花为主。秦皇时物汉时衣，自今古。飘然耕种，百里黄金缕。有人家无数。

唱了，后行吹太清歌，众舞，舞讫，花心唱：

之二

人人自有人人顾。步步平生路，礼理以周容，儒家冠如故。渔舟不知此何方，天地间，何必深许。春秋战国，以避秦来住。

唱了，后行吹太清歌，众舞，换坐，当花心一人唱：

之三

长城两岸长城苦。已朝朝代代，战战和和误，何来去朝暮。桃桃李李已成蹊，故家乡，阮肇分付。从此作希夷，隔分云霄两。

唱了，后行吹太清歌，众舞，换坐，当花心一人唱：

之四

渔舟莫问谁家女，有言秦汉语。不得二世空，三国归晋去。隋唐有虑是依然，已归宋，渊明何去，五柳已茫茫，三闾不问楚。

唱了，后行吹太清歌，众舞，换坐，当花心一人唱：

之五

采樵捕渔耕田主，玉华听钟鼓。天竺晋时客，希夷黄金缕。自以桃李人间圃，俾华实，作以渔父。知已自英雄，已得听玉斧。

唱了，后行吹太清歌，众舞，换坐，当花心一人唱：

之六

云天似异似同度，彼此无共路。秦汉已分朝，两行鹓鹭。秦皇东海求希夷，汉武却，王母步步。留下如今付，过去未来数。

唱了，后行吹太清歌，众舞，舞讫，竹竿子念：　欣听嘉音，备详仙迹。。固知玉步，欲返云程。宜少驻于香车，伫再闻于雅咏。

念了，花心念：但儿等暂离仙岛，来止洞天。属当嘉节之临，行有清都之觐。芝华羽葆，已杂还于青冥；玉女仙童，正逢迎于黄道。既承嘉命，聊具新篇。

篇曰：仙家日月如天远，人世光阴若电飞。绝唱已闻惊列坐，他年同步太清归。

念了，众唱破子：

之七

樵渔世，米粮乡。跻治虞唐，文化教遐荒。一路半黄粱。和平久治久天昌。九万里农桑，三代谢天堂。圣锡圣无疆。

唱了，后行吹步虚子，四人舞上，劝心酒，花心复劝。劝讫，众舞列作一字行。竹竿子念遣队：仙音缥缈，丽句清新。既归美于皇家，复激昂于坐客。桃源归路，鹤驭迎风。

抃手墀前，相将好去。
念了，后行吹步虚行，出场。

2. 柘枝舞

五人对听一直立，竹竿子勾念。伏以瑞日重光，清风应候。金石丝竹，闲六律以皆调；僸佅兜离。贺四夷之率伏。请翻妙舞，来奉多欢。鼓吹连催，柘枝入队。念了，后行吹引子半段入场，连吹柘枝令，分作五方舞，舞了，竹竿子又念：适见金铃错落，锦帽蹁跹。芳年玉貌之英童，翠袂红绡之丽服。雅擅西戎之舞，似非中国之人。宜到墀前，分明祇对。

念了，花心出，念：但儿等名参乐府，幼习舞容。当芳宴以宏开，属雅音而合奏。敢呈末技，用赞清歌。未敢自专，伏候处分。

念了，竹竿子问，念：既有清歌妙舞，何不献呈。

花心答，念：旧乐何在。

竹竿问，念：一部俨然。

花心答，念：再韵前来。

念了，后行吹三台一遍，五人舞拜，起舞，后行再吹射鵰偏连歌头。舞了，众唱歌头：

之一

柘枝奉圣奉圣朝，朝朝江南主，留伊自此留伊时。芰荷云彩，一片霓虹，连天际，向人姿，莲蓬结子，应不罢，岁月情，舞柘枝。

唱了，后行吹朵肩偏。吹了，又吹扑胡蝶偏，又吹画眉偏。舞转，谢酒了，众唱柘枝令：

之二

自以柘枝娇女，作得多情侣。人心作身语。纤纤细细柘枝相叙。尾尾相传，楚吴风流，瑶姬宋玉许。素束红袖逍遥锦衣领，长短显姿杍。

又唱

之三

回头只向红尘去，有画堂箫鼓。楚腰肢，吴越碧玉长下摆柘枝舞。反背琵琶飞天曲，古古今今神父，蟠桃楼上西王母，窈窕飞鸿羽。

唱了，后行吹柘枝令，众舞了，竹竿子念遣队：雅音震作，既呈仪凤之吟；妙舞回翔，巧着飞鸾之态。已洽欢娱绮席，暂归缥缈仙都。再拜墀前，相将好去。念了，后行吹柘枝令出队。

3. 花舞

两人对听立，自勾，念：伏以骚赋九章，灵草喻如君子；诗人十咏，奇花命以佳名。因其有香，尊之为客。欲知标格，请观一字之褒 爱藉品题，遂作羣英之冠。适当丽景，用集仙姿。玉质轻盈，共庆一时之会 金尊潋滟，式均四坐之欢。女伴相将，折花入队。念了，后行吹折花三台。舞，取花瓶。又舞上，对客放瓶，念牡丹花诗：
花是牡丹推上首。天家侍宴爲宾友。料应雨露久承恩，贵客之名从此有。
念了，舞，唱蝶恋花，侍女持酒果上，劝客饮酒。

之一

已是人间有杨柳，多少风流，谁饮千杯酒。白雪自阳春后，梅花三弄群芳守。

舞唱了，后行吹三台。舞转，换花瓶。又舞上，次对客放瓶，念瑞香花诗：
花是瑞香初擢秀。达人鼻观通庐阜。遂令声价满寰区，嘉客之名从此有。
念了，舞，唱蝶恋花，侍女持酒果上，劝客饮酒。

之二

自以荷香夏是首，多少风流，玉女红酥手，汉武已见王母后，莲蓬未子谁知否？

舞唱了，后行吹三台。舞转，换花瓶。又舞上，次对客放瓶，念丁香花诗：
花是丁香花未部。青枝碧叶藏琼玖。如居翠幄道家妆，素客之名从此有。
念了，舞，唱蝶恋花。侍女持酒果上，劝客饮酒。

之三

不到人间何所有？多少风流，桂子重阳九。八月香满木樨阜，茱萸寄与乡人首。

舞唱了，后行吹三台。舞转，换花瓶。又舞上，次对客放瓶，念春兰花诗：
花是春兰栖远岫。竹风松露为交旧。仙家剑佩羽霓裳，幽客之名从此有。
念了，舞，唱蝶恋花，侍女持酒果上，劝客饮酒。

之四

希夷之客人间友，多少风流。黄花遍地否？不在篱间何言九，雪霜应在重阳后。

舞唱了，后行吹三台。舞转，换花瓶。又舞上，次对客放瓶，念蔷薇花诗：
花是蔷薇如绮绣。春风满架晖晴画。爲多规刺少拘挛，野客之名从此有。
念了，舞，唱蝶恋花，侍女持酒果上，

劝客饮酒。

之五

一路长亭一路柳，多少风流，社稷江山守。只以阶墀同前后，獬豸自当主人酒。

舞唱了，后行吹三台。舞转，换花瓶。又舞上，次对客放瓶，念酴醾花诗：花是酴醾纡翠袖。酿泉曾入真珠溜。更无尘气到杯盘，雅客之名从此有。念了，舞，唱蝶恋花。侍女持酒果上，劝客串饮酒。

之六

白雪阳春梅边柳，多少风流，何似问朋友，此去还来同行走，冰心玉肌分客酒。

舞唱了，后行吹三台。舞转，换花瓶。又舞上，次对客放瓶，念荷花诗：花是芙蕖冰玉漱。人间暑气何曾受。本来泥泽不相关，净客之名从此有。念了，舞，唱蝶恋花，侍女持酒果上，劝客饮酒。

之七

夏秋冬春四时守，多少风流。圆缺方圆首。自以身名社稷久，今今古古成功酒。

舞唱了，后行吹三台。舞转，换花瓶。又舞上，次对客放瓶，念秋香诗：花是秋香偏馥茂。姮娥月里亲栽就。一枝平地合登瀛，仙客之名从此有。念了，舞，唱蝶恋花，侍女持酒果上，劝客饮酒。

之八

一半童儿一半叟，多少风流，明月旗亭不饮酒，李白吟诗空白首，清平乐里三台酒。

舞唱了，后行吹三台。舞转，换花瓶。又舞上，次对客放瓶，念菊花诗：花是菊英真耐久。长年只有临风嗅。东离况是南山，寿客之名从此有。念了，舞，唱蝶恋花，侍女持酒果上，劝客饮酒。

之九

半在人生半在友，多少风流。歌赋诗词久。宋玉三闾楚辞首，蝶恋花声男儿酒。

舞唱了，后行吹三台。舞转，换花瓶。又舞上，次对客放瓶，念梅花诗：花是寒梅先节候。调羹须待青如豆。爲于雪底倍精神，清客之名从此有。念了，舞，唱蝶恋花，侍女持酒果上，劝客饮酒。

之十

自以心心自以口，多少风流。男儿女子手。气节向春梅花柳，唤得群芳状元酒。

舞唱了，后行吹三台。舞转，换花瓶，又舞上，次对客放瓶，念芍药花诗：芍药来陪辇客后。矜其未至当居右。奇姿独许侍花王，近客之名从此有。念了，舞，唱蝶恋花，侍女持酒果上，劝客饮酒。

之十一

主主客客一杯酒，多少风流，文雅温情友，社稷江山同相守，人人事事庆功酒。

舞唱了，后行吹三台。舞转，换花瓶。又舞上花裀,背花对坐,唱折花三台

之十二 《词律辞典》"三台"无此体，以此体和之。

历三台，邕人府。能为群芳花主，羽鞴芝葆，曾到世间花酒酒花为伍。葡萄绿蚁阳关，铜雀冰井共金虎。岁岁年年常是春，一半芳菲黄金缕。

又唱

之十三

有相逢，离别聚。生酒寿酒书剑姐。一世男儿，古今纵横，十八女儿红煮。五味左右只不休，三台之中多伴侣。唱了，起舞，后行吹折花三台一徧。舞讫，相对坐，取盆中花插头上，又唱：

之十四

一尘环，三生酒。多少英雄多少柳。偃武修文作朋友，书书剑剑，一半江山,剑剑书书相守。争似荣成自然，今古是风风雨雨。花已年年酒岁岁，好带人生同朝暮。

又唱

之十五

是非易，荣辱改，社稷江山以人主。海角天涯，有了酒乡，借口醒醉无数。花下一杯一杯，且莫把人生虚度。五谷丰登人俱念，三光普照古今付。唱了，侍女持酒果置裀上，舞相对自饮。饮讫，起舞三台一徧，自念遣队：伏以仙家日月，物外烟霞。能令四季之奇葩，会作一筵之重客。莫不香浮绮席，影覆瑶堵。森然羣玉之林，宛在列真之储。相逢今日，不醉何时。敢持万斛之流霞，用介千春之眉寿。欢腾丝竹，喜溢湖山。观者虽多，叹未曾有。更愿九重万寿，四海一家。屡臻年谷之丰登，永锡田庐之快乐。于时花骢嘶晚，绛蜡迎宵。饮散瑶池，春在乌纱帽上：

醉归蕊馆，香分白玉钗头。式因天上之芳容，流作人间之佳话。尚期再集，益侈遐龄。歌舞既终，相将好去。

念了，后行吹三台出队。

4. 剑舞

二舞者对厅立袒上。竹竿子勾，念：伏以玳欢浓，金尊兴逸。听歌声之融曳，思舞态之飘纱。爰有仙童，能开宝匣。佩干将莫邪之利器，擅龙泉秋水之嘉名。鼓三尺之莹莹，云间闪电；横七星之凛凛，掌上生风。宜到芳筵，同翻雅戏。

二舞者自念：伏以五行摆秀，百炼呈功。炭炽炽红鑪，光喷星日；硎新雪刃，气贯虹霓。斗牛间紫雾浮游，波涛里苍龙缔合。久因佩服，粗习回翔。兹闻阆苑之群仙，来会瑶池之重客。辄持薄技，上侑清欢。未敢自专，伏候处分。

竹竿子问：既有清歌妙舞，何不献呈。

二舞者答：旧乐何在。

竹竿子再问：一部俨然。

二舞者答：再韵前来。

乐部唱剑器曲破，作舞一段了，二舞者同唱霜天晓角：

贺兰山阙，上下天山雪，记取燕山草木，江山外，社稷缺。　　玉斧，人尽说。十士十豪杰。内使奸雄落胆，外须雄，犲狼灭。

乐部唱曲子，作舞剑器曲破一段。（舞罢，二人分立两边。别两人汉装者出，对坐，卓上设酒果。）竹竿子念：伏以断蛇大泽，逐鹿中原。佩赤帝之真符，接苍姬之正统。皇威既振，天命有归。势虽盛于重瞳，德难胜于隆准。鸿门设会，亚父输谋。徒矜起舞之雄姿，厥有解纷之壮士。想当时之贾勇，激烈飞飈；宜后世之效颦，回旋宛转。双鸾奏技，四坐腾欢。乐部唱曲子，舞剑器曲破一段。（一人左立者上袒舞，有欲刺右汉装者之势。又一人舞进前翼蔽之。舞罢，两舞者并退，汉装者亦退。复有两人唐装出，对坐。桌上设笔砚纸，舞者一人换妇人装立袒上。）竹竿子勾，念：伏以云鬟耸苍壁，雾縠罩香肌。袖翻紫电以连轩，手握青蛇而的皪。花影下、游龙自跃，锦裀上、跄凤来仪。轶态横生，瑰姿谲起，倾此入神之技，诚爲骇目之观。巴又心惊，燕姬色沮。岂唯张长史草书大进，抑亦杜工部丽句新成。称妙一时，流芳万古。宜雅态，以洽浓欢。

乐部唱曲子，舞剑器曲破一段，（作龙蛇蜿蜒曼舞之势。两人唐装者起。二舞者、一男一女对舞，结剑器曲破彻。）竹竿子念：项伯有功扶帝业，大娘驰誉满文场。合兹二妙甚奇特，堪使佳宾醽一觞。霍如羿射九日落，矫如帝骖龙翔。来如雷霆收震怒，罢如江海凝清光。歌舞既终，相将好去。

念了，二舞者出队。

5. 渔父舞

四人分作两行迎上，对筵立。渔父自勾，念：郧城中有蓬莱岛。不是神仙那得到。万顷澄波舞镜鸾，千寻叠嶂环旌纛。光天圆玉夜长清，衬地湮红朝不扫。宾主相逢欲尽欢，升平一曲渔家傲。

勾念了，二人念诗：渺渺平湖浮碧满，奇峰四合波光暖。绿蓑青笠镇相随，细雨斜风都不管。

念了，齐唱渔家傲。舞，戴笠子。

之一

自在蓬莱应所见，和风细雨曾如面，不在人间人所恋。飞来燕，渔舟浅浅深深院。

唱了，后地吹渔家傲，舞。舞了，念诗：喜见同阴垂下地。琼珠簌簌随风絮。轻丝圆影两相宜，好景侬家披得去。

念了，齐唱渔家傲。舞，披蓑衣。

之二

草草花花滩芷岸，鸥鸥鹭鹭飞无断。白雪阳春天下畔，云小半，雨多一半烟多半。

唱了，后行吹渔家傲，舞。舞了，念诗：波面初惊秋叶委。风来又觉船头起。滔滔平地尽知津，齐涉还渠渔父子。

念了，齐唱渔家傲。舞，取楫鼓动。

之三

一半樵渔渔父子，江东一诺烟波里。一度鸿沟刘项起。成败视，英雄当酒江山止。

唱了，后行吹渔家傲。舞。舞了，念诗：碧玉粼粼平似掌。山头正吐冰轮上。水天一色印寒光，万斛黄金迷俯仰。

念了，齐唱渔家傲，将楫作摇艣势。

之四

雨雨云云云雨里，桃桃李李桃桃李。姊妹人中人妹姊。天下水，江南已得江南美。

唱了，后行吹渔家傲，舞。舞了，念诗：
手把丝纶浮短艇。碧潭清沚风初静。
未垂芳饵向沧浪，已见白鱼翻翠荇。
念了，齐唱渔家傲，取钓竿作钓鱼势。

之五

西塞山前鸥鹭岸，云云雨雨何时断。
箬笠桃花流水畔。香不散，鳜鱼三月争先乱。

喝了，后行吹渔家傲，舞。舞了，念诗：
新月半钩堪作钓。钓竿直欲干云表。
鱼虾细碎不胜多，一引修鳞吾事了。
念了，齐唱渔家傲，钓，出鱼。

之六

世事难平难不了，人间醒醉知多少？
老酒无平无酒老。何知晓，不知酒时民情好。

唱了，后行吹渔家傲，舞。舞了，念诗：
提取颒鳞归竹坞。儿孙迎笑交相语。
西风满袖有余清，试倩霜刀登玉缕。
念了，齐唱渔家傲，取鱼在杖头，各放鱼，指酒尊。

之七

八月秋风蟹脚痒，江湖一半黄天荡。
长在姑苏知方丈，思孟昶，寒山寺里千年往。

唱了，后行吹渔家傲，舞。舞了，念诗：
明月满船唯载酒。渔家乐事时时有。
醉乡日月与天长，莫惜清尊长在手。
念了，齐唱渔家傲，取酒尊，斟酒对饮。

之八

不以金尊何以酒，人间自古多杨柳。
六合钱塘天下首。谁知否？长城内外英雄守。

唱了，后行吹渔家傲，舞。舞了，念诗：
渔父自念遣队：湖山佳气霭纷纷。
占得风光日满门。宾主相陪欢意足，
却横烟笛过前村。歌舞既终，相将好去。

念了，后行吹渔家傲，舞者两行引退，出散。

以上疆村丛书本鄢峰真隐大曲卷二

6. 望海潮

三吴三越，千年千古，山山水水人家。杨柳运河，枫桥碧玉，江湖百里流霞。江岸浪淘沙。太乙香雪海，不到天涯。八月钱塘，盐官城上戴乌纱。　　波涛九月胡笳，广寒宫桂子，弄玉风华。春雨半晴，秋风一肃，江南白雪梅花。岁岁年年嘉。最是听钟鼓，处处无遮。柳七孙何附会，楚楚一归娃。

7. 又

吴吴越越年年岁岁，春春夏夏秋秋冬冬。金谷缘珠，西施根木渎，娃娃女女何穷？谁以称英雄。向范蠡子胥，交接疑否？古古今今，自然春色自由衷。　　夫差已作深宫，且呼勾践问，分付涠虫。兰苑有草，阶墀不草，何须尝药精功。吴越不西东，不以南北见，色色空空，无奈春秋，这人人望飞鸿。

8. 又

精英先后，身名天下，春秋易换年华。朝暮去来，三台旧石，黄河不尽淘沙。铜雀当年华。昔蔡邕再现，雪月风花。十八柏里问娇娃。　　南南北北参差，有英雄举楫，无以桃花。杯里杜康，人中建安，时时事事堪嗟。三百岁中遮。过去来日见，今日成家。从得归心，一江流水到天涯。

9. 感皇恩　自述

五品一郎中，天涯杨柳。不饮平生一壶酒。东篱有意，太乙无心知否？雨云云雨谁知否？　　四品郎中，徘衣同就，紫紫朱朱问翁首，锦囊多感，只有诗词依绶。菊花开了重阳九。

10. 又

江水自东流，山河杨柳。陌陌阡阡自相守，长亭两岸，驿社周围前后。小村南北东西久。　　弱弱纤纤，垂垂否否。舞尽春秋见同首，黄绿绿黄，作得人间朋友。岁年无语王母手。

11. 满庭芳

盛泽吴江，唯亭同里，运河一路苏杭。三山二水，六合半天堂。腊月梅花白雪，知碧玉，香色珍藏。桥边望，萧娘已到，步里是潘郎。　　水平，平水处，明明两岸，成片汪洋。这姑苏低下，处处芳樯。处处杨杨柳柳，丝绸帛，曲曲隋炀。楼船去，长城万里，几度故家乡。

12. 又　立春日

腊月梅花，阳春白雪，天下换了时妆。小寒大寒数九柳边杨。一路中原南北，经四序，处处幽香，今除夕，明天六九，春动小徐娘。　　冬梅，先岭外,梅花落里,一片芬芳。已与群芳会,作了中堂。六瓣分成八瓣,香雪海,四面江湖,三吴望,云云雾雾,烟雨洞庭乡。

13. 又 雪消

六九云中梅花落里,白雪自在消融。以珍珠玉,各得各由衷。已见洞庭山上,群芳色,满了西东。天下水,见五湖红。　立春,云细细,阴晴一半,线雨蒙蒙。碧螺春茶叶,近了清明。虎跑龙井泉水,寒食火,色色空空。姑苏客,姑苏十里,十里馆娃宫。

14. 又 劝酒

一度平生,平生一度,一度何是生平。去来朝暮,荣辱败成行。是是非非进退,功禄尽,利利名名。何儒学,知书达理,彼此是人情。　平生生日月,生平日月,草木枯荣。水水山山客,文化殊惊。雅雅温温是水,山屹立,以石同盟。江南水,平平淡淡,塞北向山行。

15. 又

水水山山山山水水,不同之处相同。一线(格林威治天文台铜线)分定,左右各西东。若在东西线上,何左右,何是西东。同成异,是是非非,非非是是中。　飞鸿,南北去,衡阳青海,向背由衷,自春来秋往,年岁无穷。最以书生相问,家何处,乡也空空。无声也,来来去去,自始终终。

16. 又

日月阴晴,枯荣草木,两仪四象乾坤。暮朝朝暮,夕照作黄昏。远近高低所见,高山顶,最后留根。高山下,何分问背,早晚小儿孙。　儿孙,天下事,文文武武,烈烈温温。似山山水水,魄魄魂魂。道道儒儒佛佛,回纥教,一代天尊。人间路,心中信仰,一步一开门。

17. 又 梅

白雪阳春,梅花落了,且听下里巴人。高山流水,处处百花新。自在群芳丛里,同姊妹化作红尘。芳香故,来来去去,一世经纶。　立春,分四序,中原日月,冬夏秋春,已牡丹桃李,夏士莲苹。桂子黄花九九,兰竹色,晋晋秦秦。应今古,年年岁岁,宋玉作东邻。

18. 又 雪

满谷平平,高山流水,飞飞落落纷纷。阳关三层,素裹玉门君。疑是红颜半露,衣已就,难挂其裙。冰风里,身身白皙,独自芳芬。　竹枝,吴楚客,寒山寺鼓,远近相闻。问砚山头尾,水雾纷纭。由得三间何去,由子胥,自作风云。春秋故,今今古古,日月自然曛。

19. 庆清朝 梅花

三九寒冬,霜冰白雪,江河依旧东流。人间冷人间冻,大地严妆,万物覆衣不付。层层寒彻待天酬。梅心里,地根有意,似运还羞。孤也是,香也是,傲姿独身个,自以云头。东君当然早许,如十三州,要吴绫越绣,幽香含纳向玉侯。六九头,立春一日,向群芳忧。

20. 蓦山溪 又 幽居

隐隐约约,淡淡梅花落。化作色香泥,铺白雪,心心萼萼,幽幽独独,不问不知情,东君诺,春风诺,一半人间诺。　群芳可托,白雪寒冰恶,我自我先开,叶不发,枝枝弱弱,香香色色,傲骨在人间,来时莫,去时莫,且自徐娘索。

21. 青玉案

钱塘不主苏杭主,处处雨云云雨。一半江南杨柳舞,小桥流水,太湖飞羽,碧玉黄金缕。　六渎水调歌头谱,千帛三吴自由取。两岸荷花荷水浒,雾烟烟雾,鼓锤锤鼓,鹭鹭鸥鸥数。

22. 又 生日用去声七遇韵

人生一步人间路,来去几何朝暮。事事人人人事故。少年年少,度公公度,独木成林树。　六十未了忧心付,八十诗词古今赋,日日三千文字句。持之衡见,古今如故,日月知分付。

23. 又 为戴昌言歌姬作

风流不尽风流女,四首处轻轻语。我自纤纤身自楚,客吴吴客,文君相如,一赋人生与。　白雪相寄阳春絮,相就相依几思虑。下里巴人巴蜀去,以瑶姬舞,有襄王倨,宋玉何颜去。

24. 西江月　答官伎得我字

五曲纤纤细细，三声望望多多，银河两岸几清波，出水芙蓉一朵。解带却衣方便，莲花并蒂香荷。蓬蓬结子未先科，只是风流误我。

25. 喜迁莺　第四次浪潮二十四体，正体无五字起，疑误，从正体康与之

书香门第，俱农家子弟。五千年逝。农以非农，非农是农，易得云天无际。大禹夏商故国，又以周秦汉世，三国志，又隋唐宋帝，元明清制。江南江北隶，中华民国，人民共和国，三千年中，从此进入，现代文明体例。三百年中天下，农业，工业经济。过尽也，第三次浪潮，信息相替。

26. 又　第四浪潮

天天地地，地上有大海，天遥无至。过去无无，农业小小，工业繁华分类。如今信息时代，三次浪潮已致。未来问：第四浪潮异，天海人事。天遥天无比，阳光水气，人类始终始。一自海洋，水里陆地。何曾相似相易。梦想人类迁移，入地上天无异。不尽也，奈神农去远，麻姑无寄。

27. 又

人间大小，人来来去去，间空了了。天上空空，海里淼淼，不知无知少少。不得天门何处，未见海关谁晓。人穷处，上天下地找。还早不早。阳光原自好。无穷无限，已足人间道。

海洋丰丰，应有尽有，自己足人间道。东西半球天下，四海五洲还老，过尽也，可上下天海，当然正好。

28. 又

成成败败，又荣荣辱辱，身业三界。官场升迁，居家搬易，婚嫁里邻风派。龙门曲江第一，名就功成八卦。当然酒，何以问醒醉，常人不怪。常人何不怪？天子呼来，独卧街头哙。一休当涂，夜郎不得，词奉翰林豪迈。蜀道之难上下，散入云涛狭隘。何在此，问旗亭远近，心序澎湃。

29. 又

几何为快？以酒庆生日，以酒参拜。以酒祈天，以酒谢地，以酒庆寿流派。永定德胜门酒，以酒江山三界。五千载，何人不饮酒，可为一怪。烟酒烟酒噫，今今古古，古古今今蘸。一如鸣琴，教人停止，以此勾引旧话，叙及未来步上，不必思前作龋。酒何用，以无用为用，不见成败。

30. 又

酒中一快，饮中八仙在。张旭为怪，李白诗仙，不在酒里真隘，不在清平乐里，且以金龟平偾。酒成事，酒不成事也，人以成败。何人何酒派。三千年里，一年西湖晒，三千西湖，古古今今，化作老酒九派。这酒淹了天下，散入人间世界。未尽也，还有鄱阳湖，洞庭湖瀹。

31. 点绛唇

未了人生，人生未了人生路。暮朝朝暮，格律诗词度。　六十公余，八十年年赋。何分付，一生如故，日日天天数。

32. 又

八十人生，去除二十书生路。二万一千九百天天数，每日三千字里，三生付。三生付，六千五百七十万字故。

33. 又

六十公余，诗词格律天天赋。岁年如故，日日天天数。　六首平均，十三万首步。何分付，暮朝朝暮，不尽长长路。

34. 又

唐代诗人，二千三百余人数，全唐诗数，五万余首付。宋朝词赋，人一千三百数，全宋词一万六千，古古今今住。

35. 木兰花慢

古长洲百里，同里寺，退思圆。一日半春蚕，丝丝不尽，清水涓涓。山川，自今自古，未来未然。有路运河船。明月同谁夜语。女儿已入春眠。　心田。这里那边。听碧玉小桥边，寂寂小家前，已当如此，不误啼鹃。华缘已开豆劳动，自流泉。都在梦游天，记得黄粱梦里，阮郎不是当年。

36. 临江仙

青海衡阳常落羽，长天一字排空，古古今今见飞鸿，三光三日色，一字一人工。　北北南南来去路，朝阳似夕阳红。川川流水共川风。天机天下语，主客主人翁。

37. 又　夫人写字

笔笔真卿真直正，欧阳斧剪成工，羲之风雅以川风，公泉公足迹，一始一无终。　字在山河山水字，人行日月心中。由之大小有飞鸿，龙行龙足迹，凤止凤居丛。

38. 鹧鸪天

一字排空一字声，五湖南北五湖鸣。飞鸿起处飞鸿落，两度春秋两度行。三界外，自生生。人形不改以人荣。年年岁岁常常见，留下行踪草木情。

39. 又

我是书生不是商，运河杨柳自隋炀。长城不守长城意，六合钱塘一水乡。千里月，一钱塘。苏杭一半作天堂，人间步步人间路，处处书生处处商。

40. 又　作寿

老寿龟龄老寿星，排天古鹤向丹青。南箕椒桂西清子，孔雀双飞在画屏。知紫橐，问天庭。瑶林己有环瀛町，鼎鼎升平一世灵。

41. 又　送试

折取东风第一枝，曲江不渡已千迟。龙门一跃黄金榜，进士身名日月知。开雉扇，步墀仪。状元榜眼探花期。家乡父母同邻里，一世精工一世旗。

42. 蝶恋花

幸蜀雨霖铃里见，下了骊山，上了长生殿，见得桃花应一面，华清池里何方便。　这是开元天宝扇。自以明皇，望尽东飞燕。作得上皇皇不恋。霓裳羯鼓前时宴。

43. 宝鼎现

序范仲淹侄孙，少负不羁之才，不求闻达，居范家园，安贫乐道，盛季文为守时，颇嫚士。尝于元宵作"宝鼎现"投之极莹嘉奖，遣酒五百壶，词播天下。

夕阳西下，日影东巅，元宵锺鼓。明月色，嫦娥同勉，尝与人间情共舞。只留下，广寒宫中桂，影影空空字字。玉兔年，吴刚不在，只向灯灯藏数。太守不尽官衙主，以婵娟，唱黄金缕。应直上，嫦娥取代，瞻望银轮飞落羽。有走马，见光天化日，明烛交光辉嘿。一簇簇，千星万点，一半田家今古。才子会得佳人，香粉气，西湖王府，这梅花，听得东君，归春燕伍。过半月，立春寒簿，四海笙歌甫。见画角，梅花落里，十寸红尘十五。

44. 最高楼　村有十人八十岁

周公尚父，留八百年华，纵四海，横天涯。古今见，春秋战国，诸子道法儒家。古三生，今八十，十人嘉。天下生江山社稷，塞北江南富娃。老客客，腊梅花。严冬应去立春霞，四时方尽四时遮，与东君，共草木，作奇葩。

45. 明月逐人来　十人八十岁

东君朝暮，群芳分付，年年是，岁岁如故。故非是故，经轮方圆度。去去来来步步。　天下童翁，自是人生一路，长亭外，江山不误，日月积累，闻见应重复，认得周公相顾。

46. 踏莎行

一曲琵琶，三生立志，项刘未了英雄寄。四面埋伏半东西，未央楚汉咸阳治。　五指弹拨，四弦挑位，千军万马高旗帜。主人下去备栖栖，偏偏领略何心意。

47. 生查子　又

疑当楚女疑，意解潘郎意。已是作希夷，不必求同异。媱姬三峡司，宋玉高唐记。不忘月相思，以此平生雉。

48. 江城子　人向南北，足在西东

平生步步各西东，北南中。一孤蓬。水上无踪，茫然望飞鸿，有道东西南北客，红旭日，夕阳红。　刘邦项羽半英雄。未央宫，各由衷。陈涉揭竿，吴广始无终。社稷江山谁社稷，非是色，是非空。

49. 浪淘沙令　祝寿

祝寿祝寿，筵开锦绣，结彩张灯饮酒时候。到了蓬莱王母相就。祝寿祝寿。　九九重阳九，九九九九。年年岁岁天天地地佑。止止行行如来希夷宙，长寿长寿。

50. 瑞鹤仙

步金陵旧路，对草树秦淮。三吴朝暮，乌衣谢王故。月明桃叶在，水云相渡。魁英孔府，贡生当时不顾，状元楼，百姓人家。由建邺谁分付。如故。六朝已去，三国东来，石头门户，云云雨雨。二水至，已相遇，三山已见，秦淮兴废，向得台城飞鹭。又争如，复到元都，广寒玉兔。

51. 水龙吟 洞天

人间天上人间，元元地上玄玄度。荣荣辱辱，生生死死，朝朝暮暮。去去来来，老老童童，由谁分付。有希夷所在，两仪四象，三界外，千年路。　一生二生三故，以虚如，对无知步。炉中玉石，火前应卜，白金水雾。丹田自守，阴阳太极，相倾向顾。八卦心衡，蓬瀛三岛。台榭云雨。别有天地间，潼关老子似倾如许。

52. 又 太湖

平沙落雁江湖，渔舟唱晚枫桥暮。寒山寺里锺声在外，云云雨雨。雾雾烟烟雾雾，故如如故。向虎丘步步，剑池石石，勾践卧，夫差误。白雪阳春分付，半姑苏，百香相炉。桃红柳绿，小家朱紫，侬侬互许。碧玉桥边，二泉流水，后庭花树。这江山社稷，春江花月夜，声声渡。

53. 永遇乐 洞天

一半人间，神仙一半。来去来去，俱在心中，秦皇岛外，汉武王母处。成成败败，生生死死，以尾以头吴楚。三清殿，玄元当步，四方八封相与。天天地地，人人事事，暮暮朝朝思虑。愿以长生，殊求不老，皆杨花柳絮。无知是有，有无是有，尽在人间一语。寻常得，消消逝逝，不源不如。

54. 迎仙客 洞天

作修持，无求索，三清三度三生获。这边梅，那边鹤，一心相约，一世当然博。　共同情，长生药，今生无得他生得。玉童歌，金翁诺，玄虚举止，不是春秋获。

55. 南浦 洞天

静了一风波，水平平，清清净净才好。虚步自玄玄。元元练，无是无非了了。人间世上，荒桥断浦，人心大了人心小。回首江山南北见，社稷东西草草。　红尘之外红尘，一年年，花香花明多少。新条立春时，枯荣路，落叶向背何道。人情已老，此世何如今生绵。有有无无归去后，来世有谁知晓。

56. 夜合花洞天

三岛烟霞，十洲风月，五湖天下相闻。西施木渎，夫差勾践如云。烟烟雨雨纷纷。见人间，日日曛曛，何应来去，何应朝暮，何应斯文。成然子子君君，古今修修养养，元始天尊。人心老矣，前程未了芳芬。一世界，半功勋，有过去，有未来耘。只当今事，静静雪月，空寄辛勤。

57. 人月圆 元宵

立春十日东风来，夜里牡丹开。梅花落里，高山流水，向百花催。再当十日，群芳会萃，香雪海上，月色徘徊。吴门细语，十三州问，上越三台。

58. 又 圆子

纤纤细细纤纤手，恻恻透鲛绡。圆圆小小，团团腻腻，月满元宵，有芯有荟，无微无至，鼎沸如潮。一年三百六十日，共度共良宵。

59. 粉蝶儿

杜宇声声，春风化成春梦，有群芳，把梅香送。燕归巢，莺唱曲，百鸟朝凤。也匆匆，还促促，多情哄。丝丝细雨，云云起落三弄，半成烟，似成霜冻。古今人易老，几乎双鞚。步平生，希夷在房山洞。

60. 又 咏圆子

玉屑轻盈，春光化作春面，目眉间，已传情见。铺鲛绡，添豆蔻，再加粉黛。　旗亭酒市，珍珠摆了片片。看双珠，目自留恋，以佳人自与，两情如倩，沁香香，偷情要须方便。

61. 教池回 竞渡

楚楚湘湘，云云雨雨，三闾步步平生，龙舟五月五，组阵九歌城。一旗手，双列十人惊，以呼同发蛟鲸。英雄见，首当其冲，各自同盟。　战鼓三通未毕，人鼎沸，何分难解输赢，望汨罗，已是夕阳晴。长沙客，莫以张仪向，十三州外精英。欲归去，双旌摇曳，两路天兵。

62. 如梦令　汪魏巷九号

小院枣花多少？岁岁年年微小。一树一知根，五亿叶中枝好。数好数好，小院枣花多少？

63. 洞仙歌　茉莉花

香香茉莉，瓣瓣情如雪。只只黄黄一心别。这衣边深浅，惹花沾草，留得个，月月圆圆缺缺。　轻妆真片片，独寄幽芳，还似如冰又娇折，白皙女儿身，自清清，已素素，优优雅绝。海角天涯，比得西施，又问了昭君，与人高杰。

64. 醉蓬莱

步平生一梦，今古千年，岁重阳九，何以登行，对人间回首。李白当酒，好饮成僻，只在当涂守。别去明皇，书兴檄令，夜郎应绶。　自以黄花处，拥有紫菊红黄，物华依旧。天下山川，有手栽杨柳，云见高低，复以远近，陕晋分壶口。会得来人，九州朝暮，不闲人手。

65. 声声慢　沈阳市长宴法国特使戈蒂于北陵遇巨雪

法兰西使，戈玛蒂翁，天公赐雪沈阳。不以高低，可以远近飞扬。重新铺平十寸，地天连、大衣成装。这东北风云突变，鳞甲河筋。　不可求田问舍，被苍茫隐盖，又以苍茫。百尺高楼，九丈鸿沟封疆。人生停停止止，守红尘、不向东洋，一尊酒，向西洋，华法豫章。

66. 秋蕊香　又　取《词律辞典》周邦彦正体　生日

一路平生一路，千里不分朝暮。十三万首已分付，格律诗词如故。　平生七十平生步，何时住，国家改革国家度，相遇平生相遇。

67. 渔家傲　又

一路人生人一路，同行同止同朝暮。国国家家天下步，谁分付。中华自以中华故。　七十年中随国度，农民做主当家住。雨顺风调天下顾，红一路，书生一世书生遇。

68. 花心功　竞渡

一水汨罗，忆三闾，谁唱九歌时候。自以离骚，客寄长沙，户户饮雄黄酒。一舟摇曳金丝绶，三遍鼓，如戈如手。欲飞速，从头至尾，相依相就。　两个千年太久，空追念，张仪楚秦为首。海角天涯，端午潇湘粽子九歌知否。人人爱国人人士，今年志，明年在手，心应此，无为自成老叟。

69. 水龙吟　大梅词

冬梅不是春梅，春梅只是冬梅暮。群芳四起，群芳共展，群芳共住。香雪海中，争妍争色，互相相互。有阳春白雪，高山流水，红紫境，东君付。　下里巴人何度，唱阳关，楼兰当赋。一枝独立，三春云雨，骆驼刺误。一字平生，阳关三叠，是英雄路，玉门关外望，红红色色自然如故。

70. 瑞鹤仙

四时分色也，是中原，春夏见也。花开向谁也？有千姿百态，散颜余也，枝枝艳也。正红红、黄黄紫也。见东君、一转洪钧，依就群芳中也。　香也。骚情自与，分瓣分心，柱头含也。女儿求也。豆蔻年华同也，是潘郎，朝暮去来问询，偷看花苞是也。挂窗前，留待相思，非非是也。

71. 喜迁莺　二十四体　取晏殊体

山不尽，水无穷。杨柳我情同。平生处处自由衷，山水有无中。黄粱梦，梅花弄，朝暮不须迎送。以君何取利名城，今古一人情。

72. 菩萨蛮　清明

清明不尽清明早，毛毛细雨毛毛草。碧玉运河桥，潘郎吹玉箫。　潘郎向不晓，碧玉人情好。春水一春潮，小花小香小苗。

73. 南浦　四月八日

出世半红云，一如来。好是人间知道。锺鼓寺僧天香缈缈，留下殊容多少。心经处处，金刚天竺阳光好。回首时空空色色，普渡是非芳草。　祥光净得凡尘，自年年，无了已得了了。只此作因缘，归一路，步步已可先到。花花草草，尽是身外情中老。智慧当然当智慧，知觉悟时成道。

74. 青玉案

江南不尽江南路，似是似非如故。

五百年中千万度，木林花草，由谁分付，多少英雄数。　　多少人事儒家误，如去如来可相度，得道希夷多少顾，过人间处，信心朝暮，日日行行步。

75. 卜算子　端午

已断九歌声，不见三闾客。已是张仪六国情，合纵平阡陌。　　一水自无平，半楚孤身白，留得离骚字句鸣，只向长沙谪。

76. 永遇乐　夏至

夏至天长，天天短短，南北无变。冬至天长长长昼昼，向背阴阳面，阴阳向背，长长短短，短短长长见。一年里南南北北，半南半北分缠。　　冬至饺子，夏至条面，一日条线一片。半北半球，分当一半，唯以阳光便。年年夏至，地球北半，多了阳光一半。对应处，南半地球，少了半面。

77. 鹊桥仙　七夕

天河南北，牛郎织女，不可轻轻细语，波声不似鹊桥声，不忍是，来来去去。　　人间七夕，纤纤乞巧，一寸心思相与，应知天上是人间，到处见，儿儿女女。

78. 瑞鹤仙　七夕

人情多少，年年又年年，七夕多少？牛郎织女，鹊桥相会，是年年见，年年日了。不似人间可晓，一年中，三百日，相见付相好。　　我僭刘郎，徐娘为你，已同花草。朝朝暮暮，月来去，情深情蔫。春心一半，贪云雨，两处天娇。便衣衫退却，丰韵白皙葆。

79. 念奴娇　中秋

三十天里，只一日，月月圆圆方好。三百六旬五天里，这日中秋才到。一日相逢，相逢一日，得见婵娟少。少多多少？年年多少多少。　　路路步步人生，作书生读学，龙门知晓，进退升迁，何咫尺，已是天涯芳草。入了中年，郎中三五品，一生难了。老翁谁老，古今今古当道。

80. 芰荷香　中秋

芰荷香，广寒宫桂子，已作黄粱。入莲蓬里，月明十里斜塘。多情碧叶，侧玉珠，含了清凉。瓜果葡萄家乡。阡阡陌陌，俱以秋藏。　　只向嫦娥一问，你弦弦缺缺，不尽余香，舞裙歌扇，故应后羿私房。婵娟已代，换隐妆，何以思量，三百六十天长，天天日日，白首成荒。

81. 清平乐　中秋

清平乐里，桂树中秋子，不是人间桃又李，玉兔何然可指？　　团圆十五之时，嫦娥天上知后羿人中不问，孤孤独独相思。

82. 又　酒

烟烟酒酒只是人间有，李白吟诗千百首，作了当涂杨柳。秦王吕氏春秋，王母汉武蓬洲，古古今今佛道，儒文主得沉浮。

83. 又　石头城

谢公风度，雪雪云云暮。只是王家王一路，已有六朝分付。石头城外东吴，金陵建业屠苏。再见王王谢谢，乌衣巷口沉浮。

84. 又

龙盘虎踞，骄房何南渡，不可垂鞭垂涎顾，自误朝天自误。　　牛羊不是樵渔，民心不是公余。不是江南不是天机自天书。

85. 又　除夕

翁翁少少，日日年年老。去岁今年明日早，只问东君你好。　　梅花落里春潮，年年如此逍遥，岁岁来来去去，杨杨柳柳条条。

86. 又　劝王枢使

家家国国，俱以人人则。自古君臣何不得，社稷江山如侧，　　南南北北黄河，胡胡汉汉兵戈，莫以英雄论定，生灵涂炭如何。

87. 又　劝陈参政

君臣一半，杨柳江南岸，天下如今都是乱，只有君臣不变。　　丹炉处处玄元，心径处处方圆。可问儒家弟子，君臣一半轩辕。

88. 又　劝酒

周郎饮酒，史浩频频首，不是英雄谁不酒。自古杨杨柳柳。　　东楼不远西楼，千秋百代千秋。战战和和酒酒，成成败败春秋。

89. 朝中措　雪

飞飞落落满长空，天地有无中。左右纷纷上下，苍山处处蒙蒙。　　衣衣被被，银银素素，色色工工，草木轻装齐备，江河独色西东。

90. 七娘子　重阳

天涯海角同朝暮，人生处处人生步。九日重阳，三秋分付。黄花开遍茱萸路。　登楼望时高低度，江山无数心无数，渌水虹桥，广寒宫树，如何不得情相顾。

91. 惜黄花　重阳

三秋已老，一山大小，九月九登高，落叶多少？踏碎可归根，自得生生了。渐空空，川平最好。　今年此道，明年此道，隔岁应还是，金鸟一道。造就访蓬莱，步尽凡尘早。一字里，可君心晓。

92. 浣溪沙

浣女耶溪，两岸沙，吴吴越越一人家。西施木渎会稽花。　不以夫差勾践问，宫宫馆馆可藏娃，成成败败女儿华。

93. 临江仙　除夜问史浩

除夕何言明月在，漫天布满星星。银河两岸见心灵，君心君不定，子夜子零丁。少少无知知老老，长安渭渭泾泾，潼关作了一河荥，东流东不止，曲折曲聆听。

94. 感皇恩　除夕

爆竹一声声，人人无语。独占春光小儿女，有歌还笑，只以等闲秦楚。自无忧日月，还无虑。　已分两岁，三更相如。汉赋诗经入隋处，永明成体，已被唐家相欷。老子言，

言不尽，听思誉。

95. 满庭芳　立春

五九方明，杨杨柳柳，头头见得风流。河边河岸，未绿十三州。先以微黄度色，心已就，始了春秋。梅花落香香雪雪，立了小枝头。大寒分雨水，年年岁岁，两度相修相继，冬尽春已见，主阁沉浮。自有春蚕涌动，江南女，采在长洲。经旬月，长安已得，解冻一河流。

96. 扑蝴蝶　四体取曹祖正体

清明时候，和风来小院，扬扬枣树，鱼池鱼所见。水深深浅浅溶溶，隐隐高天不见，长空落风云遍。　一飞燕，停停住住，羽羽阴晴如面，浮沉起落方便。

97. 蝶恋花　劝酒

酒酒肠肠肠酒酒，一半人生，一半人人酒，劝酒何知何劝酒。多多益善多多酒。　饮酒无知无饮酒，一世人生，一世停杯酒。劝酒当然当劝酒，如来不饮如来酒。

98. 临江仙　劝酒

酒酒声中声酒酒，之之也也无休。不知醒醉不知羞。前程前不见，后果后何忧。　不酒人心人不酒，年华岁月春秋，蕙业就以思优，神情神所在，意得意清修。

99. 粉蝶儿　劝酒

饮者留名，神仙李白一梦。向明皇，以迎还送。这翰林，由侍奉，以词

朝凤。几匆匆，凭他醒醉狂纵。大庭广众，金龟换了空瓮。静夜思，未及格律，蜀道难易老，当涂三弄。梅花落，辞了夜郎仙洞。

100. 瑞鹤仙　十九体劝酒

劝君多饮酒，醉了不知愁。如杨如柳。醒时不知走。自然王谢客，有风云口。来来去去，也昏昏无自守。作寻常，百姓人家，当也以田为首。　回首。耕耘不得，醉醉醒醒，米粮何有。家中父母，有期盼，可知否？儿郎只是，时逢秋社，一醉肆丑。战争中，醉卧边疆，持英雄否？

101. 永遇乐　劝酒

草木枯荣，阴晴日月，人自思索。暮暮朝朝，年年岁岁，去去来来约。醒醒醉醉，昏昏恢恢，望尽得南飞雀。九歌绝，王王谢谢，乌衣巷口相托。清明时节，纷纷云雨，见得杏花村落，一举三杯，淋漓尽至，且以豪情若人生如此，前程正首，易水荆轲一诺，向秦去，英雄举步，自当拼博。

102. 青玉案　劝酒

平生只饮生平酒，是何这生平酒，不醉当知当自守，立春杨柳，有心无口，四秩方圆九。　一世不断行行走，会遇三杯共朋友。大路朝天白首，不须回首，有无无有，步步应知否。

103. 满庭芳　太湖

一半淞江，太湖一半，也上自谓江湖。三分无锡，六分在姑苏。一分湖州

已行，天下水，多在东吴。元头渚，秦淮二水，六淡到江都。　　谁人，谁所见，运河南北，杨柳芳芜，水调歌头唱，建邺殊途，莫以楼船定论，隋炀帝，一好头颅。千年去，人人见得，今古问江湖。

104. 又

六淡夫差，连潮逐海，海高二尺湖低。盐城荒泽。鸥鹭自栖栖。最是江苏北部，连云港，沼草萋萋。金陵市，三山二水，见得石头堤。运河天下水，纵横南北，拢络东西。大势应见得，水自高低，何以运河见得，低于海，也于山齐。江都去，隋炀一计，处处是霞霓。

105. 临江仙　瑞雪石

泗水秦淮南北水，金陵已自清明。今今古古问台城，临江仙客语，瑞雪石头情。　　一半瑶池留不得，三千弟子声名。君心以此作枯荣。龙王龙有雨，土地土云生。

106. 好事近　梅花

腊月一梅花，白雪阳春天下，海角天涯香到，不须东风嫁。　　原原本本自芳华，骚人有文化。下里巴人先唱，酒旗常不罢。

107. 又

已了九冬寒，一曲断梅花落。白雪阳春天下，化成香泥约。　　高山流水作波澜，万里自求索。唤起群芳同艳，一丛丛芳荸。

108. 念奴娇　秋香

西风天下，有霜雪，也有枫丹白露。自以秋香情自以，唤起满山云雾。唯有溪流响彻山山路。松松栢栢，不分高矮朝暮。　　自以本本心心，又年年岁岁，如情如故。日月争光，天地阔，自以山河分付。远近高低何然何彼此，独孤云雨成林皆，可平生相度相度。

109. 又　亲情拾得一婢，名念奴，雪中来归

念奴声里，力士见，传以明皇言语。留得人间天下顾，今作我家小女，左右双波，丰丰腴腴，白雪阳春与。含羞寸步，藏娇垂柳杨絮。　　脸上粉粉红红，短妆常露露，丝弦垂助，弱弱纤纤，凌波步，不是吴宫来处。胜似吴宫。不疑来自楚，小姑居处。馆娃西子，当然姊妹相茹。

110. 又

钱塘江岸，六合塔，镇海当然天下，八月潮头云里去，曾忆乌衣王谢。一湾杭州，富春江水，四十州前借乌江父老，谁言渔父春夏。八百子弟江东，与刘刘项项，鸿沟成霸。楚汉相争，秦二世，不治未央文化。鹿马无分，知人知赵高，割田伤稼。古今今古，钱王应是真假。

111. 白苎　梅

一梅花，半颜色，朝朝暮暮。寒冬白雪，傲骨冰肌如故。以香香，以心心，自向春度。分付。　　一心盟，大地已然东君顾。枝干根里，初上阳刚再赋。应二情，含香同去群芳路。云雨，清明所见，三弄先后，是梅花落化作红泥相住。以此以余香，纳辛茹苦。年年岁岁，自来来去去，无喜无怒。只约春风，莫以童翁，何以迟误。岁岁年年，人情老得数。

112. 浣溪沙

一路人生一路家，西施寸步亦浣溪沙。吴宫一曲越王花。木淡夫差修木淡，钱塘汴水运河涯。江南记取满桑麻。

113. 又

蜀女黄河问远天，西施二寸小金莲。同为汉国牧桑田。　　救国难成难救已，方圆已是已方圆。三千年里五千年。

114. 又

一女貂婵半女声，三英吴布四英鸣。生生死死几心平。半明皇明一半，开元天宝两人情。贵妃未了采莲盟。

115. 又

不问台城不问生，石头城里石头鸣。生公只在虎丘情。四首留园寻拙政，龟蒙共以日休明，姑苏一半太湖明。

116. 又

大雪无根大雪生，阴晴处处半阴晴，花花六瓣六梭荣。　　远近山川平直絮，江流不止自流行，当然此色此原成。

117. 又

草色初初有似无，梅花落落半姑苏。黄花一片满三吴。　　不定心中心

不定，踏青早了是殊途。刘郎似乎在江都。

118. 又

西子三潭印月湖，平沙落雁到江都。渔舟唱晚过姑苏。　渭水阳关三叠唱，玉门关上玉门孤，冰壶不酒不冰壶。

119. 武陵春

春立冰檐环佩响，如今净无尘，已是梅花落里频，最是问东邻。此曲只应天上有，小女已相亲。一得知音月照人，已入一生春。

120. 千秋岁

立春之后，偏得三吴走。人人八十，长生寿。冰壶藏绿蚁，也有葡萄酒，空白首，嫦娥特此从杨柳。不待东君口，先以梅花友。松不老，芝兰厚。群芳群色艳，家是家中叟，吾一手，诗词十万谁知否。

121. 新荷叶

杜仲青青，梅花落尽如烟。荷小尖尖，浮萍还小成圆。波清日暖，三五日，也自团团。黄中含绿，为人瞩目青莲。　碧叶珍珠，摇摇曳曳涟涟，靠了行船，问君如此无边，何时蕻汉，不可以，无法无天，繁花初起，广寒宫作婵娟。

122. 醉蓬莱　劝酒

以三闾五五，九九重阳，可三杯酒。步步汨罗，作薄酒杨柳。何以登高，黄花开遍，再三杯酒。玉作山前，冰为水后，一人知否？　记得放翁，沈园相对，隔壁笙歌，叹红酥手。

少小知情，老大何知友。好把脑蟠万卷，始终始五千年久。太守文章，济时勋业，不空回首。

123. 瑶台第一层

王母池边谁且在，瑶台第一层。上天三尺，人间在地，三界香凝。有蟠桃一会，玉女约，汉武方兴。无成败，也无枯荣秩，有大小乘。　何凭。五云深处，六合水陆斗魁应。虎头龙尾，凤鸣凰弄，见得鲲鹏。客平章豫表，十三州，独步何能。作明灯，以心中相与，不问武陵。

124. 如梦令

不以不知方向，误入了黄天荡。上下太湖舟，左右是长洲泱。方向，方向，不以不知方向。

125. 又

一半江湖天下，一半江湖春夏，一半是秋冬，一半乌衣王谢。王谢，一半江湖天下。

126. 已　饮夫人酒

且饮夫人杯酒，白皙颈红酥手。此世作观音，见了合掌垂首。垂首，垂首，一代重阳重九。

127. 又

梨白杏红如酒，玉质天香如口。云雨度春秋，结子当然如首。如首，如首，得了平生如首。

128. 又

一世如君如友，一路携衣携手。一度一春秋，一步一回首。回首，回首，

始始终终前走。

129. 又

一半水山杨柳，一半长亭杨柳，一半四时生，一半前川邻杨柳。杨柳，杨柳，作得人间杨柳。

130. 南歌子

世上多杨柳，人间少九州。秋冬春夏四时修，绿了前川邻里绿滩洲。　已与东君约，何辞六九头，同同共共度风流。自与垂垂自与向沉浮。

131. 画堂春　以正体为七六七四，六六七四句。八句七平韵

东西上碧螺春，微云微露齐中，胸前采满已分匀，作两香津。　两手波中细揉，如螺似玉珍珍。乾隆皇帝自频频，是女儿身。

132. 杏花天

花开花落多少，岁岁是不知多少。来来去去人多少，也是不知多少。　年多少，不知多少，岁多少，不知多少。人生八十三万晓，十万诗词未了。

133. 临江仙

见了琼花无赖少，瘦西湖里春潮，东楼弄玉教吹箫。香风香不在，淑女淑藏娇。　过了千年杨柳岸，运河南北逍遥。扬州城外半云霄，婵娟明月色，细语细苗条。

134. 又　题道隆观

世上瑶台多少步，相邻不隔相居。

道隆观里半诗书，人生人不问，一念一何余。　共是女儿同共是，相如不可相如。知音已了圣贤，初，他人他不见，自度自樵渔。

135. 仲并　忆王孙

萋萋百草忆王孙，柳柳三莺半入门。杜宇声声一古村。已黄昏，燕子飞来失了魂。

136. 点绛唇　赠外孙六六

六六孙孙，东城一半东城院，上长生殿，只上长生殿。　六六孙孙，作得相如面，相如见，以云舒卷，作得平章甸。

137. 浣溪沙　示孟氏女

举案齐眉未肯低，家风自度任东西。芝兰玉树凤凰栖。　但以梁鸿知己见，安禅经卷有虹霓，人生草木共辛荑。

138. 又

一代诗人一孟祁，三生日月半生途。工精格律绣工夫。不饮常醒从不醉，如今老态要人扶，何须劝酒过屠苏。

139. 又

一忆当年小季伦，三生不富主常贫。如同草木度秋春。　水满当茶天下士，人行上路步天津，相知晋赵也知秦。

140. 菩萨蛮

江湖一半黄天荡，寒山不见谁丈方。娃馆去来香，剑池多少梁。　运河南北往，汴水东西广。六合一钱塘，三吴千水乡。

141. 好事近　平江宴客七首

一水似平江，把握小舟方向，两岸垂垂杨柳，半天风云广。　人人国国治家邦，不可忘商鞅，变革思谋寒窗，古今应同享。

142. 又

二陆半天云，半世风流人物。见得一门三凤，几何寻言讪。　昼思天下夜思君，不以鹭鸳屹，未见朝鍪迎送，有兰亭吟绂。

143. 又

三载一姑苏，万步重重朝暮。不问夫差勾践，越吴谁分付。　春秋五霸半东吴。未尽运河雨。记取隋炀杨柳，似千年如故。

144. 又

步步问中州，处处声声华族。拂拂江南杨柳，去来长安日。　南山北液向西枢，泾渭几何速。醒醉应非如酒。念如来天竺。

145. 又

明月广寒宫，缺缺园园多缺，最是相同相似，见人间离别。　嫦娥后羿几分歌。天下已如雪。色色空空空色，此情从无绝。

146. 又

天下一情歌，留下人间圆缺，别别离离难舍，只因情无绝。　牛郎织女一天河。七夕鹊桥说。不似江南吴越，女儿心心结。

147. 又

一半是云烟，一半是姑苏院。一半运河杨柳，两千年中见。　夫差勾践馆娃前，今古已如面，不是是曾相似，已知长生殿。

148. 忆秦娥　木樨

秋月缺，木樨香透人离别。人离别，东西南北，一情无绝。　重阳来了重阳节，黄花遍地黄花杰。黄花杰，余香桂子，月依然缺。

149. 画堂春　和秦少游韵

青莲一半问方池，浮萍不是无知，芙蓉出水向人时，作了情痴。　自以婷婷玉立，蓬蓬结子无疑。藏娇不可久相期，最是南枝。

150. 浣溪沙　戊戌 2018.12.30 北京南京

改中国铁路一等座赠品

雪里已知春信至，寒梅点缀琼枝腻。白白红红半守斯，原原野野一相迟。年年岁岁立春期。雪里先知春信至，梅中点缀赋琼枝，东君已误去来时。

151. 大圣乐令　赠枝

豆蔻年华春已到，是东君，带了飞鸟。梅花落里，小桥碧玉风韵初好。敛扫修眉意多少，上青楼，舞腰小小。阮郎莫谓，暖未了，情情只在，心上生草。

152. 浪淘沙　又

步步玉楼前，曲曲翩翩。声声细细舞纤纤，楚女吴姬天下色，最是娇妍。

日日作婵娟，只是弦弦，人间进退半难圆。十五成心成十五，十六方圆。

153. 又

不是不多情，曲舞声声，周郎不在自琴鸣，未见知音知未见，妄废多情。
不是不多情，曲舞声声，丰波自此已无平，倾国倾城倾自己，妄废多情。

154. 又　即事

一日六诗词，何问何知。人生三万日天时，格律方圆天下事，已半垂期。自以古今迟，已入相思。唐良宋宋去来司。宋祖唐宗天下路，步步谁疑。

155. 鹧鸪天

百步横塘日已斜，三吴水色入人家。年年燕子多消息，已报江南half落花。听水调，问琵琶。声声曲曲向年华。今今古古知多少，海角天涯你我他。

156. 又

一半人生一半家，儿儿女女各天涯，妇夫最是分林鸟，不得巴黎不得她。天下路，世中麻。丝丝带带路人花。飞飞落落谁相问，步步前川步步瓜。

157. 蓦山溪　过江宁

金陵一路，白雪阳春暮。这里是三山，过二水，江宁分付。东吴建邺，鲍照浣溪前。元嘉句，黄精度。自此多烟雾。　谢灵运步，颜十延之顾，以此大三家，同明远，南朝宋赋。七言乐府，以此入唐诗，今古句，古今句，李白昌龄故。

158. 水调歌头

一半先生志，一半故人年。江南多少杨柳，多少运河船。碧玉小桥流水，只在人家前后，镜里自娇妍，白雪阳春见，已是香色自得自方圆。未了潘郎相顾，却以徐娘少小，独立青莲，已见嫦娥去，我可作婵娟。

159. 芰荷香

步中秋，正昆陵云断，阳澄湖舟。浩月无须愁，自入长洲。清歌不远，半烟雾，一半风流。潇潇洒洒相酬。不饮酒好，绝句无休。　朝暮人生水远近，高低东去，曲折天浮。去去来来，别别离离何由。冰轮早晚，金乌易，谁可相留。当须水调歌头，一曲扬州。

160. 浣溪沙　江宁寄王昌龄

白雪阳春一路香，梅花已许半群方，江宁一半忆王昌。我与前朝前子寄，元嘉鲍照谢之梁，南朝宋代七言章。

161. 浣溪沙

二〇一八年十二月三十日入江宁雪浣溪寄元嘉三友鲍照

鲍照铜川土肪经，金陵城外半江宁。元嘉及问一昌龄。白雪阳春西子问，峰明建邺浣溪青。三山二水入春屏。

162. 八声甘州　木樨和韵

广寒宫，桂子应衲落，玉树寄清晖，问谁见嫦娥，无须后羿，待九阳归。吴刚何以相问，不干是还非。借以芳嘉客，开了心扉。　半月重阳前后，待得黄花遍，谢木樨微。只以余香在，悄悄入秋闱。采茱萸凭谁相寄，赖故人，云落雨霏霏。分明岁，腊梅开后，北雁回飞。

163. 念奴娇

一年冬至，已见得，自是群阴灰烬。也是初阳临大地，瑞雪自然与顺。数九分标，严寒确定，一事三当信。仪临界，梅花心里知认。　日色渐渐长长，一天天寸寸，秦川秦晋。短短夜夜，同寸寸，同退当然同进。彼此人间，寒中寒有暖，暖则寒尽，寒暖分别，立春之日和亲。

164. 又　雪

六棱花瓣，漫天下，自是纷纷明灭，漠满百天光天漠漠，不忍离离别别。见得平生，当然知道，化化融融绝。年年岁岁，以寒成备豪杰。　一度飞落扬扬，也宁为玉碎，成人间屑。雨雨云云，兄弟也，四序分当时节。入了江湖，铺山山树树，有形无辙，古今今古，去来无要评说。

165. 浣溪沙

寄贺佳丝朱曦宁婚江宁因雪有感

白雪阳春作画屏，金陵喜事半江宁。元嘉老友一昌龄。鲍照颜延之谢守，铜川土肪寄丹青。三山二水浣溪亭。

166. 瑞鹤仙

听梅花落，寻香幽群芳，以月相约。阳春白雪，竹枝三叠，楚头吴尾莺莺鹊跃。渺渺如如若若，见东君，知日月勾践旧城郭。巷口乌衣，江宁王谢，几何求索。延之鲍照，又灵运，三家天祚。春情已展，骚人是，泾泾洛洛，便陈王见得，兄弟再领略。

167. 水调歌头　浮远堂

一水千波静，三江半低流，日月远近堂上，今古自春秋。八九胸中云梦，五百笔端风化，万里可凝眸。水调歌头唱，钱缪十三州。　黄昏色，天地映，望归舟，岳阳楼上，黄鹤已去，滕王阁求。始见山河草木，进退升迁上下，不尽问沉浮。落落飞飞见，天地一沙鸥。

168. 念奴娇　同上

一堂浮远，上天上，下地下，黄昏暮。天上苍苍何不止，地下茫茫相度，一水堂堂，容容纳纳，浅浅深深赋，惊心动魄，鱼龙如此如故。　不尽天上风云，也参差地上，垂新合路。最以空空，人间还色色，共成分付。回归堂上，人人如此如故。

169. 画堂春

溪边水月已春分，人间一半风云。清明时节雨纷纷湿了衣裙。　寒食书窗乞火，绵山一代明君。子推不是不功勋，晋耳知文。

170. 浣溪沙

半在江宁两浣溪，金陵草木一高低，三山二水各东西。鲍照颜延之谢宋，昌龄七绝上楼题，枯荣岁月见辛亥。

171. 眼儿媚

黄鹤楼前汉水流，自古已千秋。知音台上，高山流水，自古无休。阳春白雪人间少，下里巴人求。如今自古，晴川历历，草木芳洲。

172. 武陵春

王谢乌衣同巷口，风华各云天。步上台城二水边，不问石头前。已知六朝金陵市，不肯秣陵年。未了秦皇王气宜，不负铸金钱。

173. 赵构

渔父词　实为渔歌子

其一

百里江湖一水平，三吴六渎半舟横。云淡淡，雨轻轻。阴阴不尽有晴晴。

其二

一半阴时一半情，云中一半雨中生。烟渺渺，雾瀛瀛，渔翁只醉不知情。

其三

三月湖边拾鲤鱼，千波日月半知书。吴碧玉，越桥孤。状元村落王鳌居。

174. 风入松

不二之言不四言

不三不四不当言，不简简繁繁。不三不四知多一，一二三，道自元元，老子潼关自立，人间草木萱萱。

其四

屋上浮云屋下船，不知酒醉不知眠。歌不尽，曲难圆渔公唱晚月空悬。

其五

八月秋蟹脚行，金戈铁甲五湖横。巴解问，向阳澄。红虫一战不须兵。

其六

草木江湖白鹭飞，人生日月自回归。天下路，一心扉。姑苏一半作微微。

其七

赵构居胡宋家庄，徽宗九子是康王。南水岸，会稽堂，家家国国半隋唐。

其八

不作江山不作王，渔舟已入半斜塘。人已醉，水炎凉。平章不在不平章。

其九

半壁江山法壁王，临安不在会稽乡。天下在，几兴亡。宋挥玉斧大晟扬。

其十

暮暮朝朝一序春，成成败败半风尘。何日月几经纶，醒醒醉醉是何人。

其十一

远水无涯一浪花，轻舟有意半人家。鸥足落鹭平沙。相安无事共风华。

其十二

一水风波一独舟，五湖日月半风流。渔父问，几春秋，何须子胥楚吴游。

其十三

水水山山一半天，和和战战二千年。天下事，几方圆。桃花流水作桑田。

其十四

不尽菰满蒲藕花，深深芦苇作人家。鸥鹭在，共平沙，黄昏照入夕阳斜。

其十五

白鹭朱鸥一共洲，耕桑牧马半王侯。天荡荡，地悠悠。江山社稷自春秋。

175. 崔若砺

失调名

老柏言桃李，少误步东西。

176. 高登

多朋

人间世,去来百度何游。一平生,行行步步,草木日月春秋。以天天,以年岁记,未止无休不回头。天命寻天,地方圆地,与人合作与人酬。李陵去,刘贲无第,进退莫须忧。阳关外,燕山射虎,酒泉谁收。幸斯文,司空见惯,几何杜断房谋。日诗词,岁年不缀,五千年里再重修。古古今今,商周秦汉,前前后后武陵舟。有叹赏,当然评介,心意自沉浮。应归去。亡羊失马,知裤寻筹。

177. 阮郎归　访不遇

主人不在客人闲,黄河十九弯,以流何止是湾湾。源头无数山。沙鸣岸,玉门关。楼兰俯仰颜。武陵未了武陵间,秦秦汉汉还。

178. 蓦山溪　老人行

朝朝暮暮,止止行行路。进退与升迁。上与下,平生步步。南南北北,冬夏与春秋。年少度,中青度,最是童翁度。　回头也许,日月公私顾。一半在公余,下班后,谁人分付。有人说道,有欲有其心,生如故,情如故,老少常如故。

179. 行香子

自是秋春,自是经纶,古今了,一半心身。有医无病,有老无贫。自人生处,诗赋著,曲词亲。　羽扇冠巾,谒马风仁。有黄粱,也有儒邻。不回归梦,王谢天津。有相逢,

有离散。有风尘。

180. 渔家傲　潮州考官

利利名名天已老,花花草草人生好。道是元玄无是道。君子晓,平平不是平平了。　役役官官谁一路,翁翁见得,童童小。贡院龙门灯火照,知多少寒窗十载知多少。

181. 好事尽　画霜竹

一树满霜枝,半岭寒时节。落叶归根无得,肃风天天说。　山林野草自径秋,古月圆缺。去岁今年明载,去来经霜雪。

182. 又

一水一江村,半色半空相浸。远远不知谁问,去来无言禁。　夕阳一半作黄昏。更上更高甚。未了谁分秦晋,自然萧娘枕。

183. 又

可小大由之,不可去来无绝,最是相逢相是,是秋风霜雪。银钩锦句对天诗,一月自圆缺。壁上长亭三著,客中云天别。

184. 又

五里两三家,是浪淘沙。朱鸥白鹭水天注。仰面朝天朝地语,谢了梅花。那里是桃花,这里梨花,杏花谢问牡丹花,武曌东都西客,不是因花。

185. 西江月

一路西江月,水三生故客长安。渭泾不断久波澜,色色空空淹淹。步步行行不断,时时止止思难。风

云雨雪半天端,一半书书剑剑。

186. 南歌子

九月黄花色三秋落叶空,茱萸寄得作相逢,半在心情上有无中。凤阙吴娃馆,钱塘六合宫。夫差勾践已成空。日月人间草木自难穷。

187. 好事近

富贵本无心,利利名名相近。剑剑书书何以,以人生相问。　功功业业木成林,日月苦耕拼。步步如何如故,以诗分州郡。

188. 闻人武子

菩萨蛮

梅花一半枝头雪,明明月色曾无绝。步步半天街,珠珠司马偕。　梅花落里别,偏是嫦娥缺。一日一台阶,三生三界怀

189. 关注

桂华明

已问希夷几洞府,不在人间主。广寒宫女轻轻舞,多桂子,当飞羽。玉树临风已今古,如是黄金缕。八月木樨香无数。寻碧叶,闻钟鼓。

190. 水调歌头　世外

过武陵溪外,第二武陵溪,商周大禹临夏,四处水东西。见一小村偏远,曾是轩辕侄子,隔世与江堤,鹿米皆公社,日月只高低。　耕耘草木同等子不高低,共以劳劳役役,治治与与,事事不戚戚。古古今今见,

自始自栖栖。

191. 剔银灯　忆家父"窦燕山，有一方，教五子，名俱扬"

古今五子伊谁有，唐代五王称首。窦氏五龙，柳家五马，西晋室，陶家五柳，英名世友。更东汉，马良是否。　至今也，吕家天佑，禄青春义茂后，手足妹绶，书书教教，长兄首，五六先后，众情人口，桓仁镇，重阳九九。

192. 太平乐　又

兄兄弟弟第一家般，省省县县半国颜，俱是郎中分四品，杨杨柳柳浑江湾。桓仁水月春秋在，八卦通天雅河还。老少童翁思父母，犹留记忆在西关。

193. 李石

如梦令

水上天光如雪，水下层楼圆缺。这地地天天，月色无深无绝。无绝，无绝，纳纳容容何别。

194. 又　忆别

一半是人生路，一半是人情路，一半是人生，一半是人情故。如故，如故，处处不分朝暮。

195. 生查子　春情 2019.1.1 人民大会堂京戏晚会

杨门女将声，完璧相如杰。槐树可求根，一计空城绝。当儿李逵右，好女莺莺雪。连唱小儿孙，过月迎春节。

196. 又

英雄一国忧，逼上梁山首。不是不知愁，举帆农夫手。　千年不知所求，除夕三杯酒。岁岁作东流，月月重杨柳。

197. 又

去年花发时，燕子开封语。汴水运河知，人在花间住。　今年花发时，燕在临安语，寄与一君宜，人向江南去。

198. 又

云成夏雨霖，一滴荷花见。燕子只衔心，弄落千千片。蓬空未子音，蕊已丝丝面。不可再弹琴，作了桃花扇。

199. 捣练子　送别

何别去，辞东邻。一年一度新春，未百花，已千茵。长亭外，作行人。不折杨柳拂冠巾，早归来，还是春。

200. 又

人上路，心留家。长亭不近旧年华。有杨柳，有雪花。　浮云落丝雨斜，行行止止到天涯，问一声，种豆瓜。

201. 长相思　暮春

雪纷纷，雨纷纷，去去来来总不分。心人重浃裙。　朝云云，暮云云，夜夜相思夜夜君，青天白日曛。

202. 又　佳人

一月春，二月春，三月春中不见人，无须再问春。　不是春，也是春，岁岁年年总是春，春春梦里人。

203. 又　重午

一九歌，半九歌，不在长沙唱九歌，潇湘楚九歌。　一汨罗，半汨罗，一片龙舟唱九歌，女儿有几何？

204. 乌夜啼

休休不是休休，是休休。昨日送君离去，几回头？　望望后，望望右，是羞羞，以手以心分付，已生愁。

205. 又

留留只是留留，再留留。切莫扬长而去，滞留留。　一树柳，二树柳，只摇头。自此垂垂无意，问春秋。

206. 又

行行总是行行，自无声，不是不关心意，水难平。　有大乘，有小乘，有人情。达理知书今古，回头明。

207. 又

人生一半人生，是人情。少小不知人事，误人情。　老也性，小也性，作人生，若以回头回见，再人生。

208. 朝中措　闻莺

西湖西子作莺鸣，娃馆曲歌声，只是天平山上，春秋五霸分城。　会稽只在姑苏下，只任女儿情，成败败成仿古，西施去五湖惊。

209. 又　歌姬

江南杨柳曲深深，行乐是知音。又以清波相送，周郎自得弦琴。　轻轻抚弄，高山流水，独木成林。

羞对绿茵庭院，文章太守分襟。

210. 又　赠别

深深庭院藕香残，明月半生寒。只在池中窥见，依依是别时难。有情无语听流水，清净有波澜。心上手中何意，卿卿我我云端。

211. 一剪梅　忆别

一步长亭一步行，一半前程，一半阴晴。人情一半作平生。未了身名未了枯荣。　　此道无成彼道成，一半营营，一半缨缨。功成名就是殊明，自是耕耕，自是萌萌。

212. 又

腊月冰封腊月梅，太乙相催。太乙相催。立春解冻月徘徊。白雪如媒，白雪如媒。　　换了春梅去已回，不必疑猜，不必疑猜，群芳落了共天台。你也天台，我也天台。

北宋·宋徽宗赵佶
听琴图

读写全宋词一万七千首
第二十四函

第二十四函

1. 醉落魄　春云

天低日暮，云沉雨落同人住。春春意意清商度。未了黄昏，却了花草误。川前岭后条条路，同舟共济人间步。心径处处心径顾，下里巴人，莫以谁分付。

2. 临江仙　佳人

一半佳人才子付，三千弟子殊途。琴棋书画作儒姑，昭君未得，汉帝汉宫图。　过了阴山飞将去，单于草木扶苏。江南雨水不匈奴。晴川晴牧马，大都大丈夫。

3. 又　醉饮

煮酒青梅天下问，谁人可是英雄。醒醒醉醉各西东，谁知谁吕布，董卓董难工。　借酒发挥天下事，千年百代空空。来来去去不相同，年前年后见，故饮故成风。

4. 又　空城计

未了才华才未了，空城一计空城。不疑面对百万兵。深谋司马懿，远虑孔明生。　且自从容从且自，成成败败成成。我今我你你知情。你应知让我，今古此留名。

5. 又　忆父五代同堂八十寿

五代同堂同五代，天光一半天光。孙孙子子吕家昌，儿当儿祖国，女作儿郎。　八十人间人八十，桓仁故土家乡。关东创业已名扬。胶州世祖，六子各平章。

6. 满庭芳　送别

六国春秋，春秋六国，岁年年岁春秋。以春秋见，不是不春秋。草木枯荣日月，冬夏外，自是春秋。春秋外，春秋一半，吕氏著春秋。　春秋，秦吕览，儒书所积，作以春秋。必应闻所善，备天天地地，万物思谋。孟仲季分时序，公已贵，去以私求。民师教，文文武武，审势度时忧。

7. 木兰花

姑苏朝暮阴晴雨，草木枯荣多少雾。小桥流水小桥边，碧玉有心谁可付。杨杨柳柳天堂路，南北钱塘船可住。窗前系了运河船，留下相思应不数。

8. 又

东西山上碧螺春，雨雾云中茶叶均。女儿多少寄心里，自得两胸藏色新。江湖不尽江湖水，日月春天日月人。杀青炒手嫩方好，向了东君谢北邻。

9. 南乡子

除夕立春天，白雪梅花淑女妍，处处香幽香处处，前川爆竹声声又一年。　同里运河边，盛泽幽绸已满船，一带如今成一路，桑田，半在人间半在娟。

10. 又

六十一他孤，我是蓬莱不饮徒。除了诗词谁作伴，麻姑，海角天涯一丈夫。　两两独人孤，你在燕山我在吴，步步生生生步步，奴奴，不可回头不可无。

11. 西江月

只问乌江项羽，江东子弟何方，未央宫里一飞扬，向了刘邦四方。再问吴头楚尾，谁言子胥钱塘。西施一色百媚香，莫与江湖俯仰。

12. 八声甘州　怀归

步人生一路，吕氏春秋，岁月自幽幽。有清诗一世，三万六千，日月白头。六十公事退，不是归舟。格律重新理依旧翻修。西去楼兰寻旧，又下南洋海，任我遨游。但知钱缪王，已解十三州。　昨日来，向今日去，向明日见，周易在潮头。当初否，诗词所在，无止无休。

13. 雨中花慢

三百年间,巴黎淞沪,以农工作风尘。有黄粱信息,硅谷摇身。机器一人千计,智他功能经纶。北斗中国,航天纽约,谁识天人。　　西湖水,三潭印月,莺鸣柳浪新。遥想望,阳光碧海,晋晋秦秦。何以蓬莱不见,上天下地新邻,浪潮第四,以人为本,返朴归真。

14. 醉蓬莱　又

以人生远近,天地高低,以人行走。源在阳光,以天工为首。赖有多情,失重无事,不可知多久。本本明明,天天能能,物华依旧。　　海海洋洋彼此,生生命命相邻,死生朋友。当见龙宫,有手栽杨柳。鱼蟹今朝,满足人口。饮者从其酒。会与仙人,以天还海,一言当首。

15. 渔家傲

一曲征鸿双曲燕,千山万水三方便。不见心思何不见,桃花面,贵妃已在长生殿。　　一半人生人一半,春风到了飞飞片。问遍多情多问遍。经手传,你知我留心电。

16. 卜算子

腊月一梅花,白雪三重面。不可藏娇不可颜,半在飞来燕。也许是无心,惊落层层片,已自红红白白身,不必偷偷见。

17. 捣练子

心不小,意难收。嫦娥已作玉身浮,作婵娟,两岸游。　　三更,已无忧。幽香静静上孤舟,问如何,莫回头。

18. 又

舟太小,两边摇。情情碧玉一桥桥。且相如,望云霄。　　来去见,自逍遥。黄粱粱里可风潮。广寒宫,太寂寥。

19. 谢池春

雨雨云云,向背是非方向。有春情,珠帘卷上,桃花如面,楚腰纤纤往。一玉人,以香共享。　　阳关不唱,下里巴人初唱。以青春,同成梦想。黄粱一现,入红尘俯仰。有花开,在欣赏。

20. 出塞

花一路,一路花花成雨。只是黄粱梦里顾,有情谁分付。　　未以人心分付,漠漠红尘如故,柳杨垂首处,开心应不误。

21. 康与之

望江南

登高日,九九水微微,举目排空人字飞,南南北北一重归。向背岁年依。　　茱萸草,黄菊夕阳晖。落叶不得寻根地,武陵陶令有无衣。枝上自稀稀。

22. 忆秦娥

梅花落,阳关一曲长安约。长安约,东都还在,渭泾飞雀。　　咸阳道上刘邦却,不知项羽何求索。何求索,霸王帐下,别姬成罂。

23. 洞仙歌令

春风带雨,花落知多少。碧玉藏娇这边好,小桥旁,有小舟一人家,且在此,须是风停雨小。　　当然云雨好,润润滋滋,已半桑田似伊晓。有秀色,有新草,也有芳芬,红尘里,无休无了。且只要,因红莫华迁,上得去瑶台,也如今早。

24. 西江月

羯鼓霓裳曲曲,华清池上芙蓉,长生殿上有情踪,一骑红尘来到。　　蜀客荔枝蜀客,安安史史皇封。开元天宝始终逢,幸蜀骊山谁晓。

25. 曲游春

南北钱塘水,运河多杨柳。云雨如酒。过了金陵,是姑苏两岸,盐官壶口。应不似,女儿回首,是十八女儿红,清清白白两手。　　借问归舟知否?夕照落余晖,天上多有。数得人间,常离情别怨,相思相守,处处时时久。昨日是,今天也是,明日应是重重,人心如偶。

26. 舞杨花　应制上赐此调名

椒房受册欢三殿,天下上以慈宁,见了东君,羞得一香灵。牡丹曾向东都寄,女皇情,除夕丹青。轻笑只得宫庭。向以飞燕西宁。何有群芳共度,在香雪海中,施展芬馨。　　三十六宫,妆艳似飞翎。慈宁殿上庆安赏,向东君,共与玉廷。词赋乐府音伶,作以今古之听。

27. 瑞鹤仙　上元应制

东西南北见，春夏秋冬回，人人如面。长安故宫院，望西湖百里，会稽芳甸。东君早问，牡丹应承命宴。帝王家，百姓神仙，都负得长生殿。　方便，天天地地，四序知时，粤城飞燕。云迷雾俗。问灯市，以谁选，丰登五谷，金陵兴废，走得团团扇扇。又争如，复到元都，九朝十县。

28. 又

见棋琴书画，竹菊梅兰，文章太守。知章一杯酒。以金龟换也，青莲会友。杨杨柳柳，蜀道上，镜湖名叟。可凭谁床前明月，乡音无改，回首。回首，人生万事，长短长亭，行行走走。重阳九九。长安醉，夜郎口。只当涂一水，三千年里，只在英雄左右。向春秋，潮汐连天，如何知否？

29. 汉宫春　慈宁殿元夕被旨作

元夕慈宁，腊梅开建章，幽香黄尊。华灯复照，白雪阳春音乐。东君几何，唤群芳，切无疏略。三弄后，鳌峰会萃，瑶台上天寥廓。　春香已径如若，在金銮灯下，江山相约，深宫秀女，唱遍馆堂阁。听琴问竹，有知音，高山流水作。回首是，文王再见，自以七弦求索。

30. 喜迁莺　丞相生日二十四体

花不尽，柳无穷。何与我心同。门前十子有无中。天下有西东。人何性，

心无定。天已有情慈宁。会稽城前太阳红，留待世人工。

31. 又　秋夜闻雁

人人相望，看一字雁来，向背方向，青海衡阳，北北南南，只求个芦苇荡。回首雁门关外，故国山河广广。汉使老，十九年过去，子女李陵养。　文章，司马想，人形难得，不必求方丈。竹林鸣琴，燕山天意，自以帝解放。只向洞庭飞去，散入云涛俯仰。过尽也，有春秋相易，玉天朗朗。

32. 丑奴儿令　自岭表还临安作

长亭不尽多杨柳，九九千州。荡荡柔柔。袅袅垂垂任自由。　去时紫陌红楼酒，此地重游。不尽何忧，雨落云浮水自流。

33. 又　促养直赴雪夜溪堂之约

冯夷不问澄溪院，作了东邻。画地相亲，腊月梅花早早春。　山阴一夜曾相见，老子诗书。守得溪津，轻舟自是带情人。

34. 诉衷情令　登郁孤台

郁孤台上已多时，今古久难期。山川风月如故，回首也人师。　来去问，暮朝知。不思何，难究其辞，存存疑疑。

35. 又　长安怀古

东都旧市牡丹花，不在故人家。龙门已成今梦，留下旧文华。　君可问，事宫衙，是非斜。夕阳西下，不见阿房，一两人家。

36. 菩萨蛮令

秦时宫殿咸阳里，项刘二世风云起。渭水一东西，潼关天下低。　黄河东去水，两岸多桃李。暗自暗成蹊，同行同鲁齐。

37. 又　金陵怀古

龙盘虎踞金陵郡，六朝来去人人问。自古凤凰寻，高山流水音。　天涯何远近，咫尺谁可认。百岁木成林，千年今古荫。

38. 感皇恩　幽居

一雨一河亭，江南江水。八月中秋桂花子，黄花满地，已近重阳原委。月明知我意，寻香蕊。　一半风尘，金秋已矣！落叶无风归根址，独枫红色，七彩林中凝视。江山四象易，自无止。

39. 卖花声　闺思

一曲卖花声，带了幽情。梅花三弄弄相倾。一夜婵娟何不醒，作广寒英。　嫦娥不归城，系了红缨。桃桃李李已初萌。正是销魂时候也，结子方行。

40. 又

一曲卖花声，得了回声。阳春白雪方明。短袖肤光应暂色，汝可相倾。　嫦娥本夜成。守了春情，须知悄悄约同盟。若是君心同我也，一月成行。

41. 江城子

南溪二月两难晴，一枯荣，百花明。一半人间，一半女儿声。自是青青草地，朝暮色，柳杨生。　流莺落下不须鸣。已相倾，入红城。紫紫朱朱，白白作群英。日色三光三日色，三世界，万家盟。

42. 风入松　春晚

梅花落里一春枝，牡丹半红时，阳春白雪巴人唱，吴头问楚尾相期。一水洞庭月色，青莲处处千姿。听风听雨月明时，向地向天仪，闺中不尽闺中意，总难平，总是相思，南北东西南北，相思还是相思。

43. 又

桃花落了子方成，一字作精英。一横一子从中了，入仙界，不入名声。五十天中成果，三春六夏无声。花开花落有花情，结子是同盟。有云有雨阴晴见，有朝暮也有枯荣，最是乾坤日月，当然也，两仪平。

44. 谒金门　暮春

春又见，杜仲生根如面，芛芛枝枝朝上荐，池塘边上茜。　水水池池甸甸，芷芷萍萍如遍。露露荷荷莲已缱，尖尖成一线。

45. 长相思　西湖

南高峰，北高峰。一半西湖一半峰，飞来咫尺峰。　一天空，一水空，远近高低玉宇空，空空色色空。

46. 应天长　闺思

一寸相思梅花落，三弄梅花千古约。群芳里，花香萼，最是竹枝同飞雀。　牡丹红了却，桃李成蹊求索，向背人心漠漠，春秋不可托。

47. 玉楼春令

阳春白雪梅花落，下里巴人春叠乐。玉楼春令到山河，小女春衫无再薄。　春来春去何成约，化作春尘春所获。春风春雨已千波，一半春心多少鹊。

48. 风入松

阳关三叠渭城西，且在玉门题。诗人步步楼兰望，一交河，半是沙泥。古古今今千载，英雄不论高低。　桃桃李李自成蹊，梅落作红泥。高山流水琴台在，一知音，半是辛荑。一曲阳关三叠，八声甘州红霓。

49. 忆少年令　元夕应制

人间日月，乾坤草木，元夕一瑶台。曲舞宫庭，笙歌液苑，声自蕊宫来。　梅花三弄阳春唱，白雪女儿催。步辇归时，凤凰銮架，天上立春来。

50. 风流子

书剑下梁州，当年事，日日不知愁。玉门关外云，去来来去，有无落，何以春秋。有杨柳，月芽湾里色，千里是荒丘。岁月古今，以沙鸣在，唱阳关道，水调歌头。　回首帝王侯，唐标铁柱在，玉斧宋挥留。夕照落时应见，海市蜃楼。最怕老人休，琵琶出塞，汉宫秋月，无谓无忧。只似江门潮信，到海江流。

51. 瑞鹤仙令

樱桃落尽春应去，收成麦子归来。子规啼遍上瑶台。曲歌农社早，不尽女儿杯。　巷巷门门人不见，小村烟影久徘徊。渔舟唱月宫开。嫦娥明月色，只作玉人回。

52. 杏花天

东君不守三春路，绿草遍，红花数。群芳独秀曾相住。当是微云细雨。　阡陌见，万紫千红。都与此，黄昏日暮。遥遥远远何相顾，一曲流莺一度。

53. 卜算子

日月去来明，潮汐阴晴度。草木无心自去来，岁岁年年故。　远近自行程，步步行行路。水水山山海海阔阔，老子由天赋。

54. 金菊对芙蓉

九月重阳，万山落叶，木樨黄菊争晖。正西风不起，叶自思归。湘灵鼓瑟衡阳雁，问洞庭，口是心非。长沙谁赋，九歌不唱，守得心扉。　不念楚鄂珠玑，子胥渔父问，不一分飞。上秦楼何忆，得以相依。自知今古人情稀。谁来以，已了香肌。花前月下，黄昏院落，莫误天机。

55. 满江红　杜鹃

杜宇声声，向日月，朝天呜咽。川道上，蚕丛无语，以鱼凫别。蜀道之难难可上，人人至此何无绝。栈道明，暗渡一陈仓，风云切。　分水岭，秦鄂说。楚汉问，荆吴结。

已今今古古,似冰如雪。多少英雄曾过去,高低草木称豪杰。自立春,唤起是群芳,留春节。

注:蜀主孟昶春节

56. 满庭芳 冬

白雪寒宫,冰封地冻,水流也自匆匆。东西东北,素顶素衣蓬。最是肥肥厚厚,山野野、色色空空。熊罴洞,藏藏隐隐,悄悄过冬隆。　　望兴安岭上,黑龙江岸,烟雪雾蒙蒙。冷在三九日,树树成翕。最是森林草木,天下路、别别逢逢。重寻处,当年小小,不忍望飞鸿。

57. 减字木兰花

清明前后,乞火无须寒食酒。日月行舟,做得书生不尽头。　　如今白首,八十年中成老叟,作得江楼,作得江流不尽头。

58. 采桑子

黄昏约得周郎顾,作得萧娘。是得萧娘。白白肌肤妆。　　谁分一语谁分付。作得周郎,是得周郎,一半琴声一半香。

59. 荷叶铺水面 春游 同叶韵

颜颜色色,湖湖水波。颜颜自是万山河,有流有曲侧,小小浪花唱九歌。梅花落里荷,尖尖叶叶得。碧玉作了嫦娥,俯首望厮磨,处处是人情,何少多。

60. 曾觌

水龙吟

高山流水声声,知音台上知音客。子期已去,伯牙还在,流流脉脉。汉水东流,长江谁锁,龟蛇斯泽。任楚天辽阔,楼观日月,黄鹤问,金陵策。　　赤壁周郎如隔,借东风,草船心魄。周瑜即在,何以生亮,蜀吴魏伯。借得荆州,当然三国。檀溪襄帛,莫以空城计,当知司马懿,重阡陌。

61. 念奴娇

念奴娇曲,一力士,半是明皇留住。且在人间同俗赏,共以朝朝暮暮。羯鼓霓裳,华清池舞,只以天堂度。分分付付,知音知世知故。　　由远由近由心,以高低细线,宏微余附。柳柳杨杨,还顿;错,自以声情天赋。一水东流,波涛天下去,作风云雨。向江山问英雄如此无数。

62. 又

梅花三弄,竹枝唱,下里巴人歌赋也自得阳春白雪,以高山流水去。俱是知音,人间天上,处处相分付。深宫内院,陌阡民曲民度。　　西去三叠阳关,忆渔舟唱晚,春江花故。月夜难平,何处处,俱是人情倾许,一半阴晴乾坤儿女见,暮朝朝度。如来如去,人生路如步。

63. 又

东君伊始,白雪里,向得冬梅分付。先以幽香分四序,傲骨扬眉不误。唤取群芳,春梅代之,香雪海中住。红红紫紫,百花丛中如数。　　夏水浮起芙蓉,以园园碧叶,珍珠流注。自在朝天,无意处,已有莲蓬相顾。结于心中,明年如此见,一应如故。何须知此,传承应是心苦。

64. 又

东西南北,共朝暮。自以黑龙江树,海角天涯南北见,山水无知无故。东在荣城,藏疆西去,祖国家乡住。秋冬春夏,竹梅兰菊分付。　　路路步步人生,民;行行止止,相离相遇。日月阴晴,杨柳树,草木枯荣分付。何必当真,人间人事事,必当真度,去来去来,从无重复如故。

65. 瑞鹤仙

自声声曲曲,知音误,见是佳人如玉。黄昏又相续。竹枝情,当以心中明烛。灯红酒绿,识流光、吴越楚蜀。共云同雨,有儿有女行,尽了风俗。　　谁以高山流水,下里巴人,各为人欲,别长会促,成何计,杂幽独。过高唐三峡,西厢还在,屏山蝶梦相束。问嫦姬,汉武王母,与谁帝誉。

66. 倾杯乐 仙吕,席上咏史

春夏秋冬,东西南北,中原山水。问秦晋,西方几度,山东齐鲁孔儒乡里。成蹊天下知桃李。周易春秋国语,诗经百子。道家已是"一二三生无止。"万里垒,作长城豕,守护一黄河,应已是。运河流,带了商船,富甲天堂所以。便折简,沉浮唯唯。这古今,已留李耳。成佛

293

问道儒家，几成天机。

67. 木兰花慢　长乐台晚望

问枝头荔子，已红紫，侍醺风。只可以西东，南南北北，色色空空。高台一吟百见，东西南北，四象无穷。何以江湖万里，朝暮同同异异。始终不终终，同同异异，同是非同。遥遥近近无了，去来来去总是年工。色色空空空色，一生一世飞鸿。

68. 水调歌头　书怀

未了平生意，半上庾公楼。二十五史天下，七十始终修。格律诗词今古，不解李陵苏武，霍卫汉王侯。社稷江山事，吕氏一春秋。　方圆定，天地界，易沉浮。阴晴日月来去杨柳十三州。自以隋炀平水，水调歌头韵就，带了运河舟。碣石东篱下，群怨兴观忧。

69. 又

一部诗经史，半部楚辞忧。三声"断竹"飞土，兴观怨群修。自以离骚成体，物物情情国俗，自此一风流。汉赋，三曹七子，立檗建安谋，乐府成天下，曹丕燕歌留。　孔夫子，三闾子，汉王侯。隋唐格律平水韵里自春秋。周颙四声沈约八病，平平仄仄，上得"永明"楼。鲍照江宁去，庾信对仗求。

70. 又

水调歌头唱，见得运河舟。长安西去千里，一路用丝绸，阮籍嵇康五柳，之问佺期深修，武曌婉儿留。古

今今论，格律界分由。　隋炀帝，南北水，状元楼。子昂汉魏修竹念天地之悠悠。五百年中晋宋，一代齐梁彩丽，与杜断房谋，五万全唐诗，末以宋词头。

71. 醉蓬莱　又

问唐宗宋祖，今古风流。自成九九。唐标铁柱，宋挥玉斧守。赖有多情，界以今古，格律方圆首。五万唐诗，宋词两万，风华依旧。　唐以诗人二千，宋以千百词人，古今杨柳。南北东西，祖国文章友。来岁今朝，只以童翁，已入人人口。舞板歌粱，万年千岁，中华知否。

72. 满庭芳

一半炎凉，梅花一半，白雪作了春光。以其潘鬓，化解问吴霜。造化天工日永，幽致处，玉器方丈。龟台上金母向，太乙送昭阳。　峰峦应耸秀，江青河水，草碧花香。以沉心待静，不误萧娘。就是周郎故事琴弦事。未了张狂，人间道，人间处处，处处是芬芳。

73. 燕山亭　中秋

水水青青，静静凉凉，月月秋秋时候。冰轮已明，桂子寒宫，换了婵娟相秀。不见嫦娥，留玉影，不分衣袖。　相就，看前后后，一如豆蔻。　琴琴曲曲依依，竹枝在高唐，瑶姬依旧。不见周郎。误了丝弦，风流古来应右。意意情情，有道是，天高地厚。知偶，终不尽，终终首首。

74. 又

水水山山，亭亭阁阁，色色空空杨柳。山下水中，阁外亭前，地地天天知否？近近遥遥，上中下，文章太守。回首，向岁岁年年，是非非旧。　花花草草枯荣，对人人事事，有心无口。去去来来，暮暮朝朝，风流古今如友。水调歌头，应记取，水生杨柳。求偶，终自是隋炀九九。

75. 沁园春　雪

一半天山，一半昆仑，一半九州。大河南北见，中原上下，晋秦齐鲁，燕赵城丘。银雪封冰，纷飞天下，自是悠悠自是忧。长城见问秦皇汉武，有运河流。　千秋已尽千秋。禹治水，江山夏时留。社稷因此尽，人民公社，因因果果，已是休休。合合分分王王侯侯，处处无平处处求。唯大雪，又平平铺铺，再不沉浮。

76. 喜迁莺　荡海寇稿将士宴

英雄如数，七闽镇海楼，三军不负。见得功高，山川交映，长是国家分付。一喜作气挥斥，将士无须相顾，自当是，各争先恐后，阵兼相布。　奕局。词一句，杜断谋，群策群心顾。海上天光，水中龙甲，船上舰艇如故，已不只功名在，国国家家朝暮，这生死，俱向田黎去，相荣相度。

77. 金人捧露盘　自述

半平生，三吴去，半长安。一路上，踏五湖澜。一日东西百里，洞庭山上入云端。首回三十六离宫，两处

香残。 运河船,杨柳岸,多碧玉,小桥丹。共行止,水阔心宽。一诗一赋,以姑苏谢甲巾冠。笑他人玉砌雕栏,伊暖伊寒。

78. 传言玉女

汉武王母,情里意中多少?玉女传言,王子登知晓。墉宫梦里,已是风流怀抱。花香草碧,不休无了。紫陌红阡,处处见盘桃好,人间若是,望银河无杳。幽期密约,七夕只应乞巧。良宵不负,鹊桥还早。

79. 好事近

已是杏花开,不道是梅花落。自以人间桃李,向春如何约。　群芳丛中一瑶台。未了作经络。蕊蕊黄黄心柱,不知何求索。

80. 又

花落作红尘,花落花不知多少。只道落花无数,落花何时了。　牡丹芍药杏桃李,不是不非道,也有东篱黄菊,雪花飞飞小。

81. 又

白雪问阳春,白雪梅花多好,白白红红分别,此红藏难了。　梅花三弄谢东君,白雪不应晓。唤取群芳之后,有春梅同老。

82. 柳梢青　应梨

凤阁凌虚,龙池澄碧,曲榭游鱼。细雨和风,香沉水甸,曲正诗余。　江尘步步相如,都赋予,轻云卷舒。殿上藏娇,温柔约翠,奇货当居。

83. 又　临安春会,胡帅索词

水净平沙,西湖柳苑,鸟见梅花。已近清明,青团寒食,碧玉人家。　黄花已到天涯。波平处,轻舟见斜。有了群芳,向君一笑,误了娇娃。

84. 又　山林堂解嘲

处处风流,风流处处,夏夏秋秋。却却春春,眉眉目目,水水舟舟。　端端正正羞羞。一笑是,花花可求。意意情情,多多少少,落落浮浮。

85. 春光好

云腻腻,雨轻轻,半阴晴。一树红梅花沾玉,近清明。　衣身雾水多情,只流下,圆缺盈盈。不顾倾心倾自立,惜涓更。

86. 又　感旧

心上事,尽思量,是衷肠。李李桃桃花不见,子当扬。如何约了黄昏,夕照是,芳草池塘。一两人家三两女,好模样。

87. 又

人品雅,性常卿,自京城。一世三世三两世,几何明。　居心本是作书生。三万日,留下深情。不得回头回不得,作书生。

88. 减字木兰花　谢上牡丹

一言一语,一女人间人一女。自是当初,杜宇声声自不如。一言一语,楚女情心情楚女。国色香余,藏得红红藏得裾。

89. 点绛唇

索索求求,人心比得梅花瘦。已长衣袖,却短轻纱透。　弱弱羞羞,彼此何时候?双波漏,此情难守,只以同君就。

90. 又

一半皇城,灯炎炎明明路。上元初暮,走马灯前步。　一半皇城,彼此何如故。长安付,不临安付,莫以江山付。

91. 浣溪沙　制赏杏厅琵琶

小杏红芳透玉肌,声声曲曲燕回归。琵琶自述见鸿飞。　绿醑沉香亭上宴,长生殿上太真妃。天宫玉宇九重闱。

92. 又　相府舞者

一曲凉州醉里人,三声宛转掌中身。惊鸿若鹜总相亲。　自是昭阳宫里女,金莲寸步半频颦香香袅袅已相春。

93. 又

陌陌阡阡一少年,行行止止半翩翩。长楸走马着金鞭。　玉女传言传汉武,无留自主自身边。广寒宫里作婵娟。

94. 又

一扇昭阳一扇香,三光日色半三光。双双影子独长长。　金屋藏娇藏十月,赵家飞燕有轻妆,潘郎不可问萧娘。

95. 清商怨

清商乐，人情薄，英雄已在凌烟阁。周郎索，陈王约，自是君心宓妃相托。若若若。　朝云漠，高唐诺，瑶姬楚女身如尊。情情愽，心心络。好梦知音，雨落云泊狄狄狄。

96. 诉衷情

纷纷落在建章宫，白白复红红。飞天未了神女，嫁得老生翁。寒不久，一层琼，半由衷。玉人今夜，作了和衣，忘了西东。

97. 又　旧游

江南塞北几扬州，不见运河流。人间不似天上，岁岁有春秋。　云淡淡，雨幽幽。九州头。高山流水，下里巴人，日月沉浮。

98. 又

明皇不问蕊珠宫，一色太真红。珍珠十斛情物，未与采萍衷。　人处处，色空空。各西东。昨天今日，既使明辰，各不相同。

99. 又　曲水席

兰亭曲水一风流，满了十三州。羲之留于天下，水水自沉浮。　承国语，序春秋，凤池头。一年修禊，十载文章，百岁江流。

100. 踏莎行

去去来来，朝朝暮暮，行行止止，行行路。平生步步作书儒，荣荣辱辱何分付。　雾雾烟烟，云云雨雨。年年日日应相数。黄河九曲十八湾，沉沉积积中原故。

101. 眼儿媚　闺思

春云春雨一春情，百草百花生。春闺春女，春心春欲，处处春萌。　一琴一指三春荣，不响不回声，一心手上，一心指下，不是心声。

102. 又

心上心下一心中，二意三心同。男儿有志，女儿有望，不是西东。　有天有地多云雨，岁岁有春风，百花百草，千男千女，自在由衷。

103. 蝶恋花

百草百花繁一圃，色色颜颜，满了高低树。刘项鸿门垓下鼓，江东自可听渔父。　细雨和风细雨，处处江南，处处英雄数。处处花开花落舞，人间唱尽黄金缕。

104. 又　三月上已应制

已见群芳花已萼，不见东君，听得梅花落。白雪阳春飞喜鹊，声声万岁声声跃。　下里巴人巴蜀鄂，一水东流，一谷嘉陵壑，宋玉高唐先赋约，朝云暮雨瑶姬诺。

105. 隔浦莲　应为隔浦莲近拍五体　咏白莲

池塘深处一路，白地阳春度，下里巴人曲，高山流水应误。香气何相妒。芙蓉素，玉立婷婷顾。　一朝暮，才醒又困无须四顾千步。三春六夏。只向一年分付。不望高楼结子数。辛苦，形形留下如故。

106. 浪淘沙　观潮作

八月一中秋，一线潮头，玉霄烟雾自沉浮。浪打天空天欲坠，上下江流。　不见十三州，不见红楼，钱塘百里问飞舟。何处盐官听不得，气势休休。

107. 蓦山溪　坤宁殿旨照水梅花

朝朝暮暮，照水梅花露，复以水仙香，还留下，坤宁相度。玉楼十二鸳鸯湛清涌漪，身影住，芬芳顾，彼此多分付。　探寻步步，见得千花树，五瓣一花心，蕊柱头，相倾相互。并非结子，只是寄深情，天也数，地还数，息息生生故。

108. 又　梨花

梨花一树，见得千层雾。玉女已传言，汉武去，一线如故，瑶台处处，可去来来，心也度，情还度，日月应当数。　桃花不妒，且向梨花妒，白雪共阳春，只合得，相倾相许。成蹊是可，也是可留心，天上付，人间付，惜惜应分付。

109. 感皇恩　重别临安

不制不临安，西湖春晓。落落飞飞一莺小，有声如故，细细轻轻无了。岁年分不得，如天道。　学子青云，斜阳芳草。仿古销沉送人老，渭城新雨，不见运河来了，只长城内外，莺声纱。

110. 阮郎归　上苑夏池上双飞燕掠水得旨赋赋

龙庭馆榭占风光，袭人百步香。

一双飞燕掠池塘。不藏日月光。非故意,是疏狂。浮萍四品郎,只怜水色水红梁,来来去去扬。

111. 鹧鸪天　选德殿赏灯过梅堂

步梅堂十步香,三宫上苑两宫墙。金銮玉辇芳芬路,白雪阳春曲绕梁。龙逐水,凤求凰。父慈子孝作康王。燕山去去来来见,选德人间诸葛郎。

112. 又　奉和伯可郎中

桃李成蹊径自流,春深草木满汀洲。花心柱柱头头粉,子子城城已不忧。人有欲,事难求。梅花落里水东流,书生步步书生路,一度春生一度秋。

113. 又　净惠师了堂

净惠师兄一了堂,南柯一梦半黄粱。人生步步前行路,雨雨云云作柳杨。无地狱,有天堂。花花草草自芬芳。生生死死何生死,去去来来是故乡。

114. 又

面壁相思过禅十年,高瞻远瞩顶楼宣,台灯自得常翻省,地板平平踏地砖。　床梦想,户方圆。楼梯步步为营全。何言放下难放下,一路前前一路前。

115. 定风波　应制听琵琶作

书书剑剑应几何,琵琶声里定风波。手执六寻枪似铁,圆缺,嫦娥宫里久厮磨。　刘项将兵韩信,四面埋伏张良绝。已明灭,龙泉三尺守南柯。

116. 又　旨牡丹

上苑芬芳独木林,长安非是洛阳根。国色天香从不断,兴叹,春潮自是自无垠。　依约互相倾几许,阳春白雪不封门。再以越王歌舞地,佳丽,昭阳殿里付新恩。

117. 又　江楼

目尾风光夕照开,潮头碧水海门来。淼淼云天成一线,如线。龙宫钟鼓自相催。　波浪已惊涛十丈,三军兵马阵边裁。解甲子龙曾一面,谁见?只今唯有上瑶台。

118. 又

刘刘项项谁未央,兵兵马马几商量。只以鸿沟分界定,人性,乌雅千里不称王。　南战北征曾几许,楚歌四面一张良。八百子弟垓下令,百姓,去来去半飞扬。

119. 南乡子　文叔宴

月色半清秋,水影沉浮一玉楼。上下人中人上,由由只见婵娟不见羞。　曲曲久相留,舞舞情情总不休,俱在池堂池俱在,回头,滟滟波波一小舟。

120. 忆秦娥

秦娥忆,秦楼不在秦娥匿,穆公不在,穆公何息。　秦川养马秦川力,周王自许秦川翼,秦川翼,凤凰曲里,凤凰无极。

121. 又

秦娥忆,凤凰曲里谁何忆。谁何忆,穆公心里,女儿相忆。　如知弄玉常相忆,如知萧史常相忆。常相忆,回头不是,是非相忆。

122. 又　赏雪

天下白,阡阡陌陌梨花白。梨花白,何分主客,不分皂白。　朝朝暮暮飞飞白,梅花白。梅花白,群芳丛里,不全全白。

123. 又　邯郸道上望丛台

丛台客,邯郸学步,丛台客。丛台客,丛台赵筑,楚襄王客。　谁言古道千年客,程婴赵氏孤儿客。孤儿客,孤儿已去,主人无客。

124. 鹊桥仙

杨杨柳柳,朋朋友友,一半人间如酒。秦娥已去见秦楼。岁月里,人人白首。　何须问路,何须饮酒,只以金龟为友,知音李白话长安,是今古,知知否否。

125. 清平乐

多多少少,富富贫贫老。上下人间谁大小,岁岁年年不了。　行行路路桥桥,冰冰雪雪消消。去去来来步步,前程近近遥遥。

126. 长相思

长相思,长相思,一半相思两半知,时时处处知。　短相思,长相思,短短长长总是期。相思不尽思。

127. 虞美人　中秋

黄花八月黄花院,四野都开遍。江山自主自方圆,九九重阳九九五千年。　秋霜不惧西风面,一片枫林见。嫦娥留下作婵娟，不以人间老少共心田。

128. 采桑子　清明

阴晴一半清明雨，一半枯荣。一半枯荣，一半花花草草萌。烟云一半绵山木，一半人情。一半人情，介子推名不在名。

129. 朝中措　月

缺圆圆缺几思量，离别日方长。人事事人年岁，书生书道长长。梅花落里桃花色，自得自芬芳。共是丛丛知否，人间普度炎凉。

130. 又

荔树应在一南洋，熊掌半北方。桃子木瓜中土，枇杷熟了黄黄。梅花去了丁香，共与牡丹压。武曌当然晓，东都有洛阳王。

131. 又

不分南北又西东，儒子不由衷。书剑剑书来去，心思何在郎中？梅花落里群芳色，自古一英雄。下里巴人知否，阳关五叠飞鸿。

132. 又　五品，三品，四品居中，一郎中。自述书生

何须社燕，问飞鸿，万里有晴空。不到天涯海，谁知雨早经风，不由四序分工。　文章太守，挥毫万首，四品郎中。不止行不止，人前八十诗翁。

133. 又

年年黄菊问西风，天与地何同。霜叶寻根寻去，飞飞落落空空。儒生日月不由衷。一语知童翁。老少始终始。回头是故乡中。

134. 又

何知天下月相同，谁见与人中。南北东西升落，圆圆缺缺工工。观观望望各由衷，近近遥遥空。是是非非谁论，嫦娥在，广寒宫。

135. 又　维扬感怀

维扬花草自依依，飞燕送春归。院落深深人静，源泉曲曲红稀。庭前杨柳色，云云雨雨，是是非非。惟有一生行走，如来入了心扉。

136. 又

原来心上故乡。朝暮半黄粱。上了杏坛人子，年年岁岁书香。平生知所以，家家国国，柳柳杨杨。留下一丝悬念，家乡别了爷娘。

137. 南柯子　元夜书事自述

未晓功名路，平生任自流。江山社稷可英游，八十春秋天下忆悠悠。已得诗词首，欣然日月舟。浮华付去十三州，不以回头不以回头。

138. 又

太守文章守，文章太守章。黄粱一梦一黄粱。天下精英天下半朝堂。自以灵犀在，当然日月长。十三万首赋诗扬，作得人间足迹，敬爷娘。

139. 戊戌腊月初一重孙生

吕氏秩春秋，鸿飞过凤楼。文章文太守，武举武神州。

140. 南柯子　主人姬待出行

粉黛芝兰色，霓裳羯鼓声。情情不尽是情情，十里长亭杨柳送行程。一曲梅花落，三声下里鸣。主人设宴以姬倾，岁岁年年别去是何荣。

141. 又　浩然与已同年同月同日生

共抛阴阳数，同天造化行。同年同月同日生，步步岳阳楼上岳阳城。回首长安路，前瞻帝业荣。九州六郡九和平。半在江南半在洛阳城。

142. 玉楼春

江天步步前行路，夕照扬光杨柳树。高山自得晚余明，今今古古谁分付。佳人一曲阳关暮，主客三声情不住。楼兰已过问交河，一半英雄已不顾。

143. 江神子

三千年里一神州，半春秋，大江流，立夏传家，自此逐商周，帝帝王王天下路，争不止，战无休。　英雄不是不回头。见幽王，戏群侯。暮楚朝秦，暮四朝三游。秦汉三分归晋后，隋已尽，运河留。

144. 踏莎行

雪雪霜霜，霜霜雪雪。昆仑山上昆仑杰。迢迢不见玉门关，斜阳海市蜃楼绝。　别别离离，离离别别，江河万里江河咽。楼兰斩了未归还，明皇作了千秋节。

145. 生查子

温柔乡里人，玉立书中女。三峡一

瞿塘,半日三云雨。 高唐白水津,宋玉瑶姬语。见得楚襄王,官渡嘉陵去。

146. 青玉案　读史

朝朝暮暮何朝暮,岁年岁年如数。多少云时多少雨。去来来去,付分分付,俱是人情度。　曲曲舞舞歌歌赋,代代朝朝不古今故。暮楚朝秦嬴政路,未书生主,以坑灰许不要儒生误。

147. 又

李斯自绝李斯路,指鹿已知天数,二世无须无二世,赵高天下,丞相何顾,小篆留如故,五马车列谁分付,度量衡中共通度,同轨同心同一顾,败成成败,是非非是,事事人人误。

148. 菩萨蛮　春日

桃花向了梨花约,梅花落了丁香托,唯有一东君,凭空千雨云。　清明寒食雀,雨里云中萼,玉粒玉衣裙,珠光珠日曛。

149. 又

清明寒食绵山路,书生一度书生步。晋耳是江山,子推非不还。　精英何不顾,社稷谁分付。自以玉门关,黄河多曲弯。

150. 西江月　元夕

步见莲灯上下,花花草草人家。乌江雁落一平沙,不以秋冬春夏。走马灯前画,光明日月天涯。瓜瓜豆豆共桑麻,自是农夫相谢。

151. 又

桂子中秋多少,重阳九月云霄。茱萸一半弟兄桥,岁岁相思少小。去去来来去去,遥遥近近遥遥。人生一路一波潮,只见高低不老。

152. 又

一步三千日月,半言五百春秋。朝秦暮楚大江流,谁见苏秦白首。不问张仪白璧,秦秦楚楚交州。联横合纵九州头,四野杨杨柳柳。

153. 绣带儿　客路见梅

一树一枝春,半带半行人。白雪红妆才女,独立作新邻。　步步踏红尘,客路向,取次梅珍。系来香色,应须忘得,富富贫贫。

154. 卜算子　湖州吴氏女失身于土山作妾

独自一梅花,半不梅花韵,一女匪徒一女身,世上何人问。　咫尺是天涯,万里非常近。不在秋时不在春,冰雪何方寸。

155. 柳梢青　咏海棠

柳柳杨杨,桃桃李李,换了新妆。梅花来去,大半春光,多少芬芳。有谁步步思量,一树自含香,惊海棠。子子红黄。以情当色,日上长廊。

156. 又　咏小杏

桃李争芳,海棠红子,小杏逾墙。南枝三两,带满春光,天地生香。当然颜色高扬,向书生,付分衷肠。俱是人间,孤行独往,作得萧娘。

157. 又　咏田瓜

田里田瓜,心心正正,小小开花。蔓蔓藤藤,纵横横纵,柔女柔娃。有长有短无遮,粗细也难同,纹脉华。俯仰翻身,变颜成色,入了人家。

158. 醉落魄

阳春白雪,长春孟昶一佳节。一年去了一年别。已是平生,明月有圆缺。多情不是惜明灭。广寒宫里清洁。吴刚桂树弦时绝。一个婵娟,万户行家说。

159. 鹊桥仙

老老少少,年年岁岁,去去来来去去。书生日月作书生,步步数,无言不语。朝朝暮暮,秦秦楚楚。记取文君相如。知音可谓可当炉,莫古负负,昭君蜀女。

160. 清平乐

东君一令,百草先从命,共与梅花寒暖性,可以群芳同盟。莺莺异口同声,清明半是阴晴,自可开花结子,当然倾国倾城。

161. 诉衷情

梅花落里一声长,唤得百花香。阳春白雪三弄,留下半衷肠。　千里路,万人乡,半黄粱。岁年春夏,逐得炎凉。荷满池塘。

162. 浣溪沙　樱桃

樊素初开小口平,葛洪已见百珠生。璀璨谷雨诸星明。　以舌先尝天下乳,甜中带肉自多情。红红紫紫可相倾。

163. 壶中天慢

圆圆缺缺，广寒宫里见，明明灭灭。桂树吴刚从不绝，未以弦弦分别。玉手腰身，一情同结，出入人间说，婵娟世上自成百年雪。何以当夜相闻，悄悄言切，此约年年窃。肯信瑶姬三峡里，朝云暮雨清洁。官渡嘉陵，裹王宋玉，楚尾吴头浙。何劳玉斧，唐标大理豪杰。

164. 黄公度　点绛唇

一半春秋，谁言万万千千酒。只须杨柳，日月江山守。一半阳关，唱尽人人首，应知否，玉门关口，都是英雄友。

165. 千秋岁，寄黄公度

少年时候，公度莆田秀，曾第一，家乡就，天朝应进士，志在江山守。将进酒，嫦娥持地回双袖。　试问江河佑，何以知钱缪。秦桧去，应回首，尚书员外郎，稼翁文章厚，因宇宙。平生看取人归寿。

166. 菩萨蛮　又

年年不断年年草，天天自在天天晓。日日一波潮，时时三峡桥。　行行何不早，步步应无了。飞鸟上云霄，翱翔当自遥。

167. 青玉案　寄黄公度

龙门第一龙门路，牧密鼎延暮。若以丞相相应不顾，桧召行在，以官应顾，解职重分付。　有语不向邻鸡许，总是催人总是苦。月馆霜桥回是步，迹留桥上，馆中留赋，处处平生度。

168. 卜算子　又

翡翠一窗纱，玉女三生嫁，欲问君行作客家，向背何知罢。　腊月作梅花，日照寒霜下。陇首流泉带冷斜，只有芳香亚。

169. 好事近　又

已是是非非，不是来时相约。只有家园桃李，不因梅花落。　山林野史正人归。步步可求索，在得人间不止，有花心花萼。

170. 菩萨蛮

谁人不见墙头草，有风有雨分边倒。自幼自天骄，同云同玉霄。　莺莺应小小，盼盼红娘早。碧玉碧苗条，如今如小桥。

171. 卜算子　别士季弟

一步一西东，三界三生路，共了风云共了天，同了同朝暮。你可自高低，我可知分付。你在潇洒我在秦，竹泪长安雨。

172. 眼儿媚　梅词

九州赵鼎半春秋，不尽许多愁。潮阳谪宿，五羊居寓，一叶扁舟。　梅花白雪香南北，腊月带寒流。今宵岭外，明朝闽上，后日中州。

173. 朝中措　五体　又

有寒无暖可思量，心上自芬芳。霜雪作衣相覆，相加相减成凉。　红颜却道难藏好，袖短露花妆。最是风来风去，谁余绝色天香。

174. 又

潮阳来去五羊城，飞絮半阴晴。庾岭一梅先放，天空海阔枯荣。　楼台多少色，昆仑白雪，借与江英。当以一情怀旧，南南北北香名。

175. 一剪梅　寄黄度

赵鼎潮阳半是非，公度回归。问五羊城，莆田黄榜甲科闻，第一名晖，入得心扉。　庾岭梅花与雁飞。已问湘妃，不是安徽。江江色色洛阳绯。日月微微，草木菲菲。

176. 满庭芳　寄黄公度

十二金钗，三千日月，人生一步春秋。十年前后，三界晓沉浮。赵鼎潮阳旧事，莆田客，问五羊楼。应知道，升迁进退，俱是半心头。悠悠。天下路，西昆百草，故国千酬。摄恩平群史，主客无休。借以西园退食，寻怪石，一叶轻舟。天涯赖，青天一柱，自作自风流。

177. 浣溪沙　西园偶成

不短西园不短墙，余花怪石自余香。轻舟一叶故家乡。　欲去还留还又去，思量未了再思量，来时暖暖去时凉。

178. 满庭芳　问黄公度

有披云楼，包公堂上，又清心阁中留。已当三咏，何以问深秋。九月重阳九日，东篱下，未尽风流。茱萸草，黄花一片，一色满沧洲。　江山。彭泽水君山见有洞庭舟。任枫丹白

300

露，各自沉浮。人间事，来来去去，不可不回头。

179. 黄童

卜算子和公度兄韵

不忍不回头，别泪多余雨。俯仰人间四十秋，暮暮朝朝路。第一第门楼，何以何人步。自是行行自是故，日月谁分付。

180. 倪偶

临江仙

未了行程行未了，长亭驿社长亭。泾泾渭渭渭泾泾，官衙官直举，自主自公庭。　一曲阳关扬一曲，湘灵鼓瑟湘灵。零丁大漠似零丁。修行修所欲，四野四丹青。

181. 又

万里长城长万里，尘埃南北尘埃。无回征战去无回。飞将飞已尽，酒洒洒泉台。　一半英雄英一半，赵催亦是秦催。重来汉武又重来。年年年不断，战战战争开。

182. 又

鼓瑟湘灵湘鼓瑟，多多竹泪多多。苍梧留下九嶷歌。唐尧唐舜禹，九脉九波。　五百江流江五百，山河九鼎山河。干戈未静静干戈。三界三社会，一月一嫦娥。

183. 又

木落西风木落，精英不是精英。离根处处是无成。黄颜黄色尽，不暗不思明。　白雪梅花梅白雪，倾红倾国倾城。群芳丛里始知萌。春风春雨至，百媚百花英。

184. 又

一片青峰青一片，颜颜色色颜颜。山山水水又山山。山光山入水，水照水峦潜。　日月经天经日月，山山水水湾湾。江流不尽问青山，年年年不尽，日日日无还。

185. 又

水下高空高水下，湖边不是湖边。天天地地己方圆，深深深不止，浅浅浅然全。　水上浮云浮水上，当然胜似当然。船行玉宇宙行船。无波无不见，有岸有心田。

186. 又

鸟语花香花鸟语，乡居水月乡居。相如完璧自相如，廉颇廉苦战，一赵一当初。将将相相同日月，朝堂共读诗书。多余之处不多余。君当君自主，我亦我玄虚。

187. 南歌子

静静亭台榭，波波水月天。遥遥近近已无边。草木繁星相聚问婵娟。　自主分层次，当然合作悬。参差错落各翩翩，此中有他有你有吾全。

188. 又

水水波波静，山山木木萱。山山水水不无言。纵纵横横天下自轩辕。　雨雨云云雾，花花草草繁。江河万里一江源，只以高低远近作玄元。

189. 又

月月中秋同，云云自在悬。谁言十六月方圆，未乎浮云来去向天边。　事事人人见，年年岁岁连，当然不道不当然，不可求全不止不求全。

190. 又

一去江河水，无回上下云。文章太守四方文，自以天光天下自芳芬。　草木年年间，阴晴岁岁闻。田田苦耕耘。青天一度一功勋，白日三光带动自相曛。

191. 水调歌头

两岸东流水，一谷自成风。庭雷昨夜初起，骤雨自龙倾覆野，处处有惊鸿，万物藏云里，草木有无中，高岩望，深林问，已称雄。刘邦项羽垓下不可不争雄。且向鸿沟两岸，一界难平南北，未了未央宫。再以听渔父，大雨净西东。

192. 又

草木阴晴治，日月利名休。今今古古来去，世上不人留。也有英雄盖世，也有精英太守，也有士民头。也有秦皇坐，也有帝王侯。　禹传夏，分九鼎九州头。春秋战国天下，不尽一商周。鼓案姜公不止，钩直钓鱼渭水，不得几人求。司马迁应误，不得是其忧。

193. 念奴娇　光远庵赏桂

人间朝暮，一步步、世上如来如故。古刹钟声应处处，远近自千百度。杯里清茶，沉浮一半，叶叶应当数，已同日月，庵中枝叶由树。是洞庭碧螺春，在初春一采，明前明后，大异经庭，泉远近，井水上，江中付。火火徐徐，茗茗温可与，有诗词赋，品生文化，先云先生先雨。

194. 减字木兰花　咏新亭

新亭四面，四面飞来飞去燕。豹突清泉，处处风光处处莲。　水流一线，见得浮云舒又卷。问得婵娟，约了周郎上小船。

195. 又

长廊一线，两壁云图三国见，煮酒英雄，已是曹操，杯酒空。昭阳团扇，弄玉秦楼如凤面。留下穆公，是得周封不得终。

196. 又

长廊画卷，一半华堂唐宋殿，是运河船。碧玉桥边比玉妍。　姑苏上甸，同里周庄多倩倩。作了婵娟，替得嫦娥后羿圆。

197. 又

东南两岸，一半天光湖一半。不是官船，不是姜公有约船。　渔翁不断，半在簑衣簑笠半。处处源泉，满了人间满了田。

198. 又

新亭西北，十丈飞来峰上匿，鸿雁栖栖，洞口成巢草木黄。　天公天力，小径深深谁所忆。一介书翁，直以颜回陋巷题。

199. 又

云前雨后，只要亭前杨及柳，慢慢悠悠，只要垂垂不系舟。　多多回首，步步人生如老酒。半是江流，半是江楼半是忧。

200. 蝶恋花，和东坡韵

步步东林行步步，雾雾云云，露珠珠注。两两三三栖白鹭，不时偶见飞天鹜。　越岭翻山湖水故，纳地含天，处处渔舟数。悄悄藏身藏不住，却惊一片荷花雨。

201. 又

一路东林寻一路。半似东吴，半似东君故。已暮东山东已暮，烟烟露露如云雨。　步步难停云顶步，九鼎难图，三界难相顾。百度人间人百度。成成就就谁会分付。

202. 又

西子西湖西子暮，不见耶溪，留下东施故。未是效颦应不误，莺啼柳柳杨杨树。　不问陶渊明所顾，弃得琴弦，只见桃源故。万顷沧波渔父路，荷花少点云和雨。

203. 又

十里荷花南北误，一半红红，一半婷婷顾。结子莲蓬莲子许，芙蓉出水芙蓉故。　不要藏身花已妒，采了莲心，口口何辛苦。且以小舟穿小路，深深碧叶可分付。

204. 又

小屋三间紧临水路，一望无边，两岸荷花暮。小女采莲藏不住，惊鸥飞去芙蓉雨。　莫以渔家渔父误，且以前川，有了莲蓬付。莫以年年三两度，心心意意何分付。

205. 朝中措

丛丛修竹一残阳，钟鼓日方方长。松径幽幽深远，清香淡淡禅房。　清风借得半僧床，暮色红蓼扬。月色不羞来去，嫦娥不是新娘。

206. 西江月

一半人生一半，杨杨柳柳杨杨。不应醉里有家乡。远近前程所向。　五品郎中四品，阳光朝暮阳光。衷肠不尽不衷肠，古刹钟方丈。

207. 鹧鸪天

岭后西风岭后秋，岭南落叶岭南留。岭南岭北曾分水，露露霜霜一半休。　天下路，日中求。秦秦楚楚月华流。长安不及牙临安近，未及江山已白头。

208. 又

一半银波一半茶，碧螺春里碧螺花。沉浮上下沉浮色，一半嫦娥一半家。　知海角，问天涯。夕阳自是夕阳斜。撑天一柱撑天石，自是人间你我他。

209. 又

李白当涂自不忧，人间有酒不知愁。枯荣草木枯荣客，岁岁年年去复求。　知日月，各春秋。谁言如此必如流。君心不饮君心在，格律诗词格律修。

210. 又　九日

采了茱萸采菊黄，登高九日向重阳，
兄兄弟弟思兄弟，步步相思步步长。
粗旷野，细思量，儒生何处是家乡。
杨杨柳柳杨杨柳，四四方方四四方。

211. 王之望

菩萨蛮　上元

上元一夜华灯路，前朝九鼎中原故。
这里是江都，旁边太湖。阴山飞将外，
谢守东山赋，如此岳飞驱，精忠成
丈夫。

212. 好事近

十载一相逢，忘却何时离别。不以
阴晴圆缺，有箫声鸣咽。　年年
岁岁几空空，日月总无绝。不尽春
秋尽冬夏。回头知如雪。

213. 又

十载一相逢，旧话耳边分别。百岁
成仙成佛，向谁分圆缺。　瑶台
不在世人中。所欲所应绝，莫以所
求当事，昨今明天说。

214. 又

十载一相逢，不可人间分别。你去
天涯观海，我来昆仑穴。　神仙
不在问如来，印度佛家说。记取唐
僧天竺，雁塔同豪杰。

215. 又

十载一相逢，只在情中分别。地下
人间天上，只分知圆缺。　来时
比做一灯明，去了一灯灭。未见逢

莱何处，却留神仙说。

216. 又

十载一相逢，多少有圆无缺。一月
一圆圆正，所余皆当缺。圆时也不
是圆时，此谓此圆缺，不可求圆求缺，
总言之当缺。

217. 减字木兰花　戏言

仙家何处？留下人间多少语，汉钟
离符，吕洞宾诗作儒。　仙家何处，
张国老桥桥外黍，是何仙姑，只在
江南不在吴。

218. 丑奴儿　又

天上人间分两处，一处由思，一处
无知。一处虚无，一处帝王词。
何言两处难分得，俱是人为，两处
应司，你我他她，俱是互相移。

219. 又

有有无无相思处，异异同同。也有
云风，也有花虫，也有一情衷。
贫贫富富无分却，无始无终。色色
空空，尽是人为，多半已成功。

220. 惜分飞

乐府东坡杭太守，郡寮以毛滂友，
伎秩当辞酒，有惜分飞口。折东追
迎延督滂，三弄梅花经久。古道知
音去。

221. 醉花阴　寄李清照

九九重阳重九九，潋玉泉边守。人
比一黄花，半壁西风，落叶空杨柳。
从来不与轻霜首，有菊香深厚，入
了此心中，举半杯酒，向得明诚否。

222. 鹧鸪天　台州倚江亭

一半江云雪已飞，三千流水浪花归。
排空未了排空落，不尽惊涛不尽晖。
云暗暗，雨霖霖。倚江亭上问潮微。
台州屹立台州岸，海峡长年几是非。

223. 虞美人

年年岁岁知多少，日日天天了。朝
朝暮暮水云潮，涨涨难平落落亦遥
遥。　来来去去何多少，止止行
行早，青云步步在天宵，一半人生
一半路船桥。

224. 小重山

一半轻云一半霜，枫叶红一半，映
天光。山山木木自炎凉。西风响，
木落荡回肠。　犹有菊花香，也
有茱萸草，在山梁。人生归路亦长长。
清歌里，最是故家乡。

225. 临江仙

十二峰前三峡水，朝云暮雨瑶姬，
襄王宋玉久相思，高唐高所寓，楚
客楚辞词。　栈道嘉陵江岸挂，
瞿塘官渡当知。陈王七步已成诗，
巫山巫不尽，洛水洛阳期。

226. 又

自在蓬莱仙岛住，高唐已是人间。
瞿塘峡水入尘寰。襄王襄楚客，宋
玉宋门关。世上风波多水月，朝云
暮雨巫山。高山流水一阳关，行人
行不定，一女一红颜。

227. 洞仙歌

华清水暖，日上长生殿。四面桃花

去来见。这开元天宝羯鼓霓裳,留得个,学舞梨园小院。　　胡旋胡似主,已得杨妃,情已酴醾太真恋。太子是龙根,半杨家宰相问,梅花落遍。虢国宫,驱马过天门。自采下芳华任情飞燕。

228. 满庭芳　范丞相夫人生日

一代丞相,三生作伴,玉楼玉宇,源泉江南春早,二月已芳妍。已是梅花三弄,应唤起,作百花田。金母献,人间子满,共泛五船,当年参谒见,鱼轩象服,绶佩朝天。以灵犀肝胆,共事方圆,步步瑶台仙苑,传玉女念了神仙。蓬莱岛,年年岁岁,处处是良田。

229. 又　茶

海角天涯,南南北北,早生一叶新茶,枝枝初见,树树近千芽,以万七千枚数,斤两计,不可多差。先分取,尖尖细细,晾羽入人家。　　杀青,翻手炒,女儿最是豆蔻年华。以身香普渡,注入奇葩。沸水半温半烫,观起落,绿绿清茶,经心目,浮沉上下,如世界桑麻。

230. 念奴娇

大江东去莫应尽,记取乌江渔父。不是鸿门垓下宴,且见刘邦分付。何是英雄,未央宫里,一火应知故,千古留下,人间征战平房。　　昨夜帐下虞姬,自声声曲曲,江山如虎。日月行明,生草木,有水有山无主。成有萧何,张良韩信在,以群英数。

以项庄舞,霸王今古飞羽。

231. 又

萧何何去,韩信去,不及张良行路。吕后宫中应所顾,四皓商山分付。一半江山,江山一半,社稷分身妒,天天地地,人间何以何误。　　自得古古今今,复今今古古,如今如故,去去来来,天下步,败败成成谁数,见得刘项,见乌江项羽,俱英雄赋,是非非是,功功业业谁数。

232. 又

运河杨柳,以帛易,水调歌头当酒。一役劳劳千年守,留得钱塘回首,一半隋炀,头颅一半,直得江都偶。恩恩怨怨,瘦西湖里重九。　　二十四桥箫声,且悠悠郁郁,琼花微敷,淑女当逑。荷叶里,已有生根新藕,结子莲蓬,扬扬情不尽,不须回首。只须垂目,多情多是知否。

233. 永遇乐　上元

上上元元,灯灯火火,春立春步。树树梅花,香香郁郁,傲傲孤孤数。东君已主,群芳待命,先作花灯高许。四时序,平沙落雁,高山流水诗赋。阳关三叠,渭城朝雨,下里巴人分付。拾得寒山,渔舟唱晚,半壁姑苏路。沧浪亭下,虎丘孙子,自是灯灯成趣。只观顾今古古,众生普渡。

234. 风流子　同里村江村一号别墅

同里小江村。三吴水,养育好儿孙。有金屋藏娇,小桥流水,碧玉兰衫,

花草封门。曲径幽幽深几许。雨雾共黄昏。夕照已休,退思园外,几何重问,同共乾坤。　　姑苏钱塘路,江都去,应是六浃寒温。最以运河,唯亭已过淞昆。有渔舟唱晚,杨杨柳柳,二泉映月,留下凝固。古刹钟声,佛门原始天尊。

235. 葛立方

满庭芳　催梅

白雪纷飞,冰鱼欲动,大地暖气微微。河边杨柳,一岁近回归。腊月寒霜已薄,梅心里,想入非非。东君说,隆冬日月,自可暗香依。　　天机,催不得,暗芳浮傲带了春晖,在冬春交集,向女儿闱。镜里眉间一度,天下色,有了香妃。乾坤客,年年岁岁,除夕雨霏。

236. 又

白雪青松,一衣已就,无风无落无声。冰层冰结,无霾且无平。　　缈缈幽香袭客,张牙舞爪色,多了芳明。得浮动,松涛惊落,共了作倾城。相同,同世界,阳春白雪,独立风声。却红红绿绿,各自先生。你问山中草木,何由我,太乙花萌。群芳里,情情色色,不必邹永芳名。

237. 又

未了隆冬,初春将立,四时有了初平。梅花三弄,已有一先声,未了冬,春已始,相交接,自是媒情,冬梅傲香,春梅艳色,留在百花萌。探梅,冬五瓣,芳香奇绝,心里黄荣。

百里天下路，独作香城。及至群芳丛里，春梅绽，香雪海情，知幽径，寻寻探访，八瓣寄梅盟。

238. 又　赏梅

一半姑苏，洞庭山上，香雪海中芳明，馆娃宫里，西子已倾城。冬梅香尽，留下妹情。姊姊妹妹心中五瓣，今已是八瓣争荣。人间问，何为一品，以春仪四象，八卦枯荣，万木千花百草，江湖阔，五霸先声。谁吴越，钱塘故，郡一半运河情。

239. 又　泛梅

庾信无休，梅香岭外，谢守白雪阳春。梅花三弄，唱遍洛城人。只有葛公羽仙子，分明是，一半精神。从孤傲，芬芳寄与，落尽作红尘。　文君兴比赋，群观众怨，皆以经纶。见诗人骚客，效此成颦。鲍照江宁未与耶溪浣，建邺权臣。金陵色，梅园依旧，步步正冠中。

240. 又　问梅

孤傲何时，严寒时候。何时散发奇香？三冬封锁，不可有衷肠。再问何时离去，同姊妹，共与春光。千花处，来来去去，似柳柳杨杨。柳杨，寒是柳，又寒是杨，柳柳杨杨。作梅花三弄，共了炎凉，化作红泥之后，天下色，共了群芳，人间寄，承承继继，一半作黄粱。

241. 又

镜里魏征，房谋杜断，饮马北去长城。养兵蓄锐，岁岁有枯荣。记取梅花三弄，寒心动，日月同盟。成香气，身中积垒，一度便倾城。　群芳天下路凌烟阁上，未及媚娘，立主千秋业，劝世农桑。春夏秋冬相序，冬春处，一半梅香。过了长安渭水，留守处，东都洛阳，梅花落，声声曲曲，一代一兴亡。

242. 锦堂春

社稷三阳，河图六郡，钱塘路，运河湾。有春秋五霸，有胥门关。日上淞江达海，姑苏水，太湖颜。已闻田父子，知道星翁，不误花班。　馆娃宫外如画，望烟烟雾雾，去去还不，已是年年岁岁，满了人间，一半芝兰如秀。云云雨雨红颜，自轻轻田田，浅照深峦。尽洞庭山。

243. 水龙吟

江山不是江山，江山只是江山见。桃桃李李，梨梨杏杏，年年一面。谁是王侯，佳人才子，昭阳团扇。已藏娇金屋，还寻掌上，天下在，空飞燕。　日日酒酒，天天宴，是人间，非人间殿，田家社稷，桑麻阡陌，农夫已遍。这江山社稷，孰非孰是敦知谁院。

244. 菩萨蛮

年年落叶年年了，西风处处西风老。一去一遥遥，三秋三界消。　霜封寒日早，雪烟冰多少。楚女楚苗条，吴姬吴玉娇。

245. 风流子

何处是家乡，雄心在，步步五云长，格律赋诗，十三万首，人生人在，柳柳杨杨。退休后，到如今八十日日笔耕忙。明烛伴归，鬓斑同载，百花千草，独自芬芳。　回忆少年扬。精英一天下，太守文章。谁道大江东去，土地城隍。宰府知音，中南海水，北京云雨，日日封疆，好在后庭李，应记周郎。

246. 多丽　平韵者为绿头鸭，应仄韵者为多丽，本词采平韵。

小寒中，大寒最是冰霜。见梅心，春春已动，自是疏影芳香。净无尘，素肌淑淡，独байся处，举目朝阳。玉露初零，西风凛凛，一年一度此时扬。共白雪，风衣银素，藏得半红妆。瑶台色，人间冷暖，近了春阳。　问东君，会知百草，也会知诸群芳。已关情，不分姊妹，冬梅黄，春梅衷肠，自以春潮，含苞待放，一春胜似一春长。共凝恋，年年岁岁，又有隔年望，人自在，风花雪月，近了天堂。

247. 沙塞子　咏梅

寒生腊月梅花，白雪覆，芳香素遮。天底下，傲风凌骨，已香人家。　冬华初过入春华。只一片，芬芳馆娃，夫差醉，醒中勾践，误了天涯。

248. 多丽　莲荡

五湖明如镜，登洞庭舟。半雨云，烟烟雾雾，山山水水风流。望东西，渺渺如海，姑苏岸，掩映长洲。出水芙蓉，枇杷两色，半黄半绿一枝头。莫疑是,金沙香口,玉女自悠悠。洋梅树,茵茵叶底,来去春秋。问王熬,头科头甲状元明第文修。上天津,下江湖渡,独岛中,孤翼飞鸥。太守文章,丛林溪木,广寒宫中沉浮。旧忆可追求,忧国忧已亦民忧,阳关唱,一声三叠,明月渔舟。

249. 浣溪沙

出水芙蓉半不羞,莲蓬十子一风流。花开花落九州头。碧玉珍珠珍碧玉,婷婷自主不回头。心心苦苦心修。

250. 满庭芳

一片芦花,五湖飞雪,两岸半是人家。运河杨柳,也是浪淘沙。水调歌头逐水,寒山寺,咫尺天涯。枫桥外,渔舟唱晚,叶叶自风华。　姑苏,三千载,长洲更易,至此无瑕。最夫差勾践,越馆吴娃。五霸春秋五霸,周太伯,留下咨嗟。三吴是虎丘孙子,尝胆剑池霞。

251. 春光好

去年春光如潮,百花里,舒舒似娇,李李桃桃蹊暗自梨树苗条。　今年似又重雕。再隔岁,似曾作樵,小子成翁成老子,一路金桥。

252. 西江月　开炉

四壁金砖铺地,三光日色成焦。相混玉石不消条,只见阴阳分秩。不以铅铅汞汞,保言道法神雕,千年一度一消遥,四象蓬莱密律。

253. 蝶恋花　冬至长

至日天公成一线,自以天长,始得天如面。已是群阴群已散,天天见时天天见。　岭上梅花初作倩。百步幽香,已过长江甸。再过十天泾渭遍,天长只以天公缱。

254. 清平乐　殿试　子直过省

南宫折桂,自是书生第。已入人间已入世,当见青云无际。　风云已自东西,龙门御笔先题,矢的枫宸第一,胪传已付希夷。

255. 减字木兰花,　四侄庭试

龙门龙藻,天下当然天下草。一部天桥,步步相邻步步遥。　文章多少,好在雕龙雕在好,十笔天骄,半世精英半世消。

256. 满庭芳　五侄赴当涂

半亩田园,三生日月,一步自立圆方。乌衣门巷,处处散书香。李白当涂捞月,青莲士,几易星霜,应寻得,清平乐里,未了小宫商。　相逢,无饮酒,先登蜀道,自度炎凉,不可从李白,误了书肠。若是英雄在此,天下路,自在扬长。江山见,杨杨柳柳,一度一文章。

257. 水调歌头

水调歌头唱,杨柳用心听。隋炀以帛交易。六渎运河灵。自此钱塘两岸,一路苏杭南北,处处有余汀,最是江都女,素描自丹青。　儒家教,玄元道,学心经,成人成事成已步步度长亭。何以人间留下,还有长

城万里,相比相承相议,渭渭泾泾,古古今今见,碧玉散余馨。

258. 风流子

高山流水色,梅花落,白雪已凋残。上楼庾信问,不侵潘鬓,运河南北,花月波澜。六朝问,一江宁鲍照,西子浣溪寒。芳草有情,夕阳无语,雁迁南北,人在青丹。　相逢还相别,又春花秋月,易易难难。梨杏牡丹桃李,先以花冠,待芳菲既过,红英结子,追邈日月,来去求安。争得人间当道,浑是云端。

259. 满庭芳　胡汝明罢帅

将帅平生,平生将帅,战前战后英雄,战争争战,一战两空空。　罢帅罢师罢战,天下事,事事无终,人人事和和战战,久久不相同。天兵,天一子,天津日月,海角威风,贮六韬三略,鼓角西东。竹帛无名彝鼎,犀节指,自主由衷。如今是田旗堰帜,万里作飞鸿。

260. 玉漏迟

杨花寒食路,晴丝胃日,雨云烟雾。或有微风,南北运河朝暮。柳絮秋千不住,过墙土,听刘郎赋。邻不阻,作黄粱梦,月明如许。　隔壁如作藏娇,且剪了青丝就当神女。有约相期,莫把无人相数,当是一墙之隔,有空处,声声倾许。君已度,黄昏杏花如雨。

261. 行香子　自述

寻得红尘,误了初新。百花时,还

待绿茵。梅花落里，白雪阳春，有黄花开，碧螺女，小桥滨。　太守文章，题名今古，且陶陶已近天真。几时归去，不作闲人，十万诗词，万天频。

262.玉楼春　雪中抱炉听琵琶

玉女传书传玉女，汉武一线汉武语。琵琶一曲问张良，四面埋伏虞姬如。鸿沟两岸何分虑，刘项项刘何相瞩，未央宫中曾闻火，不度乌江垓下楚。

263.瑞鹧鸪

榴花小院自红红，倒挂金钟各不同，百隙深藏深不露，分成一树各西东。层层落落分层落，叶叶自在衷自在衷。子子宫中多少粒，无知自是已无穷。

264.卜算子

出水一芙蓉，玉立婷婷顾。一半人间一半踪，不必谁分付。　岁岁自相逢，处处人情住。处处分宫处处封，结子年年度。

265.又

碧碧菱荷红，波波兼葭浦。点点风云点点霞，点点幽幽雨。　水水已由衷，草草谁分付。小女盈盈小女渡，莫以情情许。

266.减字木兰花

花花草草，只在身前身后好。自在逍遥，且上秦楼学玉箫。　凤凰曲了，小小知音小小。弄玉娇娇，水月当春水月潮。

267.夜行船

以酒风华知太白,半青莲,不闻阡陌。明月当涂，夜郎自大天下檄文谁泽。　不问去来王者客，故秦楼，穆公难策。举案齐眉，兰桥药就，萧史萧何情魄。

268.雨中花　取晏殊体

太白青莲饮酒，不堪皇城回首。解取金龟金自足，天下皆朋友。　自得人生无饮酒，每日是七八诗守。两万日，含辛茹苦好，长短亭杨柳。

269.又

小雨桃花红就，点点珍珠盈袖。只是春云春露水，叶上不相守。　只有春情春依旧，处处是，女儿亡手，莫可惜，待成蹼再见，不必人回首。

270.好事近

不是不归期，不是是归期如至。不是不归期至不归期非至。　归期不是不归期，只是是非至，是是非非非是，是非归期至。

271.又

是是是非非，是是非非是。非是是非非是，是非非非是。非是。是非是非是。非是非非是何非是。

272.朝中措　回汴京

临安千里汴京都，何以运河芜，一半阴晴天气，苏杭一半江湖。　柳杨两岸钱塘色，同里向姑苏，山阴会稽文化，儒生已在三吴。

273.春光好　寒食过淮

秦淮不止无休，一古寺，瓜洲渡头，二日清明寒食雨，应在扬州。　行程谁定行舟，望阡陌，隋炀杨柳，三月运河平岸流，一半春秋。

274.魏杞　虞美人

春花秋月何时了，往事知多少。风风雨雨自潇潇，见得虞姬帐下别人娇。　鸿沟两岸江山小，垓下分封早。未央宫里未央霄，兵马如潮将帅二世消。

275.卜算子　夜泛镜湖

一叶镜湖舟，半庠文姬酒。留下胡笳十八拍，未了曹公叟。　曹丕燕歌行，洛水陈王道，不作江山社稷首。

276.陈知柔

人月圆

人月圆了随时改，缺缺胜圆圆。方圆已是，圆圆缺缺，缺别弦弦。

277.王识

水调歌头　观星　制浑天仪

举目银河岸，北半七星明。两仪四象分界，八卦纪天平。见得南宫列宿，指北针前一线，日色可相倾，计算应分度，风露己三更。　凌空阁，龙角正，已旋衡。天孙领略南北上下界君平。自是儒生推演，易里江山对应，掌上点点难清，久久人间目，岁月可倾盟。

278. 许庭

临江仙 柳

已满运河南北岸，苏杭一半温柔，垂垂拂拂十三州，阴晴同草木，日月共春秋。　　不以高低成不以，无须上下风流。东君未至已扬头。河边河见得，六九六先修。

279. 又

以帛隋炀先换得，运河两岸萋萋。长亭十里自辛荑。　　昭阳昭日北，玉女玉门西。　　万叶千条旗帜久，依依自度东西。维维系系向低低。风流风不止，日色日光霓。

280. 又

五斗陶渊明五斗，书生不是书生，弃弦一木弃弦声，原来原未济，自作自声鸣。　　自得春枝皮肉界，儿童作笛先声，歌歌曲曲是人情。三春心已定，六夏色青明。

281. 又

濡水都门留自得，东君折了西君。文文化化寄文文。年年年不尽，路路路纷纭。　　别别离离离别别，攀攀折折分分。条条不尽日嚁嚁，何时何见得，有折有痕纹。

282. 邵某

清平乐 自述

孜孜不倦，苦苦追求见。格律诗词今古面，作得南北飞燕。　　平生七八十年，退休二十余年，天天工精十首，当然七万篇。

283. 又

刘郎去日，只道长安客。少小家乡阡又陌，刻字泰山白石。　　燕山学唱歌，中年又去汨罗。不解三闾大夫，湘灵鼓瑟江河。

284. 陈祖安

如梦令 湖光亭

一片湖光山色，十里云峰家国。何处是长安，不在杭州南侧。南侧，南侧，不仄仄平平仄。

285. 王十朋

二郎神

龟龄顾，指点处，辛辛朝暮，进士第一龙图阁路。阡陌见，书生知故。何以三千年外赋。兴废里，人间普渡。禹传夏，商周继续，帝帝王王遭遇。云雾，云云雾雾，云中生雨。雾迷水山珠凝作露只容易，可君人步。太白当涂捞月误，又岂是，长安饮寓。都为只，天生我才，蜀道难登分付。

286. 点绛唇 酴醾

野态情姿，含苞欲放春长久。自随杨柳，不忍攀香手。　　且问东君，几度梅先后。应如归，只知谢守水月风流酒。

287. 又 咏十八香 异香牡丹

一半春潮，谁言十八香中少，牡丹应好，洛水长安老。武曌临朝，只向隆冬葆。同春草，异香知晓，留得陪君了。

288. 又 温香芍药

只在人间，香香不作群芳主。有情如数，胜似神仙女。艳艳姿姿，抑抑扬扬舞。当渔父，问乌江羽，子胥吴王府。

289. 又 国香兰

竹菊梅兰，当君自得当君客，陌阡阡陌，已见周太伯。　　一度轻寒，冷冷香香帛。丝绸格，以心从魄，自以天山脉。

290. 又 天香桂

已是中秋，吴刚伐佳吴刚老，一年多少，桂子惊时晓。　　不见嫦娥，后羿何时好，知情了，以香知道，不作狂飞鸟。

291. 又 暗香梅

白雪寒冬，红梅一点藏难了，暗香香纱，一夜知多少？　　已是冰封，傲骨朝天好，红颜晓，只须人老，意意情情早。

292. 又 冷香菊

九月重阳，黄花一片黄花好。茱萸多少？只待人情老。　　冷冷香香，胜似西风早。枫叶晓，共同天道，且以酬勤道。

293. 又 香茶蘼

小叶平平，尖尖细细尖尖小，一情多少，品品评评好。　　玉玉英英，比比邻邻早，雾雾云云晓，胸前了，细柔轻葆，碧碧螺螺桃。

294. 又　妙香檐卜

近得如来，香香袅袅香香好。以心经晓，色色空空了。　近得观音，世态炎凉少。人间道，去来今纱，步步昆仑草。

295. 又　雪香梨

一树梨花，春来结子知多少？草花花草，结子知多少？　百岁人生，三万六千早，天天晓，二千字好，作得终生道。

296. 又　细香竹

细细纤纤，云云雨雨珍珠潜。一光争艳，半雾朝朝沾。　叶叶悬悬，自自相相赡。何成荣，节高先念，独独丛丛敛。

297. 又　嘉香海棠

子子垂垂，因因果果花花就。燕来时候，杏杏桃桃柳柳。　小小微微，夏夏春春守。甜酸口，一生回首，品味谁知否。

298. 又　清香莲

内外西湖，西湖只在西湖里，是钱塘此，故事称西子。　六合三吴，处处莲花姊。芙蓉比，已经出水，作度人间美。

299. 又　艳香茉莉

日日炎炎，明皇已在长生殿，一茶香院，处处情情见。　茉莉沉淀，品品评评面。杭州院，女儿心甸，曲曲歌歌恋。

300. 又　南香含笑

一半杭州，林和靖问谁知晓，过杭州了，木槿南洋晓。　暮谢朝开，独自红红老。红颜好，一心多少？藕藕丝丝早。

301. 又　奇香腊梅

腊月梅花，林和靖问贤良少。是梅妻好。日月天知晓。　鹤子当道，白雪阳春道。藏娇处白红分晓，不待人情老老。

302. 又　含香水仙

水水仙仙，东君不向梅花道，一春同好。步步元元了。　岁岁年年，只向春先早。黄心老，一枝人晓，不以香香小。

303. 又　素丁香

素素丁香，阳春白雪阳春早。一丛三小，白白香香好。　叶叶扬长，点点幽幽晓。墙中少，与梨花道，不可同春老。

304. 又　瑞香

自是如来，人经作了平生路，瑞香分付，共与同朝暮。　自是观音，普普人人渡。人人渡，瑞香分付，处处行行步。

305. 南州春色

清溪岸一株梅，南州光彩，独立向春催。不是东君知不到，执意草花媒。已任天寒地冻，三冬风暖，心上早先回。　更待明年首夏，当然结子，甜至酸来。金鼎瑶台，曹操军在应止喝，无须疑猜。自作南州春色，都是此中来。

306. 刘大辨

失调名

龟龄多少功业，进士第一判官。

307. 吴淑姬　湖州人　王十朋守湖州时犯科

长相思令

云霏霏，雨霏霏。一鸟湖州鸟不飞，是非不可归。是是非，是非非，腊月梅花暖气微，心扉似柴扉。

308. 程先

锁寒窗

一半红尘，红尘一半，父兄不断。英雄一半，一半英雄兴叹。望曲江，白居易诗，离离原上离离翰。几兔葵燕麦，东山东隐，向池中算。　空被多情乱，父母难全，步杨柳岸。人间自是，殉节平生如冠。再相逢，天下太平，宋挥玉斧重再唤，我应来，且以兰亭，古古今今看。

309. 朱耆寿

瑞鹤仙　寿奏伯和侍郎

自求求索索，向天机相托，当以龟鹤。心声可如若。已云舒云卷，登滕王阁，王勃飞鹊。八面观，四方相约。洞庭湖上客，鄱阳来去，庐山东郭。　相约。年年岁岁，禾黍离离，以民生博。沟沟壑壑。今古事，有韬略，上上中中下下，时时分合，处处思思择择。以房谋，杜断风云，六合收获。

310. 石安民

西江月

九月重阳九日，茱萸伴得黄花，香香不尽入人家，不语西风西下。落叶今年已去，明春再储新芽。同同异异共桑麻，又是秋冬春夏。

311. 刘镇

贺新郎

步步神州路，一步步，阡阡陌陌，来去朝暮。日日有朝朝，暮暮，岁岁云云雨雨。南北顾，如何分付。去日今天明早度，是三生，前世当前度，来世许，又朝暮。非非是是同朝暮。不相同，相同有是，是非朝暮。一半人生人一半。不尽分分付付。同岁岁度，年年还度。不入其中其不入。度今天，去岁明年顾，今自在，古难故。

312. 天香 对梅花怀王侍御

漠漠江湖，迢迢驿路，遥遥是长亭暮。木木林林，丛丛簇簇，白雪阳春分付。寻寻访访，梅竹菊兰花相顾。旧酒新瓶绿蚁，葡萄越姬相度。孤情不甘冷落，绝句只吟三句，且以君心补足，鉴留清赋。尽以明皇力士，念奴在，声情并茂数。直以成城，方明如故。

北宋·宋徽宗赵佶
柳鸦芦雁图

读写全宋词一万七千首
第二十五函

1. 魏掞之

失调名

有天师，无着眼，作门户。拾得寒山有钟鼓。儒家自主，步步玄元远近，老子在，孔丘在，如来宇。

2. 曾协

点绛唇　送李粹伯赴春闱

一路龙门，三生古刹来相住。六花无数，半部天书故。太守文章，五品郎中暮，前行步，诗词名句，自以朝天赋。

3. 又　芍药

本是同科，弟兄姊妹相常误，牡丹何妒，不以桃花故。　不在江河，只在花园路。君知否，一春幽住，十里扬州暮。

4. 浣溪沙　芍药

一寸红华七寸香，纤纤楚女玉腰黄，金金凤沼主人藏。　六合钱塘钱六合，红妆处处是红妆，鲜鲜艳艳满天堂。

5. 秦楼月　久别海陵诸公

秦楼月，江南百里分吴越。分吴越，长安泾渭，南山北阙。谁留五祖归时谒。应无一物何离别。何离别，滕王阁上，见以王勃。

6. 桃源忆故人

朝朝暮暮人生路，去去来来步。日月互相相互。春夏秋冬度。　无端画角重分付，星月同明同数。今古赋，桃源何处？只以武陵南渡，何必长安路。

7. 踏莎行

柳柳杨杨，杨杨柳柳，朝朝暮暮行行走，年年岁岁自枯荣。春春夏夏秋冬守。　九九重阳，重阳九九，风风雨雨谁知否？成成就就作人生，朋朋友友何言酒。柳柳杨杨，杨杨柳柳。朝朝暮暮行行走。年年岁岁自枯荣。春春夏夏秋秋守。九九重阳，重阳九九，风风雨雨谁知否？成成就就作人生，朋朋友友何言酒。

8. 凤栖梧　西溪道中作

柳下梅花三弄故，见了东君，不问尘寰路。夕照黄昏西溪，渺渺人无渡，客子光阴迷津误，不知何见何分付。

9. 祝英台　和牡丹四真韵

百花开，千叶碧，应是东君意。过了清明，芳以牡丹至。不知多少红颜，共黄橙纪。犹白暂，透明肌试。最无恋，刘郎已去桃观，留下人间忌。玉老田荒，书生莫放肆。于精于正还工，此如如致。终不是，是非无秩。

10. 水调歌头　送史侍郎

日复如何日，年复似何年。江南塞北天下，已见运河船，两岸杨杨柳柳，水调歌头唱遍，处处有红莲，当以良臣送，世上好桑田。　钱塘水，苏杭院，雨云烟。临安左右相见，日月两三泉。不似长城内外，远近阴山草木，不得不苍然。指点心中策，万里共婵娟。

11. 又

日复如何日，年复似何年。杨杨柳柳应见，小大自当然，草草花花开落，去岁难同来月，事事古难全。最是人常老举首望长天。　运河水，江南岸，好桑田。　钱塘六渎秦泗淮水雨云烟，一半天堂一半，五百僧中罗汗，自主自方圆。只要头颅好，世上作源泉。

12. 酹江月　扬州菊坡席上

运河两岸，见钱塘杨柳，隋炀成市。以帛经商贸易，连六渎东吴水，旧观重还，层楼无止，再以繁荣起。小春时节，绮罗丛下红紫。　　彼此好坏难分。楼船南下，浃扬州千里，好900头颅仍豸砥。咫尺败成相耪，帝帝王王，有谁清静，三宫六院姒。藏娇尘址，史官何以应指。

13. 又

人间野史，有人间传尔，人间所视。野史当然不野志，留下继承身世。正史无正，匈奴相望，胡汉李陵视。已知苏武，生儿育女成子。　　孰是孰非原毁。年年岁岁，界边疆千里，天下莫非王土止，尽是公侯所指。北寒南烟，门关外，何以朝天宪，红尘归路，会稽长洲何以。

14. 水龙吟　别故人

江东越越吴吴，运河千里扬州路，花花草草亭亭阁阁，朝朝暮暮。剑剑书书，文文武武分分付。瘦西湖上岸，玉箫初起，楼上月，花中露。　　日色鸳鸯如步，作元臣，自乘风度。杨杨柳柳，官官驿驿，回回顾顾。自在人间，行行事事，平常如故，以山山水水，飞飞落落似成鸥鹭。

15. 郑庶

水调歌头

日月钓台集，草木共秋春。严滩水芷芝蕙，四面一经纶。已见渔翁垂线，鼓案钓钩已去，不可再朝钓。留下胸中策，舒发作兴臣。临安计，泾渭度，一天津。南南北北天下社稷净风尘。自房匈奴作寇，再了中原米宿，又作富东邻。是以开封水，付与富春人。

16. 曾逮

好事近　自述

一岁一青，简简繁繁同享。树树枝根多少，叶生还枯养。　　人言五亿叶方扬，俯仰数方向。数方向。格律诗词留下，对玄应玄奘。

17. 王炎

菩萨蛮　江干

潮潮汐汐天成线，边边际际云浮见。水净一江山，岸平三界颜。　　长空飞去燕，玉宇曾如面，有曲唱阳关，长安何再还。

18. 梅花引　七体

朝相思，暮相思，朝朝暮暮总是思。天无知，地无知，她你我中，情长情自知。　　寒梅惊破衣衫雪，东君闻得群芳节。未春时，已春时，梅花落时，是红尘故时。

19. 毛滂

水调歌头

同里千年水，平望十三州。钱王自在吴越，半上米公楼。皮日休生故论，拙政龟蒙陆苑，不尽大江流。不问夫差志，勾践馆娃羞。　　西施去，商鞅省，范蠡舟。女儿自以歌舞身价胜王侯。自此江南江北，又是江东江左，一女一春秋。奇货谁居得，贸易已无休。

20. 又

水调歌头唱，汴水到扬州。隋炀帛易杨柳，自此运河流。两岸钱塘一路，六渎秦淮泗睢，天下共春秋。只以头颜好，不似帝王侯。　　千年去，三载尽，自回头。姑苏创办中国新加坡园筹，中国财团首，光耀显龙共济，改革开放舟。记取丝绸路，一带一无休。

21. 又　送周元特

一送周元特，半忆管夷名。英姿一半江左，自在请红缨。敢取单于首级，足踏胡兵帐布，独马作精英，已破阴山阵，再建贺兰营。　　知书剑，同日月，共阴晴。长安渭水南北一水一河平。到得潼关泾渭，八水相倾合一，万里只东行。野史江山野，正史吏官成。

22. 又　次刘若讷韵

一度刘夫子，十载庚兰成。文章太守留下，十万首诗生，已过全唐五万，作者二千三百，以此一人城。格律精工对，赋比怨观情。　　诗经始勾践竹，燕歌行。文心雕龙三曹七子永明成。自此骚人过客，立马乌骓渔父，耳目洗功名。日月江山在，草木要耕耘。

23. 秋蕊香

作得人间杨柳，不以功名人口。人人处处知杨柳，见以人春先后。　　江南江北中原首，重阳九。江山社稷可知否，应是文章太守。

24. 满庭芳　自宛陵易倅至东阳　留别诸国僚　PaPua New Guinea 16/1-2019

一雁飞鸿，南南北北，自以自在春秋。人生无定，世事亦无休。苦苦辛辛日月，天下路，似五湖舟。风云处，乾坤朗朗，水月有沉浮。　　悠悠。来去见，荣荣辱辱，不以相留。也成成败败，不负沧洲。只以朝朝暮暮，山屹立，水向东流。惊回首，平生不老，独步上江楼。

25. 又

一水东流，弯弯曲曲，日日有沉浮。载船承物，万里有归舟。见得杨杨柳柳，年岁里，自得春秋。江山里，人人世世，史见帝王侯。　　休休。谁不得，今今古古，我去公留。共朝朝暮暮，也共江楼。二月春风已至，黄绿色，九九惊头，西风里，来来去去，何以仲宣楼。

26. 又　行次四安　前韵

一水沉浮，三秋落叶，百渡不是归舟。莫以千金聘楚，谁道日，万户封留。功名也，人间年耳目，已尽十三酬。江流，杨柳岸，荷蓬桂子，不问江楼。八月纯鲈脍羹，听碧玉，水调歌头，姑苏女侬侬细语，情已到扬州。

27. 渔家傲

岁岁年年人已老，渔家傲里渔家早。日日行行行未了。长亭草，前程路上知多少？　　去去来来人似鸟，朝朝暮暮情方好，地地天天何小小。谁不晓，家家户户谁知道。

28. 好事近　南园梅

步步问南园，处处繁繁芳草，已是梅花三弄，不见飞来鸟。　　八仙过海各方圆，日月知多少？阮肇山中相见，几何人间老。

29. 贺新郎

只在南园里，已惊心，梅花落了，杏梨桃李，更是从花花草草，六色红红紫紫，咫尺是，春云春水。万物生机生万物，以繁荣，岁岁年年比，还是似，不非是。　　来来去去言何水，去年流，今年不止，隔年还此。只以源泉曾不尽，所以无休不止。皆不是，何当如此，逝者如斯还来几，去来间，事事人人是、非是是，是非是。

30. 念奴娇

览辉亭上，并吞处，古树成云，鸥鹭。远近三山连二水，不是六朝如故。一半台城，还闻梁武，放弃江山路。赎世天竺，如来如此分付。　　莽莽一片孤城，石头应未了，人间当数。屹立钟山，秦汉尽，建邺金陵云雨，又秣陵雾，归舟何以朝暮。

31. 又

年年花草，岁岁是，由得东君分付，柳柳杨杨先染绿，自以黄青半度，寒食清明，桃桃李李，暗自成蹊路。幽幽细雨，如烟如雾如露。　　见得古古今今，少年非草木，寻人生路，太守文章，飞将军，敕勒川前何顾，一半英雄，贺兰山一半，向天山步，剑书书剑如今如古如赋。

32. 又

十年湖海，一载步，自作人生今古。记取羊公终在处，砚首他年风雨。去去来来，磨磨灭灭，作得飞鸿羽。英雄独具，大江何去无主。　　已见万里黄河，取收千水注，平流如鼓，四海三江，天地问，莫只唱黄金缕。三叠阳关，潼关泾渭水，北南东浠。作中原主，未成东海龙虎。

33. 又

少年多志，去来是，不必思前思后，步步行前行步步，日日朝朝暮暮。射虎燕山，文章太守，处处垂杨柳。江南塞北阳关三叠丝路。　　炀帝有好头颅，运河杨柳树，天堂分付。一半苏杭，天下税，一半钱塘之故。到了扬州，廿四楼月夜，玉箫诗赋。声情双茂，人间如此如度。

34. 又　溪堂

渊明摩诘，李太白，天下垂垂杨柳，客有阳关三叠唱，四海朋朋友友。渔父乌江，吴门子胥，一度英雄手。谁言刘项，鸿沟南北知否？　　水月万壑回流，见千峰独秀，黄河壶口。一水中原，同逐鹿，古古今今收受，大禹传家，至秦皇汉武，以长城守，运河南北，隋炀因水成首。

35. 又　记梦

少年多梦，老年梦，事事人人如梦，本是黄粱多少歌，利禄功名一洞。

武曌王朝，臣臣子子，酷吏请入瓮。江山留下，千年因此人众。世上草木繁繁，又阴晴处处，长亭相送。回头枯荣，从日月，暮暮朝朝三弄。百岁人生，如今如过去，未来由衷，古今前后，何言谁挖何控。

写于巴布亚新几内亚省高尔夫，基科里

国家经济自由贸易开发区

36. 满堂红　巴新别韵

已到巴新，基科里，丛丛林赋，棕榈木，高耸天宇，不分朝暮。基科里风流阔阔，兰山满满咖啡树。赤道南赤道北炎暑，谁分付。　　木槿色，红白度，长蕊基，相倾顾，已朝天展展，也倾倾许。俯仰成全心所欲，云云雨雨时时注。无四时，只旱雨两季，年年数。

37. 又

麦可沙龙，巴新朋友，彼彼此此枯荣。北京中国，基科里河城。已过南洋赤道，丛林里，原始村情，儿童是，星星小小，也有女儿情。　　油身涂粉面，波波相送，以草裙明。赤足身体露，怯露深盟。男子槟榔红齿，黑皮肤，黑口里晴，声声啸，天天地地，莫以富贫生。

38. 水龙吟　基科里

丛林处处丛耸，山山水水河河路，波罗格木，椰林棕榈红檀巨树，万里云天，千年今古，如何分付。见儿童瘦小，裸身妇女，男子守，寻常故。　　水漫兰天云雨，一时来，

一时还去，一时急聚，一时和细，柔柔顾顾。寄以深情，赏还来去，与人相度，见枝枝叶叶，繁繁向上直直入云雾。

39. 渔家傲　又

原始森林原始暮，丛丛花草不丛丛顾。不分春秋兴衰路，枯荣故，年年不尽年年数。　　世界方圆七分水，巴新以此江流付。处处金枪鱼遍布，第一数，和和气气微微雨。

40. 江城子　基科里　PAPVA NEW　GUINEA

红黄绿白黑，湖河，万年波。万年波，原始森林，土地故人多。处处黄花梨木树，新世界，近棱罗（印度尼西亚国河）。　　兰山沼泽旧家坡，一情歌。一情歌，棕榈椰香，水月草裙娥。扭扭招招还摆摆，男赤呈，女儿裳。

41. 又　小吴　吴阿明 Oirek 子轩同访基科里河

吴吴迪充子轩兄，共枯荣。共枯荣，赤道炎炎。热浪扑面生。日照红颜红未止，脱皮苦，笑人情。　　风云突变雨相倾。　半阴晴，一阴晴。小小飞机，只在云中行。相对排临无编号离原始，入都城。

42. 又

丛林板屋一鸣禽，半乡心，万森林。原始村庄，赤足不衣襟。露体空身如竹木，朝暮见去来琳。　　金枪鱼岸有黄金。有甘霖，有兰岑，也

有咖啡，万里海洋深。原始资源丰富极，千载古，十年今。

43. 画堂春　又

基科里水万年平，丛林沼泽相倾，灯灯火火不分明，缺电求生。　　自古上如今日月，阴晴草本枯荣。可怜苦苦可同情，寄予天盟。

44. 风流子　又

黄花梨树外，菠萝格，檀香木丛生。色色各相异。高高自取，土水差别，吉景分明。古今木，万年千载易，兴朽不声盟。应自朝天从无低首，枝叶繁荣。　　芳菲芳草地，独木见，处处可见林成。木槿翻红向日，朝暮深情。天堂鸟飞云，也作花明，十年之后，世界人惊，只要资原丰厚，地破天惊。

45. 浪淘沙　又

雨季雨霏霏，旱季依依，巴新土族已回归。原始村庄原部落，翠翠薇薇。　　木槿似杨妃，开了心扉，天堂小鸟自由飞。处处丛林处处，映日光辉。

46. 醉落魄　又

暮朝朝暮，巴新只取一棵树，千年生长独相付。万贯资财，未了南洋路。　　基科里是开发区，麦尧沙龙与我度，新村自在与人住。土著江头，古木沉金务。

47. 眼儿媚　又

细云微雨淡无痕。残月隐古村。红红木槿，黄黄白白，寂寂黄昏。　　鲜鲜艳艳何人见，独独问慈恩。生

生长长，年年岁岁，维维家门。

48. 谒金门　又

天一半，丛林河流一半。基科里水多浩潮。四望无边岸。　水在林中不断，林在水中不断。沼泽年年自古曩。故人在汉漫。

49. 又

何求索，草草花花如约。自古人间人无郭。苦居古部落。　都是从天经络，年岁如来似若。回首乾坤成一角，大江潮又跃。

50. 玉楼春　又

朝天直直三千雨，一半云冠一半雾。风光独立只逢人，分枝末节从。不顾。棕榈黄花梨香树，槟榔木槿沉香遇。最是椰林高子生，年轮留下岁步步。

51. 又

太平洋里近千岛，印度尼西亚边小。巴新独立已逢生，小小黑人先自老。树木年轮数多少，原始酋长国家少。同类同宗已无从，共度共享资源好。

52. 蝶恋花　又

沼泽丛林同一路。去去来来，已始同船渡。同德同心同步步，贫贫富富同分付。　水水平平朝又暮，有了资源，自以当然故。岁岁年年云与雨，从今已始人间数。

53. 薄幸

小村河畔，三百步，基科里岸。一直木，生机勃勃，尔许云波霄汉。为近天，扬首成心，丛林已约平生干。

玉宇分阶招，茵门原始，不见人生不难。　赤道线，两和旱，分两季，阴阳两半。以当今消息，牛郎织女，只应银河花前冠。以心相看。是男儿秀女，朝朝暮暮不散，歌歌舞舞叶叶花花不断。

54. 应天长令　又

河流一半丛林半，赤道三生人两岸。雨云天，应难断。日日轻轻急急换，确如娇女面。门外容貌不乱。不必愁愁怨怨，一年年计算。

55. 点绛唇　又

月色流明，女儿心上多思恋。金鸡三遍，一树栖巢燕。　无限思量，有意从新见。河滩堰，槟榔树下，明月重相便。

56. 瑞鹤仙　又

角楼清昼凓，丛林晚，木槿红红颜足。羞羞怯怯如玉，见槟榔，举首高高已熟。江村秉烛，远流光，容易洗目。女儿归去有无数弄禽，散入笒竹。何以云云雨雨，织女牛郎，草裙歌舞。会鏧会促，求情处，两波逐。似瑶台今古，檀香终在，生生命命常断续。半层堵，独木成林，年年自绿。

57. 满江红　又 PAPVA NEW GVINEA

一半丛林，一半水，基科里岸。木槿蕊，丝丝朝上自扬扬旦。过了南洋南赤道，从无现代从无断。有古今，自有发展观。年年算。　这世界原始叹。这人类，重新看。这巴新

木槿，似如王冠，艳艳鲜鲜天下断。朝朝暮暮骄阳灿。已年年，社会向前途，人间赞。

58. 燕山亭　又

海海洋洋，雨雨云云，只以阴阳徐转。霞散锦舒，密密幽幽长空，百花开遍。一国嫣然，已记取，河图曾见。天伴初世界，骄阳九日遍。　深海相邻相知，有寻附人生，如如双燕。共取同因，且入龙宫，应符陆灵恩怨。天海光中，且更待，以人重看。何恋。天下路，重开两旬。

59. 番禺调笑　句队

盖闻五岭分疆，说番禺之大府；一尊属客，见南伯之高情，摛遗事于前闻，度新词而屡舞。宫商递奏，调笑入场。

羊仙

黄木湾头声闃然。碧云深处起非烟。骑羊执穗衣分锦，快觌浮空五列仙。腾空昔日持铜虎。嘉瑞能名灼前古。羽人叱石会重来，治行于今最云雨。云雨。帝王府。黄木湾头来去语。山羊执穗人生宇，拭目琼崖烟树，天涯海角成今古。一柱撑天红土。

60. 药洲

传闻南汉学飞仙。鍊药名洲矬堞边。鑪寒窑毁无踪迹，古木闲花不计年。惟余九曜巉巖石。寸寸沧漪湛天碧。画桥彩舫列歌亭，长兴邦人作寒食。寒食，绵山石。草草花花如所织。阳春白雪梅林碧。鹿回头时陈迹。

边州界天云烟籍,镇海楼台何易。

61. 海山楼

高楼百尺通严城。披拂雄风襟袂清。云气笼山朝雨急,海涛侵岸暮潮生。楼前箫鼓声相和。敢敢归榼排几柁。须信官廉蚌蛤回,望中山积皆阡陌。阡陌。人间客。古古今今多恩泽。五羊城里英华策。云想雨思江脉。清风明月总无隔,海鸥飞落不惊舶。

62. 素馨巷

南国英华赋粲芳。素馨声价独无双。未知蟾桂能相比,不是人间草木香。轻丝结蕊长盈穗。一片瑞云荣宝髻。水沈爲骨麝爲衣,腻馥三熏亦名世。名世。天光赐。南北岸堤何不易。运河只是头颅事。蕊蕊缕缕生意志。江门海口香肌寄,腻馥沉香心字。

63. 朝汉台

尉佗怒臂帝番禺。远屈王人陆大夫。只用一就回倔强,遂令魋结换襟裾。使归已实千金櫜。朝汉心倾比葵藿。高台突兀切星辰,后代登奏音乐。音乐。何求索。盖海垂天滕王阁。海南飞渡人相约。好似梅梅鹤鹤。朝朝汉汉心倾略,不见长安飞雀。

64. 浴日亭

扶胥之口控南溟。谁鑿衡尖筑此亭。俯窥贝阙蛟龙跃,远见扶桑朝日升。屭楼缥缈擎天际。鹏翼缤翻借风势。蓬莱可望不可亲,安得轻舟凌弱水。弱水。天无际。相去南北千万里,鲛龙贝阙无从止,拓胥扶桑,阳鸟轨。

淼淼晨光红紫。瑶台阮肇曾无已,是得鲲鹏子。

65. 蒲涧

古涧清泉不歇声。昌蒲多节四时青。安期驾鹤丹霄去,万古相传此化城。依然丹竈留巖穴。桃竹连山仙境别。年年正月扫松关,飞盖倾城赏佳节。佳节。灯明灭。来去阳春和白雪。安期驾鹤朝天阙。桃桃李李圆缺。成蹊梅柳何优拙,见得豪豪杰杰。

66. 贪泉

桃榔色暗芭蕉繁。中有贪泉涌石门。一杯便使人心改,属意金珠万事昏。晋时贤牧夷齐比。酌水题诗心转厉。只今方伯擅真清,日日取泉供饮器。饮器。贪泉次。人乳涓涓非母意。李陵苏武何人事。成成败败各狂易。燕山射虎谁记,越叅肃吴王应筯。

67. 沈香浦

炎区万国侈奇香。稛载归来有巨航。谁人不作芳馨观,巾箧宁无一片藏。饮泉太守回瓜戍。搜袭越装舟未去。蕙茝何从起谤言,沈香不惜投深浦。深浦。南洋主。一病方成再康辅。檀香自在如今古。投掷水中沉下。奇色比重黄金缕。如去如来如父。

68. 清远峡

腰支尺门代难双。雾鬓风鬟巧作妆。人间不似山间乐,身在帝乡思故乡。南来万里舟初歇。三峡重过惊久别。玉环留着缓相思,归向青山啸明月。明月。知吴越。三峡官渡惊水歇。

高唐神女襄王阙。宋玉瞿塘楚曰,云云雨雨江流泪,十二峰中子曰。

69. 破子

南海,千千载。处处丛林处处载。舰舰舟舟沉浮载。竹帛烟消不再,王王帝帝人间改,海海洋洋重载。重分载。三界载。一半沉香一半载。直林耸立依天载。飞凤惊鸾多载。年年岁岁自然载,不饮方台万载。

70. 遣队

十眉争艳眼波横。蜕袖回风曲已成。绛蜡飘花香卷穗,月林鸟鹊两三声。歌舞既终,相将好去。

71. 句降黄龙舞

伏以玳席接欢,杯瀲东西之玉;锦裯唤舞,钗横十二之金。咸驻目于垂螺,将应声而曳茧。岂无本事,愿吐妍辞。

72. 答

眄流席上,发水调于歌唇;色授裾边,属河东之才子。未满飞鹍之愿,已成别鹄之悲。折荷柄而愁缕无穷,剪鲛绡而泪珠难贯。因成绝唱,少相清欢。

73. 遣

情随杯酒滴郎心。不忍重开翡翠衾。封却软绡看锦水,水痕不减泪痕深。歌罢舞停,相将好去。

74. 句南吕薄媚舞

羽觞棋布,洽主礼于良辰。翠袖弓弯,奏女妖之妍唱,游丝可倩,本事愿闻。

75. 答

雨梦。且蛾眉有伐性之戒，而狐媚无伤人之心。既吐艳于幽闺，能齐芳于节妇。果六尺之躯不庇其伉俪，非三寸之舌可脱于艰难。尚播遗声，得尘高会。

76. 遣

兽质人心冰雪肤。名齐节妇古来无。纤罗不蜕西州路，争得人知是魅狐。歌舞既阑，相将好去。

77. 渔家傲引

伏以黄童年叟，皆是烟波之钓徒；青笠绿蓑，不识衣冠之盛事。长浮家而醉月，更辍棹以吟风。乐哉生涯，翻在乐府。相烦女伴，渔父分行。

词

正月梅花三弄，南洋北海渔人送。不以雕梁不画栋，黄粱梦。深情夜夜不入梦。思乡最是凰求凤。丛林古本青青众。总把渔钱沉酒瓮，无底洞，神仙醒醉谁人哄。

78.

二月河边杨柳色，群芳争艳飞鸿翼。赤道分开南北极。天公力，千年一度千年忆。　两两三三村落远，常闻大禹苍梧直。骤雨沧江宽阔渤，如九嶷沧流只向高低匿。

79.

三月春深花水月，梅花落里阳春雪。一半人情离又别，不见嫦娥圆或缺，寒宫切。孤灯夜下多明灭。西塞山前渔父问，桃花流水梨瓜结。白鹭高低飞不绝，神仙说，孤玄独步瑶台子。

80.

四月荷线初已结，园园碧碧珍珠洁。戏水鸳鸯双影悦。蜻蜓窃，鱼钩竿上偷偷啜啜。　滟滟鳞鳞波阔阔，云云雨雨分难别。一两江舟循岸折，杨柳抉，系船不定人心谲。

81.

五月莼鲈应不老，微微细火炉中好。慢脍碧螺春极品。江湖鸟，洞庭山上知多少。一水淞江连沪海，黄天荡里烟云草，已是长洲长岛小，千载了，姑苏城外寒山道。

82.

六月江天荷正好，芙蓉出水婷婷晓，只是采莲情未了。黄昏早，女儿不隐双波草。　沐浴难成羞不隐，满身珠玉波光小。白藕莲菱应不老。舟缥缥，女儿只在船边悄。

83.

七月澄江千叶落，长吟岛上西风约。已是红蓼红不索，飞来鹊，人间步步清清若。　一雀穿空飞不住，沉浮鷁鷁双双掠。岸上闻鸣闻立鹤。天下诺，簑衣两目观鱼跃。

84.

八月运河南北岸，簑衣且把金章换。一半丝纶，天一半。莲蓬畔，桂花结子香香散。且向广寒宫中问，吴刚不叹嫦娥叹。后羿回头回不断，心已乱，八阳射取重阳算。

85.

九月重阳重已见，黄花处处曾开遍。岁岁年年归去燕。南北恋，明皇上了长生殿。　弟弟兄兄多少路，夫夫妇妇何如面。采得茱萸相寄茜。乡一片，天天不变天天变。

86.

十月苍梧天下去，湘灵鼓瑟神仙女。斑竹青青多少语，吴与楚，桔洲四面相思处。　白首垂纶垂钓钦，沙鸥俯仰常相如。半向江南江北驭。惊白茹，沧沧浪浪天公誉。

87.

子月江村江水暮，汨罗不是长沙路，纵纵横横天下数，苏秦不似张仪故。六国连横连不得，一秦嬴政坑灰误。吕氏春秋应不住。朝朝暮暮，江山社稷谁分付。

88.

腊月梅花冬已暮，东君未语东君数。为唤群芳群不妒，春风雨，香香雪雪桃梨树。　下里巴人从不误，高山流水知音故。古古今今今古付，君子路，年年岁岁由朝暮。

89. 破子

渔父问时霸王叹，江东八百兵子乱。项项刘刘秦已断，渔父唤，风云起处风云散。

90.

渔父问时子胥叹，经心一夜过关旦。

吴尾楚头鞭已乱,渔父岸,滩声不尽风云散。

91.
渔父问时渔父叹,人间未了英雄汉。略略风云风雨岸,渔父看,江山社稷分成算。

92.
渔父笑时天一半。飞舟水影总不断。一叶成家成汗漫。渔父笑,渔家傲里地一半。

93. 遣队
春留冬及一年中,杜若洲边西又东。舞散曲终人不见,一天明月一溪风。水绿山青,持竿好去,以上疆村丛,书本见盘洲乐章卷一。

94. 鹧鸪天
一半梅花一半春,三秦草木两秦津。弯弯曲曲黄河水,净了潼关净了尘。壶口落,望参辰。东流万里运河邻。长城起伏同朝暮,古古今今共故人。

95. 生查子
纤纤细雨来,草草浮云去。碧玉小桥边,悄悄吴家女,花花河畔开,纽纽侬侬语。有约莫前川,只在林深处。

96. 蝶恋花 巴新高尔夫省西高地省
赤道丛林飞白鹭,古木荫荫,铺筑前行路。土族裸身天下数,人间彼此原由步。　　四面临空临海故,铜矿黄金,水利川川度,最是金枪鱼富布,乾坤第一和云雨。

97. 减字木兰花 又 阳光海岸,人类第四潮
中华故国,春夏秋冬分四色,群鸟巴新,旱季长长雨季津。　　鲲鹏展翼,海海天天同信息。净净无尘,一海天堂一海滨。

98. 好事近
世上一巴新,原始国家相闻,资资源源丰富,未来多幸运。　　天天海海一经纶,土著莫须问,人类阳光和海,地天人相近。

99. 虞美人　莫斯比港
芭蕉滴滴丛林雨,瀚海飞鸥鹭,声声不尽问河图,五百年前土著似东吴。　　家家国国当然路,处处同朝暮。三千岁月一江湖,半是天然半是共扶苏。

100. 卜算子　巴布亚新几内亚
五百载江湖,一万年天路。半是丛林半是渔,铜水黄金数。　　处处菠萝格,处处檀香木。处处金丝南古株,处处人分付。

101. 江城子　又
千年日月一凝眸。未春秋,海沉浮。处处河流,此去不回头。自古丛林丛草木,原始态,落霞收。　　山山水水十三州。半层楼,半空楼。八柱层楼,四面望沧洲,赤道分成南北部,天海阔,海天优。

102. 减字木兰花　又
人人口口,处处丛丛天下首。处处江舟,处处开发处处手。年年久久,独木成林谁知否?气根求,气根收,枝干成根,根作千枝留。五百年中先后见,同日月,共沉浮。

103. 浣溪沙　又
资资源源第一流,阳阳土土海天收。开开发发始酬谋。雨雨云云千百度,文文化化少翁头。初心未抵月窥楼。

104. 望海潮　又
大西洋水,太平洋水,巴新世界资源,海海天天,海天一半。年年简简繁繁,处处有三元。木林半天下,草树萱萱。郁郁葱葱,赤橙黄绿,共宣言。　　天天海海方圆,世界原彼此,北胡南蕃,无际无疆,丛林赤道,年年默默无言,处处无城垣,也无名将守,岸岸毳毳。古古今今伊始,处处有轩辕。

105. 好事近　又
八百岛巴新,热带雨林成荫。赤道分成南北,海天方圆沁。　　太平洋外大西洋,处处已相浸,一海东西南北,只留人生任。

106. 清平乐　又
花花草草,不到巴新了。未及南洋人已老,留下诗词可好。基科里外洋潮,千年万里无消。古古今今日月,云云雨雨芭蕉。

107. 选冠子　又

雨雨云云，山山水水，赤道丛林如昼，炎炎热热带，万里海洋，赤体裸身依旧。资资源源，金枪鱼业，世界第一时候。矿物铜金富，水利丰守。　任此际，社会同享，天公开放，得天更独其厚。谷深河久，千尺落差，电力以此如阜。地利天时，一声惊世，翻得人间居首。今非昔比，莫以停手，知否，知否，无无有有。

108. 好事近　又

处处是丛林，海海阳阳云雨。一世天光如旧，半生人间与。太平洋外大西洋，八百岛盘踞。赤道风光朝暮，去来前程虑。

109. 鹧鸪天　又

一片波涛云底开，千光白浪云雨来。突然一线丛林岸，沼泽河流大地裁。来去问，暮朝回。不是人间不相催，飞机热带丛林俯，十载繁荣可再恢。

110. 浣溪沙　又

已去西高地雨又湾，赢缔省长共兰山。花花草草紫红间。　树树咖啡天子豆，林林木木唱阳关，人生直木不须弯。

111. 又

一岛开枪曼那斯，人间二战忆当时。华英美俄胜军师。　八百岛中多少问，三千岁月故人知。丛林赤道正逢兹。

112. 又　INDONESIA 意为印度西边的岛屿

印度尼西亚海西，两洋此处最深低。丛林赤道草萋萋。　世界六分洋海水，一阳已半作虹霓。天堂岛落几声啼。

113. 又

水色巴新一首都，莫斯比尔港珍珠，城城市市已扶苏。　一带中华中一路，文文化化是书儒，今今古古作兰图。

114. 清平乐　又

啾啾小小，呦呦天堂鸟，尾尾长长红黑晓，日日听听不老。　人间这里阳潮，丛林赤道天骄。大海深深大海，声声雨打芭蕉。

115. 生查子　又

天堂小鸟啼，木槿红颜丽。日月自东西，草木成门第。　丛林木不齐，赤道风云济。一带万年笺，一路千人世。

116. 思佳客　浣溪沙　又

一曲天堂一曲鸣，杨杨柳柳不高声。丛林处处半飞鸣。　唱唱吟吟曾不止，阴阴未了已晴晴，阳阳海海未来情。

117. 朝中措　又

枝枝叶叶自朝天，处处雨云烟。赤道丛林草木，繁繁简简川川。　风流日月，河流涌涌，处处船船。好是红红碧碧，山山水水源泉。

118. 又

丛林处处有河流，赤道不春秋，只以分成两旱，低低独脚层楼。　高高树树，朝天收地，不所无求。槟榔直直独立，支支柱柱沧洲。

119. 又

檀香一朽一檀香，万里半南洋。三代菠萝格树，黄花梨木名扬。　椰棕直立，玉守天章。独木成岁月，根根叶叶枝梁。

120. 又

云云雨雨云乡，旱季客家梁。雨季丛林赤道，檀虫自造馨香。　巴新港口，基科里水，已是牛蚝不响，天堂鸟好商量。

121. 又

天堂鸟落是天堂，曲曲好商量。如此天堂花色，颜颜已达严廊。　今今古古，来来去去，海海洋洋，过去如今来日，处处一半青黄。

122. 又

丛林处处作天堂，赤道鸟昂扬。落落飞飞一线。声名处处火光。　南洋南去，江河江水，源近流长。嘉纶与荆章。

123. 浣溪沙　又

一树撑天一树高，半洋海水半洋涛。三光日月两英豪。　赤道丛林丛赤道，天堂鸟唱过东皋，天堂花色作旌旄。

124. 临江仙　又

处处丛林丛处处，朝朝暮暮潮潮，云云雨雨半逍遥。层楼层四脚，独角独三条。　　赤道风光风赤道，消消热浪消消。阳阳海海一天骄。来来应不尽，去去也迢迢。

125. 又

北海南洋天下水，丛从赤道丛林。天堂鸟唱作知音，天堂花开色，木槿蕊惊心。　　一路方成方一带，成林独木成林。今今古古在今今，今今今古古，古古古今今。

126. 又

但作寻常事，我本灵堂人。平常人事事，事事客常常。独步寻踪迹，孤身作柳杨。

127. 又

人生人日月，一岁一枯荣。十万诗词首，三千格律城。康熙留字典，不尽佩文情，若以唐诗继，宋词自在行。

128. 江城子　又

丛林远远望兰山，是天颜，作人间。处处咖啡，处处水河湾。　　远近黄花梨木树，红豆杉，紫檀蛮。云风旷土玉门关，一云环，半人寰。海海洋洋鸟鸟向清鹛，自以天堂天上色，三万里，两千般。

129. 又

江如锦带水如明，自枯荣，几枯荣。原始森林，赤道热风情。独木成林成碧土，草裙英，舞声鸣。吕年年岁岁自阴晴。不耕耘，未纵横。雨雨云云，海海一潮横，若以芒果椰子水，甜密密，意倾倾。

130. 醉蓬莱　又

印度尼西亚，巴新独立，同朝同暮，四十四年，未了人间路。旷野丛林，风云日月未展青云步。彼此天边，红花碧叶，木珍如数。　　近者声名，珠玑黼黻，晔煜千符，何人分付。起落浮云，海上蓬莱故，汉武王母，如如相约，玉女不知处，去去来来，瑶台还问，西天东顾。

131. 满庭芳　又

老去人生，人生老去，一半已是寻常。自然自得，作柳柳杨杨。见得运河两岸，由碧玉，语小桥旁，姑苏水，江湖日月，腊月雪梅香。　　丛林，经赤道太平洋外，是大西洋。独木成林处，雨色云光。海海阳阳浩浩，千万载，人类无疆，工农信，阳阳海海，人类共天章。

132. 千秋岁　又

繁繁茂茂，直直高高树。云天里，迎朝暮。丛林丛锦秀，紫紫红红度。菠萝格，金丝楠边檀香数。　　一柱槟榔朝天故，见得生机付。河泛泛，流水注。源泉成沼泽，处处多云雨。天堂鸟，天堂花草同朝暮。

133. 眼儿媚　又

重重叠叠层层花，楼上女儿家。丝丝不挂，草裙未及，人似春霞。　　八方四面开窗户，低唱夕阳斜。明年此日，紫檀香里，楼角天涯。

134. 鹧鸪天　又

一户单层四脚楼，两分五米半遮羞。花花草草成妆饰，叶叶枝枝木槿头。　　天下女，共风流，草裙舞里曲声幽。知君自是中华客，雨季方圆旱季休。

135. 长相思　又

朝不归，暮不归，鹭鹭鸥鸥自在飞。花花草草薇。　　去时晖，来时晖，雨雨云云多少扉，丛林赤道依。

136. 又

山青青，水青青，一半丛林一半萍，河流逐海汀。　　草心灵，花心灵，雨雨云云赤道萦。繁繁覆覆莲莲。

137. 好事近　又

一日一天光，百度百年朝暮，已是三年来去，见巴新同步。人间向海海阳阳，赤道共分付，再以三年来去，自成乾坤路。

138. 点绛唇　又

我是行人，何须不解行人路，是中华步，不是中华步。　　赤道丛林，资资源源数。人间故，富贫相互，岁岁年年度。

139. 南歌子　又

赤道丛林暮，花花草草台。高高直直木天开，雨雨云云天下自相催。　　水水山山赋，层层叠叠材。冠冠伞伞自然开。骤雨疾云一瞬似徘徊。

140. 好事近 又

一步一天堂，步步前行方向。赤道丛林无尽，海天人间仰。　太平洋外大西洋，檀香山岛往。二战枪声由此，见人间遭泱。

141. 生查子 姑苏

姑苏四象花，处处人声雅。碧玉只依依，已在桥边下。五湖半世家，十里千诗社。草木洞庭涯，日月阴晴惹。

142. 又

梅香正月花，柳色黄青洽。草木碧江湖，雨雨云云甲。　长洲三五家，同里千年法。小女采桑麻，作得男儿业。

143.

菜花二月香，一半黄天荡。十里一长洲，拾得千方丈。　寒山日月长，暮色渔舟上。自在运河乡，六渎人间仰。

144.

桃花三月红，小杏三更梦。一片白梨风，碧玉桥边关。　樱桃李李衷，子子因功力。处处落归鸿，已尽梅花弄。

145.

雨花四月湖，故国多云雾。草木半姑苏，日月阴晴故。　运河一半吴柳杨杨树，碧玉小桥奴，去去来来渡。

146.

石榴五月花，碧叶红颜嫁。子子着家家，片片成朝暇。　谁言你我她，不可忘春夏，日月在天涯，来去成文化。

147.

荷花六月灵，出水依依顾。粉粉一芙蓉，只以婷婷付。　娇娇独步馨，自以莲蓬度。回首向浮萍，共共同同赋。

148.

雨水七月花，叶叶珠珍雾。处处问桑麻，细细幽幽暮。　江湖两半家，日月朝天步。一叶起天涯，万里知如故。

149.

木樨八月名，桂子初寻得。月里已清清，不见吴刚力。　中秋两半成，已得婵娟忆。悄悄广寒宫，以此人间匿。

150.

菊花九月黄，叶落黄天荡。古寺问寒山，拾得知方丈。　茱萸远近香，草木从天仰。六渎水天堂，太伯江苏泱。

151.

霜花十月明，半向枫林误。一叶已无声，九脉回相顾。　运河同里平，盛泽姑苏路。不见虎丘山，却是吴朝暮。

152.

雪花子月霜，六角姑苏首。一半带寒凉，一半旗亭酒。　天山上下扬，子胥洊关守。子夜自牵强，未与夫差后。

153.

冰花腊月藏，不与梅花企。雪雪又霜霜，岁岁当生子。　年年忆故乡，除夕应无止。一度一炎凉，已见东君秩。

154.

窗花岁岁吴，碧玉桥边住。一日到江都，半以相思付。　窗花一丈夫，贴上千朝暮。自是小家奴，莫以相思误。

155. 阮郎归

浮萍一叶一圆圆，扁舟女采莲。一身船上已娇妍。衣宽半露弦。　先下水，后扬泉，轻轻白藕边。自来自去留连，望鸥上远天。

156. 浣溪沙

一半人间一半家，浣溪独步浣溪沙。江华建邺建江华。　不远金陵金不远，桑麻自古自桑麻，石头城外石头斜。

157. 满江红

已满江红，千万里，江东如约。一流是，三江源水，似鸥飞跃，上下波涛曾不住，烟云水雾成朝暮，一嘉陵，二见是澜沧，长江阔。　最应得，三峡若。神女在，襄王恪。

有高唐宋玉，以何求索。滟滪瞿塘千堆雪，多多少少男儿博。问巴陵见两岸巫山，临川垫。

158. 又

唱满江红，问流水，东西未约。源泉是，康藏青海，九嶷经络。已是人间留不住，风流自是朝天落。作楚头，吴尾五湖歌。滕王阁。

四川下，三江泊，六郡两千年略。见今今古古，作乾坤雀，万里飞行飞万里，又何必是人情索。只当然，以日日行行平生作。

159. 临江仙　盘洲钱汉章

一半人生人一半，千年已是千年。千年不是一千年。高山流水是，日日一源泉。昨昨今今明日里，今天只是今天，明天不是一明天，梅花三弄曲，一度一春田。

160. 浣溪沙

十月枫林小叶红，三秋落叶向西风。江流只向大江东。　步步人间人步步，终终始始终终。空空色色色空空。

161. 又

十月霜林叶叶空，三江水色自西东。归极不得是无穷。　岁岁年年年岁岁，相同不是不相同，春风异处异秋风。

162. 生查子

当然一念奴，不可三生路。自古一东吴，浦口千朝暮。　姑苏作丈夫，数尽江湖故。此水向江都，今古谁分付。

163. 又

烟烟雨雨吴，暮暮朝朝故。一日一姑苏，三界三生路。　江东有玉奴，东北分付。一度一河图，千古千相数。

164. 鹧鸪天

不饮甘醪已一生，何须醒醉半生名。来来去去皆成客，昨昨今今是不明。　今古见，暮朝行。衷情自得自衷情。人心不老人心少，一度人间一度英。

165. 又

一日东风一水春，三吴水月半红尘。小桥流水江湖客，碧玉舟边水近邻。　同里水，水河津。姑苏水色女儿身。运河两岸平田水，以得天堂胜古人。

166. 好事近

一水一天堂，半度半黄半荡。去会稽知吴越，问寒山方丈。　运河杨柳满苏杭，路路是同向，事事人人皆度，虎丘朝天仰。

167. 满江红　自述

百岁人生，三分学，七分行路。路上学，学中行路。暮朝朝暮。唯有天天千百字，诗词格律经心付。向如来，见历国家荣，观音度。　王已去，民作主。中华国，成龙虎。自东方屹立，正兴今古。改革人间开放步。大刀上下乾坤斧。一带音，一路是和平，风云雨。

168. 满庭芳　又

六合人间，四分天下，夏周秦汉悠悠。两仪分象，冬夏秋春秋。已见长城万里，源自赵，九鼎神州。千年后，南南北北，和战始无休。　运河南北岸，杨杨柳柳，处处商舟，又小桥流水，碧玉含羞。塞北江南再见，和是富，战是穷流。秦皇去，隋炀也去，何以古今留。

169. 满江红　又

上去千年，五百载，明皇天下。讨武曌，开元天宝，太平春夏。自得华清池上舞，芙蓉出水芙蓉霸。已不分儿女女儿家，杨妃嫁。　羯鼓歇，霓裳罢，安史乱，回纥借。又仓荒幸蜀，在骊山亚，不得梨园天下曲，雨霖铃驿婵娟夜。太上皇，在长生殿中，长生暇。

170. 浣溪沙

第四次浪潮，一带一路，阳与海戌戌腊月二十二巴新经香港回国

一古方圆一古今。丛林独木自丛林。原原始始不衣襟。赤道分天分地界。华心路路带华心。阳阳海海自深深。

171. 满庭芳

一代人生，三千故事，自不来去平平。国家家国，改革开放声。自以润芝作道，农民主，三千岁年盟。也有梨园弟子，今古唱，天下枯荣。人间是，天津百姓，从此自身名。北京送周时，长安街上，十里民城。自长征万里，根治淮，港澳重明，珠江角，长江三角。再颂中华情。

172. 满江红

老子潼关，青牛见，黄河一路。泾渭水，作黄河水，不分朝暮。自是中原常逐鹿，千年上下谁分付，一秦皇，一汉武长城，兴亡故。纵横论，风云雨。成败见，民无数。作君臣帝子，以何分付。　只是如来如去见，观音已在观音度。世界中，只有一人心，常相住。

173. 南歌子

一曲南歌子，三声北客人。梅花落后见红尘。白雪成香芳里是阳春。一曲南歌子，三声北客人。东君伊始百花新。已绿杨杨柳柳运河津。

174. 又　自巴州新赴香港机上

已作蓬莱客，瑶台满白云，舒舒卷卷女儿裙。上下高低平展问文君。不免钟离见，还听国老闻。韩湘子在自纷纭。独是仙姑玉女玉山分。

175. 又

已在天堂坐，还听世上闻。人间天上无分。阮肇原来前后是纷纭。半瑶台客，蓬来一半云。山山海海芳芬，上下人间左右可耕耘。

176. 又

一白金光问，三黄夕照分。离离合合半观云，不在天边难得见氤氲。半是霓霞彩，千波玉浪纹。混元未了作衣裙，自以羞羞色色对东君。

177. 又

不计千年古，还谋一日今。千年独木自成林，一日时分千字始知音。北海南洋问，天涯地角寻，人生步步有晴阴，只要前往不止共齐琛。

178. 又　访古

下里巴人调，阳春白雪音。今今古古一人心，不是佳人才子是弦琴。三叠阳关问，渔舟唱晚寻。来来去去是衣襟，自是为民服务作民荫。

179. 好事近

一树白梨花，半在人间天下。曾以红梅知己，不须分春夏。秋结子入人家。可向小桃谢，相伴相生先后，已同东风嫁。

180. 卜算子

步步一人生，路路三千界。处处阴晴处处荣，只向前程迈。　自去去来来，未以阳关隘，且问楼兰日月明，草木朝天派。

181. 满庭芳

暮暮朝朝，行行止止，不非不是功名。少年多，读学已枯荣。只在人生路上，求第一，为国相倾，东流见，波涛继续，大海互相平。　阴晴云雨济，东西南北，上下分明，草木天下色，日月同盟，不以中年回首，童翁见，日日三更。诗词记，家家国国，七尺自耕耘。

182. 又

见以苏秦，张仪故事，大禹以夏商周。纵横论，天下作春秋，自以文章太守，曾立意，水上行舟。应须待，不是王侯。中华故，三千年后，作主作民忧。　田家，天下子，男锋未继，以刘邦留，又未央项羽，自在民求，再是相何问世，今古始，尽在人谋，开门见，桥桥路路，一带一风流。

183. 又

社稷江山，江山社稷，自古君子思忧。一忧忧已，半是国家忧。何是家家国国，天下事，作得王侯。周家事，秦家也是，同样汉家酬。　三分三故国，英雄并起，遍地风流。魏蜀吴归晋，岁岁春秋。自以梨园演易，谁正史，野史江流。江楼在，神州九鼎，世代自沉浮。

184. 又

一半人间，人间一半，不知今昔何年。春秋冬夏，四秋不当然。雨早南洋两季，分不定，地地天天。谁家国，何人是主，自在不耕田。　千年，年岁里，君非甚暗，子亦难贤，且已民夫起，大禹相传。谁事田田社社，秦汉问，未了前川，谁皇帝，大山，月缺缺圆圆。

185. 又

一半黄粱，黄粱一半，只历人间方圆。帝王天下，读学别前川，儒学儒生儒子，臣子见，一半青天。升迁事，功名利禄，老得作青莲。　是非，非是故。一王一帝，一半神仙，几世天下事，不事桑田。陈涉秦皇吴广，成败道，不为当然。谁分付，刘邦项羽，不及农家权。

186. 又

事事人人，风风雨雨，世世代代人间。成王败寇，不尽一人寰。质子秦王嬴政，奇货据，吕氏春秋。张仪问，苏秦不问，纵横下天山。　儒儒，书子子，维维护护，逐列朝班。见林林木木，水水湾湾，自以高低相见，朝日月逝者无还。凭年少，前行未得，一曲唱阳关。

187. 又

换是人间，人间已换，暗明见得延安。五千年里，家国在云端。大禹夏周相继，王所主，臣子青丹。儒生客房读杜断，父子帝王殚。　如今，民作主，人民公社，废了金銮。陈涉吴广问，换了汉漫。三次浪潮兴盛。何继续，学步邯郸。阳洋路，人人类类，事事再评冠。

188. 又

雨打芭蕉，平沙落雁，一路半见枯荣。高山流水，下里巴人声。蜀楚竹枝远近，湘女望，已是深情。鄱阳色，湘灵鼓瑟，已入洞庭鸣。　吴歌里，渔舟唱晚，岁岁草花明。春江花月夜，小桥流水，碧玉卿卿。更runs河杨柳，水岸平平。盛泽吴江同里，江南见，一半阴晴。楼船去，头颅好好，留下是人生。

189. 又

唱断阳关，楼兰未斩，尤见万里长城。只分南北，未了战争情。古古今今回首，成败见，利利名名。飞将在，燕山射虎，李广李陵情。酒泉，何霍卫，英雄不得，留得沙鸣。正夕阳西下，照遍精英，何是江山社稷，刘邦去，吕后相倾，张良走，萧何也弄，韩信帝王惊。

190. 又

一步人生，人生一路。一时一世精英。精英非是，非是一精英。天下人人事事，多少问，多少成城。如何此，如故又彼，处处有思明。　人生求第一，名名利利，利利名名。且纯纯萃萃，自在枯荣。不以虚名虚利，留得是，身后余情。余情里，时时事事，万子万难评。

191. 又

万里黄河，长城万里，万里南北东西。谁分胡汉，见得鸟飞啼。古以秦皇汉武，呼比烈，草木辛薨。吴三桂，引清入室，不免云南謦。　唐标，标铁柱，宋挥玉斧，未断香文。又革囊元跨，世界高低。不禁八旗子弟，联合国，亚欧栖。非洋洲，边边界界，明日作端霓。

192. 又

万里黄河长江万里，一水见得高低。不分南北，大势一东西。共是江源同济，青藏址，居高，高向阔，居低向广，大海鲸鲵。这山山水水，暗自成蹊，海海洋洋无际，深浅见，雾雾迷迷，龙宫里，龙王尽有，自可与人栖。

193. 望江南

七十岁，岁岁一春秋。四秩三光如定数，中原故国自风流。六群作九州。　生故土，读学杏坛由。田舍炊烟常蔽野，书香何已误鬓头，一道自修修。

194. 又

举首望，未见是家乡，自古书生皆定数，应当处处作家乡，不免落花伤。　先后步，处处作柳杨。山水路亭相伴侣，思思念念是爷娘，高枕熟黄粱。

195. 西江月　雪

不得阳春白雪，阳关三叠交河，楼兰未斩未坎坷。下里巴人分别。　一曲梅花三弄，渔舟唱晚吴歌，春江花月夜情多，杨柳运河明灭。

196. 又

一半梅花白雪，三千弟子厮磨。杏坛上下九歌多，且向家乡分别。　已自名名利利，何言坎坎坷坷，江河逝水一江河，自是难平波折。

197. 眼儿媚

波涛起伏一蓬莱，万里半瑶台。八仙过海，浮云沉落，异想天开。　一线玉女信传来，五百盘桃催。人间天上，白云相隔，何以徘徊。

198. 隆兴二年南郊鼓吹曲，十二时导引，降仙台并六州为本朝，歌吹四曲，六州歌头

阳关三叠，六州一歌头，伊州问，石州见，渭州求。记梁甘赋得氏州

百里，天辽阔，沙鸣远，海市映，万里漠，半荒丘。独树胡杨朝日，会从客，海市蜃楼。向途回归去，笑问大蓬舟，已是如今，数春秋。少年时少，书中剑，天下路，无休。中年后，经宦海，各沈浮。历王侯。去去来来见，随日月，对东流。老得是，耕耘夜，字词修，六万八千余。人生路，苦苦行舟。步长沙万里，骆驼向天游。举世思忧。

199.十二时慢

三光路，万里相传。一半自方圆。通规幅矩，厚地长天。山水作源泉。君王老子自当先。共桑田。人心通日月，民意自通天。金声玉色，琴瑟有和弦。问前川，天地是云烟。书生气，自以当然，世界不当然。感时忾惕，即事无偏，不尽求思全。多仪举，本无全。见桑田，枯荣草花木，处处简繁宜。币诚玉典，心界是青莲。蕙芒见，皇历作斯年。

200.奉禋歌

人间一半自天阳，云白山青已吉祥。时应律，秩重光。岁初岁底高堂，秦居康，应喜乐无疆。皇土地，王礼乐，神在故家乡。思在黄粱。行瑞雨，陈宴席，待衷肠。衮衣辉焕，宝佩琳琅。奠芳浆。日炎炎，仙来去，风霭龙骧。　星斗座，以阳律秩序，王帝虞唐。柔远昭苏出，待天香对月方扬。瑶图六合典纲。祉滂洋。以园丘治，再驭书房，鸿鹄飞翔，华封扮祝，千年万载。八荒同祝，四面芬芳。

201.降仙台

祈郊大礼三星近，九州遥。光芒收彩玉，天步奉禋歌，旗旌云霄。朝臣列仗金銮驾，玉女妖娆，一前三后百官僚，绶带和唐尧。问扶桑。向小桥，秦楼应在，弄玉凤凰箫。辇路祥昭，左右同僚，天下彩云飘。人间瑞端仰岩峣。雅香润，播泽黎苗。鼓钟吉庆，鳌三抃，敬昕朝。

202.正宫导引

降仙台下，天子敬神虞。九鼎会仙鬼。云晖玉宇东君晓，拜会竹宫符。归来辞去待皇辇。一步百欸趋。皇天千载江湖沐，岁岁任河图。

203.韩元吉

点绛唇　十月桃花

十月桃花，东君不问梅花面。与霜相见，且上长生殿。　十月桃花，未入寻常院。深情恋，未思飞燕，不子无繁衍。

204.浣溪沙　印度尼西亚（Indunisia）

印度西边一岛群，丛林处处半芳芬。波涛赤道海洋云。一曲春江花月夜，珍珠散落作衣裙。天光万里望无垠。

205.霜天晓角　峨眉亭

南柯一梦，半入神仙洞，处处梅花三弄，已自理，钗头凤。相送心心痛。离离别别如众，只在峨眉亭上，白雪满，自难控。

206.又

晓角霜天，月明已半园。客里梅花无雪，独傲影，暗香田。见花自相怜，无子无叶全。只得个清辉照，三弄后作婵娟。

207.菩萨蛮

小桥流水何朝暮，小家碧玉谁分付，草木在姑苏，阴晴知越吴。　来来寻故故，去去我回顾。水月向江都，丈夫应太湖。

208.又　道上梅花

运河杨柳江南路，梅花白雪人情误。远近一长亭，枯荣千里青。　朝朝成暮暮，去去来来数。水上有浮萍，云中孤鸟丁。

209.又　夜闻笛

心思驿舍心思路，长亭继续长亭暮。一月半园明，两情千里行。　幽幽何不住，曲曲谁相顾。古道笛声鸣，梅花三弄声。

210.又　路梅

江南白雪梅花玉，风流别样红妆束。碧玉小姑奴，小桥流水图。　轻轻三两曲，淡淡青衣绿。守舍问浮图，风流寻五湖。

211.又　春归

春归何处春归去，梅花落里青莲语。日月满东吴，阴晴分别儒。芙蓉初出楚，怯怯羞羞女。夏雨落飞凫，莲塘舟已呼。

212. 又　木犀

桂花香彻桂花暮，人生八月人生路。结子结东吴，知秋知太湖。　相逢相别故，知意知情数。若以木犀驱，何言天下无。

213. 减字木兰花

梅花不见，白雪随风相扑面。驿路前川，一半风云一半天。　人生飞燕，岁岁年年南北院。日月方圆，草木阴晴草木宣。

214. 又

运河万里，一半江南桃杏李。草木难齐，只向东流只向低。　长城万里，一半塞北胡汉子，日月分夷，牧放田桑黄鼓鼙。

215. 诉衷情　木犀

疏疏密密散幽香，八月到重阳。生来桂子相继，处处向花黄。秋叶落，半层霜，对炎凉。细丝金缕，翠羽茱萸，共与桃姜。

216. 谒金门　春雪

春雪暮，点点梅花如露。已是东君分又付，三冬寒已住。　腊月冰封已故，暖气心中相顾。欲以群芳群色许，化成云雨雾。

217. 又　重午

汨罗雨，又是九歌重午。半是潇湘半是楚。何为天下主。　若以张仪相辅，未得苏秦龙虎，自以纵横今古数，江山挥玉斧。

218. 好事近

一半是桃花，一半是梨花数。见得樱花无顾，白红人间故。　三春杏李半人间，花落花开住。暗自成蹊流出，四时应分付。

219. 又

出水一芙蓉，只以莲蓬云雨。子子相生相结，已无分朝暮。　婷婷玉立一文夫。十三子相数。苦苦心中辛苦。隔年当分付。

220. 秦楼月

春风力。相思不尽常相忆。常相忆，一枝红药，再无消息。　飞鸿已过何留得。牡丹未了倾城色。倾城色，五分已暖，五分花侧。

221. 朝中措

黄花遍地一重阳，四面半奇香。落木归根不得，长风由得柳杨。不留踪迹，有遥有近，随风青黄。只向残霜晓月，不惜地久天长。

222. 贺朝圣

茱萸未折重阳暮，只须前行步。长亭不尽，短亭关更孤身风雨。　兄兄弟弟，丈夫妻女，有思无时数。明年今朝望乡家，又别何知路。

223. 西江月

岁岁重阳岁岁，年年九九年年。源源本本是源泉，柳柳杨杨岸岸。　一片黄花一片，山山水水田田。乡乡土土自天然，一半相思一半。

224. 又

去岁三秋落叶，今年两度重阳。相思不尽，故家乡，只是九歌又唱。　闰月茱萸还绿，篱边菊色纯黄，人间一半是炎凉。地上人间天上。

225. 燕归梁　木犀

八月幽香八月黄，木犀对炎凉，一年结子一年光。共世界，向重阳。　三秋未老风流色，去来见，自低昂。人间以此作萧墙。两楚鄂，半潇湘。

226. 南柯子

七月秋风起，九月重阳来。莲蓬桂子八月开。日日风光处处，似瑶台。　消尽人间暑，翻成一段才。文章太守步徘徊。见得时经纶，不疑猜。

227. 又　重五

小杏花红色，戎葵抱叶开。人人唱罢九歌回。路上不知时节，久相猜。　一鼓龙舟去，千声点将台，船船浆浆共同催。举帜居中独立，指挥来。

228. 浪淘沙　觉度寺

一度一心经，一度丹青。苍梧鼓瑟是湘灵，竹泪流时流竹泪，舜禹丁宁。　大觉寺中铭，渭渭泾泾。如来自主望三星。若以人间人所向，影影形形。

229. 又

一路一观音，独木成林。如来自在是人心。觉度寺中知觉度，水月深深。　处处自相寻，古古今今。常常信仰信甘霖，色色空空空色色，积积浔浔。

230. 又　芍药

碧叶一丛丛，半壁红红。层层叠叠望心中，柱头金丝金柱头，色色空空。蕊蕊半精工，各各由衷。无穷淑意淑无穷。老以牡丹邻里住，共寄香风。

231. 鹧鸪天　雪

十二楼前玉色葩，三千弟子不还家。桃桃莫将梨梨换，六角心灵六角瑕。如柳絮，似杨花。肌肤白皙白浮华。形形影影常相伴，暖暖寒寒小竹芽。

232. 又　九日双溪楼

已是黄花落满头，重阳不向老人留。年年九月茱萸问，处处登高处处楼。三界水半江流，双溪逝者如斯秋。不知兄弟今何去，一半诗词一半求。

233. 又　九日登赤松绝顶

处处松林处处青，峰峰顶顶半临亭。波涛起伏枚乘问，七发江山社稷灵。三界外，一心经。惊心不定以心听，如来自以观音见，渭渭泾泾座右铭。

234. 虞美人　送子师

年年岁岁行行路，暮暮朝朝步。三吴同里一姑苏，柳柳杨杨两岸到江都。运河南北谁分付，莫以楼船故。隋炀一子好头颅，以帛移商留得小桥奴。

235. 又　金华九日

金华九日金华酒，处处垂杨柳。放翁不得放翁首，记取红酥手上试君口。沈园不远墙边守，日月应知否。儿儿女女是非有，一半阴晴一半受。

236. 又　七夕

年年乞巧年年语，俱是人间女。机杼已住问心居，不见鹊桥不见老牛初。牛郎织女银河去，未了情相如。塘边莫挂女儿衣，见得少年悄悄自相依。

237. 又　十月海棠开

杨州自古多无赖，百草朝云会。秋风扫尽见瑶台，十月风霜一半海棠开。天公自是应无奈，本是东君带，黄花未了徘徊，不得四时无秩乱相催。

238. 夜行船

十里长亭杨接柳，一旗堂，半帜当首。古道重行，新松如友，方过重阳重九。已见秋香还劝酒。殷勤是，见女儿手。楼上清风，杯中明月，醉里刘郎如口。

239. 南乡子

八月木犀天，处处幽香处处船。只见双溪双水色，红棉，一半荷光一半莲。步步大江边，不是当然是自然。桂子无须寻桂子，清弦。不问吴刚不问娟。

240. 又

桂子问莲蓬，不可无心不可空，隔岁还须辛苦见，中中，见得人人见得隆。一阵一清风，半在广寒半在宫，共是嫦娥常不是，同同，始终始终未是终。

241. 醉落魄

晨钟暮鼓，佳人已唱黄金缕。高楼灯火应无主，明日又行，由得深情舞。离肠已醉三四五，歌歌曲曲蜂儿羽。长亭古道知何苦。见得桃花，知得是云雨。

242. 又

阳春白雪，东君下里巴人别。高山流水知音绝。伯牙子期，何以琴台说。渔舟唱晚寒山阕，平沙落雁灯已灭。春江花月夜光杰，三弄梅花，同声过春节。

243. 一剪梅

一剪梅花半是春，不入江尘，是入红尘。衣成白雪傲香，远近人人，上下人人。不问东君不问邻，玉骨孤身，疏影孤身。群芳未暖待经纶，不是天津，正是天津。

244. 临江仙

一半中秋中一半，都门一半高楼。十三州外十三州。天高天远近，月满月江流。子曰川前川子曰，行舟见得行舟，圆圆缺缺几时休。前年前不见，后岁后难留。

245. 又　寄张安国

自古文章贤太守，江南一半苏州。国家远近国家忧。行其行所界，问道问神州。沧浪亭前沧浪水，缨缨足足难休。司空自是一鳌头，天官天自在，百草百花洲。

246. 江神子　自述

三年不见五年期，一相知。两相知。半是其意半是有心思。且以人生人所向，天下路，苦辛时。　以天以夜以维持，共阶墀，独成司。步步如来，路路有裳维。十二万诗分日月，谁第一，众人师。

247. 又

一生格律一生诗，佩文知，佩文时，韵韵音音，日月自耕耘司，三万天中天日数，天五首，以均姿。隋唐切韵已初师。　沈佺期，子昂持，婉儿则天，赐袍之问旗。越是近乡情更怯，应已是，最心私。

248. 满江红

白雪梅花，君歌去，不知何路。一步步，花香如此，沾衣如故。去去回头还去去，年年飞雁年年住，半在南，半在北边居，情情误。　水上月，花前雾，树下草，云中雨。这离离别别，是谁分付。折断春枝春下断，十天又长新枝数。问书生，读学始终行，离人暮。

249. 又　鹿田山桥

百步山桥，鹿田望，幽幽小路。弯曲隐，羊肠东北，岁年如故。已见林中林朵木，原原始始穿天树。古繁荣，独木已成林，天公付。　少年是，何所顾。远行去，如云雾，也行行止止，不分朝暮。北北南南天下步，老来只得回头数。已无言，自小自离家，人间度。

250. 又　再至丹阳

再次丹阳，又重见雾观一路。曾见得，一观云雨，半观烟雾。处处琴声琴处处，佳人不住周郎误。唱杨柳，又白雪阳春，谁相顾。　去来问，千百度。意气少，多情付。这云云雨雨，不分朝暮，三峡瞿塘神女问，襄王宋玉高唐住，这人间，一水作嘉陵，扬扬渡渡。

251. 水调歌头

万里黄河水，水调一歌头。运河六渎连水，自古向吴流。自以夫差疏建，再得隋炀通泽，杨柳帛丝绸，以此钱塘水，钱缪十三州。　瑶台路，琼花色，半春秋。开封南北吴越，处处有商楼。听春江花月夜，又得渔舟唱晚，日月也风流。六合天堂水，水调一歌头。

252. 又

自以隋炀始，水调一歌头。王家帛以杨柳，两岸绿扬州。曾是楼船南下，歌舞升平不尽，碧玉不知羞，才子佳人奉，未了帝王侯。　江山在，云雨下，运河舟。何非何是何去何问是何留。古古今今天下，不可相提并论，八十一妃由。未了长城战，岁月不消愁。

253. 又　怀陆务观

陆务观君子，一水大江流。韩元吉士来去，上下十三州。不以平生所问，且以前程不止，步步不回头，暮暮朝朝驿，岁月易春秋。　知书理，寻道路，向行舟。山山水水花草日月不停留，只有人来人去，不见年年岁岁，总是不知愁。见得江流逝，老叟亦无休。

254. 又　惠山见寄

半在江湖岸，半在一中秋。鼋头渚上明月，已满十三州。桂子纷纷落下，无锡惠山树叶，四围已惊楼。唯有藏书院，不问帝王侯。　半天下，三界外，百年修。人间一半仪象一半是春秋。自得二泉映月，又有渔舟唱晚，八月莼鲈脍，落雁平沙岸，一笛到长洲。

255. 又　水洞

一洞三千尽，四围半天开。钟钟乳乳明暗，五色五蓬莱。滴滴珍珠落下，笋笋层层储积，上下作瑶台，岁岁年年滞，不以古今催。　八仙海，王母宴，太真来。长生殿上明皇独坐玉冠隈。　洁洁清清白白，明玉明珠明液，久久自生财。至此从无断，互继互相陪。

256. 又　雨花台

二水江宁岸，一石雨花台。金陵燕子矶外，万里大江开。泽国三山相对，白下秦淮独月，贡院状元魁。建业孙权市，未及秣陵梅。　六朝去，天地才，凤凰来。成成败败梁武不待赎身回。谁问江山社稷，只是帝王独裁，未以士民催。古古今今此，日月不疑猜。

257. 又

世界三元色，水面一浮鸥，长江西

来东去,日月共沉浮。逝者波涛续继,来者相承逐浪,作得大江流。未了求原始,日日是开头。 庚公阁,陶公柳,谢公楼。朝朝暮暮今古吕氏一春秋。立下秦皇瀛政奇货可居多久,只向帝王州。始终终终见,不可不回头。

258. 醉蓬莱

敬亭山上坐,来去三年。问青莲酒。何以当涂,夜郎应惊首。蜀道难难,好饮成事,似古人无守。不及天天,山山水水,物华杨柳。 已会江山社稷,无以紫菊茱萸,共重阳九。枫叶经霜,白白红红朽。八月中秋,桂子先落,雁在湘江口。一水川流,五湖成就,四行知否?

259. 念奴娇

中秋明月,万千里,一片江山如雪,古古今今天下见,暮暮朝朝不绝。最是圆圆,圆圆缺缺,缺缺圆圆别,缺多圆少,嫦娥何以圆缺。 近者不尽山河,一年繁简见三生豪杰。举步长亭,居驿舍,未计人情优劣。格律今诗,隋唐应继续,宋词还切,十三万首,人间留下先哲。

260. 又 答韩子师

大江歌罢,见逝水,日月沉浮朝暮。同去同来同不去,各自各现各路。岁岁年年,年年岁岁,不见谁分付。似然如故,似然非是如故。 已见楚楚吴吴,又吴吴越越。吴吴非楚,楚楚非吴。非越越,各以各归相互。异异同同,同同还异异,五千年度。

如来如去,观因观果观步。

261. 又 寄陆务观

去年相会,一约得,半以兰亭集序。不以鹅池肥瘦问,曲水流觞情绪。白雪阳春,高山流水,落雁平沙处。王羲之去,渔舟唱晚成侣。 老老少少人间,自儿儿女女,当言当语。多少私情,听弄玉,只在秦楼相许。太守文章会稽曾会萃,越吴楚。清明寒食,当知阡陌禾黍。

262. 又 次韵

枚乘何在,李白去,留下一鸣惊人,蜀道难则应举步,汉赋唐诗如故。柳柳杨杨,钱塘六合,两岸天堂路。文章太守,兰亭谁以分付。 陆法言里诗词,已初初格律,平仄分付,鲍照南朝,知沈约,庾信隋炀当路。及至佥期,婉儿之问句,一唐成树。宋词声里,音声宽狭无度。

263. 水龙吟 溪中有浣衣石

溪边石石平平,衣衣浣浣清清沐。纱纱羽羽,衫衫织织,心心目目。自是多情,小姑无语,窗前生竹。笋笋何结结,春生春促,暗藏香馥。 这情中淑女,柔柔怯怯,声细细,心心逐。 已是相倾相祝,有天河,不居无屋,牛郎织女,鹊桥留得,人间互独,乞巧声中,有云无雨,一团和睦,也无云有雨,观音普渡,如来天竺。

264. 又

天河不是天河,朝朝暮暮常相约。

浣溪两岸,青山处处,求求索索。最是黄昏,清清倒影,不飞飞雀,又声声不止,情中相守,何未了,应顾诺。 是自然,偷偷乐,举轻纱,白丝轻薄,明明透透,阿哥形影,相连如若。今晚婵娟,广寒宫外,形形绰绰。这花花萼萼,由兄采得切勿差错。

265. 薄幸

运河南浦,见杨柳,千丝万缕。已满目,樱桃红外,绿叶茵茵羽羽。碧玉里,流水桥边,船头一半应无主,欲伤欲savings时,轻言细语,明月明云明雨。都见得,功名事,已是书生钟鼓。自闻鸡起舞囊萤书目,凭任目尽飞鸿宇,以今从古。古今非今古,年年岁岁成三五。思思易易,天地春秋谒谒。

266. 临江仙

已是春江花月夜,高山流水琴台。子期已去伯牙来。知音知自己,问路问难回。 下里巴人天地上,阳春白雪蓬莱。人间不尽无天才。群芳群色落,独自独相催。

267. 南柯子

杨柳江南岸,阴晴草木坪。运河处处自枯荣。一世君王留下是人生。 一主千朝事,三宫六院情。秦皇岛外自求名。六国娇娥铁锁予相倾。

268. 醉落魄

梅花白雪,冰肌玉骨佳人节。珠珠露露枝枝结,一树珊瑚,三冬共圆缺。

长生殿上谁可说,胡儿堡里香风切。骊山已恨东南别,再见华清,灯烛几明灭。

269. 水龙吟　三峰阁英华女子

三峰阁上英华,身姿歌曲情如妒。姬姬语语,倾倾许许,深深暮暮。友弹琵琶,散花仙女,以心分付。又双波明目,两肩移动,含得玉,神相住。　一步一摇三顾,已千姿,百态还度,传传意意,如离如附。飞飞鸳鸯。半壁孤灯,重重身影,欲遮无主,巫山云雨,这云云雨雨,来来去去作人间步。

270. 好事近

凝碧一池头,两部七弦倾许。半见梨园儿女,以霓裳分付。梅花落里问长洲,处处几朝暮,月在太湖明灭,已由群芳数。

271. 永遇乐

不问东君,梅花落里,春始春度。最是行身,长长短短,一半平生路。功名利禄,朝堂驿舍,不尽去来分付。读书是,江山社稷,离家别乡何故。云舒云卷,花明花暗,柳柳杨杨无数。日月江南,枯荣塞北,日月群芳住。运河两岸,长城内外,帝帝王王可数。农家乐,和和睦睦,一朝一暮。

272. 六州歌头　桃花

梅花落里,红上小桃枝,先结子,成心蕊,展千姿。一年时,隐映新妆比,何原委,梨当美,由李止,

杏知已。五湖期,草细沙柔,碧玉垂杨柳,过小桥思。运河商船住,淡淡女儿脂。悄悄曾窥,有情知。自然所以,香云靡,长洲姊。小姑宜。春已瘦,回归首。夏荷持,白莲肌,见得芙蓉立,成烟雾,结蓬垂。人不老,春情早,度佳眉,前度池塘,自是风流地,水水维维。向瑶姬去处,宋玉高唐疑,往事无不。

273. 水龙吟

江南雪月风花,运河两岸垂杨柳,菖蒲叶老,莲花正茂,芙蓉初绽。同里渔家,五湖光色,洞庭山口,太伯无锡问,江苏草木,非莫是,王家守。　古古今今知否,一朝朝,何须人口。商周已去,天留姜尚,重阳九九。一半秦皇,吕氏春秋,货居人首。汉晋隋唐客,诗词格律以文知友。

274. 蓦山溪　叶尚书生朝避客三洞

五湖四向,三洞黄天荡。百里一长洲,间拾得,寒山方丈。晨钟暮鼓,水色逐淞江。周公上,下商鞅,李斯何来往。　过秦俯仰,六国春秋象,诸子百家朗。苏秦横张仪纵想。文文化化,作古古今今,天下昶,人间昶,孟昶春光昶。

275. 鹊桥仙

朝朝暮暮,杨杨柳柳。人在沈园人口。黄藤酒外玉酥手,放翁见,回回首首。　情情意意,知知否否。九九重阳九九。菊花独自对风霜,

陆游问,何时是右。

276. 朝中措　又

沈园一壁两重天,半步泫如泉。只隔宫墙音乐,九曲千声难全。人生百岁,世上千年,月里婵娟。玉女王母传信,无须汉武求仙。

277. 南乡子

一店老苏州,陆氏文夫味九流。八月莼鲈鱼蟹脍,休休万里乡情万里留。　自古一春秋,铁甲阳澄四面游,不可横虫巴解怒,悠悠,第一人间食兽由。

278. 鹧鸪天

第一人间,第一流,十三草木十三州。书生自作书生客,去去来来久不留。　天下路,暮朝求。家家国国作心忧。春春夏夏秋秋继,腊月梅花腊月休。

279. 瑞鹤仙

一云和一雨,巫山峡,俱是瑶姬落羽。瞿塘半风舞,下夔陵,巴佬年年渔父,今今古古。楚汉吴,齐赵燕鲁。这中原逐鹿成败兴亡,却见钟鼓。　李白何言杜甫,清酒当涂,故音新谱,传私大禹。江山谁主。记青莲归步,问蚕丛路,何时寻蜀道宇,是柔条老去,无可系春见五。

280. 醉落魄

柳叶眉我不描,江妃和泪自苗条。长门日在玄宗在,何必秦楼问玉箫。

281. 醉落魄

花萼楼上,风花雪月随波漾。采萍

人在黄天荡。一半江湖，一半老方丈。华清水色华清仰，芙蓉出水芙蓉想。珍珠一斛珠珠赏，羯鼓霓裳，莫以处处响。

282. 黄宰　酹江月

寿韩元吉

三山五岳，九江千流彩，如金如玉。水水田田真相本，出世横空成曲。一半童翁，陶公堂上，百步张灯烛。梅花先祝，岁寒苍桧修竹。须信太守文章，王王谢谢，作长生真籙。籍得中庸元气足。几度桃开桃续，八十瑶台，王母天下，再见棠荫绿，相辅相促，黄昏自是朝旭。

283. 朱淑真

忆秦娥　正月初六月

圆又缺。弦弦细细弯弯别。人情切，风风雨雨去来难绝。阳关已尽天山雪，嫦娥且以婵娟杰，何明灭，广寒宫里，扁平难说。

284. 简句　浣溪沙　己亥年春节春联

天天地地，天下里巴人百姓家，阳春白雪一梅花。

285. 又　家家国国

东君已到玉门关，北国方成五女山。天圆地方

286. 又

古古今今　一撅相承一捺园，半土枯荣半也方。一带方圆一路明，千年格律百年城。

287. 又　年年岁岁

远近相连远近盟，中华古国中华情。

288. 生查子

清明寒食儒，细雨轻风路。一岁一东吴，千日千朝暮。　淞江半五湖，同里三光度。六合再扬都，九脉从分付。

289. 又

幽栖居士春，六合钱塘郡。不见淑真人，自以诗词韵。　秦楼已作秦，问道何须问，不破是红尘，自守人生训。

290. 谒金门

天一半，杨柳运河南岸。留下香风都不散，人情应不断。一半幽栖一半，自以回头是岸。不作神仙神一半，人情应不断。

291. 江城子　赏春

梅花落里半春寒，一波澜，半红残。到得清明，小雨满云端。一半晴阴晴一半，男小子，女儿单。　山山水水已青丹。步姗姗，偏金冠。楚楚里黄粱，路路到长安。百草群芳花已好，同世界，共汉漫。

292. 减字木兰花

独行独问，未了未思今古训。易见秋春，不易寻伊不易人。　音音韵韵，已过九州和六郡。看破红尘，不是红尘不是尘。

293. 眼儿媚

腰身细细自轻柔，月夜见风流。空床独卧，不可回首，明月幽幽。卸妆净身何省视，儿女有春愁。柳杨影里，海棠依旧，红杏枝头。

294. 浣溪沙

幸有荼蘼和海棠，姑苏碧玉十三香。风流水色小桥旁。　草草花花花草草，蜂蜂蝶蝶已轻狂，姑娘如此小姑娘。

295. 鹧鸪天

一半阴阴一半晴，三千月夜五千顷。明明灭灭何明灭，缺缺圆圆缺缺情。谁不问，女儿声。幽栖未定五年城。窗门不锁通天地，此处无荣彼处荣。

296. 清平乐

朝朝暮暮，止于行行路。过了巫山天下度，见得云云雨雨。东君越越吴吴，杭州半似姑苏。已是运河两岸，隋炀杨柳江都。

297. 点绛唇

一半幽栖，幽栖一半名居士。止行行止，不在云天里。　一半钱塘，一半人心水，家乡是，此非非此，只是情难死。

298. 蝶恋花

春去春来春不语，一半红尘，一半幽栖女。一半人间人未与，相如不似文君如。只虑心头心只虑。百草群芳，去去来来去，留下人间所倨，情情意意情情楚。

299. 清平乐

黄梅细雨，处处生霉苦。如此幽栖如此度，只得诗词歌赋。　　寒山拾得东吴，空空色色姑苏。暮暮朝朝暮暮，江都杨柳江都。

300. 菩萨蛮　秋

梅花落后黄花落，寒霜只向寒霜约。同里太湖波，汨罗闻九歌。　　运河杨柳泊，草木钱塘漠。一半问嫦娥，人间何少多。

301. 又

山亭水榭秋分半，运河杨柳江南岸。月月带清寒，风风波波卷澜。　　钱塘钱不断，香刹香无散，夜夜一心安，年年三界畔。

302. 鹊桥仙

止止行行，朝朝暮暮。去去来来无数。寒山拾得在姑苏，作居士、心经是故。　　如来普渡，观音普渡，未尽诗词歌赋。空空色色是心经，自主得、分分付付。

303. 菩萨蛮　木犀

黄黄处处如云雾，香香郁郁成天路。结几结浮屠，寒宫寒信无。　　吴刚何伐树，桂子应朝暮。已得下东吴，钱塘居故奴。

304. 点绛唇　冬

九九隆冬，梅花白雪梅心恸。女儿成瓮，巧作钗头凤。　　白雪芙蓉，引得东君送。黄梁梦，傲梅三弄，香气归人众。

305. 念奴娇　催雪

梅花开放，艳色里、一半红黄香彻。去岁此时多白雪，本岁孤芳不绝，缺被少衣，冰身玉洁，独向人间说。东君已令，群芳当以成节。　　梦里六角纷纷，手中成一列，温温明灭，相继承，衫已就，半在花心平拙。共了人间，听阳春白雪，月宫圆缺。醒来非是，窗前明月还缺。

306. 又

梅花开了，已十日，自是香香无绝。月已圆圆天上挂，自以倾城不灭，白雪梅花，梅花白雪，本本来来杰。我今独照，也曾红白分别。　　你且久在天山，作昆仑顶带，茫茫优劣。不下人间，与梅花三弄，向东君说。群芳初就，纷纷恭祝春节。

307. 卜算子　咏梅

九九十梅花，半半三冬雅。第一东君第一家，白雪阳春社。　　傲骨二枝斜，玉影千香下。唤起群芳种豆瓜，色艳萧娘惹。

308. 菩萨蛮　又

东君已发东君信，群芳自作群芳阵。一度一春云，三光三不分。　　吴江先已润，越水应不吝。土地可耕耘，陶公杨柳文。

309. 失调名

王孙不去无芳草。

310. 西江月　春半

一半春光一半，三冬九尾三冬。冰花玉骨作芙蓉。却与梅花成性。　　一半人间一半，开封河水开封。黄河万里九行踪，富得中原百姓。

311. 月华清　梨花

腊里梅香，风花雪月，小单于弱声薄。三叠阳关，又听一鸣飞鹊。已可见，一树梨花，春梦与、轻轻求索，相托，小桃梅花落，相依相约。何见晓风如若，结子正当时，悄悄心萼。红杏夭夭桃，端的为谁强弱。女儿是，妆点清明，百草碧，百花相窦。阳绰三峡官渡，宋玉赋作。

312. 阿邦曲　仄韵七言绝句

来来去去西楼月，朝朝暮暮朝天阙。阶阶步步几墀墀，柳柳杨杨何不歇。